U0625528

潮白河传

之

浪涌潮白

余浩淼 著

中国广播影视出版社

图书在版编目（CIP）数据

潮白河传之浪涌潮白 / 余浩森著 . -- 北京 : 中国广播影视出版社 , 2023.5

ISBN 978-7-5043-8976-3

Ⅰ. ①潮… Ⅱ. ①余… Ⅲ. ①长篇小说—中国—当代 Ⅳ. ①I247.5

中国国家版本馆 CIP 数据核字 (2023) 第 014469 号

潮白河传之浪涌潮白

余浩森　著

责任编辑： 任逸超
封面设计： 米　乐
责任校对： 张　哲

出版发行： 中国广播影视出版社
电　　话： 010-86093580　010-86093583
社　　址： 北京市西城区真武庙二条 9 号
邮政编码： 100045
网　　址： www.crtp.com.cn
电子信箱： crtp8@sina.com

经　　销： 全国各地新华书店
印　　刷： 三河市龙大印装有限公司

开　　本： 710 毫米 ×1000 毫米　1/16
字　　数： 400（千）字
印　　张： 29.5
印　　次： 2023 年 5 月第 1 版　2023 年 5 月第 1 次印刷

书　　号： ISBN 978-7-5043-8976-3
定　　价： 99.80 元

（版权所有　翻印必究 · 印装有误　负责调换）

目录
contents

第一章

东风细雨柳梢头

一九二七年四月，天继续干旱，连续三个月不见雨，使得北京东山县第六区小营村的农户陷入了焦灼。本来去年的直奉战争就让东山的土地饱受战火的侵蚀，如今再加上天灾，更加民不聊生了。

四月正是庄稼焕发蓬勃生机的时候，可连续干旱使田地里一片干涸，地表裂开一道道沟缝，让人看了都心酸。眼看今年即将颗粒无收，村里一些贫困人家忧心如焚，就连小营村的地主佟永顺也焦急起来。

晌午刚过，村子北面的油坊门口，一棵老槐树下，一老一少两个人正坐在阴凉处说话。

“白先生，您说这康先生一生闹变法，折腾来折腾去，到头来也没弄出啥名堂，就这么走了。”

“永顺，你可说对喽，人呐，不管活着怎么闹腾，死了不过一抔黄土。戊戌年变法闹得多大啊，全中国都知道，临了还不是白忙活一场……”

被称作永顺的就是小营村的地主佟永顺，而坐在对面的瘦骨嶙峋却透着一股子劲头的白先生当年在县里私塾当过先生，是村里唯一一个有文化的人。

佟永顺和白先生口里说的就是曾在中国历史上留下浓墨重彩一笔的康

有为，这位维新变法的主要倡导者之一上月刚在青岛去世。

对普通的农户来说，贫困加上干旱已经使他们焦头烂额，没人去关注这些。而佟永顺和白先生作为小营村为数不多的开明人士，闲暇时感慨几句。

两人又聊了几句，佟永顺的目光投向了远处的田地里。佟家有几十亩地，算是村里的地主，可这场干旱，眼瞅着田里的庄稼像被霜打了似的，一天天蔫了下来，他内心深处自然焦急万分，却毫无办法。

“白先生，您看今年这年景可咋办啊？”

“唉，今年是丁卯年，按年干，这丁是火，卯是草，火遇到草，注定干旱啊。”

白先生掐着手指摇头晃脑。

佟永顺说：“白先生您呐，这么一说，还真是那么回事，看来今年是天灾难躲啊。”

“可不，这人命硬不过天，光绪六年（1880），北京也闹过大旱，跟现在一样，死了好多人呐。”

“白先生，您给我说道说道这事儿。”佟永顺来精神了，他最爱听白先生讲这些事。

“光绪六年啊，”白先生捋着下巴一撮羊胡子，慢吞吞地说，“京城大旱，可着满北京城，半年颗粒无收。那老百姓都饿疯了，树皮、草根，地头能嚼巴的东西都啃光了，你祖爷爷那时和一帮人扒火车跑到通县给人扛包才熬过来……”

佟永顺幼年父亲病故，寡母佟陈氏一手把他拉扯大，对那位祖爷爷他也只是听说过。

佟永顺刚要说话，看见远处跑过来一个精干的年轻人，老远就喊着：“东家，东家！”

来人是佟永顺家的长工德子，他气喘吁吁地跑到跟前说：“东家，您快去看看，王家营子那边组织人改道截流了。”

“啊？”

佟永顺闻听和白先生几乎同时站起来，朝北边望去。

“东家，王家营子这回是动真格的了，上午他们来了百十号人，带着长枪大刀，一直在观望，看咱们这边没动静，就开始改道截流了。”

“德子，你马上回村叫人，记着，叫大伙儿都带上家伙，走，白先生，咱们去看看。”

佟永顺说完，德子就跑回村叫人去了。他和白先生顾不得多想，向北边河边跑去。

小营村北边有一条河，叫箭杆河，是潮白河的一条支流，小营“三宝之一”。往年雨水丰沛的时候，箭杆河里鱼虾充足，河流域周边的村民可以尽情捕捞，尤其是“毛腿蟹”，是东山一大特产，肉白黄足，味道肥美，比阳澄湖的大闸蟹也毫不逊色。虽然遇上这么大的干旱，但是河里还有一条细流，也是庄户人仅存的一丝希望。

邻近的王家营子村一直想改道截流，但都不敢干，没想到这回动真的了。

此刻，佟永顺和白先生都清楚，无论如何都要阻止王家营子改道截流，这是关系全村几百户人的大事。

在佟永顺和白先生往河边跑的时候，整个小营村都乱了，听到消息的年轻人纷纷抄起家伙向河边跑去，人人神情气愤。

此时的北面河边，已经乱成了一锅粥，王家营子足足来了上百号人，拿着长枪大刀，有几个人正在河道截流改道。

小营村这边只有几十个先到的庄户人，愤怒地叫骂着，但对方人多，不敢上去。

“东家来了，白先生来了。”

一阵欢呼，小营村的人都让开道，让佟永顺和白先生过去。

佟永顺虽然才二十八岁，但从小跟着寡母长大，管理着几十亩地，养成了坚毅果决的行事作风，他一出现，整个闹哄哄的人群“唰”地一下静下来了。

所有人的目光都看向佟永顺，佟永顺转头和白先生说了一句："白先生，叫大伙儿先退后，不要动手，我过去问问啥情况。"

"好，你去吧，小心点。"

白先生点点头，他相信佟永顺能应付得了这种场面，接着就让小营村的人都退后几米。

佟永顺走过去，王家营子上百双眼睛"唰"地一下全都盯着他，目光中有凶狠，有冰冷，有嘲讽。佟永顺身材不高，虽然长年在田地里，皮肤晒得颇黑，但是难掩双目中的英气，一双厚重的手上寸铁未有，宽厚的胸膛昂然挺立在这些如狼似虎的村民面前。

燕赵之地自古多慷慨悲歌之士，东山人民生活环境依山傍水，人们心胸豁达、快意恩仇，逐渐养成了淳朴彪悍的民风。光绪十六年（1890），当时的知县殷谦贪污受贿、鱼肉乡邻，东山人民忍无可忍，铤而走险发动民变，将殷谦剥皮抽筋。在东山东北的第六区，过去邻村之间打架时常发生，尤其是这种事，双方都带着刀枪家伙。佟永顺这样前往不亚于关云长单刀赴会。

佟永顺走到王家营子村民面前，冷冷地看着对方，大声说："雒老贼，小营和王家营子几十年没结仇了，这是天灾，你们这样做是不把我们放在眼里，太欺负人了。"

"佟家的，眼下这大旱，可是要命的。老规矩，今天小营和王家营就来个了断，谁㞞了就退出去，怎么样？"王家营村的乡绅雒老贼冷笑着说。

以前邻村之间遇到这种事，都是武力解决，后面的人群也都跟着起哄乱喊乱叫起来。有的年轻人还挥舞着大刀长枪冲着佟永顺比画。

佟永顺冷静地看着对方，搁以前他的脾气，对方这样挑衅，他早就按老规矩办了，小营村也不是好惹的。

可自从佟永顺的弟弟佟永义到县里上学后，佟永义身上带回了很多变化，也影响了他。

“怎么样，姓佟的，是不是尿啦，那就滚回去，别挡道！”

雒老贼挥着手，不耐烦地喊着，王家营子蓄谋已久，上百号人全都带着家伙，长枪足有几十把，有恃无恐。

“雒老贼，今天这事儿不能按老规矩办，你先让他们退回去，大家坐下商量。”

佟永顺坚定地说，目光逼视着对方，不但不退，还往前走了几步。

“哗啦”“哗啦”，顿时王家营子的人全都端起长枪，紧张地对准了佟永顺。

而小营村的人见状也操起家伙，准备冲上去。

“永顺，快回来。”

白先生急得跺脚喊起来。

只见佟永顺在众目睽睽之下，毫无畏惧地径直走到王家营子那伙人里面，王家营子的人一时手足无措，把枪栓拉得哗哗响，紧张地看向雒老贼。

雒老贼被佟永顺的目光盯得有点恼火，但见对方丝毫不惧，走到自己一方，也有点茫然失措。

“姓佟的，你想找死！”

雒老贼怒吼一声，却有点像给自己壮胆，因为他已经看到远处，小营全村的人都拿着家伙跑了过来。

佟永顺在雒老贼面前停下，脸不红，心不跳，面对着几十杆黑洞洞的枪口，说：“雒老贼，现在是民国了，不是大清皇帝，政府有法令，百姓不能聚众斗殴，天旱是老天爷造成的，咱们两村人应该团结起来，共同商量怎么渡过难关，绝不能再像以前那样斗殴！”

他这番话讲得慷慨激昂，大气有力，顿时，河边包括小营村在内的所有人都被震住了。

“永顺，说得好啊。”

一旁的白先生忍不住竖起了大拇指。

雒老贼看着佟永顺，不知为何，明明对方手无寸铁，而他额头却冒出了汗。

“姓佟的，你，你真不怕死？”

“不怕，如果我死，这场干旱就能过去，我愿意一死。”

佟永顺的声音还是那样平静，却如同在平静的河面上投下一颗石子，泛起了涟漪。

当小营村几百号老少爷们拿着家伙跑到河边，看到手无寸铁的佟永顺站在王家营子人群中，而端着长枪的王家营人却慌乱不知所措，连连后退，都被这一幕惊呆了。

“永顺，永顺，快回来。”

“大少爷，大少爷。”

……

后面的一连声呼喊佟永顺充耳不闻，而是坚定地迎着对方的大刀长枪，毫不畏惧。

此刻，他那健壮的身躯却如同一堵墙挡在前面，让面前的人群动摇了。

这时小营村的年轻人拼命要往前冲，被白先生死死地挡住了。

雒老贼额头冒出了冷汗，他是这一带有名的乡绅，见过世面，却没料到这一幕，一个年轻的后生站在他面前，让他感到前所未有的压力。

“佟老大，你……”

“王家营子的老少爷们，这场干旱是天灾，谁也没有办法，灾难面前大家应该团结起来，一起想办法，而不能再斗殴，斗殴解决不了任何问题。”

佟永顺大声疾呼道：“雒老贼，你们大伙儿看看，这场干旱是东山县几十年来未见的，田里庄稼快干死完了，眼看就要颗粒无收。可越是难，咱们两村越应该团结起来，共同想办法渡过难关，绝不能窝里斗。”

随着佟永顺的疾呼，围拢过来的人群开始议论起来，王家营子的人端着长枪，对着佟永顺，但人人脸上却变得迟疑，不再杀气腾腾。

而围拢过来的小营村人开始纷纷议论起来，年轻人固然好勇斗狠，但村里像白先生这样的老辈人都在频频点头，认为佟永顺说得对。

“永顺说得对，干旱是天灾，本就活不下去了，还要互相斗殴，不应该再这样了。”

小营村辈分最大的穆德顺，拄着一根拐杖，激动地对人群说：“你们这些娃娃们，哪里知道，光绪六年（1880）大旱，满北京四九城饿死的人搁城门往外抬，那叫一个惨，咱们和王家营子就因为截流改道闹了一场，结果两村都打死了十几个人……”

人群静下来了，连王家营子的人都静下来听穆德顺说。

只见雒老贼走出人群，冲着穆德顺说：“穆德顺，您还记得光绪六年的事，那次可是你们小营占了便宜，我们王家营子死的人多，这口气今天一定要出！”

本来王家营子的人都静下来了，听雒老贼一说话，又群情激奋起来，纷纷喊着端起长枪，气势汹汹。

佟永顺走过来把穆德顺搀扶到前面，穆德顺颤巍巍地说：“雒老贼，如今都是民国了，你还记着那些陈谷子烂芝麻干什么，永顺说得对，咱们两村不能再像以前那样了，要团结起来想办法，共同渡过难关。”

“哼！团结起来，说得轻巧，那你说怎么渡过难关？”

“对！今天谁的话也不行，弟兄们，动手截流！别跟小营的人啰唆。”

“佟永顺，你要是尿了就滚回去吃奶去！别婆婆妈妈的。”

……

这边穆德顺刚说完，王家营子的人就乱骂起来，挥舞着刀枪，小营村赶来的年轻人见状也都拿出家伙，叫喊着要往上扑，双方一触即发，一场斗殴眼看就要爆发。

佟永顺急得跺脚，浓眉紧皱，如果放在以前遇到这种情况，他也憋不住火气，会冲上去打一架。可现在，经过弟弟佟永义一段时间的熏陶，他已经不再像以前那样鲁莽了。

“老少爷们，大家听我说，千万别动手，天灾面前我们大家一定要团结起来，共同想办法，一定能渡过难关。”

“佟大爷，说得轻巧，那你说怎么渡过眼前的难关？”

雒老贼冷笑一声。

佟永顺望着人群，想了一下，大声说：“雒老贼，你让他们先回去，这事儿我来想办法解决。”

“你解决？”雒老贼一脸不信。

“对，我来解决，大家先回去吧。有我佟永顺在，眼前的难关一定能扛过去。”

佟永顺说完，在场的王家营子的村民狐疑地看着他，半信半疑。白先生有点担心佟永顺随口答应，刚要提醒，看见佟永顺那坚定自信的目光，把要说的话咽下去了。

周围响起了一阵议论声，不光雒老贼那伙人，就连小营村人也都不相信。

干旱是天灾，佟永顺当众承诺能解决眼前的难关，所有人都不敢相信。

佟永顺就这样迎着所有怀疑的目光，挺起胸膛，那张晒得略显黑的脸庞上充满坚定的脸庞不算英俊，却有一种粗犷的气概。迎着数百人的目光，他像雕像一样站着。

雒老贼盯着这张脸，王家营子上百号人也盯着这张脸，他有点琢磨不透眼前这个年轻人。不过，很快雒老贼就拿定了主意。

“好，佟大爷，冲你这句话，今天我们走，不过，要是佟大爷说话不算数，解决不了问题，那可别怪我雒老贼不客气。”

雒老贼冷笑着说道，接着一挥手，“哗啦”一下，王家营子上百号人全都散了。

雒老贼也不傻，看到小营村全村出动，心里也犯嘀咕，听到佟永顺要出头，就顺势而为。

河边顷刻就只剩下佟永顺和村民，白先生走过来说："永顺，你答应他们的事别放心上，过阵子再说，先回去吧。"

白先生和其他人自然都以为佟永顺刚才是为了化解危机，随口答应王家营子。

佟永顺转过身，看着村人，缓缓地说道："不，这事儿是我答应了雒老贼，我一定要想办法解决。你们大伙儿都回去吧，白先生，你陪我在河边坐会儿。"

佟永顺说完，村里人都听傻眼了。干旱是天灾，佟永顺能怎么解决，这不是自己给自己找事吗？

白先生点点头，让村里人都回去了。

"永顺，你刚才说的不是应付雒老贼的话，可这是天灾，你能有啥法？"

"白先生，我想去县里一趟。"

佟永顺轻声说了一句，白先生似乎明白了他的意思，虽然眉宇间带着忧虑，却不再问了。

佟永顺祖辈住在东山小营村，祖上是经商的，积攒了些田产，到他手里算是个地主。佟家弟兄两个，弟弟佟永义在县里上学。永顺的父亲还有一个大哥，也就是永顺的大爷叫佟嘉禾，是前清举子，跟着革命党闹革命，清朝退位后，在北京城里做事，从来没有回来过。

佟家大爷虽然没有回来过，但县里都知道这位前清举子，所以县里多少都给佟家面子。

佟永顺此时想的是去县里找县政府，只要县政府肯答应赈灾，眼前的难关就过去了。

太阳热辣辣地照在干涸了一半的河上，两人都是汗流浃背。这条河是潮白河的支流，雨季时河水暴涨，沿岸的田地常被淹，可现在它却干涸得只剩下一条细流。

只听白先生重重地叹息了一声，说："兴，百姓苦；亡，百姓也苦。如今清朝亡了，按说是民国了，可百姓还是苦啊，遇到天干雨涝就熬不过去。唉，这日子啥时有个头啊。"

这位前清的老学究话里透着一丝无奈，放眼望去，田地一片干涸，四野凋敝，让人心酸。

民国十六年（1927），推翻帝制已经过去了十六年，东山距离北洋政府的首都近在咫尺，却仍然荒凉，看不到一丝生机。

佟永顺没有接话，外面的事他还搞不懂，他读的书没白先生多，自然也不懂那些朝代更替。他和白先生站在河边，一时心头起伏，难以自抑。

"白先生，外面的世道我不懂，有功夫还要请您多唠几句。"

佟永顺一直陪伴寡母，长这么大，除了东山县城，其他地方他从未去过，对北京城里的风云变幻很多都是听白先生说的。

"好，有功夫咱爷们好好唠唠。"

白先生一口答应。他是看着佟永顺长大的，今天佟永顺挺身而出，化解危机，让他内心深处更加赞赏这个年轻人。

他愿意用自己所学去教导佟永顺做一个正直的人。

小营村地处东山县城东北，距离县城二十里地，距离京城整整一百里地。一九二七年，北京城正处在风云变幻中，奉系军阀张作霖控制了北洋政府，不满北洋政府的南方革命党人正在广州密谋北伐。

那是个风云变幻的年代，尽管北京城已经动荡不宁，但在距离几十里外的东山农村，却显得那样平静，灾荒之年，更是有些凋敝。

小营村有几百户，上千口人，大部分都是农民，佟家算是屈指可数的地主，算得上大户人家。

佟永顺的母亲佟陈氏青年丧夫，一手把两个儿子拉扯大。伯父佟大爷是前清举子，曾经跟康有为参加过公车上书，是位坚定的保皇派人士，终生没有婚娶，一直到溥仪被冯玉祥赶走，都留在北京城。佟永顺从小跟着母亲，操持着家业，家里虽然雇着长工，但他自己也下地干活。弟弟佟永义在县里读书。

佟永顺告别白先生，背着手晃晃悠悠地走回去，刚走到村口，就看见长工老吴跑过来。

“大少爷，老太太正找您呐，着急上火的。您快回去看看吧。”

“行了，忙去吧。”

老吴转身走了两步，佟永顺忽然想起了一件事，问：“老吴，黑背好了吗？好了赶明儿个你收拾一下，跟我进趟县城，捎点粮食卖了。”

“大少爷，得嘞。”

老吴听说进城，高兴地喊了一声，走了。

佟家是地主，虽然年景不好，但家里囤粮还有点儿。佟永顺准备明天进城去县政府，顺便拉点粮食卖了，家里要置办点东西。

佟家宅院在村子最后面，宅子还是前清时建的，虽然经历风雨剥蚀，有点老旧，但几座大院错落有致，依然透着大户人家的范儿。

正房是佟永顺和母亲佟陈氏居住的地方，佟永顺二十三岁那年娶过一房妻，妻子林氏进门没多久得病死了。林氏死后，佟永顺也没有续弦，和母亲生活在一起。

南院是长工住的地方，佟家雇了两个长工：德子、老吴。北院是牛圈，养了几头耕牛。西院闲置着，平时放些东西，偶尔佟永义回来住。旁边还有一个石碾，是碾粮食用的。在小营村，佟家俨然就是村里的富户了。

佟永顺心事重重地走进正房，一眼看见母亲佟陈氏正坐在门口等他。

佟陈氏是一个典型的大家闺秀，缠着小脚，虽然经历岁月磨难，但是脸上依旧遮掩不住当年的灵秀。

“娘，外面凉，您怎么又出来了？快回屋去吧。”

“儿，你说，外面发生了什么事，他们几个都不告诉我，是不是你又惹祸了？”

佟陈氏看着儿子，平静地问道。

佟永顺说："娘，您听谁说的，别听人瞎说，您儿子好好的，啥事都没有。"

"你说真话。"

佟陈氏依旧语调平静，但仿佛有一股无形的压力笼罩下来，佟永顺顿时垂手站立，毕恭毕敬。

佟陈氏幼年读过书，深明大义，持家以朱子家训为准则，她虽然语气平静，却自有一股威压。

佟陈氏微微皱眉。见母亲生气，佟永顺不敢隐瞒，就把刚才发生的一幕原原本本说出。待他说到自己答应解决这件事，原以为母亲会生气，却没料到佟陈氏脸上依旧平静如常。

"孩儿恳请母亲训诫。"

"永顺，你既已答应人家，男子汉大丈夫，一言九鼎，就去办吧。"

"娘……"

佟陈氏说完，闭上眼睛，不再理儿子。

佟永顺点点头，他知道母亲没有怪罪自己，松了一口气。

下午，长工老吴把那头黑背黄牛拉出来，黑背膘肥体壮，除了耕地，逢农闲佟永顺常常赶着它进城办事。

老吴在北院给黑背梳理毛发，收拾牛车，准备明天进城。佟永顺背着手走进院子。

"老吴，给它加点油渣，好好喂喂，明天一早就出发。"

"好嘞，掌柜的。"

老吴抚摸着黄牛背上的毛，喜悦地说道。

油渣是榨油剩下的废料，虽然是废料，这东西却是牲口最爱吃的。佟家去年榨油剩下的油渣不多了，平时也只有耕地时才给黄牛吃。

老吴一直照顾着几头黄牛，对牛有了感情，麻利地去拿了油渣喂黄牛。

老吴喂牛，佟永顺就在旁边收拾牛车。那个时候的乡下，牛车一般只有地主家才有，佟家这辆牛车也有些年头了，两边的木架被磨得锃亮，车头前装着两个黄铜色的铃铛。

“掌柜的，您真的能想出办法来？”

佟永顺正在沉思，老吴问他。

“嗯。”

“村里的老少爷们都在背后替您担心，大伙儿都说，王家营子欺人太甚，咱们小营村也不是好惹的，大不了跟他们拼了。”

“拼了，咋拼？”

佟永顺头也没抬，继续干活。

老吴吭哧了半天说：“大不了干一架，以前不都是这样。”

“现在是民国了……不是以前……”

佟永顺也没打算说服老吴，讲了他也不懂，他皱了皱眉，吩咐老吴去屋里搬了三袋粮食放在牛车上。

遇到这种灾荒年，乡下日子不好过，城里日子也难熬，粮食是活命的，佟永顺是咬牙才下了决心的。

一夜过去，天麻麻亮，佟永顺起来洗漱毕，老吴已经把牛车准备好，只等他出发了。小营村去县城几十里路，牛车到那里怎么也得在下午了，于是佟永顺跟母亲打了声招呼，就和老吴上路了。

四月的清晨，有点微寒，村庄笼罩着一层淡淡的雾气，牛车驮着粮食，“嗒嗒”地走过村子，村子里一些勤劳的人家已经起来了，不断有人和佟永顺打招呼。尽管是灾年，但这些勤劳朴实的农民仍然勤勤恳恳，恪守着中国人骨子里的勤劳。

佟永顺穿着一件蓝色长袍，外罩黑色马褂，脚蹬一双双层布鞋，眉宇间透着一丝精神，显得气宇轩昂，不输县城里的士绅。他坐在装粮食的麻袋旁边，这些麻袋上面盖着稻草，把粮食隐藏起来了，底下还藏着一杆长枪。

20世纪20年代的民国，北京城各路军阀频繁争斗，你方唱罢我登场，乱兵散勇经常跑到郊县骚扰百姓，东山离北京不远，也经常有散兵土匪窜到乡下抢劫。

灾荒年，粮食就是命，佟永顺当然不敢大意，和老吴小心翼翼地赶路。主仆两人出了村子，牛车沿着一条简陋的乡道，向东山县城赶去。路途无聊，两人有一搭没一搭地闲扯。

“掌柜的，听说康麻子从北京回来了，在东山县城保安团当差，这小子咋没叫那些当兵的给崩了。”

“哦，当兵的和康麻子都是一丘之貉，能指望他们……”

“那就没有治他的办法？”

老吴愤愤不平。康麻子是小营村人，以前是佟家租户，但他欺男霸女，胡作非为，后来被佟永顺收了田地，混不下去了，就跑到北京去了。这事儿过去快十年了，村里人都以为康麻子早就死了，谁知道他又回来了，还成了东山县保安团的人。

佟永顺摇摇头说：“这年月，兵荒马乱的，康麻子这种地痞摇身一变就成了兵痞，谁能拿他怎么样。老吴，再加把劲，天凉好赶路。”

“得嘞，掌柜的，您坐好了。”

老吴吆喝一声，赶着牛车加快了速度。

佟永顺主仆两人赶着牛车，赶到东山县城已经是晌午了，顾不得歇息，先到粮行把粮食卖了。

灾荒之年，粮食好卖，价钱也高。卖完粮两人找了个饭铺，胡乱吃了点东西填饱肚子。佟家虽然是富户，但他自幼受母亲教诲，节俭惯了。

佟永顺让老吴去置办些家里需要的物件，办完后在城门口等他。

交代完，老吴赶着牛车去了，佟永顺直奔县署。

东山土地肥沃，距离北京又近，本来是一个农业经济基础雄厚的地方，但在兵荒马乱的年代，县城一片凋敝。街上做生意的商贩都面黄肌瘦，街上的店铺里面冷冷清清，大街上不时有一两个挎着枪的散兵游勇经过，路过的行人都匆匆忙忙。

东山县署在县城南边，还是前清的县衙经过改建而成，原本象征皇权的匾额被取下，取而代之的是“国民政府东山县署”几个大字。

此时，北京政府已经被奉系军阀张作霖控制。张作霖虽然控制了北洋政府，但各地的革命党人仍然在不断地发起反抗，尤其是北京附近，东山县的革命党人活动非常活跃。这让张作霖很恼火，下令东山县知事秦辅三严查革命党人。

东山县知事秦辅三是个深明大义的廉吏，正为这事焦头烂额。佟家是小营村的士绅，特别是大爷佟嘉禾在北京城做事，所以通报进去，很快佟永顺就被领进了县署里面。

秦辅三在县议事厅旁边的一个房间接待了佟永顺。看见佟永顺，他立即站起来，客客气气地寒暄道：“佟大爷可是稀客，今日怎么有空光临鄙处，快请坐。”

“秦知事，您是东山的父母官，事务繁忙，还能抽出时间见佟某，实在是感激不尽。”

佟永顺客气还礼，两人对坐，一名下人端上茶。

“佟大爷，这可是上好的碧螺春，刚从北京弄来的，尝尝。”

秦辅三端起茶呷了一口，一面透过茶杯，欣赏茶叶在杯中的清雅。

“好茶。”喝了一口，清香扑鼻，佟永顺忍不住赞叹。

“哈哈哈。”

秦辅三得意地笑了，县保安团昨天刚抓了几了扰乱治安的散兵游勇，他此时心情舒畅，也有了闲情逸致喝茶。

一番寒暄毕，佟永顺把小营村和王家营子村因为灌溉差点械斗、酿成大祸的事说出来。

“有这等事？”

秦辅三闻听也吃了一惊，“腾”的一声站起来，脸上阴晴不定，在屋里来回踱步，走了几圈。他是东山县最高主官，一旦地方酿出大事，对他也不利。

“现在是民国了，不是大清，国民政府早就发文严禁地方械斗，居然还闹出这种事，成何体统，成何体统！”

“秦知事，眼下干旱少雨，极有可能颗粒无收，百姓也是迫于活命，无奈之举啊，还请知事大人体察民情。”

佟永顺语气平缓地说道。

秦辅三来回踱着步，沉吟道：“佟大爷，你的来意老朽知道了，王家营村聚众闹事，违反了乡规民约，本知事绝不会坐视不管，你放心，过几天我就派保安团走一趟，把那些领头的闹事分子抓起来。”

“知事大人，佟某此来并不是为了抓王家营的人。”

“哦？”

秦辅三猛地转过头，看了一眼佟永顺，有点没明白，他心里当然以为佟永顺是来告状的，要抓王家营子的人。国民政府早就下令严禁民间村镇之间械斗。

只听佟永顺道：“佟某以为，解决这件事绝不是抓几个闹事的人就能行，而是要从根源去找。灾荒之年，百姓担心颗粒无收，争水灌溉情有可原。为今之计，只有政府拨发赈灾款，救济灾民，才能杜绝此类事，否则就算今天抓了几个人，将来这种事还会出现。”

佟永顺侃侃而谈，他这趟来的用意就是想说服县政府救济赈灾，因而只有那样才能彻底解决和王家营子的争端。

听完佟永顺的话，秦辅三略显讶异地看着他，显然没有料到他能说出这番话。

按一般人，告到县府，肯定是想要县府抓几个对方的人。

没想到，佟永顺却说出这番话，一时间，秦辅三脸上的表情讶异，愕然，继而变得钦佩起来。

“你想要县府拨发赈灾款？”

“对。”

秦辅三停下脚步，重新回到桌边，喝了一口茶，面有难色地说道：“大爷，实不相瞒，眼下东山土匪、散兵游勇活动频繁，老朽整天为这事焦头烂额，保安团、民团，个个伸手都问县政府要钱，难呐，县政府实在是拿不出钱，还请大爷体谅。”

“那就请知事大人向上头申请拨款。”佟永顺紧盯着秦辅三。

“向上峰申请拨款？”

秦辅三愕然，陷入沉吟中，显然他也料到灾情严重到何种地步。

“大人身为东山父母官，如今大旱，百姓遭灾，眼看活不下去了。向上峰请示，申请救济赈灾不是分内之事吗，何难之有？”

佟永顺步步紧逼，秦辅三被对方问得无言以对，只好端起茶杯喝茶。

“这个嘛，好说……大爷先喝茶，喝茶。”

这时佟永顺从怀里拿出五十块大洋，放在秦辅三面前，道：“大人不是在为清剿土匪没钱发愁吗？这点大洋是佟某捐给县政府的，恳请县府体察民情，向上峰申请救济赈灾。”

这一下出乎秦辅三意料，看着桌上的五十块大洋，秦辅三动了动嘴唇，颇为感动。他显然没想到一个小小的乡绅能有这样的义举，而赈灾本就是县政府应尽的义务。

秦辅三把面前的大洋推回去，点点头，慨然道：“好，佟大爷的心意老朽领了，这五十块大洋大爷还是留着，帮助困难的村民，老朽过两日便向上峰申请救济赈灾。请大爷放心。”

佟永顺把大洋收起来，拱手行礼道：“那就多谢大人了！”

“哈哈哈，好说，佟大爷，喝茶。”

秦辅三高兴地说道，刚才佟永顺的步步紧逼，他不但没有生气，还为治下有这样有胆识的年轻人高兴，哈哈大笑起来。

此时，佟永顺的来意已经说明了，便不再逗留，寒暄几句，就告辞离开了。

离开县署后，佟永顺顺道去县高中看了看弟弟佟永义，给了佟永义一点钱，便和老吴回去了。

牛车从东山县城回去时，已经是下午了，因担心回去摸黑，等佟永顺坐上车，老吴立即猛抽一鞭子，黄牛吃疼，猛地向前窜去。回程时卸了粮食，牛车轻了许多，盏茶工夫，就离开东山县城很远了。

两人都没吃午饭，佟永顺此行比想象中还顺利，于是两人绕道去了一趟牛山，买了几个牛山烧饼。这个牛山饭庄做的牛山烧饼个儿大、芝麻足，加上李遂熏肉，嗬，那叫一个香！佟永顺买了几个烧饼带回家，就和老吴边走边吃，说起秦辅三已经答应向上头申请救济赈灾款，老吴也喜不自胜。

他这才明白了原来东家说的办法就是让县里救济赈灾，这样两村就不会再为水械斗了，看来还是东家厉害啊。

黄牛一路加速，几个小时后，他们离小营村越来越近了，老吴也就放慢了速度。他今天在城门口看见保安团的人在到处抓散兵游勇——革命党人，乡下人见这种场面很少，一路兴奋地给佟永顺讲。

“东家，你说这革命党人为啥要闹事，大清皇帝不是没了吗？他们还不消停，到底是为啥？”

佟永顺虽然算是开明乡绅，但他没读过几天书，对这些事完全不懂，老吴一问，佟永顺也说不清楚。

“听说革命党人不满意军阀，要打倒军阀。”

“军阀是啥？”老吴哪里懂这些，咧开嘴嘿嘿笑，摸不着头脑。

“这事儿要问白先生哩，咱们哪里懂，有文化就是好啊。”

佟永顺在心里默默地念了一句白先生，确实，这些事白先生应该都懂，看来，有时间要向白先生多请教请教。

“驾！驾！”

老吴催着黄牛，向小营赶去。

佟永顺从东山县城回来后，刚过了两天，佟家的几家佃户一起跑来要求佟永顺减租。

佟家原本有几十亩田地，佟永顺自己种了二十几亩，其余的都租给村人了。往年还凑合，都能按时交租，今年逢着灾年，佃户都熬不过去了，一起来要减租。

这事儿，其实在从县城回来的路上佟永顺就在想了，今年庄稼歉收是肯定的了，那几家佃户本来就困难，地少人多，熬不过去。

佟永顺也就顺水推舟，免了他们今年的田租，他自幼受母亲佟陈氏教诲，对待下人和租户都很体恤，也不过分。

转眼过去了十多天，干旱仍不减。本地的士绅纷纷组织乡民拜天祈雨，佟永顺也跟着忙了几天，小营村进行了一场声势浩大的拜龙王祈雨活动，全村出动，在河边荒摊上跪了三天。

北方干旱少雨，这种拜天祈雨的方式已经传了几千年，是民间对抗自然的一种古老方法。人们相信只要虔诚地拜了，老天爷一定能看见，布施甘霖。

佟家是大户，佟永顺自然跑前跑后地组织，帮忙，又忙了一阵儿，等这事过去，才松了一口气。

就在这时节，康麻子回小营村了。

康麻子不是一个人回来的，而是带着背着长枪的保安团衣锦还乡的。

康麻子幼年时母亲就死了，是多病的父亲把他拉扯大，日子过得非常艰难。佟永顺看他们可怜，就租给他几亩地，让他好好种地，养活父亲。

但康麻子却不是个省油的灯，在村里胡作非为，欺男霸女，连老父亲都被他活活气死了。佟永顺实在看不下去了，就把租地收了。康麻子失去了生活来源，迫不得已跑到北京去了，十年里杳无音讯，村里人都以为他在乱世死了。

没想到这个康麻子居然还活着，还成了县里保安团的人！

康麻子这次是荣耀回乡，带着十几个保安团的兵，耀武扬威，在村口朝天开了三枪，才大摇大摆地回村。

佟家大院里，佟永顺刚点着一袋水烟，坐在屋里抽烟。西院长工老吴正在磨面，磨道里，那头健壮的黄牛套着磨绳，健步如飞，磨道的吱吱声混合着老牛的响鼻，汇成一股独特的声音传到了屋里的佟永顺耳朵里。

佟永顺享受地听着这声音，庄户人都喜欢听磨道发出的声音，那是丰收，那是果实，看着白花花的面粉从磨道一点一点流出来，心里的喜悦是难以言表的。

佟家连长工有五口人，佟永顺时不时还要周济白先生，开销也很大，对粮食很节俭。

水烟是他父亲当年留下的，古铜色烟袋杆磨得锃亮，随着喉咙里发出咕噜咕噜声，一阵阵烟雾便萦绕在佟永顺的脸旁。

村口的枪声吓了佟永顺一跳，他赶紧喊老吴去看看怎么回事。

老吴跑出去，过了一会儿跑进来，慌张地说："东家，不好了，是康麻子带着保安团回来了。"

佟永顺转过脸，沉声不满地呵斥："慌什么！"

"东家……康麻子带着保安团朝咱们这里来了。"

"带了几个人？"

"没看清，大概十来个，都背着长枪。"老吴说话的声音都在发抖。

当年，康麻子就是因为佟家收了租地，他活不下去了，才跑到北京去的，康麻子可不是什么善茬。此时，老吴的腿肚子直抽筋。

"没出息！"

佟永顺不满地瞪了老吴一眼，吐了一口烟雾，脸上没有一丝变化。

"东家，我去拿家伙。"

老吴胆怯地说着，要去后面柴房拿藏着的枪，却被佟永顺制止往了。

"拿家伙干什么？这里是佟家，不是东山县城。"

佟永顺说完，补充了一句："去干活吧。"

老吴心里惴惴不安，但看东家这样镇静，像没事儿一样，心里的慌乱慢慢平复了，讪讪地去干活去了。

老吴走后，佟永顺回屋搬了一个长凳，放到当院子里，坐下继续咕噜咕噜吸烟，仿佛这一切都跟他无关。

此时，村口，康麻子带着十几个保安团的人耀武扬威地走过来了。

康麻子当年是被迫灰溜溜离开小营村的，今非昔比，现在的他已经是东山县保安团的一个小队长。身份地位的变化，完全弥补了当年这里对他造成的阴影，他踌躇满志，得意忘形。

“咕咕咕”，住在村头的佟二爹看见这伙人进村，赶紧呼唤自己的鸡进圈。可还是晚了，几个保安团的兵抢了鸡，佟二爹气得浑身发抖，面对黑洞洞的枪口，只能暗暗抹泪。

这伙人一路走，一路抓鸡逮狗，闹得鸡飞狗叫，面对着保安团的枪口，村里人都敢怒不敢言。

康麻子一路走到佟家，佟家大院静悄悄的，他眼珠子一转，阴阳怪气地喊道：“佟家谁当家？”

佟永顺坐在当院，纹丝不动，大声说：“是康麻子嘛，有话进来说吧。”

保安团的人一拥而进，只见佟永顺端着水烟袋，咕噜咕噜吸烟，连眼皮也不抬一下。

“佟大爷，久违了。”

康麻子阴阳怪气地叫了一声。

佟永顺这才抬头看了康麻子一眼，淡淡地说：“康兄，几年不见了，不知康兄今日大驾光临有何指教。”

康麻子本来依仗着自己人多势众，又有枪，想给佟永顺一个下马威，报当年的一箭之仇。没想到进门，却碰了一个软钉子，佟永顺不卑不亢，让他如同一拳打在棉花上——有劲使不上。

“咔咔”康麻子故意把枪栓拉得哗哗响，大声说：“经查，小营村有人聚众斗殴，违反国民政府制定的乡规民约，本队长奉县府之命前来调查。”

“哦，可有县府公文？”

佟永顺淡淡说道，面色如常。

康麻子这次来小营村，确实是奉了知事秦辅三的命。

秦辅三自从从佟永顺口里知道小营村和王家营子村发生矛盾，两村有械斗的危险后，一直担心，怕两村真的酿出大事。他是一县之长，出了事到时肯定会受上峰责怪，思来想去，就派康麻子带保安团走一趟，威慑双方。

听到佟永顺要县府公文，康麻子冷笑一声，道：“这是知事大人亲自下的命令，怎么，姓佟的，你敢顶撞？”

“佟某一介草民，怎么敢顶撞官家，康麻子，有什么话就直说吧。”

那年月，小小的县城保安团在乡下就可以为所欲为，耀武扬威，佟永顺也不愿弄得太僵。

“好，爽快，佟永顺，你是明白人，有人举报小营村和王家营子村两村械斗，上峰命令我来调查，弟兄们走了一路，又累又饿，想借贵府歇息，你可同意？”

佟永顺心里暗暗一沉，虽然知道康麻子没安好心，一定会报当年之仇，但没想到康麻子竟然直截了当地要在他家住下。请神容易送神难，这帮子土匪一旦住下来，还不祸害得全村鸡犬不宁。

这时佟家的长工德子听到消息赶回来了，还有很多乡亲们，围在院外义愤填膺，人人唾骂康麻子，有几个年轻人拿着家伙，恨不得冲进来揍他一顿。

说话间，那几个保安团的人操起枪，对着空中枪栓拉得哗啦啦响，康麻子在旁边阴沉沉地盯着佟永顺。

佟永顺迅速思索了一下，有道是好汉不吃眼前亏，这些人都是兵痞，惹急了，他们什么事都能干出来。于是，他吩咐老吴去把西院收拾了，安排康麻子一伙先住下。

康麻子这一住下，就是多日，每天要吃好的，喝好的，逼着佟家好吃好喝招待，在黑洞洞的枪口面前，佟永顺也只能忍下这口气。

康麻子这是拿鸡毛当令箭，他此番荣归故里，当然要借机耍耍威风。至于调查的事，早就抛到九霄云外了。

每天，康麻子睡醒了，吃饱喝足就带着保安团在村子里抓鸡逮狗，调戏姑娘、小媳妇，吓得那些年轻媳妇都纷纷躲回娘家去了，把个好好的村子弄得乌烟瘴气。

佟永顺此时，真是有点后悔自己当日去县里了，没想到秦辅三派了个这样的兵痞来。王家营子那边听到消息后，偷偷派人来打听，担心康麻子是小营村人，会抓他们王家营子人，他们顿时收敛了气焰。

本来佟永顺想着说服县署赈灾，渡过难关，和王家营子的矛盾也就自然化解了。这下，康麻子一来，又说不清了。

这天，佟永顺正在和老吴商量下午灌溉的事，一个村民急急忙忙跑来了。

“永顺，你快去看看，造孽啊，康麻子简直不是人。”

“老宽叔，您别急，慢慢说。”

佟永顺赶紧让老吴扶老宽叔在院子里坐下，一坐下老宽叔就声泪俱下，说：“永顺，那畜生不是人啊……”

“您别急，到底是咋回事？”

佟永顺耐心地询问，老宽叔说康麻子上午带人闯进他家，糟蹋了他儿媳妇。

“该死的！”

佟永顺怒不可遏，站起来让老吴、德子去柴房拿了几杆长枪，就要去找康麻子算账。

众人赶紧把他按住，一阵劝说，佟永顺慢慢才冷静下来。

说到底，老百姓遇到这种兵痞，能有什么办法，佟永顺虽然气愤，但也明白不能冲动。

他让德子去把白先生找来商量这件事。

过了一会儿，白先生来了，一进院子就说："永顺，我们不能任这畜生胡作非为了，得想个办法啊。"

"白先生，您有什么办法？"

"这个嘛，"白先生捋着下巴上的一缕山羊胡子，犹豫了一下说："办法有，就看你敢不敢干！"

"白先生，请讲。"

白先生看了看众人，轻声地把他的想法说出来，佟永顺闻听，一拍大腿，直喊您怎么不早说。

当晚，康麻子带着保安团的人在村里一户人家吃饱喝足，心满意足地往回走，黑灯瞎火的，走到一个僻静处，康麻子打着饱嗝走到一边去撒尿。

突然，旁边冷不丁窜出两个人影，拿着麻袋往康麻子头上一套，石头棍棒雨点般落下，打得康麻子鬼哭狼嚎，保安团的人慌了，对着黑暗处胡乱开了两枪，那两个人影早就窜入黑暗中，消失了。

康麻子被打得头破血流，被几个人搀扶着一路哎呀妈呀地叫疼。保安团随即在村子里展开搜查，但任凭他们折腾了一夜，毫无线索。

第二天康麻子清醒过来，心里发毛了，不敢再逗留了，要回去交差。临走他还勒索了佟永顺二十块大洋，这场闹剧才过去。

那天晚上的事，就是佟家的长工德子和老吴干的，着实狠狠地出了一口气，事后，佟永顺悄悄给了两人每人三块大洋。

这件事让佟永顺对北洋军政府有了微词，他认为康麻子是北洋军政府的兵，他们却和土匪一样胡作非为，这样的兵能让人相信吗？

但不管怎样，当时的乡下还比较安定。康麻子走后，小营村又恢复了平静。

转眼到了一九二七年五月，一日，弟弟佟永义突然从县里学校回来了。

午后，佟永顺正在村口老槐树下和白先生闲聊。

佟永顺惊讶地看着弟弟出现在村口，佟永义比他小两岁，接受新教育的佟永义穿着城里学生娃都穿的西服，略显瘦削的脸庞上满是焦灼。

“哥。”

佟永义高兴地喊了一声，又跟白先生打了声招呼。

“你怎么回来了？”

佟永顺一年也难得见到弟弟几回，心里也很欣喜，但他脸上却很严肃。

“县里在到处抓捕农协和工人进步组织，学校也波及了。很多老师被抓，停课了。”

佟永顺和白先生对视了一眼，露出困惑的神情，对外面的世界，他们并不知道。

“对，哥，白先生，你们还不知道，南京国民政府成立了，北洋军政府正在大肆抓捕进步的工农组织。但是，黑暗是暂时的，越来越多的人正在觉醒，他们抓不完，杀不完……”

佟永义眼里闪烁着光芒，那是一种向往光明、渴望光明的光芒，这个接受了新教育的进步学生和哥哥佟永顺不同，开始关心这个国家、民族的命运了。

说到这些，他瘦削的身体里仿佛迸发出无穷的力量，然而在佟永顺和白先生眼里，他却只是个孩子。

“娃娃家的，不好好念书，瞎跟着起哄，回家去！”

佟永顺对弟弟的话并不感兴趣，他甚至敏锐地意识到了危险，而不让佟永义再说下去。

佟永义眼里的光辉黯然了，他看了一眼哥哥，却也没说什么，而是回家去了。

“白先生，”佟永顺把目光从弟弟的背影收回，问旁边若有所思的白先生：“你说永义去县里上学是不是错了？”

“怎么啦？”

佟永顺说：“你听他刚才在说什么，胡言乱语的，成何体统。”

“永顺，这世道真的是变了，不是大清朝了，不管是国民政府，还是北洋军政府，咱们都不懂，永义是个不错的孩子，老朽相信他做什么都有他的道理。”

白先生慢悠悠地说道，他虽然比佟永顺读书多，懂得圣贤之道，但在这个风云变幻的时代同样迷惑。

“还是乡下好啊，清净。”

佟永顺感叹了一句，白先生点点头，像他们这样的恪守传统卫道的人在那个风云变幻的年代，必然会迷惘，不知所措。

“永顺，看样子外面又要乱了，最近很多土匪都出现了，世道要变了，你可得早做准备。”

“白先生，这两天我也在考虑一件事，不知是不是和您想到一块了。”佟永顺说道。

白先生看了他一眼，饶有兴趣地说道：“让我猜猜看，是不是组建护院队的事。”

佟永顺兴奋地击掌：“对！就是组建护院队的事，看来咱们都想到了一块了。”

“哈哈哈，英雄所见略同啊。”白先生也哈哈大笑起来。

组建护院队，两个人不约而同地想到了这件事。佟永顺自从康麻子的事后，就在考虑组建护院队的事。有了护院队，以后像康麻子那样的兵痞来了也不敢放肆，越来越多冒出来的土匪也不敢觊觎小营村。

白先生也想到了。

其实，当时北京附近很多地主大户都组建了护院队，防备那些散兵游勇和土匪骚扰百姓。

佟永顺以前有过想法，这次康麻子的事让他更加坚定了。

“永顺，这件事宜早不宜迟，要尽快组建护院队，才能保护好自己。”

“行，白先生，您说得对，这事儿过了这阵子我就去办。”

佟永顺下了决心。

白先生点点头，道：“好，老朽一把骨头了，如果有需要，也愿意尽一份绵薄之力。”

在当时，民间组建护院队并不难，只要有人有枪就行。其时，北京城战乱不断，散兵游勇、土匪到处骚扰，民间组建各种护院队，东山县府也默认不管。

告别白先生后，佟永顺心里想着这件事，背着手慢悠悠地回去了。

佟永顺回到佟家大院，佟陈氏和儿子佟永义正在院子里叙话。院子里笑声不断传出来。

佟永义去县里上学已经两年多了，其间很少回家，佟陈氏也很想念儿子，娘俩见面都有说不完的话。

在院外，佟永顺想了想，走到北院，喊老吴去杀只鸡，他虽然表面严厉，内心深处对这个弟弟却很疼爱。

佟永义是村里为数不多在县里上学的后生，这个只比佟永顺小两岁的年轻人和哥哥不同，在城里受到了新时期思潮的影响，单从那身衣着装扮看就很明显，他抛弃了长袍，穿上了西装，梳起了分头。

不单是穿衣习惯让村里人惊讶，便是他张口吐出的那一连串革命词语也让其他年轻人望尘莫及。

“民权、民族、民生……”这些陌生的新名词从他嘴里流利地说出，坐在一边的母亲佟陈氏只是慈爱地看着儿子，脸上带着笑容，佟陈氏听不懂那些，但看到儿子高兴她也高兴。

“母亲，广州军政府已经打到了南京，南京国民政府成立了，很快北洋军政府就会灭亡了……”

佟永义兴奋地向母亲描述着这些，然而佟陈氏摇摇头，说道：“二儿的，你整天不好好念书，跟着捣什么乱，难怪你哥哥说你不务正业，胡思乱想。”

“母亲，这不是胡思乱想，南京政府成立就是要打败腐败的北洋政府，为了老百姓……”

佟陈氏眉头皱得更紧了，刚要说话，看见佟永顺从外面走进来。

佟永义立即像换了个人，噤声不语了。

佟永顺刚才在院外已经听到了弟弟的话，若有所思地皱起眉头，却也没说什么，径直往屋里走去。

快到门口时，他忽然回过头，哼了一句：“城里这阵子乱，你回来了就多住些日子，对了，明天换上长袍再出门，咱们佟家丢不起人。”

“西装怎么啦？”

佟永义愤然说了一句，然而接下来在母亲佟陈氏的一番训斥下，鸦雀无声了。

佟家是旧时的传统家族，恪守礼教，规规矩矩，像佟永顺虽然才二十八岁，一举一动都持重老成，一身长袍马褂，鞋履端庄，自然看不惯佟永义的离经叛道。

下午，佟永义在母亲的要求下换上了长袍，中午饭难得地杀了只鸡，几个长工也都欢天喜地，团团圆圆地吃了顿饭。

不过，因为这段小插曲，佟永顺和弟弟显得多少有点别扭，佟永义所向往的新思潮，在佟家人眼里就是不务正业，离经叛道。

两个年龄相差不大的年轻人，却像存在着代沟。

然而，外面世界的变化还是越来越多地影响到了这个平静的地方。

一日，佟永顺、佟永义、老吴、德子正在田间干活，忽然听见村头一阵吵嚷乱成一锅粥，伴随着还有枪响声。

众人赶到村口，便看见几个背着长枪的当兵的，逼着百姓要钱要粮：

“快点，把粮食拿出来，老子们饿坏了，快点拿！”

“妈的，磨磨蹭蹭的，是不是不想活了！”

“快点，再磨蹭老子毙了你！”

……

领头的一个歪戴军帽的络腮胡子拿着枪逼着几个村民拿粮食。

“本地干旱了几个月，村民眼看都揭不开锅了，哪里还能拿出粮食？”一个个面对枪口哭着道。

佟永顺看清情况，一边吩咐德子回去拿枪，一边哼了一声，大步走了过去。

“住手，你们是干什么的，光天化日之下，还有王法吗？”

佟永顺这一声，让那几个当兵的吓了一跳，回过头来，看见只有他一个人，骂了一句，哗啦都围了过来。

络腮胡子上下打量着佟永顺，大概是被佟永顺身上露出的冷静气势震慑住了，把刚要出口的脏话收了回去，一拉枪栓阴沉沉地说：“怎么，大爷们当兵还不是为了你们，弄口吃的咋啦，你喊啥，是不是活腻了？”

“这里是乡下，当兵的不去找政府要粮，谁让你们跑这里来撒野？”

“吆嗬！你谁呀，管得着吗？大爷就是想来乡下要粮，怎么啦？”

络腮胡子看到有人不仅不怕他们，还敢站出来质问，气急败坏，端起枪，将黑洞洞的枪口对着佟永顺。一看这伙人要动真的，旁边的人都吓傻了。

“哥——”

佟永义奋不顾身，就要往前冲，被老吴死死抱住不让他动。

这伙人是一伙逃兵，在东山县城遭到保安团的打击，原来有十来个人，折了一半，只剩下络腮胡子等五个人一路跑到乡下。兵荒马乱的年月，当兵的饿了，就抢老百姓，乡下人也不敢反抗。络腮胡子一路抢过来，没想到在这里遇到了佟永顺挺身而出，顿时恼羞成怒。

黑洞洞的枪口对着佟永顺，吓得周围的村人都不敢动了。那年月，散兵就是土匪，说开枪就开枪，根本不讲道理。

佟永顺尽管心里也怕，面上却丝毫不变，目光愤怒地逼视着对方。

络腮胡子故意把枪栓拉得哗啦啦响吓唬人，但见佟永顺不怕，也急了，骂了一句："他妈的，老子毙了你！"

就在千钧一发之际，忽然从后面传来两声枪响。

"砰、砰！"

只见德子和老吴拿着枪，后面的村人拿着棍棒家伙怒吼着冲过来了。

"砰、砰、砰！"

络腮胡子举起枪，对空开了几枪，其他当兵的全都慌乱地调转枪口，对准赶来的村民。

"东家，我们来了，这帮狗日的土匪，今天非活埋了他们不可！"

德子冲在最前面，端着枪，瞄准络腮胡子一伙，老吴趁机把佟永顺拉到了后面。

这只是一眨眼的工夫，局势立变，刚才还气焰嚣张的络腮胡子顿时蔫了，眼里露出惊慌。他们虽然有枪，但毕竟人少，面对上百村民，就算他们能打死几个人，自己肯定也逃不了。

当下村人围了这伙土匪，那伙人不敢反抗，被捆绑了起来。

吃够了土匪亏的村人义愤填膺，骂声不断，纷纷要把这伙土匪活埋了。尤其是德子等年轻人，恨不得当场把络腮胡子几人砸死，众人都等佟永顺发一句话。

老吴问佟永顺："东家，咋办？"

佟永顺转过头，问弟弟佟永义："永义，你说咋办？"

他想看看弟弟佟永义对处理这件事的看法，毕竟佟永义在县里读了几年书，不同于村民。

佟永义道："哥，这几个人虽然干的土匪勾当，但家有家规，国有国法，还是把他们交给县政府处理吧，我们不能乱来。"

"好！就听永义的。"

佟永顺赞赏地看了弟弟一眼，第一次觉得弟弟书没白读。

众人之前见了佟永顺不畏土匪，挺身而出的壮举，都很佩服，也没有人异议。就把络腮胡子五个人捆住手，带回去关在佟家。

佟陈氏闻听吓了一跳，女人家担心，赶紧找来儿子询问。

“永顺，你怎么把土匪带进家门了，咱们佟家世代都是礼仪之家，从不招惹匪类，这是造孽啊。”

“母亲，孩儿自有主意，您不用担心。”佟永顺道。

佟陈氏见他一副成竹在胸的样子，叹口气也不问了。

络腮胡子等人被关在西院一间堆放杂物的屋里。晚上，佟永顺让老吴带着饭菜，还特意带了酒给络腮胡子送去。

那间屋子黑暗狭小，络腮胡子等人关在里面又饿又怕，几个人开始还以为佟永顺是故意把他们关起来，慢慢折磨，在里面跳脚大骂，要佟永顺来个痛快的。到晚上，他们个个都筋疲力尽，饿得没力气了。

老吴虽然心里不解，但他相信东家肯定有道理，把饭菜送进去。

一连半个月，佟永顺像是把这件事忘了，每天只吩咐老吴送饭菜，别的一个字也不提。

佟家上下都不知道佟永顺葫芦里卖的什么药，纷纷议论，却都想不出来。

晃眼半个月过去，络腮胡子等人在里面被养得反而胖了，个个都纳闷不解。

这一天晚上，又到送饭时间了，络腮胡子等人在里面忍不住嘀咕起来了。

“哥几个，这姓佟的葫芦里到底卖的是什么药，把咱们关起来，却好吃好喝地供着，世上哪有这样的好事？”

“大哥，我看事情没那么简单，姓佟的八成是使坏，故意想把咱们养胖了再折腾。真损。”

“有可能，这姓佟的别看一幅绅士样子，这样的人才最损，什么事都能干出来。”

……

“嘭！”络腮胡子憋屈地一拳砸在地上，疼得他立即缩回去，直吸溜。

这帮人怎么也是战场上下来的，即便死，也不愿意这样憋屈地活着。络腮胡子打定主意，今晚等送饭的来了一定要问个明白，否则就绝食。

正在这时，脚步声响起，一个人走了进来。

“姓佟的，怎么是你？”

今晚进来的不是老吴，换成了佟永顺。

佟永顺把饭菜往地上一放，说：“怎么，我送的不是饭？”

“姓佟的，你到底想干什么？”

络腮胡子脸色愤然，拼命挣扎，但他手脚都被绑住了，无论怎么折腾都无济于事。

“你们别紧张，先吃饭，有什么吃完再说。”佟永顺轻松地说道。

那几个人面面相觑，你看看我，我看看你，络腮胡子忽然一脚踢翻了面前的饭碗，怒目道：“姓佟的，要杀要剐随便！爷爷眨一下眼不是好汉，别他娘地把老子当猪养。”

看到络腮胡子发怒，佟永顺并不生气，哈哈一笑，道：“几位兄弟，你们误会了，佟某人并没有想要杀你们，几位先吃饭，吃完饭佟某正有事要和你们商量。”

“这……”

络腮胡子看看其他人，感觉佟永顺并无恶意，想了想，反正一会儿就知道佟永顺的葫芦里卖的什么药了，索性做个饱死鬼。众人就大吃起来。

吃完饭，佟永顺道：“几位，这段时间，佟某太忙了，顾不上来看各位，今天才抽出时间来。各位都是当兵的，懂的道理也比佟某多。你们都是活不下去了才落到做土匪的，情有可原，怪只怪这个世道。”

“今天佟某要说件事，那就是你们几人的去留问题，眼下世道不宁，实不相瞒，我这里虽然是乡下，但也屡屡遭到土匪流寇骚扰，因此佟某有意组建护院队，你们几人中愿留下者，我双手欢迎，不愿意者发路费让你们回去。”

佟永顺说完，目光灼灼地看着五人。那五人万万没想到佟永顺会说这番话，顿时都愣住了。

“嗨，这乱世之年，不就图个立身之地，姓佟的，这事儿你咋不早说，我第一个愿意留下来。”

络腮胡子一拳砸在地上，兴奋地说。

他们一伙人从战场上逃了出来，无处可去。听到佟永顺这番话，络腮胡子当即表态。

其余四人互相看了看对方，有一个人愿意，另三个人犹豫不决。

佟永顺看在眼里，说道：“此事全由你们自己决定，不愿留下的佟某送路费让你们回去。”说着从身上拿出三十块大洋，给那三人每人十块大洋。

那三人看到大洋，忽然“扑通”一声跪下，倒地就磕头，连连磕头道谢。

佟永顺让他们起来，说道：“既然你们不愿留下，佟某绝不勉强，趁现在天黑你们带上大洋赶快走吧，回去后好好种地孝敬父母，切莫干土匪的勾当。”

“多谢佟先生教诲，大恩终生难忘，就此拜别了。”

那三人都是当兵的，也不啰唆，磕头道谢后，拿着大洋脱下身上的军服，佟永顺找了两件普通人的衣服给他们，他们换上趁天黑走了。

络腮胡子在旁看着，忽然也“扑通”跪下，说：“我杜江走南闯北，头一回遇到佟先生这样有恩有义的人，杜江愿意终身追随，绝无二话！”

说着连磕了几个响头，佟永顺连忙扶他起来，两人相视哈哈大笑。

这时剩下的一个人走过来，他叫蒋元良，和络腮胡子一样，家里父母都不在了，无牵无挂，因此也愿意留下来。

佟永顺大喜，当即让络腮胡子杜江作护院队队长，蒋元良、德子、老吴都算队员。

这下护院队就有五个人了，佟家原来有两杆枪，杜江带来了五杆枪，可谓“兵强马壮”。在当时的乡下算得上是有了初步保家能力了。

这事儿没想到就这么解决了，办得漂亮，佟永顺心里也很高兴。

虽说家里添了两口人，但杜江两人平时没事也可以帮忙干田地里的活，有事护院，一举两得。

事后，佟家上下才明白了佟永顺的良苦用心，无不暗暗钦佩。

转眼到了一九二七年六月，北京城里风起云涌。北伐军势如破竹，蒋介石在南京成立南京政府后继续进军。主持北京的张作霖内外交困，财政也陷入困境，如同饿急了的疯狗般疯狂地向农民摊派苛捐杂税。

在一九二七年前后，东山县的农民承受的捐税已经不堪重负，但县政府还要继续增派，别说穷人，就是佟家这样的大户都感到吃不消了。

佟永义在家里住了一个月后，又去县城上学了。

一天，县里派人来征收榨油捐、畜头捐。当时小营村已经先后交了粟行捐、山货捐、炭秤捐、粮食捐、兴学捐、皮货捐、戏捐、药捐等。

可以说，经过这些名目繁多、五花八门的苛捐杂税，老百姓已经被盘剥得一无所有。这次又要征收榨油捐、畜头捐，他们纷纷怒骂，混乱中县里征收的人还被人偷偷地打了几拳。

由于年景不好，村口老槐树下，佟家的榨油坊已经半年没有开门了，但上面的人根本不听佟永顺解释，仍旧下了死命令，限期交税。

至于畜头税，农民家里本来就没几只牲畜，但县里来人硬是把半年前死了的牲畜都算上，逼着家家户户捐税，一时间闹得全村鸡犬不宁，人心惶惶。

而那些交不上税捐的，上面根本不听解释，就派保安团下来抓人，很多人家被逼得卖儿卖女。短短四五天，小营村已经有十来户人家逼得把儿女都卖了。

佟永顺是大户，自然首当其冲，一连几天，他都闷闷不乐，在为这件事发愁。

自从开年后，天一直干旱，今年肯定颗粒无收，佟家存粮也不多，要养活一大家子人。佟永顺虽然是远近闻名的地主，却和其他人一样下地干活，生活节省。

上次，他去县里找过东山县府知事秦辅三，秦辅三答应赈灾，至今却仍然毫无动静。

午饭后，佟永顺坐在院子里抽着水烟袋，心里烦闷。

杜江从外面进来了。

“东家，县里太欺负人了，还让不让老百姓活，他娘的，老子实在看不下去了，明天就去找县长去。”

络腮胡子杜江是个粗豪的汉子，看到村人被税捐逼得卖儿卖女，实在忍不住了。

佟永顺从水烟袋上抬起头来，看了杜江一眼，说：“看不惯能咋样，咱是老百姓，你可别惹事。”

杜江憋屈地瞪大眼，说：“那就不能想想办法，东家，难道就这样任他们盘剥，那都是乡亲们的度命钱啊。”

“行了，别说了。”

佟永顺猛地站起来，打断他的话，放下水烟袋，在院子里来回踱步，过了一会儿，对杜江说：“我看这样，得联合起来向县府抗议，争取免捐。”

“东家，这办法行。”

杜江紧握拳头，点点头。

这些发生在村里的悲惨的一幕幕让佟永顺终于明白过来了，如果不抗议，逆来顺受，小营村的村民，包括他，最终会被上面的苛捐杂税逼得活不下去，妻离子散。

此时佟永顺并不知道这一切悲剧的根源，只是单纯地对县府产生了不满。

随后，在佟永顺和白先生，以及村里其他开明士绅的组织下，小营村开展了一场声势浩大的抗捐活动。

北京城里，此时的张作霖已经是焦头烂额，外有北伐大军，内有各路军阀掣肘，内外交困。曾经威风一时的张大帅疲于应付，疯狂地向下面施压，勒索搜刮民间。

面对民间抗捐，秦辅三虽然没有让保安团下去抓人，却坚决不妥协，一时间陷入了僵局。

一天，佟永顺、白先生和村里几个士绅正在商量抗捐的事，突然来了一个不速之客。

来人是个四十出头的男人，一身士绅打扮，戴着瓜皮帽，鼻梁上还架着一副金丝眼镜。

进了院子，来人把眼镜往上推了推，看了一眼院子里的人，拱手道："永顺贤弟，好多年不见，一切可好？"

佟永顺心里暗暗一沉。这人是本村的一个混混，叫曹德祖，是东山县知事秦辅三三姨太的弟弟，十几年了一直都在东山县城混，从没回过村，不知怎么最近突然回来了。

"是德祖兄，怎么，哪阵风把您吹到我这里来了。"

佟永顺抱拳客客气气地说道。

曹德祖皮笑肉不笑地干笑几声，说："眼下时事维艰，城里动荡，还是咱们乡下安宁，我可真羡慕永顺兄这小日子过得，真叫滋润。"

佟永顺打着哈哈寒暄了几句，吩咐老吴端茶，这小子一来，众人都知道准没安好心，一时院子里一片安静，没人说话。

曹德祖刚才说的倒是实话，眼见局势动荡，东山县城也不安宁，这小子精，跑回乡下了。虽然他有姐夫罩着，但回来也不安生，这几天在村里差点搞出来一件大事。

曹德祖看上了一户姓张的宅子，带着几个混混上门强买，张家不从，这小子就使坏，故意勾结保安团找个罪名把张家儿子抓了，弄得村人都愤愤不平。佟永顺也听说了，但他不想多事，也就没管。

曹德祖今天可是无事不登三宝殿，他知道佟永顺等人在商量抗捐的事，他是秦辅三的小舅子，自然向着他姐夫，想混入内部打探消息。

面对曹德祖，佟永顺明知道他打的主意，却没有办法，只能让曹德祖参与进来。

这件事闹了一个月后，因为曹德祖从中作梗，抗捐活动无疾而终。

而曹德祖由此也得到了秦辅三的看重，不久就和保长勾结在一起，在村里耀武扬威，欺男霸女，没人敢惹。

四月最后的一天，早上佟永顺还睡着，听见外面老吴激动地喊道："东家，东家，下雨了，老天爷开眼了，下雨了。"

一九二七年五月底，持续干旱了半年的东山县降雨了。

大雨是半夜来的，庄户人被惊醒了，躺在炕上，支棱着耳朵听着窗外的雨声，终于露出了久违的笑容。

雨整整下了半个月，整个东山县境内一片欢呼，田里干涸的庄稼贪婪地吮吸着雨水，一些没有干死的庄稼有救了。

佟永顺对杜江说："老天爷开眼了，咱们有救了。"

干旱影响最大的就是乡下的地主，地主田多，佟家熬过了一劫。

过了一会儿，老吴跑进来说："东家，箭杆河涨水了，好多年未见了，快去看吧。"

"哦！"

这消息让佟永顺也很兴奋，的确，箭杆河好多年没涨水了。等他到了河边，全村人都围满了。

半个月前干涸的河道上，河水已经填满了河道，河水缓慢，即使涨水也是那么平静，像一个羞答答的小媳妇，内敛羞涩。

这一切仿佛预示着苦难暂时过去了，佟家和村人又恢复了以前宁静的生活。

过了几天，佟永顺就下地干活了，他虽然是地主，却一直和村里人一样下地干活，自从家里多了杜江两人后，多了两张嘴吃饭，自然比以前要多干。

佟永义每隔一月半月回来一趟，佟永顺越来越看不惯弟弟，佟永义变得越来越激进，县城里汹涌的新思潮让这个年轻人开始思考这个国家的命运。

从他嘴里说出的新语，譬如三民主义、推翻封建制度等，让守旧的佟永顺心惊胆战，他担心会出什么事。兄弟俩常常为此闹得不欢而散。

这是一个云谲波诡、风云变幻的历史变革时代，身处其中的每个人都能强烈地感受到历史的脉搏，从而激情澎湃。

佟永顺不懂，也不愿意去懂，他坚守着这个家，遵循着旧时代的礼教，保护着家人。

如果不是一件意外的事发生，佟永顺原本平静的生活还会继续下去。

第二章

乡音无改鬓毛衰

五月的一天，大爷佟嘉禾突然从北京回来了。

佟嘉禾回来得很突然，他提着一个简陋的皮箱，狼狈不堪地出现在村口。

这位佟大爷是佟永顺的伯父，佟永顺对他的印象很淡，几乎记不起来，只知道伯父在他刚记事就离开了。几十年来，他甚至已经忘了伯父的长相。

佟嘉禾是前清举人，学识渊博，曾跟康有为参与过公车上书，是位坚定的保皇派人士，一直在北京城里，从未回来过。

佟永顺甚至很久都没有这位伯父的音讯，突然出现在村口的伯父让他顿时有些吃惊，以至于他站在院门口竟忘了去迎接。

那位前清举人穿着长袍马褂，还留着辫子，不过他的辫子做了改良，前面向后梳起来，后来扣了个黑色毡帽。

一群孩子簇拥着佟大爷走到佟家大院外面，佟大爷仰头看着周围的一切，蜡黄的脸滚动着一滴泪水。

他想起了那句诗：“少小离家老大回，乡音无改鬓毛衰。儿童相见不相识，笑问客从何处来。”

佟永顺惊讶地看着伯父，嘴唇动了动，叫出了一声：“大爷。”

佟家大爷看着眼前这位精明持重的年轻乡绅，认出了自己的侄子。

“是……永顺……”

佟陈氏听到动静从院里出来，脸上的表情很平静，只是淡淡地说了一句：“永顺，还不让你大伯进来。”

前清举人踏进佟家院子，举目四望，心潮起伏。

佟陈氏让儿子把西院收拾了，让佟大爷住下，一句也没问佟大爷在外面的情况。

佟陈氏是聪明人，看见佟大爷一身寒酸的穿着、简陋的行李，知道他肯定混得不好，安慰佟大爷让他安心住下，什么也别想了。

次日起，佟大爷就住下了。

佟家这些年经过佟永顺父子的努力经营，有田地近百亩，佃户十来户，日子过得还不错，多个人也就是多张嘴的事。

第二天一早，佟永顺还在睡着，就听见西院里传来之乎者也的读书声。佟嘉禾是典型的旧时代文人，每日必读书，因在佟家他不用做事，于是早上起来就读书。

功夫不大，其他人也都起来了，听着西院那晦涩难懂的读书声，个个都暗暗竖大拇指，说佟大爷不愧是中过举人的，读书人就是读书人。

佟嘉禾清早起来大约读了两个小时的书，出来在院子里走走，看看花草，然后回去继续。

午饭后，他写一会儿字，休息一个小时，起来继续读书。

到下午，他一般是到外面走走，遇到认识的就聊几句，最多两个小时，回来继续读书。

晚上很晚，西院的读书声才停止，佟大爷要睡觉了。

他每天的生活大致如此，有板有眼，对一切他都满意，唯一的是偶尔会埋怨家里的饭菜味道不可口，然后念叨半天在北京吃过的美食。

对这位前清举人来说，这次回来用他的话来说，就是虽一切安好，却物是人非。

光绪二十一年（1895），佟大爷和603名举人在康有为、梁启超的号召下联名上书光绪帝，反对马关条约。

在清末那个年代，佟大爷能做出这样的事不可谓不惊天动地，也是他人生光彩的一笔。他是一个传统的孔孟卫道士，遵从圣人之道，生活严谨清贫，虽然跟着康有为参加公车上书，骨子里对康有为的为人、生活作风却很不屑。他是坚定的保皇派，割舍不下对皇家的怀念，与其说是怀念，不如说是对往昔自己的荣耀的留恋。

即使到了民国，他仍然保留着前清的生活习惯，包括衣着打扮，留辫子、穿长袍马褂。

回到东山的乡下，每当闲谈起来，他言必称皇帝，对一切出格的事都不满，常常说的口头禅是："这要是皇帝在，准不是这样……"

他在家读书时，端肃严谨，看不惯侄儿佟永义读书时的不用心，认为是有辱读书人。

每当他听到佟永义说县城里的学校教的都是新学了，便表现出很愤慨。

总之，他留恋过去，放不下皇帝，因此就变得对新时代的一切都看不惯。

吃午饭时，他觉得一家人吃饭没规矩，饭端上来，一家人应该按照尊卑排座，只能佟陈氏和他坐上位，其他人都必须等候他们。长工，护院的下人等主人吃完再吃。

诸如此类事多了，佟大爷说了，没人听，渐渐地，他也就不说了。

一般，下午他都出门走走。他知识渊博，和村里其他人没有共同语言，但他经常找白先生聊天。

白先生算是小营村唯一一个有点学识、懂得外面的世界的人。

两个人就坐在村口老槐树下聊天，远处的田地里，佟永顺和老吴在干活。

“白先生您说，这大清是亡了，可按说祖宗礼法，祖宗法度不能缺。现如今您瞧瞧，这世道乱成啥样了啊，咳咳！”

白先生劝他：“佟大爷，您是跟过皇帝，见过世面的，看开点吧，外面兵荒马乱的，少操那份闲心。听说连北京城里的张大帅都快顶不住了，要跑路了。”

“可不，您说这张大帅不过是大清朝的一个土匪，竟然让他折腾进了北京城，他想当皇上，可惜别人不乐意，就张大帅从关外带来的那帮子人，能顶住几路军阀？”

“这倒是，佟大爷，您看这张大帅跑了，北京城会是谁的天下？”

佟嘉禾捋着胡须，沉吟了一下，说：“张大帅、吴佩孚、段祺瑞只是一时草莽，可叹大清就这样完了……”

讨论到这里，他基本上就打住了，一个是说多了白先生也不懂，另一个是这些事也不宜多讨论。

有一次，佟大爷说得高兴，兴冲冲地跑到田里要帮佟永顺干活，可他哪儿干过活，忙活了半天不但没帮佟永顺，还踩坏了庄稼。佟永顺只好好说歹说劝他回去。

一段时间后，佟嘉禾竟然喜欢上了这里的生活，每天过得悠哉悠哉。

佟永顺原本以为他这个伯父回来也只是住一段时间，没想到他竟然住下了。

这天，佟永顺和老吴在田里干活，老吴望着远处老槐树下和白先生聊天的佟大爷，四下瞅瞅没人，说：“东家，我有句话不知道当讲不当讲。”

佟永顺说：“你说。”

老吴吭哧了半天，说：“东家，您说大爷这回来是不是不走了，打算长住了。”

佟永顺说：“说不准。”

“东家，那有些事你可得多长点心了。”

“啥意思？”佟永顺没明白。

老吴说：“东家，我听他们几个背地里都在议论，说佟大爷这回是在北京混不下去了才回来的，而且就没打算走，您可得防着他惦记佟家的田产。”

佟永顺猛地抬起头，看着老吴愣住了。

老吴只是随口一说，但佟永顺心里却不平静了。

按道理，佟家的田产是祖传下来的，佟嘉禾也有份，但他几十年从未在家，是佟永顺和他父亲努力经营，才发展起来的。

佟嘉禾这时候回来，到底心里有没有惦记佟家田产，谁也说不准。

佟永顺是个心思缜密的人，自从老吴说了这事以后，他便在心里记着了。

佟家的家业是他一手发展壮大的，这段时间他已经了解了这个伯父，佟嘉禾虽然年纪一大把，却还停留在大清朝时，守旧迂腐，反对一切新事物，怀念旧时代的旧事物。

如果佟家的家产到了他这样一个人手上，肯定用过去的封建礼教管理佟家，那将是件可怕的事。

佟永顺要为列祖列宗保住这份田产，在乡下，田地就是地主的命根子。

一旦心里有了这个想法，佟永顺便开始在佟大爷面前隐瞒家里的田产，每当佟嘉禾问起一些事，他就含混地敷衍过去。

一九二七年五月中旬，佟永顺准备给母亲佟陈氏过生日。

佟陈氏今年五十了，一生端谨，德容风范为人所敬，加上熬过了大旱，佟大爷又从北京回来了，家旺人旺。

就连本地的一些士绅、白先生等人也来劝佟永顺好好为母亲操办大寿。

佟永顺也打算好好过一回，磨了两担粮食，让杜江和老吴去县城里买了一应物品，还托人请了戏班子。

佟家在当地算是大户人家，所以这样操办下来，也并不稀奇。

离佟陈氏大寿还有三天，佟家上下就开始忙开了，佟家的一些本家也都被请来帮忙，大馒头、猪肉，在那个时代已经是很高规格了。

大寿那天，请的戏班子一大早就搭台唱戏，乡下娱乐少，逢到这种时候十里八乡人全都来了，把个佟家院外围得水泄不通。

一大早，陆陆续续就有本地乡绅前来拜寿。有钱的乡绅都是由下人抬着礼品，潇潇洒洒，进了院子和佟永顺道声恭喜。没钱的穷人进来甩甩袖子，给老寿星道声喜，也没人嫌。

戏台下面摆着酒席，只要是客人，不管随礼没随礼，来了就是客。

佟嘉禾今天也穿着崭新的长袍马褂，只是头顶的毡帽和辫子有点不伦不类。但这不影响他的心情，他红光满面地站在门口迎客。

佟陈氏坐在当院，佟永顺和佟永义走上去跪下，恭恭敬敬地磕头喊道："祝母亲大人寿比南山，长命百岁！"

"你们都起来吧。"

佟陈氏面色和平时一样平静，让儿子们起来，吩咐两个儿子和佟大爷好好招待客人，不要怠慢。

快到中午，宴席开始，客人们刚坐下吃喝起来。

忽然，一阵枪声传来，吓得众人纷纷向村口方向看去。

只见康麻子带着保安团气势汹汹地来了。

这突然的一幕，令宴席上的客人全都愣住了。佟永顺霍地站起来，脸色凝重，喊了一声："白先生，这里就交给你了，杜江，带上家伙，你们几个跟我来。"

场面上的事，佟永顺知道还得靠白先生，就给他交代了。那时候，农村有个婚丧嫁娶、红事儿白事儿的，都得有那么几个懂规矩的支客。白先生通文墨，平时靠给街坊四邻当个支客，记个账，也能挣点儿嚼谷。

杜江和老吴几个人迅速拿出长枪，跟在佟永顺后面，佟永义也要一起去，被白先生和佟大爷拉住了。

这天，康麻子带着保安团，在佟永顺给母亲过大寿时闯了进来。

佟永顺带着杜江等人，后面跟着一群村人，走了不远，就看见康麻子走了过来。

两边在距离百米外停下，双方都端着长枪，黑洞洞的枪口相互对着，气氛紧张，一触即发。

“咳，咳”，康麻子拉了拉枪栓，清了清嗓子，大声道：“奉上峰命令，有共产党进了小营村，上峰命令我们前来捉拿，姓佟的，快让开，别妨碍老子办公事。”

“康麻子！”

佟永顺一声怒吼，一阵愤怒。他知道这小子上次来吃了亏，没想到怀恨在心，今天竟然故意借着佟家过寿前来闹事，是可忍孰不可忍！

只见络腮胡子杜江怒目圆睁，瞪着保安团，怒吼道：“放你娘的狗屁！什么共产党国民党，老子今天倒要看看你们谁有胆过来！”

说着，他分开人群，端起枪对准康麻子。

“好啊，姓佟的，你敢鼓动下人造反，反了你们了，弟兄们，把这小子给我抓起来！”康麻子喊道。

“我看谁敢！”

络腮胡子杜江大吼一声，枪栓拉得哗啦啦响，面上毫无一丝畏惧，瞪着康麻子，一步不退。

眼见双方一触即发，局势非常紧张。佟永顺让杜江退后，走到前面，强忍着心里的愤怒，脸上作出平静的表情，拱手道：“康队长，今天是家母大寿之日，来者都是客，请众位兄弟去喝一杯，有什么事改日再说，您看如何？”

“哼，这还差不多。”康麻子哼了一声，瞪了杜江一眼，放下手中的枪，阴阳怪气地说：“既然是老夫人大寿，这乡里乡亲的，有话好说，怎么样？弟兄们，咱们去给老夫人祝寿。”

一群保安团当兵的心领神会，纷纷哄笑着答应，一时口哨声、怪叫声响成一片。明眼人一看就知道，康麻子是存心来给佟家过寿添堵的，抓捕共产党只是借口。

康麻子带着人下来，就是要让佟家大寿之日难堪。上次康麻子让佟永顺暗地里整惨了，这小子躺了三天，心里那个恶气，一直憋着。他听说佟家过大寿，就给上峰找了个理由，借口抓捕共产党来闹事。

杜江、老吴等人都气愤不已，但佟永顺硬按住让众人不要乱来，请康麻子吃酒。

谁都知道康麻子就是故意找事，但那年月兵荒马乱的，佟家虽然是本地大户人家，但对康麻子这种兵痞流氓根本不敢得罪。

佟永顺心里愤怒至极，母亲大寿之日遇到这档子恶心事，谁都恶心，但他咬碎了钢牙往肚里吞，硬是忍住了。

双方回到佟家，佟永义见状怒不可遏，就要上去和康麻子拼命，被白先生死死拉住。

白先生悲愤地说道："孩子，今天你得忍住，就是有多大的恨，也得忍住，咱们还得给老夫人祝寿呢。"

一句话让佟永义冷静了下来，他恨恨地在地上砸了一拳，说："白先生，您说得对，我记住康麻子这个混蛋了。"

"对，孩子，进去陪你娘吧，外面有老朽和永顺照看就行了。"

白先生不放心，硬把佟永义推进院子，还叫了人看着。

佟陈氏还不知道外面发生的事，老太太听见枪声问，被旁边的人糊弄过去了。

外面佟永顺没事人一样赔笑，和客人打招呼，安排康麻子一伙人坐下，端上酒菜。康麻子当然不客气，和保安团的人吃喝起来，十几杆黑洞洞的枪口就摆在桌上。周围的客人全都噤若寒蝉，人人低头，躲开康麻子的视线。

康麻子一伙旁若无人，大吃大喝，旁边的客人都悄悄地离席而去。一会儿，康麻子一桌周围就只剩下十几个保安团的人。

正吃着，康麻子站起来，“啪”的一下掏出几颗子弹，往桌上一放，大声说：“诸位，今天是老夫人大寿之日，乡里乡亲的，我康麻子来得仓促，没带礼品，就以这几颗子弹给老夫人祝寿！”

说完，同席保安团的人都狂笑起哄起来。

周围顿时一片安静，偌大的场面，几百个客人高朋满座，却顷刻间如同空场。

所有来祝寿的人都面露愤然，都不敢发声。佟永顺气极，他虽平日端凝持重，此时也不禁怒极，康麻子这是公然挑衅，骑在人脖子上拉屎，当着四里乡邻的面，完全不给佟家面子。

白先生、佟大爷等人都气得手发抖，说不出话了。

“杂种康麻子，老子跟你拼了！”

一声怒吼，杜江从里面扑出来，手中拿着柴刀，怒吼着扑向康麻子。他的枪刚才被佟永顺拿走了，要不然他能冲着康麻子开一枪。

一切都太突然了！

佟永顺和旁边的人根本来不及反应，杜江已经扑过去了，一刀砍下去，旁边的保安团都还在起哄哄笑，猝不及防柴刀带着风声奔着康麻子面门而去。

“啊！”康麻子正在得意，大惊失色，这小子不愧是当兵的，反应还及时，一个狗吃屎往后跌倒下去，脸色吓得煞白，指着杜江惊慌地喊：“快，快，拦住他！……”

杜江一下砍空，眼里喷火，他性情暴躁，佟永顺收留了他，心中感激，无以为报。今天舍了命也要杀了康麻子，以报答佟家。

“杂种，老子今天砍死你！”

杜江声声怒吼，一脚踢翻桌子，砍刀朝着康麻子又砍了下去。

“快，快，拦住他！……”

刚才还气焰嚣张的康麻子顿时惊慌失措，吓得屁滚尿流，连滚带爬地往后退。

这时佟永顺和佟大爷等人都回过神了，佟永顺急得跺脚，大喊快住手。

这时的杜江已经铁了心了，哪里会听他说话，继续穷追不舍，周围的人全都吓傻了，动也不敢动。这时候那几个保安团的人终于清醒过来了，“砰！”有人开了一枪。

子弹打中了杜江的腿，杜江往前扑了几步，软绵绵地倒下去了。

其余保安团的人一拥而上，将杜江摁倒在地上。

康麻子爬起来，举起手中的枪对着天空“砰砰”地乱放了几枪。

枪声震动了整个小营村，康麻子气急败坏，再也不顾了，喊道：“姓佟的，你有种，今天老子放过你，后会有期。来啊，把这个共党分子给我带走！”

一眨眼，杜江就成了共党分子。

十几杆黑洞洞的枪口对着众人，佟永顺跌足叹气，眼睁睁地看着杜江被五花大绑起来带走了。

谁也想不到，原本热热闹闹的祝寿竟然会变成这样的结局。

此时，见出了事，宾客们都纷纷离席，向佟永顺抱抱拳，离席而去。

眨眼工夫，场上就走得一干二净了。

佟永顺眼望着康麻子一伙离开，牙关紧咬，刚才屈辱的一幕让他痛苦地闭上了眼睛。

佟大爷嘴里喃喃自语地说道：“无法无天，无法无天，这是民国，光天化日之下，简直是土匪啊。”

“永顺，先回去看看你娘吧。”一旁的白先生悄悄拍了拍佟永顺的肩膀。

佟永顺一震，刚才外面发生的一切母亲肯定知道了，千万不能让母亲出事，想到这里佟永顺急忙快步走进去。

院子里，此时佟陈氏已经知道了外面的一幕，老人端坐凝然，闭着眼睛，仿佛一切都没有发生过。佟永义跪在地上，痛苦地抓着自己的头发。

“母亲大人，孩儿不孝，对不起您老人家。”

扑通，佟永顺跪下了。

“老夫人。”

佟家的长工老吴、德子和另一个护院也扑通跪下了。

佟陈氏睁开眼睛，轻轻地说了一句：“你们都起来吧，永顺、永义，扶我进去。”

佟永顺向众人摆了摆手，让其他人先出去，他和弟弟佟永义扶着母亲，进了里屋。

一进里屋，佟陈氏疲惫地说：“扶我到床上躺会儿。”

佟陈氏虽然才过五十大寿，刚才外面的一幕让老人受了刺激，露出了疲倦，她躺在床上，闭目休息了一会儿，才开口：

“永顺、永义，你们记着，从今日起，佟家就是倾家荡产也要救出杜江，以后他就是咱们佟家的人。记住了吗？”

“娘，我们记住了。”

佟永顺和佟永义声泪俱下。

佟陈氏说完闭上眼，让他们出去。

次日，佟家发生的一幕就传遍了十里八乡。兵荒马乱的年月，人们除了对佟家的同情之外，毫无办法。

佟永义第二天就回学校了，这个进步青年经历了人生的残酷一幕，他的心更加向往进步、光明，更加仇恨腐败的北洋军政府，暗暗发誓要为了改变国家而读书。

大爷佟嘉禾反对佟永义这么快回学校，他正打算借着这个机会好好跟侄子佟永义谈谈，他觉得侄子佟永义的思想太出格了，在他这个保皇党人眼里简直就是大逆不道。

佟永义完全不理解这个大爷，在他眼里，哥哥佟永顺、大爷佟嘉禾都是保守守旧，逆来顺受，不敢反抗，是懦弱的。

半个月后，县城传来消息，杜江被康麻子诬陷是共产党被关进了监牢。其时，因为蒋介石发动了四一二政变，国共两党关系破裂，共产党被迫转入底下，积极发展工人、农民，开展工农运动，面对星火燎原，国民党和北洋军政府都怕了，疯狂抓捕共产党。

佟永顺为此忧心忡忡。在当时只要牵扯上“共党”这两个字，县府根本不通融，无奈之下，佟永顺只能花钱打点，让杜江在牢里好受一点，不受折磨。

这天，佟永顺正和大爷佟嘉禾在屋里叙话，这时白先生来了。

白先生是位老学究，打前清时就开私塾教学生，一生清贫。这年月兵荒马乱，乡下穷人没钱送孩子读书，他也就没事做，连温饱都靠佟永顺时常接济。

“永顺、嘉禾兄，太不像话了，太不像话了！”

白先生前脚进门，顾不得喘息，就没头没脑地喊道。

佟永顺和佟家大爷正坐在院子里喝茶发愁，佟永顺赶紧让白先生坐下，给他倒了一杯茶。

“白先生，您这是怎么了，出啥事了？”

“永顺，别提了，老朽刚才听说一件事，太不像话了！”

“您别急，喝茶，慢慢说吧。”

白先生接过茶，咕嘟咕嘟喝了两口，放下茶杯才慢慢说明了原委。等佟大爷和佟永顺听完，差点气炸了肺。

前段时间东山大旱，持续了半年，老百姓眼看活不下去了，就有县里的一些阴阳先生到处散布说这是得罪了龙王，要用童男童女祭拜龙王，否则还会继续干旱下去。在那些人的蛊惑下，县里答应了，准备用活的童男童女投进潮白河，祭拜龙王。

“太荒唐了，太荒唐了！这都是啥年代了，居然还迷信这些，那是两条人命，造孽啊！”

佟大爷激动得嘴唇颤抖，说话的声音都在颤抖，连忙端起茶杯喝茶，掩饰内心深处的愤慨。

佟永顺也连呼荒唐。

东山古来确实有用活人祭拜龙王的事。但那都是过去，其时已经是民国，民智初开，这等事初闻不啻奇谈。

然而东山县府居然同意了。这也是穷人家的孩子养不活，童子命贱，而且听说一对童男童女都买好了，只等着好日子了。

谁也想不到佟嘉禾这位守旧、迂腐的老夫子为此居然激动不已，连连说“荒唐，荒唐”，这位前清举人说到激动处，慷慨激昂，痛陈其弊，声泪俱下。

“永顺，眼下这世道魍魉魑魅横行，恶人横行，好人多难啊，咱们老百姓哪还有活路。”

白先生也感慨不已，活人祭拜这事在古代确实存在，因为当时科学落后，民智未开，但民国后已经很少听说了。

佟嘉禾道：“民国十七年了，听闻西洋都发达到难以想象的地步了，可我们还迷信用童男童女能祈雨，可悲可叹啊。”

“是啊，老百姓可怜，卖儿卖女，这日子何时是个头啊。”

白先生叹息。

佟大爷已经无法自抑了，对佟永顺说：“不行，永顺、白先生，现在是民国了，我们不能眼睁睁看着这样愚昧无知的事在我们东山发生，一定要制止。”

佟永顺和白先生摇头，他们都是一介草民，身处乱世，能有什么办法，也只能在这里发发牢骚罢了。

佟大爷站起来，在院子里激动地来回踱步，在白先生和佟永顺表示无能为力时，他变得更愤怒了。

在这位前清举人看来，无论政治态度如何，用活人祭拜都是愚昧无知的，是不该再出现了。

一连转了几圈后，佟大爷做出了一个令人难以置信的决定——他要上县里去找秦辅三，说服秦辅三放弃这个荒唐的事。

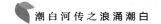

佟永顺完全没想到大爷佟嘉禾在这件事上反应这么激烈，这样一个守旧迂腐的旧时代卫道士，处处维护老祖宗的传统，居然在这件事上表现出了难能可贵的一面。

自从佟嘉禾回来后，他像一个寓公，心安理得地在家里住下，啥事儿也不管。佟永顺一度还担心佟大爷是回来争家产的。他才回来时整日读书写字，后来熟了开始东转西转，也不提回北京，让佟永顺摸不着头脑。

“好，嘉禾兄肯去县里进谏陈言，此乃义举，老朽一把老骨头了，如若不嫌弃，老朽也愿意一同前往。”

只见白先生站起来，慷慨说道，看来他也被佟大爷感染了。

“白先生，多谢了，知我者，公也。”

佟嘉禾握着白先生的手，感动不已。

而一旁的佟永顺暗暗苦笑，搁当年，佟大爷是前清举子，说句话县里估计还给面子，可现在是民国了，谁还会去听一个没用的老夫子的话。

佟嘉禾真是当年的热血脾气不改，说完就马上要动身去县里。佟永顺劝都劝不住，只好给了佟大爷一点钱，让他明天带着去县里。至于白先生年事已高，被佟永顺劝阻了。

次日，佟大爷果然收拾了东西，带着自己那个破皮箱，对人说他这回去了，县里如果不答应，他就不回来了。

佟永顺担心，就让老吴赶牛车去送佟大爷。饭后，老吴收拾好牛车，拉着佟大爷出发了。

临走，佟大爷对佟永顺说：“永顺，我这一辈子没干出啥大事，这一回就是拼了老命也要说服县里取消这件事，你在家好好照顾你娘，我过几天就回来了。”

佟永顺也红了眼圈，尽管他对这位大爷的许多做派并不赞同，但佟大爷能挺身而上，还是让他感到一丝敬意。

“伯父，永义在县里，去了那里有事也可以和永义商量，办完事就回来。”

“好。”

佟大爷最后看了一眼众人，坐上牛车，在众人的目光下缓缓出村而去。

送别的人群中，所有的目光都含着敬意，毕竟在当时年月，老百姓气愤归气愤，敢于挺身而出，去县里阻止这件事的，并没有几个。

佟大爷的举动，足以让人感动。

看着牛车从视线里消失了，佟永顺站了很久，才慢慢走回去，进了院子却看见母亲佟陈氏正在院子里望着村口方向。

“娘，外面冷，您怎么出来了，我扶您进屋吧。”

佟陈氏点点头，在儿子的搀扶下进了屋。

佟永顺出来，换上干活的衣服，喊长工德子去田里干活。

东山县城处在北京城东北方向，北邻怀柔、密云，南接通县。在民国时，因为交通不便，东山并不像现在这样发达，而是仍然处在旧时代的农村，北京城波澜壮阔的一幕幕历史大戏对东山的冲击有限，这里仍然保持着旧时代的一切，包括佟大爷这样的守旧迂腐的士绅。

牛车拉着佟大爷慢腾腾地在小路上走着，前清举人仍然沉浸在对这件荒唐事的愤怒中，回到小营村的这几个月，尽管他对很多事都看不惯，发出许多诸如“要是皇帝还在，总不是这样”的感慨。

可他总算还没糊涂，知道大清亡了。大清之所以是他不愿擦的这一页，一个重要的因素就是他曾经的举人身份，在旧皇朝坍塌的那一刻，他知道自己一生的辉煌就停留在那一刻了。

“驾”，老吴轻轻地抽了一鞭，黄牛迈开步伐，跑得更快了。连黄牛都知道，到了县城就能歇息了。

六月的天气，太阳火辣辣地照着。河边，一群孩子在玩水。路上老吴缠着佟大爷讲他当年的事情。

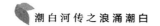

“光绪二十一年，康先生和梁先生联合603名举人联名上书，抗议朝廷和日本人签订的《马关条约》。那时候，我刚三十出头，血气方刚，跟着康有为、梁启超，一心想通过上书让朝廷重视，也是那时认识的康某人和梁公……一晃几十年过去了，世事变幻，物是人非啊。”

“想不到，如今康某人已死，梁公远走海外，大清也亡了，袁世凯折腾了半天，自己也搭上了。这世道谁也说不准啊……”

这位保皇派人士一直对康有为的人品颇有微词，很不屑，以致康有为已经死了，他还直呼其为康某人，而对梁启超以公相称。

老吴听不懂，他只是个乡下人，却做出洗耳恭听的样子，他想听佟大爷是如何过五关斩六将的，可佟大爷始终没讲出来，除了公车上书和戊戌变法，他只参加了闹剧一样的张勋复辟，最后的结果都是功败垂成，回过头来想想，也没什么可夸耀的了。

这两人一路聊着就到了东山县城，一进县城就看到街上人很少，两边的铺子里冷冷清清，到处都是保安团的人。老吴找个路人问了下，说是保安团正在抓共产党派到北京的农工领导人。

老吴担心被康麻子发现，把牛车赶到牲口歇脚的地方，佟嘉禾就急着去县府找秦辅三了。

佟大爷到了县府门外，让门口的兵进去通报，就说是小营村的佟嘉禾来拜访秦知事。

看门的看他像个乡下老头，其貌不扬，懒洋洋地也不搭理，说了几遍，仍然没动。

佟嘉禾急了，脾气上来了，不管不顾，嘴里嚷着他要见县太爷，硬往里闯。

看门的一看这老头这么倔，吓唬了几下，没管用，正在推推搡搡，忽然从县府院里走出来一个人，这个人皱着眉头看了佟嘉禾一眼，问：“怎么回事？”

看门的说这老头非要见秦知事，说是小营村的，叫佟嘉禾。

佟嘉禾——那人是个县政府小吏，想起小营村有个地主叫佟永顺，是当地乡绅，就问："小营村的，认识佟永顺吗？"

佟大爷连忙说，他就是佟永顺的大伯。

小吏看了一眼佟嘉禾，摆摆手让他进去。

看门的这才进入通报，刚好东山县知事秦辅三正在里面办事，听到是佟嘉禾，顿时吃了一惊。

东山县知事秦辅三这个人，为官比较清正，年龄和佟嘉禾差不多，对当年的公车上书记忆犹新，闻听站起来，道："可是佟公，他不是在北京吗？何时回来的，又怎么来这里了？"

看门的一看知事认识，顿时也不敢马虎了，刚要出去叫他进来。

谁知道，秦辅三道："不必了，既是佟公前来，我当亲自迎接。"说完整理衣冠，迎出门口。

秦辅三走到县府门口，看见一个其貌不扬的老头穿着古怪，正大声嚷嚷要找秦辅三。他一看有点不认识了，毕竟隔了这么多年了。

"请问您可是当年的佟公？"

"你是？"

"鄙人东山县知事秦辅三。"

佟嘉禾点头道："得了，我正要找您。"

秦辅三赶忙道："佟公，您请。"客客气气把佟嘉禾迎了进去。

当年的公车上书是一件大事，也是振奋国民的一件事，秦辅三对佟嘉禾的行为早已钦佩，今日得见肃然起敬。

两人在县府宽敞明亮的办公处坐下，有人奉上上等好茶。

佟嘉禾憋着一股子劲头，把茶水一推，直接说："老朽何德何能，敢喝您秦知事的茶？"

"佟公，此话怎讲？莫不是嫌秦某怠慢了。"秦辅三还以为这老头是因为刚才不让他进的事生气。

佟嘉禾也不客气，气鼓鼓把来意一说，秦辅三顿时吸了一口凉气。

用活人拜祭的事，县里已经定下来了。秦辅三开始也不赞同，但架不住县里的地主乡绅十分迷信那些巫师、阴阳先生的游说。要是不同意的话天干物燥，地里颗粒无收，他虽是一方父母官，但也无法堵住悠悠众口。那些地主与北洋政府也多少有些连连儿，这要是闹到北京，他这个一心为民的县官反倒成了致人民于水火而不顾的独夫民贼了，难啊！

“秦公，活人拜祭一事万不可再行，这是旧时陋习，人命关天，现在是民国了，怎能还因循旧的东西，百姓愚昧，你这个一县的父母官，岂能如此荒谬？”

“佟公，您别急，慢慢说……”

虽然寥寥几句，但说得秦辅三开始冒汗了，也就是这位前清举人敢这么直截了当，不给他面子。

“自民国来，国家早就倡导国民学科学，破除陋习，呼吁百姓革新，你这一县之长居然能做出这等事，可知那童男童女是谁家可怜的儿女？”

“佟公……”

秦辅三没想到这老头脾气如此倔，暗暗擦了把汗。他明知道此事荒谬，但东山县的乡绅、社会名流全都在呼吁活人拜祭，他一己之力，也犯不着为这事得罪所有人，所以才默认了。

没想到来了这老头，还不是普通人，是名副其实的老派保皇派人物。秦辅三一向敬重佟大爷，顿时陷入了沉吟中。

说白了，秦辅三不是不知道，而是不愿为此得罪东山县的乡绅，丢了名声和官位。

“秦知事，老朽的话说完了，今天您要不答应这件事，老朽就坐在你这里不走了。”

佟嘉禾的倔脾气上来了，把茶杯推开，摆出了一副不答应就不走的架势。这要换别人，秦辅三早就拂袖而去，懒得答理了。

可偏偏是这个老头，一时间，秦辅三也为难了，坐立不安，一个劲地劝老头喝茶。

“佟公，这事儿嘛，不急，慢慢说，喝茶，喝茶。”

秦辅三准备打太极了，想把这老头搪塞过去，心里发急，就想离开。

可佟嘉禾认准了，就是缠着他不放，非要他答应放了那对可怜的童男女。

整个中午，秦辅三急着走，却被佟嘉禾缠住不放，无奈之下借着上厕所溜了。

秦辅三溜了后，让人告诉佟嘉禾先回去，这事儿等以后再说。

秦辅三以为老头下午肯定就走了，但谁也没想到，佟大爷这回豁出去了，就坐在县府里面，不走了。他让老吴找个店住下，耐心等他。

晚上，县府的人一看不行，老头躺在里面睡觉了，赶忙去找秦辅三。秦辅三闻听哭笑不得，却也没辙，一气之下索性不管了。

就这样，佟大爷被撂在县府里面没人管。他真是铁了心了，饿了就自己去找吃的，吃了就睡，把这里当家了。

期间，秦辅三无奈，让人故意找了几个兵痞去威吓了一番。佟大爷丝毫不吃这一套，他是见过大世面的，东山的这些小吏在他眼里跟普通百姓一样，反正是软硬不吃，非要秦辅三带话。

一连三天，把秦辅三弄怕了。

这要是普通百姓，秦辅三早就下令把他抓了，可佟嘉禾身份不一般，前清举人，参加过公车上书，哪一样说出来都能让秦辅三掂量下，而且佟嘉禾当年的一干同僚如今都在北京城里身居高位，秦辅三惹不起。

闹到第四天，知道的人也多了，都说这老头厉害，秦辅三见状，怕事儿闹大了，终于向佟大爷低头了。

这天下午，秦辅三踏进那间屋子，进门就对佟嘉禾说：“佟公，秦某是真服您了，您回吧，这件事我答应了。”

“你是东山县的父母官，可要说话算数。”

佟大爷还担心秦辅三不是真的答应，在糊弄他。

“佟公，您放心，我是真的服了，您要不放心，我今天就把那对童男女放了。”

“好，这可是你说的。”

佟大爷一听，顺坡下驴，当场逼着秦辅三打电话给保安团让放人。

到了这时，秦辅三心里骂娘，只盼赶快送走“瘟神”，赶紧给保安团长打电话，让把那对童男女放了。

一会儿工夫，保安团把人放了。佟大爷还不罢休，又让秦辅三给那两家人赔了六十块大洋，才算完。

完事后，佟大爷才满意地离开县府，秦辅三尽管心里窝囊，还是赔着笑送了出去。

佟大爷一刻没停就回乡下去了。

老吴这回是开眼了，回到小营村，添油加醋地把整个过程一讲，众人闻听，都对佟大爷刮目相看。连佟永顺也对佟大爷竖起了大拇指。

在当时的年代，要革除一件流传下来根深蒂固的习俗，不是一个人能改变的。就连秦辅三内心深处也是反对的，都不敢公然反对。而佟大爷办成了。

这事儿过去的一天晚上，佟永顺把大伯佟嘉禾请到屋里，桌上早备好了酒菜，佟永顺倒了一杯，给佟大爷，说：“大爷，永顺敬您一杯，您这回可是给咱们佟家争了口气了，十里八村都在夸奖，没人不佩服您。”

“哈哈，永顺，我这把老骨头，没啥用处，能为地方做一件事也算值了，说到底，这里面还有永顺你的功劳啊。”

“此话怎讲？”佟永顺有点不解。

佟大爷心情舒畅，说：“秦辅三能答应我，这里面还有咱们佟家的原因，佟家是本县大户人家，他不能不给个面子。老朽这一走十几年，咱们佟家能有今天的样子，是你和你娘的功劳啊。”

佟嘉禾此话不假。他一走几十年，佟家就靠着佟陈氏和佟永顺两人辛苦支撑过来的，如今，佟家在东山县也算有头有脸的人家。

爷俩越说越高兴，都喝醉了。

佟大爷说：“永顺，现在外面兵荒马乱的，乡亲们的日子都不好过，我有件事一直想和你商量。”

佟永顺说：“您说。”

佟大爷说：“这年月，佃户的日子都难过，咱们得厚道，给佃户减租，让他们熬过去。”

其实佟大爷说这话并不是心血来潮，而是回来的这段时间，亲眼看到的情况，佟家的佃户闹了几次要减租了，佟永顺都不答应。

道理很简单，佟家一大家人，要吃要喝的，减了租收入就少了，光景怎么过？

但佟永顺经过几天的思想斗争，还是听了佟大爷的话，给佃户都减了租。佃户们欢天喜地，无不感激。

佟大爷从县里回来后，又和以前一样每日读书写字。不过，佟永顺心里，经过这件事对伯父有了新的认识，他知道伯父虽然迂腐守旧，反对新事物，但还是以前那个忧国忧民的前清举人。而他不该揣测伯父回来是跟他抢家产的。

据说，东山县知事秦辅三后来对人说起佟嘉禾，只有三个字：惹不起。

本县的一些士绅不愿意看到活人拜祭的习俗被破除，纷纷找秦辅三，都说如果今年不给龙王爷童男童女，龙王爷明年肯定不给下雨了，都被秦辅三骂回去了。这在一定程度上，也推动了老百姓破除迷信，学习科学的进程。

转眼到了一九二七年六月，在佟永顺的多方活动下，杜江被释放了，但他在监狱里被打断了一条腿，只能拄拐。

杜江虽然回到了佟家，却再也不是以前那个生龙活虎的大汉了。这一切新仇旧恨加在一起，让佟家人对康麻子恨之入骨。

佟家又恢复了平静，佟永顺和长工辛勤地操劳着田地，佟大爷读书写字，闲时和白先生聊聊天，生活变回了原来的样子。

忽一日傍晚，佟永顺正在田里干活，在县里上学的佟永义忽然回来了。

佟永顺回到家，一进院子就感觉气氛不对，他前脚刚进，佟永义就迅速地关上了院门，同时让老吴在外面看着，有什么情况就报告。

“哥，你跟我来。”

佟永顺疑惑地跟着佟永义来到北院堆放柴火的地方，推开柴门，顿时愣住了。柴房里，躺着一个年轻人，像是受了伤，艰难地抬起头，向他点点头。

那是一个年龄和佟永义相差无几的年轻人，苍白的脸上泛着病态的红晕，佟永义麻利地给他脱下外面的衣服，里面的衣服已经被血染红了。

年轻人感激地看着他们，艰难地说了一句：“谢谢你们，我叫李仑，是永义的朋友。”

佟永顺什么也没有说，在旁边看着，等到佟永义给李仑换上干净衣服，两人走了出来，到了外面，佟永顺扭头看了佟永义一眼，只是轻轻问了一句：“他受了枪伤？”

佟永义点点头。

佟永顺沉默了一下，说：“明天让老吴去抓药，你不要去。”

说完就出了北院，他径直走到大门口。杜江回来后，因为瘸了，干不了活，他自己要求在大门口搭了一间门房，为佟家守院。

佟永顺走进门房，杜江看见他，要站起来，佟永顺没让他起来，低声吩咐说：“永义带回来一个朋友，你留点心，注意别让外人进北院。”

杜江点点头，也没多问。

佟永义过了两天就回学校了，临走时告诉佟永顺，李仑是东山县农协的人，被保安团打伤了，保安团的人在到处搜捕，他得回学校，免得人怀疑。

佟永顺虽然不问外面的事，也隐约知道农协。农协是东山地下党组织的，被北洋军阀和国民党视为眼中钉。

这件事非同一般，但他什么也没有问，只让老吴偷偷去抓了些药，每日让老吴给李仑送饭，外人都不知道，连家里其他人都不知道。

每隔半月，佟永义就从县里回来，看望李仑。

一个月后，李仑的伤慢慢地好了。一天夜里，佟永顺让老吴悄悄把李仑送走了，还给了李仑十块大洋，但自始至终，他没有多问一句，也不让老吴问。

而前段时间闹得沸沸扬扬的抗捐活动也有了结果，东山县政府迫于百姓压力，减轻了一些，但仍然逼着百姓交。

多事之秋，经过康麻子的几次勒索，加之减租，佟家也是元气大伤，得勒紧裤腰带过日子了。好在佟永顺和母亲佟陈氏都清贫惯了，生活朴素，家人也都体谅东家，倒也没事。

有一日，佟永顺想起多日未见白先生，担心白先生家里没粮，熬不下去，就让老吴给白先生送了点粮食。

老吴回来，说白先生病倒了，已经半个月了，身体虚弱得不成样子。老吴叹息说怕是熬不过去了。

佟永顺心里一阵难过。白先生于他而言，既是良师，又是益友。白先生已经快七十了，一旦有个三长两短，只怕熬不过去了。

第三章

星星之火欲燎原

白先生这一病就断断续续，一直不见好，年近古稀的人了，也是必然的。白先生一辈子单身，这段时间幸亏佟永顺和佟大爷时常过去照顾他。到了六月末，白先生的病严重了，躺倒了。

这个当口，东山县政府又做出了一件天怒人怨的事——征收鸡子捐。而负责征收鸡子捐的正是秦辅三的小舅子曹德祖。

鸡子就是鸡蛋，当时很多在县城东边农村的人为了生计，把自家下的鸡蛋拿到县城来卖，东山人讲话叫荷鸡子的。那年月真是荒唐，百姓卖鸡蛋都要缴税，不过鸡子税只是在县城有，而乡下并没有。

佟永顺是从佟永义口里听说这件事的，当听到是曹德祖负责征收，不禁愤然。上次就是因为曹德祖从中捣鬼，他和白先生等人组织的抗捐活动失败告终，闻听这次又是曹德祖负责鸡子捐，自然愤怒。

不过，佟永顺一向不愿多事，愤怒过后，却也没做什么。

佟永义在东山县中读书，县中在县城的东面，这所中学据说前清时是东山某位官位显赫的翰林院大学士修建的。一条不知名的河从县中前面流过，临河的地方有一片柳树林，傍着林子建了一座石桥，成了学生们最爱去的地方，每天午后，桥上各处都聚集着一群群进步学生在讨论时事。

东山因为距离北京城近，学生又容易接受新事物，各种进步思潮风起云涌，三民主义、马克思主义理论都是学生们推崇的。

思想激进的佟永义和同学们常常在石桥上讨论局势，痛陈时弊，谴责北洋军阀的种种倒行逆施，学生的爱国热情逐渐引起了东山区农协的注意。

当时，东山区农协是地下党建立的，组织农民起来反抗北洋政府其时，地下党和一些进步组织力量都很薄弱，他们组织的运动都比较温和，以避免过度刺激国民政府，造成不必的伤亡。

一九二七年四月的一个傍晚，佟永义认识了农协的李仑。

他们是在学校后面的柳树林认识的。李仑是个很温和的年轻人，他穿着一件县城里做生意人穿的破袄，袖子上满是破洞，却洗得干干净净。

那天，李仑给佟永义讲了很多他从来没有听过的道理。

“永义同学，旧的时代已经过去了，现在是新的时代，你们学生要积极参与革命，加入改变国家、民族命运的队伍中来。”

这是李仑对佟永义说的第一句话。李仑边说边伸出了手，佟永义紧紧握住他的手，四目相对。李仑看到了那渴望新生的年轻的目光。

之后，佟永义的同学林书娴，在他们的影响下也加入了农协，三个人常常一起讨论革命。

后来，李仑在一次活动中被保安团打伤了，是佟永义连夜把他背回小营村，藏在佟家养好了伤。

那之后，佟永义就成了东山农协的一员，农协平时的工作很简单，就是发动工人、农民、商人用温和的方法反抗东山北洋政府的苛捐杂税、各种暴行，由于农协活动比较温和，加上县政府被共产党和张大帅的压力闹得焦头烂额，也顾不得管农协。

到民国一九二七年六月底，东山的农协发展迅速，已经拥有了很大的力量。随着农协力量的增强和革命形势的发展需要，东山县农协领导人陈为人决定开展一次大的行动，来震慑县政府。

其时正逢县政府征收鸡子税，东山县农协领导人陈为人和李仑等人在一个秘密的地点开会。

“同志们，今天这个会大家可能都提前知道了，经上级组织批准，上级同意我们在东山县城开展一次抗鸡子捐运动，这次运动，我们要一改过去温和的作风，要向北洋军阀旗帜鲜明地发出反抗的怒吼声……”

“啪啪啪！”一阵激烈的掌声响起。

有人给陈为人递了一杯水，陈为人接过来喝了一口，继续说道：“同志们，经过我和李仑、路波几个人的研究，决定把这次行动规模再扩大，不但要把东山全城卖鸡蛋的农民都组织起来，还要发动东山郊区，邻近乡下的农民也组织起来。这是一个很大胆的想法，下面请李仑同志谈谈。”

李仑站起来，看着其他几人说：“我完全赞同陈区长的话，该让县里看看我们农民的力量了。我建议，让佟永义同学参与这次行动。佟永义同学是一个进步学生，一直要求参加我们的行动，而且他的身份特殊，他的哥哥佟永顺是本县士绅，伯父佟嘉禾是有名的保皇派人士，他的身份能保护他。”

李仑说完，农协的几位领导互相看了看，都点了点头。因为既然要搞一次大的运动，就要有人出面组织，这个人身份必须特殊，将来可退可进。

佟永义的伯父是有名的保皇派，哥哥佟永顺是乡绅，县里多少都要给点面子。

商量完毕，会议散后，李仑让林书娴把组织的决定悄悄传达给佟永义。

“佟永义，太好了，组织上让你领导这次抗鸡子捐活动，你终于可以大显身手了。”

“林书娴同学，谢谢你带来的消息！”佟永义激动不已，抓着林书娴的手用力摇着，他早就盼着能参加农协的运动，好为革命干一点事。

“哎呀，你弄疼了我了。”

佟永义用力过猛了，疼得林书娴皱起了眉头，脸上闪过一丝绯红。

佟永义难为情地笑了一下，说："林书娴同学，对不起，我……"

"你什么呀？"没等佟永义结结巴巴说完，林书娴白了他一眼，随即吃吃一笑跑开了。

根据东山农协指示，李仑和佟永义秘密地开展工作。他们首先联络了东山县城的所有卖鸡蛋的农民，约定了时间，等那一天大家一起行动。

之后，佟永义回到小营村，悄悄游说并发动村里卖鸡蛋的人参加运动。小营村以前有人在县城卖鸡蛋，这些人有的后来不在县城了，却仍然被摊派税，自然心里不满。于是在佟永义的游说下，他们纷纷加入了。

天黑后，佟永顺从田里干活回来，吃过饭，点着水烟袋咕噜咕噜地抽。

民国时期的乡下，稍微有点家产的地主，基本上都离不了水烟袋，水烟抽起来提神，且耐抽，是乡下人的最爱。

佟永顺是从母亲佟陈氏那里学会抽水烟的。佟陈氏年轻时守寡，拉扯两个儿子长大，着实不易，在繁重的劳动中开始用抽水烟袋排解烦心。

佟永顺年轻时抽，佟陈氏还干涉。等前妻那个苦命女人死去，他再抽，母亲就不管了。

灰蒙蒙的烟雾几乎遮住了佟永顺的脸，空气中的灰尘在烟雾里飞舞，只有二十八岁的他，这一刻却仿佛像个老头。

佟永义悄悄走出来，准备溜出去，却被佟永顺叫住了。

"站住！"

佟永义不情愿地站住了。

"干什么去？"

"……"

"你忘了你是个学生，你的任务是读书，不是跟着那些人胡闹！"

佟永义这几天回来活动一直瞒着佟永顺，可他又怎么能瞒得过精明的佟永顺呢？佟永顺这双眼睛，整个小营村也没有几个人能逃出他的法眼。

“哥，北洋军政府越来越不顾百姓安危，苛捐杂税越来越多，你难道看不到吗？今年刚收了那么多税，又要收鸡子税，这是不给老百姓活路啊。难道就眼睁睁看着老百姓活不下去？”

“混账东西！”

佟永顺怒斥的声音大了点，惊动了外面门房的杜江，杜江拄着拐杖走出来，咳了一声，却没有进来。

“哥，你是冷血，还是看不见？老百姓都快活不下去了。”

佟永义愤然说道。

可佟永顺只是淡淡地说了一句：“回去。”他的声音不大，却像有无穷的力量，佟永义顿时泄气了，“咳”了一声，回屋去了。

这时杜江进来说：“东家，永义年龄还小，经不起别人蛊惑，你别怪他，这事儿农协做得也没错，县里这帮贼太欺负人了。”

“杜江，你去看门吧，记着，留点神，这几天别让永义往外跑。”

佟永顺淡淡吩咐了一声，之后便进屋睡觉去了。

晃眼十余日过去了，县城里卖鸡蛋的农民在李仑和佟永义的组织下，做好了一切准备。

原来大家面对保安团的催捐，虽然愤怒，却是一盘散沙，没有力量。

这一次全县城的卖鸡蛋的农民都被组织起来了，一共有八百多人。

到了约定的那一天，李仑和佟永义组织这些卖鸡蛋的农户向县衙出发。

队伍前头，走的是佟永义和李仑，两人并排走着，从出发地走了半里路，街上看热闹的人就围满了。

保安团和警察局的人得到消息，早就在通往县衙的路上布下重兵，架起机枪严阵以待。

辛亥革命以后，当时进步学生的游行示威活动频发，县衙对游行都是采取高压政策，这八百人浩浩荡荡从街上走过。后面看热闹的人群紧跟着，队伍从街道这头排到了那头。

“反对收鸡子税，反对收鸡子税！”

“我们不要苛捐杂税，我们要吃饭！”

……

人群前面的林书娴振臂高呼，后面的人群立即响应着喊起来。

佟永义紧挨着李仑，昂着头，喊着口号，感到无比的亢奋。

队伍经过警察局门口，大批警察如临大敌，戒备森严，但他们却没有阻拦游行队伍。

游行队伍到了县衙，县衙大门紧闭，门口的卫兵如临大敌，惊慌不安。

按照李仑和佟永义等人商量的为了不过度刺激县政府，还是采取温和的方式，队伍到了县衙后，三人组织这八百人集体在县衙门口静坐抗议。

县衙外面闹得这么大，里面负责鸡子捐的曹德祖如热锅上的蚂蚁，躲在房里和姐夫秦辅三商量对策。

“姐夫，我的好姐夫，你快想个办法吧，那些穷鬼快冲进县衙了。”

此时曹德祖哭丧着脸，哀求秦辅三快拿主意。

“哼，你自己惹的祸，你自己看着办，我可没空给你擦屁股！”

秦辅三一脸怒气，也难怪，本来县里摊派的鸡子捐农户就承受不起，曹德祖又偷偷多加了捐税，逼得农户没有活路了，不得不反抗。

秦辅三看着自己这个不成器的小舅子，哪儿都在冒火，恨不得朝着那张贪得无厌的胖脸上打一巴掌。

“姐夫，干脆，派兵把他们都抓了，还反了他们了。”

“啪”的一声，秦辅三一掌拍在桌子上，怒吼：“抓人，你就知道抓人，外面有八百人，你抓得过来吗？”

“姐夫，把领头的那几个抓起来就行。”

“蠢货”，秦辅三瞪了小舅子一眼，如热锅上的蚂蚁，急得团团转。

秦辅三知道这段时间各种苛捐杂税，逼得农户实在没办法了。秦辅三这个人还不同于旧时代那些贪污腐化的官僚，比较清廉，他知道不怪农户，所以一时不忍心镇压。

一阵脚步声，警察局长仲景凯和保安团团长段得财急匆匆跑来了。

“报告，卑职已经将所有警察派到县衙，请指示。”

“报告，保安团全体人员已到达，请下令。”

“命令，所有人就地戒备，没我的话，不得擅自行动！”秦辅三下了命令，一旁的曹德祖嘴张了几次，又气又急，却毫无办法。

这事儿本来就是曹德祖贪心不足，私自增加税款才闹到这步田地的，但他恨不得让警察把领头的全抓起来。

秦辅三扭头问：“查出来了吗，领头的有哪几个？”

“我们已经查出来了，领头的是三个学生：一个叫佟永义，另一个女学生叫林书娴，还有一个叫李仑。”警察局局长迅速回答道。

“佟永义？”

曹德祖闻听，顿时眼睛都红了。

上次抗捐运动，就是佟永顺带头搞的，这次鸡子捐又是佟永顺的弟弟捣乱，他气得咬牙切齿，说：“好你个佟永义，看老子怎么收拾你！”

“姐夫，这个佟永义和他哥佟永顺一向反对政府，煽动百姓闹事，可恶至极，应该马上把他抓起来，关进监狱。”

秦辅三厌恶地看了小舅子一眼，摆摆手，让警察局局长和保安团团长出去。

等警察局局长和保安团团长出去后，他不耐烦地挥挥手：“你懂什么，还嫌麻烦不够大吗？”

曹德祖脸上白一道红一道，灰溜溜地出去了。

县衙外面，八百人一起静坐，虽然没有人说话喧哗，但那种气势仍然让卫兵和周围的警察胆战心惊。

一直到下午，县衙大门仍然紧闭不开，警察和保安团虽然荷枪实弹却没有动作。

周围围观的百姓越来越多，里三层外三层，把县衙门口围得水泄不通。

这是民国以来，东山有史以来最大的一次农户抗议，虽然只有八百人，带给县政府的冲击却是巨大的。

秦辅三在里面焦头烂额，县政府其他官员都像热锅上的蚂蚁，团团转。电话一个接一个打到上峰，等到的答复是尽量安抚百姓。

北京城里乱成一团，军政府当然不希望看到东山也乱了，于是要秦辅三尽量安抚。

天黑时，秦辅三让农户选出两位代表和县政府谈。

李仑和佟永义在卫兵的带领下，第一次走进县政府宽敞明亮的会议室。

东山县知事秦辅三坐在会议室一侧，陪同的是警察局局长和县里其他官员。

一道道目光盯着走进来的两个人。

佟永义昂着头，身躯在灯光下显得有些单薄，李仑也昂着头，大步走进去。

“请坐。”

秦辅三指了指对面的座位。

佟永义和李仑坐下，足足有一分钟，双方谁也没有说话，彼此对视着对方，秦辅三的目光充满讶异，他怎么也想不到面前这两个年轻人竟然能组织起八百人的抗议活动。

而旁边的曹德祖，警察局局长的目光则充满敌意，尤其是曹德祖，恨不得把佟永义和李仑一口活吞了。

“两位是选出的代表，秦某代表东山县政府，今天咱们的谈话是正式的，请两位提出你们的要求，我代表县政府答应一定会认真考虑，给你们一个满意的答复。”

李仑和佟永义对视了一眼，开口说：“秦知事，我知道您是位清正廉洁的官员，眼下东山刚经历大旱，庄稼歉收，老百姓日子快熬不下去了。县政府不顾民情，居然还要征收鸡子捐，这不是把老百姓往死路上逼吗？”

李仑的声音高昂，掷地有声，充满力量，在大厅里回荡，让秦辅三顿时有点尴尬。

平心而论，秦辅三不是不知道老百姓的难处，也知道这时候征收鸡子捐，是让老百姓越来越难，可县政府也有难处，上峰不断地向他摊派军饷，不问老百姓身上要，他这个县长又能怎么办？

“咳，咳……”秦辅三掩饰地干咳了两句：“时下国事维艰，政府财政捉襟见肘，南方革命党步步紧逼，北京城风雨飘摇，国难当头，还望二位能体谅秦某和县政府的难处。并不是置百姓安危于不顾，而是国事如此，实在无法啊。”

秦辅三大吐苦水，其实也是实话。

“秦大人，北洋军政府倒行逆施，置百姓于水火而不顾，苛捐杂税猛于虎，难道无辜的老百姓就该承受吗？”

“这个……这个嘛，二位请冷静，咱们慢慢谈。”

秦辅三这才算领教了眼前两位年轻人的厉害，暗暗擦了一把汗，狠狠地瞪了小舅子曹德祖一眼。

“李仑，这里是县政府，还反了你们了，来人，给我抓起来。”

这时一旁的警察局局长猛地一拍桌子，外面冲进来几个警察就要抓人。

佟永义腾地站起来，面对着对方，没有一丝畏惧，大声说：“要抓就把我们两个人一起抓走，只要鸡子捐一天不取消，我们绝不放弃抗议。”

一时双方剑拔弩张，气氛紧张，面对此情景，秦辅三连忙挥手让那几个警察出去。

县衙里，谈判继续，农协要求取消鸡子税，而县政府只同意减免，一直僵持到天黑也没有结果。

晚上，农户继续在县衙门口静坐。

第二天，农协又发动工人、学生声援农民，整个东山县城掀起了一场声势浩大的运动，连附近的通县、平谷、三河都有工人前来声援，一时间群情鼎沸。

局势的发展出乎了秦辅三的预料，他原以为不过是几百个卖鸡蛋的农民在闹，事态一升级，秦辅三也有点慌。

东山本来就是个小县城，这一闹整个市面都受到了影响，秦辅三这下急了，把两位代表请到了县衙。

再次入座，李仑和佟永义显得轻松多了，而对面的秦辅三却显得很焦急。

“佟先生、李先生，你们两位提出的要求县政府昨日讨论了，县府体察到大旱刚过，百姓困苦，念民生不易，特意决定答应你们的要求，取消这次鸡子捐。”

李仑和佟永义相视一看，露出会心的笑容。

“两位，秦某代表东山县政府，宣布取消这次鸡子捐，这下你们满意了吧？”

“秦大人，我们代表八百名卖鸡蛋的农户谢谢县政府，灾荒之年，尚望县政府能体察民情，抚恤百姓，使百姓能渡过难关。”

“好说，好说，两位请喝茶。”

秦辅三暗暗擦了一把汗，松了一口气，农协再闹下去，惊动上峰那就麻烦了。至于曹德祖气急败坏，躲在屋里恨不得把佟永义吞了。

这次抗鸡子捐运动让曹德祖彻底丢光了脸面，也让县政府陷入被动，他被秦辅三狠狠地教训了一顿，心里极为窝火。

当天，在秦辅三答应取消鸡子捐后，农协也宣布这次抗捐活动结束。县城里卖鸡蛋的农户都奔走相告，欢呼雀跃，庆祝胜利。

县城北边的陈记杂货铺，后院有一个僻背的地方。

下午，农协在这里召开会议，总结这次活动的得失。

这是佟永义第一次参加农协会议，农协领导人陈为人、路波主持会议。

会议开始，众人都很高兴，陈为人开口说："同志们，这次运动是我们东山县有史以来最大的一次运动，在农协的领导和卖鸡蛋的农人的共同努力下取得了圆满成功。"

底下一阵热烈的掌声。

"眼下，国民革命军已经取得了阶段性的胜利，北京的军阀政府惶惶不可终日，张作霖在北京城的日子不好过，形势一片大好，我们农协一定要抓住这有利的时机，组织工人、农民发起抗捐抗税运动。"

接着，陈为人总结了这次抗捐运动胜利的经验，说："这次抗捐运动，李仑和佟永义两位同志起到了很大作用，在和县政府谈判中有礼有节，言辞犀利，谁说我们泥腿子上不了台面？"

之前在农协组织的抗议活动中，农协代表和县衙交涉事项曾被讽泥腿子，上不了台面。

说到这里，所有人都看向李仑和佟永义。

佟永义站起来，涨红了脸，有点难为情，毕竟对面坐着的可是大名鼎鼎的农协领导人陈为人。

陈为人是湖南汉子，是中国社会主义青年团的第一批团员，大革命爆发后，陈为人毅然决然投身革命。经过在革命队伍的磨炼，现在已经是共产党东山区农协的领导人。

"陈书记，我还差得远，以后要多跟同志们学习……"

"永义，坐下吧。"

坐在一旁的林书娴笑着按住佟永义肩头让他坐下。

佟永义坐下，心里激动无比，组织上让他参加这次会议，说明组织上已经认可了他，他正式成为农协的一分子。

农协总结了这次运动的得失，陈为人表扬了佟永义和李仑后，开始讲今后的任务。

陈为人分析了国内的形势，认为东山地区目前的情况比较缓和，秦辅三是个廉洁奉公的官员，老百姓还没到活不下去的地步，所以尽量还是不要刺激县政府，继续采取温和措施，发动群众斗争。

其时虽然国民政府取得了北伐胜利，北洋军政府下台已经是时间的问题，蒋介石在南京成立南京政府，国共宣告分裂，尤其是马日事变后，地下党的处境也危险起来了。

这次会议后，满怀热血的佟永义成为农协的骨干分子。

但抗鸡子捐运动后，保安团和警察局盯得越来越紧，为了安全，农协暂时停止了活动。而佟永义暂时也把精力放到了学习上。

在东山乡下，在佟永顺的照顾下，白先生捡回了一条命。

佟永顺之前去县里求秦辅三赈灾的事也有了眉目，县政府拔下了一笔赈灾款，不过负责这件事的却是曹德祖，落到他手里可想而知，最终到老百姓手里能有多少。

连续经历这样的事，佟永顺心里可以说对北洋军政府治理下的县政府失望到顶了。

但他骨子里恪守的传统礼教，使他只能默默忍受。

然而，这件事给佟大爷却带来了冲击，他亲眼看见县政府的腐败，使他一向恪守的信念也在逐渐怀疑起来了。

一九二七年八月一日，南昌起义爆发，掀起了我国近代史上波澜壮阔的革命事业。

南昌起义后，国民党对党领导的地下组织开始疯狂破坏，在这股浪潮下，东山区农协的处境也危险起来。

一天，康麻子带着保安团来到县中学旁边的石桥上，想抓捕进步学生。

这天，佟永义和林书娴等几个进步学生正在石桥旁边的柳树林制作革命传单，听到石桥那边传来枪声。

“不好，是保安团的人。”

“马明远、林书娴，你们赶快把这些传单藏起来，我过去看看。”

佟永义站起来，一边说，一边就准备过去。

“永义，不能去，你去了他们会把你也抓走。”林书娴紧紧抓住佟永义的手，眼里掩饰不住担忧。

情况紧急，佟永义用不容抗拒的语气说：“你们快把传单藏起来，我过去看看，如果我回不来，就快去报告组织。”

说完，他毫不犹豫地迎着保安团走了过去。

康麻子带着保安团，来到石桥上抓人，他事先已经得到了内线报告，知道学生们在石桥上聚集，保安团一来，黑洞洞的枪口对着，学生们自然不敢反抗。

康麻子一挥手，说：“全部带走！”

一群如狼似虎的当兵的就要把这十几个学生带走，正在这时，佟永义赶来了。

“住手，这里是县中，他们都是学生，凭什么抓人？”

“嗬！”康麻子扭头一看，认出了佟永义。

“佟永义，是你，来呀，给我抓起来！”

之前的事，康麻子对佟家恨之入骨，这时看见佟永义居然自己送上门了，眼珠骨碌碌一转，就要让人把他一块带走。

“慢着，这些都是手无缚鸡之力的学生，并未触犯政府律令，你们凭什么乱抓人？”

佟永义挺身挡在其他学生面前，毫不畏惧，大声质问道。

康麻子被佟永义一问，说不出话来，恼羞成怒，指着学生喊道：“你们都聋了吗？把他们全部给我抓起来，快点，妈的。”他气得朝几个当兵的踢了几脚。

那几个当兵只得端起枪，向学生扑过去。

“站住，不许抓人。”

此时，佟永义像一堵墙挡在学生面前，面对保安团黑洞洞的枪口，毫不畏惧。其他学生见状也都过来和佟永义站在一起，怒视着保安团。

康麻子又气又急，枪栓拉得哗啦啦响，但他只能吓唬，不敢开枪，这些可都是学生，只能抓回去审问，不能随便开枪。

“同学们，这里是学校所在，是受法理保护的，保安团无权闯进来，更不能擅自抓人，大家不要怕。”佟永义大声对其他同学喊道，那些同学受到了鼓舞，也勇敢地反抗起来。

康麻子恼羞成怒，催着保安团抓人。僵持间，学校里的老师和同学们听到了，全都跑来，众人一齐声讨保安团。面对学生们的怒吼，康麻子只好灰溜溜地溜了。

保安团走后，同学们围着佟永义，纷纷赞叹他刚才不畏凶险，挺身而出救了同学。

说真的，刚才是挺危险的，佟永义这才发现自己全身都被冷汗浸湿了，可见刚才有多紧张。

同学们散后，佟永义、林书娴几个进步学生来到旁边的柳树林里。

“永义，今天的事过后，康麻子一定对你恨之入骨，你要注意安全。”

“是啊，永义，你几次破坏他们的好事，康麻子肯定会报复你，要多加小心。”

林书娴和另一个进步学生都为佟永义担心。

佟永义明白他们说得对。新仇旧恨，康麻子肯定不会放过他，但为了光明正义，为了革命，他早就生死置之度外了，闻听只是笑笑。

不过，佟永义还是听取了林书娴等人的建议，开始事事小心起来。

这期间，东山县政府征集民工加固河堤，民工都是附近乡下的穷苦农民，工程完工后要不到钱，一个穷困潦倒的农民因为要不到工钱跳进了潮白河。

这件事轰动一时。那个年月，老百姓虽然愤怒但谁也没有办法，李仑和佟永义等一些热血青年为之愤怒不已，在向上级请示后，决定开展一次运动。

农协当时的处境也很艰难，被保安团、警察局盯着，只能暗中活动。

这天晚上，佟永义和李仑等人商量完工作，从陈记杂货铺后门出来，故意在城里转了几个圈，确信没人跟踪才回学校。

天黑后的东山县城除了有钱的大户人家，其他地方都是一片黑暗。街上除了保安团巡逻的，很少看见其他人。

快赶到县中时，佟永义心里一阵轻松，加快了脚步，就在经过一段僻静的路段时，突然身后窜出来几个彪形大汉，向佟永义扑来。

这一带僻静，两旁巷子里一片黑暗，住户基本上天黑就关门闭户，没人出来。

佟永义一介学生，哪里是这些彪形大汉的对手，被装进麻袋，那伙人抡起棍棒乱打起来。

“来人啊！”

佟永义拼命挣扎着，大声叫喊，喊声划破了小巷的宁静，却没有一户人家亮灯。

正在危急关头，突然旁边的巷子里，一户人家的门打开了。

走出来一个年约六旬的老者，那老者虽然须发皆白，却精神矍铄，双目似电。

只见老者紧走几步，到了跟前，喝道：“住手，再打就出人命了！”

“滚开，哪里来的，少管闲事！”

几个彪形大汉根本无视老者，一个大汉过去顺手一推，想把老者摔出去。

哪知他抓住老者身体，一用劲却如撼山般毫不动摇。正惊疑间那老者哼了一声，一用力，大汉直接被摔了出去。

一群大汉一惊，放了佟永义，向老者逼近。只见那老者身形敏捷，快速近身，拳脚齐出，只是眨眼工夫，那几个大汉就被打得鼻青脸肿，狼狈逃窜。

老者也不追赶，过来把佟永义救出来，此时佟永义已经昏迷过去了。

老者就把佟永义背回家，放在床上，烧了热水给他清洗干净血迹。

第二天早上，佟永义醒过来，睁开眼见自己躺在一个简朴的房间，屋子里只有一张床，一把椅子。对面的墙壁上，挂着一幅字画，上面只有一个大大的“静”字。

佟永义这才想起昨晚的事，依稀记得是有人救了他，挣扎着要起来，一动才发现浑身难受，动弹不了。

“吱呀”一声，房门开了，外面进来一个老者，和蔼地说道：“年轻人，你身体还要调理，别动。”

“佟永义谢过老伯救命之恩。”

佟永义挣扎着爬起来给老者磕头。

老者赶忙扶他躺下，经过一番交谈，佟永义知道了这老者叫褚静之。

当褚静之问明佟永义来龙去脉后，长叹一声说：“孩子，你小小年纪，竟有如此爱国爱民之心，老朽痴长几十岁，惭愧惭愧。”

“褚老，您刚才救了我，大恩永义此生不忘。”

“孩子，好好养伤吧，我熬了点汤药你趁热喝了。”褚静之走出去，把刚熬好的汤药拿进来，佟永义此时还不知道，这位褚静之老人还是一位形意拳高手。

民国那个乱世，一些更先的拳脚功夫都流失了。形意拳起源于河北一带，褚静之早年师从形意拳名宿，后来在京津一带当过拳师，晚年隐居在东山县。他平日深居简出，与世无争，所以几乎没人知道他会形意拳。

两人在接下来的几天相处中，彼此投缘，佟永义就央求老人教他形意拳。乱世之中，学习武艺防身健体，也是好事。

褚静之赞赏佟永义的满腔爱国热情，爽快地答应了。

半个月后，佟永义身体恢复了，正式拜褚静之为师学艺。

形意拳早年间拜师礼节很繁复，师父需要考验徒弟几年，但在这乱世，许多规矩都免了。

爷俩吃过饭，在当院里摆张桌子，对着祖师爷磕个头，就算成行拜师礼了。

磕完头，老爷子对佟永义说："孩子，如今是乱世，这些拳脚功夫只能防身，切莫用来恃强凌弱，你可记住了。"

佟永义说记下了。

褚静之不仅答应教他，而且没有一点繁文缛节，佟永义伤好后继续去学校，有时间就去师父那里学拳。

过了一段时间，在佟永义的说服下，李仑、马明远等人也去那里学拳。

就在这段时间里，北京城里的形势也变得越来越动荡起来。主政北京的张作霖顶不住北伐军攻势，内忧外困、忧患交加之下萌生退意，准备退回关外。

那是北京城最混乱的一段年月，尽管东山远离漩涡，但仍然能感受到了各种冲击，不时有军阀的乱兵闯入，来了就是强抢明要，搞得县政府焦头烂额，老百姓不堪其扰。

农协暂时停止活动后，秦辅三松了一口气，但为了北京一次又一次的军饷摊派，不得不又巧立名目，征收其他税，交不起的穷人被逼得卖田地，卖儿卖女，警察、保安团则到处抓人。

秦辅三为了掩盖这些悲惨的情景，营造太平盛世景象，不知听从了哪个幕僚的建议，决定召集各界名流开一次表彰大会，表彰那些奉公守法的乡绅。

远在乡下的佟家大爷受到了县政府的邀请，在一天早上坐着马车进城了。

这是佟家大爷从北京回来后，第二次进城，上次是为了童男童女的事，而这次是受了县政府的邀请。

马车到了县城已经是中午了，赶车的老吴问："大爷，咱先去学校吧？"

因为佟永义很长时间没有回去了，佟永顺让伯父去看看，顺道给他捎了点东西。

“先去学校，看看永义。”

这位前清举人显得心情很好，看着街上的风景，笑呵呵地说：“老朽有十几年没在县城游玩过了，这次来，等县里会开完了，老吴，你带我到处转转，看看东山县城。”

“行，大爷，您就放心吧，来时东家也交代了，让我带您到处转转，看看县城。”

老吴高兴地说。他是下人，陪主人游玩当然愿意。

佟嘉禾看着县城，一时有点感慨。当年，他在县城参加县试，考中秀才，还骑马披红游街，风光一时。晃眼间几十年过去了，县城一切如旧，可他佟嘉禾却物是人非了。

“驾！”

就在佟大爷大发感慨时，老吴抽了一鞭子，牛车“嗒嗒”地向县中赶去。

佟大爷坐着马车一路到了县中学，一路上兴致勃勃，和老吴聊着当年的事。

“咳，这里，前清那会儿我记得是个姓胡的老贡生的大宅门，怎么现在变成了矿务局？”

“还有那里，当年是家酒楼，这会儿都拆了，败家啊。”

“大爷，说说您当年打马游街的事吧？”

老吴饶有兴趣地问道。

一说起这档子事，佟大爷马上精神焕发，眼睛里闪着光彩，滔滔不绝地回忆起当年的事。

当年，佟嘉禾可是东山县为数不多的举人，曾经在县城敲锣打鼓游街三天，那时候一个举人就了不得。

“唉，不提了，好汉不提当年勇啊。”

佟嘉禾摇摇头。

时值八月，街上炎热难当，几乎看不到行人，只有一群群挎着枪的散兵经过。

马车刚转过南门西街，忽然前面的行人纷纷惊慌地逃窜，跟着响起了几声枪响。

“不好了，土匪进城了！”

“快跑啊！”

老吴紧急停车，和佟嘉禾茫然地看着混乱的人群，还没弄清是怎么回事，就见从前面跑过来一群散兵，足有几十号人，举着枪，沿街劫掠而来。

“糟糕，是乱兵。”

老吴暗暗叫苦。那年月，乱兵四处乱窜。这也不知是哪里下来的一伙乱兵，闯进了东山县城。

老吴慌了，赶紧调转车头，想往回跑。但那伙人已经看见他们了，吆喝着追了上来。

几分钟后，乱兵追上，把佟大爷从牛车上拉下来，不由分说就把牛车上的东西抢夺一空，佟大爷气得浑身颤抖，指着乱兵嘴唇哆嗦，说不出话来。

牛车上是佟永顺给弟弟佟永义送的粮食，几袋麦子和一些杂粮。那年月，这些都是度命的东西，为了安全，老吴在粮食上面盖了厚厚的一层干柴，伪装成卖柴火的。

老吴急了，上去抱住粮食不让乱兵带走。

“妈的，找死吧你！”

一个流里流气的兵照着老吴的头上就是一枪托，老吴“啊”的一声倒下去，头上的血直流。他俩眼睁睁看着乱兵劫掠而去。

这一切发生得太突然了，佟大爷哪里见过这种场面。

半晌佟大爷才回过神来，赶紧把老吴拉起来，老吴脸上鲜血淋漓，幸亏只是皮外伤，两人惊慌失措。

老吴撕了一块布简单包扎了一下，收拾牛车，商量怎么办。

这位前清举人愤怒不已，当时就要去县衙找秦辅三。

“光天化日之下，当街强抢，这还了得，反了反了！”

“大爷，要不咱们先找永义，这里也快到县中了，和永义商量商量再说。”老吴说。

佟大爷想了想，气也消了一半，知道再生气于事无补，就说：“行，先去找永义。”

老吴赶着牛车继续走，走了半个小时，他们就到县中了，让一个同学进去通报。

过了一会儿，佟永义慌慌张张地从里面跑出来，一看两人的模样，吓坏了。忙问：“你们怎么来了，发生了什么事了？”

老吴把刚才发生的事一说，佟永义连连摇摇头：“大爷，你们真倒霉，遇到乱兵了。”

那时候，东山县城经常有散兵游勇闯入，来了就劫掠一气，逃之夭夭。等到县里警察局、保安团赶到，他们早已经没影了，谁也没有办法。

佟大爷气得又咳咳又剁脚，说：“世道不宁啊，这要是皇帝还在，准不是这样……”

“得，大爷，您就别提前清了，现在是民国，您还是认清时代。老吴，我先把你们安排到一个安全的地方，有啥事再慢慢说。”

“行，永义，就听你的。”

老吴头上受了伤，一肚子委屈。

佟永义就在县中附近找了个旅馆让爷俩住下，找了个诊所给老吴看抓了点药。

老吴头上的伤只是外伤，敷了药，不碍事。

这一夜佟嘉禾气得睡不下，连多年养成的读书习惯也忘了，第二天起来就去找秦辅三。

到了县衙，经过上次，门口的卫兵认识佟大爷了，看他气呼呼地，赶忙进去通报。

东山县衙里，秦辅三正在和县里其他官员讨论事情，来人报小营村的那个前清举人又来了。

“表彰大会不是还有两天吗，佟嘉禾来干什么？”

秦辅三一脸纳闷，但上次他已经领教了那个倔老头的脾气，只好让其他人先回去，叫人领佟大爷进来。

时间不长，佟嘉禾气呼呼地走了进来，一进门就往那里一坐，说：“秦大人，你这个父母官是怎么当的？”

“佟老，您先坐，有话好说。”面对劈头盖脸的数落，秦辅三只得赔着笑说道。

“好好说，老朽为了参加表彰大会，这把老骨头差点就送到这里了，能好好说吗？”

“佟老，这到底是怎么回事？”

秦辅三连忙问道。

等佟大爷气呼呼把昨天的事说完，秦辅三连连摇头：“佟老，原来是这样，让您老受惊了，是我这个父母官的错，我认。”

这种事经常发生，县里也无可奈何，已经习惯了，因为昨天的事警察局并没有上报，秦辅三还不知道。

“秦大人，您可是一县的父母官，这事儿可不能就这么算了，你得给老朽做主，否则老朽就不走了。”

老头又来了脾气，秦辅三一时哭笑不得，这种事几乎每天都在发生，那些散兵游勇来了大抢一气，完了一哄而散，谁也没有办法。

他只好安慰老头说，县里会想办法，让佟大爷放心。

又当着佟大爷的面给警察局局长打电话，严令警察局马上去调查处理这件事。

警察局局长在电话那头唯唯诺诺，完全摸不着头脑，只得答应。

总之，秦辅三费了很大劲才把佟大爷安抚好，送走佟大爷后，他长长地出了一口气。

在当时，老百姓遇到这种事只能自认倒霉，毫无办法。佟大爷回来说秦辅三答应调查处理，佟永义也没当回事。

老吴的伤经过简单处理，已经没事了，于是就带着佟大爷四处游玩。

下午，老吴和佟大爷来到了东山县城北的白塔。

白塔位于东山县城北，这座建于明代的建筑经历了几百年岁月，无论是古朴的塔身还是巍峨的形象都带着历史的沧桑。

这座塔的来历，据说是因为东山县城紧邻潮白河岸，自古就有沙帮沙底自在河之说。修城时设计者恐城池被大水冲走，所以建一石幢将此城池镇住，使它安全地在东山大地保存了一千多年。

白塔建成后，经历明清几百年风雨侵蚀屹立不倒，也是东山县城有名的景观。当年，佟大爷高中举人时，也曾游览白塔，立下宏志，而今几十年过去，白塔依旧，而他佟嘉禾却已垂老，不胜感慨。

如今县城的房屋、田地、桥梁尽收眼底，紧挨着县城的潮白河宛如一道玉莽傍城而过，不过满眼望去，皆是凋敝荒凉，令人唏嘘。

“唉，几十年弹指一挥，物是人非事事休，老喽，老喽。”

“佟大爷，您还不老，还能再干一番事业。”

佟嘉禾闻言叹口气，道：“老喽，老喽，这个世道老朽是越来越看不懂了，唉，也罢，眼不见心不烦。”

他是顽固的保皇派人士，前清已经彻底退出了历史舞台，尽管他慢慢也接受了这个事实，心里却难以平静。

对佟嘉禾来说，他这一生最辉煌的时刻永远定格在了历史的某一刻，再也回不去了。

他回忆着自己的引以为傲的过往，嘴里念叨着：

正气杂然赋流形，下为河岳上为星。

岁月磅礴振寰宇，天道浩然塞苍冥！

万卷春秋谱忠曲，一腔赤胆垂丹青。

人生自古多磨砺，善恶相报总分明！

下了塔，佟大爷神情渐渐平静下来了，他对老吴说："老吴，回去吧。"

东山县衙为这次召开的表彰大会做了很多准备，一方面刚刚经历几场抗捐运动，县城市面动荡；另一方面，北京的张作霖穷途末路，急需要打鸡血，各地政府被迫着粉饰太平。

东山全县的乡绅全都被请到了县城，像佟大爷这样有名望的士绅更是一个也不能少。

佟大爷的事一出，也提醒了秦辅三，为了确保万无一失，他下令保安团和警察局全部出动，上街维持秩序。他甚至把驻扎在城东的警备部也调动了，让他们也上街维持秩序。

整个县城从早上开始，街上到处都是警察和警备司令部的人在巡逻。

到了表彰会那天，佟嘉禾很早起来，穿上崭新的长袍马褂，为了顺应形势，他难得地把辫子盘起来，藏在毡帽里。看上去精神了很多，一派开明士绅派头。

乡绅大会在县衙后面的广场上召开，等佟嘉禾和老吴到了那里，会场已经围满了人，挤得水泄不通。

北洋军政府特意派了一个特派员来参观大会，以示北京政府的重视。

平时空荡荡的广场上人山人海，前面是主席台，秦辅三和县里其他官员依次就座。

今天秦辅三的小舅子曹德祖也穿着崭新的长袍马褂，坐在一边。

大会开始前，等人群静下来，秦辅三站起来用双手向下按了按，清清喉咙说："诸位乡邻，请大家静一静，现在鄙人代表东山县政府宣布：会议开始。"

底下响起一阵热烈的掌声，那些乡绅把巴掌都拍疼了，唯恐让人看到自己不踊跃。

“下面，请北京政府的杨参议训话。”秦辅三说完，坐在他旁边的一个穿着军装的中年男子站起来，向四周行了一个军礼。

这时，主席台上的其他官员都站起来，恭恭敬敬地等候北京来的特派员训话。

那杨参议敬了一个军礼，清清嗓子，开口道：“诸位乡邻父老，鄙人杨义勇，是张大帅部下的一名参议，奉大帅之命前来贵县，参加和平乡绅大会。现今国事艰难，民生凋敝，还望诸位父老乡亲能体谅时局，共渡难关。”

说完，周围响起一片热烈的掌声，久久不散。这可是张大帅派来的人，谁敢不给面子。

接着秦辅三站起来，开始讲话，无非是让百姓体谅时局，以大局为重，不要闹事，不要担心，县政府和北京政府会帮助大家渡过难关，如此云云。总之，说的都是些官场老话。

这天的大会是表彰本县开明士绅，接下来很多士绅被请上台讲话。

这些乡绅都是地方上的一方名流，平时和县政府互相勾结，自然上台都是歌功颂德，当着北京特派员的面把东山县政府夸奖一番，没有一个人提及百姓困苦。

这些乡绅讲完话，县府象征性地给他们一点儿奖励，多是香烟、茶、酒等东西，这些东西在当时都是很难弄到的，乡绅们自然一个个高高兴兴。

等到佟嘉禾时，台上的秦辅三提高声音，大声喊道：“下面请小营村的佟老上台，佟老是前清遗老，中过举人，他可是咱们东山县的骄傲。”

清朝灭亡后，举人就成了稀缺，所以佟嘉禾这个前清举人在东山县拥有很高的威望。连北京来的杨参议都站起来，鼓掌欢迎。

万众瞩目中，佟嘉禾站起来，整了整衣帽，庄严地走向主席台。

“大爷，这才是您举人该有的啊。”老吴在下面看得一阵高兴。

佟嘉禾走到主席台，向全场人弯腰行了一个标准的大清礼，在底下的哄笑中他唰地把毡帽拿下，露出里面黑黝黝的辫子。

会场一阵骚乱，之前的乡绅上台都是把辫子藏起来，佟嘉禾却故意露出辫子，杨参议脸上阴沉下来，不过却没说什么。当时的军阀不管怎么混战，但对前清基本上态度都是一致的，即坚决反对。

秦辅三有点尴尬，咳了一声，低声说："佟老，您慢点。"

他是想提醒佟嘉禾，可是佟嘉禾这会儿根本不管了，冲着全场不伦不类地行完礼，大声说："诸位父老乡亲，现在是民国了，老朽这个前清遗老也不合时宜了，老朽本来不想说话，但昨天老朽却被一伙乱兵在光天化日之下抢劫了。"

"台上坐的都是东山的父母官，你们都看看，光天化日之下，大街上公然抢劫，成何体统，就是皇帝那阵儿，也说不过去吧。"

佟嘉禾说完，全场鸦雀无声，本来就是歌功颂德、粉饰太平的大会，来的人都心知肚明，何况还有北京来的特派员。没想到佟大爷来了这一出。

一时间底下鸦雀无声，主席台上的县政府官员尴尬无比。

"咳，咳。"秦辅三干咳了几声，说："佟老，您慢点讲，别急。"

本来好好的表彰大会，给佟嘉禾一下子弄冷场了。

杨参议沉着脸问："秦知事，这是怎么回事？"

秦辅三只好把昨天佟嘉禾被乱兵抢了的事说了出来，杨参议听完，脸色阴沉不定，过了一会儿说："秦知事，乱兵在贵县抢劫，连佟先生这样有声望的人都被抢了，这怎么行？马上责令警察局彻查此事，给佟老一个交代。"

"是，是，卑职马上去办。"

秦辅三连声答应，而旁边的警察局局长早已经冒汗了，乱兵早就跑了，这会儿让他到哪里去抓。

佟嘉禾讲完话，秦辅三特意给他拿了一点茗茶。接下来又上去几个本县名流乡绅讲话，讲完话，杨参议又讲话，整个大会开了四个多小时，遗老遗少们坐在台上，大太阳底下晒得眼里冒金星。

好容易等讲话结束，秦辅三宣布散会，这才结束了。

散场后，佟嘉禾又热又累，有气无力地说：“老吴，我走不动了，歇着吧。”

老吴只好叫了一辆黄包车拉着佟大爷回去，到了住处，佟永义放学后也来了。

佟永义听完乡绅大会的过程，忍不住夸奖起伯父来，别看佟嘉禾是个顽固的保皇派，但敢在今天的场合说那样的话，全东山县也没几个人。伯父迂腐归迂腐，但心眼不坏。

佟大爷躺在床上，嚷着明天就要回去，说他再也不来县城了。

“伯父，您别急着回去，过两天我带您四处转转。”佟永义劝说道。

佟嘉禾丝毫不听，就要明天回乡下。

佟永义没办法，只好答应。

次日，老吴就和佟大爷一起回去了。

牛车出了东山县城，佟大爷直起身子，看着越来越远的县城，无限悲怆地叹着气，说：“老吴，回去吧，这地方不是咱们待的地儿。”

老吴点点头，说：“那是，还是咱们乡下清闲，没有那么多乱兵、警察，省心。”

回到小营村，佟大爷只口不提县里发生的事，把县里奖励的茶给了佟永顺，此后，他专心在家读书写字，不再过问外面的时局了。

佟陈氏看他不打算去北京了，和佟永顺商量准备把佟家的田产分给佟大爷一份，谁知道佟嘉禾差点跳起来，死都不要。

老头说自己只要有口吃的，饿不死就行，不想操那份心，也懒得管。

佟永顺看他态度坚决，也就不再提了。

而佟大爷在东山县这么一闹，远近都出名了，连北京那边都听说了，说东山有个脾气很大的保皇派，县里派人送来了一个匾，上面写着“高风亮节”四个大字。

佟嘉禾对这个匾显得很高兴，捋着山羊胡子对白先生说："我这把老骨头总算还没被县衙忘记。"

"您可是前朝遗老，虽说现在是民国，但就是北京城里的哪个人见了您也得敬您三分。"白先生笑呵呵地说道。

"那是。"佟嘉禾一高兴，拉着白先生喝酒去了。

八月下旬的一天，佟永顺正在院子里和白先生、佟大爷讨论外面的局势，忽然从村南面传来噼里啪啦的鞭炮声。

佟永顺抬头看了一眼，是曹德祖家。老吴跑进来说东家，曹德祖当上村长了，来了很多邻村的士绅祝贺。

"这个杂种"佟永顺狠狠骂了一句，之后默默抽烟。

佟嘉禾很生气，说县里怎么会任用曹德祖这样的人当村长，岂有此理，我明天就去找秦辅三。

白先生知道老头脾气，连忙劝说："这年月，想开点吧，谁叫人家姐夫是县里的知事。"

村公所原来有个村长，因为征收税捐不积极，被县里免了，曹德祖摇身一变就成了小营村村长。

晌午时，曹德祖叫人来请佟永顺，佟家是村里的大户人家，不去就是扫曹德祖的面子。

白先生和老吴、杜江都劝佟永顺去，但佟永顺坚决地说："不去！"就叫老吴套上牛车去县城了。

这天，附近十里八乡的士绅名流全都去祝贺了，除了佟永顺。

佟永顺坐着牛车到了县里，置办完东西，让老吴拉到白塔下，悠哉悠哉地玩了一天。

曹德祖上任后，为了拉拢人心，为自己贴金，决心兴办义学。

当时兵荒马乱的，乡下民不聊生，老百姓生计都是问题，更别说教育，当时距离小营村最近的是牛栏山的完全小学，小营村的孩子想上新式学校，每天得走20里路，根本不现实。连白先生这样教了一辈子私塾的老先生都无学可教，生活困苦，一般平民家庭，根本不敢奢想。

倒是有一些地方的乡绅大户人家自己筹集钱款兴办学校，是慈善性质的。

佟永顺也有过这想法，只是这场干旱让佟家也陷入了困境，于是就打消了念头。闻听曹德祖要办义学，虽然对他为人不齿，但念及教化一方百姓，也深为赞赏。

一天，佟永顺刚从田里回来，坐在院子里抽水烟，听到脚步声响，一看是曹德祖来了。

曹德祖现在是村长，穿着长袍马褂，戴着毡帽，神气活现。

"佟兄。"

"曹兄。"

两人互致礼，坐下后，曹德祖说明来意，要佟永顺资助办学。

"佟兄，你可是本地有头有脸的，捐资办学是造福本地的好事，还请佟兄积极捐资，为小营的父老造福。"

曹德祖那张令人作呕的胖脸在烟雾里，让佟永顺一阵厌恶，如果不是兴办义学是好事，他早就把曹德祖赶出门了。

"办义学是造福桑梓的好事，难得曹兄有此善心，佟某虽不才，也愿尽一点绵薄之力。"

佟永顺慨然应允。

曹德祖见他答应，喜笑颜开，曹德祖是沽名钓誉，当然盼望本地乡绅都能支持他。

送走曹德祖，杜江说："东家，这姓曹的坏透了，只怕他没安好心，您可别轻易相信他。"

"这小子刚当了村长，想脸上贴金，这次办义学的事肯定能成。"

佟永顺笃定地说道。

果不其然，过了段时间，曹德祖开始筹办这件事。他有秦辅三的后台，一应事情也顺利得很，不到一个月，就在小营村办起了义学。

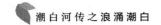

佟嘉禾和白先生都被请去教学。曹德祖虽然不爽这两人，但缺了这两人场面上不好看，毕竟一个是前清举人，全县有名的遗老；另一个教了一辈子私塾，也是远近闻名。

白先生欣然接受，他一生热爱教育，以老朽之年能为家乡做点事义不容辞，也不在乎报酬。但佟嘉禾不同，他听说现在是新式教育，不提倡八股文了，死活不肯去。

学校在小营村的西面，一座古旧的祠堂里。曹德祖领头请了几位老师教学生，学生免费上学，教学的报酬由本地乡绅共同出资。

义学开学的那一天，曹德祖请来了县上的一个官员，本来请了秦辅三，但秦辅三嫌他这个小舅子不干正事，不愿意来。

县上来的是一个管教育的参议员，姓谢，是邻村王家营子人。村公所其他人也都应邀参加。

保安团的康麻子因为是本村人，也被曹德祖请来，这小子特地带了十几个当兵的，故意从佟家门口经过。

佟永顺坐在院子里抽烟，康麻子一伙耀武扬威地经过，故意谩骂。络腮胡子杜江气得大骂，几次要冲出去，都被佟永顺喊住了。

下午二点，请的嘉宾差不多都到了。曹德祖一看佟家一个人也没有来，顿时脸上有点挂不住了。

十里八乡乡绅见少了佟永顺，也都纷纷窃窃私语。曹德祖气得心里恨不得吃了佟永顺，脸上却只能装出没事儿一样，说：“再等等，永顺兄这个人，诸位还不知道嘛，脾气大，再等等。”

康麻子一拉枪栓说：“妈的，不识抬举，老子这就去把他抓来。”

曹德祖一瞪眼，说：“混账，今天这是什么场合，整天只知道打打杀杀。”

康麻子不吱声了，他再横也惹不起曹德祖背后的秦辅三。

眼看嘉宾都到齐了，就少一个佟永顺，在场的乡绅都纷纷议论着。曹德祖气得眼里冒火，也只能做出没事的样子。

直到嘉宾都等得发急了，曹德祖急得团团转，佟永顺才姗姗来迟。

当天，义学宣告正式开学，十几户人家把孩子送到了学校。学校除了白先生，还有两位老师教学生读书写字。

不久，这件事被县里知道了，秦辅三很高兴，头一回表扬了曹德祖，认为小舅子给他争了光。

这事过后，佟永顺是彻底得罪了曹德祖。曹德祖对他恨得牙痒痒，只是暂时找不到机会报复。

一天，杜江去佃户杨盼娃家收租。杨盼娃家里七口人，靠租种佟家的田地度日，遇到灾荒年，本就熬不下去，逼得杨盼娃去县里打短工，不巧碰到一伙土匪被抢去了。

杨盼娃一时想不开跳河了。

这事儿，虽然和佟家没多大关系，但被曹德祖抓住了机会，硬是在村里散播传言说佟家逼死了人，闹得沸沸扬扬。佟永顺也很被动，给了杨盼娃家五块大洋才把这事平息下来。

乡下的日子过得很快，转眼到了十月，天下起了秋雨，雨一连下了十几天，潮白河水也涨了。佟大爷在北院读书，读得无聊了走出来，看见长工老吴和德子正在后院收拾柴火。

其实，按佟家现在的情况，要不了这么多下人，但老吴和德子都跟了佟家十几年了，家里穷困，加上有了感情，新来的杜江和蒋元良又无家可归，佟永顺不忍让他们回去。

这一大家人现在吃喝都很费，从佟大爷回来后，几个月了家里连白面馍馍都快吃不上了。

尽管家里拮据，但佟陈氏还是吩咐每天给佟大爷细粮，说佟大爷在北京城里吃惯了细粮，吃不惯粗粮。

秋雨绵绵，整个村庄都笼罩在灰蒙蒙中。田地里，干旱了几个月的庄稼贪婪地吮吸着雨水，庄户人心里也敞亮起来了。

佟大爷背着手，站在门口看着外面的雨，说："老吴，这场雨来得及时啊，东山县确实需要一场及时雨，这是老天开眼啊。"

"那是，老天爷咋能看着咱们饿死，佟大爷，您在北京城里待惯了，这乡下日子还住得惯吗？"

"住得惯，这里挺好的，读书也清闲，挺好挺好。"佟嘉禾摇头晃脑，对眼前的日子很满意。

老吴咂咂嘴，一句话到嘴边又咽下了，其实他是想问佟大爷在北京那么多年为啥不找个伴儿。

但想了想，老吴还是没问。佟大爷回来后，佟陈氏曾经问过，但他涨红了脸，什么也没有说。

这场雨对乡下人来说，来得太及时了，但对县城里的人来说，就带来了很多不便。

秦辅三在县里开完乡绅表彰大会后，北京来的特派员杨参议回去把东山的情况说了，张作霖非常不满，严令秦辅三加强管理，特别是对东山地下党组织，要严厉打击。

在这种态势下，农协被迫暂时取消了活动，农协领导人陈为人让李仑、佟永义几个积极分子都暂时不要活动，等候局势变化。

鉴于形势严峻，佟永义和同学们也就暂时停止了一切活动。

在新农巷一个僻静的院子里，佟永义和几个同学正在这里跟褚静之学习形意拳。

褚静之早年师从形意拳名宿白鹿棠，深得形意拳真髓，拳脚了得，隐居东山县城后深居简出，几乎没人知道他。

佟永义结识了褚静之。褚静之为学生们的一腔热血感动，答应教他们拳术，防身健体。

"习形意者，一要塌腰，二要垂肩，三要扣胸，四要顶，五要提，六要横顺知情，七要起钻落翻分明。塌腰者，尾闾上提，乃阳气上升，督脉之理，又谓之开督。垂肩者，肩垂则气贯肘，肘垂则气贯手，气垂则气贯丹田……"

此时，褚静之站在前面，气定神闲，正在教同学们口诀。

形意拳，又称"行意拳"，也是传统拳术之一。形意拳的祖师爷是明末清初山西蒲州人姬际可，形意拳创立之初叫"心意六合拳"，即心与意合，意与气合，气与力合，肩与胯合，肘与膝合，手与足合。

拳法分内功和外功，内功主要练精气，外功多习五行拳，结合了金、木、水、火、土五行思想，分劈拳、钻拳、崩拳、炮拳和横拳。

褚静之感念学生们的爱国热忱，毫无保留地把自己所学都教给了佟永义等人。

每星期，佟永义和同学们都要来这个小院练习形意拳。

褚静之边说边演练，众人练了一会儿，忽然一个同学从外面进来了。

"同学们，大家都过来，有个消息要告诉大家。"

那个同学一脸焦急，等佟永义几个人围过去，才说："同学们，马坡的恶霸大地主石崇佛又在到处强抢民女，搞采阴补阳，大家说说怎么办？"

一石激起千层浪，那个同学说完，顿时院子里所有人都激愤起来了。

这件事要从头说起。东山北面有个叫马坡的地方，马坡有个大地主叫石崇佛，家里有良田百亩，儿子在警察局做事。几年前，石崇佛不知怎么认识了一个妖僧，那个妖僧有一套采阴补阳的妖说。石崇佛听信了妖说，为了长生不老，就开始强买、强抢民女。

每隔七七四十九天，石崇佛就要强买，买不到就强抢一个黄花闺女，抢到的民女被他糟蹋后抛弃，下场凄惨。

这事儿在马坡一带无人不晓，无人不唾骂，可以说是天怒人怨。但石崇佛是地方恶霸，老百姓敢怒不敢言，谁也没办法。

那个同学是马坡人，回家刚好听说了这件事，气愤难平，就跑来和大家商量。

"太丧尽天良了，毫无人性，同学们，现在是民国了，还有这种事？"

“对，这是毫无人性的禽兽行为，我们大家一定要抵制，绝不能任由罪恶在阳光下发生。”

“对，对，大家讨论一下，一定要想办法制止这件事。”

……

佟永义和同学们都义愤填膺，纷纷挥舞拳头，痛斥这种丧尽天良的行为。

褚静之在旁边看着，眼里也露出愤怒，这种事只怕任何一个有良知的人都会反对。

“褚老师，您怎么看？”

“现在已经是民国了，发生这种事是万万不该的，真是丧尽天良，丧尽天良！”

褚静之连用了两个“丧尽天良”，显示他内心深处的愤慨。

此时，佟永义和同学们全都义愤填膺，无心在训练了，想想这都到民国十七年了，早就废除了帝制和封建迷信，在北京眼皮底下还能发生这种事，实在荒唐。

“褚老师，今天就到这里吧，我们要回去商量这件事。”

佟永义等人和褚静之道别。大家主要怕影响了褚静之，褚静之隐居十多年了，他不愿再多事，众人也不便强求。

回到学校，同学们怒气难平，又聚集到学校外面的石桥上讨论，经过讨论，最后决定把这个情况由佟永义向农协报告。

佟永义当天就找到李仑，向东山区农协报告了这件事。

李仑一听，也气得用拳头砸在地上，说：“无法无天，丧尽天良。永义同志，你放心，农协一定会管这件事，你先回学校等候通知吧。”

“好，那就请农协一定要想办法，治治这个无法无天的恶霸。”

佟永义说完，告别李仑回去了。

晚上，县城北边陈记杂货铺。

农协领导人陈为人、路波听完李仑说的情况，路波一拍桌子，愤怒地说："简直无法无天，这都到什么时代了，居然还有人信这种妖术，妖言惑众。老陈，我建议农协组织一次行动，把这个恶霸处理了，为民除害。"

"好，为民除害，我赞成。"

李仑兴奋地说，大家其实都有这个意思，但眼下警察局和保安团盯农协盯得紧，非常棘手。

陈为人看向一旁的陈记杂货铺掌柜陈明泽，陈明泽是陈为人发展进入农协的。此人是个典型的旧时代商人，精打细算，对东山县所有的情况都熟悉，处事比较慎重。

"咱们现在讨论一下，陈掌柜，你的意见呢？"

"我赞同路波同志说的，对这种无法无天、丧尽天良之徒，建议为民除害。"

陈明泽一向温和，但听到这件事也忍不住了，同意处决石崇佛。

听到开会的三个人都是这个意思，陈为人顿时陷入了沉思中。他清楚，按石崇佛的所作所为枪毙都不过分，但这个当口风声很紧，万一闹大了，对农协不利。作为东山区农协领导人，他要对农协负责任。

此时，李仑、陈明泽和路波都一再要求为民除害，可以起到杀一儆百的作用，来警示那些恶霸。

会议进行了两个小时，最终农协领导人经过讨论，决定发动一次打击恶霸石崇佛的行动。

第二天，佟永义和李仑秘密去了马坡。马坡就在东山县城北面，和小营村一样，是一个几千人的大村庄。石崇佛是村里最大的大地主，他拥有几百亩地，光老家护院的都有十来个，还在县城开办了面粉厂，两个儿子，一个在警察局，一个在县里做生意。

可以说，在马坡一带，石崇佛跺一下脚，整个村子都要颤抖。

虽说现在是民国了，但石崇佛强抢民女，吃喝玩乐，无恶不作，马坡一带的老百姓敢怒不敢言，苦不堪言，背地里恨不得生吞其肉。

距离石崇佛豪华大院半里，有一个只有十来户人家的小村子，村子坐落在山腰间，极其隐秘。

小村最后面的一户人家，这天傍晚女主人坐在门口纳鞋底。

女主人低头纳鞋底，狗就卧在旁边，警惕地看着前面进村的山路。

此时在这户人家的柴房里，房门紧闭，里面点着煤油灯，屋里几个人正在说话。

“李同志，石崇佛家里只有他和三个老婆，长工都在另一个院子。守院的主要就是那十来个护院队队员，他们有十几杆枪，领头的叫马五爷，以前是土匪出身，是个不要命的主。石崇佛对这个人很相信，出入都让他跟着保护……”

说话的是这家的男主人秦大爹，秦大爹的儿子因为和石崇佛有过节，被石崇佛的儿子抓到警察局活活打死了。秦大爹对石崇佛恨之入骨，听到农协准备惩罚石崇佛，自告奋勇加入。

秦大爹讲完情况后，屋里几个人都对视了一下，这些情况基本上李仑和佟永义这几天已经了解得差不多了。

马坡距离县城有十几里，警察和保安团来都是半天后了，农协要对石崇佛下手，唯一障碍就是马五爷和那十几杆枪。

“情况秦大爹已经讲了，基本上就是这些，大伙儿都说说怎么办？”李仑说完，目光依次在屋里的每个人脸上扫过去。

佟永义想了想，说：“马五爷当过土匪，不怕死，我们只有几杆枪，枪一响马五爷肯定死命护着石崇佛跑了，所以必须先解决这个马五爷。”

众人都点点头。这个马五爷跟着石崇佛也是无恶不作，大家心里早就准备到时连他一起清算。

但狡猾的石崇佛早就想到了，把石家大院修得非常坚固，四周都是高墙。十来个护院队队员拿着枪放哨，外人别说进入，就是距离几百米外就被发现了。

以前有土匪围着石家大院攻打了一天都没打进去。

如果硬攻，一是半天打不进去，二是一旦县里警察局的人赶到，那就前功尽弃了。

“哎，有个情况我忘了。”正在苦无办法时，秦大爹忽然一拍大腿，说：“马五爷在东山县城有个姘头，他每个月都要去县城鬼混几天……李同志，只要马五爷一离了石家大院，就好办了。”

“秦大爹，你怎么不早说。”

李仑闻言高兴地说道。在石家大院没办法，但只要马五爷出了石家大院，只有他一个人，那就好办了。

秦大爹说，马五爷也精得很，虽然每个月都要去城里鬼混几天，但从没有固定日期，都是随时，故意让人摸不清规律。

不过，这些都不是事了，当下李仑和佟永义等人商量，决定就在马坡住下来，悄悄监视石家大院，只要发现马五爷出了门，就见机行事。

“秦大爹，监视石家大院的事还得请您再费点心。”

“好，没问题，只要你们能帮我为儿子报了仇，就是豁出这条老命也行。”

秦大爹慨然应允。

因为担心李仑等人引起人注意，开完会，秦大爹就背起背篓，装作砍柴，在石家大院对面的山林里监视。

这天起，李仑和佟永义等人就在秦大爹家住下，等待时机。

没想到他们一住就是七八天，石家大院一点动静也没有，谁也说不清马五爷什么时候进城。

李仑和佟永义等人毫无办法，只能继续等待。

大概过了十多天，一天傍晚，秦大爹忽然急火火地跑回来。

“李同志，马五爷出门了。”

“真的？”

农协的几个人闻听精神一振，全都围了过来。秦大爹接过递过来的水，喝了一口，缓了缓才说道："这家伙狡猾得很，我在石家大院外监视了十几天都没动静，刚才眨眼工夫，就看见马五爷带着两个人悄悄从后门出去了，估摸着是去县城了。"

"马五爷还带了两个人？"

"对，三个人都背着枪，这会儿应该快出村了。"

李仑抬头看了众人一眼，说："好，秦大爹，剩下的就交给我们了，你快回去，叫乡亲们这几天别出门，躲藏好。"

"行，那你们小心点。"

秦大爹说完就进屋去了。

李仑就把几个人召集到一起，简单商量了一下，众人按照之前商量好的抄近路往村后奔去。

马坡背后是一片山林，也是通往县城必经之路，李仑和佟永义抄近路只用了半个小时就赶上了马五爷三人。

马五爷原是附近一带的土匪，他胆子大，敢拼命，逐渐拉起了一支队伍，但好事不长就被县保安团连锅端了。

马五爷无奈投奔了石崇佛，石崇佛知他手段高明，心狠手辣，就留下他看家护院。石崇佛的大儿子在警察局，所以也不怕马五爷反水。

马五爷逃过一劫，从此心甘情愿追随石崇佛，忠心耿耿看家护院，这家伙就一个毛病贪色，迷恋上了城里的一个姘妇，勾搭在一起。

每个月马五爷都要抽几天去县里会姘妇，最近一段时间，因为农协闹得厉害，马五爷不敢去，今晚实在熬不住了，偷偷带了两个人一起去。

这一片树林很茂密，山道狭窄，马五爷还很贼，让两个伙计一前一后走在两边，自己走在中间。

"五爷，您可是有些日子没去城里了，城里那娘们不知道想五爷您想成啥样子了，嘿嘿。"

"那是，还得谢谢五爷您带我们哥俩一块出去乐和乐和。"

"哈哈哈，我说赵龙、王二，五爷我今晚搂着娘们快活，你们两个也去找个乐子，不能白来一趟。”

马五爷被两个手下一说，脑海里全都是城里那白胖娘们肉乎乎的身子，也肆无忌惮地开起了玩笑。

他可不知道，就在旁边的树林里，农协的几个人正盯着他。

李仑端着一把枪，对准马五爷，只等他再近一点。

一步，二步……近了。

“砰”的一声枪响，正中马五爷的胸膛，马五爷挣扎着想端起枪，随即却倒了下去。

那两个伙计吓傻了，腿肚子打着哆嗦，站在那里吓呆了。

李仑和佟永义等人从树林里出来，下了两个人的枪，这两个人都吓坏了，清醒过来，“扑通”一下跪下，连连喊饶命。

“想活命可以。”李仑把还冒烟的枪口抵在一个人的脑袋上，低声说：“只要你们答应一件事，就饶你们不死。”

“好汉爷饶命，只要不杀我们，干什么都行。”

“那好，我们是东山区农协的，只要你办一件事，就饶了你。”

那两人听说是农协的，吓得更加瑟瑟发抖。他们这些人平日仗着石崇佛的威势欺男霸女惯了，知道农协不会放过他们。

李仑道：“你们听着，石崇佛干尽了伤天害理的坏事，民怨沸腾，我们农协是为地方除害，只要石崇佛一个人，不会波及其他人。只要你们按我说的做，事情结束后，我会给你们每人五块大洋，你们拿着回自己家乡去吧。”

“好汉爷爷，石崇佛不但对乡亲干尽坏事，就是对我们下人也是各种盘剥，您就是我们的再造父母啊。”

说着，两人磕头如捣蒜，答应给他们帮忙。

于是，李仑把众人召集到一起，让那两个人中一个比较精明的，带着李仑先混进去，伺机打开大门，让其他人进入。

到了这个时候，马五爷已经死了，那两人也是完全照办。

当下众人又讨论了一下细节，一切都想好了，便朝石家大院走去。

这时才过去了半个多小时，到了大院外面，李仑换上其中一个人的衣服，跟着另外一个人大摇大摆地走进去。

大院里的保安发现了，立即爬上院墙，几支黑洞洞的枪口对着来人。

“什么人？”

“猴头，别开枪，是我，王二，我王二啊，快开门。”

“王二，你们不是跟五爷去城里享福去了吗，怎么又回来了？”

“少他妈废话，快开门！五爷忘记了一件东西，让我们回来拿。”

院墙里面的人一看果然是王二，也没多想，就打开门让两人进入。

大门一开，李仑迅速拿出枪指着那几个保安，吼道：“我们是农协的，放下枪！”

那几个保安完全没料到，顿时傻了。李仑用枪逼着，让王二把大门大开，外面的佟永义等人一拥而进，那些保安糊里糊涂被下了枪。

众人一刻也不耽搁，直奔大院里面。此时石崇佛已经听到了动静，吓得赶紧往后院跑，想从后门溜走，但他胖得跟猪一样，才走了几步就被抓住了。

这时天还没有黑，一切就都结束了。众人把石崇佛家里的女人全都叫出来，等人出来了，只见除了石崇佛的三个老婆，还有四五个十八九岁的姑娘。

那些姑娘被关在地下室里，摧残的神情木讷，面色苍白，毫无一点血色。

此时的石崇佛知道大势已去，但还不甘心，拼命叫嚣着说他儿子在警察局，谁敢动他一下。

“石崇佛，你知道我们是谁吗？”

李仑站在这个不可一世的大地主恶霸面前，冷冷地问道。

“你们是？”

石崇佛的眼神黯淡了，他从李仑等人怒目圆睁、毫无一丝骄横的眼明白了，自己落到了农协手里。

“你们是农协……”

“对，石崇佛，你听信妖僧妖言惑众，强抢民女，害得多少无辜家庭家破人亡，罪大恶极，我们东山农协早就想收拾你了，这一天对你来说是意外，但对马坡的父老乡亲来说来得太晚了。这是正义的审判……”

李仑义正词严，疾言厉色地说道。听着李仑的话，石崇佛身后的几个老婆全都瘫软在地。像石崇佛这样的大地主，他们不怕土匪，因为土匪来了大不了舍点儿财，但却怕农协，农协不要钱，是会要他命的。

这时李仑让众人把马坡的老百姓都叫来，消息传开，眨眼工夫附近的老百姓全都打着火把向石家大院涌来。

过去，石家大院是老百姓不可逾越的，但今天愤怒的人们推倒了院墙，全都涌进了大院。

石崇佛和几个老婆一样，被吓得瘫软在地上，瑟瑟发抖，再也不敢叫嚣了。他知道一切都晚了，就算县里得到消息赶来，也来不及了。

这时人声鼎沸，石家大院里面人挤人，水泄不通，陆陆续续还有老百姓赶来，阵势浩大，连农协的几个人都感到震惊。

在一片愤怒声讨中，有人用石头砸向石崇佛，石崇佛像杀猪一样发出惨叫声。

正应了那句话，不是不报，时候未到，时候一到，一切都报。

李仑把佟永义等人叫到旁边商量怎么处置石崇佛。

这时候老百姓已经发动起来了，如果不早做处置，只怕等下去石崇佛会被群众砸死。

佟永义和秦大爹、马明远都主张处死。李仑担心这样会不会闹得太大了，正在商量时，有人过来说再拖下去石崇佛就要被老百姓砸死了。

“好，那就这样办吧。”

李仑下了决心，把所有人都召集到一起，点亮火把，一时间院子里灯火通明，如同白昼。

“马坡的父老乡亲们，我代表东山农协，今天宣布对罪大恶极的大地主石崇佛的审判。”

接着李仑宣读了石崇佛的十大罪状：强抢民女，盘剥佃户，克扣长工，逼得老百姓家破人亡、妻离子散，勾结县里征收苛捐杂税，欺男霸女……

总共说了十条罪状，每说一条，问一遍石崇佛是不是。

石崇佛这时候已经吓傻了，只会点头。

十条罪状念完，李仑宣布：“现在，我宣布将罪大恶极的恶霸石崇佛装进麻袋，沉入潮白河。”

“好啊！”

底下响起了欢呼声，老百姓高兴得都跳起来，此时石崇佛已经吓得昏过去了。

众人把石崇佛装进麻袋，四个大汉抬着，人群跟着浩浩荡荡到了河边。

李仑说声：“投！”

那四个大汉一松手，麻袋掉进河里，眨眼工夫就被掀翻，沉入水底了。

周围响起了经久不息的欢呼声。

李仑和佟永义知道这次农协闹大了，处置了石崇佛，回到石家大院，石崇佛那几个老婆还在地上发抖，众人训斥了一番，叫她们各回各娘家去。另外几个受了折磨的姑娘，李仑等人也问清来处派人送其回家。

又给了刚才叫门的那两个伙计每人两块大洋，叫他们赶快离去。

一切处理完，农协的人迅速撤离了。

第二天，这件事迅速传遍了全县，等到警察局和保安团赶到马坡，石家大院已经被老百姓烧了。

县衙里，秦辅三听到消息，大为震怒。

警察局局长和保安团团长站在他面前，大气也不敢出。

“好啊，反了他们了，居然能做出此等无法无天的事，马上给我调查，把这些暴民全部抓起来！”

“秦知事，您息怒，据我们初步了解，这件事是农协干的。”

“农协？”

秦辅三倒吸了一口凉气，脸色顿时变了。

“你们查清了？”

“卑职也才刚刚调查。”

秦辅三一挥手，让两人先下去。

等两人走后，秦辅三跌坐在椅子上，无力地摇了摇头。这个北洋政府在东山的最高官员，面对眼前形势有点心力交瘁了。

那年月，逢上连年干旱，百姓缺吃少穿，土匪来了一拨又一拨，还有各地流窜下来的散兵游勇，来了就抢劫一空，四处骚扰，百姓苦不堪言。即便是他这样的一县父母官，也毫无办法。

老百姓活不下去了，纷纷拥护农协发动的抗捐抗税运动，一浪高过一浪，秦辅三清楚这些，也知道农协得人心。

石崇佛所作所为，秦辅三早有耳闻，也深恶痛绝，但他却无可奈何。

“报告，警察局石队长请求见您。”

一个卫兵进来通报。

秦辅三让来人进来，过了一会儿，进来一个身披白孝的警察，进来就跪下磕头。

“秦大人，您是本县的父母官，家父惨遭不幸，还请您为卑职做主，严惩那些乱党分子。”

“你是石崇佛的儿子？”秦辅三不满地瞪了那个警察一眼。

“卑职正是。”

“起来吧，这是县衙，成何体统。”

秦辅三心烦意乱，这都闹到县衙里面了，挥手让石崇佛的儿子出去。

过了一会儿，秦辅三下令让警察局和保安团抓捕农协的人。虽然内心深处，他明白石崇佛罪大恶极，罪有应得，农协是为民除害，但石崇佛在本地关系错综复杂，甚至牵连到北京政府，他也不得不忌惮。

一天后，警察局和保安团在东山县城开始搜捕农协，形势一下子紧张起来。康麻子嗅觉灵，带人差点找到了李仑。

鉴于形势紧急，东山区农协领导人陈为人下令农协的人暂时躲避，并安排李仑连夜离开东山县城。

康麻子带着保安团的人三天两头来学校搜捕，抓了几个进步学生。为了安全，陈为人也让佟永义暂时休学回乡下去了。

这件事余波甚至波及了北京，当时北京的一个小报还登了石崇佛被农协处决的事，引起了不小的议论。

县城腥风血雨，回到乡下的佟永义自然安全多了。

回去的那天晚上，佟家大院紧闭，杜江看门，佟永顺把大爷佟嘉禾和佟永义叫到一起。

“你们农协把石崇佛装麻袋，扔进潮白河了？”佟嘉禾惊得站了起来。

“大爷，瞧您吓得，石崇佛罪有应得，这是正义的审判。”

“得，得，还正义的审判，你们闯大祸了，知道不？”佟永顺一句话像一瓢冷水浇在兴奋的佟永义身上。

“石崇佛那可是东山县有名的大地主，他家和北京政府都有关系，你们这么做，北京政府一旦下令严查，就谁也保不了你了。”

佟永顺毫不客气地指责弟弟。

佟嘉禾从震惊中回过神来，也摇头说：“年轻人，你们太鲁莽了，不知道天高地厚啊，这东山县还是国民政府的天下，能任由农协这么闹？”

“怎么啦，难道就任由石崇佛胡作非为，干尽丧天良的事？”

“你先把你自己的事管好再说别的吧。”佟永顺勃然大怒，指着弟弟训斥道：“明天起，好好在家读书，没我的允许，不许出佟家的门。”

说完，佟永顺摔门而出。

第四章

我以我血荐轩辕

佟嘉禾对农协处置石崇佛颇有微词。他不是反对，而是觉得不应该这么过激，认为这样做会激怒北京政府。以他对北京那班人的了解，他们肯定会对东山县衙施加压力，搜捕农协的人。

这位前清举人这段时间的所见所闻，使他的思想也在发生着微妙的变化，以前他是顽固的保皇派，反对一切新思想，现在他也开始反思。

白先生这段时间在村里义学教书，心情好多了，下了学就来和佟嘉禾喝茶聊天。

太阳火辣辣地照着，老槐树下树影斑驳，两人说着说着就说到石崇佛的事上。

一石激起千层浪。农协处置石崇佛震动了整个东山县，人们都在津津乐道地议论着，老百姓闻之拍手称快，而那些地方乡绅、为富不仁的地主都惶惶不可终日，惊慌失措。

“白先生，这几日孩子们怎么样？”

“还行，兵荒马乱的，凑合着识字就行。”

“佟老，农协这回是给老百姓办了件好事，替马坡百姓除了一害啊。”

白先生笑呵呵地说，没想到佟嘉禾摇摇头，道：“有点过了，白先生，农协这么闹有点过了，年轻人不懂事啊。”

他是从前清过来的，石崇佛强买民女采阴补阳这种事见多了，还有买来泡阴枣的，旧时代的有钱人像这种荒唐事并不稀奇。那时的人们也反应不强烈。

两人就这么东一句，西一句聊着，常常坐到天黑才回去。

佟永义回来后，因为县里风声紧，佟永顺不准他出门，只能待在家里。闲着没事，他就教杜江和蒋元良等人练习形意拳。

佟永义跟着褚静之外学了几个月，已经初步掌握了形意拳要领。杜江和蒋元良虽然当过兵，但军阀的兵混日子的多，他们两人拳脚上还不如佟永义。

这天，佟永顺正在陪母亲叙话，他对母亲一向尊敬，忽听外面有人喊道：“永顺兄。”

佟永顺走出门一看，是曹德祖，忙拱手还礼。

佟永顺几次得罪曹德祖，心里面暗暗警惕，表面装作没事一样，把曹德祖请到院子里，倒茶。一番寒暄后，曹德祖说明来意。

曹德祖自从当上村长后，为了给姐夫秦辅三争脸，办义学后又要办义田，来向佟永顺拉赞助。

这事儿，说白了就是曹德祖给自已脸上贴金，想拉着其他人出钱。

听完曹德祖的话，佟永顺就明白了，曹德祖是想叫本地士绅集资买田，办义田，名头全落到他身上。到时候买了田，老百姓恐怕连边都沾不上。

“怎么样，永顺兄，这可是有利父老乡亲的事，您赞同吗？”

“赞同，但我佟永顺没钱。”

佟永顺丝毫没客气，呛了曹德祖一鼻子灰。

“你……永顺兄，你……”

气得曹德祖鼻子都歪了，指着佟永顺话都说不出来了。

佟永顺扬长而去。

办义田的事，佟永顺坚决不出钱，曹德祖又去游说其他地主乡绅，但大家看到佟永顺不同意，都跟着反对。

曹德祖鼻子都气歪了，转天跑到县里找到姐夫秦辅三，要秦辅三收拾佟永顺。

秦辅三这阵儿日子不好过，石崇佛那个儿子三天两头地来县衙闹，要县衙抓捕农协的人，还偷偷给北京政府报告。北京政府闻听震怒，下令秦辅三查办为首的农协的人。

但此时，农协的人已经躲起来了，李仑离开了东山县，佟永义躲到乡下，陈为人、路波等人也被组织调往了东北。

秦辅三抓不到人，焦头烂额，听到小舅子叽叽咕咕说了半天，一拍桌子："混账东西，整天脑子里就想着这些，能不能给我省点心，佟永顺是什么人，他是本县乡绅，佟家还有个在北京有关系的保皇派，你能惹得起吗？"

骂得曹德祖哑口无言，回去后这小子并不死心，借着佟家不愿交义田的事来闹事。

午饭后，曹德祖领着村公所的几个乡警气势汹汹地来到佟家闹事。

刚想进门，杜江过来拦住了。

"您几位找谁？"

"滚开，这里没你的事。"曹德祖仗着人多，一个眼色，几个乡警过去把杜江推开，直闯进去。

听到外面喧哗，佟永顺从里屋走了出来，手里端着水烟袋。

"佟永顺，这是县衙公文，号召百姓集资办义田。"一个乡警拿着一张公文晃了晃，没等佟永顺看清就收回了。

"哦，既然是县衙公文，我看看。"

佟永顺不紧不慢地说，那个地痞手里的公文是假的，当然不肯给佟永顺看，一边虚张声势，一边往回退。

"永顺兄，这是县里号召的，请永顺兄顾全大局，出钱吧。"

曹德祖晃晃脑袋，阴沉沉地说，他带着村公所的乡警，摆出公事公办的架势。

佟永顺淡淡地说："实在抱歉，东山连续干旱了几个月了，颗粒歉收，佟某家里已经快揭不开锅了，实在拿不出钱。"

"永顺兄，你这就是不识抬举了。"

曹德祖脸一沉，几名乡警上去就想抓佟永顺，佟永顺竖起水烟袋，怒吼一声："放肆。"

那几个乡警根本不管，仍旧冲过去，杜江冲过去，一个乡警端起枪，对着黑洞洞的枪口，杜江不敢动了。

"狗日的，老子跟你们拼了。"

杜江怒骂了一声，扑了上去，一个乡警拿枪托在他头上砸了一下，杜江的身子软绵绵地倒下了。

"住手！你们要干什么？"

一声怒吼传来，佟永义从屋里冲了出来。眼前的一幕，让佟永义怒不可遏，他冲过去，施展开形意拳，拳脚虎虎生风，三两下就把四五个乡警打倒在地。

这些乡警都是地痞流氓，平日胡作非为，作威作福，个个都是花架子，哪里经得起佟永义这个练家子的拳脚。

眨眼间，只听地上呻吟惨叫不断，四五个乡警全都趴下了。

曹德祖丝毫没料到，顿时恼羞成怒，脸涨成了猪肝色，一连抛下几句"等着瞧""等着瞧"，狼狈而去。

过了一会儿，院子里静下来了。杜江从地上爬起来，他的头被砸破了，鲜血淋漓。这时德子和老吴听到消息都拿着家伙赶来了，大爷佟嘉禾也从屋里出来了。

老吴进门就嚷道："东家，是哪个狗日的闹事，我们来了。"

佟永顺平静地看了众人一眼，说："没事了，你们忙去吧。"

杜江说："东家，不能便宜了这狗东西，大伙儿带上家伙，走！"

众人群情激愤，当下就要去找曹德祖，被佟永顺制止了。

众人散后，佟永顺把佟永义叫进去，沉着脸，半晌不说话。

“永义，跪下。”

佟永义看了佟永顺一眼，不情愿地跪下了。

“永义，你可记得母亲以前的教诲，我们佟家世代都是本分人家，祖辈攒下这点家业不容易，眼下兵荒马乱的，更应该谨记祖宗教诲，安分守己，不可胡作非为，惹来祸端。”

……

“你可知道，你已经违背了祖宗教诲，结交不良，惹是生非，你知错吗？”

佟永义一声不吭，眼里却闪着倔强的光。他知道佟永顺指的是农协处置石崇佛的事，现在县里查的越来越紧，一旦查到他头上，肯定会连累佟家。

“从今天起，你要安分守己，好好在家待着，哪里也不要去，等这件事平息下去再说。”

佟永顺说完，径直走了。

佟永义虽然没有反驳，但内心深处却不以为然，在他眼里，哥哥和大爷佟嘉禾都是守旧思想，是封建卫道士，保守。

他丝毫没有为参加农协后悔，反而渴望能更多地参加农协运动。

九月，东山县县衙知事秦辅三摊上了大事。让秦辅三焦头烂额的是东山农协处置石崇佛的事。

随着各种进步思潮的涌现，民间的反抗意识逐渐觉醒起来了，老百姓在农协的领导下不断进行抗争，马坡发生的处置石崇佛的事就是一个代表性的事件。

石崇佛的死引起了北京政府的震惊，北京政府认为不能任由地下党再这样发展下去了，于是责令东山县衙必须尽快缉拿闹事的农协人员。

秦辅三本来也痛恨石崇佛所作所为，同情农民，打算做做样子，不了了之。

但没想到，石崇佛的儿子却告到了北京政府，张作霖立即把上次来过的那个杨义勇参议又派来督察此事。

杨义勇这次来可没有上次那么好说话，一来就把秦辅三叫来，大加问责。最后责令秦辅三一个月内把为首闹事的农协的人抓来。

无奈之下，秦辅三只得下令保安团、警察局到处抓人，严刑拷打，逼问李仑的下落。

佟永义因为是学生，被学校保护起来，暂时没有暴露。

整个东山县境内，再次掀起了一场腥风血雨。

一天，北京的参议员杨义勇直接闯进秦辅三办公室："秦知事，卑职刚接到张大帅急电，询问缉拿农协一事，可有进展？"

"杨参议，此事还未有头绪，秦某正在努力，还请参议大人您在大帅面前多美言几句。"

杨参议一脸寒霜，明显和上次来参加表彰大会时截然不同。

"大帅有令，限东山县十天内捉拿杀害石崇佛的主要要犯，否则拿你这个知事问罪。"

"是，卑职领命。"

杨参议走了，秦辅三冷汗涔涔，后背都湿了。

本来一个石崇佛，充其量是个土豪地主，死了就死了，主要是石崇佛的儿子不断去北京城里告，惊动了张作霖。张大帅怒了，限期破案。

秦辅三转脚就把保安团团长、警察局局长都叫来，劈头盖脸一通骂。这时候也顾不了其他了，他令保安团、警察四处抓人。

但这帮人基本上都是酒囊饭袋，想找到农协的人谈何容易。因为这，把秦辅三急得嗓子眼里冒火，但却毫无办法。

到了九月末，北京的张大帅终于不耐烦了，原来还忌惮，这时候下了一道命令，改国民党东山政府为军政府，亲自从奉军中派了一个叫王运征的人替代了秦辅三，并且把秦辅三免职了。

王运征从北京来东山上任，搞得轰轰烈烈，还带了一个连的奉军，沿途命令乡绅夹道欢迎，以示隆重。

要知道张作霖此时已经是热锅上的蚂蚁，进退两难。此举就如同回光返照，强弩之末，虽然不得人心，但在其淫威下，老百姓也毫无办法。

秦辅三闻听，非常气愤，自然不接受，把县衙所有的官员叫到一起说："诸位同僚，咱们大家在一起共事已经几年了，彼此建立了情意，秦某谢谢大家。"说着向众人鞠了一躬，众人连忙还礼。

秦辅三继续说道："值此乱世，我等理当精诚团结，共赴国难，可张大帅又派了个人来东山，秦某也被革职了，东山国民政府从此不复存在，改成北洋军政府了。"

底下鸦雀无声，一应县衙官员都低头不吭声。

张作霖只免了秦辅三的职，这些人官位还在，虽然心里不免愤慨，却无人出声。

秦辅三环顾周围，心中黯然，对杨参议说道："既然如此，秦某该说的说完了，秦某走了。"

说罢，秦辅三回到办公处将一应办公用品移交完，黯然离去。

秦辅三在东山县衙任职六年，兢兢业业，在乱世之中尽力保全百姓，却落得如此下场，令人唏嘘不已。

秦辅三前脚刚走，后脚王运征就带人进了县。王运征是旧军阀作风，让他的一连人接管了县衙，并把所有官员召集到一处。

"诸位，从现在起，国民政府就不存在了。现在就叫军政府，老子叫王运征，跟张大帅、吴大帅出生入死几十年，受张大帅委托，前来接任东山县县长。以后大家都是兄弟，有钱一起花，有娘们儿一起睡，用大帅的话说，只要跟老子一条心，老子除了老婆不能给你们，什么都能给你们，不跟老子好好干的，就是一颗枪子。"

"请王县长放心，我等一定谨遵上峰教诲，兢兢业业，报效国家。"

一众官员唯唯诺诺，不敢有二话。

王运征提高嗓子，还想再洋洋洒洒发表一番就职演说，谁知昨晚喝多了酒，一张嘴直打酒嗝，只好作罢了。

王运征当众宣布了张大帅的命令，改东山国民政府为北洋军政府，接管县衙的一切，其他官员职务不变。

一连奉军荷枪实弹对着众人，众人噤若寒蝉，不敢说话。

王运征上任第一件事，就宣布缉捕东山县内的共产党和农协组织，凡是共产党员、农协的人一律抓捕。

张作霖一直将共产党视为祸患，王运征也贯彻了这一点，一来就严查农协。

几天后，有人秘密举报了李仑就是带头处死石崇佛的人，也是东山区第一个共产党员。

王运征听到报告，心花怒放，他刚来东山，自然要大刀阔斧地干一些事向张作霖表功。于是下令追查李仑。

警察局和保安团在严令下，把李仑的家乡北兴村地区挖地三尺搜捕，其实李仑从小就和父亲去马坡向阳村生活了。

查了几天，因为李仑已经离开了东山，警察和保安一无所获。

王运征急了，亲自带着奉军一连人来到北兴村，把当地无辜的老百姓抓起来严刑拷打，并且放出话来，只要李仑一天不回来自首，就一直查下去。

那些无辜的老百姓被抓起来，严刑拷打，士兵趁机勒索财物，一时间搞得北兴村鸡犬不宁，百姓苦不堪言。

这样过了十来天，就在北兴村百姓叫苦不迭时，李仑忽然回来了。

李仑早就逃到了北京的苏联大使馆，本来已经没事了，但他闻听王运征为了缉拿他，对家乡的老百姓严刑拷打，乡亲们不堪其扰。经过反复考虑，李仑毅然决定回来。

天刚黑，李仑走到一个警察跟前，平静地说：“你们不是要找我吗？我自己来了。”

一个警察认出了他，失声喊道："李仑回来了……"

警察、保安瞬间蜂拥而上，把李仑五花大绑起来，押到了王运征面前。

王运征看着眼前这个瘦弱、眼神里蕴含着不屈光芒的年轻人，眯缝起眼，他不明白这样一个柔弱的年轻人体内为什么会蕴藏那么强大的力量。

"你就是李仑？"

"放了乡亲们，我跟你们走。"

李仑昂着头，毫无一丝害怕，平静地说。他能回来，早就报了必死信念。

"来呀，松绑！李先生是贵客，谁让你们这样对待他的？"

一旁莫名其妙的警察赶紧给李仑松绑，王运征装出假惺惺的样子，和颜悦色地把李仑带回了县衙。

第二天，李仑被抓的消息迅速传遍了全城。东山区农协领导人闻听消息，捶胸顿足，连连叹息。李仑是为了救家乡父老，自己回来投案的，农协领导人知道消息已经迟了。

农协连夜召开会议，商量营救李仑的事。但狡猾的王运征，只让李仑在县衙过了一夜就秘密派兵押送到北京了。

到了这种地步，农协领导人知道一切都晚了，只好放弃努力。

李仑到了北京，在审判中对处置石崇佛一事供认不讳，面无惧色地高呼共产党口号。

军政府派出有经验的警察，严刑拷打，威逼利诱，用尽了各种手段都没能让李仑低头，李仑只承认处死了石崇佛，对农协的其他人打死也不透露。

气急败坏的军政府无奈之下，以共党罪名判李仑死刑。

半个月后的一个黄昏，李仑和十几个共产党人一起被拉到城外的一个荒滩，一声枪响，李仑从容就义。李仑同志是东山区第一名共产党员，也是第一个为共产主义牺牲的东山人，时年二十九岁。他死后，北京地下党想办法把他的尸体收殓了，埋葬在郊外，立碑留念。

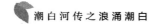

淡淡地薄雾笼罩着乡村，视线所及一片灰蒙蒙，田埂上、道路上早起的农户扛着农具正走向田头，老吴和德子跟在东家佟永顺身后下田去了。

佟家虽然是大户人家，但佟永顺一直都下地干活，劳动和辛苦养成了他坚韧不拔的性格，那紧皱着的眉头显示了内心的不屈。

这么多年来，佟永顺一个人撑着这个家熬过了无数难关，好不容易大爷佟嘉禾回来了，可他四体不勤，五谷不分，啥也靠不上，还得佟永顺操心。

这时候正是农忙时，当佟永顺下田时，佟家大院里，佟大爷才刚刚起来。

按照惯例，佟嘉禾起来梳洗完，背着手走出院子，在门口站一会儿，然后回去，回到西屋读书。

于是工夫不大，就能听见从西屋传来有板有眼、铿锵有力的读书声。

“盖君之富，藏于民者也；民既富矣，君岂有独贫之理哉？有若深言君民一体之意以告哀公。”

这旧时之八股文，大概也只有佟大爷能懂了，旁人都听得一头雾水。佟大爷又不许他人反驳，所以他读书时，基本上人皆离得远远的。

等佟大爷一篇八股文读完，走出院子，照例活动活动。他一般都是去隔壁的南院，想找佟永义谈谈，但佟永义大抵知道他要谈什么，往往就躲开了。

今天佟大爷心情不错，在院子里听了听动静，发现佟永义还在屋里，便重重地咳嗽一声，走了进去。

“大爷。”

“嗯。”

佟嘉禾背着手，威严地扫视了一圈周围，皱皱眉。因为佟永义的屋子里杂乱不堪，床上除了书就是杂物，而佟永义显然刚练完拳脚，额头都是汗，在手忙脚乱地收拾屋子。

“大爷您坐。”

佟嘉禾接过递过来的凳子坐下，清咳一声，板起脸说：“永义，我今天有几句话要跟你讲，大爷我是前清过来的，啥世面都见过，别看现在是乱世，可祖宗法度不能乱，当年的袁大总统，那可是枭雄，宣统皇帝都让他赶下台了，可到头来还不是被革命党赶下台了……”

“如今北洋军阀混战，南方有革命党，还有共产党，将来谁也不知道天下会是啥样，可眼下是北洋军政府当权，张作霖执掌着北京，容不得共产党。你们这些娃娃家不懂事，跟着农协胡闹，惹毛了张作霖那可是要掉脑袋的。”

佟嘉禾越说越生气，激动得山羊胡子都在抖动。

“大爷，您是见过世面的，难道石崇佛这样丧尽天良、干尽伤天害理的事的人就没有人能管了，让他继续残害老百姓吗？”

佟永义据理力争。

老头指着佟永义，大为光火，连连顿足道：“孺子不可教也，孺子不可教也。”气呼呼地回去了。

如是再三，佟大爷一气之下也就不管佟永义了。

转眼就是秋后，佟家今年受干旱影响，庄稼歉收。但按惯例，秋收毕佟永顺照样让老吴磨了一担麦子，进城买了点肉，蒸白馒头，猪肉炖粉条，全家人美美地吃了一顿。

那时候，普通人家一年到头连肉星儿都闻不见，即便是佟家这样的大户人家，逢上灾年，吃白面馒头也是一件奢侈的事。

全家人高高兴兴，美美吃了三天白馒头、猪肉炖粉条。

虽然世道不太平，又逢上灾年，所幸的是一家人团团圆圆，倒也是省心。

然而，佟永顺和其他人都没有料到，在平静下面蕴藏的凶险。

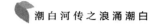

这天，村公所里，曹德祖吃饱饭打着酒嗝和几个乡警聊天。一个乡警忽然说："头儿，我有个表弟在县里保安团做事，听他说咱们村的佟永义也参与了石崇佛的事？"

"他娘的，真的假的？"

曹德祖顿时来了精神。

那个乡警搔搔头，说："没错，我那个表弟说了，农协闹事的里头有佟永义那小子。"

"妈的，踏破铁鞋无觅处，得来全不费功夫。"曹德祖闻听喜出望外，一拍大腿连连叫好。

上次，村公所的乡警被佟永义暴揍了一顿，曹德祖怀恨在心，想着怎么出这口恶气。

当下，这小子不放心，又打发那个乡警去了一趟县里，询问了一下，打听确切佟永义也参与了闹事。

曹德祖蹦起三尺高，连喊机会来了。

秦辅三被北京政府撤职后，新来的王运征对曹德祖处处刁难，所谓一朝天子一朝臣，曹德祖也明白这个道理。这小子是聪明人，转而琢磨起怎么能巴结新来的王运征。

他听说王运征正全县抓捕共产党和农协分子，正愁没有机会，此时可谓是来得太及时了。

第二天，曹德祖亲自赶到县里，到了县衙，见了王运征，就把佟永义藏在佟家的事说了出来。

"他妈的，正愁找不到姓佟的，曹老弟，这次你可立了大功。"

"哪里，哪里，王县长您抬举小的了，为上峰效力，曹某理当如此。"

王运征一改之前傲慢，客客气气地把曹德祖送出门。曹德祖刚一出门，他就喊保安团团长来见他。

片刻后，保安团段团长来了："报告，王参议有何吩咐？"

王运征原本是吴俊升的一个参议，直奉战争随着张作霖、吴俊升进京，后在奉军中当团长，级别不高，所以他喜欢让人称呼他参议。

“小营村的佟永义参与了农协闹事，现躲避在乡下，你马上带人去乡下把佟永义给我抓回来。”

“遵命。”

保安团团长刚要走，又被王运征叫住了。

“多带些人，抓不到人唯你是问。”

“是。”

保安团段团长冒出了冷汗，出了县衙，赶紧集合队伍向小营村进发。

此时的佟家，还沉浸在高兴的气氛中，丝毫没有意识到危险正在逼近。

保安团到了小营村，没有急着进村，而是埋伏在附近，直等到天黑了才进村，扑向佟永顺家。

天刚黑，村子里的狗忽然疯狂地咬起来，佟家院子里，一家人刚要吃晚饭，杜江听见狗咬声不对劲，喊道：“东家，这狗咬得紧，恐怕有事要发生了。”

佟永顺侧耳听了听，凭感觉隐约意识到是冲着自己家来的。他心里一个机灵，喊道：“快，让永义躲进地窖里。”

佟永义迅速躲进地窖里。也就是眨眼工夫，门外面黑压压来了一片保安团的人，包围了佟家。

“碰碰碰！”

“开门，快开门！”

一时间鸡飞狗叫，保安团用力砸门，杜江等人拿着长枪，紧张地对着门口，准备鱼死网破。

顿时，佟家上下乱作一团，佟永顺却面色如常，让母亲佟陈氏和大爷佟嘉禾都躲起来，自己站在院子里，让杜江开门。

门一开，一众保安蜂拥而进，黑洞洞的枪口对准了佟永顺。

“佟永顺，你弟弟参与了农协闹事，我奉上峰命令特意来抓捕佟永义，请把佟永义交出来，迟了就连你一块带走。”

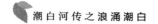

保安团团长从后面走过来，恶狠狠地说道。

一支支黑洞洞的枪口下，佟永顺面不改色，冷冷地说道：“段团长，鄙兄弟已经几个月没有回来了，我也在找他，你们可以去学校找，如果找到了，还劳烦段团长告诉一声，佟某感激不尽。”

“你……”

保安团团长气塞，阴恻恻冷笑一声说：“佟永顺，今天不交出人，那就别怪我们不客气了。弟兄们，搜！”

一群如狼似虎的保安立即扑了过去，黑洞洞的枪口顶着，杜江和几个下人都不敢动弹。

佟永顺面色平静，走过去拿起水烟袋抽着，保安冲进佟家，四处搜捕起来。

由于曹德祖的告密，保安团团长铁了心要搜出人，下令保安把佟家院子挖地三尺也要找出来。

佟陈氏是见过世面的，虽然气得嘴唇发抖，却面色如常，进屋拿了一个盒子出来，对保安团团长说：“段团长，这里有十块大洋，给弟兄们买点吃的喝的，乡下偏僻，怠慢段团长了。”

说着把钱交给保安团团长，保安团团长接过大洋，满意地哼了一声，说：“还是老夫人懂事，来呀，看在老夫人面上，弟兄们轻点，别弄坏了东西。”

一众保安开始乱搜乱翻，这些保安团跟土匪一样，借着搜查大肆偷拿，一时间院子里鸡飞狗叫，乱成一锅粥。

保安团段团长得到王运征的命令，挖地三尺也要找出来人，收了佟陈氏的钱，嘴里说着让手下轻点，却故意放任不管。

此时，佟嘉禾被气得浑身颤抖，走过来，指着如狼似虎的保安说：“土匪，土匪啊，光天化日之下，朗朗乾坤，如此行径，太不像话了，太不像话了！老朽要去县衙找县长。”

段团长知道这个有名的保皇派，假惺惺地说道："原来是佟大爷，你们怎么能这样，让佟大爷受惊了，来人，扶佟大爷回屋休息。"

两个保安心领神会，过来强架着佟嘉禾，半抬着就把佟大爷架进了屋里，顺手关了屋门。

"放开我，放我出去，你们这些强盗！"

佟嘉禾在屋里愤怒地捶着门。

这伙活土匪故意在佟家大肆折腾，折腾了半天，也没找到佟永义。

段团长眯缝着眼看着佟永顺，在心里琢磨，他知道曹德祖不会说谎，佟永义肯定藏在家里，可是手下把这里都快翻遍了，却毫无踪迹。

"团座，几个院子都翻遍了，没有找到人，请指示。"

段团长翻起眼，想了一下，说："来人，把佟永顺给我抓起来。"

一群保安一拥而上，把佟永顺架住，佟永顺面不改色，冷笑一声，说："段团长，佟某人奉公守法，谨遵县府教诲，一向安分守己，不知犯了那条律令？"

"佟永顺，实话跟你说吧，有人举报佟永义回来了，包庇共党可是死罪，对不住了，有什么话到县里说吧。"

段团长阴沉着脸，喝道："带走！"

杜江和老吴等人闻听急了，就要往上扑，几个保安把枪栓拉得哗啦啦响，枪口对准他们。众人只得退了下去。

段团长下令把佟永顺带走，保安带着佟永顺走了。佟陈氏和佟大爷跑出来，杜江拿起家伙，吼道："他娘的，我跟他们拼了，德子，抄家伙咱们去把东家救回来。"

德子、蒋元良和老吴抄起枪，几个人就要出门。

"站住，回来！"

只听佟陈氏大吼一声，喝住了众人。

"都给我回去！"

佟陈氏低喝道："老吴，等会儿天黑了送永义去你家躲一阵子，有啥事明天再说。”

老夫人这样一发话，众人都冷静下来了，关键时刻，就像有了主心骨，佟嘉禾虽然气愤，但他是个迂腐书生，也没了主意，只看着佟陈氏。

佟陈氏脸上丝毫看不到一丝波澜，天也黑了，让杜江关上大门各人自去休息。

这一晚，佟家上上下下都没有休息，尤其是佟大爷一夜辗转反侧，气得无法入睡。

倒是佟陈氏和往常一样，睡得很安稳，像什么事没发生一样。

第二天天一亮，下人就都来了，连佟家的佃户也来了，佟永顺平时待下人不错，听到东家出事了，都跑来了。

院子里闹哄哄，所有人都义愤填膺，众人都看着东院，过了一会儿，佟陈氏走了出来。

“老夫人。”

“老夫人。”

佟陈氏平静地看了众人一眼，说道：“现在是民国了，不是早先，你们都回去吧，该干什么干什么。”

转向老吴道：“老吴，吃过饭你去县里一趟，问问永顺的情况，问完就回来，咱们再商量。”

“老夫人……我们都去吧。”

杜江和其他人悲愤地说。

佟陈氏摇摇头，目光里很平静，看不出一丝波澜。佟陈氏丈夫死得早，一个人把孩子拉扯大，操持佟家的家业，她这辈子不知道经历过多少凶险的事，虽然担心，表面却毫无波澜。

本来众人都慌了神，佟陈氏此举无疑稳定了人心，下人们也都平静下来了。

佟嘉禾进屋拿了一根拐杖，走到佟陈氏面前说：“我跟老吴去县里吧，就是豁出去我这把老骨头，也要把永顺救出来，这一大家子不能没有永顺啊。”

佟大爷说的也是实情，佟家上上下下一大家子，就靠着佟永顺撑着，至于佟大爷四体不勤，五谷不分，啥事儿也不懂。

佟陈氏看了他一眼，摇摇头说：“不用了，让老吴一个人去县里打听打听，等打听清楚了再说吧。”

说完就让下人去干活去了。

佟嘉禾气得捋着山羊胡子，跑去找白先生商量。

白先生正在义学教孩子，闻听也吃了一惊，连忙把佟嘉禾领到后面自己住的破祠堂里。

“永顺被保安团抓走了，唉，佟大爷您先别急，我们商量商量。”

白先生说完，给佟嘉禾倒了一杯水，佟嘉禾喝完水。心情慢慢平复下来了。

“佟大爷，这事儿有点麻烦了。”白先生面色凝重，沉吟着道：“如今秦辅三下台了，他这人虽然也有很多毛病，但还算是廉吏，能为老百姓说句话。现在北京来了一个王运征……这姓王的就是土匪出身，跟张作霖混的，张作霖对共党恨之入骨，难啊，永顺这一回落到王运征手里，只怕凶多吉少了。”

“那怎么办，总不能看着永顺不管？”

佟嘉禾急了，说话时手脚、嘴唇都在颤抖着。

“大爷，您先别急，我可没说不管，只是这件事不容易，咱们得慢慢琢磨。”

白先生解释道。此时就能看出来，真遇上事儿，佟嘉禾这个远近闻名的保皇派实际上一点用也没有，只读死书，还不如白先生有主意。

佟永顺平日对白先生也不薄，白先生也被这消息弄得心神不宁了，皱眉在想办法。

两天后，佟永顺被抓的消息传遍了十里八乡，听者无不震惊。佟永顺平日为人持重、厚道，很得人心，闻听这个消息的人都为他担心。

过了几天，老吴回来了。

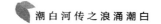

一进院子，就喊着："老夫人，老夫人，快去叫老夫人。"

有人给他倒了一杯水，老吴咕嘟咕嘟一口气喝干，抹抹嘴，这时佟陈氏和佟大爷都闻声走了出来。

"老吴，事情怎么样？"

"老夫人，东家被关进了警察局，我在那里守了三天，好话说尽都进不去，也见不到东家。那个警察局长还让我传话说……"

说到这里，老吴的声音开始颤抖："警察说，除非交出佟永义，否则，东家永远也别想出来了。"

"这些狗娘养的，老子这就去救东家。"杜江一听，暴脾气上来了，拿起家伙就要出门。

佟陈氏喝道："站住！"

众人义愤填膺，群情激昂，都看着佟陈氏。佟陈氏平静地想了想，说："这样吧，你们都不用去了，明天让老吴跟我去一趟县里，我要去见那个王运征。"

"老夫人，您可不能去。"

"老夫人……"

底下一片哭声，佟陈氏平静地看着大家，说："你们都不要劝了，老吴去准备吧，家里这摊子就交给大爷您了。"

佟大爷一下子老泪纵横，说："是我这做大哥的没用啊，让弟媳受这份儿罪，我对不住佟家列祖列宗啊。"

这倒是实话，这么大的事，让佟陈氏一介女流出面，可佟大爷知道自己几斤几两，没办法啊。

这时白先生也来了，听说佟陈氏要亲自去县里找王运征，连连赞叹不已。

第五章

盗亦有道好男儿

第二天一早，老吴赶着牛车，送佟陈氏去县里。

秋日的清晨，有一丝微凉，佟陈氏坐在车头上，裹着一件旧毡御寒。

出了村子，远远看见晨曦下的潮白河波光粼粼，泛着霖霖水汽。一场秋雨使得潮白河又恢复了往日的气势，脚下的这片大地千百年来就是靠着潮白河养育。

“老夫人，前面路不好走，您当心。”老吴喊道。

前面是一个起坡。佟陈氏望着前面的潮白河，面色平静，然而她内心深处却如同一颗石子落在湖面上，荡起了涟漪。

佟陈氏生于同治十二年（1873），是东山县一个大户人家的千金小姐，自幼受教育，十八岁就嫁到了佟家。佟陈氏一生经历了慈禧、慈安两位太后垂帘听政，同治、光绪、宣统三位皇帝，又经历了民国，饱经风霜，可以说历尽了人间沧桑。

在佟家其他人都慌乱无主时，只有她毫不惊慌，稳稳当当。

这时佟陈氏把目光从潮白河收回，落在前面拉车的老吴身上。

“老吴，你到佟家多少年了？”

“回老夫人，小的是光绪八年（1882）来到佟家的，至今已经三十多年了。我来的那年，老爷还在呢……”

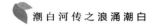

老吴说到这里，意识到失口，连忙不吭声了。

老吴是光绪八年来的，他是外地人，逃难来到这里，被佟家收留了，从此再也没有离开过。一晃三十年了。

“都三十年了，过得真快啊。”佟陈氏喃喃自语地说道，很是感慨。

老吴憨厚地笑了笑。

佟陈氏听了，摇摇头，说：“辛苦你了，老吴，等从县里回来我就给你加工钱。”

“那感情好，谢谢老夫人了。”

老吴闻听当然欢喜不已，说：“老夫人您坐好了。”猛地抽了一鞭子，黄牛迈开步子向前跑去。

几个小时后，牛车到了县城，刚好是中午。佟陈氏说：“咱们去县衙吧。”

老吴说“好”，赶着牛车到了县衙门口，搀扶佟陈氏下来，走到卫兵跟前，请其通报说要见王运征。

“找县长？”

两个当兵的斜着眼上下打量着佟陈氏和老吴，懒洋洋地问：“哪个村的，找县长干啥？”

“小营村，找王运征。”

佟陈氏不等老吴回答，就回答道。

“王……县长的大名也是你这个乡巴佬叫的？”一个当兵的鼓起眼，瞪着佟陈氏。要不是看她是个老太太，他早就破口大骂了。

那年月，当兵的就是大爷，在老百姓面前硬得很，旁边另一个年纪稍微大点的卫兵盯着两人看了一眼，把年轻的拉到一边，小声说：“小营村的，怕是佟家。”

“佟家……”

年轻卫兵听到佟家，愣了一下，又回头看了佟陈氏一眼。这些卫兵都知道佟家有个脾气大的保皇派，县里都得给他面子。两人小声嘀咕了几句，才走过来问："叫啥名字，为啥找县长？"

"佟陈氏，为了我儿子佟永顺。"

"你是佟永顺的母亲？"

年纪大的那个卫兵明白过来了，这时佟陈氏拿出两块大洋递过去，说："麻烦两位进去通报一下，这点钱两位喝个茶。"

"老夫人客气，好说好说，您先等会儿，我这就去通报。"

"有钱能使鬼推磨"，这句话不假，看到大洋，年轻卫兵顿时眉开眼笑，跑进去通报去了。

老吴在一旁气得剁脚，他当然不愿意给卫兵大洋。

过了一会儿，卫兵出来客客气气地对佟陈氏说："老夫人，实在不巧，王县长外出了，不在县衙，您改日再来吧。"

"哦，既然王县长不在，那我就在县衙门口等着吧。老吴，给我搬个坐垫，咱们在这里等。"

说着佟陈氏让老吴搬了个坐垫，就在县衙门口坐下，牛车就停在旁边。这下两个卫兵傻眼了。

其实王运征就在里面。他听说佟家老太太来了，当然知道是为了啥事，故意让卫兵说不在。可没想到，佟陈氏今天是铁了心了，不见到王运征不罢休。

两个卫兵一脸茫然，嘀咕了一阵子，到底是收了银子，劝说佟陈氏先回去，说大热天，外面这么热，先回去，等王县长回来了再来。

不管他们怎么说，佟陈氏都不为所动，坚持在太阳底下坐着。

时间一分一分地过去，直到天黑，佟陈氏还坐在县衙门口没挪地方。

此时，别说外面的卫兵，就是里面的王运征也服了，对旁边人说这佟家人都是倔脾气，连老太太也这么轴。

天黑后，佟陈氏才吩咐老吴驾着马车离开了县衙，找地方安歇去了。

如此一连三日，佟陈氏天天去县衙门口坐着，王运征不信老太太能抗很久，故意躲着不见。

到第四天，连两个卫兵也看不下去了，悄悄对佟陈氏说："老太太您先回去吧，等啥时候王县长有空了，想见您了，您再来，我们一定去通知。"

这话已经说得很明了，佟陈氏看着县衙里面，对两个卫兵说："你们去告诉王运征，我儿子还在警察局关着，他不见我，我老太太就不走了。"

卫兵无奈，进去跟王运征一说，王运征一拍桌子说："他妈的，佟家人太嚣张了，家里出了共党还这么嚣张，来人，把老太太带进来！"

卫兵把佟陈氏带进去，老太太毫不畏惧，走进县政府办公的地方，里面王运征正和几个县吏说话。

"民妇佟陈氏见过县长大人，请大人明察，放了我儿子。"

老太太中气十足，大声一嚷嚷，里面的人都听见了。卫兵过来要训斥老太太，被王运征拦住了。

王运征早就听说了这个有名的佟陈氏，风范德容垂标，远近闻名，假意呵斥道："他妈的，佟老太太是本县有德之人，怎么能这么无理，来人，给佟老夫人看座。"

卫兵把椅子搬过来，佟陈氏看也不看，直视着对方，不卑不亢地说："你就是东山县新来的县长吧，请县老爷为民妇做主，我儿子不是共产党，请县老爷放了我儿子。"

"哦，老夫人何出此言？"

王运征装起了糊涂，站起来故意一脸无辜地问左右："这到底是怎么回事，你们把老太太的儿子抓起来了？"

那些官员心知肚明，也装糊涂，支支吾吾起来了。

佟陈氏自然看透了他们，对王运征说："王县长，我佟家祖祖辈辈都是安分守己的良民，奉公守法，从不干分外之事，我儿子永顺无辜被保安团的人抓走，污蔑他是共党，请王县长为我做主，还我儿子清白。"

"有这等事？"

王运征边演戏，边对旁边的县吏说："你去问问，是不是有这等事，速速来报。"

那个县吏心领神会，出门去了。

"来呀，给老太太看茶。"

王运征一声令下，有人过来端了一碗茶给佟陈氏。

之后，王运征就扭过头和同僚有说有笑，摆明了把佟陈氏晾在那里。

老太太坐在那里，心里一阵阵气愤，但她知道人在屋檐下不得不低头，只得等着。

过了很久，那个县吏才回来，悄悄给王运征低声耳语几句。

"好啊，你小儿子佟永义参与了共党活动，老太太，那就对不住您了，此事只要你交出佟永义，王某就放了佟永顺，否则免谈。"

王运征卸去了伪装，原形毕露，冷冰冰地说道。随即一挥手："送客。"

佟陈氏还要说话，卫兵过来不由分说就把她推出去了。

卫兵把佟陈氏推出县衙，"哐"地一声，身后门就关上了。

此时，守在外面的老吴赶紧过来搀扶住佟陈氏，佟陈氏叹口气，说："老吴，回去吧。"

老吴张开嘴想问，但见佟陈氏脸色极其难看，就不敢问了，赶紧套上牛车，拉着佟陈氏回去了。

路上，佟陈氏坐在牛车上，闭目养神，一句话也不说。

老吴也不敢问，只听见牛车在道路上发出哐当哐当的响声。

天黑时，牛车回到了小营村，杜江打开门刚要问，一看老吴的神态，立即噤声了。

进了佟家院子，佟陈氏的脸上恢复了平日的宁静，说："老吴，你也累了几天，回去歇息吧，有事明天再说。"

老吴答应一声去了。

佟嘉禾闻讯赶来，佟陈氏摆摆手，什么也没有说，回屋去了。

第二天一早，佟陈氏起得很早，把众人全都叫来，把见王运征的全部过程说了一遍。

众人闻听，全都气炸了。

“他妈的，老子明天就去县里，豁出命也要把东家救出来。”

杜江脾气火爆，当下就要进城，被众人死死拦住。

佟大爷气得团团转，忽然一跺脚说：“你们都别争了，明天我进城去，舍了老命也要救出永顺。”

佟陈氏摇摇头，说：“没用，王运征不是秦辅三，他是铁了心要抓咱们永义，永义不露面，肯定不会放永顺。”

“那这事咋办？”

一时把佟大爷急得团团转，他也明白佟陈氏说得对，王运征不是秦辅三，他可不管佟家是不是当地乡绅，为了邀功请赏，他绝不会放过。

众人七嘴八舌，说了半天，都没主意，说到底佟家只是小地主，跟官斗根本没有底气，何况是王运征这种兵痞军阀。

如果是秦辅三还在，多少会念及佟家多年来的声望，放过佟永顺。但王运征可不管这些，他只想着立功。

这只是佟陈氏几十年来经历过的苦难之一。然而不知是不是老了的缘故，细心的下人发现短短几日，佟陈氏头上多了很多白发，人也一下子颓然了。

“终究是老了，老了啊。”

佟陈氏喃喃自语地说着，看着院子里的众人，一丝无奈的苍凉油然而生。

这满院子的人，然而真遇到事却没有一个人能帮上忙。

佟陈氏慢慢地走回屋去，她的背影落寞，让人心酸。

过了几日，佟陈氏拿出家里不多的大洋，托人去县里疏通。钱虽然花了很多，却毫无进展。王运征放出话来，除非佟家交出佟永义，否则永远不放佟永顺。

到了这份上，大家都明白王运征是跟佟家杠上了，在东山县恐怕谁也没办法。

佟嘉禾见此，慨然说："也罢，永顺不回来，咱们佟家就倒了，我就舍出这条老命，去一趟北京，我就不信天下还有不说理的地方。"

众人一听，都劝说您老人家年纪大了，北京兵荒马乱的，怎么能冒那个险。

佟大爷是铁了心了，谁劝也不听，当晚一夜未睡收拾行李，把他从北京带回来的那个旧皮箱擦了擦，装了点衣服，坐着等天明。

天一明，佟大爷悄悄出了门，不辞而别，等佟陈氏知道，他已经乘坐牛车上路了。

老吴把佟嘉禾送到县城就回去了。

佟大爷在县城雇了一辆马车，奔北京而去。

这时候已经十一月了，天气寒冷，佟大爷裹着毡子坐在车里仍然瑟瑟发抖，冻得鼻子都是通红的。

东山到北京，并不远，因为路上不太平，佟大爷白天赶路，晚上歇脚，一刻也不停直奔北京，足足走了两天。

一九二七年底的北京，军政府已经是落日余晖，大势已去。张作霖内外交困，无奈之下准备退回关外。一路上，只见沿途民生凋敝，遍地荒凉，不时有散兵游勇经过，大肆劫掠行人。

好在佟大爷一个老头子，其貌不扬，身上只带着一个旧皮箱，穷得叮当响，连土匪兵痞对他都没兴趣。

马车到了北京。一进北京城，车夫把马喊住，冲着帘子里面说："大爷，您到了，下车吧。"

佟嘉禾下了马车，给车夫付了车费，站在路边仔细整理了一下衣冠。

前清举人穿了件崭新的长袍马褂，戴着瓜皮帽，帽子盖住了辫子，拄着拐杖，在街上西装革履的人群中显得很另类。

到此时，北京城由于受新思潮影响，基本上老百姓都不再留辫子，越来越多的年轻人穿上了西装、皮鞋。

佟嘉禾进了北京，先在东交民巷住了几日，打听到北洋军政府的总理是潘馥，顿时松了一口气。

潘馥是山东省微山县马坡镇潘庄人，幼年熟读经书，并考取了清末的举人。他和佟嘉禾是同期举人，可以说有同窗之谊。

其时，潘馥正任北洋军政府国务总理，佟嘉禾打听清楚，心里顿时轻松了。

当下，佟大爷在旅馆用了一天时间给潘馥写了一封信，信中除了叙旧，回忆了当年一起考取举人的情形，大加赞赏，然后说了佟永顺的事，请潘馥念在同窗一场，救救佟永顺。

信写好后，佟大爷亲自送到总理办公的新华宫外，托了一位故交送进去。

信送进去后，佟大爷心里仍然悬着，可是也没办法，潘馥是总理，他一个老百姓想见也没机会，只得耐心在旅馆等着。

一天午后，佟大爷正在旅馆读书，忽然外面一阵嘈杂声，跟着脚步乱哄哄响，一伙散兵闯了进来。

这时节，北京城里已经在传张作霖就要退回关外了，人心惶惶，市面上一片混乱，到处都有不知道哪里来的散兵流寇，随意乱窜。

旅馆老板是个中年人，慌里慌张跑进来说："这位爷，当兵的来了，这帮兔崽子，您赶快把值钱的东西都藏起来。"

"成，谢谢您了。"

佟嘉禾点点头，谢过老板，赶紧把随身要紧的东西藏起来，没等他藏好，门就被踹开了，乱兵闯进来，不由分说把他的皮箱一脚踢翻，里面的东西全都散落一地。

皮箱里面全都是书籍。

"你们……土匪，土匪啊……"

佟嘉禾指着乱兵，气得浑身颤抖，猛然一张口，"哇"地喷出一口鲜血。

乱兵到处乱翻一气，没发现贵重东西，晦气地吐口唾沫，走了。

佟嘉禾一口怒气窝在心口，吐了几口血，当天就被送到了医院。

老头这一住院就是十来天，他心里惦记着潘馥的回复，趴在床上又写了一封信，花了十块大洋托人送进总理府。

这次过了两天，忽然来了一个总理府的人，找到佟大爷。

“您是佟老吗？我是潘总理派来的。”来人不愧是总理府的，说话极其客气，丝毫没有官架子。

佟嘉禾激动地说：“老朽正是佟嘉禾，怎么样，潘总理看了我的信吗，他怎么说？”

来人笑了一下，说：“佟爷您别急，小事一桩，潘先生已经亲自给王运征打过电话了，令侄很快就会放出来。”

“太好了，那就太好了！”

佟大爷闻言激动得一时间不知道说啥了。

佟嘉禾还在病床上，也顾不得自己病还未好，从医院出来雇了辆马车就回去了。

几日后，等佟嘉禾到了东山县，一打听，果然佟永顺被放回去了。

这件事佟大爷还真是找对人了。潘馥看了信后，毕竟当年同窗一场，当时就给王运征打了电话，王运征再不情愿，面对总理的电话，也不敢不听，只好气哼哼地放人了。

如此这般，多亏了佟大爷上京，佟永顺死里逃生，躲过了一劫。

秋日的太阳照着地面，佟永顺从警察局出来，雇了一辆马车回去了。平时他舍不得，但今天佟永顺雇了辆马车。

一进村子，村里人看见他，呼啦全都围上来了。

“东家回来了！”

“东家回来了！”

“永顺，回来了就好。”

佟家平日处事厚道，与人为善，佟永顺平安回来，村里人都替他高兴。

佟永顺躲过一劫，站在村口，望着远处的潮白河对白先生感慨说：“白先生，这些北洋军阀太猖狂了，无法无天，这片土地是老祖宗留下的，老百姓只能看着他们糟蹋，痛心啊。”

“只要人回来了就好，回来了就好。”

白先生安慰道。

王运征把佟永顺关进警察局，虽然顾忌佟家在当地的名望没敢用刑，但也没给好果子吃，关在寒冷的地下室，等放出来，人也折腾得变形了。

这时佟陈氏闻听走出来，看见儿子，老太太虽然心疼，却只是淡淡问了一句，让白先生和众人都先散去。

佟永顺糊里糊涂被放出来，警察局也没说啥，老太太担心还会出事，吩咐下人关门，这几天没事不要出去。

佟永顺吃过饭，问起佟大爷，才知道佟大爷去北京城了，一时心里涌起一股暖流。

对这个大爷，佟永顺起初还怀疑他是回来抢家产的，一度防着他，不过经过上次佟大爷奋不顾身去县里阻止童男童女的事后，他对自己这位伯父顿时改观。

此时闻听大爷为救他而去北京城，更是一阵感动，毕竟佟大爷六十多岁的老人了，到处兵荒马乱的，万一有个事就麻烦了。

至此，佟永顺心里再无大爷回来抢家产这种想法了。

曹德祖见佟永顺平安回来了，气得在村公所摔了桌子，他原来以为这次借机就可以扳倒佟家，拔了这个刺儿头，没想到又落空了。

这时候的曹德祖气急败坏，可是摸不清情况，也不敢去问王运征，毕竟王运征可不是他姐夫，说不定一句话说不对就会收拾他。

曹德祖吃了个哑巴亏，从此收敛了许多，不再频频找佟家麻烦了。

过了几天，佟大爷从北京回来了。爷俩见面，都感慨万千，好在一家人都平安，就啥也不怕。

过了不久，佟永义又返回了学校，因为有国民政府总理潘馥的电话，王运征也不敢乱来了。

东山县里，王运征继续高压政策，大肆搜捕农协的人和地下党。这时的张作霖已经穷途末路，狗急跳墙，在疯狂地压榨老百姓，准备退回关外。

东山县老百姓再次陷入了水深火热中。在王运征的威逼下，保安团的人到处抓交不上税的老百姓，逼得很多老百姓妻离子散，家破人亡。

东山县有户姓王的穷人，家里有个女儿年方二八，被保安团的段团长看中，诬陷是农协分子，派康麻子把王家女儿强抢回去。那女子性情刚烈，当晚撞墙而死。其父闻听投潮白河死了。消息传出，全县无不愤然。

东山区农协经过研究，决定搞一次大的行动。

一天下午，陈记杂货铺。

农协领导人陈为人、路波组织骨干力量召开了秘密会议。

“同志们，李仑同志牺牲了，这笔账我们还没跟王运征算，保安团又逼死了两条无辜人命，东山的老百姓都在看着，咱们农协这时候绝不能做缩头乌龟，我提议搞一次行动，震慑一下敌人。”

陈为人表面看起来很儒雅、瘦弱，讲话却铿锵有力，极富感染力，说完他坐下了。

坐在旁边的路波点点头，看着底下的人说：“我同意陈区长的意见，如果我们不斗争，敌人就更猖狂，到头来吃亏的是老百姓，咱们农协绝对不能看着老百姓活不下去。”

“陈区长，快点讲吧，我们都等不了。”

“对，坚决要斗争，不能让敌人肆无忌惮，让东山的老百姓受苦。”

底下的农协积极分子都纷纷振臂高呼，佟永义坐在角落，静静地听着众人说话，眼里也露出迫不及待的渴望。

众人接着讨论起组织什么样的行动来反抗，有人提议游行，有人提议组织农民抗捐，还有人提议秘密除掉保安团团长。陈为人和路波细心听着，频频点头，他们看到佟永义没有说话。

陈为人微笑着说："佟永义同学，说说你的看法。"

听到点名，佟永义微一思索，说出了自己的想法，他提议联合全县乡绅名流向北京政府上书抗议、施压。

佟永义此言也有道理，民国时县乡以下，地方乡绅地位很高，县衙有事都要和本地乡绅商议，只要联合全县乡绅联名向北京政府抗议、施压，北京政府肯定不会不管。

农协的两位领导人闻听，顿时一拍桌子，纷纷点头，毕竟此时在王运征的高压政策下，如果硬抗肯定吃亏，但全县乡绅联合上诉则不同，王运征再残暴，也不敢对全县乡绅动刀。

"佟永义同学，你的建议太好了，就这么办吧，等散会后，我和路波同志再商量一下具体怎么做。"

陈为人高兴地说道。

农协本来就不愿意和县政府硬杠，采取这种方法自然是再合适不过了。会后，陈为人和路波马上组织农协人员的四处活动，联络全县乡绅。那些乡绅也都对王运征的大肆摊派、苛捐杂税极为不满，纷纷表示同意。

几天后，佟永义悄悄回了一趟家，当然是带着任务。

农协领导人陈为人要他说服佟嘉禾和佟永顺参与，特别是佟嘉禾这位前清举人——有名的保皇派，在北京那边很多人知道他。

入夜后，乡下的夜晚宁静安谧，整个村庄都笼罩在黑暗中。

西院里，一户老旧的窗棂，窗口开着，油灯光闪烁明灭。

佟嘉禾坐在桌前，正在读书，老头一生读书，虽然给他带来了荣耀，却也使他活在新旧思想冲突的痛苦中。他念念不忘旧时，却又逐渐接受新思潮，痛恨封建思想。

"吱呀"，门开了，佟永义走了进来。

"永义啊，来来，快坐。"

佟大爷赶紧让座，让佟永义坐下，心里纳闷，这个侄子一向不爱听自己说教，怎么突然跑来了。

“大伯，您听说了王家父女俩被保安团逼死的事了吗？”

“嗯。”

佟大爷点头，他也不是闭门不出，多少知道点本县的新闻。

佟永义小心翼翼地把全县乡绅联名上书向北京抗议事一说，以为伯父会大发雷霆，谁知佟大爷听完却点点头，说：“好，这事儿我赞成。”

其实佟嘉禾也痛恨国民政府的腐败，胡作非为，但他的主张比较温和，不喜欢采取激烈措施，听到联名上书，当场就同意了。

连佟永义都没想到这么容易就说服了佟大爷。至于佟永顺自然赞同。

经过十多天的努力，农协组织全县的乡绅联名给北京政府写了一封抗议书，让人送到北京。

佟大爷这回是真出了力，还亲自给国务总理潘馥写了一封信。

这封信送到北京，国务总理潘馥一看果然很生气。毕竟是民国了，逼死两条人命，在舆论压力下，北洋政府不得不注意影响。

过了几天，潘馥把电话打到王运征那里，王运征一听顿时蒙了。面对潘馥一番责骂，他当然没办法，只能唯唯诺诺，心里把北京政府骂了个狗血喷头。

其实王运征压榨百姓，征收苛捐杂税，也是奉了张大帅的令，这个聪明绝顶的潘馥当然也明白，所以只是义正词严地一顿说，并没有免了王运征的县长。不过但凡出事，上面可不管那么多，一定拿下属问罪。

经此一闹，王运征终于收敛了。农协取得了胜利，陈为人专门表扬了佟永义，因为前清举人起了很大作用。

佟大爷闻听，乐呵了几天，说自己总算为东山的老百姓做了点事情。佟家上下也重新认识了佟大爷。

东山的老百姓总算松了一口气，王运征知道是佟嘉禾给潘馥写了信，气得吐血，却无可奈何。

转眼到了年底，外面时局再动荡，老百姓年还是要过的。今年干旱，收成不好，佟家又经历了一连串风波，这个年也不好过。

冬天本来就是农闲，进入腊月，佟永顺就让老吴、德子磨面，那时候磨面是用石磨，靠牛拉磨，有时牛累了，还得人推磨。一天下来才能磨几升面，非常艰难。

这还是大户人家，那些小户人家，家里没有石磨，只能去地主家磨，磨了面地主还要抽钱。

佟家还有些余粮，今年佟永顺让都拿出来磨面，兵荒马乱，北京城里越来越乱，乡下也有了土匪，他怕留着余粮被抢。

腊月初八这天果然就来了一伙土匪。午后，佟永顺正和白先生坐在院子里聊天，佟嘉禾背着手在门口逗一个孩子。

"子曰，学而时习之，不亦说乎……"

孩子跟着摇头晃脑："子曰，学而时习之……"

佟大爷高兴，摸摸孩子脑袋，从口袋里掏出一片饼子给孩子。

这时候，老吴慌慌张张地跑进来，顾不得喘气，说："东家，不好了，土匪进村了。"

"土匪？"

佟永顺霍地站起来，杜江和蒋元良都从屋里出来了。

"老吴，慢点说，到底是怎么回事？"

"东家，土匪，一拨土匪从北面进村了，正朝这边过来了。"

"看清了吗，有多少人？"

老吴想了想，肯定地说："有十三个人，都拿着枪，我数了，一共十三个。"

杜江等人闻听都紧张地看着佟永顺，佟永顺毫不慌乱，沉吟了一下让老吴再去打探，立即关上大门，让杜江等人做好戒备。

佟家有看家护院的，有枪，一般小土匪来了也不怕。

过了一会儿，老吴回来说那伙土匪在村子南面的一个空院住下了，只是问周围的人家要了点生活用品。

一院子人闻听都愣住了。

只有佟永顺隐隐感到一丝不安。一般土匪来了都是劫掠一气就跑了。这伙土匪居然住下来了，这住下来容易，要赶他们走就难了。

真让佟永顺猜对了，这伙土匪是张作霖的兵，打了败仗怕责罚，流窜到了东山乡下。他们一来，一打听这个村子村公所只有几个片警，村里的地主也没有几个看家护院的，一合计就在这里住下了。

乱世之中，这伙人也是没办法，为了活下去。过了两天，为首的土匪去拜访村长曹德祖。双方不知道做了什么交易，曹德祖默许他们住下了。

佟永顺和众人商议，都觉得不安，担心这件事背后有阴谋，但也没有办法。

佟永顺想去县衙找王运征，让保安团赶走这伙土匪，被佟陈氏挡住了。

佟陈氏呵斥儿子："自古以来，民不跟匪斗，土匪有枪不怕死，你可不能死，你死了佟家这一大家子怎么办？"

"娘……"

"别说了，回去！"

佟陈氏不但把儿子赶回院，还让老吴拿了十块大洋给这伙土匪送去。

那伙土匪为首的是个连长，东北大汉，收了大洋说："给老太太带句话，大洋收了，井水不犯河水，请老太太放心。"

这伙土匪说到做到，此后一连半月，从不骚扰村里，村人也慢慢放下了心。

只是佟永顺和白先生都暗暗担心，总觉得迟早会出事。

到了腊月二十左右，佟家麦子磨完了，开始准备过年。虽然世道不宁，兵荒马乱，但像佟家这样的大户人家过年还是很隆重的。

佟永顺让老吴赶着牛车进了一回城，忍痛买了五斤猪肉、粉丝，给老太太添置了一身衣服。家里包括下人在内，都各添了新衣服。搁当时的环境，像佟永顺这样厚道的地主凤毛麟角，是极其少有的。

一些必备的年货，譬如鞭炮、对联，给孩子们的糖果、点心，茶叶都置办了些。

转眼就到了年关。年三十那天，佟家蒸白面馒头，做猪肉炖粉条，到中午满院子飘香，下人们都馋得直流口水。

那年月，也只有地主家逢年过节能吃点儿肉，一般老百姓家里饭都吃不饱，根本别想有肉吃，所以大家全乐呵呵的。

到午饭时间，老吴在院子里摆了三张桌子。佟大爷、佟陈氏、佟永顺和佟永义坐了一桌，其他下人和家眷坐了两桌。猪肉炖粉条端上来，白面馒头可劲吃。

菜端上来，香味往每个人鼻子里钻，白面馒头看着都香，孩子们个个眼都看直了。

“老吴，你们几个辛苦了一年，大家不用客气，今天放开了吃。”

佟永顺发了话，下人们立即动起了筷子。老吴、德子都是佟家的长工，跟了很多年了，家里也租种着佟家田，杜江和蒋元良虽然是后来的，但已经把佟家当自己的家了。

众人顾不上说话，一阵狼吞虎咽，对乡下来说，这样的生活就是奢侈，连佟永义也馋得流口水。

这顿饭吃完，天也黑了，佟永顺吩咐杜江等人看好大门，毕竟土匪还住在村里。

初一一大早，佟永顺和母亲佟陈氏走出屋，佟永义放过新年鞭炮，七八个小孩跪了一院子，喊着老太太高寿，给佟陈氏拜寿。这是每年都有的节目。

“孩子们，起来吧。永顺，赏钱。”

佟永顺拿出准备好的铜子给孩子们，孩子们个个欢天喜地地玩耍去了。

老太太心情大好，坐在院子里，让大伙儿都围过来，叙说家常话。

到中午，照例有白先生、一些佃户和佟家本家族人来给老太太拜寿。

总之，这一天务必要让老太太高高兴兴，佟永顺弟兄俩和佟大爷也就高兴了。

然而，午后白先生来了刚坐下说了几句话，外面忽然脚步声乱糟糟，杜江喊道："东家，那伙土匪来了。"

谁也没想到，这伙土匪选在大年初一来佟家了。

"东家，咋办？"

杜江等人拿起家伙，问佟永顺。虽然人少，但他们没有一丝畏惧，全神戒备。

佟永顺看了母亲一眼，佟陈氏稳稳坐在那里，丝毫没有慌乱，说："今天是大年初一，来者是客，永顺，开门，让客人进来。"

"开门。"

佟永顺转过身，面对着门口，说道。

杜江打开门，十几个土匪一拥而进。只见为首的那个连长拱拱手，做出一副恭敬的样子说："老太太，今天是大年初一，兄弟们给您祝寿了。"

说着行了一礼，身后的土匪也都纷纷行礼。佟永顺微微欠身还礼。

"马连长，今天是大年初一，不知您大驾光临有何指教？"

佟永顺虽然语气平缓，没有发怒，但说到大年初一时却加重了语气。

为首的马连长打个哈哈，说道："永顺兄，千万别误会，鄙人是专门来给老太太拜年的，这大过年的，弟兄们住在破庙，没吃没喝的，老太太您菩萨心肠，不会不管弟兄们吧？"

"呸，也不看是啥日子，要饭要到我家头上了，老子让你吃喝。"

杜江是火暴脾气，忍无可忍怒吼一声，端起枪对着马连长。

"唰"地一下，马连长后面的十几个土匪一齐端起枪对准了杜江，气氛顿时紧张起来，剑拔弩张，一触即发。

马连长阴恻恻地干笑了一声，阴阳怪气地说："老太太，看来您是不想给弟兄们面子了？"

顿时，院子里气氛紧张起来了。

佟陈氏让佟永顺搀扶着站起来，说："永顺，今天是大年初一，人家是来拜年的，来者是客，怎么那么没有礼貌，老吴，摆席招待客人。"

"娘……"

佟永顺还要说话，佟陈氏转身，不听他说。

老吴和下人见状，心里虽然一百个不愿意，只得在院子里摆上酒席，马连长哈哈大笑，土匪们坐了两桌，按佟陈氏吩咐，把吃剩的白面馒头，猪肉炖粉条端出来。

土匪们饿急了，狼吞虎咽，眨眼工夫把桌上的饭菜吃得干干净净。

吃完，马连长一抹嘴，带着土匪扬长而去，跟着去了第二个地主家。

从大年初一开始，这伙土匪就这样一家挨一家上门讨吃讨喝。除了曹德祖，其他村民无不气愤，敢怒不敢言。那个年月，老百姓是最可怜的。

随着大年初一的开始，暗流涌动的一九二七年落下了帷幕，新年的到来多少给农民带来了希望。年关里，佟永顺就趁着农闲和长工一起翻地，整理田地，准备春播。

初五，佟陈氏去木林走了趟亲戚，木林距离小营几十里，来回要一整天。

佟陈氏这趟去是为了佟永顺。佟永顺以前娶的那个女人死后，一直没有续弦，眼下佟家喘过气了，就张罗起这件事来。

佟永顺这年二十九岁，在乡下早已经是娶妻生子的年龄，佟陈氏去木林走亲戚，让亲戚帮忙给介绍。

过了正月，年就过完了，乡下恢复了平日的忙碌。佟永顺照常下田，佟大爷照常读书，闲了和白先生聊聊天。

此时，北京城内正风云变幻，动荡不安。1 月，蒋介石恢复北伐军总司令，厉兵秣马，准备发动二次北伐。北洋军政府内部互相倾轧，彼此混战，陷入风雨飘摇。

张作霖在内外交困的局面下，仍然妄图镇压反对者，实行高压政策，受到影响的王运征在东山掀起了一轮又一轮抓捕进步青年的运动。

东山区的地下活动被迫暂时停止了，农协领导人陈为人也离开了东山躲避风头。

一天，佟永义从学校回来，和佟大爷说起外面的局势。蒋介石下令北伐军发起攻势，共产党人在很多地方组织工农起义，建立了革命政权。

这些事佟大爷似懂非懂，他只知道这个世道越来越看不懂了。

“老喽，老喽，看不懂了。”

这是佟大爷最近常说的话。内心深处，他已经承认有皇帝的时代不好，但又对新时代感到迷惘，所以只好闭上门读书，不闻天下事。

一九二八年四月，一个雨天深夜，佟永顺从睡梦中被一阵急促的枪声惊醒，一骨碌爬起来，穿上衣服，拿起放在枕头下面的枪跑出来。

老吴在外面喊：“东家，东家，土匪来了。”

这伙土匪是半夜突然来的，直奔佟家。

天黑漆漆一片，下着雨，院子里一片慌乱，佟家人都起来了，佟永顺让佟大爷和母亲佟陈氏躲进后院地窖里，然后拿起枪，回到前院。

土匪已经在攻打佟家大院，杜江、蒋元良和德子正在拼死抵抗。

只听见枪声噼噼啪啪跟鞭炮一样，响成和雨声混杂，完全听不出来。

佟永顺脸色凝重，拿着枪来到前院，老吴和杜江喊：“东家，快回去，这里危险。”

佟永顺说：“老吴，看清了吗，是哪个道上的土匪？”

“东家，外面太黑看不清，他们人数不少，估计是冲着咱们来的。”

“杜江，先别开火，问问是哪条道上的，先弄清楚了再说。”

那时候乡下虽然土匪成窝，到处都是土匪，但却有不成文的规矩，一般除非有人得罪了土匪，否则不会轻易攻打有枪有人的乡绅地主。

杜江骂骂咧咧地停下来，冲着院子外面喊了一嗓子：“我们东家问外面是哪条道上的朋友，有喘气儿的吱个声。”

连喊了三遍，外面枪声停下来，一个破锣嗓子喊道：“姓佟的，我们是莲花山的，弟兄们没钱花了，来讨点赏钱，识相的快点打开院门，拿三百块大洋出来，否则等我们打进来，鸡犬不留。”

“是莲花山的。”

莲花山在东山县东边，紧挨着平谷，距离小营村一百里，佟永顺顿时心里一沉，这些土匪都从杨各庄抢到小营了？如果是本地土匪，多少还会顾忌，外地来的土匪可不会管那些。

土匪狮子大张口，张口就要三百块大洋，佟永顺怒从心头起，这些土匪贪得无厌，给了他们大洋，只怕日后骚扰得更厉害了。

大雨如注，众人站在院子里，脸上的雨水顺着下巴往下淌。

每个人的眼神都充满了愤怒和怒火，只等佟永顺下令，要和土匪拼个你死我活。

乱世之中，你想平平安安活着，有人却不让，只有拼了，或许才有活下去的希望。

佟永顺缓缓举起手中的枪，朝着天空开了一枪，枪声一响，杜江、老吴等人手中的枪也响了。

“弟兄们，杀进去，铲平佟家大院。”

土匪们号叫着，争先恐后地冒雨向佟家大院发起了进攻。

佟家连佟永顺在内，有五把枪，有坚固的院墙挡着，外面的土匪人数虽然多，一时半会儿被阻挡住了。

双方都清楚这一点，只要撑到天亮土匪打不进来，就散了。

外面土匪也清楚这一点，拼命进攻，但一来在黑暗中，二来佟家大院院墙坚固高大，土匪一时毫无办法，只听见枪声像放鞭炮一样噼里啪啦响声一片。

整个村庄都被枪声惊醒了，村里其他大户人家都吓得关紧大门，躲在里面瑟瑟发抖。

村公所里，几个片警被惊醒了，但他们听见密集的枪声，全都吓得躲在屋里不敢出来。

莲花山土匪今晚来了十几号人，亡命地一波一波进攻，佟家毕竟只有五把枪，渐渐地支撑不住了。

忽然，一个土匪趁黑暗掩护摸到院墙角，爬上来，对着众人一阵扫射。

猝不及防之下，站在前面的杜江被土匪打中，来不及说话就倒下去了。

“给我打！”

杜江一倒，佟永顺怒了，怒吼一声，端着枪对着院墙上的土匪猛烈扫射。

那个土匪顿时就被射成了筛子。

杜江中了枪，肩头鲜血涌了出来，老吴赶紧把他拉进屋里包扎伤口。

此时，外面的土匪也打红了眼，根本不要命，前赴后继地向院墙冲来。

眨眼间，几发子弹打在佟永顺身边，地上的土簌簌响，老吴和德子急了，抱着佟永顺喊：“东家，你快去地窖躲着，这里有我们顶着，东家，你可千万别出事啊。”

老吴几个人从小就跟着佟家，早已把命运和佟家连在了一起，这时候几个下人都舍命护住佟永顺。

佟永顺自然不能退，因为他身后不但有母亲佟陈氏、大爷佟嘉禾，还有整个佟家。

“给我狠狠打！”

佟永顺咬着牙，把愤怒发泄在子弹中，一发子弹愤怒地打在院墙上。

“东家，这样下去不行，我们人少，土匪人多，用不了多久没子弹了，就完了。”

蒋元良跑到佟永顺身边，急促地说道：“我有个办法，我出去引开土匪，你们再拖一会儿，天亮了就没事了。”

“这样太危险了，你一个人出去，太危险。”佟永顺不假思索地摇头说。

蒋元良和杜江都是战场下来的，战斗经验丰富，审时度势，知道这样下去，院子里几个人撑不过去，只要有人引开土匪，拖延一时，或许才有一线生机。

佟永顺担心危险，不愿让冒险，但蒋元良此时主意已定，最后看了众人一眼，悄悄从后门出去了。

蒋元良是军人出身，虽然旧时的军队腐败，但面对土匪还是展现出了不错的素养，他悄悄从后门出去，向村子北面跑去。

土匪发现了蒋元良，顿时喝骂着分出一半人向他追去，其他人继续攻打佟家。

佟家此时已经到了紧急关头了，佟永顺几人的子弹即将耗尽，一旦子弹耗尽，土匪就会破门而入，后果不堪设想。

老吴、德子都已经在咬牙苦撑，佟永顺手里的子弹打光了，回身在院子里隐敝处坐下喘气。

事已至此，佟永顺也只能听天由命了。

外面的土匪发现里面的枪声弱了，马上明白过来了，是里面子弹耗尽了，土匪们顿时像打了鸡血，号叫着不顾一切地向院墙冲来。

老吴和德子坐在地上，端着枪，挡在佟永顺前面，枪口对准了门口。

“东家，您快走啊！再迟就来不及了。”

“东家，快走！”

老吴几乎就是在怒吼。

就在这危急关头，突然意外发生了。

村子东面响起了枪声。

枪声一响，土匪和佟永顺都愣住了。

几乎是同时，佟永顺就反应过来了，一丝欣喜涌上心头。

谁也没有想到，住在村子东头的马连长带着那伙土匪来解围了。

这时，马连长带着他的人从莲花山土匪背后发起了突袭，猝不及防之下，莲花山土匪瞬间被打倒四五个，乱成一团。

“哈哈哈，天无绝人之路也。”

佟永顺从地上起来，兴奋地挥舞着水烟袋，他知道佟家又熬过了一劫。

此时，莲花山土匪也顾不上佟家了，仓皇逃窜，马连长带人一顿穷追猛打，莲花山土匪折了七八人，只顾抱头鼠窜。

马连长也不追赶，收拢队伍，佟永顺让老吴打开院门，马连长进来，拱手说：“佟掌柜，土匪已经走了，让老太太受惊了。”

“马队长，佟某先替老太太谢过，日后弟兄们有什么事，尽管说，佟某能办到的一定办。”

佟永顺是真心实意地感谢，说起来也是佟陈氏深谋远虑，之前对马连长一伙客客气气，还给马连长送过大洋，现在终于收到回报。

这时，佟陈氏和佟大爷都从地窖出来了。

佟陈氏吩咐儿子拿了二十块大洋给马连长，马连长笑纳了，随后辞别而去。

这事儿说起来都离奇，村公所的片警从头到尾露面都不敢，反倒是另一伙土匪救了佟家。

不管怎么样，佟家躲过了一劫。

但不幸的是，蒋元良为了引开土匪，最后被土匪枪杀了。

佟永顺把蒋元良埋在了佟家祖坟旁边，立了一块碑，上面写着“蒋元良之墓”。

而蒋元良来自哪里，家里还有什么人，永远没有人知道了。连和他一起的杜江都说不清楚，只知道他是北方人，是被军阀抓壮丁当的兵。

乱世之中，一条人命如同蚂蚁一样渺小，没有人会在乎。

杜江伤得不重，慢慢恢复了。

第六章

城头变幻大王旗

一九二八年六月，爆发了举国震惊的皇姑屯事件。

张作霖面对北伐军攻势，内外交困下，萌生退意想退回到东北，谁知专车刚到皇姑屯，就被日本人炸死了。

消息传到东山，刚刚平静下来的东山县又陷入了动荡中。

王运征是张作霖派到东山的，他来了后大刀阔斧地抓捕地下党和农协分子，搞高压政策，逼得东山区地下党和农协不得不暂时停止活动，躲避风头。

王运征做梦也想不到张作霖居然会被人炸死在皇姑屯，消息传来，整个县衙内一片哀号，如丧考妣。

一朝天子一朝臣，张作霖一走，北京重新回到国民政府手里，这些旧官员顿时惶惶不可终日。

忐忑之下，王运征给国务总理潘馥打电话。电话那头，正在焦头烂额的潘馥一听是王运征，没说两句话，啪地挂断了。再打就没反应了。

潘馥这会儿日子也不好过。国民政府接管北京，他这个北洋军阀选出来的总理心里忐忑，不知道国民党会不会清算他。他哪有心思管东山的事。

放下电话，王运征脸色黯淡，无力地对同僚说："他妈的变天了，北京以后叫他妈北平了，以后的情况谁也不知道，爹死娘嫁人，个人顾个人吧。”

一个县吏问：“王县长，县里的事务是不是还按以前的规定办？”

“这个……你们看着办吧。”

王运征面无表情地说，出了办公厅，他萌生了退意，按张作霖临走时下达的命令，要求地方政府继续推行之前的政策。但现在张作霖被炸死了，傻子都知道大势已去，聪明人都要为自己考虑后路了。

不过，就在王运征惶恐不安时，突然接到了北平国民政府的命令，北平国民政府让王运征继续担任东山县县长，管理县务。

王运征惊喜之下，终于明白了。国民政府和张作霖有一点是相同的，那就是剿灭共产党的地下组织。

于是王运征摇身一变，又成了国民政府东山县县长，继续大肆抓捕进步人士。

外面发生了天翻地覆的变化，但在东山乡下，佟永顺还丝毫不知情。

张作霖在皇姑屯被炸死的消息传到乡下，老百姓初闻震惊，继而茫然，奉军进北京不过一年，普通百姓对张作霖并不了解。

连白先生和佟嘉禾这样比较关心时事的人都也只是唏嘘一句，感慨一番那么大的一个人物就这样死了。

张作霖在民国历史上毕竟也留下了浓墨重彩的一笔，可惜老张进入北京后一直处于内外交困，疲于应付，没有机会实现他治理东北的理想。

白先生和佟嘉禾更多的是津津乐道于张作霖那些传闻趣事，对老百姓来说仅此而已。

今年老天爷照顾，前半年一直风调雨顺，庄稼长得很好，秋后肯定丰收，农户都欢天喜地。

佟家也不例外，老吴每天都乐呵呵的。

一天，佟永顺正在田头察看庄稼，看见几个村里的闲汉追着一个外地流浪女人起哄。

那女人大概有三十七八，面黄肌瘦，瘦得一股风能吹倒，大热天还穿着破棉袄，神情木讷。那时候常常有外地逃难的人，佟永顺也没在意，低头察看庄稼。

忽然，一个闲汉点燃了女人的破袄，顿时火苗腾地起来了。

“住手！”

佟永顺大喝一声，忍无可忍，他平时很少管闲事，但这些人太过分了。

那伙闲汉看见佟永顺喝止，立即一哄而散。

佟永顺帮流浪女人扑灭火，那女人看着他，忽然扑通一下跪下，求他收留。

“唉，这又是一个可怜人。”

佟永顺叹了一口气，实在不忍心，就把那女人带了回去。

那女人到了佟家，洗漱完，换上佟陈氏给找的衣服，顿时焕然一新，模样还挺俊。

女人扑通一下跪在老太太面前，求老太太收留。

佟陈氏心一软，留下了她。

这女人姓林，家里亲人都不在了，只剩下一个人，女人听见老太太答应了，欢天喜地跑进屋里自己找活干起来。

佟陈氏盯着女人，把佟永顺叫到一边说：“永顺，我看这女人行，是过日子的，杜江来咱们佟家也快两年了，他是为了救佟家才落下残废的，咱们不能亏待人家。”

“娘，你说吧。”

佟陈氏说：“我想把她许给杜江，两个都是可怜人，成个家这辈子也就无憾了。”

佟永顺闻听，一拍大腿，说：“成了。”

隔天把两人叫到一块，佟陈氏把话挑明，这两人都是可怜人，无家可归，闻听双双跪下谢老太太。

佟陈氏让他们起来，第二天就给两人办了婚礼，也算成就一件好事。

东山县城南，陈记杂货铺，一间僻静的小屋，农协领导人陈为人正在召开会议。

张作霖被日本人炸死后，北洋军政府乱成一锅粥，面对北伐军的攻势，各地军阀节节败退，整个国家都陷入迷茫中，谁也不知道未来。此时的东山县也是一片混乱，上级指示东山区农协积极应对新的局势，发展工农力量。

陈为人把农协的积极分子都召集起来，讨论新形势下的工作。

“同志们，现在的局势很复杂，可以预见北洋军阀大势已去，国民政府很快就能统一全国，上级指示咱们要利用当前局面，积极发展农工力量。”

“陈书记，国民政府能统一全国吗？东北还有几十万奉军，他们能听国民政府的？”

有人提出疑问。

陈为人点点头，说：“这个问题问得好，东北奉军有几十万人，张作霖活着时可能无法统一，但他现在被日本人炸死了，日本人觊觎东北尽人皆知，一边是虎狼般的外夷，一边是祖宗故土，相信少帅张学良应该会做出明智选择。”

人群中，佟永义、林书娴和马明远几个进步学生认真地听着。陈为人分析了当前的形势，认为国民政府即将统一全国，东北也会很快归顺，农协要趁眼下混乱时机积极发展农工力量。

佟永义望着陈为人，眼神里充满了钦佩，陈为人虽然年龄只比他们大十来岁，但思想见识、对时局的洞察力、敏锐的前瞻力都令他们佩服。

那个时代有很多陈为人这样的年轻人，心里装着国家民族命运，把生死置之度外。

这次会议上，陈为人还讲了日本人对中国的图谋。其实济南惨案后，日本人对中华民族的狼子野心就昭然若揭，他们不断地增兵，通过各种途径进入中国，为最后侵华做准备。一些敏锐的有识之士已经看出了端倪，纷纷呼吁国人警惕。

对日本人，佟永义和同学们还没有那么深的了解。在那个千疮百孔的旧时代，普通人已经麻木了，不知道更大的危险就要来临了。

会议后，农协的人就秘密地开展活动，发展农工力量，佟永义和几个学生也在学校积极发展同学。同学们制作传单，反帝反封建，呼吁爱国学生行动起来。

这段时间，东山县县长王运征烦心事一大堆，眼看国民政府即将统一全国，奉军张大帅已经被日本人炸死，几十万东北军退回关外惶惶不可终日，他像热锅上的蚂蚁一样，坐卧不宁。

王运征乱了阵脚，底下警察局、保安团也无心抓人，纷纷四处敲诈勒索。眼看世道变了，各地土匪、散兵游勇也都跑出来骚扰百姓，大肆劫掠，把个东山县城搞得鸡犬不宁，民不聊生。

一天黄昏，佟永义和几个同学去褚静之家里学习拳术，走到半路，正碰上保安团康麻子带人在一户人家抢东西。

那户人家在县城做生意，保安团借口征税三天两头来闹事，逼得一家人把店铺都转让了，保安团还不罢休。

“妈的，今天不交钱，老子就把你们全家抓起来，关进大牢里。你信不信？”

“几位大老爷，您饶了我们全家吧，家里的店铺已经转让了，实在拿不出钱了，饶了我们吧。”

一对中年夫妇，衣衫褴褛，跪在地上哀求，旁边还有两个面黄肌瘦的孩子。

康麻子和两个保安站在面前，拿着枪托，口里叫骂不止。

此情此景，佟永义等人越看越生气，眼看男主人就要被康麻子强行拖走。

“同学们，这个康麻子太欺负人了，无法无天，什么时候教训一下这小子。”

看到康麻子如此猖狂，佟永义新仇旧恨一下子涌上来，左右看看无人，对马明远和几个同学说。

“对，太猖狂了，教训教训这小子。”

几个同学都摩拳擦掌，纷纷点头，佟永义想了想，制止了几个同学当场动手，决定向农协领导人请示，搞一次行动，收拾康麻子，也震慑一下其他人。

两天后，农协领导人陈为人和路波商量后，同意了佟永义的提议。

康麻子和保安团的人平日欺压百姓，胡作非为，农协早就想警告他了。

当下，陈为人和路波等人研究了一下，由路波亲自指挥行动。

但是，康麻子自己知道作恶多端，非常小心，进出都是几个人一起，从不单独行动，加上康麻子手里有枪，要收拾他还真不好办。

经过半个月侦察，路波终于发现了一个机会，康麻子每个月都要去城南的卧佛寺敬神，说来也是可笑，这家伙大概是作恶太多，所以想祈求佛赦免罪责。

七月初一，城南卧佛寺。

一大早，前来烧香拜佛的人络绎不绝。康麻子很小心，带了两个保安，一路到了卧佛寺，两个保安去附近的妓院消遣去了。

康麻子戴着墨镜，瞅瞅左右没人注意，溜进了卧佛寺。

康麻子走进平日拜佛的大雄宝殿，殿里静悄悄地，只有一个僧人在打扫地面。

康麻子放下心，跪在佛像前，默默念着什么。

忽然，脑袋后面被一把枪顶住了，传来一个冷冰冰的声音。

“别动！”

康麻子转过来，看见刚才扫地的那个僧人拿着枪对着他。

“别……别开枪，你要什么都行，我给你钱……”

枪口面前，康麻子冷汗淋漓，啥也不顾了，只想活命。

“康麻子，知道为什么找你吗？”

“不……知道。”

“告诉你，我就是你们天天要抓的农协的路波。”

农协领导人路波厉声说：“你们保安团不是天天要抓我吗，怎么，我就在面前，康队长怎么哑巴了？”

这时，康麻子听见路波的名字，吓得扑通瘫软在地上，瑟瑟发抖，马坡大地主石崇佛就是被农协的人扔进了潮白河。

“路书记……您大人大量，饶了我吧，我康麻子该死，有眼不识泰山，以后再也不敢得罪农协了，饶了小的一条狗命吧。”

陈为人和路波的名字，保安团早就知道了，康麻子再骄横，也知道面对的不是一般人，而是农协领导人，这时吓得尿了裤子。

门外进来几个农协的人，迅速关上殿门，康麻子绝望地闭上了眼睛。他作恶多端，知道落到农协手里必死无疑。

路波道：“康麻子，你想死还是想活，要想活命，得答应一件事。”

“什么……事？”

康麻子听说不杀他，顿时一喜，随即却又露出惊慌的神色。

“康麻子，你要想活命，就得做一件事，把你这些年犯下的罪一一写出来，否则我代表东山农协，今天就处决了你。”

康麻子作恶多端，就是死十回也不够，他低下头想了一下，带着哭声说：“我想活，我……答应。”

“那就写吧。”

路波冷冷地说道，一个农协的人递上准备好的纸和笔。

康麻子颤抖着接过纸笔，面色苍白，如果不把自己犯下的罪行写下来，就面临农协的处决。

他知道农协说到做到，内心深处短暂的挣扎后，选择了活下来。

康麻子拿起纸和笔，开始一条一条写，但他犯下的罪行太多了，这家伙也很快镇静下来，妄图只写一些小事，蒙混过关，什么逼捐、逼税、抓人，看似罪行，却都不是重点。

路波冷冷地看着，看到康麻子写完，一共写了八条，诸如某年某月在某某家逼捐，某年某月抓捕某人之类的事，冷笑一声，直接把纸条撕了，呵斥道："康麻子，到了这个时候，你还想欺骗我们、蒙混过关吗？"

黑洞洞的枪口对准了康麻子。

"路书记……我写，饶了我吧。"

看到路波动怒，康麻子吓得一哆嗦，终于清醒过来了，他犯下的罪行足够枪毙，他可不愿意成为第二个石崇佛。

"把你犯下的罪行一条一条写出来，胆敢遗漏一条，就枪毙了你！"

"我写，我写。"

康麻子瘫软在地上，拿起纸和笔，再也不敢耍奸，老老实实地把自己这些年犯下的罪行，逼死的人命写了出来，总共写了十六条罪行，包括十一条人命，每一条都触目惊心。

路波看完，心里无比愤怒，恨不得立即枪毙了康麻子，为民除害。但根据农协研究的行动方案，他不能那么做，今天只是警告康麻子。

"康麻子，这是你亲自给人民交代的罪行，一条一条，白纸黑字写在纸上，枪毙你八回都不为过。但是，我们历来不把人一棍子打死，只要从今往后你改过自新，不再作恶，我们争取宽大处理。"

"谢谢路书记饶了我这条狗命，我再也不敢了。"

康麻子如释重负，长长地松了一口气。

路波把康麻子写着罪行的那张纸收起来，冷冷道："康麻子，今天就饶你一次，记着，你的罪行都记录在这里，只要你敢再作恶，我们随时会派人取你的狗命。"

"是，是，我再也不敢了。"

康麻子磕头如捣蒜，之前的神气荡然无存，如丧家之犬。

随即，路波带着农协的人迅速撤离了。

康麻子瘫软在地上，半天才爬起来，浑身都被冷汗湿透了，灰溜溜地回去了。

从这天起，康麻子被吓破了胆，而且他有罪行在农协手里，收敛多了，再也不敢像以前那样无法无天、胡作非为了。

佟永义和几个同学在褚静之那里，欢呼胜利。

“同学们，这次我们又取得了一个胜利，警告康麻子，敲山震虎，其他保安团和警察以后肯定会收敛了。”

“永义同学，我觉得咱们以后要多搞这种活动，打击那些无法无天的保安团，让他们知道老百姓的力量是不可小视的。”

“对，应该枪毙了康麻子，这样那些保安团才会害怕。”

同学们热烈地讨论着，其实对农协的决定，佟永义也不理解，在他看来，康麻子罪大恶极直接枪毙了就行了，不明白路波为什么没有处决康麻子。

一旁的褚静之捋着胡须静静地听他们讨论，偶尔点点头。

“永义，你们几个想法还是简单了，农协的做法是正确的，像康麻子这样的人是这个腐败社会的产物，他们人数众多，眼下我们的力量还弱小，如果粗暴地处决，势必引起其他人的疯狂报复，会给老百姓带来更大的损失。”

褚静之说话的声音平缓，却一下子让佟永义等人都明白了。

佟永义也深深地为自己的想法惭愧，褚静之师从当时的形意拳名宿白鹿棠，老人虽然年过花甲，却有一腔爱国之心，愤恨社会的腐败无能。

他之所以教佟永义等人拳术，也是被学生们的爱国热情感动。

佟永义跟褚静之学了几个月了，基本上掌握了形意拳的要领，练习起来有板有眼。

这些进步学生接受了新思想，他们渴望改变国家民族命运，并为之努力，佟永义和哥哥佟永顺，一个代表了旧的时代，一个代表了新的时代，他们是那个年代最普遍的家庭。

历史的进程仍然按照某种轨迹进行着，对东山县的老百姓来说，一切仍然是那样，国民党的胜利让老百姓高兴，日本人传来的消息则让老百姓担忧。

包括县衙里的王运征，在这个历史节点也茫然无措，不知道该何去何从。

张作霖死后，阎锡山虽然率晋军接管北平，但面对内外局势，完全无力应付，北平实际上一盘散沙。

王运征整天在县衙混日子，浑浑噩噩。警察局、保安团经过农协几次警告也都收敛了。老百姓暂时喘了一口气。

东山乡下，曹德祖为了名望，又张罗着办义学，游说乡绅捐款。

佟永顺趁这段时间，和佟陈氏商量，佟陈氏把一些首饰卖了，又买了十多亩田。佟陈氏是从清朝过来的，见过世面，认为如今乱世，啥都靠不住，只有田地才是好东西。

一日，佟永顺正和白先生商量给孩子们捐点钱置办书本，老吴跑进来说："东家，马连长和他的人被曹德祖收编了，都当了村公所的片警。"

那马连长自从来到村里，虽然没有劫掠本村乡邻，却四下里外出抢劫，方圆百里范围，老百姓不堪其扰。

佟永顺和白先生每讨论起，都摇头痛恨世道不宁，土匪祸害。没想到现在，马连长居然摇身一变，成了村公所片警。

"胡闹，马连长一伙乌合之众，有什么资格当片警，这是什么世道？"

佟永顺愤怒，差点把水烟袋扔了。

白先生说："唉，看开吧，世道变了啊，张大帅不也是土匪出身，咱们能有啥办法。"

"这是胡闹，得上告县衙。"

"行了吧，永顺，告了又能咋样，别忘了王运征和他们是一丘之貉。"

白先生说的没错，王运征是张作霖的人，张作霖就是胡子出身。

两人谈了一会儿，午饭到了，佟永顺就招呼白先生留下来吃饭，白先生也不客气。

这天的午饭是玉米窝窝头，熬了一锅青菜汤，别看简陋，但已经是不错了，普通人家还吃不上。

佟永顺想不到土匪马连长竟然会成为村公所片警，这个世道他是越来越看不懂了。

过了几天的一个午后，佟永顺刚从田里回来就看见马连长带着十几个片警，在佟家院外叫门。里面杜江拿着枪，死活不开门。

“马连长，这是怎么回事，咱们一向不是井水不犯河水吗？”

佟永顺走过去，冷静地问道。

“哈哈，是佟掌柜回来了，打扰了，县里征收烟茶税，你家这护院的说什么也不让我们进去，这可有县衙的公文，你们佟家想抗捐吗？”

“什么烟茶税？”

佟永顺冷笑一声，这种伎俩他当然清楚，不过是巧立名目向老百姓摊派罢了。别说普通老百姓，就是佟家，这年月能糊口就不错了，谁还能享受烟茶品。

佟永顺抽的水烟，这段时间都是在山里采集的树叶揉碎了，装进去抽。

马连长面有难色，说：“佟掌柜，老太太在里面，弟兄们就不进去了，不过兄弟也是奉命办事，没办法，还请佟掌柜谅解。”

佟陈氏待马连长不薄，这个马连长还算仗义，之前莲花山土匪攻打佟家时出手相救，佟永顺心里也记着，闻听便点头，咬牙答应。

本来佟家现在就捉襟见肘，没办法，佟永顺又咬牙交了税款。

这个马连长摇身一变成了片警，从此跟着曹德祖，征收摊派，不遗余力。

十月的一天，佟大爷早上起来，洗漱时脚下一滑，摔倒了。

佟大爷一辈子四体不勤，五谷不分，从未下过力气，身子本来就弱，一跌倒摔得不轻，村里的郎中不敢看，只好让老吴用牛车送到县城看病。

佟永顺和老吴把佟大爷拉到县城，找了个郎中看了，说是肋骨断了几根，需要静养几个月。可怜佟大爷年纪大了，却受这个罪，一时唉声叹气，愁眉不展，说："永顺，我老了不中用，连累你们了。"

佟永顺正色说："伯父，您可别那样想，您是咱们佟家的骄傲，有您在，外面再乱，也没人敢打咱们佟家的主意。"

"那是。"佟大爷一梗脖子："我虽然老了，可北平城里那些当大官的还认识几个呢。"

佟大爷傲娇的小表情让佟永顺和老吴一阵好笑，又感动。

佟大爷这一病，就是几个月，人老了骨头脆，伤筋动骨一百天，整日在家里躺着，好在佟永顺悉心照顾，好得很快。

这段时间，乡下的日子过得很悠闲，北平城处在混乱中，也没人会管东山。王运征也如丧家之犬，惶惶不可终日，他是张作霖的人，东北军被赶回关外了，自然心里惶惶不安。

康麻子被农协收拾后，吓破了胆，有他写的罪状在农协手里，这小子一时间也夹起尾巴做人了。

难得的清闲，佟家终于松了一口气。

经历乱世，佟永顺深刻体会到了粮食的重要性，他丝毫没有懈怠，而是用心营务田地。

春头的时候，佟永顺带着长工在河边开了一片荒地，种上了庄稼。秋收后收成颇丰，他终日凝重的脸上也多了笑容。

曹德祖在收编了马连长等十几个土匪后，气焰又嚣张了，加上县里也不管了，山中无老虎，猴子称大王。不过，这小子还识相，没敢再招惹佟家。

佟家收留的那个流浪女人跟了杜江，生了个儿子，别说杜江多高兴了，就是佟陈氏和佟永顺都为杜江高兴，乱世中，有了老婆、孩子就是一家人过日子了。

日子过得紧，营养跟不上，女人奶水不够，孩子整日哭，但在老太太耳朵里，这才是家的样子。

佟陈氏坐不住了，一天晚上把佟永顺叫到屋里训话。

“永顺，你年龄不小了，这一年来家里经过了很多事，我老了，也想明白了。咱们老百姓图啥，就图个平安。外面兵荒马乱的，有个老婆孩子就是念想。过两天，我再去木林那边亲戚家看看，看有没有合适的人家？”

“娘，家里现在这一摊子事，这事还是以后再说吧。”

佟永顺淡淡地说，他心里当然也想成个家，有个女人，可是兵荒马乱的，只是奢望。

老太太又想起佟永义，直摇头：“永义也老大不小了，一点儿不操心，有空你也劝劝他。”

佟永顺点点头。

第二天，佟陈氏不顾阻拦，让老吴赶着牛车去了木林亲戚家，张罗着为佟永顺介绍女人。

一九二八年的冬天来得很早，霜降刚过，气候骤然下降，一时间天寒地冻，早早进入了冷冬。冬天农闲，在乡下村人都是老婆孩子热炕头，哪里也不去。

佟永顺和老吴进了一趟县城，卖了粮食，置办了些平时的必需品。办完事，走出粮行，佟永顺和老吴都发现街上似乎和平时不一样了。以前街上行人稀少，到处都是保安团的人，现在却看不到一个，反而是小商贩叫买叫卖，店铺人来人往，一片热闹景象。

“卖报，卖报，新县长上任的第三把火，整顿贪污腐化的官吏……看报看报。”

在报童的吆喝声中，街上的人纷纷驻足观看。

佟永顺停住脚步，喊老吴：“老吴，买张报吧。”

老吴过去，买了张报纸，佟永顺看了看，旁边有个饭馆，两人从早上到中午还没吃饭，就让老吴把牛车放好，进去吃饭。

这时已经过了午饭时，饭馆里一个客人也没有，掌柜的赶紧过来招呼。卖了粮心里高兴，佟永顺和老吴要了两碗面，吃起来。

他边吃边看，这才知道东山又变天了，之前的王运征是北洋军阀派来的官员，张作霖死后，国民政府接管北平，现在正式派了一个叫王修祜的担任县长，恢复了国民政府。

东山县政府已经重新挂上了国民政府的旗，而新来的县长王修祜还是东山本地人。

仔细一想，北洋军阀就和张勋复辟闹剧一样，折腾了一番，最终还是回到了原来。

“东家，这闹来闹去，又回到了原来，您说这回是好事还是坏事？”

老吴不懂这些，问道。

佟永顺说：“好事，不管咋说，王运征下台了就是好事，姓王的可没少祸害东山老百姓。新来的县长是东山本地人，肯定要比王运征强。”

“那敢情是，本地的肯定要比外来的好啊。”

老吴没文化，也只能这么简单地理解。

这时饭馆掌柜的听见他们谈话，插了一句：“您二位说的没错，现在东山县全城都传遍了，新来的这位王县长是土生土长的东山人，他当了县长，怎么着也得比王运征强。”

“掌柜的，您给说说这王县长的事儿。”佟永顺对这位王修祜产生了兴趣。

那掌柜的也闲着无聊，就搬张凳子过来，说：“您二位不知道，王县长是马坡人，就是被农协处置的那个大地主石崇佛一块儿的，他家还是石崇佛家的佃户，听说有人问王县长怎么看这件事。王县长说农协做得对，是为民除害了。”

“这么说，这王县长是个好官了？”

“您说的没错，看二位应该是乡下来的吧，还不知道王县长刚到任第一天，就颁布命令，废除了之前县衙的所有苛捐杂税，全城老百姓都在奔走相告，为这事高兴呢。”

“真的有这事？”佟永顺闻听，也惊讶地停下筷子，抬头看着掌柜的。

掌柜的肯定地点了点头。

乡下偏僻，冬天也没人进城，王修祜上任五六天了，小营村还没几个人知道。

佟永顺听了，心中顿时对这位王县长充满了敬仰和期待，隐隐感觉到东山县新的生活即将开始了。

佟永顺又费了一会儿口舌让老吴明白了，老吴也很高兴，自打前清退出历史舞台后，这二十多年间，东山县衙换了一批又一批官员，只要是新来的，别说废除苛捐杂税，就是减少税赋也没有。

这在佟永顺心中是开天辟地的头一回，他第一次看到了生活的希望。

吃过饭，佟永顺心里还很激动，就和老吴去县衙看，到了那里果然县衙门口挂着一面旗，迎风飘扬。一群老百姓正围在那里观看，议论纷纷，旁边的卫兵只是让他们退后，并没有拿枪驱赶。

这要是以前，卫兵直接就拿枪赶人了。

“变了，确实是变了。”

佟永顺看着空中飘扬的旗，喃喃自语地说道。随即精神一振，对老吴说：“老吴，走，买点肉，回家庆祝一下。”

这个冬天，东山的确变天了。

五六天前，国民政府派来的县长王修祜一个人来到东山县衙，王运征看到国民政府的委任状，脸色苍白，知道自己大势已去，一句话也没有说，灰溜溜收拾东西，天黑后离开了东山。

王运征在东山的一年中大肆抓捕农协成员，采用高压政策征收苛捐杂税，搞得民不聊生，民怨沸腾。如果他还不走，估计到第二天听到消息的老百姓能把他撕了。

王修祜是个新派人士，虽然在旧体制受过教育，但他的思想却很先进，来到东山县的第一天，就宣布废除以前的所有苛捐杂税。此举传开，一下子就引起了轰动，全城百姓奔走相告，欢呼雀跃。

接着，王修祜颁布命令鼓励经商，发展经济，并且打击土匪，整顿治安。

这一连串措施下来，短短几天，东山县城就变了样子。老百姓纷纷走上街做生意，街上恢复了繁荣。

佟永顺弄清了情况，大为兴奋，让老吴买了猪肉，赶回家里，把在县里看到的情况一说，全家都高兴起来了。特别是佟嘉禾，佟大爷激动地说："永顺，这个王修祜我知道，说来还有点渊源，他和秦辅三一样是个廉吏，而且一直都跟着革命党。这回咱东山老百姓有盼头了。"

佟大爷这么一说，众人无不高兴。

过了几天，消息也传到了乡下，这回关于新县长王修祜的传言更多了，说王修祜学识渊博，在南方国民政府的教育部门任职，这次是自己要求回东山的，要为家乡出力，而且行事有魄力，雷厉风行，上任半个月就把贪污腐化的保安团团长和警察局局长撤职，震慑了那些平日为所欲为的保安团成员和警察。

最让佟永顺松了一口气的是，王修祜派保安团剿灭了莲花山的土匪。莲花山那伙土匪盘踞在那里几年了，胡作非为，方圆百里的老百姓苦不堪言，上次还来攻打佟家大院，差点就攻破了。

其实，说到底土匪总归是匪，不得人心，只要县政府想剿灭，肯定能行。只不过之前官匪一家，沆瀣一气，现在新县长动真格的，保安团也不敢不卖力。

上次莲花山土匪攻打佟家，无功而返，还折了五六个人，佟永顺一直担心对方不会轻易罢休。现在听说这股土匪被剿灭了，松了一口气。

半个月后，一天下午，县里来人给佟嘉禾送来了一封信。

佟大爷打开信，戴上老花眼镜，看完信，激动得双手颤抖着说："哈哈，这个王修祜，不错，不错，还没忘了老朽。永顺，你们看，新县长邀请我去县里讨论事务。"

"大爷，王县长邀请您？"

佟永顺有点不敢相信，自己这大爷可是老顽固，有名的保皇派，一向反对新思想，王修祜咋会邀请他？

"怎么？你们都不信我？那你自己看。"

老头生气地把信给佟永顺。

佟永顺把那封信看了几遍，信确实是王修祜写的，言辞诚恳，而且是王修祜的亲笔。这个王修祜自幼在书法上下过功夫，学得一手好赵体，字迹端庄雍容，十分漂亮，邀请佟嘉禾去县里共商县务。这是怎么回事？

要知道佟嘉禾是保皇派，不肯接受新思想，老了，居然有人请去商量县务。

众人商量了一会儿，佟大爷自然不愿意去，说自己老了，对现在的事不懂。其实是对新思想的抵触。

不过，佟陈氏却让佟大爷去，佟家经历的事太多了，老太太觉得家里有个人和县衙搭上，以后外人也不敢欺负了。

看到佟陈氏这么说，佟嘉禾捋捋山羊胡子，他这辈子最尊敬的就是弟媳佟陈氏，慨然应允。

第二天，老吴用牛车把佟大爷送到县城，进了县城，老头直奔县衙，到县衙门口让卫兵进去通报。

过了一会儿，只见一个年纪在四十多岁、面容儒雅的中年男子走了出来，远远就抱拳拱手道："佟老，咱们可有十几年不见了，佟老可好？"

"哈哈，老朽老了，怎么敢当县长大人大礼，这不折寿吗？"

佟嘉禾赶紧弯腰按照旧时礼节，恭恭敬敬地弯腰行礼。

东山县县长王修祜哈哈一笑，搀扶起佟嘉禾，一同回到里面大厅。

落座毕，下人端上茶，王修祜喝了一口，说："佟老，早就听说你回来了，愚弟本来打算亲自去请佟老您，奈何县衙事务繁忙，一直脱不开身，还望佟老您见谅。”

“哪里，哪里，老朽山野村夫，您可是一县父母官，王县长有话直说，老朽一定照办。”

佟嘉禾挺直腰板，坐得端端正正，神情异常严肃。他今天穿着崭新的长袍马褂，戴着瓜皮帽，辫子被盖住了，露出一截尾巴。而坐在对面的王修祐是革命党人，对留辫子的陋习深恶痛绝，所以老头显得有点尴尬。

“佟老您客气，您可是前清举人，本县名人，谁不敬仰啊。”

“王县长，快别说了，惭愧惭愧。”

佟嘉禾连连摆手，面露赤色。

搁前清还在，他这个举人就是地方上的名人，可现在是民国了，多少有点难堪。

一番寒暄后，王修祐才说出原意，想请佟嘉禾担任县议员，参与县里事务讨论。

王修祐上任后，看到东山县被王运征弄得乌烟瘴气，民不聊生，痛心不已。他决心改革弊政，整顿县务，让老百姓生活好起来。

他接受了新思想，有学识，决心改变东山县现状，才不惜礼贤下士，邀请本县的有名望的士绅来县里共同讨论县务。像佟嘉禾这样的前清遗老，在北平都有影响，当然是他要争取的。

听完王修祐的话，佟嘉禾很感动，他活了一辈子，经历了朝代变迁，还从没有人这样礼贤下士地向他讨教。

但想了想，佟嘉禾还是婉言拒绝了当议员，只答应给王修祐提一些建议。

说到底，佟嘉禾还是放不下心里的结，受封建礼教影响太深，他主张君主立宪制，对国民政府排斥。

王修祐见老头答应了，高兴地说道：“好，佟老您就耐心在县里住段日子，吃住都由县里管，走走看看，也散散心。”

“好，老朽就谢过县长大人了。”

佟嘉禾郑重地行了一礼。

第二天，佟嘉禾就在县里住下，上午去县里议事，下午出去转悠。

王修祜做事雷厉风行，他把全县有名望的士绅全部请来，参加县务讨论。

经过十多天的讨论，乡绅们提出了很多建设性的意见，王修祜悉心听从，这是东山县有史以来从未有过的，代表着一个新的篇章。

原来的苛捐杂税取消后，王修祜在和议员讨论后，颁布了新的税务，鼓励经商发展经济，整顿旧警察局。

王修祜又在保安团的基础上，清理兵痞，组建了一支警备团，大力清剿各地土匪，短短两个月时间，东山县方圆百里的土匪基本上都被肃清了。

老百姓过日子，最怕土匪和胡作非为的兵痞，如今没了土匪和兵痞，一时间东山县百姓安居乐业，商业活跃，百业开始兴旺起来。

佟大爷在县里住了一个月，参加完县议会议事，开开心心地游玩了一段时间，才回去。

回去后，佟大爷把县城发生的一切告诉大家，佟家上下都欢喜不已。

就在众人津津有味地听佟大爷讲县城里的事时，佟永顺却悄悄地离开了。

佟永顺一个人来到村口的河边，冬天的河上结了冰，一阵阵寒气逼人。他穿着旧棉袄，默默地点上水烟袋，望着远处发呆。

过了几天，家里人都发现了佟永顺的异常。他似乎有了心思，闲下来就一个人躲在角落抽水烟，不吭声。

佟陈氏以为儿子是为婚事发愁，她心里也急，让老吴又去木林那边催了几回。

这天，佟永义从县里回来，吃饭时兴奋地讲起学校的变化。

“王县长下令学校彻底废除八股文和旧的礼教，有几个遗老不满，被直接开除了，这回咱们东山是真的有盼头了。”

“嗯。”

佟嘉禾鼻子里重重地哼了一声，脸上变得很难堪。

佟永顺瞪了佟永义一眼，佟永义醒悟过来，不说了，大家都知道佟大爷的心结。

“永义，你跟我出去走走吧。”佟永顺站起来，往外走去。

佟永义答应着，跟了出去。

两个人一前一后走到村口河边才停下，佟永顺点上水烟袋，蹲在河边默默抽烟。

“哥，我听他们都说了，你是不是有什么心事？”

佟永义也蹲下来，抓起一颗石子扔进了河里。

佟永顺很久没有这么近和佟永义在一块了，他看着远处茫茫的河面，忽然闷声说：“永义，我想去县里做生意。”

说完这句，佟永顺回过头，意外地看见佟永义眼里一亮，高兴地说：“太好了，哥，你早该这么想了。”

佟永顺一下子反而愣住了。

佟家祖辈都是农民，直到佟永顺祖父那辈才置办了几十亩田，成了地主。佟永顺自幼丧父，和母亲勤勤恳恳努力了这么多年，却还是生活艰难，眼看东山县在王修祜治理下有了起色，他心里萌生了做生意的想法。

从佟嘉禾去县里起，佟永顺心里就有了这个想法，只是他还没有把握，所以不敢说出来。

就在佟永顺萌生去县城做生意的这段时间里，一件影响中国历史的事件发生了。

一九二八年年底，退回东北的张学良宣布东北易帜，接受国民政府的领导，从此宣布国民政府正式统一全国。

这是历史上值得浓墨重彩的一笔。东北宣布归顺中央，避免了东北动荡，也暂时扼住了日本人对东北的图谋。

国民政府一统，旧的封建枷锁打碎，一切反动、封建残余被逐渐清除，一个新的时代出现了。

王修祜以身作则，改革县衙弊端，减少官吏俸禄，精简机构，大力整肃。

这些外部环境，毫不例外地影响到了乡下，佟家人惊讶地发现飞扬跋扈的曹德祖变了，变得谨慎小心，村公所的片警全都夹起了尾巴做人。

仿佛一夜间，一切都变了。

县城的粮食奸商在王修祜的打击下，全都缩起尾巴，不敢投机倒把了。粮价也逐渐平稳下来了。

过年前，趁着粮价好，佟永顺卖了些粮食，大大地喘了一口气。

眼看着日子好过了，老太太开始天天念叨起佟永顺的婚事，天天盼着木林那边媒人的消息。

倒是佟永顺自己并不急，一心想着去县城做生意。无农不稳，无商不富，佟永顺不懂大道理，但老祖先流传下来的话肯定是有道理的。

佟家世代是农民，佟永顺要去县城做生意的想法把佟陈氏吓了一跳。

佟陈氏整整想了一夜，这一夜她一直没有合眼，第二天起来还是同意了。

老太太年龄大了，人却不糊涂，知道靠家里的田产只能混口饭，经商才能富起来，摆脱艰难处境。老太太思想一通，佟永义大力支持，至于佟大爷倒也没反对。

这事儿就这样定了。今天过年，佟家多磨了些白面，进城买了猪肉，过年几天天天大馒头、猪肉炖粉条，美美地过了一个年。

新年过后，大地回春，万物复苏，潮白河两岸原野上萌发了嫩绿的新芽，一辆牛车拉着佟永顺上路了。

道路上，只有一老一少驾着牛车行路。远处，潮白河平静地流淌着，永远那么宁静，仿佛这人间的一切与它无关。这条河养育了两岸无数勤劳的老百姓，见证了东山的变迁。

在一段坡路前，佟永顺让老吴停下来，回过头凝望着远处的村子。

再往前，就看不见小营村了。和以前不同的是，这一次佟永顺不是简单的进城，而是要在县城做生意，生存下去。

对祖祖辈辈都是农民的佟家来说，这是一个具有划时代意义的事。

老吴轻轻地说："东家……咱们能在县城干成吗？"

"能。"

佟永顺收回眼神，坚定地回答道。

随即便让老吴赶着牛车继续上路了。老吴咧开嘴憨厚地笑了笑，猛地抽了一鞭子，仿佛自己浑身也充满了力量。而佟永顺也不再感慨，振作起来。

"进城喽！"

牛车走了半天，到县城已经下午了。

"吁，吁！"老吴一声吆喝，牛车缓缓地停下了。

佟永顺下了马车，让老吴回去。他准备去北平一趟，打算看看北平有名的稻香村。

稻香村是北平城有名的食品作坊，光绪二十一年（1895）由金陵人郭玉生，带着几个伙计来到北平，在前门外观音寺初创北京稻香村南货食品店，自此打响了名号。

佟永顺来到北平，当时的北平兵荒马乱的，他也没有心情闲逛，直奔稻香村。到了那里，那时的稻香村很开放，来人要参观并不拒绝。

佟永顺在稻香村观摩了十来天，才回去了。

回到东山，佟永顺在县城南面盘了一个店面，他决定做饽饽生意，经过一番准备，佟家饽饽店开张了。

开张那天，老吴赶着牛车把佟大爷送到城里，佟大爷这位前清举人高高兴兴地在店面上写了"饽饽佟"三个大字。

饽饽铺开张后，佟永顺把老吴留下来，又雇了一个工人，自此他就在县城经营饽饽铺，家里面佟陈氏、佟大爷一起管理田地。

此时，东山县在王修祜的大力整顿下，气象一新，焕发了前所未有的生气。街上百业兴旺，渐渐繁华起来。

饽饽铺开张后，佟陈氏只对儿子说了四个字："货真价实。"

佟永顺也牢牢记住了老太太的话，宁愿利润薄点，也不加价，很快就赢得了口碑，生意还不错。

这天，佟永顺忙完店里，回到后堂，点上一袋水烟，美滋滋抽起来。他没有别的嗜好，虽然进了城，从不吃喝嫖赌，每日日出而作，日落而息，生活简单规律。

多年来，疲乏之余这一袋水烟，于他而言已经是最大的享受了。

忽然，听见前面店里传来一阵嘈杂声，佟永顺心里一阵疑惑。只见老吴跑进来说："东家，有几个当兵的要了饽饽，不给钱，和工人吵起来了。"

佟永顺赶紧出去，一看，是七八个警备司令部的兵，人人拿着饽饽，正准备离开。而旁边他雇的工人捂着脸，疼得咧嘴。

"掌柜的，他们拿了饽饽不给钱，还打人。"

听见动静，七八个当兵的全都回过头来，一个歪戴帽子的兵喝道："喊什么，喊什么，再喊把你抓起来。"

佟永顺心里气愤，面上却毫不生气，拱手客客气气地说道："几位兵爷，刚才是伙计不懂事，冒犯了诸位，佟某在此赔礼了。"

说着佟永顺弯腰客客气气行了一礼，那为首的兵上上下下打量了佟永顺一下，说："这还差不多，老子们吃个饽饽怎么了，没有老子们，你还想顺顺当当地开店，早就被土匪抢了，乡巴佬。"

"这位兵爷，您说得对，这东山县确实是靠各位兵爷保全，可佟某听说如今的新县长刚刚下令严禁当兵的扰民，不知可有此事？"

"老子吃你个饽饽怎么啦，再啰唆连你一起抓。"

为首的兵有点恼羞成怒，抓起枪，枪栓拉得哗哗响，吓得老吴赶紧过去挡在佟永顺前面，好言赔不是。

那伙当兵的嘴里骂着，黑洞洞的枪口对着佟永顺，面对枪口，佟永顺一时不敢再多说什么，又气又急。

这些人本就是兵痞，王修祜上任后一番整顿，他们老实了很多，但时间一长，慢慢地又开始骚扰百姓，本性难移。在他们眼里，吃老百姓几个饽饽算得了什么。

正在这时，忽然传来一声大喝："住手！"

只见佟永义和几个同学走了过来，佟永义今天没课，来看佟永顺，刚好遇到了。

"王县长三令五申，严禁士兵扰民，白吃白喝，违令者严惩不贷，这才过了几天，你们就把王县长的话当耳边风了吗？"

"嗬，你小子是谁，口气不小，想管闲事吗，小心老子把你抓起来。"

佟永义丝毫不怕，现在的东山可不是王运征那时了，王修祜大刀阔斧整顿贪污腐化，惩治兵痞。他冷笑一声说："想抓我，就凭你们？"

"妈的，弟兄们，这小子是共党，给我抓起来。"为首的兵痞被激怒了，喊道。这家伙也很聪明，给佟永义安了个共党，那性质就不一样了。

七八个当兵的立即恶狠狠地向佟永义扑去，佟永义学过拳脚，双方顿时打在一起，佟永顺在旁看着急得跺脚，连忙喊双方停手。

但这时已经打开了，根本停下来，那些兵痞都是兵油子，平日欺负老百姓狐假虎威惯了，遇到练家子就露怯了。佟永义眨眼打倒了三人，夺过一把枪，对着对方。

"你……你？"

其余的四五个兵痞目瞪口呆，没料到一个学生竟然这么厉害，一时惊慌失措。

第七章

春风送暖入屠苏

佟永顺目睹这些，尽管佟永义占了上风，心里却没有一丝高兴，做生意的讲究和气生财，不能得罪人。他暗暗叫苦，赶紧过去把佟永义手里的枪夺下，交给为首的兵痞，说：“诸位兵爷，误会误会，纯属误会。这是鄙人的弟弟，不懂事，冒犯之处，还请诸位多包涵。”

说完连连打躬作揖，赔礼道歉。

那几个兵痞面面相觑，他们心里自然知道眼前的学生不简单，只怕今天讨不了好，就撂下几句场面话，狼狈而去。

佟永义不满地说：“哥，这些都是兵痞流氓，平日没少欺负老百姓，干吗放他们走？”

“不放他们走，你打算怎么办？”

“扭送给县衙。”

佟永义愤愤不平，这个年龄的青年满腔热血，对一切不平和丑恶看不惯。

然而，佟永顺毕竟经历的事情多了，他内心并没有多大波澜，回到后堂，让老吴在前面招呼，弟兄二人在后面叙话。

王修祜到东山后，实行的一系列措施有力地整顿了社会，东山县恢复了正常，农协和地下党组织也停止了活动。

佟永义学习之余，和褚静之学习形意拳，今天是学校放了几天假，来帮饽饽铺干活。

当下，佟永义要去县衙告那几个警备司令部的兵痞，被佟永顺制止了。

佟永顺生性谨小慎微，加上生意人和气生财，他不愿意多事。但佟永顺还是没有想到，过了几天，一天夜里，突然了来了一伙警备司令部的兵，说要抓一个共党。其实这就是借口，那伙当兵的趁机打砸抢，把个饽饽铺差点拆了。

佟永顺被两个兵拿枪看着，毫无办法，老吴和那个工人还被打了几枪托。

遇上这种事，佟永顺心里明白，却只能吃哑巴亏。

那伙人走后，他们收拾了一下，店铺损失很大。老吴哭丧着脸说："东家，这样下去怎么得了啊，那些人隔几天找个借口来一下，咱们这生意还做不做啊。"

佟永顺抽着水烟袋，抽完一袋烟，说："我明天去趟县衙。"

"东家，咱家大爷是县政府议员，和王修祐相识，只要找县衙，王修祐肯定会管的。"

老吴被当兵的揍了，心里恨透了，赞成东家去找王修祐。

佟永顺经过一番考虑，第二天还是去找了王修祐。

佟永顺进了县衙。王修祐听说是佟大爷的侄子，而且是本县乡绅，非常客气，听完佟永顺说完情况，拍案而起，说："太不像话了，佟掌柜的请回吧，鄙人一定处理好这件事。"

短暂的谈话后，王修祐对眼前的这个年轻人很赞赏。

王修祐来东山县虽然才过了三个月，但整个东山已经焕然一新。他减免百姓赋税，让农民安心种田，打击土匪兵痞，鼓励经商，发展经济，保护佟永顺这样的小商户，在他看来，这是很重要的一件事。

另外，他最近正在打击一些封建残余势力。在王修祜刚到东山时，他就听说了东山乡下有很多门徒会，愚弄、迫害百姓。比如，靠近县城的一个村庄，有个叫冯保的门徒会老大，愚弄、蛊惑了很多人，每晚都让女信徒陪寝，白天让男的给他干活。

冯保有很多信徒都在警察局、保安团，当地无人敢管。

王修祜决心铲除这些封建余孽。他命令警察局、警备司令部几次行动，往往这边警察还没出门，那边冯保就得到消息躲起来了。警察局无功而返。

民国那个时期，乱象丛生，各种道门愚弄老百姓，很多都和地方势力勾结，盘根错节，想要清除并不容易。

王修祜严令了三个月，结果就连距离县城最近的这个冯保都奈何不了。

“佟掌柜的，你对本县的门徒会有什么看法？”王修祜忽然向佟永顺问道，他心里一直为这件事烦，想听听佟永顺的看法。

“哦，不知道王县长为何这样问？”

佟永顺不知王修祜的意思，问道。

王修祜叹口气，就把他想清剿门徒会，但三个月了却毫无进展的事说了，征求佟永顺意见。

佟永顺闻听，想了想，说：“王县长，您真想铲除门徒会？”

“是，门徒会愚弄百姓，危害乡里，王某作为一县之长，清除门徒会是鄙人职责，绝无推卸。”

“好，王县长为民着想，那我就直说了。要清除门徒会，靠旧警察局、保安团不行，冯保和警察局、保安团都有勾结。您必须派一得力手下，秘密带人去清剿，事先不能走漏任何消息。”

佟永顺直言说道，王修祜点点头，说：“不错，佟掌柜所言正合我意，佟掌柜，本县需要你这样的商户，鄙人一定会处理好，请放心。”

“那就谢谢王县长了。”佟永顺起身躬身行礼，心里很是高兴。

“哈哈，佟掌柜不必客气，这是王某的职责，改日有空，鄙人可要去尝尝佟掌柜的饽饽。”

“那太好了，欢迎欢迎。”

佟永顺高兴地说道。

佟永顺走后，王修祜陷入了沉思。刚才佟永顺的话印证了他的猜想，看来要清剿冯保，得另想办法了。

几天后，王修祜悄悄从警备司令部挑选了几十个人，全都是他亲自挑选的人，这些人出身干净，和旧军队没有沾染。

一天夜里，王修祜带人悄悄潜入那个村子，趁夜黑包围了冯保的住处。冯保就是靠警察局、保安团的内线通风报信才躲过一次次抓捕的。

这一次，冯保的末日到了。

警备队攻破冯保的大院，将冯保当场抓住，救出了十几个被摧残得不成样子的小女孩。

王修祜命令将冯保手下，连同冯保一起押到县衙关起来，冯家的财产没收，遣散下人。到天明处理完，听到消息的附近老百姓闻讯赶来，全都跪下谢王修祜。

王修祜看着黑压压一片老百姓跪谢自己，感动之下，又为东山老百姓这些年受的苦唏嘘不已。

其实从秦辅三那时起，县衙就想清剿冯保和门徒会，却屡屡扑空。到了王运征时，双方勾结，沆瀣一气，就更不用提了。

十天后，王修祜在县城南面的广场上召开公审大会，公开审判冯保。

公审那天，全县老百姓都涌到广场上观看，佟永顺关了铺子，也和老吴去看。

这是东山县有史以来最大的一次公审。广场上人山人海，挤得水泄不通，佟永顺和老吴来得迟了，挤不进去，只能站在后面观看。

广场前面主席台，王修祜和县政府其他官吏坐在上面。王修祜神情凝重，其他官员也都面色沉重。

大会开始，冯保被押上来，此时的冯保像霜打了的茄子，彻底蔫了。

冯保经历了几任县长，每次都能平安着陆，但这次他明白自己到头了。

这时，现场的老百姓骚乱起来了，前面的人群纷纷向冯保投掷石块、水瓶等杂物。怒骂声、喊杀声此起彼伏，群情激奋。

“人啊，一辈子还是别作恶，善恶到头终有报，冯保猖狂了十几年，还是得到了报应。”

看着这个场面，佟永顺感慨地叹息道。

“还是老百姓好，可老百姓也最难啊。”老吴说。

这时主席台上，王修祜站起来宣布冯保的罪行：愚弄百姓、残害幼女……一宗宗、一件件，触目惊心，底下的百姓怒骂声不断，争先恐后地往冯保身上投掷石块。

公审大会结束，王修祜宣布冯保当场被枪毙，底下顿时欢呼雷动。

多年了，东山的老百姓终于能这样酣畅淋漓地欢呼雀跃、庆祝胜利了。

冯保死后，此举震动全县。乡下其余的门道会这下都明白过来了，王修祜不是以前那些县长，他们全都收敛起来，不敢露面了。

过了段时间，在王修祜的亲自过问下，县政府处置了那几个白吃白拿的警备队员。此后，县城里当兵的规矩多了，再也不敢骚扰老百姓。

佟永顺经营的饽饽铺，价格公道，童叟无欺，两个月后渐渐地站住了脚，生意越来越好起来。

这天，老太太让人捎话说木林那边的媒人有消息了，给佟永顺介绍了一个女人，让佟永顺去看看。

眼看世道太平了，佟永顺心里也动了心，家里没女人不行，何况老太太还眼巴巴盼着抱孙子呢。

一天，佟永顺雇了辆马车，直奔木林乡下。

木林在东山县城北面，距离县城六十多里，来回一趟都得两天。马车比牛车快，佟永顺一大早从县城出发，中午已经走了一半路程了。

佟永顺穿着崭新的长袍马褂、瓜皮帽，衬托得人也很精神。他很少出远门，坐在车上饶有兴趣地看着沿途风景。

一出东山县城，越往北走，渐渐地就荒凉了，村庄凋敝，农人面有菜色，鸡鸭猫狗也都瘦骨嶙峋，和小营村一样破旧。

虽然王修祜减免了很多赋税，但积贫积弱久了，一时半会儿仍然恢复不了。

一路上道路颠簸，赶马车的李老伯是县城附近的农人，也是第一次去木林，感慨地说："佟爷，您坐好了，越往北越穷苦，木林是个苦地方啊，您家亲戚在那里？"

佟永顺点点头。

"早年，木林的人靠烧炭卖到城里养家糊口，勉强还能维持，遇到如今兵荒马乱的，炭也没人要，那里的人只能种田，田地也不长庄稼，日子过得很苦啊。"

"是啊，老百姓遇到乱世苦啊，别的不说，光是那些土匪、兵痞骚扰都够喝一壶了。"

佟永顺深有感触地说道。

"可不是，兵匪一家，老百姓苦啊。"李老伯叹息着说道。

两人一路说话，马车哐当哐当响着，下午才到了地方。

这里已经离东山县城很远，偏僻闭塞，虽然穷困，好在除了土匪，没有散兵游勇骚扰。马车在村口停下，佟永顺下了车，抬头看去。

木林虽然是个大村，有几百户人家，但人口却不集中，很分散，房屋都分散在河道两边。都是土房，破旧斑驳，几乎看不到一户高大的院子。时值春夏之交，田地里农人正忙碌地干活。

不过，虽然贫苦，村子上空炊烟袅袅，穿着破烂的孩童在村口嬉戏着，村妇洗衣归来，一副宁静祥和的乡村景象。

"这地方好啊，乱世之中，真像一个世外桃源。"

佟永顺忍不住赞叹着。

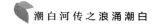

佟永顺让赶马车的李老伯先回去，向人问了问，径直去了佟家的那个亲戚家。

佟家这个亲戚姓王，是个老实巴交的农民，租种了大户人家的地，一家大小就靠土里刨食。

晚上，王家热情款待远道而来的贵客，特意烙了一个白面饼让佟永顺吃，他们一家人吃糠做的窝头，几个孩子在旁边眼巴巴看着，佟永顺笑了笑，把白面饼给孩子，自己拿起糠窝头吃起来。

这种糠做的窝头，又黑又瓷，咬起来硬邦邦，吃下去暂时充饥，一会儿就饿了。而且天天吃，肚子胀，排不出来。

佟永顺看着一屋子人面黄肌瘦，心里不是滋味，看来木林的人可怜啊。

晚饭后，佟永顺悄悄给了亲戚五块大洋，让他给孩子们买点好吃的。

亲戚推辞了一下，红着眼圈接下了。五块大洋，几乎是他们半年的收入。随后，就给佟永顺详细说了那家女子的情况。亲戚给介绍的那家人姓朱，叫朱洪烈，说起来，这个朱洪烈还不是普通人。

朱洪烈不是木林本地人，他是安徽人，原是一个老牌的国民党党员，在兴中会的时候就和孙中山先生一起战斗，一直在广州跟着孙中山，将全部的家产都捐给了革命。后来蒋介石、汪精卫掌权之后，排除异己，腐败丛生，再加上国民党之间党派斗争特别激烈，朱洪烈逐渐感到失望，心灰意冷之下带着女儿来到木林隐居起来了。

朱洪烈的女儿朱毛毛只有十九岁，聪明伶俐，到了提亲的年龄了，正好佟陈氏托这个亲戚给佟永顺介绍，亲戚就提了。

这事儿如果是在前清，佟家好歹算是地主，大户人家，娶朱家这样的穷人女儿都不用亲自跑一趟，双方父母直接就包办了。但现在是民国了，废除封建陋习，提倡新婚姻，佟永顺才跑这一趟。

朱洪烈住在村子后面，一个破旧的宅院原来是村里一个破落地主的，被朱洪烈买下了，和女儿毛毛住在那里。

第二天一大早，佟永顺起来洗漱完，就去拜访朱洪烈。

“永顺，这朱先生是个怪人，每天除了干活，还读书写字，早上还要跑步。”

“哦，朱先生早上还跑步？”

佟永顺也感到惊讶，庄户人每天都要干活，累得要死，这朱洪烈确实不是一般人。

两人说着话就到了朱家院外，只见院门开着，院子里的石桌边坐着一个身材魁梧、精神抖擞的老者正在喝茶，脸色红润，虽然衣着清寒，却掩盖不住那股浩然之气。

“朱先生好。”

两人进了院子，拱手招呼道。

这朱洪烈写一手好字，平日为四邻写点东西，甚得乡邻尊敬，村人都尊称先生。

朱洪烈站起来，客气地让座，不过院子里家徒四壁，连坐的地方都没有，他微微一窘，自嘲说道：“哈哈，老朽忘了，我这院子里连坐的地方都没有，毛毛，给客人拿块木板来。”

佟永顺向里屋门口看去，只见一个约莫二十岁左右的少女落落大方地走出来，羞涩地抿嘴一笑，拿着两块木板，让佟永顺两人坐下。

那少女模样虽然朴素，眼神却很清澈，骨子里透着一股子灵气，和一般农户人家的女儿截然不同，大概就是家教吧。

四目相对，佟永顺心里怦然心动，这少女一下子让他的内心起了涟漪。

“毛毛，给客人沏茶。”

朱洪烈爽朗地笑道，一双目光自然在打量着眼前的年轻人。他见眼前的年轻人目光有神，端肃持重，不同于一般农户，也是暗暗赞叹。

落座后，毛毛端上茶，朱洪烈道：“两位是客，老朽这里简陋，无以待客，这是山上新采的竹叶，请品尝。”

朱洪烈困窘，没钱买好茶，就在山中采树叶、竹叶代茶。

佟永顺端起茶杯，轻轻喝了一口，赞道好茶。这倒不是客气话，竹叶泡茶确实别有滋味。

三人说了一会儿话，朱洪烈已经从佟永顺亲戚那里知道了佟家的情况，特别是大爷佟嘉禾这位有名的保皇派，更是早有耳闻。

“永顺，令伯父是前清举人，论学识不一般，当年可是跟着康有为、梁启超两位闹过维新，只不过他这人老想着皇帝那会儿，这可不好，封建社会那一套一定要打倒。”

“朱先生，您说得对，皇帝那一套的确是不行，老百姓没活路。现在是民国，也算比那时好点了。”

佟永顺不懂大道理，但这却是心里话。至于民国能比皇帝那时好多少，他也说不清。在普通老百姓眼里，他们同样是处在水深火热中。

朱洪烈听出了佟永顺的意思，捋须一阵感叹。他是老牌国民党人，最早就跟着孙中山闹革命，信奉三民主义，渴望改变国家。然而帝制是推倒了，可是随之而来的国民党腐败、内讧，让这个老人感到失望，无奈之下选择归隐。

他知道佟永顺说的是真话，民国对于老百姓来说，他们仍然处在水深火热之中。

“喝茶，喝茶。”

朱洪烈只能让茶，掩饰内心的失望和无奈。

一旁的佟家亲戚，看见老少两人相谈甚欢，心里自然高兴。

没想到朱洪烈和佟永顺谈得如此投机，佟永顺虽然不懂革命的道理，但却知道百姓疾苦、国家兴亡的道理，两人越说越投机，不知不觉就到了饭点了。

朱洪烈站起来道：“永顺，老朽这里简陋，略备食物，还望不要嫌弃，请。”

“朱先生，您太客气了，您请。”

面对未来岳父，佟永顺当然不敢疏狂，客气地请朱洪烈先行。

三人进了屋里，只见家徒四壁，几乎看不到一样像样的家具，堂屋摆着桌子，桌子上摆着饭菜。

朱家清贫，朱洪烈的女儿毛毛看见父亲高兴，向邻居借了三个鸡蛋，给佟永顺、朱洪烈和佟家亲戚每人打了一个荷包蛋，算是很奢侈了。

饭是糠做的窝头，菜是山上挖的野菜，不过做得很用心，比起普通人家显得很精致。

朱洪烈见佟永顺仔细看桌上的窝头，以为他嫌弃，问道：“永顺，这个窝头可还吃得惯？”

“不错，不错，小时候我娘也常常做这种窝头，好吃好吃。”

佟永顺边说边拿起窝头，大口吃起来，朱洪烈微微一笑。

佟永顺不禁心里暗暗赞叹，朱家这女儿年龄不大，却处处都显出细致、灵巧，是个过日子的人。他这趟本来只是奉母命来看看，并未抱多大希望，此时反而觉得来对了。

朱洪烈也很高兴，他原来也是怕女儿跟着自己受苦，无奈才嫁女，想给女儿找个好人家，但是这年月谈何容易。

对佟家，朱洪烈也是从媒人口里知道大概，原以为佟永顺也是普通的一个世俗小地主，不过这一见面，大为改观。

他见佟永顺言谈举止有礼有节，虽是庄户人，却透着一股子精神，顿时心里满意。

三人边吃边聊，一旁的毛毛羞涩地看了众人一眼，说：“爹，我去山上了。”便拿个篮子出门去了，她很懂事，家里只有这点东西招待客人了，她怕客人看见她不吃，也不吃。

佟永顺看着碗里的荷包蛋，心里一阵难过。毛毛如果生在大户人家，肯定不输县里那些大家闺秀。就推说自己昨天刚来，舟车劳顿，不想吃，没有吃荷包蛋，留给了毛毛。

朱洪烈之所以高兴，除了对佟永顺满意，还有这个村子里平日没人和他讨论这些国家大事，难得遇到佟永顺这样有见识的人，差点忘了对方是未来女婿，乐呵呵地和佟永顺叙话。

晚饭，佟永顺也是在朱家吃的，吃完饭朱洪烈把他送出门，彼此都恋恋不舍。

这事儿就这样成了。佟永顺在木林住了两天，天天和朱洪烈高谈阔论，学到了很多道理。临走，他悄悄给朱家留了五块大洋。

王家亲戚套牛车把佟永顺送回去，顺道去见了佟陈氏。佟陈氏听说了，也很高兴，就让定下日子。

日子定在六月初九。这期间佟陈氏又让老吴带着聘礼给朱洪烈送去。那时的聘礼，说是聘礼，其实就是粮食、磨好的白面，买点洋布，大方地给个十块八块大洋，就很体面了。

佟永顺对朱洪烈父女都很满意，也就大方地准备了二十块大洋，这已经是非常丰厚的聘礼了。

到了六月，佟家上上下下就忙开了。佟家在当地好歹是地主，也算有头有脸，娶妻是大事，本家人从初一就来帮忙，男的磨白面，女的蒸白馒头，孩子们有糖吃，整日乐呵呵地。

一大早，佟嘉禾背着手在逗几个本家的孩子玩。

“学而时习之，不亦说乎”……老头穿着崭新的长袍马褂衣服，戴着毡帽，头顶的辫子盖不住，露出了尾巴，看起来实在有点不伦不类。

人们都在院子里忙碌着，新县长上任后，整顿吏治，减租减税，全县面貌焕然一新。就是在乡下，老百姓日子也有了盼头，有了欢笑声。

“佟爷爷，你给我们讲打仗的故事呗。”

“好，好，我讲。”

佟嘉禾笑呵呵地逗着孩子，讲起了光绪皇帝当年狼狈逃离北京的事，他这个保皇派，之前说到这些事是决计不会开玩笑的，但经过这段时间经历了很多事后，老头已经慢慢变了。

“当年啊，佟爷爷我才三十多岁，在北平城里就在城门口看着冯玉祥的兵源源不断地开进来，那些大兵啊，全都背着枪，可威风喽。”

“佟爷爷，那您都看见啦。”

“看见喽。”

这时白先生过来，喊佟嘉禾一起去写对联，东山乡下习俗，结婚贴婚联、备喜酒，必不可少。

佟永义也请了几天假，回来帮忙，下人们更是忙前忙后，高高兴兴。

佟永顺平日对下人不薄，加上佟家在地方上威望很高，这场婚事是多年来村里的一个盛事。

佟陈氏今天穿着崭新的衣服，坐在院子里看着人们忙碌，脸上掩饰不住喜悦。乡下人不懂那么多道理，但生儿育女，传宗接代是老祖宗留下来的。

一群女人围着老太太，尽量让老太太高兴。

佟永顺昨天就带人去木林接亲了，去了五六个个人，三辆马车，拉着聘礼，热热闹闹地出发了。

中午，客人陆陆续续都来了，佟大爷和佟永义站在门口迎接客人，四邻八乡的乡亲们全都来了，连县城很多佟家认识的名流也派人送来贺礼。那时候乡下穷，没钱送礼，很多人都是拿着一斤玉米。

“褚爷，徐爷，您二位来了，里面请。”

“谢几位爷赏脸，里面请。”

里面院子里摆着十几张桌子，桌子上摆着茶水，客人们坐下高谈阔论。

快到午饭时有人喊：“来喽，来喽，新娘子来喽。”

院里院外的人全都站起来向外看去，只见村口三辆崭新的马车进村了。

佟永顺坐在第一辆马车上，穿着崭新的长袍马褂，戴着瓜皮帽，精气神十足，旁边坐着新娘子，头上戴着大红布。

朱洪烈坐在第二辆车上，显得很高兴，他看着前面热热闹闹的场面，心里像一块石头落了地，为女儿有了归宿高兴。

到了佟家，佟永顺拉着朱毛毛下车，朱毛毛虽然只有十九岁，却很懂事，跟着佟永顺向乡亲们行礼。

朱洪烈走到佟嘉禾面前，不等佟嘉禾先开口，就笑呵呵地说："佟老，久闻您的大名，老朽朱洪烈，咱们以后就是亲家了。"

"亲家，亲家。"

佟嘉禾也抓着朱洪烈的手，连连摇着，他早已听说了这位老牌国民党人，他们两个人一见如故，就像是多年的老朋友，

这一天是佟家十几年来最高兴的一天，佟陈氏、佟嘉禾、白先生都非常高兴。

大婚完毕，佟永顺在家里住了几天，就和毛毛去县城了，佟家的饽饽铺生意也开始好起来，一切都变得美好。

到了县城，朱毛毛立即展现出能干的一面，第二天就亲自干活，铺子里的事她一看就会，把个家操持得井井有条。

老吴感叹地说："东家，朱家生了个好女儿啊。"佟永顺笑了笑，心里自然高兴。

这段时间，东山在王修祐的治理下焕然一新，百业兴旺，老百姓交口称赞。

一天，佟永义和同学去褚静之那里学拳，到了那里，见褚静之似乎心事重重。学生们问起来，褚静之才告诉他们，形意拳名宿白鹿棠，也就是褚静之的师父遇到了麻烦。

褚静之的师父白鹿棠是民国有名的武术大师，早年闯荡大上海时，和法租界的一个叫杜海山的白鹤拳拳师结下梁子。白鹤棠年事已高隐居在乡下，不料杜海山找到，要报当年之仇。

白鹿棠知道冤家宜解不宜结，不想再争强好胜，于是躲到北平。不料半月前杜海山带着几名拳师找到北平，约定八月十五中秋节决斗，以解恩怨。

杜海山把消息告诉了报社，当时北平的各大报纸都登了，如果白鹿棠不去，就会被嘲笑。

褚静之为师父担忧，心中忧虑，论真正拳脚功夫，褚静之不担心，白鹿棠是西北有名的拳师，根本不惧怕任何人。但因为杜海山和当时北平警备司令部有关系，就怕盘外招。

双方比武，真刀真枪那是一回事，输了只怪学艺不精。但也有很多人自己技不如人，却想出盘外招，盘外招就复杂多了。譬如在比武的地方设置很多阴招，让人防不胜防，武功再高也没有用。

褚静之说完情况，道："我师父为人光明磊落，不会盘外招，这场比武对方有备而来，肯定会使诈，老朽想劝师父放弃，但师父却一定要应招，不知如何是好？"

"褚师父，如今是民国了，就算北平警备司令部也不敢乱来吧，何况此事已经登报，天下瞩目，他一定不敢乱来。"

褚静之摇头，道："你们哪里知道江湖险恶，人心难测，那杜海山一心报仇，肯定会出阴招。江湖上这种事再寻常不过了。过几日，老朽打算去趟北平，无论如何不能让师父一个人冒险。"

"褚师父，这太冒险了，还是让令师躲避一下吧，犯不着冒险。"

佟永义劝说道。

褚静之摇摇头，白鹿棠为人磊落，这件事已经登报就没有回旋余地了。

众人议论了半天，都没有办法。

过了几天，这事儿渐渐传开了，连东山老百姓也知道了。民国时，武术大师基本上已经很少了，像这样的事一传十，十传百，一下子轰动了。

佟永顺也从报纸上看到了，和老吴谈论了几天，都为白鹿棠担心。

这天，褚静之忽然来找佟永义，他打听到北平警备司令部长官方国勇和佟嘉禾认识，跑来让佟永义请佟大爷去一趟北平。

那方国勇原是袁世凯的手下，在袁世凯小站练兵时就跟着袁世凯了，推翻帝制后，投靠了段祺瑞，当了北平警备司令部长官。北洋军阀下台后，他摇身一变，又成了国民政府北平警备司令部的人。佟嘉禾和方国勇曾经是同僚。

佟嘉禾听完，慨然应允。白鹿棠的大名人人都知道，他也不忍心看着这样一个武学名宿被人阴了。

于是几天后，褚静之雇了一辆马车，和佟嘉禾、佟永义一起上北平了。

佟大爷六十三岁了，出门时仍然拿着他当年从北平拿回来的破皮箱，穿上长袍马褂，戴着瓜皮帽，把辫子掩盖住了，像个旧时代的老夫子。

上了马车，褚静之感激地说："佟老，这趟去北平，静之感谢你，无以为报，这点大洋你拿着，到了北平买点东西。"

说完，褚静之从身上拿出五块大洋，给佟嘉禾。而佟嘉禾和佟永义两人都不知道褚静之临行前把自己的小院卖了。褚静之知道去了北平要活动，需要钱，咬牙忍痛卖了他住了十几年的小院。

"褚老弟，你这是干什么，莫说你是永义的师父，就是素不相识，老朽敬重白先生，也要走这一趟。快收回去吧。"

老头大发脾气，不肯要钱，褚静之只好作罢。

其实这件事，连佟陈氏也支持佟大爷去北平，临行给了他们爷俩足够盘缠。

两天后，褚静之到了北平。

这时的北平城，国民政府已经统一天下，百业兴旺，街上熙熙攘攘，繁华热闹。

进北平后，褚静之带着他们先来到东交民巷的一条胡同里，在一家茶楼找到了白鹿棠。

这家茶楼是白鹿棠的一个弟子栾江海开的，也是他来北平的藏身之处。此时距离比武只剩下半个月了，各大报社记者及老百姓都在寻找白鹿棠，没人知道他藏在这里。

进了茶楼，褚静之刚报出名字，栾江海就抱拳，客气地行礼，说："师兄，师父已经等候多时了，三位快请。"也没问佟永义和佟嘉禾的来历。

一行人进了后院，只见一个屏风后面走出一个鹤发童颜、气度不凡的老者，大声说道："静之，你来了，这位可是佟老？"

说着走过来，伸出手去扶住佟嘉禾。

褚静之动身前已经给白鹿棠去了信，信中介绍了佟嘉禾和北平警备司令部长官方国勇的关系。

"您就是白先生吧？"

佟嘉禾握着白鹿棠的手，久久不松，两人注视着对方，甚是感慨。他们都是经历了清和民国两个时代的人了，在北平这样见面，两人分外感慨。

"晚辈佟永义拜见白先生。"

这时，佟永义上来恭恭敬敬地拜见白鹿棠。白鹿棠哈哈大笑，松开佟嘉禾，说："这位就是佟永义兄弟吧，年轻有为，年轻有为啊。"连连赞叹了几句，想必是褚静之在信中已经给他介绍了佟永义的事情。

众人重新落座毕。一番寒暄后，白鹿棠看着几人，面色凝重，正色道："诸位，那杜海山这一次是来者不善，不但买通了警备司令部的人，还带了两名白鹤拳高手，志在必得，一定要老朽的性命。他们已经放出话来，要让老朽血溅五步，葬在北平城。"

"白先生，比武的地点定了吗？"

"定了，就在碧云寺，由北平警备司令部长官方国勇当裁判。"

白鹿棠捋着胡须，淡然说道。

虽然大战在即，凶险无比，他却毫无一丝畏惧，云淡风轻。

其他人闻听，都暗暗担心。杜海山买通了方国勇，这场比武由方国勇当裁判，肯定对白鹿棠不利。只有佟嘉禾反而放下了心，一拍胸膛，说：“诸位放心，老朽和方国勇曾经同在朝为官，交情尚在，明日老朽就去拜访方国勇，让他主持公道，莫要偏袒。”

“哦，太好了，如此就多谢佟老了。”褚静之闻言大喜，连连道谢。

看到佟嘉禾拍着胸膛说有他在让大家放心的神态，栾江海等人也放心了，吩咐摆上酒席，款待三人。

这事儿，白鹿棠没当回事，但他的徒子徒孙们全都着急上火。栾江海召集了在北平的形意拳师，共有七八个人，当下大家都出来互相见面，打招呼。

次日一早，佟嘉禾洗漱完，穿戴整齐，带上栾江海准备的一份礼品，直奔北平警备司令部。

老头到了警备司令部，让卫兵进去通报，功夫不大，北平警备司令部长官方国勇果然迎了出来。

“哎呀，嘉禾老弟，怎么是你，老弟怎么来北平了？稀客稀客啊。”

佟嘉禾一瞅，这方国勇一身国民党军装，早年那个辫子早不见了，满脸横肉，心里顿时有点忐忑。

“方兄，几年不见，老兄红光满面，这是发达了啊？”

怔了一怔，佟嘉禾客气地说道。

“哈哈，嘉禾老弟可是稀客，来来，我们进去说话。”

说着方国勇抓着佟嘉禾的手腕，一同进了里面。

到了里面，方国勇才松手，喊卫兵沏茶。两人落座，佟嘉禾喝了一口茶，赞道：“好茶。”

两人一番寒暄，说到当年的情谊。随后方国勇金鱼眼里冒出一丝疑惑，说：“嘉禾老弟，你不在东山乡下过神仙日子，怎么跑到北平来了，是不是遇到了啥事？”

他一问，佟嘉禾也不客气，就把白鹿棠的事说出来，末了让方国勇到时一碗水端平，莫要偏袒杜海山。

哪知佟大爷刚说完，只见方国良脸色一变，喝道："来呀，送客，佟老弟，你还是回东山乡下享清福去吧，别搅和这档子事了。"

说着脸色一沉，把佟嘉禾晾在哪里，扬长而去。

卫兵过来赶人，气得佟嘉禾跳脚大骂方国勇不仗义，却毫无办法，就被赶出去了。

方国勇这是铁了心不给佟嘉禾面子了。

佟嘉禾回到东交民巷那家茶楼，众人正眼巴巴等着消息。老头气得把情况一说，众人都心里一沉，隐约意识到不妙。

看来杜海山一定是下了血本，买通了方国勇，方国勇这是死心塌地地要站在杜海山一边了。

"想不到啊，老朽和他十多年的交情，竟然不及一个杜海山，痛心啊。"

佟大爷气愤不已，连连叹着气。他本以为只要自己出马，方国勇怎么也得念同僚之情，哪知道方国勇根本不给他面子。

褚静之连忙劝佟大爷不要生气，慢慢再想办法，距离比武还有十多天，想办法还来得及。

第二天，褚静之和栾江海以及那七八个形意拳师全都出去想办法，但到晚上，众人全都垂头丧气地回来了。

北平警备司令部长官方国勇铁了心，对任何来说情的人都拂袖而去。眼见如此，栾江海等人都劝白鹿棠不要去比武了，干脆远走高飞。

白鹿棠摇摇头，说："你们大家的好意我心领了，但这事儿已经登报了，如果老朽临阵脱逃，形意门的脸面就丢光了，比武事小，事关门派名誉，老朽绝无退却之理。"

白鹿棠说得对，一个是形意拳，一个是白鹤拳，这事儿其实双方都没退路了，输的人不光是自己输，也代表了门派输，谁也输不起。

连日来，北平各界都在议论这场武林盛事，普遍都认为白鹿棠一定能胜出。但越是这样，白鹿棠的弟子们越觉得杜海山肯定要使阴招。

众人正无计可施，栾江海忽然一拍大腿说：“白师父，要不我找几个弟兄，悄悄做了杜海山，这场比武也就不用比了。”

褚静之等人都赞同，那杜海山为人名声不好，欺男霸女，在武林中声誉不好，除了他也是为民除害。

顿时，屋里各人都摩拳擦掌，准备暗中刺杀杜海山，化解这场比武。

白鹿棠却断然摇头道：“不可，我形意门一向光明磊落，从不行宵小行径，何况杜海山是白鹤拳高手，寻常人根本近不了身，怎么刺杀？”

白鹿棠断然拒绝，弟子们也只好收起这个念头。

晃眼过去了七八日，众人心里着急，却仍然没有想出办法。倒是白鹿棠此时反而静下心来，把自己关起来，不许人打扰，潜心武学，准备几日后的比武。

褚静之和栾江海等人急得在屋里团团打转，谁都知道白鹿棠此去无论输赢都凶多吉少。

这一天午后，栾江海忽然把众人都召集起来，说：“诸位师父，有个新情况，方国勇的三姨太明天要去碧云寺还愿。”

“江海，你可有办法？”

褚静之见栾江海似胸有成竹，急问道。

栾江海点点头，接着说出一番话来，把众人吓了一跳。方国勇的三姨太姓黄，笃信佛门，每月都要去碧云寺烧香拜佛。而栾江海打听到这位三姨太每次去寺院，只带两个护卫，而且碧云寺在城外，途中很多地方都很偏僻。

“江海，你的意思是让三姨太……”

栾江海点点头，说：“咱们就在这个三姨太身上做文章。”

褚静之缓缓看了一下其余人，捋须微微点头。

一辆德国产汽车驶出街区，向碧云寺方向而去。

汽车上，坐着北平警备司令部长官方国勇的三姨太，后排坐着两个卫兵。

方国勇这个三姨太笃信佛门，每月都要去碧云寺烧香拜佛，每次都是由两个司令部的卫兵护卫。

此时，车上三姨太像往常一样拿着一面小圆镜，对着顾影自盼。像这些豪门姨太太，虽然吃穿不愁，过着上流生活，却担心被别的姨太太争宠，过得并不快乐。

汽车经过一段偏僻路面，忽然前面出现了一个拾荒老人，步履蹒跚，司机紧急刹车，骂了一句脏话。就在这时候突然冒出来一个男子，一把拉开车门，一把黑洞洞的枪口对着司机吼道："听着，照我说的做！"

后排的两个保安赶紧抄起枪，没等他们反应过来，两个大汉跳上去一边一个制住了保安。

其时北平刚刚太平，世道也安宁了，三姨太完全没料到，吓得脸都白了，蜷缩在一起瑟瑟发抖。

拿枪逼着司机的就是白鹿棠最小的关门弟子栾江海，栾江海逼着司机在街上七绕八绕，最后到了一个剧院里。这剧院是他们三天前临时租的，进了里面，众人把大门一关。

"几位爷，饶了我吧，我什么也不知道，求求你们了。"

三姨太吓破了胆子，扑通跪下磕头，而两个保安被带到了另一间屋里，吓得动也不敢动。

"三姨太，你别害怕，我们不会伤害你。"栾江海正色说道："实不相瞒，我们今天叨扰三姨太，是有一件事想请三姨太帮忙。"

"帮忙？"

三姨太疑惑地看着众人，栾江海点点头，就把白鹿棠和杜海山比武，方国勇是裁判的事说了。

三姨太虽然愕然，但看众人并无恶意，放下心来，问道："不知几位爷要我做什么？”

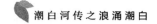

栾江海微微一笑，说出来意，想请三姨太帮忙说服方国勇到时能主持公道，不要偏袒杜海山。

原来如此。三姨太松了口气，活命心切，连连点头说：“几位爷，只要你们放了我，我一定说服方国勇。”

“三姨太，说话算数？”

三姨太见众人目光全都看着她，心里一慌，伸手从头上拿下发簪，说：“几位爷，这个簪子是英租界领事送给我的，你们可以拿去，如果我做不到，你们只要拿出簪子，方国勇就肯定不会放过我。”

栾江海接过簪子看了看，果然上面有英租界领事的题名，点点头，就说：“好，我相信你，只要你说服方国勇保持中立，不要偏袒杜海山就行。”

三姨太闻听磕头不止，连连答应。

三姨太本来对这件事也不懂，但听说只要方国勇保持中立，欣然答应。

随后，栾江海交出司机和两个保安，每人给了三块大洋，让他们不要声张，放三姨太回去。

三姨太吓破胆了，寺院也不去了，当即让司机回去，到了家，晚上把方国勇叫回来，哭天抢地要死要活，加上一番枕头风，方国勇没办法只好答应了。

这时距离比武只有两天了，全北平城里都在传这件事，老百姓津津乐道等着那天看热闹，只有褚静之、栾江海等人知道此中凶险。

眼看比武将近，白鹿棠从闭关中出来，他和佟大爷、褚静之相谈甚欢，完全不顾到来的危险。

栾江海、佟永义等人自然焦急，众人连日来乔装打扮进入碧云寺观察。比武的地方定在碧云寺的露天场上，到时老百姓肯定会把周围围得水泄不通。

入夜后，栾江海从外面回来。白天他带着人去察看了从这里去碧云寺的路线，担心路上遭到杜海山暗算。一旦白鹿棠去不了比武现场，也就代表输了。

“江海，怎么样？”

褚静之迎上来，问道。

栾江海接过佟永义递过来的茶水，喝了一口，说：“路线都看好了，我已经托人和北平警察局的人联系过了，他们会派人护送白师父去碧云寺。”

“那太好了！”

褚静之闻听大快。

这场比武轰动全城，白鹿棠侠肝义胆名闻天下，北平警察局局长徐栋梁久慕大名，愿意护送白鹿棠去碧云寺。

此时，白鹿棠见众弟子如此操心，非常感动，说：“静之、江海，为师今年已经是七十多了，人过七十古来稀，只要能化解这场恩怨，就是死在杜海山手下也无遗憾。”

“师父……”

弟子们无不悲然。

“形意拳和百鹤拳百年来都和平共处，因为当年的一件事弄到这种地步，老朽也有责任，不论比武结果如何，你们都要忘了这件事，不可再与白鹤门为敌，更不可替为师报仇，听见了吗？”

这场比武已经轰动北平，虽然只是白鹿棠和杜海山比武，却引起了形意门和白鹤门的矛盾。

褚静之、栾江海等形意拳门人全都垂泪，回道：“听到了。”

白鹿棠释然微笑，嘱咐道：“静之，你为人谨慎，江海做事鲁莽，日后你要多劝勉师弟，不可恃强凌弱，切记习武不是为了争强好胜，而是强身健体。”

“是，师父。”

褚静之垂泪道。

“明日便是比武之日，你们都早点休息去吧，老朽也要闭关半天。”

白鹿棠一一吩咐完毕，进屋闭关了。

众人刚要去睡觉，突然院外有人敲门，打开门，是栾江海派出去的一个弟子。

那弟子拿着一封信，说是有人送到大世界剧院的，要交给白鹿棠。

栾江海闻听一惊，当众打来信封，这封信竟然是方国勇的三姨太派人送来的。信中说，杜海山买通了碧云寺和尚，在茶里下了慢性毒药，让白鹿棠明日千万别喝寺里的茶。

看完信，众人顿时都惊出一身冷汗。褚静之愤然道：“这个杜海山，真是卑鄙无耻，竟然用这种下三烂手段，堂堂白鹤门怎么就出了这种无耻之徒，可恶。”

“咳，都怪师父不允许，否则我早就悄悄解决了杜海山。”

栾江海跌足叹气，之前他主张暗杀杜海山，被白鹿棠制止了。

佟嘉禾捋着山羊胡子，气得胡子翘起来，道：“白师父光明磊落，以德报怨，高风亮节，白鹤门也是堂堂的大门派，竟然出了杜海山这种卑鄙小人。”

“唉，杜海山的拳法根本不是白师父对手，怕就怕杜海山再出阴招。”

褚静之担忧地说道。

栾江海点点头，随即众人再也没心情睡觉，仔细研究起明天可能出现的状况，如何应对。

这晚，佟大爷、佟永义和褚静之等人彻夜长谈，仔细研究了明天的比武，每一个细节都想到了，做了应对。

一夜过去，天亮后，北平警察局派了一队警察护送白鹿棠出了门，街上人流滚滚都涌向碧云寺方向。

那些大报小报的记者拼命地想采访白鹿棠，都被警察赶走了。

到了碧云寺，今天的碧云寺里水泄不通，警察把白鹿棠带到比武场上。那里早已搭好了一个高台，旁边裁判席上坐着北平警备司令部长官方国勇、北平教育部长官、警察局局长等有头有脸的人物。

褚静之等人簇拥着白鹿棠进去，杜海山已经到了。两人见面，杜海山眼里射出一丝怨毒。

两人都在主席台坐下，白鹿棠听从弟子们，没有喝桌上的茶。

这时方国勇站起来，宣布形意拳名宿白鹿棠和白鹤拳名师杜海山比武，双方自愿比武，了结所有恩怨，擂台上生死有命，其他人不得寻仇。

民国时武林中有名望的人解决争端恩怨，经常用这种方法。擂台解决，生死有命，事后其他人不得寻仇。

随后，双方到了擂台上。白鹿棠鹤发童颜，气度不凡，微微弯腰拱手行礼。

杜海山也微微躬身行礼，这是旧时比武时的规矩，即便是不共戴天之仇，到了擂台上，也得遵从规矩。

哪知道就在两人弯腰的一瞬间，杜海山突然出手，狠狠一掌拍在白鹿棠胸口。

这下偷袭来得太突然，杜海山也是武学名师，白鹿棠完全没有防备，结结实实被打在胸口，身子一震，嘴角喷出鲜血。

台下观众都看见了，顿时一片哗然。褚静之、栾江海等弟子全都惊呼出声，向擂台前面挤去。

这时主席台上的方国勇微微皱眉，和旁边的人商议。

这里要说的是上了擂台，这种阴招是不可避免的，但一般有头有脸的名家不会那样做，等于是砸自己招牌。

白鹿棠也是没想到堂堂白鹤门名家竟然会使出这种卑鄙手段。

擂台上，白鹿棠气血翻涌，指着杜海山，说："杜海山，你好卑鄙！"

"哈哈哈，白鹿棠，擂台上生死有命，怪不得谁，今天咱们可要了结这段恩怨。"

此时，台下议论纷纷，白鹿棠的弟子都在喊师父不要比了。只要白鹿棠这时认输，就不用打了。

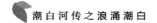

白鹿棠站在擂台上，望着地下黑压压的人群，捋着长须，道：“诸位父老乡亲，今天的比武是老朽和杜海山之间个人恩怨，和形意门、白鹤门两派无关。擂台之上，生死有命，老朽既然上了擂台，绝无退却，杜海山，你来吧！”

底下一片喝彩，白鹿棠说了这句话，主席台上的方国勇点点头，示意比武开始。

方国勇本来收了杜海山的钱，打算比武时偏袒杜海山，却被三姨太哭哭啼啼一夜耳边风吹得早把杜海山忘到了一边了。

本来正式比武前，双方还要一起到主席台上讲话。方国勇知道杜海山可能会趁机暗算白鹿棠，所以就免了那些程序，直接让双方上了擂台。

没想到杜海山一计不成又生一计，趁着白鹿棠行礼时偷袭。

比武开始了，台下的观众全都捏着一把汗。擂台上，白鹿棠展开拳脚和杜海山打在一起。两人都是武学名宿，拳脚虽然激烈，台下看上去却轻松自如，游刃有余，褚静之等弟子都捏着一把汗。

一个小时后，白鹿棠因受了内伤，渐渐脚步凌乱，褚静之等人心如刀割，却无可奈何。

突然，只听杜海山狂笑一声，一掌结结实实打中白鹿棠，白鹿棠身子一震，“哇”的一声吐出一口鲜血。杜海山毫不犹豫，跟上去又是重重两下，白鹿棠身子摇晃了一下，倒了下去。

方国勇赶紧停止了比武，几个警察冲上去把双方分开，再慢一点，估计白鹿棠就要遭毒手了。

这场比武以白鹿棠输结束了，杜海山得意狂笑着在白鹤门拳师簇拥下扬长而去。他刚才趁机下了两记重手，白鹿棠只怕凶多吉少。

褚静之、栾江海等弟子冲上台把白鹿棠扶下台，白鹿棠面如白纸，不住地吐血。

众人含泪把白鹿棠送回住处，眼见白鹿棠伤得很重，已经是只有喘息了，无不愤怒。

“弟兄们，杜海山欺人太甚，咱们一起去除了这个卑鄙小人。”

“对，为白师父报仇，杀了杜海山。”

形意门拳师全都愤然怒吼，众人就要去找杜海山报仇。白鹿棠睁开眼，虚弱地摆摆手，制止了徒弟们。白鹿棠身受重伤，却不让徒儿们去寻仇。虽遭暗算却不记恨对方，让人钦佩。众徒弟别无他法，只能请来医师为师父诊治，让他专心静养。医师说受伤虽重，并无性命之忧，安心调养即可。众人才安心。佟大爷和佟永义雇了辆马车回去了。

这趟北平之行，两人目睹了白鹿棠受伤之重，心中也是难过。

佟嘉禾在东山县城住了半个月，佟永顺的饽饽铺生意兴隆，朱毛毛把里外打理得干干净净，佟永顺也就省了很多心，陪着佟大爷游遍了县城。

佟嘉禾这一生说不平凡也不平凡，说平凡也平凡，经历过辉煌，也经历过落寞，如今年过花甲，物是人非事事休，也是无限感慨。

一日游白塔，佟嘉禾忽然对佟永顺说：“永顺，我老了，看不懂了，这推翻帝制到底是好是坏，只怕一时还看不清，或许再过几年就能知道了。”

佟永顺说：“伯父，要我说皇帝那个时代不好，现在虽然还不太平，但是老百姓有盼头，国民政府也为老百姓着想。”

“咳，你们还是年轻，一切就交给时间吧。”

佟嘉禾从不和佟永顺争辩，毕竟他是前清举人，而佟永顺没文化。

老头感慨了几句自己看不懂的事，却懒得和佟永顺争辩，一般说两句就换其他话题了。

半月后，佟嘉禾还是回去了，老头还是觉得乡下清净，而且有白先生能和他聊天。

饽饽铺走上正轨后，佟永顺就让老吴回去帮助佟陈氏管理田地。眼看日子好过了，佟家减了田租，佃户们都欢天喜地。

佟家的日子一天天好过起来了。

朱毛毛的父亲朱洪烈跟佟嘉禾投缘，也就隔个十天半个月来走走亲戚。后来在佟永顺的说服下，朱洪烈干脆就搬到了小营村，和佟大爷住在一起。

佟大爷住在北院，朱洪烈住在南院，此后每天早晚都能听见北院和南院琅琅读书声。

偶尔，白先生会过来坐坐，三个老人就坐在院子里，喝茶聊天，聊着聊着就聊到了各自都感兴趣的事上去了。

佟嘉禾对一切都否定，怀念皇帝时代，而朱洪烈和白先生则肯定民国，向往新的生活。

当然对于推翻帝制后，北洋军阀统治的几年里发生的动荡，成为佟嘉禾对这个时代不满的原因，每次，朱洪烈都要费半天唾液给他讲民国和军阀的区别。

“国民党是为了老百姓都能获得平等、自由、民主权利而斗争，北洋军阀则是为了个人野心，妄图统一天下，建立个人王朝，两者是截然不同的……”

“但是，北洋军阀和国民党带来的都是动荡和战争，还不如皇帝那时安宁……”

“佟老，你偏激了，看问题要眼光长远……”

朱洪烈苦口婆心，诸如此类的争论他们一天要有四五回，不过大家争论归争论，说完了哈哈一笑，不影响交情。

这样的生活，对佟嘉禾和朱洪烈来说，也算是满意了。

冬去春来，晃眼到了次年。朱毛毛怀上了孩子，佟家上下全都高兴坏了。

佟陈氏天天盼着抱孙子，终于看到了希望，老太太高兴得见天就让老吴把她送到城里看儿媳妇。

四月的一天，朱毛毛生了，是个儿子。

消息传回小营村，佟陈氏、佟嘉禾、朱洪烈几个人都乐得像小孩子一样，第二天赶着牛车全都进城看孙子来了。

大中午，佟陈氏一进门就喊："永顺，永顺，我孙子呢？快让我看看孙子。"

"娘，瞧您急得。"

佟永顺笑呵呵喊朱毛毛把儿子抱出来，小家伙细皮嫩肉，睁着眼睛看着几个老家伙嘿嘿傻笑。

"好小子。"

佟大爷喜欢得轻轻拍了拍孩子。

而朱洪烈则一脸严肃地把佟永顺叫到一边问："孩子取名了吗？"

"还没，您给取个吧。"

朱洪烈点点头。论学问，他丝毫不输佟嘉禾，是喝过洋墨水的人，皱眉想了想，沉吟着道："如今虽然不打仗了，可是世道仍旧不太平，莫问国事，莫问国事，就叫佟莫言吧。"

"佟莫言，好。"

佟永顺一拍桌子，说就叫这个名了。

佟陈氏和佟嘉禾听了，也都同意，这孩子就正式取名佟莫言。

第八章

添丁进口弄璋喜

佟莫言的出生，给佟永顺的人生带来了新的变化。为人父母的感受是美妙的，他每天都乐呵呵地，没事就逗儿子玩。

佟莫言出生在这个家庭也是幸运的，佟家几辈人围绕着，原本佟陈氏、佟大爷和朱洪烈住在乡下，很少进城，有了孩子后，几个老人隔三岔五就要进城看看孙子。

佟莫言出生的年代，国民政府已经统一了全国，暂时结束了动乱。饱受动荡不安的老百姓渴望太平，从北平到东山，战火暂时停息了。

然而，普通的老百姓并不知道，灾祸还在后头，给中华民族带来巨大灾难的抗日战争即将爆发。

一九三零年是民国以来比较平静的一年，国民政府接管下的国家仍然腐败、黑暗丛生，社会矛盾激烈，代表马克思主义的共产党转入地下，党在各地燃起了星星之火。

东山县在王修祜的治理下，也初见成效。街上百业兴旺，繁荣热闹，旧的保安团、警察局中的败类被清除，一派清明。

这天王修祜接到上峰通知，上面要来人视察，并且在全县召开一次选举大会。

国民党统一全国后，由南京国民政府主持政事。蒋介石虽然是国民政府主席，但名义上还得要全国选举，其实也就是走个形式。

王修祜派人通知了东山各地的乡绅名流，佟嘉禾这次以年龄大了，不堪劳碌推辞，朱洪烈不愿意去。这样，佟永顺就成了佟家唯一的代表来参加大会。

大会那天，全县乡绅齐聚。由南京政府来的人宣布选举方法，不出所料，大家全都把票投给了蒋介石。

佟永顺一心想着做生意，对政治不感兴趣，平日也不愿花钱活动。他觉得做个老百姓挺好，只要世道好了，一家人就无忧无虑。

当然，佟家还有一个激进派佟永义，虽然国民政府统一了，但他仍然对很多不公平的现象愤愤不平，经常和同学们在一起抨击时事。

同时，南昌起义、秋收起义，像黑暗中的一丝火苗，让这些进步学生看到了新的希望。

东山区农协也转入了地下，陈为人、路波等领导人也都停止了活动。

一天，东山县来了一辆军车，军车直开到县政府门口才停下，车上下来一个国民党军官，后面跟着两个卫兵。

“这位军爷，您找谁？”

那年月军车不多见，门口的卫兵估计来人是个大官，赶紧客客气气地问。

“找你们县长王修祜。”

那军官冷着脸，说了一声，拨开卫兵，直接闯了进去。

军官一路闯进去，卫兵在后面吓得直求情，到了县政府办公的地方，王修祜在里面听见走了出来。

“石队长，是你？”

一个县政府旧官吏认出了来人，来人竟然是被农协处置的马坡大地主石崇佛的儿子石守礼。石守礼原来在警察局当队长，石崇佛死后，这小子就跑到北平告状，后来不知怎么加入了国民党，还成了北平警察厅缉私队的长官。

“王县长，鄙人今日来是为了家父当年的案子，请县政府为家父主持公道，缉拿凶犯。”

石崇佛的案子，王修祐来东山就知道了，道：“石长官，令尊的案子不是结了吗？凶犯李仑已经伏法，不知您还有什么指示？”

石守礼冷然道：“我已派人暗中查清，此案还有同犯，尚逍遥法外，恳请王县长下令抓捕其余凶犯。”

石守礼来东山前已经派人暗中调查了，知道除了李仑，还有其他人，这才亲自来东山要为父报仇。

王修祐没法，眼前的石守礼今非昔比，已经是准将军衔了。

随后，石守礼把昔日的康麻子等人叫来，准备抓捕进步学生，审问农协领导人下落。

当晚，学生得知消息全都躲起来了，第二天康麻子带人扑了个空。

眼见风声又紧了，佟永义暂时回到乡下躲避。石守礼对佟嘉禾这个远近闻名的前清遗老还有所忌惮，没敢去乡下抓佟永义。

转眼间，到了佟莫言周岁，佟永顺两口子提前抱着孩子回到乡下摆酒席。

佟家上下欢欢喜喜，吃完酒席，客人们走后，按照乡下习俗，要让孩子抓周。抓周，就是在孩子面前摆上代表职业身份的物件，让孩子自己去选择，看孩子会抓什么。老辈人说孩子小时候抓什么，长大了就会干什么。

众人把佟莫言放到地上，面前摆上各种物件，结果孩子一把抓住了官印。

“好小子，不愧是我佟嘉禾的孙子，当官好，当官好啊。”

前清举人高兴地捋着山羊胡子，兴奋得像个小孩子。他一辈子就梦想着当官，可惜皇帝的时代过去了，他的理想落空，始终遗憾。

佟陈氏也高兴地说：“当官好，当官好。”

佟永顺两口子自然也很高兴。普通老百姓就是这样，一面恨贪官，一面盼望子女也做官。

唯独朱洪烈看到外孙抓了官印，脸色顿时一变，说："小子，当官有什么好，宁愿做个老百姓也别做官。"

"朱公，何出此言，做官不好，难道当老百姓受人欺负好？"

佟嘉禾不乐意了，一梗脖子说。

朱洪烈道："做官要为民做主，可如今这个世道，贪污腐化，官官相护，做了官也是同流合污，还不如不做。"

"朱公此言差矣，就是因为官场风气不好，贪污腐化，官官相护，才需要有良知的清官拨乱反正，正本清源。咱们小莫言当了官一定是海瑞那样的清官。"

这佟嘉禾满脑子还是皇帝那个时代，想着能有海瑞那样的清官正本清源。

"佟老，现在可是民国了，帝制是封建糟粕，必须打倒。现在提倡人人参政议政，社会整体腐败了，靠一己之力是无法改变的。"

看着两人争得脸红脖子粗，各执己见，谁也不低头，估计今天一天都要辩论下去了。其他人笑笑，都散了。

佟嘉禾犯了倔脾气，跟朱洪烈为这个问题整整争论了一个上午，两人谁也没有说服谁，只好作罢。

佟莫言刚过周岁，围绕他的教育问题就又引起了一场争论。

按大爷佟嘉禾的想法，还要遵循旧时那一套，学习三字经、百家姓、四书五经。而朱洪烈坚决反对，认为将来应该上新学校。

最终，在佟永义的加入后，佟大爷败下场。佟永顺接受了朱洪烈的主张，打算将来让佟莫言上新学校。

虽然两人见解、政见不同，一个是坚定的国民党人，一个是保皇派，但在佟莫言的成长道路上他们是相同的，那就是希望佟莫言健康快乐地成长。

因此，佟嘉禾和朱洪烈之间围绕佟莫言的诸多争论，又是那么温馨。

八月的一天，白先生去世了。

白先生的死跟东山县普及新式学校有关系，这段时间王修祜在全县推广新式教育，取缔旧的私塾、学堂，乡下的私塾都取消了。

白先生教了一辈子私塾，又没有儿女，私塾一取缔，生活彻底失去经济来源，加上支撑心理的东西轰然坍塌，一下子失去了信念，本来就带病，终于一口气没上来走了。

白先生教了一辈子私塾，清贫一生，教过的学生数不胜数，好容易熬到了民国，却没享一天福，临死身边没有一个人，凄然而去。

佟永顺和白先生相交，很悲痛。他把县里的生意交给朱毛毛，回来处理白先生后事。

佟永顺出资从木林买了一具棺材，又请了唢呐班子，自己和佟永义戴孝，热热闹闹地埋葬了白先生。

埋葬了白先生后，佟永顺回到县里，佟嘉禾、朱洪烈继续留在乡下，一切又平静下来了。和佟家一样，千千万万饱经战火的老百姓渴望和平、平安地过日子。

然而，老百姓的美好愿望很快就被日本人的铁蹄无情地击碎了。

年后，佟家一切如常。外面除了石守礼在东山县城又掀起一波搜捕农协和共产党人的浪潮，其他没有什么大事发生。

期间，东山县县长王修祜倒是礼贤下士，再次请佟嘉禾到县里任职，而佟嘉禾听说了一件事：王修祜回来后曾修了祖坟，非常奢侈。这件事让佟嘉禾对王修祜为人有了微词，就坚持不去。

王修祜修祖坟确有其事，只不过是他的家人干的，本人并不知情。

晃眼到了九月，这天早上东山县街头的报童忽然扯着嗓子喊："看报，看报，看日本人进攻东北，九一八事变爆发。"

"号外，号外，九一八事变，日本人进攻东北……"

大清早，佟永顺从店里走出去，对朱毛毛说："唉，又要遭难了，日本人打进东北了。”

“日本人打进东北了？”

“对，东北沦为日本人管辖了。”

朱毛毛茫然，对他们这样普通的老百姓来说，关心的仅仅是自己家一亩三分地，对外面的世界并不关心。

日本人在佟永顺的印象里是那么遥远，他完全没有预料到这件事对未来的冲击，两口子随便说了几句，就忙开了。

九一八事变是日本侵华战争的序幕，从那时起，中华大地就陷入了长达十四年的苦难。日本觊觎东北要从清末说起，一直企图夺取东北，最终东北沦为它的殖民地。九一八事变前，张作霖在中间扮演了一个很重要的角色，他周旋于列强间，借助日本人力量却又防着日本人，最终在皇姑屯被日本人炸死。

一九二八年年底，东北易帜后，日本人恼羞成怒，激进分子策划了九一八事变。出于重重复杂的原因，少帅张学良不抵抗，致使东北沦陷。

佟永顺原本以为这件事很快就过去了，然而他却被街头的一幕幕震惊了。

九一八事变彻底刺疼了有良知的爱国人士，第二天清早，佟永顺还睡着，就被街头一浪高过一浪的口号声惊醒了。

“打倒日本帝国主义，还我东北！”

“打倒日本帝国主义，还我河山！”

县城的街头上，打头的是学生，后面跟着工人、农民、商人……全都义愤填膺，挥舞拳头、喊着口号游行。

佟永顺在人群前面发现了佟永义，悄悄把佟永义拉到一边，不满地训斥：“永义，你一个学生，跟着瞎掺和什么，不要命了。”

“东北都沦陷了，日本人打进来了，我们就要亡国了，哥，你醒醒吧，我们还能像没事人一样吗？”

佟永义摇晃着佟永顺，声音嘶哑地喊道。从昨天听到九一八事变后，他和同学们就连夜行动，制作标语，联络其他学校学生，准备游行，已经一天一夜没休息了。

“别瞎操心，东北离得那么远，日本人还能打到北平？”

佟永顺完全不相信。别说他不相信，那时任何一个中国人都不会相信日本人竟然能打遍半个中国。

“咳，东北是远，可是三十万东北军一枪不发，跑了，把东北拱手让给了日本人。哥，这次可不是以往，日本人是要亡我中华啊。”

佟永义说服不了佟永顺，气得跺脚。九一八事变后，如果说老百姓尚未意识到危机，这些爱国学生已经敏锐地意识到了危险，而挺身而出，呼吁抗日。

街上的游行队伍越来越壮观，连很多小商小贩都加入进去了，口号声回响在县城上空，警察局、保安团的人全都躲得远远的，不敢过来。

那种热血喷涌的激情感染了佟永顺，他也不劝弟弟了，让朱毛毛拿了些饽饽给佟永义和他的同学吃。

这一天，佟永顺和朱毛毛两人无偿送出了几百个饽饽，免费让学生吃，他觉得自己做了一件好事。只是晚上两口子说悄悄话时，朱毛毛埋怨说：“今天一天送的，等于三天白干了。”

“白干就白干吧，这世道眼看好了，日本人却想侵略咱们，咱们老百姓别的忙帮不了，尽一份绵薄之力吧。”

佟永顺没太大文化，但受白先生熏陶，“国家兴亡，匹夫有责”这个浅显的道理他还懂。

第二天，学生继续游行。对群众游行，王修祜没有干涉，而且他也不满东北军居然一枪不发就跑了，拱手把东北让给日本人。私下里他和同僚说起来，都非常痛恨。

这个消息传到乡下已经是几天后了，朱洪烈闻听后，长叹一口气。他本来就对国民党内部的腐败、拉帮结派不满，听到东北军不抵抗，拱手让日本人打进东北，唏嘘不已。

“佟老，都是不团结啊，民国建立十几年了，国民党内部还是互相倾轧，东北军这是要当历史的罪人啊，怎么能一枪不发就放日本人进来？”

“朱公，这就是如今时代的弊端，看似进步了，但各种政党思潮泛滥，内部不团结，遇到外敌入侵就完喽，这要是皇帝那会儿，一道圣旨下来，谁敢不听。”

佟嘉禾无限感慨。

朱洪烈摇头：“推翻帝制是历史的进步，西方国家也经历了这样的过程，人家现在强大了，只不过，我们刚开始。”

“依老朽之见，多政党和民主并不一定对，意见多了，争吵就多了，就不团结，遇到外敌侵略，就像现在这样一盘散沙。”

说到底佟嘉禾提倡君主立宪制，怀念皇帝那个时候，但感慨归感慨，时代终究变了。佟嘉禾这个保皇派也回到了现实，之后两人都愤怒于东北军的不抵抗，三十万东北军不放一枪，拱手相让，老百姓想不通。

朱洪烈是很关心这件事的，隔了几天，托人从县城捎了几份报纸，和佟大爷戴上老花镜，在院子里一字一句地看完报纸，分析起来。

“佟老，你说日本人占领了东北，下一步会不会继续向内地侵略？”

这是朱洪烈最担心的事。

佟嘉禾摇摇头，说：“就凭小日本，给他十个胆子，他也就在东北蹦跶几天，迟早得被赶出去。”

“可不是，光绪年间，八国联军都打到北京城了，后来还不是被赶出去了。”朱洪烈想起了这档子事。

佟嘉禾捋须，不屑道：“小日本还能比八国联军厉害，小日本敢进北平，老百姓就能把他们赶出去。”当年八国联军打到北京城，义和团起来反抗，声势浩大，佟嘉禾对那一幕仍然记忆犹新。

朱洪烈点头道：“日本人的确强大，但咱们国家地大物博，它要吞并恐怕没那个胃口。咳，不说了，咱们这些山野村夫，国事就莫谈了。”

“莫谈国事”，是朱洪烈退隐后常说的一句话，他对国民党内部的争权夺感到厌倦，也失望了，只想隐居山林，度过余生。

在乡下，他们两人算是见过世面的，对这件事也只是乐观地认为日本人只是一时得势，很快就会被赶出去。至于普通老百姓整日为生活奔波，没人关心。

东山县城的游行抗议活动一浪高过一浪，王修祜也没料到学生们的爱国热情这么高，不得不让警察局管束。

佟永顺和朱毛毛一心经营饽饽铺，除了时常送学生们吃的，其他并不关心。

一九三一年的冬天来得比往年早，小营村迎来了第一场雪，气温骤然下降。天一冷，佟嘉禾、朱洪烈两个上了年纪的人就受不了，早上起来在院子里读书，冻得直打哆嗦。

这一年也是多灾多难的一年，七月的长江水灾淹死十四万人，饿殍遍野，收成也不好。要不是佟永顺在县城经营的饽饽铺生意还行，这个冬天佟家怕要遭罪了。

佟嘉禾读了一会儿书，活动活动筋骨，冷得打哆嗦，就朝朱洪烈院子里走去。

朱洪烈来后，佟嘉禾喜欢清净，就把北院柴房收拾了一下住在里面。

这会儿，朱洪烈在院子里打了一阵太极拳，刚回到屋子里，生起炭火。

“佟老，快进来，这鬼天气，太冷了。”

朱洪烈边捅炭火，边招呼佟嘉禾进屋。朱洪烈坐下，两人闲聊了几句，话题就到了日本人身上了。

自打九一八事变后，他们两人基本上每天在关注日本人的消息，也难怪，两人都是经历过光绪年间八国联军侵华的事，对此自然上心。

“佟老，前天的报纸看了吗？上海商界宣誓不买卖日货。”

“看了，可我也看到了国民党总司令部训令军事机关要员不得参加反日团体。小日本都打进来了，东北都失陷了，国民党居然还不敢反抗，这是什么政府？”

佟嘉禾气愤得嘴唇都在颤抖，虽然他是保皇派，跟时代有点脱节，但面对日本人、面时外敌入侵还是有一颗拳拳之心的，对国民党的不作为愤愤不平。

朱洪烈也是顿足捶胸，愤愤不平。

九一八事变后，东北军不战而退，拱手让出东北。日军占领沈阳后，仅沈阳官方财政损失就高达 17 亿。不久，沈阳的《四库全书》被日本人抢去。这一宗宗、一件件触目惊心的事牵动着全国人民的心，而国民党居然还采取消极态度，不敢公开反抗日本人。

九一八事变前，当时的日本高层主战派和温和派还在激烈地辩论，对要不要入侵中国犹豫。当东北被他们毫不费力地拿下后，东北的资源源源不断地被掠夺，抢回日本，大大增强了日军的实力。

此时，日本朝野上下终于达成共识了，中国这个庞然大物成了他们眼里的羔羊。

“朱公，你猜日本人下一步会怎么样，会不会继续入侵？”

“依老朽之见，日本人胃口没那么大，东北就够他们消化一阵子，暂时应该是不会再入侵，可叹我泱泱大国，竟然被日本蛮夷之邦欺负，奈何，奈何。”

朱洪烈是老牌国民党人，对国民党不抵抗非常不理解，但普通老百姓又能怎样，他只能和佟嘉禾在这里发发牢骚。

过了几天，朱洪烈去县里看孙子，和佟永顺谈论。佟永顺却毫不在乎，他觉得自己就是普通老百姓，日本人也罢，国民党也罢，都太遥远了。

佟永顺两口子只想好好做生意，一家人平平安安，能吃饱饭，经历过苦难，这是他们朴素的想法。

那个时代，面对虎狼般的日本人，像佟永顺、朱洪烈这样的普通老百姓又能如何，朱洪烈只是发发牢骚。

一家人坐在铺子里，听着外面一浪高过一浪的学生游行口号声。

“打倒小日本！还我东北！”

“日本人滚出东北！还我东北！”

朱洪烈摸摸鄂下稀拉的胡子，说：“这些学生是真爱国啊，可惜世道不太平，孩子们空有一腔热血啊。”

佟永顺点点头，他虽然不关心这些事，但对学生们的做法打心眼里佩服。

从九一八事变后，东山的学生在农协和地下党的组织下，发起了声势浩大的抗议游行，抗议国民党不抵抗政策，而且半个多月不停止。学生们个个义愤填膺喊着口号，声讨国民政府不抵抗。

佟永义也在其中，佟永顺训斥了几次，也就不管了。倒是朱毛毛可怜学生们，常常拿铺子里的饽饽给学生吃。

朱洪烈忧心忡忡，看着眼前一家三口欢乐的样子，更加担忧。他毕竟是读过书见过世面的人，隐约感觉到日本人将来肯定会打进来，东山距离北平很近，到时候日本人来了，这日子咋过啊。

“姥爷，姥爷，我要糖。”

佟莫言肉乎乎的小手抓着朱洪烈那几根胡子，淘气地喊着。

“好好，吃糖，吃糖，姥爷这就给你买。”

朱洪烈看着佟莫言稚嫩可爱的脸蛋，喜欢得把烦心事都忘了，乐呵呵拉着孙子出门去了。

出门给佟莫言买了糖，看着街上一队队游行的学生，学生们虽然瘦弱单薄，却气势撼人，朱洪烈看着这一幕，一阵感慨。

他仿佛看到了当年的自己，那时的朱洪烈也和学生们一样满腔热血，一心为了这个国家、民族跟着孙中山。晃眼间，他已经老了，熟悉的一幕，让他心潮澎湃。

“朱先生。”

一个声音把朱洪烈从感怀中拉回来，游行队伍里面的佟永义发现了他们，跑了过来。

“永义，你也在啊？”

“朱先生，您怎么来了，家里还好吗？”

朱洪烈捋须笑呵呵道：“好，永义，家里都好，你也要多注意，别让老太太担心。”

“知道了，朱先生。”

佟永义痛快地答应了一声，跑进队伍里面去了。

朱洪烈站了很久，直到游行队伍很远了，才拉着佟莫言回去了。

这段时间，东山县县长王修祜日子不好过。

自从国民党严令军政机关人员不得加入反日团体后，面对学生一浪高过一浪的抗议，王修祜管也不是，不管也不是，一时左右为难。

他只好让警察局和保安团天天在县政府门口筑起屏障，不让学生冲击县衙。

王修祜和同僚讨论，都对目下局势感到担忧。在当时，日本人的强大是国人皆知的，而他深知国内国民政府刚平稳，一穷二白，社会存在很多问题，特别是老百姓的生活仍旧是贫困潦倒。

一九三一年前后，国内重要工业几乎为零，连钉子、火柴都要靠进口，其他行业就可想而知。

民国时的东山县，堂堂县政府都穷困潦倒，面对如狼似虎、武装到牙齿的日寇，谁也不知道日本人会不会打进来。

王修祜毕竟是见过大世面的，未雨绸缪，他开始为将来做准备了。

一天，王修祜把警备司令部长官叫来，问：“段长官，你对目前局势有何见解？”

警备司令部段姓长官一脸茫然，回答不上来，主要是他摸不清县长心里，不敢乱说话。

“咳”王修祜清咳一声，说：“时下局势变幻，日寇随时可能入侵华北，则北平就有危险了，北平若失陷，东山岌岌可危。段长官身为军事主官，应当早做准备，未雨绸缪，训练新兵，以待来日杀敌。”

“是，王县长训诫得是。”

段长官唯唯诺诺，赶紧答应。

次日，在王修祜的亲自过问下，警备司令部将原来剿匪的保安团收编，又将乡下各村片警也纳入，扩大人员，为积极训练做准备。

到一九三一年年底，东山警备司令部拥有两千人，初步有了战斗力量。

过完年，局势越来越不好，每天都有很多不好的消息传来。

一月，日本人先后占领了锦州、青岛，随后大举进攻上海，一·二八抗战打响。

此时，包括佟永顺在内的大部分国人才明白过来，日本人这是打算全面入侵了。

此月底，面对严峻形势，国民政府不得不做出决定迁都洛阳。

至此，形势直转而下，日本人彻底露出了隐藏已久的野心，挥起了战争的屠刀。

东山的街头忽然间变得冷清了，商贩人心惶惶，只有穿梭在人群里的报童发出清脆的卖报声。

“看报，看报，国民政府迁都洛阳……”

“快看，日本人占领哈尔滨……”

街上的行人匆匆走过，茶楼、饭馆里到处都在议论局势，就连县政府的官吏也人心惶惶，无心办公，聚在一起讨论。

佟家的饽饽铺生意也冷清了，佟永顺终于明白了什么叫“国将不存，家何在焉”，他和朱毛毛抱头痛哭一场，眼看饽饽铺生意好了，却遇到了国难。

一天夜里，佟永顺刚进入梦乡，忽然响起了敲门声，而且敲门急促，一下子就惊醒了两口子。

佟永顺起来打开门，只见一个人刚进门就扑通一下栽倒在地上，借着灯光，看见那人浑身都是血。

佟永顺吓了一跳，没等他问，那人挣扎着在地上写了一个佟字，随后，头一歪，昏过去了。

他赶紧把朱毛毛叫起来，两口子把那个人抬到里屋藏起来，刚把人藏好，外面就传来了猛烈的敲门声。

“开门，快开门！”

“快点！再不开门，老子就砸了。”

佟永顺心里一沉，叫朱毛毛回去看孩子，他自己打开门。门开了，只见外面火把通明，康麻子带着一伙人叫嚣着要砸门。

“诸位长官，深夜来此，不知有何贵干？”

佟永顺让自己平息下来，客客气气地问道。

康麻子凑到火把下一看，阴阳怪气地说：“原来是佟掌柜，这么晚打扰你，还请佟掌柜的不要见怪，康某奉命缉拿一名共党，刚才他往这边跑了，佟掌柜可看见了？”

“哦，是康队长，好说好说，什么共党，我这里只有老婆孩子，康队长要不要进去看看？”

“佟掌柜您是明白人，包庇共党可是死罪，都是乡里乡亲的，既然佟掌柜说没见，康某就不打扰了，弟兄们，撤！”

一挥手，就带着那伙兵走了。

佟永顺捏着一把冷汗，有惊无险。他虽然不知道刚才那人身份，但那人在地上写了一个佟字，就毫不犹豫地救了他。

康麻子今天之所以这么痛快就过去了，也是因为佟嘉禾。新县长王修祜几次请佟嘉禾去县里当官，关系匪浅，他不是不知道，所以康麻子也就没敢放肆。

当下，佟永顺回到里屋，吩咐朱毛毛烧水，给那人喂了一点东西，洗了身上的血迹，过了一阵子，那人悠悠醒转过来了。

“佟掌柜，多谢你的救命之恩了。”那人醒来，低头就拜。

佟永顺赶紧扶住并制止，一问才知道他是东山区的地下党周一民，听佟永义说起过佟永顺，刚才被康麻子追得没办法，才逃到这里。

接着，经过周一民一番话，佟永顺才知道原来马坡大地主石崇佛的儿子石守礼现在是国民党准将，他回到东山后就在警备司令部任职，为了报父仇一直在抓捕地下党。

“周同志，现在大敌当前，日本人才是咱们应该对付的，贵党和国民党应该放下恩怨，携手抗日。”

“佟掌柜，早就听说你思想开明，果然不假。你的话很对，眼下是应该国共两党携起手来，共同抗日。可问题是，我们共产党人有诚意，国民党不愿意啊。”

周一民虚弱地说完，摊了摊手，一脸无奈。

自从石守礼回到东山后，这小子带着康麻子大肆抓捕地下党，使东山县的地下党组织遭到很大损失。

佟永顺对国共两党之间的事知之甚少，只是自然而然地认为。周一民告诉他，眼下日本人野心勃勃，已经拿下东三省，进攻上海，下一步就是侵略华北，国事岌岌可危。

“周先生，您认为如果打，我们能不能打过日本人？”

这是佟永顺和无数普通老百姓最关心的一个问题。当时对日本人的看法，普遍认为打不过。

周一民点点头，说：“你这个问题问得好，现在全中国，甚至全世界都在问这个问题。如果打，我们能不能打过日本人？”

他顿了一下，接着说道：“以眼下来说，日本强大，我国孱弱，物资装备差距悬殊，一·二八抗战打了七天，伤亡比一比十，平均我们十个人才能换一个日本人，因此有人说，这仗打下去我们要亡国。”

“可是，如果不抵抗，难道就任由日本人长驱直入，吞并中国，大家都去做亡国奴吗？”

周一民越说越激动，突然“啊”地叫了一声，身上的伤口又开始往外流血。

“周先生，您小心伤口。”

佟永顺赶紧劝说。他本来不关心时事，也被周一民刚才这番话打动了。

一·二八抗战是日本人占领东北后，对上海悍然发动的一次进攻。第十九路军奋起抵抗，可惜由于得不到援助，最后被迫撤退，之后中日签订了丧权辱国的协定。

爱国、有良知的中国人无不在痛斥国民党的消极抗战、不作为。

周一民在佟永顺这里住了半个月，伤也养得差不多了，他准备离开东山去北平。半个月里，通过周一民，佟永顺明白了很多革命的道理，第一次对未来和这个国家的命运产生了担忧。

鉴于石守礼对东山地下党组织的严重威胁，东山地下党决定发起一次行动，除掉石守礼。

但就在这时，国民政府来了调令，把石守礼调到北平去了。此事遂作罢。

转眼到了三月。一天佟永顺从街上听说爱新觉罗·溥仪要在东北成立满洲国了。

“咳！”佟永顺狠狠地跺脚，叹了口气。

日本人占领东北后，一方面加速掠夺东北的资源运回日本，另一方面则打上了溥仪的主意。

一九二四年，冯玉祥发动“北京政变”，末代皇帝溥仪搬出了紫禁城。对普通人来说民国无非是改朝换代，而溥仪则不同，特定的身份和历史地位注定他的一生不会甘于平凡。

其时日本人暂时没有精力管理东北，就想到了溥仪。日本人找到溥仪，答应帮他在东北建立满洲国，条件自然是满洲国得听从日本人的。

这显然是日本人在扶植傀儡政权，可惜此时的溥仪，就像溺水之人看到了救命稻草，喜出望外，马上就答应了日本人。

于是在日本人的一手操办下，一场伪满洲国的闹剧在东北上演了。

佟永顺虽然不关心时事，但经历过清末和民国，还是认识到民国比过去好。加上他内心深处是不希望看到国家动荡的，听到溥仪建立满洲国，本能地感到愤然。

他跑回家，对朱毛毛说："溥仪在东北建立满洲国，唉，咱们还是回乡下吧，清净，城里肯定又要闹起来。"

"行，回乡下也行，反正咱们有地，能干活，饿不死。"

朱毛毛一直觉得乡下清净，反而真想回乡下。她觉得城里越来越乱，乡下平安。

两口子说了会儿话，其实佟永顺只是嘴里说说，他还是舍不得饽饽铺的生意，而且不到那一步，他还是不相信日本人能打到东山。

"我就不信了，咱国家这么多人，小日本能打到东山？"

佟永顺嘟囔着，点上水烟，蹲在门口咕噜咕噜抽着，眼睛看着恓惶的街上。

旁边的一个店铺里，一群当兵的正在白吃白喝，骂骂咧咧，佟永顺赶紧回去关上了铺子。

半月后，溥仪在日本人的扶持下要成立伪满洲国的消息传到乡下，佟嘉禾闻听竟然气得不轻。

本来佟嘉禾是保皇派，内心深处对末代皇帝多少还有情结，但他万万没想到溥仪竟然当了日本人的傀儡。

雪后初晴，太阳照在地面上，薄薄的雪层晶莹剔透，泛着光泽。

放眼望去，整个村庄都笼罩在一片洁白无瑕中，格外晴明。

上午，佟嘉禾听说了溥仪在东北成立伪满洲国的事，老爷子气得够呛。

"这个溥仪辱没大清列祖列宗啊，连张作霖那个马匪都不如，堂堂天朝上国竟然甘当蛮夷傀儡，我华夏子孙不幸也，呜呼哀哉。"

“佟老，消消气，现如今这世道啥怪事都有，不稀奇。”

朱洪烈劝道：“您犯不着为这事生气，气出病来可不值当。溥仪这事儿是干得不地道，日本人那是咱们的世仇，能认贼作父吗？这不就是石敬瑭吗？”

佟嘉禾捶胸顿足，气得直跺脚。

那年月，尽管普通老百姓不懂，但最淳朴的道理他们懂，既然日本人跟中国人是世仇，那就不能认贼作父。

隔日，佟嘉禾去县里看佟莫言，随便又打听了一下，才弄清整件事情原委。

“古有石敬瑭割燕云十六州，认贼作父，留下万世骂名，今日溥仪所做和石敬瑭有何差异？！永顺，这是出卖列祖列宗啊，痛心呐。”

佟嘉禾痛心疾首，对佟永顺唉声叹气。对这位顽固的保皇派来说，他心里仍然对皇帝时代保留着一丝眷恋，可溥仪的所作所为一下子击碎了他的心，老人一时想不开，老泪纵横。

“爷爷，爷爷，你哭了。”

佟莫言爬过来，淘气地拽佟嘉禾稀疏的山羊胡子。

朱毛毛把孩子拉开，说：“伯父，您也别生气，这年月谁也说不准，听说北平城将来都不安稳，日本人要打过来了。”

“胡说，他小日本敢？”

佟嘉禾噘起胡子，一脸怒气。

“满大街老百姓都在议论，听说溥仪和张景惠、熙洽、马占山、臧式毅、谢介石等人秘密谋划筹建伪满洲国呐……”

佟永顺接过话说道。

“这些败类、汉奸……”

佟嘉禾气得大骂。毕竟这些人都是佟嘉禾的老同事，有些交情匪浅。

佟永顺摇摇头，他和朱毛毛倒没有那么强烈的反应，他们就是普通老百姓，乱世中能苟活就不错了。

东山县城在王修祜的治理下刚有了起色，日本人的消息让老百姓又惶惶不安起来，天天都有消息从北边传来。

日本人占领东北后，并没有满足，而是继续向华北侵犯。此时，国民政府对日本人的态度也不统一，蒋介石采取消极抗战政策，导致整个国民党内部意见分歧，陷入混乱中。

在国民政府消极抗战思想下，地方官员处于一片盲目中。乐观派认为小日本是螳臂当车，不自量力；悲观派认为亡国灭种就在眼前了。

这两种言论不但政府在讨论，而且民间也在激烈地讨论。普通老百姓担忧，连王修祜这样的国民政府官员也忧心忡忡。灾荒加上乱世，老百姓生活在水深火热中，但上流社会的有钱人仍然过着纸醉金迷的生活，一时间民国各种乱象层出不穷。

一日，佟永顺早上起来，洗漱毕走出来听见外面的报童在喊着："看报，看报，东山县保安团朱山原枪杀五姨太和刘烈臣。"

朱毛毛出去买了张报进来，说："保安团的朱山原团长把自己的五姨太杀了。"

"哦。"

佟永顺一阵惊讶，东山县保安团原本是北洋军阀段祺瑞皖系的一个旅，驻扎在东山后改编成为保安团，都是兵痞，平日骚扰百姓，抓捕地下党组织很卖力。

朱山原手上更是沾染了累累鲜血。事情要从朱山原的五姨太说起，五姨太原是县城里的一个赵姓做生意的女儿，被朱山原看上后就强迫赵家把女儿嫁给了他。

赵家姑娘当时才十六岁，无奈拗不过虎狼，只得做了朱山原的姨太太。这件事当时曾引起老百姓的一片痛斥。

那赵家姑娘到了朱家，一个弱女子也无法，只得忍受朱山原的蹂躏。

一日，东山来了一个戏班子，其中有个叫刘烈臣的男旦，扮相俊雅，是北平名角詹连良的徒弟。戏班子在东山县城连唱一个月大戏，五姨太去看了几天戏，喜欢上了刘烈臣。

此后，五姨太每天都去看戏，大把赏钱。五姨太出手大方，一来二去，两人有了感情。

朱山原去了北平一段时间，这事儿渐渐闹得东山县无人不知、无人不晓。一日，朱山原回来，不巧正撞见两人在一起，朱山原怒火中烧，拔枪当场将五姨太和刘烈臣击毙，余怒未消，又下令把戏班子其他人全都抓起来，严刑拷打，不成想又打死了两个人。

消息传出，詹连良请北平报社记者把整件事情捅到了报纸上，舆论哗然。进步学生和工人、农民一起走上街头抗议，要求严惩朱山原。

眼看各界要求严惩朱山原的呼声越来越高，东山县县长王修祜只好答应学生依法处置朱山原。

朱山原是皖系军阀段祺瑞的旧部，皖系虽然下台了，但在国民政府里面还有不少皖系的人，联合起来向东山县施压，要求放了朱山原。

王修祜迫于压力，只得准备放人，哪知道消息走漏，引起民众不满。

第二天，东山县的学生组织群众游行，要求严惩杀人凶手朱山原。

游行队伍里，走在最前面的是佟永义、马明远等同学，他们边走边振臂高呼："严惩杀人凶手朱山原！"

游行队伍到了佟家饽饽铺，佟永顺看见弟弟，他越来越觉得这个弟弟不省心，天天惹事。

"永顺，你得劝劝永义，他还是毛头小子，不知天高地厚，朱山原势力背后可不是老百姓能比的。"

"唉，这个浑小子，吃了农协的迷魂药了，天天跟着农协跑，真得管管他了。"

佟永顺也气得直跺脚。

佟家几辈人都是农民，勤勤恳恳、辛辛苦苦才攒下这点家业，佟陈氏平日教导他们也是好好持家，别跟外面人胡闹。

可佟永义和佟永顺虽一妈所养，但他却和佟永顺截然不同，他接受了新思想，为家国命运忧患，跟着那个时代的一些进步人士奋起抗争，一心想改变国人。这些是佟陈氏和佟永顺都无法理解的。

朱毛毛想了想，说：“要不，让永义别上学了，好好的娃娃，都是上学把人变坏了。”

“妇人之见，咱佟家几辈都是农民，能有个县里读书的学生，这是祖宗阴德。”

“可，咱就看着永义跟着那些人胡闹？”

佟永顺抽了一口水烟，烦恼地叹了口气，慢慢地说：“过阵子让母亲说说他吧，好好的念书不好吗？整天跟着别人胡闹，这是脑子犯浑啊。”

佟莫言眼尖，看见前面游行队伍里面的佟永义，拍着手喊着：“二叔”，跑出去了。

朱毛毛赶紧跑出来，把佟莫言抱回来，打了儿子一巴掌：“你二叔胡闹，你也跟着胡闹吗？”

佟莫言“哇”的一声哭了。

这时游行队伍过去了，王修祜早已得到消息，急得在县政府议会大厅里直跺脚。

“这帮学生，真是不省心啊，屁大点事动不动就游行抗议，抗捐抗税闹了好几次了，这次又因为一个八竿子打不着的刘烈忠案闹起来。”

“王县长，依卑职看来，学生年轻，涉世不深，都是背后有人指使，不如把带头的学生抓起来严加审讯，查明背后主使者，否则这种事还会发生？”

一名县吏建言。

王修祜闻听，猛地转身，看着那人摇头道：“不可，公只知其一不知其二，说到学生王某多少还有点了解。这帮学生都是凭着一腔爱国热忱，自以为爱国，可他们哪里知道时事复杂，朱山原枪杀五姨太和刘烈忠是做得过分了。但朱山原是北洋军阀的人，北洋军阀虽然下台了，却仍然有很大影响力，他们是一荣俱荣，一损俱损，绝不允许坐视朱山原出事。”

“王县长，那咱们怎么办，就这样夹在学生和皖系那些人中间，两头受气吗？”

“咳！皖系惹不起，学生一腔热血，也不忍心。没办法，我这个东山县县长只好委屈喽！”

王修祜喟然长叹。

无奈之下，王修祜只好让警察局和警备司令部都睁一只眼闭一只眼，让学生闹。

王修祜以为学生闹一阵，热情过去了，就完了，可没想到这件事的复杂程度超出他的想象。

这天，王修祜正在和县吏议事，突然来了一个不速之客。

来人是个中年男子，带着浓厚的南方口音，进门就拱手道：“王县长，久仰大名，鄙人姓秦，在北平政府任职。”

“秦先生，不知大驾光临鄙县有何贵干？”

来人看了看诸人，面露难色，王修祜明白了，说：“秦先生请里面谈。”

两人到了里面，那中年男子把一封信递给王修祜，王修祜心里疑惑，打开信只见署名是勒云鹏，顿时暗暗吃惊。

勒云鹏是皖系的重要力量，也是民国风云人物。他出身贫寒，却做到了北洋政府国务总理的职务。皖系失败后，树倒猢狲散，勒云鹏也无奈隐退山东，办起了实业。

朱山原是勒云鹏的旧部，袁世凯天津小站练兵时，勒云鹏是袁世凯的部下，朱山原就跟着勒云鹏，是勒云鹏的亲兵。

勒云鹏在山东听说了朱山原案，派人来说情，想让王修祜放了朱山原。

“王县长，勒公这人重感情，不忍心老部下就这么死在一个女人手里，所以让我来一趟，还望王县长看在勒公面上，放朱山原一马。”

来人说完，从怀里拿出一张银票递过去，说：“这是勒公的一点意思，王县长请笑纳。”

王修祜闻听，一阵惊讶，想不到一个朱山原竟然会引起这么大反应。勒云鹏虽然下台了，但瘦死的骆驼比马大，好歹是当过北洋政府国务总理的，他瞧了一眼那张银票，是一张五万两银票，一时沉吟不定。

“王县长，此案影响不小，听说詹连良已经找了国民党内的人，要求严惩朱山原，此举有借机打击皖系的用意，万望王县长三思。”

“哦，原来如此。”

王修祜一阵惊诧，婉言谢绝了那张银票。至于勒云鹏的那封信，他却感到压力很大。

勒云鹏虽然下台了，但毕竟是当过国务总理，虎死余威在，王修祜不得不掂量掂量。

来人走后，王修祜经过深思熟虑，明着是把朱山原关进监狱，暗地里是把他保护起来，同时向北平发电，把皮球踢给上面。

这一切，学生们并不知情，仍然在发动声势浩大的游行抗议，要求严惩朱山原。

王修祜面对爱国学生，也是毫无办法，只得让人出面劝说学生回去。

佟嘉禾回到乡下，他这趟进城专门为了弄清溥仪建立伪满洲国的事，从街头巷尾听到的消息让他义愤填膺，悲愤莫名。

这个前清举人，一生中都沉溺在往日举人的荣耀，他坚定地维护皇帝，渴望回到过去，希望通过温和的改良改变腐败社会。

当他听到溥仪投靠日本人建立伪满洲国，心中支撑的信念轰然崩塌，因此无法面对，他不是大骂溥仪愧对祖先，就是悲愤交加。

回到小营村那天，佟大爷就独自一人站在潮白河边，对着潮白河默然。有人经过喊他，他也不应，那人赶紧跑回去告诉佟家。

佟陈氏和杜江等人都吓坏了，只有朱洪烈捋着胡须，说：“你们别担心，佟老这是心里难受，让他一个人静一下吧。”

佟陈氏还是不放心，毕竟六十多岁的老人了，担心出事，让朱洪烈赶紧去劝说。

朱洪烈到了河边，看见佟嘉禾眼里含着泪水，望着北平方向嘴唇翕动着，喃喃自语地说："大清的列祖列宗，你们在天有灵，睁开眼看看吧，溥仪这个不肖子孙认贼作父，把祖宗脸都丢光了啊。"

"佟老，河边凉，别伤了身体，回去吧。"

佟嘉禾回头看了朱洪烈一眼，说："朱公，您不用劝我，我心里亮堂着呢。回去吧，老朽还不至于为这事儿想不开。"

老头说完，倔强地回去了。

佟嘉禾回去就病了，一病不起，他是忧愤交加，加上年纪大了，在床上躺了半个月。

佟陈氏担心，就让杜江送佟嘉禾去县里看病，朱洪烈也去县里陪着。

佟嘉禾住院期间，佟永顺和朱毛毛两口子悉心照顾，在县城看了半个月，佟大爷身体渐渐好转了。

一天，佟永顺来看佟大爷，说起佟永义，并说这段时间学生们闹得厉害，他担心佟永义跟着学生闹，想让佟嘉禾劝劝佟永义。

"永顺，我这一病倒是想通了很多事情，当年康有为、梁启超变法，六百举人联名上书，我以为只要朝廷采纳了就能改变国家，可后来发现变法根本一场空想……后来大清亡了，张勋复辟，民国那么多军阀走马灯一样，今天你来了，明天我来了，都说是为了老百姓。可事实是老百姓却越来越活不下去……"

佟嘉禾说到激动处，忍不住剧烈咳嗽起来。

"佟老，您慢点说，别急。"

朱洪烈赶紧劝慰。

佟嘉禾喘息了一会儿，慢慢平静下来，说："学生们天天闹的革命老朽看不懂，不过农协做的几件事却是大快人心，处决马坡大地主石崇佛，抗鸡子捐，包括这次游行要求严惩朱山原，我相信永义做的事情。"

"佟老，您说得对，学生们才是真心地热爱这个国家，想改变社会，诸位知道吗？当年的广州北伐军全都是由热血青年组成的，为了推翻帝制，一批批学生毫不犹豫地穿上戎装走上战场，浴血奋战，献出了生命……死了多少学生啊。”

朱洪烈说到这里，心情激动，不由得站起来在屋里来回踱步。他是老牌国民党人，亲自见证了无数奋不顾身献出生命的热血学生。

佟嘉禾休息了一会儿，接着说：“朱山原手上沾满了东山老百姓的鲜血，这个军阀余孽死有余辜。咳，老朽要不是年龄大了，真想去南京政府一趟，请求国民政府惩办朱贼。”

说到这里，老头顿时精神抖擞，山羊胡子也翘了起来，兴致勃勃。

“哎，老喽，力不从心喽。溥仪这个大清的罪人啊，老朽真是看错人了。”

佟永顺本来想让佟嘉禾帮忙劝说佟永义别跟着学生闹，没想到反而受了一场教育，对佟嘉禾思想的转变深为感慨。

这个顽固的保皇派在佟家经历了这些波折动荡后，终于在溥仪成立伪满洲国时醒悟了。

佟嘉禾大骂溥仪，再也不是从前那个张口闭口维护皇帝的人了。

老头子越说越激动，又大骂起溥仪来。朱洪烈怕他情绪过于激动出意外，给佟永顺递个眼色，两人悄悄退了出去。

佟永顺看着佟嘉禾这段时日性情变化了那么多，而且现在的佟嘉禾，身子骨明显没有之前那么硬朗了，他很害怕佟嘉禾会因为这些事情伤了身子。

还好自己身边有个出主意的岳父，不然遇上这情形，真不知道该如何是好了。

冬天的空气，呼吸起来都让人阵阵发冷，佟永顺把棉袄又夹紧了几分，“吱扭”一声推开佟嘉禾的房门，他让朱洪烈在前面先走，随后又把门口的厚门帘子挡好，摇了摇头：“这是什么世道啊，越来越没天理啊……唉。"

朱洪烈从自己的口袋里掏出那袋沾着油渍的老旱烟，眯着眼睛，把手揣起来捧着火柴，才把烟点着。老头什么也没有说，就在前面闷着头走着。

"爹，去我那屋坐坐不？"佟永顺往前面赶了几步，才算是跟上朱洪烈。

"毛毛咋样了？"朱洪烈往后面瞄了一眼，问佟永顺毛毛又有了身孕的事儿。

"天太冷了，这阵子没让她出门，家里伺候的人都说没多少日子就该生了。"

朱洪烈又吧嗒了几口旱烟，叹了口气："这孩子出生的不是好时候啊，不是什么享福的年间……"

佟永顺勉勉强强地挤出来一道褶子，家里添丁本该是好事，可是就像自己的岳父说的那样，这孩子怕是生下来就得跟着大人一起受这年间的苦啊。

"走吧，爹，过去瞅瞅。"

堂屋里，炉子里的火焰跳跃着，柴火在里面噼里啪啦地响，时不时有火星子蹿上来，可见为了让毛毛生产的时候不那么地遭罪，佟永顺让下人把家里安排得很妥帖。

佟永顺把干净的茶碗摆好，放在朱洪烈的面前，旁边炉子上的水壶，不一会儿就响了，茶叶被滚烫的水浇下去，在里面了翻滚了好几下。

"你说这日本人也是人，他们咋放着自己好好的日子不过，来咱们这搅和什么劲呢？一群鳖崽子。"佟永顺端起茶碗子，抿了口，一边嚼着自己嘴里的茶叶沫子，一边愤恨地说道。

朱洪烈还是吧嗒着嘴里的那支旱烟，眉头紧锁，一句话也不说。

就在这个时候，从外面跑进来一个传话的，一个瘦瘦的家丁，气喘吁吁地说道。

"上面来信说，学生们不闹了，王县长好像是把那个叫朱山原的关起来了，学生们也不闹了，大家都退了。"

这个时候朱毛毛听到消息，也慢悠悠地挺着大肚子，掀开屋里的帘子，走出来了。

“消息准吗？”

“准，这是刚打探来的信儿。”

佟永顺心里面还是很高兴的，听说这群学生不一块跟着闹腾了，也就是说佟永义没有什么危险了，他的心里松了一口气。

朱毛毛这当嫂子的，听了这信儿以后，心头也通畅了不少，于是扶着腰上前去给朱洪烈倒水。

“这下好了，爹，朱山原也算是罪有应得，看来这群学生闹了这段日子，还真是挺有用的，解了心头恨了。”佟永顺接过朱毛毛手里的茶壶，自己给自己又倒了一碗茶水。

过了好一会儿，朱洪烈才开口说话：“我看这事没咱们想象的那么简单，那王修祜，这次并不一定办了件让老百姓满意的事，这背后麻烦着呢。”

佟永顺脸上刚刚露出来的一点笑意，很快又退了下去：“爹，您是说这王修祜阳奉阴违了？”

“哼……说不准，这朱山原手腕可不是一般的粗，说不定就能被谁捞一把，想落个清白名声不容易，想活命，不难……”朱洪烈不再多说。

日子一天天地过去，今年的冬天好像变得更长了。大雪下起来，没有个头儿，常常是从天亮下到天黑。家家户户的门紧闭着，只有佟家，佟永顺常常驾着马车去城里看自己的点心铺。马蹄子在雪上踩出一道道长长的印子，使这个村庄看起来还有点热乎气。

这天，佟永顺坐着马车来到点心铺。这条街上平日里人最多，所以即使是这样的天气，出来买东西的人还是很多。

天蒙蒙亮，周边的几家店铺也支起来了招牌，佟永顺掸了掸门口厚门帘子上面的雪，刚要进门。

却感觉到有人从自己的身后拍了几下自己，佟永顺一回头，看到了戴着帽子的佟永义。

“你怎么来了？快进来。”佟永顺朝着四下张望了一圈，怕有人跟踪佟永义，于是赶紧让他进来。

“哥，你咋这么早就来点心铺开门了？家里都还好吧。”佟永义随手抓了几个点心饼子，一边吃着一边和佟永顺说着。

“一来是这时候生意不好做啊，一下雪路更难走了，不能耽误了开门做生意，二是你嫂子快要生了，早点开门早点打烊，回去伺候她。”佟永顺把里面隔着的一层门帘拉下来，小心翼翼地。

“前一段时间可让家里人担心坏你了，咱们家本来就招蜂，让那些人抓到了你的辫子，还不知道要怎么为难你……”

“你和家里人放心好了，我在外面干的都是正事，真把我抓起来了，我也不怕的，那朱山原本来就该严惩，不过现在还没执行死刑……”佟永义毫不避讳地说道。

“对了，哥，这次来找你，是想跟你通个信，日本人马上就要进攻华北了，离着越来越近了，不知道哪一天就会打过来，你告诉家里一声，都提前做个准备。”

佟永顺“哼”着答应了一声。听到外面有人说话，有人来买点心了，于是急着出去照顾生意，等他再回来的时候，发现佟永义已经走了。

傍晚。

佟家的烟囱里冒出一缕缕炊烟，家里伺候的几个下人，急急忙忙地挨个屋里奔走着。

“快点快点，已经见红了……”

一盆盆的热水已经被端进了里屋，朱毛毛在房间里来回踱步着。

“佟先生回来了没有啊？到哪里了？”一个佣人大声问道。

“快了快了，已经问过了，这个时间应该也差不多了。”

朱洪烈坐在堂屋里，又续了一袋烟，吧嗒吧嗒地抽着。

因为已经是第二次生产了，毛毛倒也看不出多紧张，更何况现在这个世道，女人们都没有那么娇贵。

眼看着天边的夕阳马上就要下山，佟永顺坐在马车上，带着从小县城里面带回来的吃食，正赶回家。

这个时候，只听见马车在雪地上紧紧地刹住了，佟永顺在车里被震了一下，头一下子撞在马车的木头上，佟永顺扶了一下旁边的扶手。

“佟先生，太太马上就要生了！我来给您报信了……”只见一个长工慌慌张张地在外面的马车前面挡住。

佟永顺听到外面的人报信，立马把马车上面的帘子掀开，探出头来。

“太太生了吗？男孩女孩？”佟永顺惊喜地问道。

“太太还没生呢，是快要生了，都怪小的没有把话说清楚，是朱先生让我来半路上给您报信的！”

佟永顺面色镇定了很多，因为上面已经有了一个男娃，而且佟家祖祖辈辈都是男娃比女娃要多，所以佟永顺心里还是更期盼这次毛毛生的是个女娃。

“还愣着干什么，还不快点赶路！”佟永顺对着前面的车夫大喊了一声，于是马车的轱辘转得比方才更快了些，在雪地上划出长长的印子，方才那个报信的长工在马车后面加快脚步跑着，满脸都写着佟家要有喜事了。

里屋，朱毛毛已经满头大汗了，手里的手巾已经被攥得湿透。

“太太，怎么样了？”朱毛毛旁边的用人把新的毛巾递给她，在旁边关切地问她。

朱毛毛看了看墙上的挂钟，不知道佟永顺什么时候回来，她好像忍不住了，全身一股撕裂感涌上来。

“快躺下吧，太太，别等先生了，东家已经在回来的路上了，孩子要紧啊……”一个村妇一边说着，一边把朱毛毛扶到床榻上，让她躺下来。

“水还不够，快！快去再打几盆热水来！”接生婆在旁边吩咐那几个服侍的用人。

朱洪烈在堂屋里，听到里屋自己的闺女迟迟没有动静，便觉得有些坐不住了，想要出去走动走动。

“朱先生，您不在这里继续等佟先生了？”站在堂屋的长工问道。

“出去走走，屋里太闷了。”只见朱洪烈把自己的烟斗子往桌子上随手一放，带上自己的棉帽，掀开帘子就往外面走。

就在这个时候，佟永顺的马车哐当哐当地进了院子，朱洪烈眉头才稍稍地舒展了些，毕竟佟永顺现在是家里的顶梁柱，他是朱毛毛的男人，毛毛是依赖他的。

“爹，毛毛生了吗？”佟永顺赶忙从马车上跳下来。

话音未落，只听见屋内一阵清脆的啼哭声，随后听见接生婆开始报喜的声音，“太太生了，太太生了！是个小少爷！”

佟永顺紧绷了一路的脸终于舒展开来了，还好自己回来得算是及时，他回头看着朱洪烈，一时高兴得不知道该说什么才好。

“还愣着干什么，还不赶紧去房里看你媳妇！”朱洪烈瞪了佟永顺一眼，看他那样子，怕是高兴得脑子转不动了。

“哎，爹，我这就去！”佟永顺喜上眉梢，高兴得不知道该说什么才好了。

刚进房门，堂屋的长工就也紧着给他报喜：“恭喜东家啊，佟家又多了个小少爷了。”

佟永顺点了点头，急匆匆地就往里屋进。

也许是他走的步子太急了，一不留神，就把桌子上面刚刚朱洪烈放的那个烟斗连同桌子上面的报纸一起蹭到了地上。

烟斗里的火星子还没有完全地熄灭，泛着点点的火光，掉在报纸上。很快，那一点点火光就给报纸烧出了一个大洞。

就在这个时候，朱洪烈推开厚重的门帘，从外面进来了，眼前的这一幕正被他看了个正着。

“快快快！那报纸都着起来了！”朱洪烈的嗓门突然提高了几个调。

旁边的长工转过身来，看到刚要起火苗的报纸，立马踩了上去，那点火苗还没有烧起来，就这样被长工几脚给踩灭了。

“朱先生，都是小的不好，没看到这烟斗掉了下来，是小的犯错了……”长工把烟斗捡起来，随手就要把那烧了一个大窟窿的报纸丢了。

“哎哎哎，去吧，我来。”朱洪烈对着那个家丁挥了挥手。

“这……”

朱洪烈又挥了挥手，对着家丁使了个眼色，示意他离开。

他走上前去捡起那份被烧了的报纸，看着那个被烧了的部分，正是报道日本兵进攻的事情，而且那个日本的国旗被烧得只剩下了一小部分，如果不仔细观察的话，其实是很难发现的。

本来表情严肃的朱洪烈，这下脸上又面露喜色。

“烧得好啊，烧得好！这是好事啊！”朱洪烈自言自语。

“朱先生，怎么……”刚刚那个长工在不远处看着他，一时没明白过来是怎么回事，一脸疑惑地问道。

“你来看，来来来，你过来……”朱洪烈对着家丁招了招手，示意他走近些过来看。

“你看，这烟斗掉下去的地方，烧得就是好啊，正是报道那些小日本的新闻，而且把他们的国旗也都烧了，这就是天意啊！”

刚刚还一脸紧张的家丁，脸上一下子看起来放松了不少，也愤慨地说道：“这些小日本，放着他娘的太平日子不过，来我们这里祸害百姓，烧得好！”

不一会儿，佟永顺从里屋里走了出来：“爹，看过了，孩子和毛毛都很平安，孩子六斤六两，毛毛给我讨了个吉利啊……”

虽然这已经不是佟永顺的第一个孩子，但是他的脸上还是露出了难以掩盖的兴奋。

朱洪烈不方便进去探望闺女，但是听到这个好消息，还是颌首微微点了点头。

“爹，你在这……”佟永顺也注意到了朱洪烈手里的那份被烧了一个窟窿的报纸，于是凑上前去看。

“你来看，永顺，这是刚刚掉在地上的烟斗，把这报纸烧出来一个窟窿，捡起来一看，烧得好啊，真是烧得好，我看这就是天意啊……”

佟永顺看着朱洪烈指着的位置，上面被烧掉的那一部分就是那块印着日本国旗的地方。

还没等佟永顺完全明白过来是怎么一回事，朱洪烈就笑着和佟永顺说道：“永顺啊，我看这次这个男娃，就叫‘破虏’怎么样？”

佟永顺没有接上话，坐在堂屋的桌子旁边，发现自己刚刚光顾着欢喜了，自己头上的帽子还没有摘下来，于是把帽子摘下来，掸了掸上面落的雪，放在一旁。

“永顺啊，你看，现在这个兵荒马乱的年代，这世道哪个老百姓的日子也不算好过啊，虏是什么，虏就是敌人，就是这些欺负咱们的小日本啊，给这男娃取名‘破虏’，早晚有一天，要把这些畜生给赶出去！”

佟永顺笑了笑，但是心里面一直在打鼓，因为永义参加学生游行这件事情，他都担心得不行了，家里就永义这么一个读书的，他生怕他在外面惹出什么事情来。现在自己的老丈人又要给自己这刚出生不大会儿的儿子取名叫“破虏”，他心里还是有点接受不了的。

“爹，这娃刚刚出生才没多大会儿，取名字的事情暂且还不着急吧，咱们要不要过几天再商量这事情？”佟永顺试探性地问道，他也想看看自己老丈人的态度。

“怎么？永顺，你觉得我这名字起得不好？”朱洪烈眼睛一挑，盯着佟永顺问道。

这一问，佟永顺就知道事情不妙，“爹，家里永义现在已经不少参与这些抗日有关的活动了，你看那些学生，个个都是炮筒子，哪个不是一点就着？这兵荒马乱的，我和毛毛合计着这娃若是个男娃，就叫祥安，是个女娃，就叫祥英。”

这会儿，朱洪烈的烟斗早就点上了，他听着佟永顺的这一番话，早就想说教他一番了：“永顺，你这话我就不爱听了，永义现在文化高，在外面为了抗日和那些学生一起宣传，那是爱国，这有什么好担心的？”

“爹……”

朱洪烈把自己手里的那个烟斗“啪”的一声，往桌子上一敲：“叫‘破虏’不好吗？今天这报纸一烧，这就是天意，天要让这孩子叫‘破虏’，将来这天下，就得靠这些孩子们，你到时候也是把老骨头，还能顶什么事？”

朱洪烈的声音越来越大，佟永顺本来想要再和他说道一番，但是看着自己的老丈人这说话的阵势，也不敢再说什么。

这个时候，从屋里传出来一阵微弱的女人说话的声音，“永顺……就叫他‘破虏’吧，听爹的。”

是毛毛的声音。

第九章

山雨欲来风满楼

佟永顺是知道自己的老丈人的脾气的，在自己儿子取名字这件事情上，看来他是认定了要让娃叫“破虏”的，而且毛毛也同意了，他便不再多说什么，依了朱洪烈。

大寒过去的第七天，温度渐渐回升，小营的家家户户，都把捂了一冬天的被子拿出来晾。

原先出门都亲热无比的邻里，尽管都开始出门活动，但是除了小辈见了长辈喊一声称呼，人们之间的话好像没有那么多。

随着渐渐逼近的炮响声，整个村庄的气氛也越来越压抑，没有人不是在胆战中度过每一个夜晚。

“永顺，你们家永义回来了吗？”村西头的先勇从地里回来，扛着锄头路过佟家，顺口问了句。

佟永顺摘下自己头上的帽子，在自己的膝盖上拍了拍灰尘：“没有，这孩子就认念书这条道，好些日子没回来了。”

“小日本鬼子越来越近喽，怕是这些学生的日子也不好过啊，还是劝劝永义回来吧，这年头保命多不容易啊。”先勇说最后一句话的时候，音调拉长了一阵，紧接着又深深地叹了口气。

佟永顺笑了笑，没有说话，心里想，佟永义要是惜命的孩子就好了，只不过这孩子犟，谁都劝不动。

朱毛毛已经快要出了月子，在那个炮火连天的年月，女人没有那么娇贵，小营的女人，即使是大户人家，也在生产完的一个星期以后，就可以下床走动干活了。

佟家的条件比一般家庭要好得多，佟永顺隔三岔五从县城里点心铺回来，就给朱毛毛称几斤猪肉，给她补身子，所以朱毛毛奶水很足，把佟破虏喂得白白胖胖。

有邻近的婶子、大娘偶尔串门，都夸奖佟破虏这大胖小子以后有好福气，佟永顺这当爹的听了也一脸的高兴。

晚上七点钟，太阳刚刚下山不久，整个小营家家户户的煤油灯就都灭了，几乎看不到一点光，偶尔有人家的妇女在屋里小声地骂男人，但也不敢大声。

因为大家都知道，日本鬼子离着这片土地越来越近了，说不定哪天晚上就会打到小营来。

“娘，我睡不着。”莫言翻了个身子，试图靠着朱毛毛再近一点。

“闭上眼儿，数你学堂里先生教给你的数儿，困了就睡着了。”朱毛毛轻轻地拍打着旁边的莫言。

佟永顺躺在炕上，一言不发。

破虏在朱毛毛怀里睡得香甜，这孩子好像很懂事，只要天一摸黑，躺在朱毛毛的怀里，很快就能睡着，偶尔半夜里醒了会蹬几下朱毛毛的肚子，朱毛毛就给他喂奶，然后又一觉可以睡到天亮。

“嘭！”……

静谧的夜里，一片火光升上天空，这样的巨响把整个小营的人都吓了一跳。紧接着，佟家的屋顶也跟着震落一小撮灰尘。

“娘……娘……”莫言吓得大声地哭喊，一个劲地往朱毛毛的怀里拱。

“别喊，言儿，别出声！”朱毛毛立马把他的嘴捂上。

“当家的，这小日本鬼子打到哪儿了？怎么听着越来越近了，我这心里慌啊……”

佟永顺叹了口气，“早晚会打过来的，不过是早一天、晚一天罢了，听这动静，应该是还隔着三四个村子，小日本的火炮威力大，动静响，不用怕，这两天还打不过来。”

听到佟永顺这样说，朱毛毛心里面多多少少踏实了一些，轻轻叹了一口气，也不再说话。这一夜，村子里没有一个人睡得安稳。

第二天一早，佟永顺早早起来了，在院子里溜达。

“爹，起来这么早。”他看到自己的老丈人朱洪烈拿着一沓报纸走过来。

“来，永顺，今天就别去点心铺了，爹有事跟你说。”

佟永顺也知道这形势越来越紧迫了，离着立春越来越近。但是大家似乎没有一个人盼着这春天到来，因为春天一来，小日本子打仗就更方便了。

“进屋来说吧，爹，外面冷得很。”佟永顺心里已经猜到了朱洪烈找自己要说什么事，肯定是说小日本子的事。

“永顺，昨晚那阵炮响，你听见了吧？这是我在村头领的报纸，上面说小日本已经打到彭家庄了，昨天夜里糟蹋了不少闺女，把彭家庄卖鱼的一家子全都杀完了。”

“狗日的！一群畜生！”佟永顺恨得咬牙切齿，直跺地。

朱毛毛听见外面的说话声，把破虏往炕里面放了放，从屋里走出来。

“爹，那些日本鬼子会打到咱们小营来吗？”

朱洪烈摇了摇头：“唉，我听有通信儿的说，咱们小营，不在那些日本兵的侵略计划里，咱这块儿对他们打仗利处不是很大，但是这种事情谁也说不准啊，唉……”

朱毛毛知道形势不好，也不再多问，把炉子上冒着白气的壶端下来，给朱洪烈和佟永顺倒上水。

“爹，喝点水暖暖身子吧。”

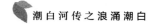

莫言从屋里炕上跳下来，看到外面天亮了，而且先生说了，今天不用去学堂，便忍不住想要窜出去玩。

“言儿，一大早往哪儿跑？”朱毛毛看到佟莫言鞋还没有穿好，就急匆匆地往外跑。

“去找顺子和生子玩儿！”

“别跑太远了，玩两个钟头赶紧回来！”朱毛毛撵不上这孩子的脚步，只能在后面叮嘱。

孩子总归是孩子，一早醒来，昨夜的那阵炮响，已经完完全全地忘在脑子后面了。

佟家的巷子里，顺子、生子还有莫言，三个孩子凑在一起。

“莫言，给你看个东西，这是我爹从外面弄回来的，说这膏药旗厉害着呢，我给你看一眼，你别给别人看！”顺子一边说着，一边从自己的棉袄里掏出来一面膏药旗。

“这就是膏药旗？我好像听我娘说，那些日本鬼子不是好人！”莫言猛地站起来，指着顺子的膏药旗说道。

“你小声点，我娘说这不能跟别人说，她让我好生把这宝贝藏在身上，日本鬼子来的时候可以保命呢！”

生子和莫言怔怔地看着顺子，好像真的像他说的一样，这东西真的就可以保命。

……

“膏药旗，膏药旗，膏药旗是保命旗，日本儿见了躲二里……”

就在这个时候，巷子东边，跑过去几个孩子，手里面好像都拿着一面膏药旗，嘴里面还在不约而同地喊着口号。

“莫言、生子，你俩玩吧，我也跟他们去喊了，我们都有保命旗。”顺子的话刚刚说完，一溜烟就跑去了巷子东边。

莫言见这情形，也飞快地跑回了家。

一进门，就把嘴噘得老高，在朱毛毛旁边哼唧。

“娘……顺子不跟我玩……”

朱毛毛忙着给破虏喂奶，没在意莫言的话，把一块玉米饼子塞给他。

“我不要！顺子不跟我玩……”随后，莫言把朱毛毛递给他的玉米饼子扔到了地上，跺着脚哭了起来。

“小兔崽子！你娘给你的饼子，就这么糟蹋了扔在地上？捡起来！”佟永顺指着莫言，训斥道。

朱毛毛这才反应过来，于是放下怀里的破虏，去哄他：“行了行了，娘没听见刚刚你说的话，你把饼子捡起来，跟娘说说到底是怎么一回事？”

佟莫言这才抽抽搭搭地把地上的饼子捡起来，重新放回桌子上，“顺子他们都有膏药旗，村里那些孩子也有，他们不跟我和生子玩……”

朱毛毛听到佟莫言说“膏药旗”，吓得赶紧把里屋的门帘子拉上。

“我的祖宗，你可别乱说，什么膏药旗？”朱毛毛问他。

佟永顺也愣了一下，站在那里看着他。

“顺子说是他爹从外面买回来的，他还说小日本都怕看见这个，不过……嗯……顺子他娘不让顺子到处说。”莫言一五一十地和朱毛毛还有佟永顺学舌。

佟永顺听了有些好奇，这膏药旗真的像孩子说的一样吗？他也说不清楚。

“掌柜的……掌柜的……”

隔着窗户就能听到外面的长工在喊佟永顺。

他回过神来：“别让孩子出去乱跑了，学堂不开门，就在家里好生待着。”

佟永顺匆忙地嘱咐了毛毛几句，见外面有人要找他，便出去了。

“什么事？这风风火火的……”

“掌柜的，咱新进的点心，在邻县被那些日本兵给拦了，说让交过路费，唉……您看……”长工一边说着一边叹气。

“这帮狗娘养的，明明那是咱们自己的路，他们过来占了不说，还要来收我们的钱，这是人干的事吗！”佟永顺骂骂咧咧。

“掌柜的，现在不是骂那些小日本的时候啊，咱们的点心……那过路费到底是交还是不交啊……”

佟永顺迟疑了一会儿：“他娘的！交！”

当下中国的大部分土地，慢慢地被这些日本兵占领了，像佟永顺这样的小本生意只能在夹缝中生存，他清楚，要是不交那过路费的话，恐怕那一车的点心，就全打水漂了。

家丁走后，佟永顺甩了甩袖子，用力朝着地面上吐了口唾沫，朝着屋里走去。他吐的那口唾沫，很快就结了冰。

“当家的，怎么回事？刚才不还好好的，怎么一下子就拉起脸来了？”朱毛毛看他神色有点不对劲，于是上前去问他。

“别提了，刚进的一批点心，在路上他娘的被那些小日本给扣了，非要过路费，唉……”

“那……那交还是不交啊？”朱毛毛皱着眉头。妇道人家，她没有太多的主见，再加上生意上的事情，只能听佟永顺的。

“交啊……算了，我去趟县里盘盘货。”

“那当家的……你小心点！”佟朱氏两只手攥拳，看着佟永顺那着急的样子，自己一点忙也帮不上，不由得为他担心。

一路上，佟永顺这趟马车坐得没那么安稳，时不时掀开外面的帘子，往外看，但是这一路上，除了在郭庄桥那里看到几发崩烂的子弹壳子，其他的什么也没有看见。

终于到了点心铺，佟永顺一下车，就看到了刚刚自己家的被日本兵拦下来的那一车货，已经在后院里等着自己了。

“佟掌柜的，您可算来了……”平日里帮佟永顺进货的庄老车夫，一把把佟永顺拉过来说话。

“庄老爷子，辛苦你了，那些日本兵没有为难你吧？”佟永顺客气地问他。

“唉……可别提了，佟掌柜的，我正想找你说这件事呢，以后啊，我这老身子骨也不中用了，拉货啊，也不打算给人拉了，咱们结了这次工钱，就散伙吧。”

庄老头本就干皱的脸上，说这话的时候，又挤出几分无奈。

“庄老爷子，您是我们家点心铺的老车夫了啊，这这这……我换谁也不能换您啊……”

“佟掌柜的，你为人好，这我庄老头是最清楚的，但是这世道，活着就很不容易了，别提做生意了，我这次运这趟货，差点小命就没了，你没看见那些小日本鬼子，是多没人性哪……”庄老头一边说着，一边摇着头叹气。

“来福，去柜台把庄老爷子的钱结了吧，还是老规矩，给足庄老爷子的辛苦盘缠。”

佟永顺也不能再多说什么，庄老头是自己家里的老车夫了，从前没开点心铺的时候，就在佟家忙前忙后，现如今他非要散伙，那自己也只能尽到礼数。

“多谢佟掌柜的，不过我这老头子还是要提醒你一句啊，以后运货可能越来越难办了。小日本鬼子已经占了平县的大桥，来来往往的商户都得从那里给那帮畜生交钱啊……唉，那会儿有个死活不交钱的，我是眼睁睁地看着那帮畜生，把那车夫的腿给砍断了两截啊！”

佟永顺听到这话，心里咯噔了一下子，他早就知道这日本的畜生杀人不眨眼，但是没想到办起事情来，会这么狠毒。

看着庄老爷子离开的身影，佟永顺开始担心起来，接下来自己这生意该怎么做。

半个钟头后，佟永顺坐在点心铺里。眼前的这条街，他是亲眼看着来往的人一天比一天少，好像大家都知道日本人马上要打过来了，便都躲在家里很少出门。

“来看看喽！膏药旗……膏药旗……保命旗……”

一阵吆喝声从佟永顺面前传来，他看见那裤子上缝着好几个补丁的后生，提着个筐子在街上叫卖。

“来来来……你过来。”佟永顺对着他招了招手。

“你不是那个卖烧饼的？”佟永顺打量着他问道。

“唉……掌柜的，现在哪还有人出来买我的烧饼了啊，倒不如这膏药旗好卖。掌柜的，您买几幅吗？这膏药旗，日本鬼子看了就像那八国联军看了十字架一样，都得磕头下跪呢。买几幅吧，放在家里保平安。”

佟永顺想起今天在家里，莫言当着自己和毛毛的面，说的那一番话。

这日本鬼子的膏药旗能不能真的保命他不知道，但是很多人愿意买，佟永顺就权当它可以保命。

“给我来五幅吧，去我柜台上让他们给你算账。”佟永顺利落地说道。

只是这膏药旗，或许自己那大爷佟嘉禾看见了会甩脸子，佟永顺便把那几幅膏药旗小心翼翼地叠起来，放进布袋里。

傍晚，天刚刚开始黑，店里也没有什么生意，佟永顺便早早地让人备好马车，准备早些回家了。

快走到郭庄桥的时候，佟永顺又听到了不远处一阵炮响。因为郭庄挨着邻县很近，他知道日本鬼子又在那边不知道和哪一路打起来了，便催促了几声赶车的快点走。

马车刚快走了没几步，猛地刹车，把佟永顺的半个身子都差点晃了出去。

“掌……掌柜的……”

紧接着，佟永顺听到了车夫说话的声音似乎都有些颤抖了。

佟永顺掀开车帘子，往外一看，马车前面的这一幕，让佟永顺也咯噔了一下子。

只见那马车前面，隔着不到五步的地方，趴着一些鲜血淋漓的人，那人还在抽动着身子。

“这、这……这是……快下去看看。”佟永顺吩咐车夫下去看看。

快要天黑的时候，在路上碰上这样的事情，是谁都会吓坏了。车夫战战兢兢地走上前去，皱了一下眉头。

“有全？你……你……这是咋了……”车夫一下子就认了出来，这是自己同庄的另一个车夫，是在老钱家布庄里拉货的。

佟永顺见这情形，也赶紧从马车上跳下来，一看那个血淋淋的人，真的是自己庄里西边住的有全。

“佟掌柜的……救救我……我快不行了。”

“快快快，赶紧把他弄上来，放进里面去，别让人看见。”

紧接着，车夫和佟永顺两个人费了好大的力气，一起把他架到了车上。但是明显可以看出来，有全的下半身有一条腿彻底没了，整个裤管都沾满了血，根本没法看。

“有全，你这是……”

“佟……佟掌柜的……您大恩大德啊……可千万，千万别跟小日本鬼子明着作对了，我这条腿……就是被他们砍成这样……这样的。”他声音颤抖着，眼睛一会儿张开一会儿闭上，看起来非常虚弱了。

佟永顺一下子想起来今天在点心铺，庄老头子和自己说的那番话，又看了看眼前的有全，不自觉地打了个冷战。

“快别作声了，休息一会儿吧。”佟永顺对着有全说道。

佟永顺坐在马车靠前的位置，一路上都在琢磨着，这小日本鬼子真是心狠手辣，因为几个臭钱，把人活生生折磨成这个鬼样子。

马车在一个柴火垛旁边停下来，柴火垛西边是一个整整齐齐的篱笆院，这就是有全家了，佟永顺从马车上利落地跳下来，让车夫在车上等着。

“有全家的，在家吗？”佟永顺走到宅子门口，拍了拍门。

“哎，来了来了……”随后，一个穿着暗绿色破棉袄的妇人，从屋里走出来，她的身后还跟着一个长得黝黑干瘦的小男孩。

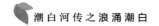

“佟……佟掌柜，您怎么来了？有全不在家，你有什么事吗？”

“娘……”有全家的儿子缩在她身后，看上去有点怯生。

“有全家的，你们家有全，现在就在我马车里，今天从郭庄回来的时候，看到你家有全躺在那里，小日本鬼子干的好事……”

还没等佟永顺把话说完，有全家媳妇就急匆匆地跑到马车旁边，掀开了布帘子。

有全家媳妇不敢相信自己的眼睛，马车里血淋淋的那个男人，竟然是自己家的有全。

佟永顺见有全媳妇打了个趔趄，于是在后面扶了她一下。

“有全……有全……你这是怎么了啊……有全……”

有全媳妇“哇”的一声哭了出来，佟永顺见这情形，赶紧把她扯到一边。

“有全媳妇，不能哭啊……你们家有全是让小日本鬼子那些畜生祸害的，算是死里逃生，万一那些没良心的东西查到这里来，你这一哭，有全兄弟就危险了啊！”

“不能哭……对，不能哭……”有全媳妇一哭，本来烧饭脸上就有土灰，这下满脸泥巴巴的。

她努力克制着自己，看到自己的男人一下子变成这个样子了，家里的顶梁柱相当于塌了半截，她哆哆嗦嗦地又一次靠近马车。

“来，搭把手，把有全从车上架到屋里去。”佟永顺吩咐自己家的车夫。

本就奄奄一息的有全，再加上颠簸了一路，人早就昏昏沉沉的了，一直闭着眼睛，表情看上去极其痛苦。

几个人费了几把力气，总算是把有全抬到了炕上，那小男孩畏畏缩缩地藏在有全媳妇的后面，甚至都不敢认炕上那个血淋淋的男人是自己的爹。

“有全媳妇，这样，你先给有全兄弟擦洗擦洗，晚点我让郎中送点药来，插好门吧，别让生人进来。”佟永顺叮嘱了几句。

有全媳妇擦了擦挂在脸上的眼泪儿，点点头。

“谢谢佟掌柜的，您大恩大德，等有全好了我们全家登门叩谢佟掌柜的。”

“一个庄的，应该的，别送了，我走了。”

车夫早已经在外面等着佟永顺了，这一路上他的心里可是一直闹腾，久久不能平静下来。

因为在有全家耽误了一点时间，到家的时候天已经完全黑下来了，毛毛在门口张望。

“当家的，今天点心铺的事多吗？怎么这么晚才回来，可叫我担心死你了。”毛毛跟在佟永顺的身后说道。

进了屋，佟永顺一屁股坐在堂屋的椅子上，气喘吁吁的。

毛毛赶紧给他倒水：“咋了当家的？碰上什么事了？”

“唉！这群狗日的，小日本鬼子把有全的腿给砍断了，整整砍了两截，血淋淋的，人命都快没了。”佟永顺说罢，把桌子上的茶水端起来，咕咚咕咚全部灌了下去。

“啥？你说的是咱们这村西头那个有全？给人家拉车的那个？”毛毛诧异地问道。

佟永顺点了点头。

“听说是因为小日本鬼子卡住了他拉的货，主家说什么也不给过路费，他一个拉车的又没钱，腿活生生地被小日本鬼子砍断了两截，要不是我今天从郭庄路过看到他躺在那，他命都没了。”

“那你刚才是去有全家了？小命还能保得住吧？”毛毛皱着眉头问道。

佟永顺掸了掸自己胳膊肘上的土，又喝了口茶水：“保得住，我让郎中去送药了，不大碍事，只不过怕是以后残疾了。”

“唉，有全家媳妇不是好命，我听说她娘家人都死光了，得了什么传染病，一家人就剩下她了，现在男人又成了残废……”朱毛毛在一边唉声叹气，直叹有全家媳妇的命不好。

“那俩小的睡着了吗？”佟永顺朝着屋里望了望，见没有什么动静。

“大的、小的都睡下了，不让出门，孩子们玩腻了，早早吃了饭都一溜烟地上炕了。我去给你热点饭。”

朱毛毛说罢，就往厨房里跑。

“孩他娘，你回来，等下我有话跟你说。”佟永顺对着她招了招手。

“还有啥事？”

“你把门插上，我给你看个东西。”

朱毛毛见佟永顺神神秘秘的，不知道他要干啥。

“这是我今天在点心铺外面买的膏药旗，不知道真假，但是大家伙儿都买了，就当给家里人保个平安吧。”佟永顺把自己贴身放着的膏药旗拿出来给毛毛看。

“哎呀！你知道咱大爷看见这个肯定要跟你发脾气了，还有咱爹……”

“你好生放着就是了，给孩子们贴身装起来，小日本鬼子说不定哪天就来了，万一有用呢？”

朱毛毛拗不过他，半信半疑地听了佟永顺的话，夜里趁着孩子们睡熟了，贴身给他们装进衣服口袋里。

第二天一早，莫言跟着几个孩子一起去学堂里念书，在路上碰到了佟嘉禾。

佟莫言隔着老远就喊爷爷，佟嘉禾和这孩子亲得很，便一把把他抱在怀里。

“言儿，这是要去跟先生识字吗？”

“爷爷，我娘说了，让我好好跟着先生识字，那样才能和永义叔一样，将来做个有文化的人。”

“你娘说得对，快去吧，回来跟爷爷说说学的啥。”佟嘉禾把他从自己身上放下来。

这个时候，佟莫言的衣服往上面一纵，从他的衣服里掉出来一个布兜子，佟嘉禾从地上捡起来。

慢慢地把布兜子展开，佟嘉禾才看出来那是幅膏药旗。

“言儿，这是谁给你的？”

佟莫言从来没看到爷爷那么生气的样子，吓得他一愣：“我不知道，爷爷……”

佟莫言扭头就和那几个小伙伴一起跑了。

佟嘉禾已经猜出来了，这事情十有八九是佟永顺干的，于是阴着脸，朝着佟永顺的宅子走去。

“大爷，您一大早咋来了？吃饭了吗？”毛毛看到佟嘉禾，上去说话。

“你把佟永顺这个王八犊子给我叫出来，我有话问问他。”

朱毛毛一看佟嘉禾这架势，指定是佟永顺怎么惹到他了，作为晚辈她不敢多问，只好对着里屋喊了声，让佟永顺出来。

佟永顺刚从里屋出来，正要开口叫大爷，佟嘉禾一个大嘴巴子就抡了上去。

“小王八犊子当起卖国贼来了，狗东西忘了自己是佟家人了？你大爷还没闭眼呢，反了天了！”佟嘉禾对着佟永顺上去又是一脚，吓得佟永顺到处躲。

“大爷，大爷，你先别打，我犯啥错了？”

“你说你犯啥错了？这是什么东西？你还想在佟家好好待着吗？反了天了！”佟嘉禾气喘吁吁。

“把家里剩下的这脏东西，全给我烧了，我眼里见不得这种脏东西！没出息！”

佟永顺不知道怎么这么快就让佟嘉禾发现了，赶紧让毛毛进屋把剩下的拿出来，当着佟嘉禾的面，把剩下的膏药旗一把火全烧了。

佟嘉禾手往后面一背，骂了几声没出息的种，气哄哄地走了。

佟嘉禾的脾气，佟永顺是知道的，佟嘉禾发脾气的时候，他一句话也不敢多说。

看着佟嘉禾走远了，佟永顺才吭声：“那东西我不是叫你藏得好好的，怎么会被他发现的？”

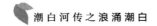

“我也不知道，昨天夜里明明给俩娃藏得好好的，兴许是言儿这孩子露馅的！”朱毛毛猜测到。

“办事没有利索的时候！唉！”佟永顺一甩袖子，气哄哄地走进里屋。

朱毛毛怔怔地站在原地，不知道该说什么才好，她随后也跟着进到里屋，只见佟永顺把抽屉里剩下的膏药旗拿出来，叠了又叠。

“这些……还要吗？”朱毛毛问道。

“要！你藏好了不就行了吗？别再让你爹和咱大爷看到了，万一到时候小日本子来了，这可是能保命的东西。”佟永顺仍旧认为这小小的膏药旗，关键的时候是可以救命的。

东山县城，王修祜家。

“美英，听话，收拾收拾东西，今晚就走，赶紧收拾！”王修祜对自己的太太说道。

“怎么突然就这么急啊，我还没回娘家跟我爹娘说一声呢，这么急着去哪里啊？”王修祜的太太坐在床上，掸了掸旗袍上的一点灰尘，看上去很不高兴。

“日本人已经到了东山县城了，马上就会把我叫去和他们合作，日本人做事你是了解的，心狠手辣，你不能留在这里了，今晚必须走。”王修祜一边说着，一边小心翼翼地把门关好，怕有人已经暗中盯着自己家的宅子了。

“你要是真的和日本人合作了，老百姓都会来戳你的脊梁骨的，修祜！”

“事到如今了我有什么办法呢？我有办法我早就跑了，我是党支部委员，又做过县长，他们一定会找我了解情况的！”

此时王修祜由于朱山原案，被上峰指责为首鼠两端，被罢免了县长职务，只保留了国民党东山县党支部委员。

王修祜的太太不再说话，不情愿地收拾着东西。

其实王修祜打心里也是厌恶日本人的，不只是厌恶，更多的是对这种势力的惧怕。

傍晚，一辆马车从王修祜府邸的后门驶出去，王修祜见自己的太太已经离开，此时此刻他也接到了上面的通知，让他立刻去日本人的指挥部见藤野先生。

他内心是忐忑的，这群日本人，找他的目的已经很明确了，就是让自己给他们提供便利，提供整个东山县的信息。

县城日本兵驻地，周围戒备森严，被通报过以后，王修祜点头哈腰地朝着里面走进去。

“藤野先生，您找我。”王修祜微微颔首低头，表示对日本藤野先生的尊敬。

“久仰啊，王先生，快请坐。”

只见那留着一绺胡子的藤野先生伸出手要和王修祜握手，王修祜赶忙又站起身来，和藤野握手。

“早就听闻王先生管理东山县有方，今日一见王先生，果然看上去是能力非凡之人。”

“藤野先生过奖了，我王某人已经不是县长了，跟藤野先生比起来，自愧不如。”王修祜在藤野的面前，战战兢兢，生怕说错什么话惹藤野不高兴。

“尽管王先生已经不是东山的县长了，但是我认为王先生如果和我们大日本帝国合作的话，无须担心自己的仕途。为我们大日本帝国效劳的子民，我们都不会亏待了他。”

王修祜心里还是犹豫。他原本计划的是，等自己的太太转移到了安全的地方，自己想办法拒绝藤野，然后离开东山，没想到藤野和自己合作的意愿那么强烈，这让他有点为难。

“藤野先生，可以给我几天的时间好好考虑一下吗？鄙人还没有做好准备，如果现在唐突为大日本帝国效劳的话，王某可能不能完全胜任。”

王修祜把话说得小心翼翼，生怕藤野听了会不高兴。

只见那藤野端起面前的茶水，抿了一口又轻轻地放下，他笑着说道，

“王先生，我觉得做决定不要太果断，但是也不要太犹豫，我可以帮你加速来做这个决定。”

只见藤野拍了拍手，命令自己的助手过来。

“王先生，我们藤野大佐给您安排了一份大礼，相信您看完了就会决定到底要不要和我们合作的，来，请！”那个穿着黑色西装的助理，伸出胳膊给王修祐让出一条路。

王修祐没有搞清楚藤野这究竟是在搞什么名堂，但是知道这背后一定没有什么好事。

助理把面前的那个推拉门推开的一瞬间，王修祐愣住了，想要奋不顾身地冲上去。

“美英！美英！”

他看到自己的太太，被用绳子捆绑在那里，缩在角落里，嘴巴也被用毛巾堵住了。

助理拦了王修祐一把。

“王先生，你放心，我们不会把你和你的太太怎样的，只是换个方式，帮你快速做一个决定，你觉得怎么样啊？”藤野笑着对他说道。

纵是王修祐心里现在有千般的恨意，自己的太太在日本人的手里，他也是一点办法都没有。

“我答应你，但是请你立马放了我的太太。”

王修祐微微地合了一下眼睛，除了和日本人合作，他现在没有别的退路可以走了。

“王先生好痛快，我们马上就会把王太太放了，而且还会额外地给你一笔资金作为你为我们大日本帝国效劳的报酬。”

半个小时过后，王修祐带着自己的太太从日本人的指挥部走出来。这个时候在不远处的菜市里，已经有很多人开始议论纷纷了。

王修祐只好安排车辆送自己和太太回家。

佟永顺坐在点心铺里，把新到的点心一个一个地摆好，放在显眼的位置。

忽然街上一阵骚乱，紧接着对面的摊铺一个个地都迅速把门面拉下来，挂上了打烊的牌子。

“王掌柜的，这是怎么了？”佟永顺朝着对面喊了一声。

“快点把门面关好吧，佟掌柜的，日本兵一会儿就要上街了，据说要让卖布的换成日本布，卖手工的换成他们日本泥人，快点躲一躲吧！”

佟永顺听完之后愣了几秒钟，随后也吩咐店里干活的，把门面赶紧关好，挂出打烊的牌子。

“掌柜的，我们要躲到什么时候啊？这小日本鬼子来了，那岂不是我们经常就得躲起来了？这不是耽误买卖吗？”

“有什么办法呢？之前告诉我等日本鬼子来了，只要拿出膏药旗，就没有什么好怕的，看看现在街上的这些人，哪个人看见小日本，不是闻风丧胆的？”佟永顺直叹气。

“掌柜的，现在外面的人都在传，咱们东山原来的县长，王修祜，已经和日本人结为一伙儿了，好像在为日本人办事了，不知道真的假的？”

“呸！这没良心的，身上流着咱们中国人的血，却吃着汉奸的饭，早晚得报应！”

一时间，整个县里都知道了，王修祜做了日本人的走狗。

一直等到傍晚的时候，听到外面没有什么动静了，街上的人也没什么了，佟永顺才让车夫准备好车，从店铺的后院拉出去，天黑才到了家。

佟家的烟囱上，冒出缕缕炊烟，朱毛毛早已经准备好了饭食，在家里一边哄着两个孩子，一边等佟永顺回来。

“当家的，你可算是回来了，今天怎么样？”朱毛毛起身帮着佟永顺把厚重的外衣换下来，顺手拿了一件暖和的棉坎肩递给他。

“别提了，日本鬼子进了东山了，今天从当街上过，让把货都换成日本货，咱的点心铺关了一下午，一直到天黑我才敢回来。”

“这可咋整啊？咱卖咱的货，关他娘的日本人什么事了！畜生！”

“还能怎么办？那老县长王修祜现在都他娘的做了日本人的走狗了，这世道，难说啊……”

佟永顺一边说着，一边朝着盆架走了过去，拿起挂在上面的毛巾，在水盆里面过了一边水，随后擦了擦脸。

朱毛毛知道这段日子佟永顺为了点心铺操了不少心，她也只能做好家里的工作，不给他添乱。

正当佟永顺一家人坐在饭桌上吃饭的时候，门帘子突然被掀开了，灌进来一股凉风。

“二叔！”莫言瞪大了眼睛，一眼就认出来了是佟永义。

“永义，你咋回来了？”佟永顺把手中的筷子放下，诧异地看着风尘仆仆的佟永义。

“饿死我了，哥，嫂子，我先吃口饭，边吃边跟你们说。”佟永义把自己身上的布包摘下来，把帽子放在旁边的凳子上。

“娃他娘，快点去给永义弄几个馍来，再拿双筷子。”

佟永义总算歇了口气，挨着小莫言坐下来。

“哥，王修祜当汉奸了，你知道了吧？”

“在点心铺听说了一点，这狗日的，没想到日本鬼子一来，就给人家做了走狗了。”

“我这次回来就是和这件事有关，学校里因为这件事闹翻天了，我作为代表，和另外几个同学明天就去联名上书给县长写书信去，早晚把王修祜开除党籍！”佟永义义愤填膺地说道。

“那你今天是咋回来的？”

佟永义接过朱毛毛端来的水，咕咚咕咚一饮而下，然后用棉袄袖子抹了抹嘴。

“别提了，我们这些人商量好了，为了确保保密性，所以要格外小心，怕走漏了风声，书信不能顺利送到县长的手里。我这次是从城里回来的，回来看看你们，明天再回去。”

“永义啊，不是哥说你，这都好几次了，你不知道咱家里人有多担心你。咱佟家除了咱大爷现在就你文化高，这么多年了也就出了你一个好苗子，你可千万别出什么意外啊！”

朱毛毛在旁边扯了一下佟永顺的衣裳：“当家的，说什么呢？咱永义兄弟有知识，自然懂得那些，你还是少说几句吧！”朱毛毛怕佟永义听了不高兴，到时候背地里该生佟永顺的气了，于是赶紧劝道。

“永义，别跟你哥一般见识啊，你哥没文化，就怕你这个兄弟不安全，嫂子也不懂。你自己当心啊。”

佟永义笑了笑：“哥，嫂子，你们就放心吧，我们这些学生如果不做出点表率的话，敢说话的人恐怕就没有了，我会当心的。”

次日，东山县城。

“卖报啦！卖报啦！王修祜归顺日本人啦！”卖报的年轻人在街上叫卖着，时不时会有几位穿着斯文的先生、掌柜从他手里买一份报纸。

街头的、走街串巷卖东西的小贩在那里议论纷纷。

“真没想到啊，这王修祜，才刚刚归顺日本鬼子没两天，已经彻彻底底开始为那日本鬼子说话了……”

“这叫什么？汉奸，卖国贼，呵呵，替日本鬼子说好话，现在还想来糊弄我们，让我们也归顺日本鬼子，没门儿！”

在街头拐弯的地方，怕别人认出自己，佟永义把帽檐儿往下按了按，他只是想来街上听听，听听大家看了那新闻究竟是什么样的反应。

果然，老百姓的反应是骗不了人的，对王修祜这样的卖国贼，只能是人人痛恨。

王修祜办公室里，他跷着二郎腿，把腿搭在旁边的矮凳上，拿起一支雪茄，在那里吞云吐雾。

虽然自从归顺了日本人以后，自己说话办事需要小心谨慎，但是这日本人还是言而有信的，最起码给自己的条件和酬劳优渥，又保证了自己和太太的安全，这一点王修祜还是非常满意的。

在王修祜看来，外面的那些人都不够聪明，尤其是自己岳父家的那些人，因为自己投奔了日本人，现在都不肯让他和太太进门了。

“咚咚咚”，几声敲门声。

“进来。”

王修祜的助理从外面走进来，把办公室的门又谨慎地关好。

“怎么样？”

“报纸的反应好像……好像不是很好。”助理低下头，怕他听了会不高兴。

“就知道是这样的，那些人啊，顽固愚蠢，不懂得变通，早晚得把自己的命搭进去，懒得说。”王修祜挥了挥手，继续享受着自己手里面的那支雪茄。

“夏松生什么反应？怎么没听到他的动静？”王修祜又多问了一句。夏松生是他的上级，是国民党东山县党支部的主任，代理县长。夏松生是东山杨各庄人，北大毕业，又是一等一的乡绅，老牌国民党员，他担心受到上级的处罚。

“目前他那边好像还不太清楚，应该是还没有得到什么消息吧。”

“好了，你下去吧。”

与此同时，党支部主任夏松生已经暗地里收到了一些学生送上来的书信，就是关于联名请求他开除王修祜党籍的书信，夏松生还没有来得及动手，只是因为他还没有拿到王修祜归顺日本人的具体证据。

这个时候，夏松生的手下急急忙忙地冲到他的办公室门口。

“夏县长，夏县长，证据，证据找到了！”

夏松生眉头一皱，放下手里的笔，示意手下把办公室的门关好。

“夏县长，这王修祜简直就是不打自招，自己找上门来了，今天在日报上刊登了夸赞日本人的言论，夸赞东北在日本人的管理下如何如何的好，这是报纸，给您看。”

夏松生接过手下手里的报纸，仔细浏览了一遍。

“这王修祜简直是疯了，真是不配做我们的党员，你等一下，我这就向上级报告，把开除党籍的通知下达下去。”

显然，仅仅凭借着学生们的愤慨和激烈是没有办法收拾王修祜的，这次他自己显露马脚，才是真正的自断后路。

很快，王修祜被开除党籍的事情，在整个县政府里面就已经传得沸沸扬扬了，包括王修祜本人也已经得到了通知。

王修祜的府里，太太在屋里急得团团转。

“我早就跟你说过，不要轻易归顺那些日本人，现在好了，我娘家也回不去，满大街的人都在骂你，我现在都没有脸上街！”王修祜的太太哭哭啼啼，不停地抱怨着。

“我的姑奶奶，你是不是真的算不明白，我这样做是为了谁啊？要不是当时你被那藤野给绑了，我能轻易归顺日本人？我能有什么办法啊？”

他知道自己的太太一定会这样说的，但是自己的太太自己向来是捧在心尖上的，所以只能说几句好听的哄她开心。

“你看，现在我们换了新的府邸，藤野先生又给我们换了新的汽车，还给了我们那么多的银元，另外还送给你那么多的珠宝，这不也是一件好事吗？你管他外面的人怎么说我们，那是他们自己得不到，眼馋罢了，事到如今，我们也没有别的退路可以走了，只能往前看，对不对？”

“你都被开除党籍了，外面的人哪一个不是在说你坏话啊，还好什么好啊！全乱套了！”

“好了好了，我的姑奶奶，别不开心了，你想吃什么点心，就跟我说，我派人去给你买，只要你开开心心的，比什么都好，好了好了，别哭了。”

看着太太的情绪慢慢稳定下来，他深深舒了一口气，太太这边总算是哄好了，但是王修祜想起夏松生给开除党籍的事情，他心里还是不爽。

尽管自己已经明确地投奔了日本人，至于党籍什么的，已经没那么重要了。但是在这种紧要关头上，这个夏松生刚刚上任就给了自己一个下马威，王修祜心里忍不下这口气。

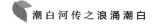

“收摊了，快点收一收了，我们的皇军马上就来了！”一个穿着日本兵服装的汉奸在街上大声地叫嚷道。

这些汉奸一边说着，一边推搡着旁边摆摊的百姓。

“狗汉奸！”一个摊位上的菜农小声嘟囔着。

“你说什么？你刚才说的话再说一遍，我看你是不想活了吧？”

菜农的话被旁边的汉奸听得清清楚楚，于是过来一把把他的菜篮子给推倒了。

“太君，这菜农不知好歹……不要生气……”汉奸在旁边嬉皮笑脸地和那个日本武士反复解释着，手里还比画着别人看不懂的手势。

“八嘎……”

只见那个日本武士，一脚朝着菜农的胸口踹了过去。

菜农的身板，和那雄壮的日本武士比起来差多了，于是一脚就被踹出去很远，直接躺在了地上。

“还不快点儿滚，在街上占了皇军的路，挨踹就是活该，还不快点儿滚！狗命不想要了，是吧？”

菜农慌慌张张地去收拾篮子里剩下的那些菜，正往车子上装的时候，那日本武士又来了一脚，一下子把车子给踹倒了，菜农刚刚收拾的菜撒了一地。

此时此刻，在角落里暗中注视着的人忍不住了，他拳头紧握，额头上的青筋暴起。

“柱子！现在不能冲上去，你没看到他们后面的大部队吗？忍一会儿，等人少了再动手！”站在他身后的另一位健壮的男子说道。

“这群狗日的！欺负老百姓算什么能耐，真想上去让他们尝尝老子的拳头到底是什么滋味儿的！”

他的拳头最后还是落在了旁边的墙壁上，震落出一阵土灰。

“走，上去帮他把菜捡起来，再去对付那些日本人。”

只见一个男子，冲上前去，二话不说就帮那个菜农捡菜，三下五除二，菜农的菜就被他装进了筐子里。

“谢谢……谢谢……你是？”菜农这才抬起头来，正打算好好跟那男子道谢，那男子却把自己的头一转，挥了挥手，转身离开了。

“柱子，咱们快走两步，不然就让那些龟孙子跑了，这个机会正好可以好好地教训他们一番，看他们以后还敢不敢这么狂了？”

两位戴着帽子的男子紧紧跟在那几个日本武士的后面，看到前面是一座小桥，附近的日本军队也分散开了，至少这边没有什么其他人。

两个人眼色一对，分开朝着两个方向行动，趁着前边的两个日本武士不注意，他们把后面的那个给一下子勒晕了。

爬上桥的最后一个台阶，这时候，前面的那个日本武士发现了自己的身后有些异样，看到两个男子冲着自己跑过来，于是喊了一声日本语。

至于那日本武士喊的是什么，他们两个人也不是很清楚。这日本武士虽然看起来强壮无比，但是在他们两个人手中根本就是手无缚鸡之力。

桥上面的两个日本武士，很快就被他们打得鼻青脸肿，倒在了地上，等他们再慢慢爬起来，去找那两个人的时候，却已经毫无踪影了。

不远处的巷子里，两个男子喜上眉梢。

“这次可算是给他们长长记性吧，总不能每次都让他们平白无故地欺负老百姓，看他们下次还敢不敢了。”

“就是，我还以为他们有多厉害，不过虚张声势罢了，还不是被我们揍得爬不起来？”

……

很快，两个日本武士被揍了的事就传开了。日本人当下在东山县城里正是猖狂的时候，自己的武士挨了揍，他们的长官肯定不会善罢甘休，已经在全县勒令通缉那两个逃跑的男人。

通缉的告示已经贴在了城墙和各个出入口的位置，进进出出的中国人都能看到那墙上的告示，但是却没有人为了日本人的几十块大洋去出卖自己的同胞。

一天的时间过去了，这件事情仍然没有一点音讯，日本长官直接去县政府找了夏松生。

“藤野大佐，什么事情让您亲自来了？”夏松生客气地说道。

虽然夏松生痛恨日本人，但是如今日本兵占领了大半个东山，为了表面上可以缓和过去，夏松生也是睁一只眼闭一只眼。

“夏县长，你们县里有两个人，公然挑衅我们的日本武士，酿出了大祸，不知道您听没听说此事？”

夏松生其实在前一天就已经听说了，一方面暗自称赞那两位勇士，另一方面也料到了藤野会来找自己。

“夏县长，我们大日本帝国的子民，向来是与人为善的，更何况我们早就听说中国是礼仪之邦，那更不应该这么欢迎我们吧？所以夏县长请协助我们，把公然作乱的人给找出来。”

半个小时过后，藤野心满意足地从夏松生的办公室里走出来。

夏松生在这种情形下只能答应下发逮捕令，协助日本人通缉那两个袭击日本武士的中国人。

佟家。

朱洪烈坐在佟家的外屋里，正和佟嘉禾议论这件事情。

“想不到现在还有这样的志士，东山县城里已经被那群日本鬼子占了，他们还能在那么多敌人的情况下，给他们长长教训，一看就不是一般人。”

佟嘉禾努努嘴：“哼，我看啊，说不定是共产党干的，正好收拾收拾他们，现在能有这胆量的，也只有共产党能干得出来了。”

离着佟家不到二里的一座大宅子，是曹家的宅子，曹德宗坐在大堂里悠闲自在地喝着茶，一个家丁跑上来。

“曹老爷，您吩咐的事情已经查到了，夏县长现在也正忙着办这件事，听说有人看到那藤野大佐从县政府出来了，肯定也为这件事。”

“还打听到了什么没有？”

“回老爷的话，就打听到这些，看来藤野大佐非常重视这件事。”

曹德宗捋了捋胡子，这件事情来得正是时候，他早就看佟家不顺眼了，这正是一次报复的好机会。

“先别走，我问问你，佟家你觉得谁最重要？”

家丁低着头，脑子里面迅速地琢磨着：“老爷，小的不知道猜得对不对，佟家最重要的人应该是佟永顺吧？毕竟县城里的点心铺，都是他一个人在打点。”

曹德宗笑了笑：“你说的不对，佟家最重要的人，要我说应该是佟永义，那可是佟家唯一一个读书的苗子，那可是佟家的宝贝。”

“果然还是曹老爷高明，那老爷您的意思是，接下来我们就朝着佟永义动手了？”

“不然还要等什么？你现在就进城去，想办法给藤野大佐报信儿，就说这件事情是佟永义干的，说他是共产党那边的人，一口咬定，我就不信他还能变出什么花样来。”

“好嘞！老爷，一定把事情给您办妥了。”

“等一下，去账房里拿五块大洋，作为打点这些事情的盘缠，剩下的拿回家去给你爹娘买点吃的。”

家丁听了曹德宗的话，心里面非常高兴。

当天下午，藤野大佐听说后当即发了很大的脾气，当即命令人赶紧去抓佟永义。

只是没有人知道佟永义现在究竟在哪里。这个时候，藤野旁边的翻译官给出了一个主意。

“大佐，据我所知，佟永义还有一个亲哥哥，叫佟永顺，在县城里面经营着一家点心铺，要是抓到佟永顺的话，作为亲兄弟，他自然也会露面吧？”

第十章

覆巢焉有一完卵

“哦？佟永义还有一个亲哥哥？我看这个主意不错，可以实行。”藤野抿了一口茶。

藤野非常清楚上面把自己派下来的任务，是攻占东山县城这片土地，并不是像自己所说的造福当地百姓，那不过是个幌子罢了。

可是在这个任务上最大的难题就是共产党，但凡是与共产党有关的，藤野都不想放过。

“那就赶紧派人去，把佟永顺给我抓起来。”藤野命令道。

佟家的点心铺里，佟永顺正在细心地盘点货物。刚来的这批货，日本人又加重了过路费，照这样下去的话，点心铺的盈利问题越来越大了。

“掌柜的，日本鬼子又在街上乱窜了，咱们要不要早点打烊？”

“自从出了那两个勇士的事情，这日本鬼子就跟疯狗一样，见了谁都咬，唉……”

就在这个时候，一队日本兵在佟永顺的点心铺前面停住了。

“你们的，谁是佟永顺的干活？”

日本兵个个都扛着自己的枪，操着不怎么流利的中国话，在佟永顺的点心铺前面，打量着佟永顺和点心铺的伙计。

佟永顺皱了一下眉头，这日本鬼子怎么会点名道姓地来找自己？他正琢磨着，和旁边的店伙计对视了一下。

店伙计立马客气地对着日本兵笑脸相迎："太君，您找我们佟掌柜的有什么事情吗？他现在不在。"

"说，佟永顺的，在哪里？"那几个日本兵没有善罢甘休的意思。

"这样，太君游街站岗都累了吧，不如尝尝我们点心铺新进的点心，来，太君尝尝……"店伙计赶忙拿了一块点心递给其中一个日本兵头目。

"八嘎……交出佟永顺的干活……"只见那个日本兵一下子用力把店伙计递到嘴边的点心给打了出去，并且拔出自己的刺刀对着那个店伙计。

佟永顺见事情不妙，这几个日本兵明显就是冲着自己来的，如果自己不露面的话，他们今天很有可能把这店铺给砸了。

"我，我就是你们要找的佟永顺。"佟永顺往前走了一步。

"掌柜的……"店伙计见这架势，很是担心佟永顺的安全，不知道这日本鬼子抽的什么风，非要带走佟掌柜的。

"没事，回去你跟孩他娘传个话。"佟永顺回头给店伙计递了个话。

只见那些日本兵立刻把佟永顺包围了起来，把他夹在中间，就这样把人带走了。

街上的邻家店铺看了都不约而同地把头扭过去，继而开始议论纷纷这件事，谁都不知道这佟掌柜的到底犯了什么事情，惹上了日本人。

佟永顺就这样被日本人带到了司令部，被五花大绑关到了一个空空荡荡的房间里。

"咚！咚！咚！"……

"进。"

"大佐，您要的人，佟永顺，已经派人给绑来了，现在就关在旁边的屋子里。"藤野的助手低着头和他汇报着。

"哦？这么快就绑来了？我去会会这个共党的哥哥。"

藤野推开关着佟永顺的房间，一进门就看到佟永顺身上用绳子结结实实地绑着。

“这是谁给佟先生绑的？”藤野指着佟永顺，表情中浮现出一丝愠怒。

“回大佐的话，这是……我的手下把他绑起来的。”

“八嘎！”藤野一边说着，一记响亮的耳光就落在了那助手的脸上。

“我让你们把佟先生请来，谁让你们用这种方式了？混蛋！”

佟永顺这才微微地抬起头来，然后自己身上的绳子就这样被解开了。

“佟先生，今天我的手下办事不力，实在是委屈佟先生了。要知道我们大日本帝国的子民是最注重礼仪的，而且前几年我在中国学习过传统文化，知道中国也是礼仪之邦，所以今天的事情，还请佟先生见谅。”

佟永顺瞥了一眼藤野：“藤野先生今天有什么事就直说吧，不必绕弯子了。”

“我就欣赏佟先生这直来直去的性格，我们接到别人的实名举报，说是佟先生的弟弟佟永义袭击了我们的武士，想必这件事情佟先生清楚吧？”

佟永顺心里非常清楚，先不说永义是个读书人，不会做出如此粗鲁的事情，也不会冒这么大的风险，再说自己的亲弟弟，他的小身板自己是再了解不过的，过于单薄，根本没有可能袭击日本武士。

“藤野先生怎么就敢确定这件事是我兄弟干的？”

“我们接到了举报，关于袭击我们日本武士这件事，任何一个有嫌疑的人，我们都要细细地排查，之前派人去打探佟永义的消息了，只可惜啊，迟迟没有下落，我想把佟先生找来，令弟也许会更好找一些吧。”

佟永顺这才听出这些日本鬼子的心思，原来是想要拿自己当靶子，把佟永义引诱出来，这他娘的真是畜生干的事！佟永顺在心里狠狠地咒骂着。

天黑了，朱毛毛在家附近的山坡上望，按以往这个时候，佟永顺的马车早应该回来了，但是今天迟迟不见动静，她有点着急了。

“少奶奶！出事了！”一个家丁从佟家宅子里跑出来，对着前面坡上的朱毛毛大声地喊。

朱毛毛听到动静赶紧往回跑。

“少奶奶，快回去吧，报信的在咱家里，说是今天掌柜的在点心铺里面被几个日本兵给带走了，到现在还没放回来。”

“啥？报信的呢？”

“在院子里等着您呢，少奶奶，快！”

刚刚下过的雪还没有完全融化，朱毛毛一步一步踉踉跄跄，拼了命似的往回跑。

“少奶奶，您回来了，掌柜的今天被日本兵带走了，我怕日本兵有埋伏，没敢驾马车回来，一路从县城跑回来的。掌柜的被带走的时候让我给您报个信，后来我听县里的人传好像是因为永义少爷的事情，日本人抓的是永义少爷，掌柜的应该不会有什么事情。”

朱毛毛两条腿一软，坐在了地上。

“少奶奶，您可要保重身子啊，当下最重要的事情就是咱们得想办法尽快把掌柜的给救出来……”几个家丁赶忙把朱毛毛扶起来。

她一个妇道人家，哪里有什么办法，坐在外屋里发愣。

“娘……娘……爹到底怎么了？怎么还不回来？”莫言靠在朱毛毛的怀里，一个劲地要找佟永顺，朱毛毛的眼泪扑簌簌地掉下来。

一个钟头过去了，天完全黑了下来，朱毛毛还是一点主意也没有，就在这个时候，一个戴着黑色帽子的人风风火火地进了屋子。

“永义？你怎么回来了？”朱毛毛一看是佟永义回来了，赶紧站起来，去把屋门关好。

“现在他们正在到处抓你呢，你咋还往回跑？”朱毛毛心急火燎地问道。

“嫂子，你别着急，我哥现在就在日本兵的司令部了，他们要抓的人是我，我自己去就好了，到了那里他们就会把我哥放了的。”

“你这是说的什么话呢？那些畜生说话算话不算话还不好说，到时候你哥没救出来，把你也搭进去了，咱们佟家还怎么办啊？”

“现在那些日本鬼子还没掌握咱们东山的所有权力，这个时候他们要想顾全大局，不会言而无信的，而且我已经联系好同学了，有媒体给报道这件事，他们不敢胡来。”

“二叔，你要去救我爹吗？”小莫言一下子扑进佟永义的怀里，仰起头来看着他。

“言儿，在家乖乖听你娘的话，很快就能见到你爹了。”佟永义摸了摸小莫言的头。

在日本人的司令部里，佟永顺没有受到什么威胁，只是被关在里面，和外面彻彻底底断了联系。

目前他最担心的就是佟永义，依照自己对永义脾气的了解，他知道了自己被日本人抓到司令部来了，肯定会脑子一热冲过来找自己。

透过窗户，能够看到外面站岗的日本鬼子，站得密密麻麻的，想要从这个地方逃出去，几乎是不可能了。

佟永顺只好坐下来，使劲对着水泥地吐了口唾沫：“他娘的，畜生！”

另一边，佟永义虽然答应着嫂子，等明天天一亮，看看有没有什么别的解决问题的办法，但实际上，他心里跟明镜似的，这群日本鬼子心狠手辣，什么事情都能做得出来，他一分钟都不得拖延，必须早点行动救出自己的亲哥。

小营镇里，家家户户的灯基本上都已经灭了，每天这个时间，朱毛毛应该也把两个娃哄睡着了。佟永义背上了一个浅蓝色的包袱，轻手轻脚地走出了家门。

自家门前的这条路，这片土坡，他不知道踩过了多少遍，往先走的时候，干脆利落，唯独这次，摸着黑，佟永义回头看了一眼。

他并没有直接奔着县城而去，而是朝着相反的方向，现如今只有这条路值得一试了。佟永义沿着小路一路小跑。夜里的温度很低，凉气只管往他的鼻子里冒，看着这蜿蜒的山路自己已经走了一半了，佟永义又加紧了脚步。

他唯一能够想到可以救自己和哥哥的人，就是褚静之。之前和自己在一起共事的革命分子，就是拜的褚静之为师，在他那里学习形意拳的。褚静之的老师是白鹿棠，在武术上可谓名门大家，这次佟永义就打算去赌一把。

眼看着天慢慢亮了，半山腰上的户家传来鸡叫，佟永义盘算着，再不出一个小时，就能到了。

习武之人往往早起，借着早上的灵气，据说练功的效果会更好。佟永义沿着山路蜿蜒而上，远远地就看到在一处庭院里，有几个穿着练功服的年轻人在扎马步。

佟永义刚刚爬上来，就看到褚静之端着一盆米水，远远地泼出去。

“褚先生……褚先生……”

褚静之定神一看，不远处背着一个蓝色包袱的年轻人喊自己，凑近了一看，那年轻的后生竟然是佟永义。

“永义……你……这是……”褚静之对于佟永义上山突然出现在自己的面前，颇感意外。

“师父，一大清早的打扰了，我这次是迫不得已有事相求，不知道师父……我们方不方便进去说？”

“快快请进……失礼了。”

佟永义把自己的包袱往桌子旁边一放，接过褚静之递过来的茶水，快饮了两口，深深地舒了一口气。

“师父，实不相瞒，这次我贸然上山来，是有事相求的。”

“永义，太客气了，上次学生起义之事，我和师父都对你们钦佩有加，若是你们遇到了什么难处，尽管开口，我褚某若能帮得上的，一定全力相助。”

佟永义知道自己这次来找对人了，心里总算是安生了一点。

“师父，是这样的，可能你不曾下山，对外面的光景有所不知，现在日本人占领了县城，飞扬跋扈。前几天有两位不知名的勇士，把几个日本武士给教训了一顿，被日本人通缉了，但是勇士没有找到，不知道是谁把我给举报了，日本人找不到我的下落，于是把我哥给抓去了……”

“这些畜生！自打来到咱们中国以后，就没让老百姓过上一天的安生日子！”褚静之这样平日里喜怒不形于色的人，也痛恨日本人到咬牙切齿。

“我打算去日本人的指挥部一趟，来之前已经找好了县城的几家报社，我断定倘若我去了司令部，那些日本人也拿我没有法子，倘若他们非要把这罪名扣在我的头上，东洋人好斗，十有八九要与我比武……”

褚静之听明白了他的意思：“我听明白了，既然你这样的学生都敢如此英勇去直面这些日本人，我褚某也不会做缩头乌龟，到时候一定会全力相助的。”

佟永义没想到他这么快就答应自己了，这比他想象的要顺利。

“多谢师父，今日师父的救命之恩，永义铭记心间，他日定当报答。”佟永义站起身来，在褚静之面前深深地鞠了一躬。

“永义不必客气，大敌当前，我们每一个中国人都应该尽自己的一份力，只是……此行危险，还望自己多加小心。”

佟永义谢过了褚静之，背着包袱赶紧下了山。

褚静之见他转身离去，于是也打算回到屋里。就在这个时候，已经调养好的师父白鹿棠不紧不慢地从另一间屋子里走了出来。

“静之，刚刚那人是……佟永义？”

“师父，正是，他这次上山来是求我帮他下山和日本人比武的，师父您看？”

既然师父白鹿棠已经知道了这件事情，褚静之也想听听师父的看法。

“果然没有看错人，这佟永义是条汉子。去！对付日本人，你肯定要去，这次不仅你要去，我也要和你一同去。”

褚静之没有想到师父会给自己这样的答案。他已经是八十岁的老人了，而且是当下重要的掌门人，手下还有那么多的弟子，褚静之面露担心。

“师父，这样的小事就不用您亲自出马了吧，那些日本人身子骨没那么硬朗，而且咱们的武术流传了那么多年了，一般的拳法都打不过我们，更别说东洋鬼子了。”

“我自有定夺，这件事情就按照我说的去办，让人去收拾我的东西吧。”

白鹿棠没有再多说什么，转身就进了屋子。

佟家。

朱毛毛一大早就已经把饭给忙好了，佟永顺不在家里，她是睡不踏实的。

“永义，永义，来这边一起吃饭吧……”朱毛毛一边说着，一边敲了敲佟永义的屋门。

这个时候，正好有家丁从旁边路过，朱毛毛便把他叫住，让他去敲门。敲了好几遍，屋内一点动静也没有。朱毛毛便示意家丁让他把门推开，却发现屋内整整齐齐，佟永义早已经不见了踪影。

朱毛毛大概心里有数，这孩子是怕自己担心，拿定了主意要去救佟永顺，提早离开了。

“爹，你来得正好，正说让永义来这边吃早饭，一大清早的就没人了，十有八九是去救永顺了。”

朱洪烈吊着烟袋，朝着屋里看了一圈，又合上门出来。“永义这孩子，是念过书的，有文化，不会做没谱的事情，就算是要去救永义，也一定会有法子的。”

“就怕那小日本鬼子说话不算话啊，到时候永顺人没救出来，老佟家再搭进去一个永义，言儿和破虏两个娃还这么小，让我们可怎么过啊……”朱毛毛一边说着，眼眶立马就红了起来。

“行了，俩娃还在看着呢，到现在事情还没个准，谁也不能提早说丧气话，回去候着吧。”朱洪烈又吐了口烟。

等佟永义走回城里的时候，天已经完全亮了。

前面就是日本鬼子的司令部了，佟永义停了一下，看着前面那些密密麻麻站岗的日本鬼子，他握紧了拳头。

“停住！什么人的干活？”一个日本兵拦住了佟永义。

“找你们藤野大佐。”佟永义冷冷地说道。

“呦西……什么人敢找藤野大佐？”日本鬼子将佟永义从头到脚打量了一遍。

“佟永义。”

只见他话音刚落，这群日本鬼子以最快的速度把身上的枪支举起来，枪口直直地对着佟永义。

“快！快去报告长官！”

日本鬼子这反应真是让佟永义哭笑不得，自己身上什么家伙什都没带，这群日本鬼子竟然如此兴师动众。

不一会儿，就有一个看起来像是头目的日本兵从屋里面走了出来，径直地走到佟永义面前。

只见他轻轻地挥了挥手，那几个围着佟永义的日本兵就散开了。

“你就是佟永义？”

大概是佟永义看起来身板过于单薄，恐怕就连日本人自己也不敢相信去偷袭日本武士的人，竟然是面前这个看起来干干巴巴的年轻人。

“藤野在哪里？你们要抓的人是我，现在总可以把我哥放了吧？”

“少废话，先带进去！”

佟永义就这样被日本人推推搡搡，也被关进了那间房子里。

“永义？你怎么来了？”看到佟永义被关了进来，佟永顺眉头紧锁。

“哥，他们这些畜生没把你怎么样吧？”

“没，在没抓到你之前，他们不敢把我怎么样，唉，你怎么进来了啊，这些狗日的要抓的就是你，这回岂不是上了他们的当了！”

佟永义没有说话，他心里面早就有自己的盘算了。

“你嫂子和孩子们怎么样？”

“放心吧，哥！嫂子和孩子们都很好，就是有点担心你，你放心好了，这次我来了，他们就会把你放出去了。”

佟永顺直跺脚，眼看着佟永义也跟着一起关进来了，还不如自己在这里。

在他们哥俩说话的时候，几个日本兵冲着佟永义走了过来。

“你的，带走！”

还没明白过来是怎么回事，几个日本兵就要架着佟永义出去。

听说有个叫佟永义的，来自投罗网了，藤野非常高兴，当即就要见他。

佟永义临出去之前，从手里塞给佟永顺一张条子，并且对着他使了个眼色。

“你……叫佟永义？”藤野把眼睛眯缝成一条缝，指着佟永义问道。

佟永义没有理会他，把头扭到了一边。

“你的，对我们大日本帝国皇军，不敬的干活……”藤野盯着佟永义。

这个时候的佟永义，早已经被旁边的几个日本兵左右架着，两只胳膊都动弹不得。

“呸！你们来我们的地盘上搅和得鸡犬不宁，我要找记者，揭发你们的行径和嘴脸！”

“八嘎！”藤野的助理刚要伸出手去打佟永义的耳光，却被藤野拦了下来。

“你……你刚才说，要找记者揭发我们？”

佟永义没有回应他，他心里清清楚楚，既然自己是奔着这日本鬼子的司令部来的，就已经做好了赴死的准备，自然不胆怯。

藤野捋着自己的小胡子，随后坐在自己的位置上。

“这样吧，佟先生，你留下来，我们可以放了你的哥哥，但是有一个条件，你要考虑一下。”

“什么条件？”

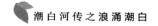

藤野不紧不慢地喝了口茶，往后撩了一下自己的和服：“你只要答应和我们的日本武士比武，不管输赢，我都放了你。”

佟永义心中窃喜，果然是和自己猜的一模一样，藤野正中了自己的下怀。

“可以，我答应你，先把我哥放了。”

藤野对着助手比了个手势，随后那走狗便下去办事了。

佟永顺一头雾水地被放了出来，尽管现在自己已经安全了，但是他的心却是一直提着的，毕竟永义现在还在那日本人的手里。

他踉踉跄跄地拐到了一个街角。这是一条没有人的小巷子，佟永顺颤颤巍巍地把手里的纸条打开。

“明日告知褚静之先生来司令部附近。”

佟永顺看完以后把纸条撕得粉碎，见周围没有人，便胡乱地把纸条塞到了一块砖窟窿里。

不远处就是自己的点心铺了，佟永顺于是加快了步子。

“掌柜的，掌柜的，您回来了！”店伙计看到佟永顺平安无恙地回来了，眼睛里都闪着光。

“快给我弄点水……”佟永顺回头看了看没有什么人在后面跟着自己，大口大口地喘着粗气，穿过铺面去了后院。

“掌柜的，那群混账东西没把您怎么样吧？”

佟永顺挥了挥手：“我是没有大碍，永义为了救我，愣是把自己给搭进去了，现在还在那群龟孙子的司令部里呢。”

在后院的石磨上面歇了好一会儿，佟永顺才定下神来。

“洋子，来……”

佟永顺在店伙计的耳朵旁边小声嘀咕着，安排他去送信。

洋子是打小就跟在佟永顺身边干活的，手脚麻利，人也憨厚老实，把这件事情交给他去办，佟永顺那是再放心不过了。

洋子走后，佟永顺回到摊位前面，眼前的沿街铺面已经关了不少，往日街上人挤人的场景，怕是以后很难见到了。佟永顺觉得这生意做得没趣儿，于是这天早早关了铺面，让车夫赶着车送自己回家去了。

隔着老远，家里的家丁就看到了自家的马车，只不过坐在车夫后面的人已经不是今天早晨的店伙计，而是佟永顺。

“少奶奶，少奶奶，掌柜的回来了！掌柜的回来了！”

朱毛毛听到家丁这么一吆喝，从炕上一轱辘坐起来，放下怀里的破虏，赶紧往外跑。

“当家的……当家的……”

佟永顺一下车，朱毛毛就赶紧跑了过去，眼泪儿就翻着跟头似的往下落。

“当家的，我瞅瞅，好好的吧？那群畜生没把你怎么样吧？”朱毛毛从头到脚拉着佟永顺转了个圈，仔仔细细地看着。

“在院子里哭哭啼啼的，让人看了笑话，日本鬼子没把我咋样，行了，快进屋吧。”不管怎么说，自己是一根毫毛不少地回来了，还能看见婆娘和娃，佟永顺心里是高兴的。

“当家的，永义怎么样了？今儿一早这孩子没吱一声就走了，早晨饭也没吃，会不会……出什么意外？”

朱毛毛话音刚落，屋门“吱扭”一声被朱洪烈推开了，佟永顺赶紧起身喊了声爹。

“回来了？”朱洪烈嘴里叼着那袋老旱烟，看了看佟永顺，毫发未损，也是在他的意料之中。

“回来了，爹，不用牵挂着了。”

还没等佟永顺开口说佟永义的事情，朱洪烈就接着问了句：“永义呢？被日本人弄走了吧？”

佟永顺心里咯噔一下子，点了点头：“临出来的时候，永义给我塞了个条子，让我通知那会武术的褚先生，已经派人去了。”

毕竟姜还是老的辣，佟永顺把这话说给朱洪烈听的时候，他心里就已经猜到了佟永义这孩子接下来要干什么了。

很快，日本人要和佟永义比武的事在县城里已经贴了布告，从城门口进进出出的人都在围看，不仅仅是街上的人在议论，而且报纸上也抢了个新鲜，把这事登了出去。

比武的时间确定在第二天的下午。

佟永顺知道此事以后，带着朱毛毛和自己的老丈人，一同赶来了县城，在日本鬼子的司令部门口，远远地就能看到他们搭的台子。

台子的周围，已经围了很多人，大伙都在议论纷纷，嘴里咒骂着这日本鬼子成天祸害中国人。

在这熙熙攘攘的人群中，褚静之和白鹿棠安静地等着，不言不语。

同样在这人堆里，躲在远处看着的，还有那天那两个暴打日本武士的两个青年人，他们听说了日本人抓了一个青年，要在这里比武。

紧接着，佟永义被日本人捆绑着，从后面押了上来。佟永义本来就瘦瘦的，被关了两天没怎么吃饭，人看上去越发瘦弱。

“永义……”朱毛毛看着自家兄弟被日本折磨成这个样子，下意识地喊出了声音，眼眶也红红的，佟永顺赶紧捂住了她的嘴巴。

台子下面摆了几张藤椅，藤野不紧不慢地从后面也走了出来，翻译官紧跟在他的身后，点头哈腰，台下嘟嘟囔囔的叫骂声没有停过。

站在佟永义对面的是几个健壮的日本武士，即使在这么冷的天气里，他们还是把军服脱了下来，光溜溜的腱子肉露在外面，引来一阵唏嘘声。

“他娘的，这几个日本兵，根本就不是那天被我们揍的那几个，这日本龟孙也太毒了吧？”那个年轻人一边说着，一边握紧了自己的拳头。

旁边的人用胳膊挡了他一下，示意他先不要轻举妄动。

“安静一下……我们的告示已经贴出去两天了，今天就让这位佟永义先生，和我们的日本武士一决高下，现在比武开始！”

翻译官的话刚刚说完，台子下面又是一阵议论纷纷。

“这简直明摆着就是欺负我们中国人，这么瘦的后生，一看就是斯斯文文的，哪里能打得过那日本人啊？”

“是啊……这不是秃子头上的虱子——明摆着的事儿吗？”

佟永义心里面清楚，自己要想把这件事情办妥了，就必须得挨这一拳，他咬着牙盯着面前的那个日本兵。

“啊……”佟永义直接顶着头皮朝着那个日本兵冲了上去，随后，日本武士的一拳，重重地将他打倒在地。

佟永义嘴角上挂着血，台下面是自己的亲人和朋友，是中国人，他不能犹豫，于是很快从地上爬了起来。

“且慢……”

这个时候，一个举着老式相机的记者，从人群里站了起来。

藤野是注重形象的人，而且他一直想要做到的就是统治中国的百姓，从精神上进一步地控制，见一个记者有话要说，便吩咐旁边的翻译官停下来。

“藤野先生，我可以问您个问题吗？”

“呦西……中国的……记者，当然可以。”

“至于台上的佟先生，想必百姓们也能看得出来，是比不过你们的日本武士的，这或许看起来有些不公平，我个人觉得或许只有让中国的勇士和你们的日本武士比，才有意义，您觉得呢？”

记者的这一番话，让台下那些不敢说话的老百姓似乎也有了底气：“是！应该让我们中国的勇士和你们比才对！”

藤野微微笑了笑：“呦西……我们大日本帝国的武士，在世界上也是当之无愧的勇士，他们的精神就像是太阳一样，光芒万丈，照耀着东方的大地。”

就在不远处的那个年轻人想要往前迈出一步的时候，这时候人群里发出了一个声音：“说得好，那老夫和你们比试比试。”

白鹿棠穿着白色的练功服，不紧不慢地从人群中走过去，原本刚才还议论纷纷的人群一下子安静了下来。

“这应该是个高人吧？这么大年纪了，不容易。”

“是啊……真欺负人啊！这日本人……”

藤野一看这年近古稀的老人都上来了，看起来是胜券在握，根本就没把白鹿棠放在眼里。

“那好，那就把佟永义的……放了……让他来和我们的武士一决高下。”

佟永义这才算是安安全全地被放了下来，佟永顺和朱毛毛赶紧扶着他，在旁边的一块石头上坐下来休息。佟永义怎么也没有想到，原本褚静之能来帮自己这个忙，他已经非常高兴了，令他更没有想到的是，今天来给自己帮忙的，是褚静之的师父——白鹿棠。

要知道白家的形意拳等一系列的功夫，那可都是白鹿棠一点一点传给弟子们的，上山和白鹿棠拜师学艺的弟子，个个出类拔萃，单看褚静之就知道了，更不用说白鹿棠这种祖师爷级别的人物了。

只见那日本武士在台上瞄准白鹿棠，一个拳头打了过去，白鹿棠灵敏地一闪，那日本武士扑了个空。台下围观的百姓这才察觉到这位年近古稀的老人，身手并不一般。

日本武士按照他们的拳法一次次朝着白鹿棠进攻，白鹿棠一次次地闪躲，却没有向他发出攻击，这位老人看起来气定神闲，脸上没有一丝的慌张，只是在默默地和这日本武士左右周旋。

渐渐地，那日本武士看起来有点分身乏术了，呼吸和步子都变得沉重了不少，白鹿棠趁其不注意，从胯间一脚踢到了那日本武士的胸脯，“砰”的一声，只见那日本武士重重地摔到了地上。

藤野见这情形，有点愠怒，自己健壮的日本武士竟然被一个老头子摔倒在了台上，脸上有些挂不住，于是在助理的耳边小声说了几句。

紧接着，那助理在下面对着台上叽里呱啦地讲了几句日语，台上的日本武士迅速从地下爬了起来，恶狠狠地注视着白鹿棠。

白鹿棠打的拳法，这群日本人当然参悟不透。只见白鹿棠像一阵风一样，狠狠地打在那个日本武士的颈部。那个日本武士又一次重重地倒在了台上，他的嘴里还咕哝咕哝地发出低吟，脸上的表情极为痛苦。

“废物！”那助理在旁边吐了口唾沫。

台下响起了一阵热烈的掌声。藤野大怒，朝着旁边的助理上去就甩了一个响亮的巴掌，然后头也不回地朝着办公室走去。

白鹿棠不紧不慢地从台上下来，褚静之赶紧上去搀扶着自己的师父。白鹿棠像今天这样在众人面前施展自己的功夫，是一件非常难得的事情，即使在山上练功的时候，也已经很长时间没有见到师父施展拳脚了。

围观的人群渐渐散去，佟永顺赶紧上前去和白鹿棠老先生道谢。

“今天多亏了白先生出手相救了，我们佟家对白先生的大恩大德无以回报，白先生请移步我的小店一坐吧。”

佟永义被人搀扶着跟着哥哥、嫂嫂一同回到了点心铺。他早就算好了，有记者在那里，即使日本武士被打败了，他们也不敢耍什么花招。

“褚先生、白先生，今天多亏了你们了，我佟某若有机会，定会报答。”佟永义捂着自己的胸口说道。

“日本人来到咱们的土地上作恶多端，贡献出我们的一份力量是应该的，不必客气，不过……佟先生伤得不轻吧，要好好休息才是。”白鹿棠老先生面带笑意说道。

尽管这件事情暂时告一段落了，但是佟永义心里清楚，日本鬼子不会这样轻易地善罢甘休的，尤其是今天比武的时候让他们丢尽了脸面，以后佟家就更得小心翼翼地过日子了。

回到家后，朱毛毛把汤药端到佟永义的屋里，佟永顺也在场。

“永义，不是嫂子多话，我琢磨着是不是哪里得罪别人了，不然平白无故的，这日本人怎么会找到我们的头上？”

佟永义摇了摇头，究竟自己为什么会被日本人盯上，他自己也不明白。

“行了，让他歇歇吧，今天小鬼子打的那一拳头，不轻……”佟永顺在旁边拽了一下朱毛毛。

“永义啊，我看这段时间你就在家里好好地养伤吧，学校那边我会给你把假请好的，唉……今天多亏了白先生和褚先生了。”

“哥，我不能在家里躺太长时间，这日本鬼子只会越来越变本加厉。我看，这只是个开始，老百姓们真正难的日子，还都在后面呢。”

“你现在这个样子，出去了能干什么！要我说，你们这些学生啊，就是嘴上厉害，写写那报纸，讲几句文言文，就真的以为那小鬼子能被你们唬住了？真对付这些小日本，还得靠真枪实刀地拼！”

朱毛毛见佟永顺越说越激动，怕他那臭脾气忍不住又和佟永义两个人吵起来，于是赶紧上前去打圆场：“永义啊，你好好休息吧，别听你哥在这摆大架子了，他没文化，说着说着就跑远了。”

朱毛毛费了好大的力气才把佟永顺从佟永义那屋里拉扯出来。

“行了，说起来没个头了，永义这孩子有他自己的想法，现在他这身子这么虚，指定哪也动不了了，你可让咱兄弟安生会儿吧。”

佟永顺叹着气，佟家就佟永义这么一个有文化的苗子，而且佟家的家业好不容易能够到现在这个地步，眼看着这日子一天比一天好过了，他是不希望佟家再出什么乱子了。

次日，东山县城里。

“快点跑！快点！日本人在东街又杀人了！”

只见街上一个卖水梨的后生边回头边跑，坐在店铺里的佟永顺看到对面的铺面纷纷挂上了打烊的牌子，于是也赶紧和店里的小二打烊。

间隔不到几分钟的时间，佟永顺就听到外面叽里呱啦的鬼子叫声。

从门缝里能够看到外面，街上几个日本鬼子像疯狗一样去砸那些没有来得及关门的店铺，一个穿着好一点的女人被几个日本鬼子围了起来。

“他娘的！一群猪狗不如的畜生。”佟永顺气得在里面捶门，毕竟外面日本人多，自己现在冲出去，恐怕也是死路一条。

往日里那些日本兵还都是一队一队地从街上过，今天却像疯了一样在街上开始乱窜，这让佟永顺想不明白。

“掌柜的，你说这些日本鬼子今天是咋了？怎么都在街上乱窜，他们的头儿不管了吗？”

佟永顺摇摇头，手里紧紧地捏着一串玛瑙珠子，珠子在他手里飞快地转动着，他隐隐约约地感觉到，接下来的日子，会一天比一天难过了。

大约过了两个小时，街上才算是安静下来，这条商业街的门市才开始有慢慢开门的，佟永顺见外面没什么动静了，于是吩咐店伙计去开门。

“掌柜的，你看……”

顺着店伙计指的方向看过去，在那个角落里，日本人刚刚围在一起的地方，那个女人的尸体裸露着，暴露在光天化日之下，被撕扯烂的衣服和她身上的血迹肉眼可见，佟永顺愣住了。

“真是拿咱们中国人不当人啊！狗娘养的！作孽啊……”他转过身去，步子沉重地朝着后院走去。

“去和街坊邻居帮帮忙，找个僻静的地方把那女人埋了吧。”佟永顺垂头丧气地吩咐道。

傍晚回到家，佟永顺看见佟永义已经可以在院子里慢慢地活动了，他拄着拐，后面的几个下人也都是远远地在一边看着，佟永义不需要人搀扶也可以慢慢走路了。

“哥，你回来了。”佟永义老远就看到了佟永顺的马车，他现在不能出门，但是迫切想知道外面小日本鬼子的动态。

“永义啊，你进来，我有话要跟你讲。”

看佟永顺那张跟生了锈一样的脸，佟永义就能够猜得出来，指定不是什么好消息。

朱毛毛细细地在一旁忙着，佟家哥俩喜欢吃的菜，她一样也不肯落下地做好了。

“当家的，你回来的正是时候，刚刚我还说让永义提前吃饭，他非要等你。”

佟永顺没有理朱毛毛的话茬，仍然是一张冷脸，坐在方桌旁边一声不吭。

“咋了？谁招惹你不痛快了？”朱毛毛看出了他的不爽，手里盛了一半的饭碗也停住了。

“现在这世道已经完全大变了，不再是咱们的天下了，这新县长啊，我看也不过是个废物罢了，哼，不顶用。”佟永顺气得拍了一下桌子。

“哥，咋了，是不是那些日本鬼子又在县城里胡作非为了？”

“永义啊，要不说哥为啥不让你掺和那些学生抗议的东西呢，你是没看见今天那群畜生在大街上干的好事！一个好好的女人，活生生地被他们糟蹋了，浑身是血，最后还是街坊们找了个地方才算是给埋了，唉……”

朱毛毛愣在了那里，她眼前只是听说这群日本鬼子不干人事，但是听完佟永顺一五一十地说完后，整个人像是被雷击中了一样，怔在那里。

佟永义眉头紧皱，嘴唇紧紧地闭住，他心里已经大概有数了。现在整个东山县城几乎已经是日本人的天下了，如果他没有猜错的话，不出几天，日本鬼子就会搞一些大的动作出来。

本来朱毛毛做的好好的一桌饭，在听完佟永顺的一番话之后，除了两个不懂世事的娃，谁吃得都没有那么香了。

第二天一早，果然如佟永义预料的一样，日本人拟定好了《何梅协定》。

“爹，这一大早的怎么就抽烟袋？”佟永顺一出门，就看到自己的老丈人嘴里叼着一个长长的烟袋，手里还拿着一份报纸，闷声朝着自己这屋门走来。

“进去说。”朱洪烈指了指屋内。

只见朱洪烈把报纸往佟永顺眼前推了推，大字不识几个的佟永顺不好意思地笑了笑：“爹，这报纸上写的啥，您给说说吧。”

恰好这个时候，佟永义拄着拐进来了。

“叔，这是今天的报纸？”

朱洪烈点了点头。

佟永义拿起桌上的报纸，眉头紧紧地锁着，拿起报纸逐字逐句看。佟永顺见他半天也不出声，于是问道：“永义，这报纸上到底写的啥东西？给哥说道说道。”

“这夏松生也是挂牌子的假县长！现在东山闹出了这么大的动静，他竟然一句话也不肯出来说！”佟永义气得拍桌子。

“到底咋了嘛？”佟永顺仍然一头雾水，还被蒙在鼓里。

“日本人要和咱们签订《何梅协定》，以后整个东山的商业，还有权利就都归那些日本人了，他们说了算。”佟永义摇摇头，直叹气。

“啥？那么大的一个东山城，以后夏松生不管了？就这样都交给那日本鬼子了？”佟永顺一脸的质疑。

其实佟永义早就看出来了，在王修祜一开始投奔日本人的时候，他就猜出来了，这个夏松生不过是个傀儡县长罢了，过不了多少日子，整个东山县城，他们都是要拱手送给日本人的。

“哥，这几天你注意到县城有没有学生在运动？”

第十一章

天涯何处是神州

“还运动呢，整个大街上都是穿着黄褂子的鬼了们，在那里扛着枪扫荡，点心铺我都打算关门一段日子了，根本见不到街上有人走动！”

一时间，方桌旁围着的三个男人都没了动静，谁都没有再说话。

此时的东山，已经到了一个无比艰难的时刻，接下来的日子，谁都不知道这群日本鬼子还会做出什么伤天害理的举动。但是每个人的心里都非常清楚，往后不会有好日子过了，很快《何梅协定》就会达成，东山城就会变成日本人的天下。

天气已经开始回暖，躲藏了一个冬天的家雀也开始露头了，佟永义的伤也在慢慢痊愈。

“二叔，你啥时候回县里啊？上次不是还说给我带泥人儿回来的吗？”佟莫言噘着小嘴儿，在佟永义的旁边嘟嘟囔囔。

“二叔这就可以回县城了，你只要在家里乖乖的，听你爹你娘的话，等下次二叔回来指定给你带泥人儿。”

佟莫言咧着嘴，高兴地在院子里一圈圈地跑着。

佟永义正和莫言说话的这工夫，一个长工轻快地跑过来：“二少爷，外面有个叫俊生的后生，说……说是来找你的。”

佟永义听了以后，眼睛里一下子放出光来。俊生是他的同窗好友，家就住在不远处的杜家庄，前一段日子还和佟永义一起参与过学生运动。

“俊生！你咋来了？快进来！”

“这不是早就听说你在家养伤了，刚从县城里面回来，割了块肉，我知道你家不缺这东西，是我的心意嘛，顺路来看看你！”

“来就来嘛，还带东西。”

两个年轻人意气风发，走路步子带着风，一见面甚是欢喜，佟永义赶紧把自己的同窗好友请进来。

“永义，这是……”朱毛毛刚得了一块锦缎，喜欢得不得了，从外面正笑盈盈地走进屋来，一抬头才注意到家里面来了客人。

“嫂子，给你介绍一下，这是我在县城里面的同学，来咱家里看我来了。”

俊生也是非常有礼貌的小伙子，见势赶紧跟在佟永义后面喊了声嫂子。

“永义的同学啊，快快，快进屋坐，俊生。你哥在里面，快招待着，别冷落了你同学。”

佟永顺听到外面说话的动静，也赶紧推开里屋的门，佟永义的这同学他见过，几次陪佟永义去点心铺的。

“俊生来了，快来坐。”

其实自打俊生一进自己家的门，佟永义就知道这次他来是干什么的，眼瞅着自己的伤在家里休养得也差不多了，当下的形势这么严峻，学校里面的组织正是需要自己的时候。

“哥，俊生这次来是想让我回学校的，县城里还有一大堆的任务呢。”佟永义打断了佟永顺和俊生的聊天，简洁地说道。

看得出来，佟永顺的眉头紧皱，现在这个兵荒马乱的时候，他是非常不愿意让佟永义回去的，想起上次在日本人的司令部门口，小命差点都丢了，他后怕得很。

朱毛毛看出了佟永顺的意思，于是推搡了一下他的胳膊：“永义啊，你和俊生是读书人，都是有文化的，嫂子支持你们回县城，你们做的都是对咱们东山有利的事，但是一定要小心。”

佟永顺知道自己也是拦不住这永义的，再加上朱毛毛在旁边“煽风点火”，他叹了口气，给了朱毛毛一个白眼。

佟永顺始终没有发话。佟永义知道，依照他往日的脾气，不同意自己回去要扯着嗓子骂了，但是今天始终没有多说，很显然是允许自己回去了。

四个小时过后，佟永义如愿以偿地离开了小营，朱毛毛和佟永顺一直将他们送到佟家宅子前面的斜坡上，看着兄弟和他同学远走的背影，佟永顺只得深深地叹了口气。

昔日的县城已经和佟永义刚离开的那会儿完全不同了，每一条街，甚至到县政府的大门口，都插着日本人的旗子，街上的人看起来也都是行色匆匆，规规矩矩的。

一直进了学堂，俊生和佟永义才算是松下一口气来。

“俊生，怎么成了这样了？那夏松生一点也没辙了吗？”

“永义，你也看见了，咱们学堂里的人也不是很多了，大户人家的都回自己的府里躲起来了，有钱的为了保命，听说早就从东山搬走了，这次找你回来，就是商量这件大事的。”

佟永义把目光转向俊生：“大事？你是说……”

俊生朝着四下里望了望，见周围没有什么人，才凑到佟永义的耳边：“如果不出意外的话，夏松生明天会有大动作，八九不离十是去投奔那日本汉奸殷汝耕了，今天晚上我们就先发制人。”

学堂里的这帮学生，对夏松生投奔日本人这件事义愤填膺，早就在暗中做好了准备，已经提前跟踪夏松生有几日了，准备到时候给他来个措手不及。

……

傍晚，天空慢慢暗下来，那日本旗呼啦呼啦地在街上飘着，听起来是那么的刺耳，佟永义和几个年轻的后生穿过一个巷子，猫在一个柴火垛旁边。

“俊生，这好像不是夏宅吧？”佟永义悄悄地问了句。

“嘘……这当然不是夏宅，但是这是夏松生给他的情妇置办的私宅，现在十有八九他就在里面。”

在宅子东边的一个柴火垛旁边，同样猫着几个年轻人，等着今晚动手。

几个年轻的后生，就这样一直等到了天黑，反复确认过周围没有其他人出入了。这时一个明亮的火把就这样划破夜空，把黑漆漆的天空擦出一道亮光，最后火把径直地落到了那个院子里。

很快，院子里噼里啪啦地响起来了火焰和柴火充分燃烧的声音，佟永义和几个年轻的后生在这声音里雀跃着，迅速地逃离了这里。

后来的事情却远远地出乎他们的意料，当然这也是第二天，在街上的人们口中听到的。

当天晚上，夏松生仓皇从宅子的后门逃窜，怕自己在外面包养情妇的事被家里的正房知道，于是把那女人关在了屋子里。第二天人们发现的时候，那女人已经被活活烧死了。

这第二天也正是夏松生和日本人妥协，正式达成《何梅协定》的日子，为了保命，保住自己的富贵，夏松生投奔了人人唾骂的殷汝耕。夏松生投靠了日本，比王修祜更加无所不用其极，成立新民会，还组织东山人民开展庆祝大日本皇军占领南京庆祝活动，将无耻做到了极致。

学堂里，几个学生围在一起，垂头丧气。

原本应该被烧死的人是夏松生，这下不但应该被惩罚的人没有得到报应，伤害了无辜的人不说，还眼睁睁地看着那夏松生去投奔了大汉奸。

这件事很快就传开了，就连报纸上也刊登了此事，大家都在议论纷纷，揣测究竟是谁干的这事。

佟永顺坐在点心铺里，怔怔地望着那报纸发呆。他大字不识几个，但是听街上的人都在传，昨夜就真的有人一把火点了夏松生情妇的院子，把那女人活活烧死了，不过就是没有真的逮到夏松生。

就在这个时候，佟永义戴着一顶黑色的礼帽，风风火火地直奔点心铺过来。佟永顺仔细一看才看出来是佟永义，于是一把把他拉进来，转身带他去了后院。

“你咋来了？现在外面那么不太平，不在学堂里面好好待着，还出来到处走动啥？”

“哥，我这次来是想提醒你，往后得更加小心些了，实在不行点心铺停一段日子吧，现在县政府换牌子了，夏松生那缩头乌龟投奔了狗汉奸，县政府以后就是东山县自治政府了。”佟永义说完，咕咚咕咚地喝下去半碗水。

佟永顺盯着他问道：“你跟哥讲实话，外面传的那件事，是不是你小子一伙干的？”

佟永义知道自己从小说谎就瞒不过佟永顺，于是点点头：“哥，这事你可万不能跟别人说起来，到时候牵扯到的可不止我一个人。”

“我就知道放你小子出来，指定没好事，那夏松生就那么好抓啊，这一闹不打紧，恐怕以后得更加小心了。”佟永顺这次没有嗔怪他。

他的心里固然担心佟永义的安全，可是却明白这孩子有胆量，他是在做大事，这一切都是为了东山，为了东山的老百姓。

佟永义和那些同学们的行动不但没有成功，反而第二天夏松生顺顺当当地把协议签了，这让他们一群青年愤恨不已。

另一边，日本人的司令部里，一群穿着“黄袍子”的日本兵进进出出，不出意外的话，这群日本人必定是在谋定什么大的活动了。

学堂里，大部分的学生已经走的走、搬的搬了，除了佟永义和那几个青年以外，还有一个姑娘，安安静静地坐在走廊的石凳上。

那姑娘穿着打扮不像是大户人家，但是看上去干干净净，也没有一点的落魄，她就安安静静地坐在那里，手里拿着一本书，面对着台阶下面的竹林。外面的世界纷纷扰扰，但是这一切却都与她无关。

“嘭”的一声，外面不知道哪里又响起了炮火的声音，这一次听起来似乎离着学校很近，由于学校的建筑已经有些古老了，所以时不时地会有一些尘土被震落下来。

“永义，我看要不咱们还是先走吧，换个地方，学校这边实在是太危险了，走吧，永义！”俊生在一旁招呼道。

现如今学校这种本来应该是最安全的地方，也变得岌岌可危了。佟永义去教室里面收拾了一下桌子上面的几本书，那是之前先生留给他的非常重要的讲义，他舍不得丢。

还没等出了教室的门，只听见“嘭”的又一声，一股尘土扑面而来，随后外面传来了一阵尖叫声，是街上传来的。不用猜，是那些日本兵又在祸害街上的女人了。

俊生在学堂的后门招呼着，学堂里的学生都有序地离开，佟永义也要准备离开的时候，却一眼看到了坐在竹林前面的那个姑娘，她还坐在那里看书。

“走啊，快点！来不及了！”佟永义跑过去，着急地拉了她一把。

那个女孩子素净的脸转过来，那清澈的眸子，干净得就像是一汪水，和这纷纷扰扰的世间完全不沾边，佟永义从来没有见过那样清澈的眸子，他愣了一下。

“还在这里愣着干什么？快点走！日本鬼子要来了，快啊！”佟永义拉着她的胳膊，穿过那个走廊。

“可是……去哪？”

那个姑娘手里的书不小心掉在了地上，她一下子挣脱开佟永义，转过身去回去捡那本书。

“快点，来不及了，先跟着我走！”佟永义招呼着。

学校后面的这个后门很少有人知道，后门的周围几乎被密密的竹林堵了个严严实实，所以那些日本人大概率不会找到这里来。这个小门通往的是去小营的一条土道，在这条蜿蜒的路上有几间破旧的房子，是被人遗弃了的，显然已经很久没有人在这里住过了，窗户上面的纸已经烂了很多的窟窿，风一刮，呼啦呼啦作响。

几个青年跑出学校后，最后在这几间破旧的房子里歇脚。他们都是前几天一起计划着报复夏松生的那几位青年。当然，只有那个姑娘，跟在佟永义的身后，显得有些扎眼。

“永义，这是？”

几个小伙子注意到了那个安静的女孩子，在一阵慌乱中跟着他们一起来到了这里。

“哦，这是在咱们学堂里的姑娘，我怕她在那里不安全，所以一同拉过来了，在这里跟大家伙一起躲一躲，对了，你叫？”

“我叫江婉秋，谢谢你刚刚救我。”那个女孩子柔柔弱弱的声音和这几个男生形成了鲜明的对比。

“你家在哪里？要不要天黑之前我们把你送回去，跟着我们几个东奔西跑，实在是不安全。”俊生说道。

过了好一会儿，女孩子才开口说道：“我……我没有家，我爹娘前几天被日本人打死了……”

人群静默了下来，大家都心头一紧，接下来的几分钟里，没有人再说话。

佟永义只觉得这里似乎有点让人喘不过气来，谁能想到那个安静又纯洁的姑娘，全家人都死在了日本人的屠刀下了呢？

“这样吧，我家就在前面不远处了，要不你先在我家住一段时间，我们接下来还有别的任务，带着你个女孩子实在是不方便。”

这对于江婉秋而言，实在也是最好的一条出路了。从没有人这样对她，在自己的爹娘被日本人杀害以后，她就很少说话了。在这个自身都难保的动荡时代，更是少有人来主动关心她，佟永义就像是一束光，直接照进她幽暗的心底。

佟家的宅子在小营是数一数二的气派，但是平日里佟永义却在学堂里打扮得朴素，大家自然也没把他当富家子弟，江婉秋看着佟家气派的门匾，不觉愣了一下。

“愣着干什么？进来啊，我们家里人都很和善的。”佟永义回头看着这个女孩子，真诚地笑了。

“哥，嫂子，我回来了。”

还没等朱毛毛出来。江婉秋就注意到佟家的院子里，经过了几个忙活的长工，他们都自觉地喊佟永义二少爷，他只是礼貌地点点头。

这院子看起来不是一般的宽敞，江婉秋正面对着的是一个影壁，在那个年代能有那样的石头影壁的人家不多，上面画着一对凤凰。江婉秋还没有回过神来，就注意到一个穿着墨绿缎子的女人，笑盈盈地走过来。

“永义回来了，你这前脚不是刚走了，咋……”朱毛毛的话还没有说完，就看到了跟在佟永义后面的那个清秀的女孩子。

“永义，这姑娘是……”朱毛毛迟疑了一下。

“给你介绍一下，嫂子，这是我学堂里的同学，江婉秋，外面一打仗，她现在没地方住了，我把她带回来在咱家住一段日子，女孩子跟着我们跑来跑去太危险了。”

“江婉秋，这是我嫂子，你有啥事跟她说就行，我嫂子人很好。”

“你这孩子，别夸我了，还不让你同学赶紧进屋啊，在这傻愣着干啥？”朱毛毛绕到后面去，能够看得出来，这姑娘一看就是有文化、有涵养的，很得朱毛毛喜欢。

江婉秋一进屋，就注意到了堂屋里摆放的檀木家具，那椅子看上去锃亮，桌子上工工整整地摆放着几套白玉茶具，朱毛毛请她赶紧坐下来，吩咐家里的用人上茶。

“嫂子，我同学就交给你了啊，给江婉秋安排个好点儿的房间，让她踏踏实实地在这住着就是了。”

从这姑娘一进门，朱毛毛的视线几乎就没有离开过她，难得这么对眼缘，她很欢喜：“你嫂子办事你还不放心啊，我可不会亏待了这么好的一个姑娘。”

朱毛毛早早地就安排下人把西边的偏房打理好了，还送进去了熏香和新的绸缎被子。

“姑娘啊，你就好好地在我们佟家住着，这年头也是苦了你这么好的姑娘四处奔波，有啥需要就跟嫂子吱声。”

“让嫂子费心了，家里有啥我能帮得上忙的，嫂子尽管吩咐就是了。”

江婉秋的那股子伶俐劲很得朱毛毛的喜欢。

佟永义把江婉秋安顿好，留在了自己的家里。不管怎么说，家里总比外面的炮火硝烟的地方要安全得多。

朱毛毛这个当嫂子的看在眼里喜在心头。这姑娘看起来秀气，又有文化，一见这姑娘就觉得满心的喜欢，更何况是佟永义带回来的，她自然心里面浮想联翩。

“嫂子，这是我的同学，她爹娘都被日本人杀死了，现在没有地方可以去，跟着我们几个男子在外面跑来跑去，没有个落脚的地方，实在是不安全，就麻烦嫂子帮我照顾一段时间吧。”佟永义临出门的时候，站在院子里和朱毛毛说话。

“永义啊，你就放心吧，跟你嫂子还客气啥，这姑娘也是苦命的人，放心吧。”

朱毛毛一直把佟永义送到院子门口，不远处，江婉秋也在注视着他。佟永义要离开，她心里大概清楚，平日里在学堂里忙前忙后的他们，十有八九是在帮共产党的忙，江婉秋知道他们是在做非常重要的大事。

“佟永义，你等一下。”

朱毛毛见势抿着嘴笑了笑，转身回了屋里。

江婉秋紧着步子走上前去：“谢谢你，你们的事情我是帮不上什么忙的，但是现在外面的日本人太凶狠了，一定要保重自己，这是我的钢笔，送给你。”说罢，她从自己的布衣口袋里面取出一只黑色的钢笔，递给佟永义。

“谢谢，你就在这里安心地住着吧，我哥和嫂子人都很好的，我先走了，你也多保重。”

江婉秋也不敢再多注视他的眼睛，她不知道那种感情对她来说是什么，在这样战火纷争的年代，能够活命已经是再奢侈不过的事情了，年轻人的爱情都是不敢想的事情。

县城里，司令部的门口，聚集了很多的日本兵，他们整装列队。偶尔有从街上路过的中国人，也都躲得远远的，大家心里都和明镜一样，看这阵势，日本人不知道又要去祸害哪里的百姓了。

佟永义和俊生几个刚刚走到郭庄桥，就看到不远处的大路上，黄压压的一片，日本兵们个个都扛着武器，看起来整整有一个营。

“这群畜生，又要去哪里？”俊生猫在桥下面，和佟永义他们注视着那群日本兵。

“再往前面走就是吴家屯、刘家洼，再就直接上山了，恐怕那两个庄的老百姓这下要遭殃了，唉……”佟永义叹了一口气，重重地捶了一下旁边的草垛。

“走吧，咱们几个形单影只，去了也不顶用，上面还有几个重要的情报等着我们去发，晚上我们再分几个小队，把那大字报在城里贴一贴。”

作为青年学生，佟永义和俊生几个志愿加入共产党的情报联络员，虽然不能和日本鬼子正面厮杀，但是这每一份重要的情报，对于共产党来说都是非常重要的。

天渐渐黑了下来，日本人的部队穿过了吴家屯、刘家洼，并没有去那两个屯子里祸害一番，而是有目的地朝着山上的方向进发。

“师父，下山吧，就当是徒弟们求您了。”褚静之围着面前的方桌，从昨天得到消息到现在，已经数不清自己这是第几次苦苦劝师父下山了。

白鹿棠依然面无表情地坐在那里，一句话也不肯说，他心里早就打定了主意，不管是谁来了，这义兴堂，他是不会离开的。

“是啊，师父，就听听徒弟们的劝吧，这义兴堂，我们可以再换个地方办起来，只要我们这些徒弟在，师父您也在，就没有成不了的武馆啊。”

“话说得容易，这义兴堂，是祖祖辈辈留下来的，到我这一代人，已经是第十七代了，这有老祖宗留下来的东西，我是不会走的，你们有儿有母，该回去的回去吧，义兴堂在，我白鹿棠就在。”

见师父仍然无动于衷，弟子们实在是没有办法了，无奈自己的家里还有妻儿，他们不能不考虑那些，于是纷纷都在白鹿棠面前磕下响头，退出义兴堂的门。

褚静之朝着其他的弟子们挥了挥手，把他们送出了义兴堂。眼瞅着日本鬼子就要来了，他让大家从后山上赶紧下去。

“师兄，你确定要留在这吗？”

“没有办法，师父不肯走，我要在这里陪着师父，当初师父救过我的命，这条命是师父给的，现在也要陪着师父，快走吧，如果命大，也许我们还能再见。”

“那师兄你自己多保重，这匕首，你留着防身吧。”

褚静之接过师弟递过来的匕首，别在腰后面，临进屋的时候，看到半山腰上面已经黄压压的一片，日本鬼子马上就要到了。

他叹了口气，推门进屋，师父白鹿棠依然半眯着眼睛，在那里打坐。

“怎么不和他们一起走，现在走还来得及。”

“我不走，要在这里陪着师父，我褚静之这条命是师父当年给的，现在大敌当前，也要陪着师父一起。”

“去偏房里把我那个布兜取来吧。”

褚静之来到师父放东西的房间，红木柜子上面已经布满了一层薄薄的尘土。可见这个红木柜子师父已经有些日子没有动过了。

当初自己来义兴堂的时候，师父就是把自己带到了这个房间里，给了自己一把长矛，一眨眼十年的时间过去了。

他知道师父说的那个布兜在哪里。作为师父最中意的弟子，这个房间里的一切，他都清楚，每一件物品摆放的位置，他都熟记于心。

那个布兜是师父的特殊物件。从前他只告诉过自己，这将会是陪着他一起进棺材的东西，但是这十年的时间里，却从来没有见他动过。今天这一战，看得出来，是一场生死的较量了。

不到一个小时，褚静之就听到外面叽里呱啦的说话声，是小日本鬼子来了。白鹿棠的眼神看上去是那么的坚定，他示意褚静之开门。

打开门的那一刻，打头的那个日本军官愣了一下。往日里他们所见到的中国的老百姓，都是躲着藏着的，哪怕是到了他们的家里，也躲着不肯出来，开门迎客的还是第一次见。

“你的……白鹿棠的干活？”

“白鹿棠是我师父，我是他的徒弟，褚静之。”

“呦西，围起来！”

话音刚落，一群日本鬼子便把褚静之围了个圈，日本鬼子的手里，个个都拿着枪，即便是这样，褚静之的脸上丝毫没有一点惧怕。

那个打头的日本军官走进房间里，见到白鹿棠正安静地盘腿坐着，神色淡然。

“你，就是白鹿棠？”

“特意从你们的鬼子营，跑到山上来惹我们一群习武之人，真是辛苦你们了。”白鹿棠的话就像是一把犀利的刀子，句句带刃。

“听说当初就是你，把我们优秀的日本武士打倒的，今天，要不要比试一下？”

“呸！就你们这样的，也配和我师父比武，休想！”褚静之此时已经被那些日本鬼子绑了起来，他愤怒地朝着他们破口大骂。

“八嘎，今天你们就是不想和我们比，也得比，八格牙路……”日本鬼子的头目露出凶残的面孔，朝着白鹿棠狰狞着。

只听“嗖”的一声，还没见到究竟是怎么一回事，褚静之身边的一个日本兵，已经倒在了地上。

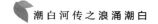

白鹿棠安静地坐在那里，像是什么事情都没有发生一样。周围的几个日本鬼子也都蒙了，什么都没有看到，那个人就已经倒地身亡了。

“围起来的干活……快！”

几个日本兵战战兢兢地把白鹿棠又围了个结结实实。只有褚静之知道，师父的这一招深藏不露。那个布袋里，装的是一些银针，银针的上面早就涂满了剧毒，凡是被扎中者，只需要十秒钟不到的时间，就会流血身亡。

原来之前师父一直让自己练习轻功和飞镖，练了那么长的时间，师父总是说还不够，原来是暗中锤炼自己这方面的功夫，褚静之这才幡然醒悟过来。

“你的……到底和我们比不比的干活！”

“我们习武之人，只和品性相当的中国人比武，这是规矩。你们不在你们自己的国家好好地待着，来到我们的土地上杀人放火，我白鹿棠上次和你们的日本兵比武，已经是奇耻大辱了，今天，呵呵……”

八嘎……

只见其中一个日本兵一下子拔出了刺刀，刺刀上面的亮光明晃晃的，刀尖指向了白鹿棠。

又是“嗖”的一声，还没等那个日本兵反应过来，他已经重重地倒地了。

“那个老头的干活，他有暗器……”

“八嘎……死啦死啦地……”

这次，日本人开枪打在了白鹿棠的肩膀上。一根银针又飞了出去，褚静之身边又一个日本兵倒地了。

“师父……”褚静之挣脱了绳子，看着白鹿棠肩膀上汩汩的鲜血流出来，不顾一切地拿起身边的长矛。那长矛在他的手里挥动着，朝着那个开枪打白鹿棠的日本兵刺过去。

日本人把目光一下子又都集中在了褚静之身上，掉过头来拿枪对着他瞄准。白鹿棠的身手迅速，两步腾地而起，握准褚静之的矛尖，用力地往前耸了一下，褚静之的身后是后山的深涧。

白鹿棠这用力一推，只见褚静之出溜一下，半个身子都滑了下去。“师父！师父！”

褚静之似乎很清楚，接下来师父要干什么了，今日师父肯迎战，他就知道必定是凶多吉少，但是他没有算到，师父会用这种方式来保全自己的性命。

只听“嘭”的一声，日本鬼子的子弹，落在了白鹿棠的后背上，他铆足了最后一口气，又飞出一根银针，随后便重重地躺在了地上。

褚静之身为男儿，用力撕扯着喉咙，无论自己再喊多少声师父，他老人家以后恐怕再也听不到了。

一个日本鬼子朝着褚静之的方向走了过来。褚静之的手终于支撑不住了，随着崖边一块松动的石头，连人带长矛，一同滚落了下去。

义兴堂里大火连天，烟雾弥漫了东边的整块天空。那天，小营的人们都看到了，议论着不知道是谁家着了这么大的火，没有人知道，白鹿棠随着那阵浓烟一同去了，而褚静之坠落了悬崖，生死未卜。

次日，日本鬼子火烧义兴堂的消息登上了报纸，报纸上为了避嫌，只简要地写了白鹿棠老先生和徒弟褚静之与日本人发生冲突，在大火中不幸身亡。

佟永义和俊生来到城里打探消息，怕让人认出来，头上戴着一顶礼帽，遮住了大半张脸，两个人坐在一家茶馆里。

“卖报啦！卖报！武术名门掌门人被杀，天理难容！”

街上的一个穿着粗布褂子的男子，抱着一摞报纸在街上叫卖。佟永义原本是和俊生两个人坐在茶馆里的，听到那叫卖声，他浑身战栗，汗毛都竖了起来。

“给我一份报纸，给我一份！”佟永义像是触电了一样从自己的座位上弹了起来，跑上前去一把拉住那个卖报人。

“哎哎，先生，您的报钱还没有付呢……”

俊生见他的表情有些不对劲，于是也跟了上去，顺手就递给那卖报的几文钱。

佟永义愣在那里不动了，报纸上的照片拍得有些模糊，但是仍然可以看得出来，大火把山上的那个武馆烧得只剩下了一片灰烬，而那个地方他是一定不会看错的。

“永义，这是……”

佟永义没有说话，他眼里燃烧着一片火焰。那大火烧得壮烈，势头看上去可以席卷几片山林。报纸从他的手里掉落到地上，他径直大步朝前面走去。

俊生也看到了那则新闻，是日本人，把义兴堂烧了，对佟永义有恩情的白鹿棠以及褚静之，他们都在那场灰烬里丧生了。

“永义，你疯了吗！你看看前面是什么地方……”俊生怕他一气之下做出什么疯狂的举动来，于是赶紧上前去拉住他。

“别拦我，我要为白先生和师父报仇……”佟永义的眼睛通红，男儿有泪不轻弹，那一汪泪水就在他的眼里住着。

“我知道白先生和褚先生对你有恩，他们走了，我也心痛，但现在我们单枪匹马地冲上去，不是去送死吗！”

俊生费了好大的力气才把他拽回了茶馆，前面就是日本的宪兵队，这里是打探消息最好不过的地方，同时也是最危险的地方了。

佟永义就像是一块木头一样，坐在那里，眼神直直地看着前面，一句话也说不出来。白鹿棠和褚静之被日本人杀害的消息，他始终没办法接受，或许自己那天早就应该想到了，那群日本兵就是冲着山上去的，若是自己提前去通风报信，或许结果就不一定是这样了呢?

“永义，你先回家待两天吧，如果方便的话，也去山上给白先生和褚先生烧点纸钱，去送一送他们，情报这边我和其他的同学可以搞好的。”

佟永义到家的时候，天空已经是深蓝色了，西边有几颗星星也提早冒了出来。隔着老远，坐在院子里的江婉秋就看到了他背着一个包袱朝家这边走来。

江婉秋嘴角微微上扬，眉梢间露出几分欢喜，她放下手里的绣工，小跑着来到院门口。

“佟永义，你回来了！”

佟永义面无表情，点了点头，朝着江婉秋挥了挥手，示意她先进去再说。

在院子里玩石子的莫言看到佟永义回来了，于是朝着屋内喊：“爹，娘！二叔回来了……”

朱毛毛放下手里的活，紧赶着步子往外跑：“我的小祖宗，娘怎么跟你说的，下次你二叔回来的时候，不要喊，不要喊！你这小鬼怎么老是不往脑子里装呢？”

周围的人似乎都看出来了，佟永义刚走了几日，转个身的工夫又回来了，而且这次回来脸上明显阴沉沉的。

“咋突然回来了？永义，有啥事别自己闷着，跟你哥说说，嫂子去给你们整点吃的。”朱毛毛很会救场，怕他们说话不自在，便拉着江婉秋进了厨房。

“哥，白先生和褚先生，被日本人给烧死了。”

“啥？白先生和褚先生……你再说一遍？”佟永顺愣了，皱着眉头又问佟永义。

“白先生、褚先生前天，都在山上被日本人给放火烧死了……”这句话从佟永义嘴里说出来的时候，他的眼睛依旧没有神儿，可以看得出来，他整个人已经很疲惫了。

尽管是隔着一段走廊，朱毛毛还是听到了他们哥俩的谈话，心里一紧，手里的碗没有拿住，“咣当”一下子掉到了地上，瓷碗摔成了好几瓣。

“嫂子，你没事吧？”江婉秋凑到她的跟前，随后赶过来小心翼翼地把那几瓣碎片捡起来，又用几片棒子皮包起来，闷着头拿出去扔掉。

第十二章

山重水复疑无路

佟家的人都知道那白先生和褚先生是佟家的救命恩人，要不是当初白鹿棠和褚静之出手相救，恐怕佟永义和佟永顺这哥俩的命早就保不住了。

“这些畜生！畜生啊！白先生那样好的人，他们怎么下得去手啊！”佟永顺用力拍打着桌子，桌子上的茶碗被震得哐当哐当响。

这顿饭，尽管佟永义回来了，本应该一家人兴高采烈地，但是出了这样的事情，没有一个人是不悲痛的。

“哥，吃完饭让家里的下人给我拿些纸钱，我要去山上送送白先生。”佟永义放下手里的饭碗，对佟永顺说道。

饭后，朱毛毛在堂屋拿过家人准备好的竹篮子，她的心里七上八下的。

天已经完全黑了，朱毛毛是担心老二的。

“永义啊，要不明天天一亮你再去吧，这黑灯瞎火的不安全啊，你实在不愿意，那嫂子安排家里的车夫跟你去咋样？”

“不用了嫂子，送白先生和褚先生，不能耽搁的，我不是孬种，没啥好怕的。”

佟永顺知道自己这兄弟的脾气是拦不住的，便不让朱毛毛再劝了。

“佟永义，你等一下！”江婉秋从院子里一路小跑追了出来，手里拿着一件蓝色的褂子。

“我早就听说白先生一身正气，宛若劲竹了，一直没有机会拜访，如今白先生不幸遇上了这样的事，我一个女人家不能去送，你代我送他老人家一程吧，这个褂子你穿上，是我在你家闲下来的时候给你做的。”

说罢，江婉秋把自己手里的褂子递给他。也许是天色太晚了，她只能感觉出自己和佟永义说话的时候，脸颊是滚烫的，也幸好是晚上，他看不出江婉秋已经脸颊通红了。

佟永义去的这一程，花了两个钟头，佟家大院的灯一直亮着。莫言和破虏两个小家伙都已经睡着了，朱毛毛和佟永顺坐在堂屋里说话。

“掌柜的，这婉秋姑娘都在外面坐了两个钟头了，我方才怎么劝也不进来，那个眼神儿啊，就直直地盯着院子外面，看样子非要等到永义回来不可。”

从佟永义把江婉秋带回家来的那天，朱毛毛就已经看出了点什么。这婉秋姑娘是读书认字的，和佟永义又在一个学校，两个人自然是有话儿说的，再加上这姑娘长得清秀可人儿，手脚勤快，她这当嫂子的看着都觉得喜欢。

只不过这孩子刚来到自己家话不是很多，朱毛毛也不敢多说。

“唉，只可惜不是时候啊，这俩孩子要是真能情投意合，咱们佟家也摆不了什么大的酒席吃，正是打仗的时候，兵荒马乱的，说不定哪天就要东躲西藏了……”

听到佟永顺说这话，朱毛毛只是两只手放在胸前一端，便不再多话，只可惜这俩孩子没有碰上好的时候。

“你回来了！”江婉秋远远地望见一个人影，爬上家门口的坡，走路和身影都像极了佟永义，于是步子快了一些走上去。

“嗯，这么晚了你怎么还不去睡觉？”

朱毛毛在屋里听到了他们两个人的说话声，于是也从堂屋里走出来，

“可算是回来了，菩萨保佑，菩萨保佑！婉秋姑娘担心你，在院子里坐了两个钟头了。行了，回来就好，回来就好，赶紧都回去休息吧。”

让朱毛毛这么一说，江婉秋又羞涩地低下了头，转身走快了，“吱扭”一声推开屋门进去了。

夜里，江婉秋睡不着，翻来覆去。月亮还是那样的柔和，只是这世道犹如一把锋利的镰刀，却没有那么柔和了。

想到自己那死去的爹娘，江婉秋深深地叹了口气。现在自己寄身在佟家，看起来这一家人是户好人家，而且佟家也是大户人家，单单看家里的吃穿用度就知道了。想到佟永义，她眸子里带着复杂的感情，从前自己的亲娘活着的时候，就反复地跟自己说，嫁人不图人家有多好，男人可靠就够了，真的是这样吗？她长长的睫毛眨着。

“咳咳……咳……”

西边的房间里，又传来了永义她娘的咳嗽声。这段日子天气虽然回暖了，但是这佟陈氏的病是越来越严重了，经常三更半夜地咳好一阵子。下人们日夜轮守着，但是也不见好转。

江婉秋听到朱毛毛的脚步声，随后传来她的说话声。

“娘，这梨汤是睡前吩咐人熬的，喝了吧，止咳。”

“放……咳咳……放那吧。”

“娘，您要是有什么需要的就让人说一声，我听到了就过来。”

……

佟陈氏的这病，是在早年生佟永义的时候，月子里落下的病根。平日里干活的时候偶尔会咳嗽几声，现在的身子骨大不如从前了，从这个冬天开始，咳嗽声经常是一夜里不间断。

第二天一早，江婉秋早早地起来了。等到朱毛毛喊她吃饭的时候，才发现这姑娘并不在自己的房里。

“永义，你看到婉秋姑娘了吗？”

“没啊……一大早的她不在自己的房里吗？”

朱毛毛一边说着，一边从腰上摘下围裙：“这姑娘一大早的也不知道去哪了，我得去找找，这兵荒马乱的，可别出什么事了。”

两个人正说着话的工夫，只见江婉秋背着筐子从外面院子里进来了。

“婉秋姑娘，你这一大早的去哪了？可把我和永义给吓坏了。”

她轻轻地把自己肩上的筐子卸下来，额头上挂着一串密密的汗珠：“没事，我今天去那山坡上面找了点甘草，之前记得那里长着甘草，昨晚听伯母咳得实在是太厉害了，我有个方子，治咳特别灵，今天就想着给伯母试试，或许管用呢……”

朱毛毛看了看佟永义，意味深长地笑了笑：“婉秋姑娘这心够细的，也不带几个下人过去帮着干活。行了，累了一早晨了，快进屋吃饭吧，回来了就好。”

刚坐下，佟家这一大家子正吃着饭呢，外面的家丁慌慌张张地从外面跑了进来：“佟掌柜的，不好了，外面都在传日本鬼子要来了，家家户户都在忙着逃呢……”

“什么？”佟永顺起身太猛了，小腿拱了一下矮桌，险些把俩孩子的碗给摔到地上，朱毛毛在一边忙扶了一下。

随后，兄弟两个心急火燎地推门出去了，刚出门，就在院子里迎上了朱洪烈。

“爹，这到底是怎么回事啊？怎么大家伙都在忙着跑？”

“村西头的王宝山，就是给人家挑担那个，今天在回村的路上被日本鬼子打死了，还是他同行的伙伴来报的信儿，说是日本鬼子要来小营了，今天一早，就有很多庄户搬走了，我看这次形势不是很好，赶紧让毛毛她们收拾收拾，先躲一躲吧。”

谁都没有想到，这次日本鬼子怎么会来得这么突然。但是有一件事情是可以肯定的，小营都是些普普通通的老百姓，手里没有什么武器，如果不赶紧撤的话，就无异于鸡蛋往石头上碰。

佟家在这小营算是家大业大的，幸好早些年，佟永顺有远见，在龙湾屯焦庄户买了地，那边还建了宅子，虽然不比现在住的佟家大院舒服，但是够佟家这一大家子容身了。

朱毛毛很知道取舍，自从自己嫁进来以后，作为佟家的少奶奶，上上下下吃穿用度都是她一个人操持。

但是在这样紧要的关头，她只收拾了一些重要的银票首饰，还有孩子的一些东西。佟陈氏的耳朵早已经聋得很厉害了，孩子们说什么她也听不清楚，但是依稀能够感觉得到，发生什么乱子了。

这次撤离，一切都进行得很顺利，唯一的死疙瘩就是佟嘉禾那边，他稳如泰山地坐在自己的屋里，不肯挪动。

佟永顺安排家里的车夫已经先带着朱毛毛他们离开了，一路上都有兄弟佟永义的照顾，剩下他和自己的老岳父还守在这里等着，他进进出出已经好几遍了，佟嘉禾的脾气，他这个做侄子的是清楚的。

“唉……”他摇摇头，从屋里出来，抬头看了一眼自己的老岳父，无奈自己还是说服不了佟嘉禾。

“算了，你在外面等着吧，我去劝。”朱洪烈对着门外面的地上吐了口唾沫，掀开了门帘子。

一进门，就看到佟嘉禾坐在堂屋里，吧嗒吧嗒地抽着旱烟。

“老大哥，要我说啊，咱们就听一句劝，收拾收拾东西走吧。这年头，咱们赤手空拳的，总是打不过那些有刀有枪的，你说呢？”

佟嘉禾一拍桌子：“他岳父，你咋也跟着说起这话来了，难不成这日本鬼子来了，我们都要当缩头乌龟吗？”

朱洪烈知道他心里是怎么想的，于是笑了笑：“老大哥，我可不是这意思，永义那小伙子和他的同学们奋力抵抗日本鬼子，我是双手赞成的，但是现在寡不敌众，咱们就得走迂回战略啊。”

听朱洪烈这么一说，佟嘉禾的心里终于有些微微动摇了，但是仍然没有吭声，毕竟佟家的这个院子，他已经住了一辈子了，临了了要自己离开这片土地，佟嘉禾是很难接受的。

“老哥啊，永顺这孩子说话不中听，平日里做事也没有永义那么果敢，但是紧要关头，我们都已经是一把老骨头了，抗日这件事情上帮不上什么忙，就别给孩子们添乱了，你说呢？”

朱洪烈的几句话，还是能够说到佟嘉禾的心里去的，话都已经说到这个份上了，他还能有什么办法呢。

“走吧，走吧，天下要变喽……”佟嘉禾甩了甩手，把他经常挂在身上的那串玉葫芦捋了捋，朝着门外走了出去。

佟永顺见他终于被劝动了，于是对着外面的家丁招了招手，吩咐他们赶紧帮着收拾佟嘉禾的物件。

焦庄户的这个院子，比他们在佟家住的院子小了一半，但是四处是崭新的，这也是佟永顺一家积攒下来的家业。孩子们自然是天真的，刚刚来到新的环境，满眼的新奇，这里跑一跑，那里看一看，完全不了解这次为什么搬到了一个新的住处。

“嫂子，我那边都安顿好了，你这需要帮忙不？”江婉秋来到佟家之前，也没带什么要紧的东西，行李自然也不多。

“我这边都是孩子们的衣服，你不知道放在哪里，这些我做就可以了，去看看老太太吧，她刚刚搬到新的住处，或许会有些不适应的地方，方才又听到她咳嗽了。”

江婉秋来到佟陈氏的屋里，她微微地闭着眼睛，躺在那张新置办的摇椅上，也许是刚刚搬到这里，一脸的疲惫。

“伯母，您要不要再喝点甘草熬的汤药，今天感觉有没有舒服点了？”

佟陈氏听到江婉秋的说话声，才慢慢地睁开眼睛，脸上带着几分笑意，“婉秋……咳咳……婉秋姑娘，前几天多亏了你的汤药，我这……身子明显轻快了。”自从这身上的病越发严重了以后，佟陈氏很久都没有这样笑过了，看到这样水灵的婉秋姑娘半蹲下来和自己说话，她满脸的欢喜。

“婉秋姑娘啊，让你跟着我们佟家这样东奔西跑的，真是委屈你这娃了……”佟陈氏的手颤抖着，伸出去轻轻地触碰江婉秋的脸，看得出来，老太太早就相中这闺女了。

“伯母，不委屈，现在外面炮火连天的，你们佟家能够收留我，我已经很感恩了……”怕是佟陈氏的这一番话让婉秋想起来了自己的身世和那已经被日本人杀死的爹娘，她的眼眶也红了起来。

“婉秋姑娘……咳咳……我家永义这孩子生得晚，一生下来就没有爹了，也是命不好，要是你们两个人能够合得来，我们佟家有福气，把你娶进我佟家的门是再好不过的了……”

江婉秋没想到佟陈氏会跟自己说这一番话，她的心里是又惊又喜，脸上泛起一阵红晕，不知道那话怎么说出口。

就在这个时候，朱毛毛端着佟陈氏的粥进来了，其实在进来之前她就已经猫在门外面听了好一会儿了，江婉秋这样灵巧的姑娘要是真的进了自己家的门，从此她朱毛毛也算是有个说话的伴了，她心里自然是高兴。

“娘，您这样说，婉秋姑娘该脸红了……”她一边说着，一边把粥放到桌子上。

朱毛毛是很会见机行事的，用胳膊肘顶了一下江婉秋：“婉秋，去那边吧，两个孩子吵着要跟你玩呢。”

江婉秋出去以后，朱毛毛一口一口地喂佟陈氏喝粥，她知道佟陈氏的心意，也看得出来，这两个孩子，实际上是情投意合的。

“毛毛，咳咳……你看这俩孩子，要不你这个当嫂子的给牵牵线吧，咳咳……”

朱毛毛把手边的白手巾拿过来，在佟陈氏的嘴角抿了抿，笑笑说道：“娘，您就安心地养病吧，把您这身子骨伺候好了，还能再抱一个孙子呐……”

……

半个月后，焦庄户终于有了一阵热闹，日本鬼子的炮弹已经让这个屯子很久没有人气儿了，佟家的院子里张灯结彩，是佟永义和江婉秋的大婚。

能够看得出来，佟家很重视这次操办的喜事，还专门搭了戏台子，从老远的地方请来了戏班子。按照佟永顺的话说，要不是这世道不好，还会隆重操办的。只不过这年头，不是胡子就是鬼子，更何况佟家刚刚搬到这个屯子不久，若是大操大办，被胡子知道了，恐怕佟家的人又要寝食难安了。

“佟掌柜的，恭喜恭喜……”

“以后在一个屯子里，大家可要多多照应了……”

看着前来道喜的宾客，佟永顺的眼睛眯成一条缝，挤出了几道褶子。自从破房出生以后，佟家已经很久没有办喜事了，难得在这样的世道，把那些亲朋好友拢到一起聚一聚，这天，佟家的两兄弟都喝得畅快淋漓。

刚刚举办完佟永义的大喜事，院子里一片狼藉，下人们还没来得及收拾，佟永义的门就被敲了好几遍了。

“永义……永义，出大事了……”

俊生趁着天还没亮，就风风火火地赶来了佟家，看到门口的大红喜字，他也知道大喜的第二天，或许这小两口还没热乎够呢，就来打搅他们，确实不太好。

佟永义迷迷糊糊地爬起来，打开门看到满头大汗的俊生。

“咋一大早地就跑过来了，来，进来坐吧。”

俊生本能地朝着院子外面张望了一下，确定没有人跟着，才和佟永义一起进了屋。

“栓子送情报的时候被日本兵搜到了，昨天在江边被日本人刺死了，别提有多么惨了……”

本来迷迷糊糊的佟永义听到他的这一番话后，眼珠子立马瞪了起来，“栓子咋了……那情报岂不是暴露给那些日本鬼子了？”

江婉秋在房间里，他们的对话听得真真切切，佟永义从来都没有告诉过她，原来他是暗中在帮助共产党的……

随后，佟永义急忙回到屋里，把炕上的衣服拎过来就往自己的身上套：“栓子出事了，我这次必须去一趟，现在正到了关键的时候，你在家自己多保重……”

江婉秋就那样静静地看着这个男人。加入共产党，为共产党做事，江婉秋是从心里佩服佟永义的，但是今时不同往日了，他现在是自己的男人，是一家之主，江婉秋更是担心他的安全，日本人心狠手辣，万一出点什么差错，那可是要把小命搭进去的……

“等一下……”江婉秋爬起来，从床头的柜子里拿出一个红色的荷包，递给佟永义。

“我嫁过来就没有娘家，自然也没有嫁妆，这个荷包是之前在小营的时候绣的，戴上吧，自己多加小心。”

“嗯。”

佟永义刚刚和俊生出门，走了不到六里地，就看到不远处冒出来一股浓烟，随后还伴着几声枪响，那声音仿佛就在不远处。

“听到没有，日本鬼子又在造孽了……这回不知道是哪个村子……”

佟永义没有说话，他怔怔地站在那里。那个大烟囱他是认得的，何止是认得那么简单，自己小的时候经常爬上去，等到吃饭的时候上面的烟已经很大了，才肯下来。

被烧的房子……是佟家的大院……

“永义，咋还不走？说不定待会那些狗日的要过来了……”

俊生回头喊了一声佟永义，见他还是怔怔地站在那里：“咋回事吗？快点走了……”

过了好半天，佟永义才说出一句话：“那是佟家的院子……”

那阵浓烟染黑了西边的半边天空，没有那个人家的烟囱早上做饭会冒出来那么大的烟，一定是小日本鬼子放的火，佟永义在那里站了好久。

曹家，同样的鸡犬不宁。

“老爷，您不是说了，少爷和司令部的长官混得熟，怎么还要让我们跑呢？”浓妆艳抹的三姨太太哭哭啼啼，拉着曹德祖的胳膊不肯松开。

“那日本人，说翻脸就翻脸，谁能把握得住那脾气，愿意跟着走快去收拾东西，不愿意走就给那日本鬼子当姨太太去吧……”曹德祖甩甩袖子，骂骂咧咧的。

“老爷，您可不能不管我们了啊……我爹还说忙完那些药材，就回来见我……老爷……”三姨太一把鼻涕一把泪地拽着曹德祖的衣服。

院子里的下人们已经按照曹德祖的吩咐，开始收拾家里那些值钱的东西，银票和古董，一箱子一箱子往外面的马车上面运。就在这个时候，曹德祖的儿子曹俊龙回来了。

“老爷，少爷突然回来了……”

下人的话还没有说完，曹俊龙就急急忙忙地进来了：“爹，您这是往哪搬……您就听我的吧，那山上有什么不好的，吃得好、喝得好，日本人还打不进去……”

曹德祖压根就没有正眼看一下自己的那儿子，继续指挥着下人收拾自己的那些宝贝疙瘩。

“爹，您就听儿子一句劝吧，您去了那边谁照顾你啊……我二娘、五娘她们都去看过了，那山上真是不错，您去了儿子好孝顺您。”

“当初你去投靠日本人的时候，也是这么和我说的。咱们曹家的白花花的银票没少往里面送啊，可是现在呢？那群孙子变本加厉，照样不把咱们曹家当回事，谁都咬，现在还要我这把年纪的老头子跟你上山当胡子，我曹德祖丢不起这个人！”

曹德祖把桌子拍得巨响，旁边的三姨太也不敢作声了。她们都知道曹德祖的脾气，这老头子一辈子虽然没少昧黑钱、干坏事，但是思想古板，他决定的事情，谁也奈何不了的。

“谁愿意去谁去吧，我怕以后进祖坟的时候，没办法跟老祖宗交代……”

曹俊龙见他说这话，于是也不敢再劝，灰溜溜地带着几个丫环走了。

“老爷，现在处处都在保命，小的跟了您一辈子，可是我家里还是上有老下有小啊……”曹德祖的管家微微低着头，看样子是打算跟着他那儿子曹俊龙要上山当胡子了。

“行了行了，别在这惹我烦了，你愿意跟着他走，就快点滚，少在我眼前招烦。”曹德祖气得把茶碗子摔得当当响。

“老爷的大恩大德小的永生难忘……”

那管家刚要离开，曹德祖喊了一声：“站住！”

“老爷您还有什么要吩咐的，小的这去给您办。”

“帮我给那孽子捎句话，上了山当胡子我拦不住他，但是让他记住，不能抢佟家的东西，把这话带到了就行了。”

管家嘴上赶紧答应着，但是心里也纳闷儿，想当年这曹家和那佟家简直就是死对头，曹老爷子不知道背地里想了多少法子折腾那佟家，怎么临了了，反倒嘱咐少爷不让他抢佟家，这点他不论如何也没想明白。

曹老爷子算是想开了，自己折腾了大半辈子，本来以为那日本鬼子能够保曹家平安的，那大把大把的黄金白银送进去了，一点作用没起，到头来日本鬼子这边要抢自己家的财产不说，他自已还背了个汉奸的骂名，这方圆几里没有说自己好的。

从前总是和佟家斗，斗来斗去还不是都要被那日本鬼子压着，谁也喘不上气来。这佟家的二小子佟永义是和共产党有来往。曹老爷子想到这里，叹了一口气。

“怎么，你到底跟不跟我走，再不走谁都不能活命了……”曹德祖看了看旁边的三姨太，还在那里哭哭啼啼的，就是为了等她那个做生意的爹回来。这娘们的哭哭啼啼让他心里像进了苍蝇一样，嗡嗡地乱飞。

一炷香的工夫，曹家偌大的院子里就一个人影都看不见了。曹德祖带着几个家丁还有那三姨太太去新宅子的路上，回头看到自家的那个方向，飘出了一阵黑色的浓烟……

曹家，也没能幸免。

自从莲花山多了这一群胡子以后，这周围十里八乡的买卖人家都宁可绕远路，也不愿意从这莲花山下面过，尤其是那些财大气粗的人家，更是莲花山这一群土匪的眼中钉、肉中刺。

这天，佟家的车夫拉着一马车的点心从这莲花山的下面过，还没等明白过来是怎么一回事，这车夫立马就被一群拿着刀的汉子围住了。

“干什么的？”

这佟家的车夫帮着佟家拉货这么多年了，还是头一回遇上胡子，他不禁打了个趔趄，马也跟着惊了一下。

“佟家拉车的，运……运货……”那车夫拿出手帕，擦了擦汗。

“佟家……哪个佟家？”那胡子的声音低沉，一听就是个惹不起的茬。

“就是焦庄户卖点心的佟家，大爷您行行好，让我们过去吧，小户人家做买卖不容易……”

只见那问话的胡子旁边有个跑腿的，着急忙慌地跑过来，在他的耳朵旁边嘀咕了几句，那胡子的脸色一变，仔细地打量了那车夫一番，吐了口唾沫。

“他娘的，今天可是真晦气，好不容易来食了，还碰上个不能动的，快快快点滚吧，老子不想看见，碍眼的快点让他滚吧……”那胡子骂骂咧咧的，一看也不是好惹的脾气。

只见那胡子们纷纷把路给让出来了一条道，让佟家的马车通过。

这佟家的车夫也没有搞懂是怎么一回事，按道理说这土匪是应该从自己的这一车货上捞一点油水的，可不知道怎么回事，这群人竟然把自己给放过去了。这佟家的车夫百思不得其解，这关头好不容易把自己给放走了。他也不敢多嘴多问，这胡子的脾气他可摸不透，万一反悔了把自己弄回去卸条胳膊腿的……

只听见后面的胡子吆喝了一声：“曹大当家的说了，放——”

那车夫心里面直犯嘀咕，“曹大当家的……”

这一车点心运得可真是不容易，从头一天夜里开始装车，一直到第二天的晌午才运到佟永顺的点心铺，到了的时候，车夫已经累得不行了。

“哎哟，可算是到了，快快快，关上后门，日本人刚刚过去，在这街上直晃悠，我就怕把咱们的货给堵上……”佟永顺一边催促着店里的人赶紧卸货，一边盘点着货的箱数。

这批点心，那是远渡重洋，自己的点心不让卖了，现在店里上新的，都是那日本人的点心，那点心袋子上面印着的东洋字，佟永顺也念不上来。要不是为了养家糊口，他早就不干了。

只不过这佟家上上下下的都要吃饭，家里的雇工及长工也需要他来发工钱，他不能就这样撂挑子不干。

“来，把这趟的工钱给你结了，这一路挺顺利的吧？”

那车夫拿着白手巾坐在台阶上擦汗，“佟掌柜的，别提了，我拉了这么多年的货了，还从来没碰上这样的事，这回啊，在路上遇上小日本鬼子，拿钱打点过去就不提了，谁承想走到后半截的时候，碰上胡子了……”

佟永顺听到他说这话，于是放下了手里的账本：“咱们这么多年了，一直是走的这条道啊，咋会有胡子呢？”

“别提了，那胡子一看就是硬茬，跟在咱们车后面的那几个拉车的，不是被抢了，就是被敲竹杠了，唉……”

佟永顺正琢磨着，他百思不得其解，这条道走了很多年了，一直都很太平，好端端的咋就出来胡子了？

“不过您放心，佟掌柜的，那胡子也不知道是中了什么邪了，本来看那架势是要敲我们一笔的，但是后来我听什么人说佟家的货，放过去……”

听那车夫一说，佟永顺更是纳闷了：自家清清白白，没有胡子亲戚，更和那些人没有什么交情。

“你还听到别的什么信儿没有？”

“还有……还……哦，我想起来了，那其中的一个胡子还说了，好像最后的时候，提了一句……提了一句……曹大当家的……”

佟永顺的心里立马咯噔了一下，曹大当家的……难不成那曹德祖，上山当了胡子……

他把车夫的车钱结了，打理完了这一摊子以后，心里面一直挂着这件事。按道理说这曹德祖是和自己家有恩怨的，早些年的时候，佟永义整鸡子捐那事就和他们家发生过冲突，后来两家子再也没有往来。

但是这些年以来，佟家经历了大大小小的事情，凡是碰上绊子的，他都能猜得出来哪件事十有八九是曹家在给自己家使绊子。今天他们家上山当了胡子，却这样轻而易举地放过了自家，这让佟永顺死活都想不通。

一直到天黑，他回到家，朱毛毛把饭都做好了摆在桌子上。佟永顺进门换了身衣裳就要往外跑，说是去找大爷佟嘉禾。

“大爷，我有事要问您。”

佟永顺冒冒失失地进了门，佟嘉禾正坐在他屋里的饭桌前吃饭呢，见佟永顺慌慌张张地进来，头也没抬一下。

“大爷，今天车夫运货的时候说是在路上碰上胡子了，那胡子家门好像是曹家的，曹家本来就跟咱们佟家势不两立，咋还会放了我们一马呢……这中间儿，是不是藏着什么猫腻啊……”

过了好一会儿，佟嘉禾才说话：“这曹家的曹德祖，比我小个五六岁，早些年的时候，孩子们都扎堆儿聚在一起玩的，这孩子生性倔，不会上山的。”

让大爷佟嘉禾这么一说，佟永顺就更是蒙了，既然那曹德祖不会上山当胡子，那这次放过自己家一条生路的，又是谁呢?

就在这个时候，从外面呼哧呼哧喘着气跑进来一个下人，大气还没喘匀，就弯着腰站在佟嘉禾的堂屋里：“掌柜的……唉……佟掌柜的，您……您让我打听的事儿……我都问清楚了。”

佟永顺盯着他："咋样，快说，问出什么来了……"

"佟掌柜的，咱们的老宅子被那群日本鬼子放火烧了以后，听说曹家的宅子也被烧了，一开始……一开始我还不信，后来专门跑去看了看，曹家的大门都烧成灰了……"

佟嘉禾和佟永顺两个人听了这番话以后都不约而同地愣住了。

这曹德祖的儿子曹俊龙，十里八村的人都知道，那孩子是在日本人手底下做事的。早些年的时候，曹家就把唯一的儿子送到国外去念书了，谁知道学什么不好，非学那日本话，回来给小日本鬼子做事了，不知道多少人都指着他的脊梁骨在后面骂。

"行了，你先下去吧，赏钱跟少奶奶去领吧。"

佟永顺叹了口气，把目光望向佟嘉禾："大爷，您看这事……"

佟嘉禾端起桌上面的茶，抿了一口："说不定那曹家真的就上山当胡子了。"

空气瞬间就凝固了，炉子上面的水，呼呼地冒着白汽，谁都没有想到，那个家大业大的曹家，会沦落到现在这个地步。

佟永顺还是有些心眼儿的，他早就预料到了或许有一天日本人会进来，于是在这焦庄户的地窖里，他提前就屯了一些粮食，所以在这个要命的时候，佟家的人也不会挨饿。

就在这个时候，门外传来了一阵说话声。

"马保长，就是这里了……"

佟永顺听到外面的说话声，于是推门出来一看，是这个村里的马保长，还带着两个跟班的，看样子是来找自己的。

"马保长，您怎么来了？"佟永顺在没有来这焦庄户之前就听说过这个马保长，他已经在村子里面干了很多年了，村子里面的人没有不说他好的。

"佟掌柜的，不知道在这里说话方便不方便？能不能借一步说话？"

"没事，马保长，这是我大爷，我们都是一家人，您有啥我能够搭得上手的，在这里讲就好了。”

佟嘉禾别看年纪已经很大了，但是村子里都知道马保长是个好人，大家都很爱戴他，所以佟嘉禾对马保长也非常尊敬，于是把屋里最正的位置让出来给他坐。

“是这样的，佟掌柜的，你也知道，现在日本鬼子马上就要打过来了，咱们焦庄户现在还正是太平的时候，但是粮食的确也不多了，考虑到你们佟家，可能要比其他家庭富裕一些，您看能不能……”

这马保长的话刚刚说到一半，在一边的佟嘉禾就直接放话，“马保长是缺粮食吧，我这把老骨头还能够做得了佟家的主，您看需要多少粮食就尽管讲出来吧，我们佟家一定会尽最大的努力。”

佟嘉禾现在是佟家辈分最大的，他都已经发话了，佟永顺这个做晚辈的自然也不能在旁边多说什么。

“是啊，马保长，我们如果能够帮得上忙，这个坎儿大家是一定要一起迈过去的。”

“那我就开门见山了，现在老百姓都吃不上饭，家家吃的都是黑馍，东边有的人家已经开始啃树皮了，而且现在政府是日本人控制着，还要从老百姓的手里面盘剥粮食，你看，能不能拿出二百斤……”这马保长说着说着，后面的声音就越来越小了。

显然，这马保长不好开口了。他体贴佟家是刚刚从小营搬过来的，虽然是这里数一数二的富户人家，但是毕竟佟家有现在的日子，也是人家一点一点努力做起来的。

“马保长，两百斤恐怕不够村子里分几家的，这样吧，我们现在能够拿出五百斤粮食。之前早已经预料到日本人会用这招，所以从小营搬过来之前，我们佟家已经打了个地窖，囤了一些。”佟永顺没有一点儿犹豫。

“这……唉，你们佟家的恩德，我代表村子里的老百姓感谢，这真是解决了我们的燃眉之急啊，我我我……让我这当保长的都不知道该说什么话感谢你们才好了……”

这硬邦邦的汉子，说着说着眼眶就不由自主地红了。想必碰上这灾年的保长，在去各家各户筹集粮食的时候，必然没少碰壁。

“乡里乡亲的，我们佟家能够伸出手帮个忙，这都是应该的。”

佟永顺在他大爷佟嘉禾的眼里，出息的时候不多，更多的时候佟永义在他的眼里是更出息一点的，这次他做出来的这个举动却是让佟嘉禾很满意。

回到家的时候，桌子上的饭，朱毛毛早已经用瓷碗扣起来了，是怕他忙了半天回来没吃饭饿着。

“怎么，刚一回来就急急忙忙的，我听家里干活的说你去大爷那边了，是不是点心铺又出什么事了，你瞒着我，怕我着急。”朱毛毛在旁边问他。

“娘们家家的，照顾好娃、收拾好家里就行了，外面的事情不用你操心。”佟永顺看了看桌子上面的饭，一点食欲也没有。

“对了，刚刚马保长带着两个人过来了，说是要找你谈事情，我就说了声你不在家，让他们进来，他们也不肯，转身就走了。”朱毛毛一五一十地说着。

“已经找过我了，是村子里有的人家已经吃不上饭了，这不是在提倡捐粮食吗？我捐了五百斤。”

“啊？咱家里哪有这么多粮食？我看那后面的粮房，也就三四百斤了，你咋那么大的口气？”

“一个妇道人家，还总想着当管家？咱家还没搬过来的时候，我早就派家里的下人在咱现在东边的牛棚下面，挖了一个大地窖，囤了一千多斤粮食。”

朱毛毛一听这话，喜笑颜开，没想到自己的男人竟然不声不响地干了这么大的一件事儿，原本以为家里的粮食很快就不够吃了，这么看来还是他有先见之明。

“当家的，你看你还想吃什么菜，这桌子上面的菜你要是吃不顺口，我再让人去给你炒俩，再给你烫壶酒。”

佟永顺瞅了一眼朱毛毛，还没来得及说话，佟永义又急急忙忙地从外面闯进来了。

“你咋回来了？”

只见佟永义满头大汗，从家里走时穿的棉坎肩儿，后面都出汗湿透了，裤子上还沾了些泥巴。

“累死我了，哥，嫂子，我先喝口水……”

听到佟永义的说话声，江婉秋从偏房里赶紧过来。

“你身上咋整的这么多泥巴？”江婉秋上下打量着他。

“我跟俊生他们几个，这段时间帮别的村子去挖地道了，这不是快要打仗了吗？帮老百姓们囤些粮食，也方便给这个……找个埋伏的地方。”佟永义比了个“八”的手势。

还好屋里没有别的人，只有佟家这一家子，佟永顺皱了皱眉头，示意他小声说话。

“喝够了没有，我正想等你回来了以后跟你说，咱们村子里也开始挖地道了，今天马保长还来咱们佟家问了，我刚捐出五百斤粮食，应该够这老百姓吃一阵子了。”

“哥，要不你也跟我们去挖地道吧，别的村子里你不用管，就帮着马保长他们挖咱焦庄户这一段子就够了。”

“是啊是啊，当家的，我看城里的点心铺这段日子也先别开了，上次因为你进那日本货，大爷还跟你生了好长时间的气，我看不如也去帮着马保长挖地道好了。”

佟永顺也心动了：“行，那先去看看。”

说完，这哥俩就要出门，江婉秋在后面喊了一声：“永义，你回来吃不？”

“吃！”佟永义的声音无比的响亮。

“都打春了，今年这苗是一点也不长啊……”佟永顺站在地头儿，随手抓起一把土，在手里反复地捻搓着，然后任由那土一点点从他的掌心里漏下去，土真是干到了极点，没有一点点水分。

佟永顺头顶上的太阳仍然丝毫不留情面地照着，让他那暗黄的皮肤又深了几分，汗珠子顺着额头冒了出来。

佟家搬到焦庄户来以后，就开辟了这块土地。原来在小营的地，也都在荒废着，为了躲日本鬼子，没有再安排人去管。

再加上这段日子，城里的点心铺也一直没有开张，佟家大大小小的那么多人等着吃饭，日子紧巴了起来，佟永顺心里也多多少少有点焦灼。

“当家的，回去吧，吃点东西，马保长他们都在那边挖着呢……”朱毛毛知道他在这里，于是拿着一块白手巾走了过来，把那湿凉的手巾递到佟永顺的手里。

“唉，走吧，这世道，日本鬼子不让人活，老天爷也让人不好过啊。”佟永顺抹了一把汗。

天气虽然慢慢回暖了，但是佟嘉禾的身子却一点也不争气，病是越来越严重了，从他的门前路过，经常能听到他的咳嗽声。

屋里的炉子还没有灭，按道理说已经四月了，这温度不需要炉火取暖了，但是佟嘉禾却总是说冷，那炉子上面的汤药也每天咕噜咕噜地熬着。

“当家的，不是我多嘴啊，我觉得咱大爷这身子骨是一天不如一天了，咱娘虽然早就有病，但是也没大爷这么严重……”

“行了，别说了，这当晚辈啊，没有说那话的份儿，大爷性格要强，不愿意承认自己的身子骨不行，这话还是别让他听到了，都依着他来吧。”佟永顺拿起门口的一把铁锄头，扭头就往门外面走。

“哎，当家的，你不吃饭了？馍都热好了。”

“不吃了，干活去。”

朱毛毛叹了口气，捋了捋头发，甩了下手里的手巾，随手就搭在外面的晾衣绳上，刚要进屋，正看到老二家的江婉秋在外面屋檐下蹲着。

“老二家的，可不能在这屋檐底下蹲着，容易被邪风吹着的。”朱毛毛一边说着，一边去扶她。

“没事，我就在这蹲一会儿，这就进屋去了……”

江婉秋话还没有说完，紧接着又是一阵剧烈的干呕。

“老二家的，你这是咋了，是不是吃了什么不对劲的东西……”朱毛毛赶紧吩咐人把温水端一茶碗子来，在她旁边轻轻地拍打着她的后背。

“可能是天儿回暖了，吃东西的时候没太注意吧。”江婉秋接过朱毛毛手里的茶碗，只喝了一小口。水还没来得及咽下去，江婉秋又是一阵呕。

看起来江婉秋的脸色有点差劲，本来她就长得白嫩，现在看起来一点血色也没有，虚得不得了。

朱毛毛毕竟都是两个孩子的娘了，她看出来了一些端倪。

第十三章

不问收获问耕耘

“老二家的，你这脸色不太对劲啊，不会是……”朱毛毛一下子反应过来，她和佟永义成亲眼看也有几个月的时间了，朱毛毛自然而然想到了那里。

“什么啊，嫂子，不会是什么？”江婉秋还没有反应过来朱毛毛在说什么。她的眼珠子，因为刚刚呕了半天的缘故，现在憋得通红。

“你这傻姑娘，就是那个啊，怀了！”朱毛毛挑了挑眉毛，把目光转移到她的肚子上。

江婉秋本来毫无血色的脸上，一下子就泛起来了一道红晕，她一个刚刚从学堂里出来的姑娘，还从来没有去考虑过那些事。

“嫂子你在说什么啊，哪有的事！”江婉秋起身就要往房间里跑。

“哎哎哎，你这姑娘还害羞起来了，嫂子都是两个孩子的妈了，有什么不好意思的，你跟嫂子说，这段时间你来月事了没有？”朱毛毛跟在她的身后，笑意忍不住就这样在脸上弥散开。

江婉秋在心里细细盘算着，的确是已经很久没有来月事了，她眉眼略微抬了抬，看了看朱毛毛，害羞地摇了摇头。

“多久了？”朱毛毛眼睛里面亮亮的，好像已经预见到了什么。

“嗯……不多不少，俩月了吧。”

“哎！你这傻丫头，是有喜了啊！我这就安排郎中来咱家给你看看，让家里的下人给你做点补气血的吃食，这可是咱们佟家的大好事啊，永义要是知道了，那可是要高兴坏了！”朱毛毛满脸的欢喜。

“哎……嫂子……不用……”江婉秋还来不及拒绝，朱毛毛就已经开始安排晚上的吃食了。

在这个炮火连天的年代，像佟家这样不大不小的门脸，还能有这样的喜事，也不至于日子太过于枯燥无味。

“你在这歇会儿吧，老二家的，我这就去跟娘说一声，再给你弄点清口的东西吃吃。”

“嫂子……哎！”

朱毛毛满面欢喜地从江婉秋这边的屋里离开了。要说这老二佟永义可真是有福气，是佟家唯一一个有文化的，整个村子里的人都羡慕不说，在这种光景下，还领回来这么漂亮的姑娘做媳妇。

小两口成亲到现在，才短短的两个月，炕头都没有捂热，江婉秋就有了身子，佟永义真是有福气，佟家马上又要添人口了。

傍晚的时候，佟永顺和佟永义哥俩才拿着锄头回来。在马保长的带领下，焦庄户的地道挖得很快。

眼看着不一定哪一天日本鬼子就打过来了，乡亲们也都干劲十足。家家户户的老爷们都肯出力，每天从日头一出来，挖到日头下山，也没有见庄里的哪个人喊苦喊累的。

“嫂子，今天咋吃得这么丰盛？”佟永义走进屋里，先看到桌子上摆着一份烤鹅，还有几个精致的小菜，方桌的旁边还烫了一壶酒，佟永义有点纳闷了。

“你这傻孩子，一会儿你就知道了。”

这话听得佟永义一头雾水。佟永顺也看了看她，没有摸清楚究竟是怎么一回事，只是觉得朱毛毛神神秘秘的，好像有什么事情要说。

“娘……我也要喝酒。”莫言在旁边撒娇似的说着。

“你是小孩子，小孩子家家的哪有喝酒的，等你长大了才能喝。”朱毛毛往孩子的嘴里塞了口菜。

“那我要等到多大的时候才可以喝酒啊……”佟莫言仰起头，稚嫩的小脸看着朱毛毛。

佟永义在一旁摸了摸他的头，笑着说：“等你跟二叔一样大了才可以喝酒，知道了吗，臭小子。”

“今天你们兄弟俩出去辛苦一天了，咱家有个大事，得支应一下子，粮食也不多了，但是家里发生这么大的事，还是得高兴高兴。”

“嫂子……”江婉秋在旁边，“唰”地一下子又红了脸。

“婉秋，我是嫂子，你不好意思，那我就替你说了。”

一家人都把目光转移到了朱毛毛的身上，搞不清楚她们两个人在搞什么鬼。

“永义，你要当爹了，咱们家又要添人口了。”

佟永义愣了一下，随后难以置信地看着江婉秋，心里一下子不知道是什么心情了。

“这傻小子，光顾着乐了，眼睛都直了，你看看。”佟永顺端起桌子上的一口酒，咂了咂嘴，笑嘻嘻地看着佟永义。

“娘，啥是添人口啊？”佟莫言在旁边眨巴着眼睛，好奇地问朱毛毛。

“傻孩子，就是你婶婶，要给你生一个小弟弟或者小妹妹了。”

“太好喽，又有弟弟妹妹啦！”佟莫言稚嫩的小脸上咧开嘴，咯咯地笑个不停。

“哥，嫂子，我替婉秋敬你们一杯！”佟永义脸上的疲惫一下子不见了，顿时笑意盈盈。

这一夜，佟家的院子里其乐融融，好久都没有这样欢喜的氛围了。佟永义和江婉秋那边的屋子，煤油灯一直亮到很晚。

佟永义更清楚，自己马上就要当爹了，这是件天大的好事，在这个时候能给佟家添丁进口，是自己更是佟家的福气。

但是伴随着的，是他的担心。他是跟共产党一条心的，而且整日这样奔波在外，必然是对江婉秋照顾不上的，行走在刀尖上的人，怎么能不担心自己那还没有出生的娃呢?

他的担心并没有告诉江婉秋，毕竟那是男人的事情。

日本人的宪兵队在街上窜来窜去，沿街的商铺又关了不少。

俊生他们一伙儿，为了给共产党打探消息，便潜伏在日本人的司令部周围，只不过看着这日本兵突然集结起来，不知道又要去哪里祸害百姓了。

“八嘎，必须给我捉活的！森田气得狠狠地拍了下桌子。”

要知道，这次曹俊龙不但跟森田彻底翻了脸，而且山上的那帮兄弟，半路上堵死了日本鬼子的发财路，在日本人设关卡的前面，也设了一个关卡。

这样一来，好多的老百姓交了曹俊龙那边的保护费以后，就绕路离开了，日本人那边扑了个空。

这件事一下子惹毛了森田，下命令派了一个宪兵队的人去剿匪。

茶馆的棚子里，俊生和队伍里的另一个后生在那默默地观察着，试图打探点口风。

“老板，那宪兵队咋来了这么多日本兵，莫不是有啥动作?”

俊生是茶馆的常客了，每次喝完茶，他也经常会给茶馆的老板多扔几个钱，所以一来二去，这老板跟他也很熟了。

只见那老板努了努嘴：“这回啊，冲着莲花山去的，听那翻译官叫叫嚷嚷的，好像是莲花山上那群土匪捅了马蜂窝了。”

俊生皱着眉头，那莲花山上的土匪应该是刚上山不久，那地方前些年的时候也有土匪在那里扎根，但是附近村子不多，再加上那群土匪的人马也不多，所以一来二去就散开了。

“老板，那莲花山前不着村后不着店的，咋会惹着日本人呢？”

那老板把胳膊上的白手巾往肩膀上一甩，俯下身来：“听说是莲花山上的胡子在半路设关卡，把这群日本人的财路给挡住了……”

在日本人眼皮子底下开茶馆，这老板也是小心得很，说完便扭头进了屋里。

“俊生，要不要这事去和永义商量商量，别的不怕，就怕这群不长眼的日本鬼子，半路上伤了老百姓啊。”

“走！”俊生朝着地上吐了口唾沫，斩钉截铁地说道。

两个人刚走下那段长坡，就迎面遇上了佟永义。

“永义！你怎么来了？我们俩正要去找你呢。”

“去帮柳家村挖地道，你们那边进行得怎么样了？”佟永义说着，额头上亮晶晶的汗珠子一个劲地往下滚。

“我们那边挖地道暂时不需要人手，现在有个棘手的事儿要跟你说，那群日本鬼子要去莲花山剿匪了，这不是怕他们途中不长眼，祸害老百姓，我们几个怕考虑得不周全，这不琢磨着来跟你想个对策。”

佟永义愣了一下：“莲花山剿匪？我倒是听说那边有刚上山的胡子，这样，你们俩先去沿着的村子里散一下消息，我有急事，回去一趟。”

佟永义第一反应就是佟永顺点心铺的马车，按照平日里的习惯，运货回来一定会从那莲花山过，那是老路子了，这回要是碰上胡子事还是小的，万一要是碰上那些杀人不眨眼的日本鬼子，那事情可就更大了。

“嗵”一下子，佟永义急慌地把家里的木门推开，正看到了在院子里晾衣裳的用人。

“二少爷回来了。”

“看到我哥和我嫂子没有……”

还没等着佟永义把话说完，朱毛毛就从茶廊那边不慌不忙地走了过来：“你咋回来了，永义？不是在挖地道吗？”

佟永义来不及和她解释，就赶紧问道："嫂子，我哥呢？点心铺的车回来了没有？"

"你哥……你哥在屋里呢，刚从大爷那回来，咋了这是，慌里慌张的？"朱毛毛看他冒冒失失的，摸不着头脑。

佟永义三步并作两步，推门进了堂屋，看到正在拨拉算盘的佟永顺。

"哥，先别算了，我问你，咱们家点心铺的马车回来了没有？日本鬼子要去莲花山那剿匪了。"

佟永顺立马就停手："啥？小日本鬼子要去剿匪？"

"我听说是莲花山上的胡子们，挡了日本鬼子的财路，这不正在集结队伍，是冲着莲花山去的，咱家的马车不是从那里经过吗？我就怕到时候遇上那些杀人不眨眼的鬼子。"

"咱家的马车刚回来，莲花山上的土匪还放了咱们一马，那……"佟永顺迟疑了一下。

佟永义一下子没明白过来是怎么回事，他只知道自己家的车队没事就好。

刚刚他和佟嘉禾那一顿商量，基本上已经断定了这莲花山上的胡子就是和曹家人有关，即使不是曹德祖，也是和曹家有关的人。

胡子有胡子的规矩，既然没抢佟家那就是有恩佟家。佟家也不是白占便宜的，佟永顺打算趁机就把这个人情给还了，或许能够帮得上那群胡子的大忙。

"我让家里的车夫快点赶车，去莲花山底下给他们报个信儿，抄小道回来，应该还来得及，人家放过咱一马，咱也得把这人情还了。"

"哥……可是……"佟永义有点不理解，为啥佟永顺还非要帮那为非作歹的胡子。

佟永顺知道自己这么做，佟永义肯定不能理解，便挥了挥手说道："知恩图报，不管咋样，那胡子也是中国人，现在是日本人打中国人，就这么定吧。"

家里的车夫栓子，从马棚里牵了马，二话不说就往那莲花山赶，别的情况不知道，出门的时候只记得掌柜的嘱咐了一句“知恩图报”，让他快去快回。

不到半个钟头，栓子就驾着车进了胡子们的地盘上。

“砰”……一声枪响。

“站住！干什么的？”一个油光满面的大汉从树林子里面跑出来。

那车夫的马受了惊吓，立马就停住了。

“焦庄户佟家的车夫，那会儿来过一趟了，这次是佟掌柜的让来报信儿的，说待会儿日本鬼子冲着莲花山上来，让你们避一避！”那车夫其实心里面也是战战兢兢的，但还是壮着胆子和他说话。

这曹俊龙就在一旁听着，早先老爷子就吩咐过了，遇上佟家的货，放过他们，这次倒是懂事地来给报信了，没想到这佟家还有几分仗义。

“我们当家的说了，这次记住你们佟家的恩了……”有一个胡子提高嗓门，朝着这边喊过来。

随后，莲花山上的胡子纷纷撤退，佟家的车夫也抄着小道离开了。

一群日本鬼子好不容易赶到了莲花山，没想到却扑了个空。这座山头又陡，林子又密，他们来之前对这里的地形并不了解，所以根本没那么容易爬上去。

曹俊龙早就考察好地形了，从山的迎面看，林子茂密，没有攀登的山路，但是从山的背面，他们却开出了一条上山的路，这里的地形复杂，所以让很多入侵者知难而退了。

一直等到黑天，日本鬼子也没找到上山的路，那日本兵又不敢回去就这么和森田交差，就在这山底下耗着。

等到第二天一早的时候，那些日本鬼子体力耗得差不多了，干粮和水眼看着也不太够了，只好原路返回。

这事儿第二天就上了东山的报纸，街上卖报的不敢大声吆喝，但是拿到报纸的人，心里面没有一个不在议论。

森田却勃然大怒，直接免了当天带领军队上山的那头领的职，听说直接给遣送回了日本。

佟家院子里，佟永顺和老岳父看了这条新闻，乐得合不拢嘴。

“爹，这回更确定了，那莲花山上的胡子就是曹家的，可这三番五次地和他们会面，也始终没有见到那曹德祖。”

朱洪烈眯着眼睛，嘬了一口烟袋，然后又不紧不慢地吐了口烟：“我看啊，这山上的可能是曹德祖他儿子曹俊龙，你可得知道曹德祖那老东西是块硬骨头，半截子入土的人了，当了胡子还怎么好见祖宗了，他没那么容易上山的。”

“这倒也是，万万没想到，当初三番五次和咱们家作对的曹家，这回也被逼上了绝路，可见这日本人有多心狠手辣，曹家那儿子之前可是在日本人手底下混的，唉……”

“这世道啊……”

两个人正聊着，佟莫言从外面小跑着进来了，小脸红扑扑的，急吼吼的喊：“爹，爹……大爷爷摔了……”

“啥？你大爷爷咋了？”

“大爷爷摔在门鼻子下面了，婶子和二叔都过去了！”佟莫言一五一十地和佟永顺学舌说道。

佟永顺噌地一下子站起身来，一把抱起佟莫言，二话不说这爷俩就往佟嘉禾那边赶。朱洪烈在后面吧嗒吧嗒地抽着烟袋，也许已经预料出了这次事情不妙，所以眉头紧紧地皱着。

佟嘉禾身子骨不好，这也不是一天两天的事情了，日本人来了以后，都给老百姓吃混合面，咽不下去，拉不出来，病就更重了。请来的郎中早早地就给佟嘉禾配上了加大剂量的药，佟永顺直觉这次不会是什么好事在等着自己。

等到这几个人一路小跑到佟嘉禾那边的时候，屋里已经隐隐约约地传来了哭声。

朱毛毛和江婉秋妯娌两个跪倒在佟嘉禾的炕边，佟嘉禾大口地呼哧呼哧地喘着，眼看着哪一口气喘不上来就要不行了，他身边的哭声越来越大。

莫言和破虏两个小孩子不明白是怎么回事，至少莫言在他这个年纪，还不懂得生离死别，对死的概念是很模糊的，他只是见到这么多大人围在那里一起哭，于是他也跟着呜呜地哭了起来。

只见佟嘉禾安静地直挺挺地躺在炕上，嗓子里面呼哧呼哧地喘着粗气，眼神倒是还有一束光聚着，瞪得大大的，还没有散掉。

“大爷，大爷……这速效药我给您取来了，快点吃上。”佟永顺一只手端着茶碗，另一只手哆哆嗦嗦地把那黑乎乎的药丸子递到佟嘉禾的面前。

佟嘉禾摆了摆手，并没有要去吃那药的意思，他让周围的人都退下去：“永顺……永……顺，让他们都……咳咳……都下去吧，我有话跟你……跟你说。”

“都下去吧，大爷累了，我陪他说说话，毛毛，你带他们下去吧。”佟永顺的眼睛里充满了疲惫，他知道这次大爷或许是真的扛不过去了。

佟嘉禾见人们都从屋里陆续出去了，眼神也比刚才平静了些：“这药吃了也没啥用了，别费……别费那个劲了……”

“阎王……阎王在叫了……这药也没有用了……永顺……记住了……保全佟家……”佟嘉禾像是费了好大的力气，就从嘴里挤出这几个字。

佟永顺低着头，跪在他的炕边，眼泪和鼻涕连连，佟嘉禾和他说的每一句话，他都拼命地点头，尽管平日里佟嘉禾这个当大爷的，固执而且对自己要求严格，但是血浓于水的亲情是什么都不能改变的。

“大爷，我都听你的，保全佟家……”

不到一炷香的时间，佟嘉禾的呼吸就变得慢慢地没那么沉重了，他安详地闭上了眼睛不再说话。随着佟永顺的一阵恸哭，屋外的人也都明白过来，纷纷跪着爬进来，围在佟嘉禾的炕边，铺天盖地的哭声从佟家的院子里传来。

安静的焦庄户，因为佟嘉禾的离世，一阵阵的哭声从佟家传过来，把这死寂完全地打破了，一连多少天都听不见动静的村子突然有了哭声。

在一阵哭声中，佟嘉禾走了。一辈子受过的苦难可以说是不多的，尽管赶到最后日本鬼子快要来的时候了，粮食是比之前紧缺了些，但是没有人不说他这一辈子好福气。

佟家的院子里张起来了白布，前来吊唁的，除了原先在小营佟家交好的那些门户，还有搬来焦庄户结识的一些亲戚、邻居，可以看得出，佟嘉禾生前的人缘是非常好的，非常受人爱戴的。前来的人纷纷叩首、作揖，佟家的老老小小在一边还礼。

自打朱毛毛嫁进来以后，佟家除了佟陈氏外没有别的长辈，所以佟嘉禾就扮演了公爹的身份，佟家有什么事情，多亏了佟嘉禾这些年在一旁提点，所以朱毛毛在佟嘉禾入土的当天，也险些哭坏了嗓子，花了好长一段时间才休养过来。

在佟嘉禾离世后的第二个月，焦庄户的地道挖得已经很不错了，里面不仅可以容纳老百姓吃的一些粮食，而且如果哪天日本鬼子打进来了，里面隐藏一些老百姓和共产党人也是没什么问题的。

这天，佟莫言从学堂里背着书包回来，嘴巴里面不知道叽里咕噜地念着什么东西。

正在茶廊里喝茶的朱毛毛看见了，立马喊住了佟莫言。

“言儿，快过来，上娘这里来。”

“娘……”佟莫言飞快地朝着她跑了过来，一天没有见到娘了，开心地都要把嘴咧开了，他顾不得把身上的书包摘下来，一只书包带子耷拉着。

“言儿，学堂里的教书先生今天又给你们教啥了？娘看你这回来一进院子就嘟嘟囔囔的，娘又不识字，快点和我说说。”

佟莫言把小脸一拉：“娘，今天先生生气了，眼镜子都被那日本人打烂了……我嘴里念的是日本话。”

朱毛毛被他这脱口而出的话吓了一跳，赶紧捂住他的嘴，好让他小点声音说话。

毕竟在这个混乱的时代，没有人不会想着保全自己的性命，对“日本鬼子、共产党”这样的话，大家都是很谨慎才敢说出口的。

“小点声音啊，我的小祖宗呦，这话可不敢乱讲，被外人听到了还不知道要惹出什么乱子，可不能跟别人说你会日本话，听到了没有？”说着，朱毛毛便把儿子佟莫言身上的书包帮他摘下来，一把把他搂过来，搂在了怀里。

“娘，他们都说日本人不是好人，来到咱们中国杀人放火，今天还把学堂的先生给打了，而且还让先生教给我们日本话，说是我们学不会就把先生给抓起来……”

朱毛毛愣住了，没想到这些日本鬼子这么心狠手辣，欺负中国人，挨家挨户地抢东西也就不说了，现在连学堂里的孩子们也不放过了。

“好了言儿，放下书包去屋里跟你弟弟玩吧，你婶娘也在屋里呢，明天娘就不让人去送你上学了，在家玩两天吧。”

佟莫言只是听到明天不用去上学了很开心，像个小兔子一样飞快地跑进了屋里，但是却不知道这其中复杂的原因。

朱毛毛这当娘的听了儿子刚刚的一番话，却是忧心忡忡，悬着的心始终不能放下来。她怎么还敢让自己的儿子去学堂呢，日本鬼子既然能把教书的先生打了，那就有可能会对这帮孩子下手。

她在那边默默地叹气。那学堂里教书的先生她是见过几次的，斯斯文文的，就像家里的佟永义一样，一看就是文质彬彬的教书先生。

第二天一早，鸡刚刚叫，佟家的用人就开始忙里忙外地准备早饭了，佟莫言像往常一样揉了揉自己的眼睛：“娘，我今天还去上学不？”

朱毛毛迷迷糊糊中说了句：“不去上学了，昨天娘不是已经跟你说过了，让你在家里休息几天，想怎么皮就怎么皮，别出门乱跑就行。”

一直等到饭后，车夫在外面等得急了，才进屋里来催：“少奶奶，莫言今天还去学堂吗？这时间已经差不多了。”

“不去了，你去帮着掌柜的拉货吧，莫言这几天我让他在家里休息。”朱毛毛一边说着，一边把饭菜往两个孩子的嘴里送。

在一旁吃饭的佟永顺停住了筷子，一脸疑惑地看着朱毛毛：“不去干啥，好好地咋不让娃去学堂认字了？”

朱毛毛赶紧地给孩子们嘴里又填了一口饭：“言儿吃饱了吧？吃饱了带你弟去玩吧。”

她打算跟佟永顺解释一番，于是刻意把这两个孩子支开，毕竟两个孩子还小，朱毛毛和佟永顺说的日本鬼子杀人的那些话，不希望他们听到。

“昨天太阳快下山的时候，言儿回来和我说，他们学堂的先生昨天被日本人给打了，眼镜都打坏了，那日本鬼子强迫学堂里的学生学说日本话，我不想让言儿去了。”朱毛毛说这话的时候，怕外面的人听了去，音调也刻意压低了几分。

“真的有这样的事儿？”

朱毛毛点着头：“这种事情还能跟你说笑了？到时候把娃送去了，再碰上日本鬼子了，说不定就要对娃们动手了，言儿可是佟家的命根子，让儿子去那样危险的地方念书，你能愿意了？”

佟永顺没有再说话，只是朱毛毛的这一番话让他很是担心，既然日本鬼子都能去学堂里惹事了，那说明离着来到焦庄户的日子也不会太远了。为了保险起见，不如就像孩子他妈说的那样，让佟莫言在家里待几天避一避。

“少奶奶！快去看看二少奶奶吧！”一个服侍江婉秋的丫头慌慌张张地跑了过来，嘴里喊着少奶奶，带着满头的汗珠子。

朱毛毛大概也能猜得出来是怎么一回事，可能是江婉秋快要生了。她三步并作两步，跑到江婉秋的房里，进来的时候，已经看见她盖着被子出了满头的大汗了，脸色也比平日里更加的苍白。

江婉秋见她来了，紧紧地锁住眉头，疼得一句话也说不出来。

“婉秋啊，你再坚持一会儿，已经派人去请郎中了，在来的路上，接生婆也马上到了，不怕啊，嫂子在这呢。”朱毛毛已经是生过两次孩子的人了，当然知道这些，所以极力抚慰着江婉秋的情绪。

江婉秋的眼睛还是一个劲地往外望，朱毛毛知道她在等什么，大概这个时候，她心里更希望佟永义回来陪着的吧。

朱毛毛扭头小声对着屋里的丫头问了一句：“去叫二少爷了没有？这都啥时候了。”

“少奶奶，已经派人去请二少爷了，现在应该在来的路上了吧。”

一炷香的时间不到，江婉秋看起来表情又比方才痛苦了几分，佟永义呼哧呼哧地喘着粗气，从外面跑了进来：“嫂子，嫂子，婉秋她怎么样了？要紧不要紧？”

不知道是佟永义回来的正是时候，还是江婉秋听到了他的声音心里顿时踏实了不少，屋里“哇”的一声，一阵婴儿的啼哭声穿透了整个佟家的院子，孩子出生了。

在场等着的所有的人都松了一口气，脸上有了笑模样。

“恭喜二少爷喜得贵子，恭喜恭喜，二少奶奶也平安。”那接生婆也高兴得满脸褶子，一个劲地和佟永义道喜。

“辛苦了，账房我已经安排你的赏钱了，下去领了吃顿好的。”朱毛毛笑着对那接生婆说道。

里屋里，刚刚生完孩子的江婉秋脸上没有一点血色，看上去虚弱得厉害。在她枕头的不远处，用襁褓裹着的是一个白白嫩嫩的、眼睛大大的婴儿，那清澈的眸子，谁看了保准都会喜欢。

“婉秋，我回来了，现在你是咱家的大功臣，为我生了儿子……”佟永义看着那白白嫩嫩的孩子，嘴里结结巴巴的，一时不知道该说什么才好。

“永义……你……抱抱咱们的孩子吧……”江婉秋颤颤巍巍地说道。

佟永义虽然是读书人，没有那么糙，但是毕竟也是个大老爷们，他从来没有抱过这么小的孩子，更何况面前这个白白嫩嫩的小家伙，竟然就是自己的儿子了。

“还愣着干什么啊？永义，婉秋让你抱一抱自己的儿子。”这个做嫂子的朱毛毛在旁边用胳膊肘撞了一下佟永义。

他小心翼翼地抱着孩子，让他躺在自己的怀里，这个小家伙竟然就是自己的儿子了，他的身上淌着的是和自己一样的血。

就在这个时候，一阵急促的声音从外面传来：“永义，永义！快点，出事了！”

佟永义听到外面叫喊自己的声音，来人正是俊生，他这个时候叫自己，一定是共产党那边出了大问题了。

“嫂子，你先帮我抱孩子，外面有事找我。”

佟永义就这样，孩子在他的怀里还没有抱热乎，就把孩子交给了自己的嫂子朱毛毛。

“到底出啥事了？”

俊生呼哧呼哧地喘着粗气：“不好了，生子送任务的时候，被日本鬼子发现了，现在还关押在那日本人的大牢里，我现在不担心生子说些什么，就怕这日本鬼子起了疑心，下来跟老百姓要人啊……”

佟永义像块木头一样僵在了原地，怪他们事前没有考虑好万一哪天被发现了该用什么样的对策，这下没有别的好办法了，只能逃。

“走吧，待在这里是不安全了。”佟永义平静地说道。

“你等一下，我回屋里再说几句话。”

孩子刚刚生下来，刚才还沉浸在当父亲的喜悦里的佟永义，顿时就像是变了一个人一样。

“咋了永义？”朱毛毛把头扭向他，从他的表情上，也能知道大概是发生了一些不太好的事情。

“嫂子，我得走了，外面出了点事，日本鬼子可能会来抓人，要是真的来咱们佟家抓人了，咬紧牙关别说我是佟家的。”

朱毛毛听他这么一说，毕竟是个妇道人家，眼睛里也慌了神。

“我进去和婉秋说几句话。”

朱毛毛点点头，随后捅了捅旁边自己房里的丫头，让她去把佟永顺找来。

屋内，江婉秋安静地躺在炕上，头上的汗渍慢慢落下去，她安静地注视着躺在自己身旁的那个小婴儿，那是她和佟永义的儿子。

“婉秋，我对不住你，报信的同志被日本人抓了，我留在这里实在是危险，怕牵连了咱们这一大家子，可能要出去避一避风头了。”

听到这话的江婉秋表现得额外镇静，自打她知道佟永义协助共产党做事以来，就知道这个工作是危险的，不保性命的。

“永义，你走吧，走得远一点，别让日本鬼子发现了你，只要你平平安安的就好。”

“我再抱一抱儿子吧。”说着，佟永义像刚刚抱孩子一样，又把他放在自己的怀里，想到这个孩子将来要像莫言一样，长大，去上学堂，佟永义的脸上就有遮挡不住的喜悦。

“娃的名字还没有取吧，就叫他‘胜利’吧，怎么样？希望有一天能够早点把日本鬼子赶出中国，早点取得胜利。”

江婉秋点点头：“你是他爸，儿子的名字就你来取，就叫他‘胜利’吧。”

看着佟永义出了门，江婉秋一直含在眼里的那汪眼泪儿才流出来。江婉秋并不在乎自己刚刚生下孩子，佟永义就没能陪在自己身边，她担心的是佟永义这一去，是否能像往常一样平平安安地回来。

当哥的佟永顺也没有说什么，在屋外叼着烟袋已经吧嗒吧嗒地抽了好久了，见佟永义出来，他只是拍了拍他的肩膀：“自己要多加小心！”

……

转眼间，佟永义已经走了五六天了。佟永顺这个当哥的，没有落下一天的报纸，虽然他大字不识几个，但还是去找自己的老丈人问报纸上登的内容。佟家的每一个人对佟永义走的事情闭口不提，但是每一个人的心里就像是绷了一段弦，都在担心着他。

因为外面打仗，焦庄户的老百姓已经封在村子里一个多月了，有钱的人家已经提前搬到了关外，留下来的大部分是祖祖辈辈根长在这里的普通人家。

眼看着焦庄户的百姓的粮食已经快吃完，朱毛毛听说外面已经有的人家开始啃树皮了，佟家虽然家大业大，但是也有这上上下下一院子的人要养活，实在是没办法再救济他们了。

偶尔会有瘦骨嶙峋的人上门来要粮食，朱毛毛就让人去施舍一点，大部分时间，佟家的门是紧紧闭着的。

"少奶奶，少奶奶，门口又来人了……"

朱毛毛微微地闭上眼睛："多不多？几口人？"

"就一个老太太，还拖拉着她的小孙子，说是家里的人都死了，来讨口饭吃。"

"看看咱家的地窖里还有多少粮食，给她们拿一袋子，赶紧打发了吧。"朱毛毛也很无奈，她本是性情善良的女人，可是这个年头，家家都缺粮，家家都在保命，她又能有什么办法呢。

离开家的佟永义并没有走远，现如今日本人占领了整个东山县城，无论逃到哪里，都免不了是在日本人的枪杆子底下活着。

被关押在日本人大牢里的生子，几天下来已经被折磨得不像样子，那些日本人心狠手辣，用烙铁把他的胸膛烫得通红。

听县城里的人们说，有几天日本人开着卡车，卡车上绑了一个半死不活的中国人，说是让街上的老百姓辨认是谁家的人，没有一个人敢站出来认。

佟永义那一伙人当时就有在那条街上的，车上的那个人就是生子，日本人这是拿着他当诱饵，想把这些暗地里为共产党做事的年轻人逼出来。佟永义并没有离家太远，而是和俊生他们几个找了个山窝子，天气好的时候，还能看见远处的佟家大院。

这天，村里的富贵急忙往马保长的家里跑。

“马保长！保长……不好了……”富贵的棉鞋在地上拖拉出一溜烟的尘土，险些摔了个大跟头。

这些天以来，马保长的心无时无刻不提着，最不想听到的事情还是来了。

“慢慢说，到底怎么了？”

“马保长……日本鬼子已经到刘家屯了，看样子是朝着我们这个方向来的……”满脸尘土的富贵喘着粗气，焦黄的脸上露出从未有过的惶恐。

马保长稍微思量了片刻：“让村民赶紧藏好，村子西头你去找人通知，东边我来想法子。”

焦庄户也在劫难逃。

咚咚咚……佟家的大门被富贵敲了好几下，有一个丫头从里面走出来把门打开。

“赶紧通知你家的人，日本鬼子要来了，能藏就藏，能跑就跑。”富贵因为跑了好几家的缘故，嗓子都变哑了。

那丫头一听脸色都变了，转头就朝着屋子里跑去：“少奶奶……少奶奶……不好了，日本鬼子要来了……”

正在屋内缝衣服的朱毛毛手一抖，小衣服滚到了地上。

“这话到底是真是假？哪里传来的？”

“少奶奶，刚刚富贵挨家挨户通知的，看那样子是真的了，他还说让咱们能藏的赶紧藏起来，能跑的赶紧跑。”

屋内的佟永顺把这话听得一清二楚，日本鬼子果然还是来了。

“孩他娘，带着莫言和虏儿两个娃去地窖里躲一躲吧，想跑是不太可能了，咱们这么一大家子人，往哪跑？”

这是佟家第一次碰上这样的事情，佟永顺却是出奇的冷静，或许他心里早就知道会有这么一天。

“砰砰砰！”……外面的枪响听得已经很真切了，日本鬼子已经进了焦庄户。

佟家的妇女孩童都已经藏到了地窖里，外面留下来的是佟永顺和自己的老岳父朱洪烈，当然还有几个跟着的长工。

“哐当”一声，佟家的大门被日本兵拿着枪砸开了，几个日本兵嘴里叽里呱啦说着他们听不懂的话，佟永顺和朱洪烈两个人坐在堂屋的两把椅子上，神情面相没有丝毫的慌乱。

不一会儿的工夫，一群日本兵就把这两个人给围了个严严实实。

一个拿着白色纸扇的、穿着黑色的长靴，嘴里镶着两颗金牙的翻译官走过来，打量着他们两个人。

“佟永义可是你们家的人？”

“呸，狗汉奸！”佟永顺没有正眼看他，用力朝着地上吐了口唾沫。

只见那个翻译官满不在乎地说道：“什么汉奸不汉奸的，这个年头最起码可以混口饭吃，在谁的手底下不得卖命啊？这年头，谁都想活命，那村里的吃不上饭的人，不还是出卖了你们这佟家大院儿……”

佟永顺听完他说的这一番话，气得浑身打哆嗦，原来这次日本鬼子进焦庄户，不是为了扫荡村子，而是直接奔着自己家来的。

“八嘎！你的……快快的……”旁边的一个日本人急了，险些拔出自己的刺刀，却被旁边说话的那个翻译官按住了。

“佟永义是你家的吧？他现在人在哪里，赶紧把他交出来，否则就是和皇军作对！”

“不认识佟永义，没有这号子人。”佟永顺斩钉截铁地说道。

“砰！”

门外面响起了一声枪响，不知道是哪个日本兵放的枪，也不知道是谁家又遭了殃，隔着庭院都能听到外面的嘶吼声，佟永顺的心被紧紧地拉扯着。

“哇——”

不知道从什么方向，传来一阵婴儿的啼哭声，佟永顺知道，那是地窖里的声音，还没有出百日的婴儿胆子本来就小，外面又是打枪又是哭喊，孩子难免受了惊吓，哭了出来，佟永顺的心提到了嗓子眼。

“什么声音的干活……”那个日本兵的头目也听到了这阵婴儿的啼哭声，瞪着佟永顺。

“给我搜，朝那个位置！”

地窖里，江婉秋拼命地捂住自己儿子的嘴巴，不想让他的哭声被日本人发现，谁都知道，孩子落到日本人的手里，那可就凶多吉少了。

那狭小的地窖里，大家都躲在里面不敢说话，连呼吸都是小心翼翼的，尽管这样，也还是没能够逃得出日本人手里牵着的那条猎犬，嗅到了他们的气息。

“汪汪——”

随着那猎犬的叫声，日本人发现了那个不起眼的柴火垛……

“佟先生，你们佟家不是没做什么亏心事吗？怎么这地窖里还藏了一堆人……这要是让皇军知道了，可是要掉脑袋的。”

那翻译官龇牙咧嘴地正对佟永顺讲着话，有一个日本兵飞速地跑过来，在他的耳朵旁边咕哝了几句，随后翻译官的神色大变。

“佟永义不在这里是吧？那佟永义的儿子总在吧？”

佟永顺终于忍不住了，大拍桌子：“你们到底要干什么！”

“干什么？……”翻译官对着堂屋外面挥了挥手，随后莫言、虏儿还有被江婉秋抱着的佟胜利一同被带了上来。

“这几个里面，哪一个是佟永义的儿子？”翻译官指着三个孩子问他。

佟永顺始终不说话，随后那日本人直接把枪口对准了佟莫言。

“爹……爹救我……”佟莫言眼泪儿唰地就涌了出来，直接往佟永顺的怀里跑。

“吆西，这个不是佟永义的儿子，他是……你的。”翻译官点点头笑着。

那日本兵刚要把枪对准佟破虏，这个时候，江婉秋直接抱着孩子站了出来：“够了！放过他们。”

“老二家的！”佟永顺急得直拍桌子，他被日本兵紧紧地按在那里动弹不得。

“我是佟永义的女人，放过孩子，孩子还小，带我走！”

那翻译官上下打量着江婉秋：“真是白长了这么好的身段，跟着谁不好，跟着一个共产党的狗腿子……”

“呸！总比你这种狗汉奸好得多！”

那翻译官被江婉秋吐了一脸的口水，他笑眯眯地擦了擦：“不过呢，女人不值钱，我们大日本皇军说了，只抓佟永义，要不然就抓他的儿子，带走！”

江婉秋紧紧地抱着怀里的儿子，说什么也不肯松开，那可是她和佟永义的第一个孩子，可是她的命啊。

屋里的所有人，都被日本兵拿枪对准，佟永顺想要站起来，却被死死地按住，那是永义的儿子啊，他走之前托付给自己的，他怎么能眼睁睁地看着日本人把孩子带走？

“我跟你们拼了……”

“刺啦”一声……佟永顺的手指被日本人用刺刀狠狠地扎了进去，整个手就像是断掉一样，汩汩地往外冒着鲜血……

江婉秋在自己的嘶吼声中被日本人狠狠地踹倒在地上，她站不起来了，眼看着怀里的儿子就这样被日本人夺走了。

被日本人押在外面的朱毛毛看见满院子的日本兵离开，不顾一切地冲到屋里来，看到江婉秋趴在地上。

“快点来人，快把二少奶奶扶起来，快点！”朱毛毛在外面的时候，听到那撕心裂肺般的哭声了，而且她清楚，江婉秋那样做，也是为了自己的孩子。

哪个当娘的，能舍得自己的孩子就那样被抱走呢，更何况那还是个没有过百天的孩子啊。

“来，婉秋啊，快起来。”

“二婶……二婶……”佟莫言平日里就跟江婉秋要好，江婉秋也爱给他讲些笑话逗他高兴，看到她这个样子，佟莫言也哭着往她的怀里钻。

日本鬼子一走，佟家的家丁就去请郎中了，佟永顺的手指头被日本人扎成了那样，虽然说碍不着性命，但是也流了不少的血。

晚上，佟永顺屋里的灯亮着，两口子坐在方桌前面，佟永顺一言不发。

“当家的，你手指头还流血不？还疼不疼了，要不要明天再让郎中过来给你瞧瞧？”

佟永顺摇摇头，眼睛仍然直愣愣地看着前面。

“当家的，你倒是说句话啊，我一个妇道人家，能有什么好办法，现在咱们家出了这么大的事，永义还不知道，要是知道了，不得和日本鬼子拼命啊……”朱毛毛急得哭了出来。

“哭，哭有什么用？……”佟永顺终于从牙缝里挤出来这么几句话。

“你看那老二家的，都成了什么样子了，送进房里的饭，一天都没有动了，再这样下去，等老二回来了，咱们可怎么跟他交代啊……那孩子还这样小……”

“你早点睡吧，女人家的不用操心这些事情，明天我有法子。”说着佟永顺把堂屋里的油灯吹灭了，朝着外面走去。

“这么晚了，黑灯瞎火的，你去哪儿？”

“去找你爹说话。”

这个晚上，佟家似乎所有的人都没有睡好，已经很晚了，每个屋里的灯都还亮着。

“爹，您还没睡？”

朱洪烈嘴里的烟袋吧嗒吧嗒地抽着，烟灰也已经蓄了很久了。

“说说吧，今天这事你咋想的？”

“村子里的人家已经饿得不像样子了，是有人出卖了佟家，为了换几斤白米面。我还听说那户人家，白米面是给了，但是和日本鬼子讲话的人，也被当成嫌疑犯带走了。”

朱洪烈还是默不作声。

“掌柜的……掌柜的……来人了，外面门口跪着一个婆娘，还抱了个娃，说是有事要见您，您要不肯见那婆娘，她就要跪到天亮。”

佟永顺听完家丁说的，眉头一皱：“你喊她进来吧，来这屋见我就行，少奶奶和孩子他们都睡了，别吵醒了他们。”

不一会儿的工夫，那穿得破破烂烂的婆娘，抱着娃就进来了，一进屋直接就跪在了佟永顺的前面。

“佟家掌柜的，救救我们家吧，是我那挨千刀的当家的鬼迷心窍，为了给我们换口白米面吃，把你们家老二给出卖了……是我男人犯的错，要杀要剐我都替他担着……”

那女人哭哭啼啼的，一只手抱着孩子，另一只手使劲地抽自己的脸，怀里的孩子看上去不大，也就和佟胜利差不多。

佟永顺最受不了女人这个样子，虽然她说的话自己是已经听明白了，是她的男人出卖了佟家，才会招来今天这样的祸事。

“行行行，你先起来吧，起来再说。”

旁边的家丁虽然也鄙夷这样的女人，但还是扶着她起来了。

“佟掌柜的，我今天来没有别的意思，就是求求您大发慈悲，大人不计小人过，救救我们家当家的吧，我们家没有他，那天可就塌了啊……”

朱洪烈吧嗒吧嗒地抽着烟袋，仍然一句话也不说。这件事情听起来可笑，明明是她的男人为了换白米面出卖了佟家，现在反倒转过头来求佟家救她男人。

“我们家的娃现在也被日本鬼子抱走了，能有什么法子把人给救出来，咱们都是一个村子的，你们家吃不上饭，哪怕是过来伸伸手也好，总比当了日本人的走狗要好吧！”佟永顺说道。

“是是是，佟掌柜的说得对，我们家那个挨千刀的，当时就是鬼迷心窍了，眼里只有那几斤白米面，现在我和娃没有他可怎么活啊，只有佟掌柜的能救得了我们……”

“行了别哭了，现在哭能有什么用，我也没办法救你们，我连自己家的娃都救不了。”佟永顺拉着脸，这句话从他的嘴里说出来，也是万般不得已。

“佟掌柜的，我今天来找您，就是为了这事，想当初，我们家当家的为了换白米面这事，也是从他远房表叔那里听来的，或许解铃还须系铃人，从他那里能办这事……”

“哪个远房表叔？”

“就是原来的县长，王修祜，不过我们家去找他们王家借粮的时候，没有一次是痛痛快快的，王家看不起我们家这样的穷亲戚。”

“王修祜？”

“是啊！佟掌柜的，他现在在日本人手底下办事了，听说是日本宪兵队的顾问，日本鬼子的头头，要什么消息都从他那里打探呢，我这个远房表叔啊，就认钱！”

朱洪烈嘴里面抽着的烟袋，突然就停了。

“你先回去吧，我们再想想办法。”

等家丁把那婆娘送走以后，佟永顺问道：“爹，你看这事能行吗？咱要不试试？”

“这婆娘别看哭哭啼啼，有一件事儿倒是说对了，王修祜那人，就是认钱，现在人为刀俎我为鱼肉，只能吃这哑巴亏了。”

“那爹您看我明天带多少银票去，才能把老二家娃给救出来。”

朱洪烈琢磨了一会儿，伸出来一个巴掌：“我看至少要这个数。”

佟永顺叹了一口气，佟家已经不是一开始那样的光景了。没打仗之前，供家的吃喝还没有什么问题，自从打仗以来，吃穿用度天天都是紧巴巴的，还要养着这一个佟家大院的人。

“明天我让毛毛去账上支出来，之前我俩还给孩子存了点家当，这个时候拿出来当了吧，人命重要。”

佟永顺和朱洪烈谈到半夜，佟永顺才悄悄回到自己屋里，朱毛毛始终没有睡着。

“咋样了？跟爹谈的。”

“明天给我拿五十块大洋吧，去找找王修祐，或许还有点门路，不管咋样都得把老二家的那孩子给救出来。”

“当家的，我那盒子里还有一些首饰，都是跟你成家的时候你们家送的，自打生了娃就没有戴过了，改天我也去当了它。”

“好生留着吧，还不到那个时候。”

第二天，佟永顺起了个大早，朱毛毛早就安排好了马车在后院里等着了，进城去找王修祐，这是暗地里做的事儿，不好让人都看见。

“当家的，你要的大洋都在这里面了，到那去可要收敛收敛脾气，你这刚挨了日本人的刀子，可不敢再出什么意外了。”

“知道了，回去吧。”

佟永顺上了马车，她一直送到院外，又怕这事被外人看见，望了几眼就赶紧回来了。

朱毛毛心里面就像是被一根线牢牢扯着，佟永顺走多远的路，她的这根线就追出去多远。

“娘……爹去干啥了……”佟莫言刚刚醒，揉了揉眼睛，从屋里跑出来问她。

“小点声……你爹啊，是去救你胜利弟弟了，这话可别到处说啊，你在家乖乖听娘的话，没事了就去你二婶那边跟她说说话，你二婶想你小弟弟了……”

现在的东山县城，已经不同于前些日子了，往街上一眼看去，没有几个中国人。

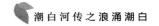

沿街的商铺基本上也都是关门的关门，摘牌匾的摘牌匾，这炮火连天的日子，有几个人还想着挣钱呢，能保命就已经不错了。

沿街站岗的日本人，嘴里叽里呱啦地不知道在说着什么，佟永顺扶了扶自己的帽子，继续往前走着。

“什么人的干活？”一个日本兵拿枪拦住了佟永顺。

现在是人在屋檐下，不得不低头，佟永顺从怀里掏出一支卷烟，笑着递给那个日本兵。

“你的……良民大大的……”只见那个日本兵对着佟永顺伸出大拇指。

这个时候，从旁边过来一个穿着日本兵衣服的汉奸，上下仔细打量着佟永顺。

“长官，您抽烟……”佟永顺又拿出一支卷烟递给那个汉奸，心里默默骂了句狗汉奸。

“你在这干啥？知道这是啥地方吗，就随便过来溜达？”

“长官，不瞒你说，我还真有点事情要麻烦您，您看能不能通融一下，帮忙给王修祜长官通个信，我是焦庄户丁家的亲戚。”

那汉奸又上上下下地将他打量了一遍，心想这人看着其貌不扬，竟然是找王顾问的。

佟永顺见这事情有门，于是赶紧又塞了几支卷烟给这个汉奸。

“长官行行好，我大老远跑来找王顾问的，您就通融一下进去给王顾问报个信吧……”

耐不住佟永顺的糖衣炮弹，那个汉奸收下了他的烟，进去给佟永顺通信。

咚咚咚……

“进来！”王修祜正坐在椅子上，腿翘到桌子上抽着大烟。

“长官，外面有个人想要见您，说是焦庄户丁家的亲戚，来给您送东西。”

王修祜微微合了一下眼睛，焦庄户丁家，自己家就那么一个穷亲戚，每次找自己家不是借钱就是求土地，要不是碍着自己母亲的面子，他才不愿意见这门子穷亲戚。

“让他进来吧。”

不一会儿，佟永顺就被放进来了。

“王长官，占用您一点时间，我实在是没办法了，觉得或许您能帮忙想个出路……”佟永顺开门见山地说道。

“你是什么人？怎么知道我在焦庄户丁家有亲戚？”王修祜是个做事很小心的人，见这个陌生人知道自己的底细，自然是要问个一二的。

“王县长，您不记得我了，之前您还去过我的点心铺……”

“别别别，别这么叫，我现在可不是什么县长，整个东山县城都是日本人的，我啊，就是个跑腿的。”

但是让佟永顺这么一说，他还真就想起来了，之前王修祜的太太爱吃佟家铺子里的点心，他就经常忙完了县政府的差事去给太太带点心。

这些人在王修祜的眼里看起来，不过都是来找自己求情办事的，王修祜虽然贪财，但是也要看是多大的财，值不值得他去冒这个险。

“王县长，我还是喊你县长吧，这是我的一点心意，还请您笑纳。”佟永顺说着，从自己的怀里掏出来五十块大洋。

王修祜本来没把他当回事，但是一看到五十块大洋，两个眼睛直放光。

早知道肯拿出这么大的诚意来找自己办事的，指定也是慷慨的富户，和那些抠抠搜搜的人家不一样。

佟永顺见这事情有门，于是赶紧把大洋塞到王修祜的手里：“王县长，我知道这种东西不好让别人看到的，您还是赶紧笑纳吧。”

王修祜笑了笑，把钱放到了自己的抽屉里。

“遇到什么难处了，说来听听吧。”

“是这样的，王县长，我们佟家住在焦庄户，规规矩矩的，不知道咋回事前几天有人家……嗯就是王县长您那个远房亲戚，为了换白米面，说我们家佟永义是共产党，我那兄弟是读书人，规规矩矩的，又胆小，怎么会是共产党呢？这不，把他的娃给抱到了日本人的宪兵队，唉……娃太小了，扛不住啊。”

王修祜听明白了这是怎么一回事，他清楚这种事不过是被人举报了以后，日本兵随便乱抓的罢了，那孩子就在他手底下的宪兵队关着。

“王县长，我们佟家是讲信义的，做了这么多年的买卖了，您不信的话可以去街上打听打听，事成之后，我再报答王县长五十块大洋……”

王修祜拿起桌上的雪茄：“佟老板也是痛快之人，跟我王某脾气对得来，那我想想办法把这孩子救出来吧，你先回去等着，有消息了自然会通知你。”

王修祜并没有告诉佟永顺，这孩子现在就在自己的手底下关着，只要他一句话，就可以把人放出来，但是当着佟永顺的面总要把这出戏演好。

佟永顺谢过王修祜，他前脚刚刚走出日本宪兵队的大门，王修祜就吩咐了人，把那孩子抱了出来，并且从外面找来了奶娘喂奶。

王家现在的日子和以前比差了很多，王太太过习惯了富贵日子，王修祜自从从县长的位置下来后，家里就开始吃紧了，毕竟给日本人做事不会捞到太多的好处，油水没有那么多。

佟永顺回到点心铺里，这里已经好长时间没开张了，铺子里的摊位上已经落了一层厚厚的灰尘，佟永顺安静地坐在他那张已经被磨得光滑的摇椅上沉思，外面时不时会传来日本鬼子叽里呱啦的说话声。

从他的点心铺往外看，多数的铺子都已经关门了，只有几家铺子是开着的，但是也都打着日本人的旗号，里面卖一些日本货罢了。

他靠在那张被磨得光滑的躺椅上，思考接下来该怎么办。当天下午，一阵急促的拍门声传来。

佟永顺赶紧从躺椅上起来去开门，却看到几个日本兵，最后面的那个日本兵怀里抱着一个孩子，那孩子就是佟胜利！

“这是你们家的孩子吧？”一个穿着日本兵衣服的汉奸问道。

“是……是，这是我们家的孩子。”

“我们长官吩咐把这孩子交给你，来之前还交代了奶娘喂过了。”

佟永顺愣了一下，于是赶紧陪笑，又从怀里拿出几个铜板：“辛苦了几位，这点心意还请拿去买茶喝。”

“算你懂事！”

几个日本人把孩子交给佟永顺，随后说着他听不懂的日本话，叽里呱啦地扬长而去。

这孩子总算是回来了！佟永顺心里的一块大石头终于落了地，他顾不上别的，喊了声后院的车夫，赶紧坐上马车回了焦庄户。

一进院子，佟永顺就喊：“娃他娘，娃他娘，快出来，看看我把谁带回来了……”

朱毛毛放下手里的针线活，急匆匆地往外赶，一出门就看到佟永顺怀里抱着个孩子从马车上下来了。

“当家的……我的天老爷，老天保佑，可把我们佟家的娃给平安带回来了，他们没把你怎么样吧？”

佟永顺笑笑说：“他们要是真的把我怎么样了，我还能在这里跟你说笑，这娃来之前已经找奶娘喂过了。”

朱毛毛一把把他怀里的孩子抱过来：“我得赶紧去给婉秋送了去，她这几天都不知道哭成什么样子了，看到这娃一定会高兴坏了的。”

“老二家的……老二家的……看看，我把谁带回来了？”

江婉秋已经躺在床上不吃不喝好几天了，整个人的脸都瘦了一圈，朱毛毛抱着孩子一进门，她看到孩子被抱走时裹的被褥，像疯了似的从床上坐了起来。

“胜利……我的儿子……胜利……”

江婉秋把那孩子紧紧地抱在怀里，她真以为自己这辈子都不能见到孩子了，没想到现在还能抱着他。

“老二家的，你大哥出门去了宪兵队，想法子把这孩子给你抱回来了，这回你心里该踏实了吧。”

江婉秋眼泪儿啪嗒啪嗒地往下掉，从床上下来抱着孩子扑通一下子就跪到了朱毛毛面前。

“老二家的，你这是干啥呢？咱们是一家人，可不好这样，快起来。”朱毛毛赶紧上去搀扶她起来。

“你放心好了，你大哥已经把事情打点好了，不过费了点大洋，这可是咱们佟家的娃，说什么也要从那日本鬼子的手里夺回来的，我听你大哥说，那大洋就是好用，日本鬼子还给这小家伙找了奶娘，没有饿着他呢。”

江婉秋这些天没有看到儿子，整个人都消瘦了一大圈，现如今看到儿子回来了，激动得不知道该说什么才好。

“老二家的，你先在这里好好看着孩子，我让人去给你做点儿吃的好下奶，不然这娃又该挨饿了。”朱毛毛见她的状态稳定了下来，这才放了心。

“等一下嫂子，这次多亏了大哥了，替我和永义谢谢大哥。”

“咱们都是一家人，用不着说那些客气话，只要你和娃能平平安安的，我和你大哥也算是放心了。”

自从那天日本鬼子进了佟家，佟陈氏就像是受了惊吓一样，一连好多天都没有缓过来，没日没夜地咳嗽，身边的丫头也是一直围着转。

“大少奶奶……少奶奶……快去看看老太太吧，老太太喘了好一阵儿了。”一个丫头急急忙忙地跑过来。

朱毛毛眉头一皱，她知道这不是什么好征兆：“这样，你现在去安排咱们家的马车夫，多安排几个人让他们赶紧去找二少爷，越快越好。”

佟家出这样的事情，单单靠佟永顺一个人是不行的，老太太有两个儿子，都是她的心肝儿，要是老太太真的走了，两个儿子必须都在场的，朱毛毛作为家里的老大媳妇，这些还是明白的。

第十四章

夜夜龙泉壁上鸣

焦庄户的人家都门户紧闭，佟家发生了那档子事以后，村里没有谁再敢把自己家的娃随便放出来玩，街上一下子冷清了不少。

“嫂子……我有个事要跟你说。”

“啥事？老二家的，你看你这段时间在屋里都憋白嫩了，想当年我喂这俩娃的时候，也跟你一样，白嫩了一阵子呢。”朱毛毛笑着说。

江婉秋拉了拉她的胳膊：“嫂子，我真的有事跟你商量，你来这边。”

两个人来到佟家的茶廊里坐下，眼看着又是一个夏天快要到来了，茶廊的垫子也都撤的撤、换的换，磨得光亮的大理石露了出来。

“我是这样想的，嫂子，现在胜利一点一点长大了，也不用吃奶了，我琢磨着去给永义帮帮忙，早点把日本鬼子赶出中国，老百姓才能过上太平日子。”

朱毛毛赶紧上去捂住她的嘴。

“我的姑奶奶……这话可不敢大声说，要是再像那天一样，被人听去了，还不知道又把什么屎盆子扣在咱们佟家的头上。”

朱毛毛拉着她的手：“老二家的，你一个女人家的，能说出这番话来，我真是佩服，你也知道我这个当嫂子的，没什么文化，平日里就是打理这个家，你怎么会有这么大的胆子呢？”

江婉秋笑笑：“嫂子，我也害怕啊，但是光害怕有啥用，我虽然不能拿刀拿枪地去跟他们硬拼，可是现在共产党需要情报，我可以去送，而且女人家的，更不容易被他们发现，你觉得呢？”

朱毛毛满眼的佩服，她觉得自己从前是小瞧了江婉秋，从前只是觉得她刚刚进佟家门的时候，文绉绉的，没想到心里面憋着这样一股劲头。

“老二家的，我不管你大哥，还有你家那口子怎么说，我这个做嫂子的，肯定是支持你的。你说得对，日本鬼子只有赶出去了，咱们才能过上太平日子，但是嫂子扯着两个娃，要不是佟家上上下下还要我打理，我也跟你一起去。”

江婉秋能够得到朱毛毛的支持，心里已经很高兴了，她也没有想到，大嫂心气能和自己一样。

“不过啊……这件事你还得再等等，毕竟胜利还那么小，你和永义两个人都在外面，娃我可以给你带，但是你这个当娘的，舍得孩子吗？”

江婉秋摇摇头：“当初孩子生下来的时候，我和永义就一定要给这个孩子取名叫胜利，为的就是将来能有一天看到中国的胜利，他现在已经不需要喂奶了，等永义回家来我就把这个想法跟他说一说，他肯定会同意的。”

朱毛毛知道，江婉秋辗转反侧了不知道多少个夜晚，才做出这样的决定，没有不心疼自己孩子的母亲，但是她所走过来的每一步，都在告诉她，一定要这样做。

几天后，外面枝头上面的蝉开始吱吱地叫了，夏天真的来了。

“当家的，要不先不去了吧，现在城里面这么乱糟糟的，能有几家店铺开门啊，就算是开了门，现在这会儿哪有人去买点心啊……”

朱毛毛站在马车前面，试图阻拦佟永顺进城。

“我就是去看看，再说了，车上装的都是日本货，那些小日本鬼子认得，去去就回来了，放心吧。”

看着佟永顺的马车离开佟家，她的心又开始揪起来了，但是佟永顺那个倔脾气，她知道自己是拦不住的。

县城里在街上走的中国人已经不多了，能看见的大多数是穿着黄衣服的汉奸，摊铺有几家开着门的，不过也是半掩着，看起来不怎么景气，里面卖的大多数都是日本货。这年头，人人都想保命，哪怕是一家人围在一起饿死，也不愿意死在日本人的刺刀下面。

佟家的点心铺里，柜台上面已经落满了一层灰尘，佟永顺拿了个抹布，反复地擦着。

“掌柜的，咱们自己的这些点心，还……上吗？”打杂的伙计小心翼翼地问他。

“先上那些洋货吧，咱们自己的，再放放……”

佟永顺的话刚刚说完，就听到外面街上传来一声惨烈的嘶吼声，好像是个女人的声音。

“外面怎么了？”

伙计跑到窗户边上，往外面探头，又立马缩了回来。

“那群畜生又开始糟蹋好人家的姑娘了，不知道谁家的姑娘遭殃了。”

佟永顺攥了攥拳头，这种事情他知道自己是没法插手管的，佟家老老小小一大家人，还都等着他来供养，这种事情看到了也只能忍住不去管。

街上的那个姑娘看上去不像是什么大户人家的，她用手里的筐子抡打着日本人，但是她越这样反抗，那群畜生般的人看了越兴奋。

她的衣襟已经被扯得不像样子了，肩膀处破了个大口子，露出白皙的皮肤。有一个日本人像狼狗一样，抓住那个姑娘上去就咬了一口，嘴里还骂骂咧咧，不知道说着什么丧心病狂的话。

旁边传来一阵淫笑，又有几个日本兵围了过来。

只见那姑娘一头往墙上撞去，恨不得把自己撞死。

无奈，在这群畜生的魔爪下面，她求死不得，又一把被日本人扯了回来。

随后，几个日本兵像是俘获了猎物一样，拖着那个姑娘就往宪兵队走去。

从点心铺窗户处始终看着这一切的店伙计拳头攥得同样咯咯作响，有哪个中国人能忍受得了看着好生生的姑娘被这些日本鬼子糟蹋呢。

这一天下来，点心没有卖出去多少，佟永顺却在这点心铺里待得心烦意乱，趁着太阳还没有下山，就安排车夫拉着自己回家去了。

马车走到陆家庄的时候，马突然不走了，坐在车里面的佟永顺一惊。

“咋了，好好的车咋不往前赶了？”

过了好一会儿，外面的车夫才说话：“掌柜的，您……下来看看吧。”

原本之前每天都要走的这段路，今天却停在了这里，佟永顺一撩开帘子，整个人都愣住了，马车下面，是满地的尸体。

这些人穿着土黄色的衣服，帽子上面带着颗五星，如果他没有猜错的话，他们是共产党、八路，是专门打日本鬼子的。

那些尸体里，偶尔掺杂着几个日本人，还有一些穿着土布衣服的百姓。没错，这块儿土地，白天的时候刚刚发生过一场杀戮。

“掌柜的……这……咱们可怎么办？”那车夫从没见过这场面，也吓得不轻。

佟永顺从马车上面跳下来，蹲在一个帽子上带着五星的小战士旁边，他看上去也就和佟永义年纪差不多一般大。

他把他的帽子往下拉了拉，遮住了那个小战士的脸。

“走吧，我们换一条路。”

车子掉头了，朝着另一个小路走去。

这一路上，佟永顺的心情都没有办法平静下来，他看到那一幕的时候，想起自己在外面的弟弟佟永义，他们佟家唯一送出去的读书人，心里像是积了一团厚厚的乌云，压在那里。

佟永顺到了家里，从马车上跳下来，碰巧朱毛毛正在院子里和丫头们吩咐事情。

“当家的，我刚刚正和静秋那丫头说给你准备饭的事呢，我这嘴啊，简直比那神仙还要灵，这不说着说着你就回来了。”

朱毛毛话刚说完，就发觉佟永顺的脸色铁青，看上去有点不对劲，平日里他不是这个样子的。

“当家的，你咋了嘛？是不是路上碰上什么事了？”

佟永顺闷着头朝屋里走去，进屋后一屁股坐在堂屋里，脸色仍旧是铁青的。

“你倒是说句话啊，当家的，到底碰上什么事了，说出来我倒是给你分担分担。”朱毛毛在一旁急得不得了。

佟永顺拿起桌上的茶碗，给自己倒了一碗茶水，咕咚咕咚喝下，这才说话：“路上碰上了一堆尸首，全是八路军……也有几个日本人。”

朱毛毛被他说的话吓住了，愣了好半天的神。

“这日本鬼子真是打得越来越厉害了，都是两个手两个脚，凭啥啊？”

“人家日本人用长枪短炮，咱们八路军用啥啊，刺刀和棍子，有枪弹药也不足，白白去送死啊……”佟永顺一边摇头，一边叹气。

“当家的，我看咱家现在的粮食，足够过一段时间的，而且现在点心铺里卖的都是日本点心，好歹也能贴补点家用，要不咱们捐些大洋给共产党吧……”

佟永顺低着的头猛地抬起来：“我的姑奶奶，你说话声音可小些吧，前些日子怎么招来的祸水这么快就忘了？可不敢大声说这话了。”

朱毛毛下意识地捂了下嘴巴：“都是我不好，说个话没个把门的，当家的，你觉得我的主意咋样，能行吗？”

“行是行，不过这次可要小心一点了，咱们佟家现在不能出别的差错了。”

佟永顺话刚说完，外面的家丁就赶来报消息了。

“二少爷回来了……掌柜的，二少爷回来了……”

佟永顺皱了皱眉头：“这么大声干什么，慌慌张张的不像样子。”

自从上次日本鬼子把小胜利带走那件事之后，他好像就变得格外的小心了，佟永义回来了他心里是高兴，但是也怕太声张了，外面的人都知道了会惹来是非。

朱毛毛拉着佟永顺的胳膊：“当家的，出去看看，咱兄弟回来了，唉，这老二可算是回来了，老二家的每天可是盼星星盼月亮地盼着他回来呢。”

“哥……嫂子……我回来了。”佟永义肩膀上背着个包袱，身上穿的还是当初离开家的那件单薄衣裳，整个人看起来清瘦了不少。

在屋里的江婉秋，听到外面的动静，抱着孩子从屋里跑了出来。

“婉秋……”佟永义看见江婉秋抱着小胜利，眉眼之间立马有了笑模样。

“你们两口子好长时间也没见面了，永义也想孩子了吧，快点进屋两个人唠唠嗑吧，我去给你准备好吃的去。”朱毛毛很是会看时候，笑着说道。

对前几日小胜利被抱走的事情，江婉秋闭口不提，家里的这些人好像都有一种不用言语的默契，都没有提这件事，大概都是怕佟永义知道了以后更担心。

“你这段时间怎样？娃还听话吧。”佟永义轻轻把孩子抱起来，盯着小胜利，一脸的乐呵。

“娃倒是省心，不哭不闹，平时也能吃，唯一不放心的就是你。”

江婉秋一边说着，一边把佟永义外面穿着的褂子给他脱下来，又从旁边的簸箕里面拿了一件新的递给他。

“穿这件吧，你身上的那件都有窟窿了，我给你补一补。”

“哎，好。”

佟永义身上的那件褂子，已经磨出了几个大洞，口袋的周围也磨得黑漆漆的，江婉秋不知道他的男人这段时间在外面究竟经历了什么，但是能够猜得出来，这段时间他一定过得不是很好。

“永义，我有个事情想要跟你商量……”江婉秋手里拿着针线，声音压得有点低。

“怎么了？我这好长时间没回来一趟，你一个人在家里带娃不容易，有什么要求，我都满足你。”佟永义抱着佟胜利，逗得他咯咯笑。

“我想出去送情报，跟你一块帮共产党做事……”

江婉秋手里的针线略微停了停，佟永义没有想到她会和自己说这样的话，一下子愣住了，把头扭过来盯着她。

“婉秋，这可不是闹着玩的，你不是跟我说笑吧？”

佟永义把胜利轻轻地放在床上，坐在江婉秋的旁边，盯着她。

“我怎么会跟你说笑呢，我在家的这些天，你不在我心里始终也不踏实，最近日本鬼子打得又厉害了，我是跟你一样，在学堂里待过的，有文化就可以帮得上共产党的忙，你觉得呢？”

佟永义没有想到她会有这样的想法，他一直以为江婉秋愿意留在家里过这样的安稳日子，却没想到她心里也有自己的想法。

他沉默了一会儿：“我当初离开的时候，孩子小，你在家里带娃，没有一点不愿意，现在你想出来，我也支持，不过这样的日子有点苦，你要做好心理准备。”

“我不怕苦，只要能给共产党帮得上忙，早一天把日本鬼子打出中国，再苦我都不怕，我想好了，把胜利交给嫂子，孩子现在也大点了，咱们这一代不能把日本鬼子赶出去，还有下一代。”

佟永义让江婉秋的头靠在自己的怀里，他知道从此以后他们两个人的心，将紧紧地拴在一起的。

傍晚，一家人围在一起吃饭，朱毛毛吩咐家里的丫头做了一桌子的菜，佟家已经很久没这么热闹过了，这回一家子又重新聚在一起了，佟永顺也很高兴。

“永义啊，你看你嫂子做了那么多你爱吃的，现在外面打仗，咱们佟家也要节俭用度了。这次是你回来了，要不然平时你嫂子可舍不得给你哥弄这些。”

朱毛毛笑着对佟永顺翻了个白眼。

“哥、嫂子，我和婉秋有点事想要跟你们说一声。”

“都是一家人，有什么话直接说好了，你看你们这些有文化的，就是不一样，讲什么都斯斯文文的。”朱毛毛一边说着，一边把盘子里的一个鸡腿夹给婉秋。

“是这样的，哥、嫂子，我打算这次和永义一起出去，现在那边需要识字的人帮忙，我想为咱们打鬼子做点事，可能胜利就要拜托嫂子了。”江婉秋不紧不慢地把自己的想法说了出来。

朱毛毛早就猜到了，这老二家的平时虽然话不是很多，但是心里却是个有主意的女人，之前她跟自己说这件事情的时候，朱毛毛就知道她心里已经拿定主意了。

“当家的，你也不要诧异，老二家的已经提前跟我把这件事说过了，我是支持她的，胜利我也会把他当成自己的亲生儿子来对待的，你们两口子就踏踏实实地去好了。”

佟永顺往自己的嘴里夹了口菜，过了会儿才说话：“现在形势越来越严峻了，我没有文化，但是这次不反对你们，今天从点心铺回来的时候，看见路上一堆的尸体，哪个中国人看着不会心窝子疼呢，去吧，去给咱们佟家争光。”

佟永义和江婉秋听了他说的话，没想到这次佟永顺答应得这么痛快，佟家的这顿饭，一家人脸上都洋溢着欢笑。

第二天一早，天还没有亮，佟家的灯就都亮上了。

毕竟佟永义和江婉秋要去做的是秘密的大事，要是被街坊邻居知道了，佟家不免又要提心吊胆了。

“嫂子，胜利就交给你了，我和永义不知道怎么才能报答嫂子……”

当娘的要走了，无论怎么样都是舍不得自己的孩子的，而且江婉秋知道自己这一走，还不知道要什么时候才能回来，能不能平平安安的回来也是个问题。

“老二家的，你忘了先前嫂子跟你说过的话了，胜利就是我的亲儿子，你就踏踏实实地和永义一起去吧，家里有我跟你哥呢，等你们回来的时候，保准儿还给你们一个白白胖胖的好儿子。”

佟永顺站在马车旁边，拍了拍佟永义的肩膀：“自己在外面，说什么都要小心一点。”

男人和男人之间的交流总是简单的，即使佟永顺心里面是担心并且记挂着自己的这个兄弟，但也只是言止于此。

马车下了坡，渐渐驶离了佟家，在那百转千回的羊肠道上绕着走着，佟永顺站在佟家门口的那段坡上面，看着远处，直到那马车凝聚成一个小小的黑点。

“当家的，回吧，走远了。”朱毛毛喊了他一声。

“你先回屋看着娃吧，我在外面坐一会儿。”

朱毛毛知道佟永顺从心底是担心自己这个兄弟的，佟永顺从小就没有了爹，家里他是老大，一直是佟家的顶梁柱，对待佟永义，早已经不是哥哥那么简单的角色了。

屋里，莫言和破虏两个孩子，趴在炕头上，眨巴着眼睛，盯着熟睡的佟胜利看。

“娘……弟弟怎么这么白啊？白的像雪。”

“嘘！你们两个捣蛋鬼，可不要把你弟弟吵醒了，你弟弟刚睡着。”

佟莫言下意识地捂住了自己的小嘴巴，那模样看上去可爱得很。

“你弟弟啊，随你二婶，你二婶长得多白净啊，还是读书人，有文化，你们啊，以后你们也要好好读书，跟你二叔、二婶一样有出息。”朱毛毛指着她两个儿子的小鼻子说道。

“娘……弟弟这么乖，那二婶和二叔为啥不要他了啊……”佟莫言实在是搞不明白。

“你二叔和二婶啊，不是不要你弟弟了，是他们有更要紧的事去做，别人要是问起来你二叔和二婶去干啥了，你就说不知道，千万不要乱讲话。”

佟莫言似懂非懂地点点头。

在旁边帮朱毛毛打理屋子的丫头有一搭没一搭地和朱毛毛说：“少奶奶，二少奶奶他们出门去了，我听说咱们焦庄户最近也住进来一些外乡人呢。”

“什么外乡人？逃难来的？”

“不晓得，不过听说是些不干不净的女人，以前在东南营干那营生的……”那丫头刻意压低了声音。

“这话我们私下里讲讲就好了，出门去不要乱说啊，现在这世道，能活着吃口饭就不错了，咱不管人家是干什么营生的。”

朱毛毛向来心善，对那些女人她从来没有别的眼光，只是觉得不关自己的事，没有必要乱插嘴罢了。

焦庄户的村头，江老爷又摆出自己的杂货摊，现在外面的生意不好做了，只能把这些小玩意拿到村子里来卖一卖，挣口饭吃。

“江老爷，你这雪花膏怎么卖的？”

“两个铜板，这雪花膏可是上海货，以前在县城里拿出来就要被抢光的。”

“谁不知道现在县城里都是日本鬼子啊，现在放到县城里，不会有人买的，江老爷你就便宜些卖……”

“就是就是……”

“你闻闻这个……这个香嘞……”

江老爷的杂货摊就这样里三层外三层地被姑娘媳妇们围了起来。

就在这个时候，一个穿着旗袍的女人走了过来，在江老爷的摊前拿了两盒雪花膏。

“这两盒雪花膏我要了，这五个铜板给你，多出来的就是给江老爷的辛苦钱了，下次帮我留意一下上海的香胰子。”

“好嘞，姑娘慢走。”江老爷赔着笑脸答应着。

刚刚围住车子的那些大姑娘小媳妇都看直了眼睛，要说在这焦庄户，除了像佟家这样的大户买东西出手这么大方，还没见过有谁像她一样这么痛快。

“这就是那个东南营来的？”

“听说不只来了她一个呢，还有好几个，都住在学堂里了，现在学堂不开门，娃们都不上学还好，不然让孩子们看见了也太不像话了啊……”

“是啊是啊，走路都有一股子骚味……”

一群人又对着那个远去的背影开始指指点点了，说什么话的都有。

村里的大姑娘小媳妇憋了一个冬天又一个春天了，除了外面日本鬼子打仗，没有什么可说的话，焦庄户来了这些逃难的女人，她们总算是有话题可以说了。

“江老爷，江老爷，那女人刚刚从你这买走的，到底是上海货嘛，我们也要一样的……”

江老爷不多说话，只是笑嘻嘻地帮她们找。

“怎么，难不成你也想跟那样的女人一个样啊，抹得那样骚里骚气的给谁闻啊……”

“还用你说，当然是给她家那口子闻喽……”

又是一阵爽朗的笑声，这群女人的笑声，甚至隔着很远都能够听得到。这一瞬间，甚至让人觉得艰难的抗日阶段已经快要过去了，听听这些笑声，就能让人的心情舒畅不少。

佟家大院里，朱毛毛坐在茶廊里，手里拿着三个娃的鞋样子，准备给他们做几双新鞋子。

“绘春，你说她们为什么要逃到我们这小庄小户里来？就算在东南营干不下去了，咱这焦庄户也没有她们的生意啊。”

“少奶奶，您这就不知道了，她们不是因为没有生意了，我听说这些女人，是因为日本鬼子打过去以后，抓了她们每天去伺候，后来染上了女人病，好像活不太久了……”

朱毛毛听到这里，一不留神，手里的针扎了一下指尖，随后渗出一粒血珠子。

“少奶奶……你没事吧？”

朱毛毛把手指头放在嘴边吸了一下：“不碍事，我觉得这些女人其实也挺可怜的，日本鬼子来了咱们中国，不仅糟蹋粮食，女人也一起糟蹋，唉……”

“谁说不是呢，我听说咱们马保长很同情她们的遭遇，把她们暂时安顿在那学堂里了，学堂空着也是空着，倒不如做做善事。”

“你能这样想最好，不要像村子里外面的娘们一样，整天到晚嚼人家的舌根子。”

绘春听了朱毛毛的话，痴痴地笑了笑。

第二天一早，绘春起大早出门去焦庄户的湾边洗衣裳，天气暖和了起来，朱毛毛头一天把孩子们的棉袄拆了，绘春要紧着把外面的褂子洗干净。

“绘春……起来这么早干活啊。”

“吴婶你也早……”

不远处的湾边上，绘春注意到了那几个穿旗袍的女人，一大早就在那河边洗头发，那头发看上去真是让人羡慕，长长的，又有些弯弯绕，听说城里的大小姐都是那样的头发，绘春看得眼睛都直了。

“一大早地就碰上这样的婊子在这洗头发，真晦气，把这湾边的水都给洗脏了，传染给屯子里的人们可怎么办！”瓦匠家的张婆娘在湾边骂骂咧咧的，倒是一点也不避讳她们这些女人。

那几个洗头发的女人仍然不紧不慢地半蹲着身子，开衩的旗袍一直露到大腿根，她们神情自在地洗着自己的头发，即使听到了这样的污言秽语，也不多说话，好像其他人说什么和自己并不相关。

“你是佟家干活的丫头吧？”其中的一个女人向绘春问话。

绘春起初是有点羞涩和紧张的，因为她早就听屯子里面的女人们说，那些女人都是东南营的，再加上她们个个穿得时髦又靓丽。

“嗯……是在佟家干活的。”绘春结结巴巴地说道。

绘春低下头继续洗自己的衣服，她倒是没有觉得那几个女人真的就像屯子里人们说的那样坏，也许是因为自己家里少奶奶看人习惯了心善吧。

旁边的几个女人不知道说着什么，刚才与他说话的那个女人站起身来，走到绘春旁边。

“喏，你这样洗是洗不干净的，用这个，洗得喷香……”

绘春抬起头，看见她递给自己一块香皂，那香皂的形状和佟家少奶奶经常用的那种并不一样，它的形状是弯弯的。

现在外面炮火连天的，不要说这样好的香皂并不常见了，即使放在平常的日子里，要进城买一块这样好的香皂，也是很难得的事情。

“拿着呀，这丫头，送你了。”

“谢……谢谢。”绘春有些羞涩地接过她手里的香皂，比刚才洗得更起劲了。

这香皂感觉就是不一样，绘春使劲搓着衣裳，好像是要把那一块小小的香皂全部揉进她面前的那几件衣裳里。

佟家大院里，朱毛毛正拿着莫言的识字本，认真地教他认几个汉字，旁边的奶娘怀里抱着胜利，这几个孩子倒是也听话，不声不响，各自玩各自的。

“绘春，胜利的小衣裳洗过了吗？”

“洗过了少奶奶，都洗过了。”

绘春晾晒完衣服，一副笑嘻嘻的模样。

“什么事让你喜成这样？掌柜的给你发赏钱了？”

“掌柜的给我发赏钱我也不敢自己藏着掖着，该跟少奶奶汇报的，我一分也不敢多拿。”

“你这丫头，倒是伶牙俐齿的，每天数你话最多。”

“少奶奶，我还有点事想跟你说，刚刚一大早我去湾边洗衣服，碰见东南营来的那几个女人了，给了我一块香皂，说洗得喷香……”

绘春说这话的时候战战兢兢的，因为她知道屯子里面的人不怎么喜欢她们，怕朱毛毛听了以后也不高兴。

“什么香皂？去拿来给我看看。”朱毛毛把手里的识字本放下，让家里的奶娘把这几个孩子领走了。

“就是这块，我看着还挺小巧的，闻起来也是喷香的。”

朱毛毛把那块香皂拿在手里，反复看着。那香皂是黄色的，中间还有一圈商标，因为前些年还没有佟莫言的时候，她经常随着朱洪烈进城，也过了几条江，去过一些远处，她一眼就看出来了那香皂是块上海货。

“她们给的？”

“嗯，我觉得一块香皂也不值几个钱，就跟她们说了声谢谢，给娃们洗衣服洗得香香的，娃们也开心。”

朱毛毛笑了笑：“要说这女人和女人，真是没有什么贵贱之分，但凡她们能够吃得上饭，也不会去做这种营生，过着别人瞧不起的日子，心也是善的。”

“少奶奶，我就知道你跟屯子里外面的那些女人不一样，你心善，方才回来的时候，我还害怕因为我用了她们给的东西您会不高兴呢，这下我放心了。”

旁边的一个丫头插了句：“咱们少奶奶可不是那样的人呢！”

夜里，焦庄户一片寂静，因为快到夏天了，朱毛毛带着几个孩子坐在院子里，时不时地能听到蛐蛐叫。

“娘……二叔和二婶去哪里了啊？到底什么时候才回来？”莫言手里拿着一把木头枪，那是佟永义出门的时候送给他的。

“你二叔和二婶啊，是出门去干大事了，等你弟弟可以走路的时候，估计他们就会回来了吧。”

其实朱毛毛也不知道他们什么时候会回来，日本鬼子什么时候滚出中国，但她想着他们到那时候应该就会回来了。

只是现在听不到他们的什么消息，在她和佟永顺看来就是好消息。

“娃他娘，你来屋里一下……”佟永顺从外面急匆匆地走进来，看样子是有什么事要和朱毛毛说。

朱毛毛摸了摸佟莫言的头，让他乖乖地带着弟弟们在院子里玩。

“怎么了，这么急火火的？外面出什么事了？”

“刚刚我跟马保长在外面说话，屯子里有两个女人出来喊，说是东南营来的那些女人里面，有一个要生了……我跟马保长两个汉子在那里有什么办法？”

“怎么不去请郎中啊？这都要生了，也得有接生婆啊。”

“屯子里都说那些女人不干不净，没有谁家的接生婆愿意去帮忙，我寻思着这怎么着也是一条人命啊。”

朱毛毛没有丝毫的犹豫：“让咱们佟家的吴妈去接生，回来我给她发赏钱，孩子都要生了，没有接生婆可是要死人的！”

说着，朱毛毛让人赶紧喊来了吴妈。

“少奶奶，您吩咐。”

“吴妈，我们佟家一直待你不错吧，今天你就当是帮我个忙，去给东南营的那怀孕的女人接生，回来我给你发大赏钱。”

“少奶奶心善，我这就去。”

朱毛毛站在佟家大院的门口前，天色已经完全黑下来了，只能看清楚佟家大院门口有灯笼照着的地方，她心里是焦灼的，不管怎么样，那毕竟是一条生命，她不能见死不救。

一直到后半夜，朱毛毛已经把三个孩子都哄睡着了，听到外面有脚步声，还有说话的动静。

朱毛毛给几个孩子掖了掖被子，从炕上爬下来，看见外面吴妈回来了。

“咋样了，吴妈？顺利吗？大人和娃都还好吗？”

“少奶奶心善，那女人也是有福气，虽然娃一生下来就没有爹，名声也不很好，但是大人和孩子都健健康康的，是个男娃。”吴妈脸上也带着喜气。

“那就好那就好，可担心死我了，这下可以睡个好觉了，吴妈，这是佟家的一点心意，你今天立功了，帮了大忙。”

“少奶奶，这……你待我已经够好了。”

“拿着吧，贴补贴补家用。”朱毛毛一边说着，一边将红纸包着的几个铜板塞给吴妈。

第二天一早，天刚蒙蒙亮，朱毛毛就听到外面有人叫门，她穿好衣服，整理了一下头发就往外跑。

“少奶奶，好像是个女人，一直在外面叫门，叫了好半天了。”

“开门吧，还愣着干什么。”

朱毛毛愣了一下，外面站着的，是个穿旗袍的女人，还烫着弯弯绕的头发，如果没有猜错的话，应该是东南营来的那些女人中的一个。

“您就是佟家少奶奶吧。”

“是，你要不进来说？”

“不了不了，我们那些女人走到哪里都是不招人待见的，还是不进去了，我说几句话就走，是这样的，昨天我们一个妹妹生产，多亏了你们家给找的接生婆，在我们东南营那边，生产是要送喜蛋的，现在外面打仗，我们也跟着吃紧，送的喜蛋不多，是我们的一点心意，谢谢了。”

说罢，那女人便伸手递过来一个小小的篮子，篮子上面盖着精致的方块布。

这种喜蛋，朱毛毛知道是没有办法推辞的：“都住在一个村子里，你们吃口饭也不容易的，能帮得上就帮一帮。”

“不多说了，佟家少奶奶，我先走了。”

朱毛毛看着那女人的背影，一时不知道该说什么才好，佟家是不缺这几颗鸡蛋的，但是真的是人心换人心，那些女人心肠还是蛮好的。

还没等朱毛毛把那女人刚送的喜蛋放下，外面就有人叫她了。

“佟家少奶奶，佟家少奶奶……你们家来信了。”

一大清早的，是村子里送信的人，身上背着一个破布书包，包里放着一沓报纸，还有几封信件。

“这么早就来送报啊……”朱毛毛客套地说。

“这是你们家的信，佟家少奶奶，报纸还要吗？”

朱毛毛知道佟永顺每天会拿着报纸找自己的爹去说话，于是有心思地帮他留下来一份。

这信件想都不用想，一准儿是佟永义和江婉秋从外面寄回来的。

那个牛皮纸的信封看起来厚厚的，鼓鼓囊囊，朱毛毛又不认识多少字，平日里教莫言的，不过是些简单的罢了。

“绘春……绘春过来……”

“怎么了，少奶奶？”

“你这丫头上过学，给我把手里的这封信念一念，看看上面都写了些什么？”

朱毛毛把信封拆开，从里面掉出来了是三个荷包，想都不用想，肯定是老二家的给家里的这几个娃绣的，朱毛毛抿着嘴笑了笑，把那个信纸捻开递给绘春。

“念吧，小声点，别让旁人听见了。”

“哥、嫂：我是永义，我已经和婉秋到了陕西，和很多的革命同志见了面……”

朱毛毛没有想到，这两个后生一下子跑出这么远，都说陕西那边是革命圣地，日本鬼子一时半会儿打不到那里，她躺在摇椅上面，听绘春一五一十地念着。

“下面的笔水换了……应该是二少奶奶写的！”绘春突然插了一句。

“小点声音，不要给别人听了去，快些念，绘春。”

……

“最不放心的还是娃，不知道他这段时间有没有好好听话，不知道夜里有没有哭闹，我自己也是当娘的人，自知带娃的辛苦，现在和永义身在异地，家里的事情一点忙都帮不上，所以还是要拜托哥、嫂，我给家里的这三个娃都绣了荷包，希望他们都能平平安安，我和永义会争取早点回来……”

朱毛毛说到底是个女人，最听不得这种话了，绘春还没有念完，她的眼眶早就红了。

“大少奶奶……大少奶奶，我念完了。”绘春晃了晃她的胳膊。

朱毛毛愣着神，被绘春这么一晃荡，一下子从中回过神来。

“念完了……好，把信给我吧，刚才让你念的内容，不许到外面说，跟人唠嗑的时候也别提二少奶奶来信的事。”

“大少奶奶您就放心吧，什么话该说，什么话不该说，我心里跟明镜似的，我去晾衣裳了。”

朱毛毛手里拿着那三个荷包，把三个孩子都叫来。

“娘……你叫我跟弟弟来是啥事啊？你不是让我早上起来多念书吗？”莫言摸着小脑袋，疑惑地问道。

“乖，娘把你们哥几个叫来是有事的。”

“来，把这个荷包戴上给娘看看。”

莫言看着朱毛毛手里的荷包，精致得很，眨巴眼睛问道：“娘，这上面的大鸟是什么？”

“娘的傻儿子，这上面是你二婶绣的鸳鸯，从很远的地方给你们寄回来的，是可以保平安的，快点戴上给娘看看。”

“二婶？啊……太好了！二婶给寄来的……”

朱毛毛一下子捂住了他的嘴："我的小祖宗，不敢这么大声吆喝，你只知道是你二婶给你寄来的就好了，可不能到处说，记住了吗，言儿？"

莫言似懂非懂："娘……是不是被别人知道了以后，就像上次日本鬼子来咱们家一样，像那样把弟弟抢走？"

朱毛毛摸了摸他的额头："对，娘的言儿懂事了，所以这些事情不能往外说，知道了吗？"

莫言认认真真地点着头，旁边的奶娘也把那两个荷包给破虏和胜利两个娃戴上。

"行了，带着弟弟们下去玩儿吧，娘还要找你爹有事呢。"

朱毛毛穿过茶廊，看见佟永顺正坐在院子的石凳上，旁边坐着爹，他们两个人好像在说什么。

"爹，永顺，这是永义和婉秋的来信，我刚刚拆开让丫头读了读，这不赶紧给你们送过来了，革命的事情我也听不懂，你们俩在这唠着，我去照看娃们了。"

朱洪烈识字，接过朱毛毛的信，没一会儿工夫就看完了，他眉头紧锁，一副不乐观的样子。

"现在外面咋样了？爹，是不是永义他们现在的处境不是很好？"

朱洪烈吸了一口烟："你看这屯子里面那些从东南营躲过来的女人，都是往内地跑，永义他们已经转移到延安了，日本鬼子真是步步紧逼呀，这以后的日子会越来越难过的。"

就在这个时候，佟家的家丁福子急匆匆地从外面跑了进来。

"掌柜的不好了，不好了……"

"什么事情这样慌里慌张的？"

"日本鬼子来了，不知道这次来是要干什么，前面的几个村子已经搜刮不少粮食去了……"

"他娘的……狗日的日本鬼子，真是没完没了了，这样挨家挨户搜粮食，日子还让不让人过了！"佟永顺气得拍桌子。

“掌柜的，咱们还是准备准备，让少奶奶和孩子们赶紧躲藏好吧。”

佟家大院的外面，日本鬼子已经进了焦庄户，外面乱作一团，时不时传来几声妇女的尖叫声，村子里的人们伴随着几声枪响开始到处乱跑。

东南营那边来的几个女人里，有一个叫叶芝的，站在学堂门楼往外面望，对于这种场面，她已经不是第一次见了，相比之下，她比村子里的那些女人镇定得多。

这些日本鬼子一看就是没有什么上级的命令，一进村子那些丑陋的面目全都暴露出来了，抓鸡的抓鸡，踹门要粮食的要粮食，还有一些日本兵，直接冲着女人去。

“润香！回来！快点！”瓦匠家的张婆娘站在巷子口喊她家的闺女。

那闺女先前经常坐在巷子口挖野菜，在这个顿顿餐食都成问题的时候，争分夺秒地挖一些野菜带回家，就成了这些姑娘们的任务。

“知道啦，娘，这就回……”

还没等润香把话说完，不远处的几个日本兵就注意到了她，像她这样的黄花大闺女，在这些禽兽的眼里，就像是一块鲜嫩肥美的肉，恨不得立马就扑上去吃掉。

“啊……娘，救我……”润香一把就被日本人拉了过去，在他们的怀里扑腾，方才挖的野菜也从筐子里面掉下来，撒了一地。

她的腿在后面拖拉着，使劲蹬着地面，把那些菜叶子都踩出了汁水，瓦匠家的张婆娘不顾一切地朝着这边跑过来，但是一个女人家，力气又能有多大呢？紧接着就被其中的一个日本兵骂骂咧咧地推倒在地上。

母女两个人撕裂般地痛哭，站在不远处学堂门口的叶芝看到了这一幕。瓦匠家的张婆娘她是知道的，上次在江老爷的杂货摊前面卖胭脂，也是数她骂得最厉害。

叶芝不紧不慢地朝着这几个日本人走过去，绒布质地的旗袍像风一样，随着她的腰肢扭动着，开衩的旗袍使她裸露出半个大腿，她从后面拍了拍其中两个日本兵的肩膀。

“太君……你们放了她，小丫头受不得，小丫头年纪小得很嘞……”

几个日本兵看见叶芝这样的女人骨头立马都酥了，哪里还顾得上跟那个小丫头片子撕扯，一下子把她扔到了一边。

润香愣住了，呆呆地看着叶芝被那些日本鬼子围起来，叶芝朝着她使了个眼色，示意她赶紧跑。

就这样，润香跌跌撞撞地朝着家门口跑回去，一个猛子扎进她娘的怀里。

“娘……娘……”润香抽抽搭搭地哭着，似乎还没有缓过神来。

“快进来，闺女，快进来……”瓦匠家老婆搂着孩子，掉了的鞋子顾不得穿，就往院子里跑，准备插门的时候，她看着东南营的那个女人，带着刚刚欺负自己女儿的那些日本兵朝着另一个方向去了，瓦匠老婆心里一时缓不过神来……

“娘，多亏东南营来的那个……多亏了……”润香说话几乎都是颤抖的，真的是被那一群日本兵给吓得不轻。

“娘知道，娘知道……不怕了，孩子。”

瓦匠老婆把润香扶到屋里去，听着外面的阵阵枪声，依然提心吊胆，救自己姑娘的，是东南营的叶芝，也就是她前些日子当面辱骂的那位。

佟家大院里，佟永顺已经做好了充足的准备，他让家里的妇女和孩童们都藏在地窖里，外面的只剩下他、几个家丁和管家，倘若真的发生冲突，只要保证娃们的安全，也没有什么大碍。

日本人来这里，当然不会放过佟家这样的大户，在村子里面扫荡了一圈过后，最后又来佟家收了好几十斤的粮食，这才算是放过了焦庄户。

日本人走后，马保长带着几个人，在村子里询问各家各户的亏损和伤亡情况，让人意料不到的是，整个焦庄户没有任何的伤亡，家家户户都被或多或少地搜刮了一些粮食去，唯独那个东南营叫叶芝的女人丢了。

几日后，村子里面有人传叶芝回来了，又重新回到了学堂里面住，回来的时候衣服破烂得不像样子，被她的那些姐妹们接到了住处，也有人传她回来以后精神坏掉了，身上也染上了不干净的病。

叶芝的确是回来了，但是却很少出来见人了，村子里几乎没有人再见过她。

“掌柜的，前面还是别走了，一群日本人，不知道又是准备去祸害哪个村子……”

本来准备去县城里点心铺打点生意的佟永顺，让车夫停了马车：“走小路吧，走原来那条路肯定要撞上这些日本鬼子的。”

一路上佟永顺都是提心吊胆的，快要走出郭家庄的时候，车夫把马车停下了。

“掌柜的，您看。”

佟永顺把马车前面的盖布撩开，回头看到远处的莲花山上，熊熊大火，伴随着浓浓的烟雾的，还有阵阵枪响，那大火看上去没有要停下来的意思。

“日本人这次是去了莲花山上，那群土匪要遭殃了……”

“唉……听说那莲花山上的头子，是曹德祖的儿子。”

尽管佟家最早的时候是和曹家有过恩怨的，但是前面几次互相掩护，佟永顺对曹家也是慢慢地改变了最初的看法。

“希望这群胡子们没有大碍吧，唉，毕竟都是中国人。”

佟永顺费了好大的功夫，才赶到县城里，几天没到点心铺里来看，好多货已经过期了，佟永顺只能忍着痛把那些过期的点心都扔掉了。

“唉，这年头，日本人比胡子还要狠呢……”

“谁说不是呢，那莲花山上的胡子多有本事啊，二当家的还不是被日本人抓到手了，作孽啊……”

佟永顺坐在点心摊前面，听见两个过路的人说道。

原来自己路上看到的那片火，真的是日本鬼子在莲花山放的，佟永顺心想。

不过是半天的工夫，县城里大大小小的电线杆子、城墙上面，都贴满了布告。

布告是用汉字写着的，也是明摆着贴给中国人看的。

“念念，上面写的什么。”

佟永顺站在离自己点心铺不远处的电线杆子旁边，推了下旁边的小二。

“掌柜的，上面是在通缉莲花山的大当家的呢，这二当家的不是已经被日本人活捉了吗？恐怕这日本人打算一窝端。”

佟家大院里，朱毛毛正领着几个孩子欢天喜地地等着，就在两个小时前，有人来报信，说佟永义和江婉秋两口子马上到家。

这个院子好像又重新恢复了往日的生机，几个丫头知道二少爷和二少奶奶要回来了，也赶紧里里外外忙活着。

“胜利呀，乖乖，你爹娘一会儿就要回来了，高兴不高兴呀？我的乖乖呦……”朱毛毛用手轻轻触摸着佟胜利的小脸蛋，看着他那可爱的小模样，欢喜得不得了。

佟永义和江婉秋离开的这段时间，孩子的确是长大了不少，但是还不会说话，嘴巴总是咿咿呀呀的，朱毛毛本来以为要等到他会叫爹娘的时候，这两口子才会回来，没想到回来得这么快。

“哥，嫂，我们回来了……”

朱毛毛听到外面的声音，赶紧抱着孩子往外跑。

“哎呀，菩萨保佑，菩萨保佑，总算是让你们两个人平平安安地回来了，菩萨保佑……”

“嫂子……”江婉秋几个月没回来了，看见朱毛毛也是激动得不得了。

“老二家的，想娃了吧，快点，我就知道你俩想娃了，快点来抱抱……”

江婉秋接过她手里的儿子，几个月的时间没见，佟胜利已经沉甸甸的了，白白胖胖的小脸蛋，一看到江婉秋就咯咯咯地笑，佟永义在旁边看着这一幕也高兴得不得了。

“别在外面杵着了，赶紧进屋啊，这一路上累不累啊，你们两个？”朱毛毛赶紧喜气洋洋地把他们两个人迎进屋。

“嫂子，怎么你一个人在家？我哥呢？”

“你哥啊，他就是在家闲不住，让他在家陪陪娃待几天都受不了，好像咱们家里的椅子烫屁股一样，非要去那城里的点心铺，唉……现在谁家还敢出去买点心啊，兵荒马乱的……”朱毛毛一边说着，一边叹气。

“对了，你们还不知道呢，前几天日本鬼子又来咱们焦庄户扫荡了一圈，不过这次没有伤人，除了东南营来的那个女人……唉，挨家挨户地搜刮了粮食去。”

在回来之前，佟永义和江婉秋已经了解到这些消息了，他们这次回来的主要任务并不是为了探亲，而且还有非常重要的情报要送，回佟家只是顺便。

“少奶奶……少奶奶……掌柜的回来了……”

“你这孩子，在佟家当了这么多年的差了，怎么还这么毛毛躁躁的，掌柜的回来又不是什么稀罕事……”朱毛毛笑着说道。

佟永顺的马车一进佟家的大院，家丁就兴奋地给他报信，说是二少爷和二少奶奶回来了。

“哥，我回来了……”

佟永顺刚下马车，就看到了佟永义和抱着娃的江婉秋。

“你俩怎么回来了？快进屋快进屋。”尽管佟永顺是为他们两个人担心的，毕竟现在外面这么乱，但是他的脸上还是满满地写着高兴。

两个女人带着三个娃在屋里说热乎话，佟永顺和佟永义坐在外面的堂屋里说话。

“永义，你这次回来的不是时候啊，现在外面正是大乱特乱的时候，今天县城里面又贴了通缉令，那曹家的儿子上了莲花山当了土匪，不知道怎么犯着日本人了，现在县城里全都是通缉他的公文。”

“还有这样的事？日本人连胡子都不放过了？”佟永义问道。

“这日本人啊，我算是看得透透的了，都是畜生，躲在学堂里的东南营来的女人，被他们糟蹋得病的病、死的死，没几个了。”

“光顾着跟你说这些了，这次你们两个人回来，准备待多久？是不是有什么任务要执行？”佟永顺把话题一转。

“没多长时间，哥，我和婉秋两个人明天就走了，只不过一回来就特别想家，婉秋也每天念叨着想孩子，所以进门看看。”佟永义笑笑说。

“娃你嫂子给你们照顾得好好的，你们在外面放心，不过这一打仗，可是要一万分地提防日本人啊，那些畜生们打起仗来都是兽性。”佟永顺这个当哥哥的，总归还是对他不放心。

次日，佟家刚刚送走了佟永义和江婉秋，焦庄户就开始不得安宁了，大家都听说了，曹德祖的儿子曹俊龙被日本人到处通缉了，城里贴满了告示，谁也没有想到，往日风风光光的曹家也会有这般田地。

“当家的，你看胜利这娃，从小就懂事，他爹娘走，不吵不闹，老二家的回来，就对着他娘咯咯咯地笑个不停。”

朱毛毛抱着孩子，轻轻地摇晃着，哄孩子睡觉。

佟永顺一直闷闷地坐在堂屋里不说话，好像有预感接下来会发生什么大事一样。

“我说当家的，你别再愁眉苦脸的了，这次永义回来，你不是也亲眼看到了，他们两口子都好着呢，倒是你成天到晚提心吊胆。”朱毛毛撇了撇嘴。

佟永顺依然不说话，听她在屋里絮絮叨叨的，只觉得烦闷，于是便闷着头，把手背过去，喘着粗气出去了。

天空渐渐地暗了下来，蓝色的夜空里跑出来几颗明亮的星星，这个季节的星星，高高的，在天空中亮得很。

朱毛毛让奶娘把孩子抱出来，和莫言他们几个在院子里乘凉。

现如今的焦庄户和之前不一样了，才刚刚到六七点钟，天一擦黑，家家户户的门就都关了，即使是佟家这样的大户人家，也大门紧闭，女人和孩子们也都只能在院子里面说说话。

“少奶奶……少奶奶……外面来了个人，敲了好半天的门了，好像……好像那人说是找掌柜的……”

“谁啊？这么晚了还来串门子，瞧你那慌张的样子，你去跟掌柜的通报一声不就行了。”朱毛毛没把这当回事。

“少奶奶……只是看着那影子……有点像……”那报信的长工支支吾吾的，不知道想要说什么，又好像不敢说出来。

“你这当差的，说个话说到一半，像什么啊？天一擦黑就开始编幺蛾子，再吓着这几个娃了……”

那家丁凑近了，贴着朱毛毛的耳根子：“少奶奶，那人我看像曹德祖……”

朱毛毛像是条件反射一样，听到“曹德祖”这三个字，不由得一激灵。

她倒不是多怕这个人，曹家之前就和自己家有过节，即使来往几次，也没有什么大碍的，但是现在不一样了，曹家的儿子上山当了土匪，现在又被日本鬼子到处通缉，朱毛毛担心这个时候曹德祖找上门来会给自己家里添什么大乱子。

“赶紧……赶紧去跟掌柜的说……”朱毛毛一个妇道人家虽然操持着整个佟家大院，但是碰上了这样的事情，她顿时也没有了主心骨。

“吴妈，你看着这三个娃，我去屋里面和掌柜的说些要紧的事情。”

“好嘞！少奶奶，您去吧。”

佟永顺累了一天了，本来坐在方桌前面喝着茶已经打瞌睡了，听到家丁过来说曹德祖好像就在自己家门口，一下子醒过神来了。

“当家的，这可咋整啊？那姓曹的找上门来了，会不会牵连到咱们家，什么事啊？”朱毛毛急得两个手抱团。

“这个时候来……我估计姓曹的可能还真是有点事，赶紧让他进来。”

“不行啊当家的，那姓曹的本来就和日本人不清不楚的，这要是进了咱们家的门，那不就更说不清楚了吗？”朱毛毛在佟永顺面前挡住了。

“现在人家都已经到门口了，你不让他进来他能走吗？让村子里面的人看见了算是怎么回事？到时候不就更解释不清楚了吗？”佟永顺的声调高了几分。

“快点去给他开门，让他进来！”

佟家的家丁果然是没有看走眼，站在门口的那个人就是曹德祖。

曹德祖手里提着一坛酒，进了佟家的大院，因为怕走漏了风声，引起别人的注意，他小心得很，刻意压低了帽檐，一直到走进佟永顺家的堂屋。

“佟老弟，这么晚了，我这个当哥哥的上门叨扰了……”曹德祖把帽子摘了下来，笑脸对着佟永顺说道。

按道理说，曹德祖年纪不是很大，但是如果非要排一排辈分的话，他应该是和佟永顺那死去的大爷佟嘉禾一个辈分，所以他一进门叫佟永顺老弟，也是自己刻意卑微了几分。

对朱毛毛来说，这种场合她一个妇道人家是不适合待太久的，吩咐丫头把茶水端上去，就匆匆地进了里屋。

“曹老哥真是好些日子没见到了，最近可还好？怎么天都黑了来我佟家做客？”佟永顺也笑脸相迎。

“佟老弟，这次我曹某人上门来，的确是碰到难处了，之前对你们佟家多有对不住的地方，还有我那个孽子做的有不周到的地方，我这个当爹的代他一起赔罪来了。”

佟永顺知道这次曹德祖上门来，一定是有事相求，可是曹德祖平日里心高气傲，能够在自己的面前说出这样的话来，他也没有想到。

“曹老哥，你我相识多年了，你有什么事就说出来吧，现在日本人是全中国人最大的敌人，咱们这些小老百姓哪里还顾得上你恩我怨啊。”

“说的这倒是，这不是我那个孽子，你说说他去干什么不好，先是去给那日本人当差，在日本人那里没落下什么好，这又上山当了胡子，我这孽子啊……”曹德祖一边说着一边着急地拍着大腿。

“佟老弟，让你见笑了，现在日本人到处都在通缉我这个孽子，我这都老得只剩下一把骨头了，还要整日为他提心吊胆，我是实在没有办法了，只知道佟老弟这里有些出路，要是可以的话，就让他随着共产党干吧……”

说实话，他的这一番话让佟永顺有点吃惊。佟永义和共产党有联系的事情，曹德祖已经很清楚了，这让佟永顺不禁有些担心了。

“佟老弟，你不要太紧张，你们家二少爷和共产党有联系的事情，我也是小道消息才知道的，现在看来这是一件好事啊，要是真的能让共产党收了我那孽子，我曹某人以后下地狱都是可以的。”

佟永顺端起面前的茶碗，喝了一口茶，然后不紧不慢地说道：“曹老哥既然今天来是为了这件事，那我也和曹老哥实话实说，我们家这老二，早就不在家了，现在跟共产党走到了哪里，我们也不清楚。”

曹德祖从怀里掏出一串大洋：“佟老弟啊，要是之前当哥哥的让你不舒服了，就给你赔个不是，这是曹家的一点心意，你收着，我家里的这孽子，实在是走投无路了，真是丢我们老曹家的人啊……”

“这样吧，曹老哥，这大洋你就收起来，咱们兄弟之间没有必要这么客气，要是真的有什么信，我托人去告诉你，你看这样中不？”

佟永顺知道现在外面的风声很紧，不管这曹德祖今天把自己家说得多么可怜，他总得以佟永义的安全为重，所以佟永顺没答应一定帮他。

“我就不叨扰了，这坛酒是我们曹家自己酿的，还请佟老弟笑纳。”曹德祖见势离开。

第十五章

洒去犹能化碧涛

佟永顺把曹德祖送到门口，幸好外面的天是黑着的，这个时候没有什么人能够看得出来。

随后，他又赶紧吩咐家丁把门插好，就像是什么事情都没有发生过一样。

“当家的，刚刚那姓曹的说的话我都听见了，你觉得这事到底行不行啊？以前他可是咱们家的死对头，现在被逼上绝路了，倒知道上门来求情了……”朱毛毛噘着嘴，看上去一脸的不情愿。

“娘们家家的知道什么？这曹家，现在也是走投无路了，更何况上次在莲花山，他那儿子还放过我们家的马车一次。”佟永顺若有所思地说道，好像他心里已经拿定了主意要帮曹德祖。

“那你的意思是要帮他们家喽？这事情你可要想好了，对咱们家老二有没有好处？会不会暴露他的安全？”

朱毛毛想的没有错，这个时候，人人都想好好活着，没有人愿意出意外，没有人不惦记自己的性命。

“这事得想办法给老二通个信儿，让他自己来做决定。”佟永顺沉重地说。

朱毛毛揉搓着手，曹德祖来这一趟让她看起来很是焦虑。

佟永顺知道佟永义和江婉秋俩人这次还没有走远，佟永顺决定明天去点心铺坐坐，说不定在那里会碰见自己家老二。

眼下这整个东山城，到处都在呼啦呼啦飘着日本人的旗子，佟永顺的点心铺已经好些日子没有进新鲜的点心了，他也知道，这日本点心，老百姓是吃不习惯的，偶尔会有日本兵来买几块。

佟永顺坐在摇椅上打盹儿，梦到了自己小时候和永义一起去林子里面抓鸟，两个人一起布下大大的网子，等到晌午的时候去看里面究竟钻进了多少只。

……

佟永顺突然又觉得自己像是飘在了云端，忽上忽下的，这个时候他努力地睁开眼睛……

“嘿嘿，你咋在这睡上了，哥。”

是佟永义。

“你小子现在咋神出鬼没的，来也不提前打声招呼，还跟小时候一样，皮得只会晃我的椅子。”

“我看你睡得挺香，刚来了没忍心打扰你，嘿嘿。”佟永义憨厚地笑了笑。

“走，去后院，我有重要的事和你说。这里人太杂了，大街上日本人来来去去的。”佟永顺搂住佟永义的肩膀，像小时候一样。

“我不怕，这不是来点心铺的这一路上，那群龟孙儿也没把我认出来……”佟永义一脸的自豪。

“哥，你刚刚跟我说，有重要的事要和我说，到底是什么事？”

佟永顺不紧不慢地把茶叶给他沏好，又坐下来。

“是这样的，昨天夜里，曹家找上门了。”

“就是前些年和咱们家做对的那个曹家？”

“嗯……曹德祖，曹家。”

佟永义喝了口茶，把粘在自己嘴角的茶叶沫子抹了抹，他早就听说了日本人到处都在通缉曹俊龙的事情。

“他那个儿子，现在可是到处被日本人通缉呢，这一家子……”

“永义啊，我今天要跟你说的也正是这件事情，曹德祖昨天夜里来咱家了，坐了好几个小时，来替他儿子出面的，说是他那个儿子要跟着你们干，问问你们队伍里能不能收他们？”

佟永义愣了一下，他从来没有想过，一个胡子，竟然有一天想要和共产党同扛起一杆枪，要知道，共产党前些年可都是大力提倡剿匪的。

“哥……你说的是真的吗？这土匪能这么愿意跟从共产党？前些年他们可都是在一直和共产党作对的，当初共产党曾想方设法收编他们，他们都态度非常强硬，压根没有谱的事儿。”

“世道不同了啊，现在日本人在这东山城里耀武扬威的，莲花山的那群土匪都快没有地方去了，被日本人抓到了就是死路一条，他们也是走投无路了。”

佟永义把头转过来，用一种不一样的眼神盯着佟永顺看：“哥，你现在和之前真的不一样了，跟我说得头头是道的。”

没错，经历过这么多事情后的佟永顺，正在被这个弟弟、这个家族，还有目前这个被破坏得不堪的国家潜移默化地改变着，佟永顺早已经不是原来的那个佟永顺了。

“谁不想活命啊……”

佟永义听哥哥说完这番话，他也清楚现在的形势，曹俊龙想要归顺共产党的事情倒也可以理解，但是毕竟他们一群人在山上懒散惯了，没有组织、没有纪律，真的要归了共产党的队伍，事情没有想象的那么简单。

“我想个法子，给他们报个信，看看组织的态度吧。”

这个时候，外面传来了一阵叽里呱啦的声音，店伙计早就出去应付了，是一群日本兵上门来要点心了。

“哥，我从后门先走了，不能久留了。”

“走吧，自己小心着点。”佟永顺一直看着佟永义出了后门，他才朝着前门点心摊子走去。

“老总们看中哪些点心了……喜欢的随便挑……”在这些畜生面前，佟永顺知道不能像从前一样正面硬来，也只能见人说人话，见鬼说鬼话。

“你的……良民大大的……”

听着这群人叽里呱啦一通后，店伙计不情愿地把他们挑完的点心打包好，看着这群土匪一般的人扬长而去，恨得店伙计一直骂。

“行了，别骂了，拿去就拿去吧。”

“掌柜的，每次他们都是这样，咱们也是小本生意，这样下去早晚让他们搬空了……”

“都眼下这个时候了，还能指着这点心铺赚钱吗？他一把枪杆子伸过来，我们可能连小命都保不住了，算了算了，就这样吧。”佟永顺心里也早就不在乎能不能挣几个钱了。

几日后，曹德祖派人又给佟家送来一坛酒，那酒一看就是酿了好多年的。经组织同意，曹俊龙和剩下的几个土匪，也都投奔了共产党。

朱毛毛和佟永顺坐在外面的石桌旁边说话：“当家的，真没想到，这土匪竟然和共产党一起干事了，这世道真的变了。”

“这日本人横行霸道的时候，中国人就得团结起来，什么土匪、共产党，那都是流着中国血的人。”

“当家的，有的时候我已经很知足了，你看咱们佟家，虽然现在挣点钱不怎么容易，但是全家老小也没有饿着，大家都好生地活着在一起，我心里已经很知足了。”

朱毛毛一边说着，一边从奶娘手里接过小胜利，他圆嘟嘟的小脸看上去是那么的可爱，眼睛也乌黑，炯炯有神，对着朱毛毛不停地咯咯笑。

潮白河大桥上，日本人严严实实地扎着竹篱笆，过往的人们都需要被细细地盘问、搜查，江婉秋像往常一样，小心翼翼地提着一篮子鸡蛋从上面经过。

“你的……篮子里装的什么的干活？”一个日本兵盯着江婉秋，然后又指了指她旁边的篮子。

“鸡蛋……里面是自己家的鸡下的蛋……”江婉秋一边说着一边把篮子上面的花布撩开给他们看。

只有江婉秋知道，在那一层鸡蛋的下面，垫着的是一份抗日小报，最下面的那几个鸡蛋上，还有被针孔扎过的痕迹，里面放了重要的情报。

“吆西……快快的，快快的过……”那个日本兵不耐烦地说道。

就在江婉秋以为这次可以顺顺利利地通过大桥的时候，“嘭嘭嘭……”她突然听到桥头传来了两声枪响。

“都给我停下，细细地搜查，皇军说接到消息，这批人里可能有共党，给我查清楚！”一个穿着日本兵衣服的汉奸站在那里喊道。

听到那个汉奸喊了一句这样的话，江婉秋的心紧了一下，要知道在这座大桥上面，前面和后面是根本没有办法逃跑的，自己遇到了危险不怕什么，主要的是她的篮子下面，藏着关于共产党的重要情报。

桥上面的老百姓纷纷都愣住了，要知道这些日本鬼子杀人可是不眨眼的，根本就不把中国人的性命放在眼里。

“还愣着干什么，快点给我搜！”

桥上大概有十多个老百姓，还有襁褓里面包着孩子的。襁褓里的婴儿像是感知到了外面发生的一切，哇的一声哭了起来，那抱着孩子的女人于是赶紧哄着怀里的孩子。

“不要动！”旁边的那个日本人拿着枪对着那个女人，又把枪指向她怀里的孩子。

“不要，不要吓我的孩子，搜，你们随便搜……”那个女人几乎是沙哑着嗓子哭着跪下来求他们。

江婉秋的心揪了一下，那女人怀里的孩子，和自己家里的小胜利差不多大，看起来白白胖胖的，毕竟都是女人，她能够感受得到那女人的急切，想当初小胜利在佟家被日本鬼子抱走的时候，她简直像心头被挖掉一块肉一样。

那个日本兵掀开襁褓，在对着孩子一通乱搜之后，没有发现什么可疑的东西，但是孩子在被粗鲁地对待以后，哇哇大哭起来。

江婉秋把自己的篮子往上面提了提。

“你！说你呢，把篮子打开看看！”一个汉奸朝着江婉秋走过来，把她篮子上面的盖布掀开，一篮子的鸡蛋裸露出来。

“呦，什么时候了，还能吃得上鸡蛋，哪个村户的啊？”

江婉秋装作平平常常的样子：“焦庄户的。”

那群日本人平日里对中国人烧杀掠夺，但是每户家能交出来的，也只有一些粮食，像这样多的鸡蛋其实并不多见的，毕竟人都饿得没饭吃了，拿什么来喂鸡呢？

几个小日本鬼子看得眼睛都发直了：“吆西，拿走的干活……”

站在江婉秋旁边的那个日本人，一把就把她手里面的篮子夺了过来，嘴里还洋洋得意地说着叽里呱啦的日本话。

那是组织交给自己的任务啊，无论如何江婉秋是不想更不能让日本鬼子得逞的。

江婉秋去夺那个日本鬼子手里的篮子，即使看到他手里的枪，也没有那么害怕。

“八格牙路……”

“我们家里就剩下这些鸡蛋了，上有老下有小，还指着这些鸡蛋救命呢……”江婉秋灵机一动，像刚刚那个女人一样，装作哭哭啼啼的样子。

但是这对于日本鬼子来说好像并没有用，反而更加激烈地把她推开了，江婉秋一下子撞到了桥边的栏杆上。

鸡蛋眼瞅着就被周围的几个日本兵涌上来一抢而散，而那张情报纸就铺在鸡蛋的下面，江婉秋不能再任由着他们翻下去了。

……

另一边，和江婉秋准备接头工作的同志们，已经等得着急了，平日里这个时间，江婉秋早已把情报送到了，可是今天眼看着旁边的茶饼摊子已经收摊了，还没有看到她的影子，这让同志们心里面平静不下来。

“怎么样？人来了没有？”

“报告长官，人还没有来，今天有点反常，我听说大桥那边设了关卡，一般的人不让通行，只有附近的老百姓才可以通行，不知道是不是在那边遇到了麻烦，希望没有事吧。”

……

“别他妈的敬酒不吃吃罚酒，跟日本人做对没好果子吃，为了几个破鸡蛋，连命都不要了，是吧？别在这碍事，赶紧滚！”那个汉奸看得出来，虽然嘴里面骂骂咧咧的，但还是不想让江婉秋做傻事。

她顾不得这些了，冲上前去，把那篮子使劲地往地上一摔，篮子里面的鸡蛋被砸得粉碎，鸡蛋壳和鸡蛋液都混在一起，沿着篮子的缝隙流了出来。

“八嘎！你的……死啦死啦的……”一个日本兵拔出尖尖的刺刀，对准了江婉秋的脖颈。

“妈的！你是活够了，是吧？非要和大日本皇军顶着干，还不赶紧跪下认错……”那汉奸在旁边说道，又点头哈腰地和那些日本人求情。

江婉秋拼命地去用手抓篮子里面的情报纸，这一举动被日本兵看到了。

“共党……共党的干活……抓起来……”其中有个日本兵喊道。

就在那几个日本兵迅速地把江婉秋围起来的时候，她像疯了一样把那张沾满了蛋液的情报纸抓在了自己的手里，当着那些日本人的面，一口一口地把那情报纸吞进肚子里。

桥上的几个老百姓谁也没有想到，这个看起来和普普通通老百姓没什么区别的女人，竟然会是共产党。

“快把她抓起来，她是共产党！”

“嘭嘭嘭……”空中传来一阵激烈的枪响，那声音穿透力很强，即使是隔着很远的距离，也能够清清楚楚地听到。

“完了，肯定是婉秋同志出事了，长官这怎么办？”

“先不要着急，婉秋同志不是第一次送情报了，遇到这样的事情她会有处理的办法的，这样，先找几个同志过去看看情况……”

日本鬼子当然不会对江婉秋动刀子，要知道抓住了活的共产党，可算是立了大功一件，那些日本兵们不会轻举妄动。

“带走！……带到司令部去好好地盘问，真是胆大包天，不知好歹！”方才的那个汉奸立马就变了脸。

她的脸上没有一点恐慌，或许在她决定要为共产党做事时起，她就已经做好了最坏的打算。

一直到第二天的早上，这件事情才在县城里传开，报纸上也刊登了对这件事情的报道。

“永义，不好了……快来看报纸……”

佟永义的右眼皮跳了整整一天了，他隐隐约约地能够感觉到将会有什么不好的事情发生。

“出什么事了？”

“你家婉秋……被捕了……”

佟永义愣了一下，怔怔地走过去，拿起那张报纸，报纸上一张黑白的模糊的照片，是江婉秋被日本鬼子带进司令部的背影，他一眼就能认得出来，那个瘦弱又熟悉的背影就是江婉秋的。

“女共党被捕，当场销毁情报资料。”

佟永义看到这个标题，手忍不住开始颤抖，他太了解江婉秋的性格了，从第一次见到她，表面看她柔柔弱弱，但实际上她是刚毅的女子，遇到这样的事情，她宁可去牺牲自己的性命，也要保住组织的重要情报。

“永义，你……别着急，我们想想办法，全力把婉秋同志救出来！”

可营救哪有那么简单？！佟永义曾经看到过自己的同伴是怎样被日本人活活折磨死的，江婉秋落到了日本人的手里，他们是不会轻易放过她的。

这次恐怕是凶多吉少。佟永义像是突然变了一个人一样，坐在那里一句话也说不出来。

很快，佟家上上下下也得到了消息，朱毛毛急得坐不住，抱着小胜利在屋里转圈。

“当家的，你说摊上这样的事儿，这可怎么办啊？胜利还这么小，她要是没有了娘该怎么办啊？”

佟永顺拿起了烟袋，平日里不怎么抽烟的他，也开始一袋一袋地续上了烟袋。

小胜利躺在朱毛毛的怀里，安安静静的，他时不时地眨巴着眼睛看着朱毛毛，伸出他的小舌头，看起来一副安逸的样子。

自从得知了这件事情以后，佟家上上下下焦急万分，似乎每个人的心都如同被放在油锅里煎烤一般。

“这可怎么办啊？当家的，老二家的身子骨本来就不好，这次回来一趟看着那模样也不舒坦，真不知道这些挨千刀的在牢房里怎么为难她呢？”朱毛毛急得坐不住，一遍遍地在堂屋里走着，左手一个劲地转动着右手腕上的镯子。

“不知道永义现在知道信了没有？他那性子恐怕又要按捺不住了。”佟永顺叼着烟斗，本来不是很喜欢烟草的他，近日拿起烟斗的频率也多了起来。

东山县城司令部暗黑的牢房里，关押着一些被捕的共产党人和那些给日本人带来利益冲突的人，江婉秋被用绳子捆绑着，缩在一个角落里。

她是怕黑的，以前在佟家的时候，每晚睡着也是要点一盏煤油灯，除非佟永义在家的时候，不然江婉秋是最怕黑的。

“啊……我不会说的，就算是你们抽了我的筋，我也不会说的……”

江婉秋听到不远处的牢房里传来那样撕心裂肺的哭喊声，是和她一样被抓进来的共产党人，那声音哭喊得凄厉，一阵阵鞭子声像是抽打在她的心上。她恨这些小日本，从他们进了中国，把自己的父母杀掉的那天起，江婉秋就把这仇恨深深地刻在了心里，每分每秒都没有停过。

一个小时过后，她听到外面的某间牢房被打开的声音，江婉秋微微地抬了抬头，从她的发丝里透过去，她看到那个人被两个日本人拖着，扔进了牢房里，他的身上血淋淋的，看起来半死不活的样子。

或许那个人还留有一口气，也或许已经奄奄一息，江婉秋知道他们的歹毒，也许下一个就是自己，但是此时此刻的她，却并不畏惧，她心里早就暗下了决心，有些东西，是值得自己付出生命的。

她靠着冰冷的墙壁睡着了，梦里，她回到了佟家的院子里，胜利已经学会了跑，在院子里追着破虏和莫言两个哥哥，她和朱毛毛坐在茶廊里面，就这样安静地看着三个孩子，阳光打在她的身上……

随后，她被牢房门口的铁链声音惊醒，刺眼的电筒强光照在她的脸上，江婉秋下意识地用胳膊去挡住自己的眼睛，其中的一个日本兵拿着手电筒照着她的眼睛，另一个嘴里叽里呱啦地说着她听不懂的话，并用力去拉扯她。

就这样，江婉秋被他们带到了审讯室里，如果没有猜错的话，刚刚她在牢房里听到的那一声声惨叫，就是从这间房子里面传出来的。

“听说你是共党？”一个留着络腮胡子的日本人瞪着江婉秋问她。

她嘴角不屑地上扬，看了一眼那个日本人：“是又怎么样？不是又怎么样？”

“中国的女人，都很了不起……”那个日本人用不太标准的中国话一字一句地说着。

“呸！来到我们的土地上，杀人放火，不配评价我们中国女人。”

“吆西……”他从座位上站起来，眼睛像一只饿狼一样盯着江婉秋，一步一步朝着她逼近。

“中国的女人……很美，不过，当共党可惜了……”他用自己的手托起江婉秋的下巴，眯着眼睛对着她说道。

“呸！把你的脏手拿开，你们这些人，才是最恶心的！”

说罢，江婉秋不顾一切地朝着他的那只手咬去，她恶心除了自己的丈夫佟永义之外的男人碰她，更何况是这无比肮脏的日本鬼子。

“啊——八嘎！”

“啪！”的一声，那个日本人一巴掌打在江婉秋的脸上，他没想到这个女人会咬自己一口，那日本鬼子是疼得龇牙咧嘴。

江婉秋的头发散落下来，旁边的几个看守的日本鬼子想要把手里的枪举起来，只见那个挨咬的头目朝着他们动了动手指，示意他们把手里的枪放下。

他转过身去，走向旁边的火炉，那里面的炭火旺旺地烧着，还有一块烧得发红的烙铁，他从里面把那块发红的烙铁拿起来，举着，走到江婉秋的面前。

“现在摆在你面前的有两个选择：第一是说出和你接头的共党现在藏在哪里，你们还有多少人；第二，就是摆在你面前的这个家伙……”

“我从进来这个地方，就没有打算能够出去，想要知道共产党的消息，你就是在做梦！”江婉秋斩钉截铁地说道。

她虽然平日里一言一行都是个看起来温柔平和的女人，但是在这个时候，她知道自己的一言一行都关系着组织的安危，她是宁死也不会告诉这些畜生的。

“中国有句古话说得好，叫……‘敬酒不吃吃罚酒’，我说的对吧？”那日本人靠近了江婉秋，瞪着她的眼睛说道。

她被捆绑在刑具上面，动弹不得，那火红的烙铁落在她碧白无瑕的锁骨下面，发出吱吱的声音，那是任何人都无法承受的温度，即使是个身强力大的壮汉，在这样的烙铁下面，也是经受不住的。江婉秋硬是咬着牙，即便额头上已经渗出了密密的汗珠，她也一句话不肯说。

佟永义靠着那烟袋已经过了一天一夜，他清楚地知道，在这样的情况下，根本没有办法救出江婉秋。除了有可能暴露组织的危险不说，自己现在的身份也已经非常的特殊，他们之间早已经不是夫妻关系那么简单，他只能熬过这漫长又煎熬的时间。

佟家的灯，一夜都在亮着，每个人的心始终都是吊着的，朱毛毛害怕日本鬼子会挖掘出江婉秋的身份，会牵连到三个孩子，于是早早地就安排奶娘带着几个孩子跟着自己的父亲朱洪烈回到了山上，在那里至少会安全一些。

"娃他爹，你确定等天明了，要去啊？"

佟永顺靠着椅子，嘴里叼着那袋烟，数不清他已经吐了多少烟圈，那双眼睛也已经很疲惫了："去！去趟县城里看看，听听消息最起码能踏实些。"

"那让我跟你一块去吧，现在孩子们又不在家，我一个人在家里也是干着急……"

佟永顺哼了声，准许她可以和自己一起进城。每个人都提心吊胆，每个人都不知道接下来会发生什么。

东山县城里，街上的小贩已经不多了，日本兵的队伍在街上晃来晃去，佟永顺让车夫依旧像平时一样，进了自家点心铺的后院，朱毛毛已经很久没有随着他进城了，想要看看外面的情况，时不时地把马车旁边的布帘子撩起来。

"看什么看，外面的日本人那么多，看出麻烦来就坏事了！"佟永顺用呵斥的语气说道。

"当家的，你说咱们家的点心铺离着日本人的司令部近不近？有没有机会看到老二家的？"

“离着还有一段距离呢，那些日本鬼子能让你看见人？我上次进去过一次司令部，里面的日本兵怕是一只苍蝇也不可能让随便出入。”

马车七拐八拐地进了点心铺的后院，佟永顺已经有些日子没来了，管账的台子上面落下了一层灰尘，朱毛毛正准备拿块抹布好好地帮着收拾收拾店里，这时候外面却传来一阵骚动。

“被捕的女共党巡街了……大家快看，真可怜呐……”

朱毛毛的耳朵灵，一下子把前面的窗户推开，往外看是日本人的汽车一辆接着一辆，在街上开得极其缓慢……

“当家的，你快过来看看，车上那个是老二家的……”朱毛毛目不转睛地盯着外面的人群，尽管人围得里三层外三层，朱毛毛还是一眼认了出来。

刚才还没什么人的街道，现在已经围得水泄不通了，人头攒动。

佟永顺心里面已经猜出了八九不离十，上次他在点心铺里，也是见过一个共党，就是这样被日本鬼子抓到的，在街上游行，后来没有人出来指认，那名共产党就当场被日本鬼子杀害了。

“唉……日本鬼子又抓了一个女共产党，你看她身上被打的那样子，真是可怜啊……”

“是啊，也不知道是谁家的闺女，真可怜……”

人群里面议论纷纷，老百姓们都小声地咒骂着那些日本人。

当游行的卡车从点心铺门口经过的时候，朱毛毛和佟永顺两个人看得清清楚楚，车上的江婉秋尽管已经被鞭打得不成样子，头发披散着，看起来乱糟糟的，鲜红的血早就把她的衣衫染透了，可朱毛毛还是能够一眼认得出来，她身上那件褂子，还是离开佟家的时候，自己送给她的那件。

朱毛毛忍不住，想要从点心铺里面冲出去，哪怕再多看几眼江婉秋也好，佟永顺却一把将她拉住了。

“你理智点，这个时候说啥也不能出去认她，家里的孩子怎么办？日本鬼子就等着你上套呢！”

佟永顺尽管也恨得咬牙切齿，但是经历了这么多以后，他对日本人的本性已经非常了解了，这个时候冲出去和她相认，无异于送死，甚至还会牵连到小胜利，还有家里的孩子们。

“可是当家的……怎么办才好……老二家的怎么会被日本人折磨成这个样子了……家里的孩子可怎么办啊……那些畜生！”朱毛毛一边说着，她脸上的泪珠子啪嗒啪嗒地往下掉。

殊不知，这个时候在这条街的尽头，拐角的地方，佟永义和其他几个共产党早就埋伏好了。他知道今天日本鬼子带江婉秋出来，无非是想吸引出其他的同志露面，如果到最后没有人露面，江婉秋回去就是必死无疑。

他整个人都是颤抖的，缩在墙角，额头上面的青筋暴起，车上那个被日本鬼子折磨得不像样子的女人，是自己昔日捧在手里的妻子，是和自己孕育了一个鲜活生命的女人。

旁边的同志轻轻地拍打着他的后背，佟永义是个铁骨铮铮的汉子，如果抛开自己的身份，他无论如何也要冲上去杀几个鬼子救她的，可是现在自己只能压抑住心里的悲恸，默默地注视着她。

江婉秋那时的眼神，他似乎从来没有见过，那是一种慷慨赴死的眼神。他太了解自己的女人了，即使被日本人抽筋拔骨，也不会出卖组织的秘密的。

“栓子……走，为你嫂子报仇！”

“哥，你打嫂子旁边那几个，我吸引他们的注意力……”

“砰砰砰——”一阵枪响。

江婉秋旁边那两个押着她的日本兵瞬间倒下去，江婉秋对这枪法是再熟悉不过的了，她知道是佟永义。

“嫂子……往学堂的方向看……”栓子从屋檐后面喊了声。

站在卡车上面的江婉秋眼睛突然有了光，她往学堂的方向看过去，佟永义就在那个角落里，坚定又踏实地看着她。

“孩他爹，走……快走……别管我……把孩子养大……”

就这短短的几秒钟的注视，佟永义多希望能再久一点，这样就可以留住她，永远把她留下来……

江婉秋倒在了血泊里……

日本人还是朝着她开枪了……

自始至终，佟永义没有和她说一句话，他愧疚自己不能救她，看着自己的女人落在日本人的手里，直到被日本人枪击倒地，自己却没有办法救她。

街上的人听到枪声，吓得四处逃散，扰乱了日本人的视线，同时又有一群日本兵从司令部出来支援。

“哥，得走了！哥……”

佟永义愣愣地看着江婉秋倒下的方向，心里面的一面墙此时此刻轰然坍塌……

“哥……别看了，走吧，再不走就来不及了！”

就这样，佟永义像是丢了魂一样，被栓子拉着，抄小路离开了。

在日本人对着附近的店铺和巷子搜查过一遍后，这个小县城才算是安静了下来。

朱毛毛在屋里坐立不安，佟永义开枪的时候，她和佟永顺都看到了，那几个日本人是他亲手杀的，江婉秋也是后来被那日本人打死的，只不过她的尸体现在被扔在外面，天还没有黑下来，他们没办法去收。

“当家的，接下来怎么办才好……”朱毛毛的声音颤抖着，她亲眼看到自己的亲人被日本人那样打死，到现在她还是不能接受。

“等等吧，天黑下来的时候，街上没有人了，咱们把老二家的接回去，把她的后事给办了，总是要进咱们佟家的祖坟的。”

朱毛毛一直到天黑，还是抽抽搭搭的，她和江婉秋的关系一直很好，突然出了这样的事，她心疼小胜利，还这样小，以后就再也见不到他的妈妈了。

天渐渐地暗了下来，街上的行人也很少了，除了有几个日本兵站在司令部门口，几乎看不到什么别的人。

朱毛毛和佟永顺两个人，急急忙忙地从那死人堆里找到了江婉秋，又吩咐车夫帮忙把她的尸体抬上马车，运回了佟家。

由于江婉秋是这样死去的，为了保证小胜利的安全，为了不暴露佟永义的特殊身份，江婉秋只能被秘密地丧葬，不能像以往的人家一样操办。

佟永义还是回来了，他只是想再见她一面，江婉秋怕黑，佟永义就把油灯放进她的棺材里，要再送她一程。

江婉秋入殡，没有动静，佟家的哭声甚至都压到了最低，佟永义抱着儿子佟胜利，孩子还不知道什么是生离死别，不懂得自己将来会没有母亲的陪伴，甚至不懂得悲痛。

她被埋在佟家祖坟的边上，挨着一棵硕大的树。佟家的人都走后，佟永义一个人静静地坐在那里，上次两个人见面，还是一起回佟家那次，这次就是天人永隔了。日本人欠他的，从此又多了一笔。

佟永义回家的时候，已经是中午了，朱毛毛正抱着胜利哄他吃饭，看到佟永义回来了："永义，累了吧，要不歇歇吧，我让人去给你和你哥弄点吃食，在家歇几天再走，婉秋刚走，你在家多陪陪孩子……"

"不麻烦了，嫂子，我再过一个小时就走，组织那边可能又要转移了，婉秋这事一出，日本鬼子恐怕又要严防了，得赶紧走。"

佟永义伸手去抱朱毛毛怀里的孩子，以后恐怕再见一面，都是很难得的事情："嫂子，胜利就麻烦你了，我在外面枪林弹雨的，没好没歹，也不知道明天咋样，这娃就靠你和我哥照顾了。"

"你在外面打仗，忙组织的事，孩子就不用操心了，嫂子保证给你好好地养大，胜利平日里跟着我就很乖，别分心，好好打鬼子。"

佟永顺拿着烟斗从屋里出来，拍了拍佟永义的肩膀："这几块大洋拿着，万一用得上，总比没有好，家里一切都好，不用挂念。"

"哥，我走了，你们保重。"佟永义没有再回头，因为他心里清楚，在自己离开家选择和日本鬼子对着干的时候，就已经没有回头路可以走了。

佟永顺从前并没有想到，自己这个知书达理的、看起来文文弱弱的弟弟，将来有一天会加入共产党，会去扛上枪打鬼子，会是一个铁骨铮铮的汉子，他觉得这是给佟家长志气的事情。

马上就是中秋节了，往年的东山县城，街上摆满了摊位，卖月饼的、卖甜瓜的，熙熙攘攘，佟永顺每年也能在这个时候小赚一笔，今年却是格外的冷清。

“当家的，这次我跟你一起去城里吧，给家里的这几个娃扯些布做几件新衣裳，娃们也嘴馋，想吃点新鲜玩意，我去给他们寻摸寻摸……”

佟永顺尽管不太愿意让朱毛毛跟自己进城，但是她这么说，佟永顺还是答应了。

自从江婉秋出事以后，日本人在每个桥上、进城的入口处都设了关卡，比以前更加严格了。

“当家的，这日本人不会又闹什么幺蛾子吧？到处站得密密麻麻的，看得让人心慌。”

“这些畜生，现在县城里没有人能管得了他们了，应该是在那里查共产党呢。”佟永顺叹了一口气。

“哎呀呀，我这心里不踏实，那咱们家老二不是又要在刀尖上过日子了……”朱毛毛皱着眉头。

“行了，别说话了，让他们把这话听了去，到时候又要惹祸了。”

过桥的时候，朱毛毛心里怦怦地跳个不停，这次日本人只是简单地搜查来往过路的行人，没什么盘问，搜查得也并不仔细。

进了县城，要到佟永顺的点心铺，必须从日本人的司令部经过，从那里路过的时候，朱毛毛的眼睛一个劲地往里面看。

“八嘎……”

“砰砰砰！”

从司令部里面传出来一阵枪响，那枪声短暂，听起来是手枪发出的声音，司令部外面能够清晰地听见一声惨叫，这让朱毛毛心口一紧。

“当家的，你刚刚听到那声音了没有？我这心里一阵子一阵子地发紧，这日本鬼子真是杀人不眨眼！”

“这些畜生！狠起来连自己的人都不放过。”

话刚说完，就从佟永顺的马车后面传来一阵稚嫩的清脆的啼哭声，他和朱毛毛不约而同地回头，看到了一个穿着日本和服的男孩子，长得和佟莫言差不多高，被几个日本兵拦在司令部的外面。

那孩子像是哭着要进去找什么人，门口的几个日本兵拿枪往外面推搡着他，不肯让他进去，孩子的哭声让人听着一阵阵揪心。

“当家的，你说那日本孩子要干什么？屋里的那阵枪声会不会跟他有关系？”朱毛毛看着佟永顺，问道。

“你操这心干什么？日本人的孩子，终究是日本人的，不关我们中国人的事，别看了。”

在这种自命难保的年代，能喘口气已经很难了，佟永顺不愿意让朱毛毛去管那些是是非非，佟家实在是不能再失去任何一个人，不能再出任何一点差池了。

到了点心铺，佟永顺随着店伙计去后面的账房里盘账，他反复地叮嘱朱毛毛出门买东西要万分小心。

许多店铺都已经掩上了门，还有一些店铺的门是半掩着的，懂门道的人就知道，那些铺面是正常营业的。

朱毛毛走到一个朱红的门脸前面，见门半掩着，就知道他们家还开着，便推门走了进去。

“佟家少奶奶……好些日子没见你来了，来扯布啊？”

“这不是外面紧吗，轻易不敢进城来的，就知道你们家的铺子还会开着，给娃们扯些布料，该添衣服了。”朱毛毛笑笑说道。

“是啊……我们这每天活在日本人眼皮子底下的铺面，日日都是提心吊胆得很。”

这家铺面，朱毛毛已经光顾了很多年了，从自己还没有嫁到佟家的时候，朱洪烈进城的时候就会带着她来这家店选几块自己称心如意的面料，一直到她成了佟家的少奶奶，娃们的衣裳料子又是在这家店里选。

不一会儿工夫，朱毛毛就已经选好了几块自己称心如意的布料，刚放进筐子里，从布料店出来准备往回走，就听到外面又是一阵枪响。

街上有几个零星的人赶紧躲藏，朱毛毛也吓得低着头，赶紧往自己家的点心铺跑，谁知道迎面竟来了几个日本人。朱毛毛怕正面迎上他们，便一激灵拐弯进了一个死胡同。

她不敢轻易出去，外面的枪声还没有断，不知道日本人又和谁打起来了，只听见有女人的哭号声，还有小孩子的哭喊。

她躲在胡同里，探出头往外看，日本人的子弹嗖嗖嗖地飞快地落在那些人的身上，看样子是他们自己人打起来了，中弹倒在地上的是几个穿西装的日本人，还有几个穿和服的女人。

她注意到，那个先前自己看到的穿和服的小男孩从那些人里面跑出来，躲开了日本兵的视线，朝着自己这个方向跑过来。

朱毛毛眉头皱成一团，她不想管这事，但是看到那小男孩的一瞬间，却又是揪心的疼痛。不管怎么说，那孩子也就是和自己的莫言一般大啊，或许被杀死的那些日本人里就有他的父母。

朱毛毛壮着胆子，对着那个孩子招了招手，示意他到自己这边来，那孩子灰头土脸的，朝着朱毛毛跑了过来，嘴里面含混不清地说着日本话，然后紧紧地缩在她的身后。

几分钟后，枪声终于停了，又有一些人被枪杀，杂乱地躺在司令部的不远处，空气中弥漫着浓重的烟火味儿。那些看门的日本兵仍旧站在那里，就像刚刚什么都没有发生过一样。

那孩子也许是过度惊吓，缩在朱毛毛的后面，一直发抖，两只眼睛已经没有了神色。

“孩子，你先跟着我，一会儿我再送你回家。”朱毛毛蹲下来摸着孩子的头发，告诉他不用害怕。

确认外面已经安全了，朱毛毛才带着他从那个胡同里出来，两个人急忙朝着点心铺跑去。

“少奶奶……您可算是回来了，掌柜的刚刚听到外面的枪响，不放心，让我在这里迎着您，可算是把您给等回来了。”店伙计看见朱毛毛，热切地说道。

朱毛毛点点头，赶紧带着孩子进了后院的门。

“你可算是回来了，刚才外面那一阵枪响，可是把我吓得不得了，以后啊，你还是少进城吧，害人提心吊胆的。”佟永顺一边说着，这才注意到她身旁还有个孩子。

“你这是……”佟永顺仔细一看，认出来这个孩子就是自己和朱毛毛刚来的时候，在司令部门口看到的那个日本孩子。

“你咋把他给带回来了？这不是我们那会儿……他可是个日本人！”佟永顺一把就把朱毛毛拉到身边来，小声和她说道。

“我也知道他是个日本人，你是没看见，刚才在司令部门口，他爹娘好像都被日本人给杀了，这孩子可是死里逃生啊，要不是被我看见了，现在连小命都没有了，咋也是一条人命吧！”

“你救人可以啊，我的姑奶奶，现在正是打仗的时候，你要是把这个小祖宗带回家，被日本人找上门来，咱佟家岂不是又要摊上乱子了！”

佟永顺考虑的不是没有道理，他也是个心善的人，知道救人一命的道理，但是佟家刚出了那档子事，再把一个日本孩子领回去，被日本人抓到了，恐怕又要节外生枝了。

那孩子看上去瘦瘦巴巴的，眼神呆呆地看着他们两个人，或许是还没从刚才的惊吓中缓过神来，蹲在地上瑟瑟发抖。

“你看那孩子……现在吓得还在发抖，咱就暂且收留他两天吧，等两天他好起来了，我们就把他送回去。”

佟永顺没有说话，拍了拍大腿，叹了声气朝着屋里走了进去。

朱毛毛知道他的意思是默许了，佟永顺不是不愿意收留他，他是怕给佟家招来祸端。

“孩子，你跟我说说，你想吃些什么？别怕了，到了我们这儿，不会有人伤害你的。”朱毛毛半蹲着，轻轻地抚摸着那个孩子的脸。

那孩子坐在板凳上，身上仍旧微微地颤抖，可见在司令部的门口，这孩子心里受到了多大的创伤。

“别怕，孩子，我们是好人，不会伤害你的。”朱毛毛用手轻轻拍打着孩子的后背，使他的情绪缓和一些。

那孩子不过是和佟莫言差不多大的年纪，但是眼睛里却一点光也看不见，他坐在那，谁也不理，就一直静静地盯着点心铺的外面。

朱毛毛见这孩子半天也没有反应，于是从他身边慢慢地走开，想让这孩子的情绪缓和一下。

“当家的，你看这娃真的是被那群畜生吓坏了，刚才我跟他说话，那孩子就一直哆哆嗦嗦，看着真叫人心疼。”朱毛毛远远地望着那孩子，心疼地和佟永顺说道。

佟永顺不说话，此时此刻的他，更担心这个孩子的身世，会不会继续被日本人追杀。

半个钟头过去了，那孩子看起来比刚才镇定了些，至少坐在那里不再抖了，朱毛毛走上前去：“孩子，你吃这个不？”

她手里拿了一块糕点，是日本货，平日里那些日本兵们多多少少地都会来光顾买一些，朱毛毛猜他们都是日本人，或许也会喜欢。

那孩子伸出手去，把头转过来看着朱毛毛，怯懦地点了点头。

朱毛毛脸上总算有了笑模样，把手里的那块糕点递给他，那孩子立马狼吞虎咽地吃了起来。

“别着急，别着急，慢慢吃，咱这里还有的是呢，别噎着，慢点啊孩子。”

能看到这个孩子吃东西，朱毛毛就知道他没有什么大问题了，无非是受到了惊吓，怕自己也会伤害他。

紧接着，佟永顺从后面又拿来了几块糕点，递给朱毛毛，让她给那孩子吃。

不一会儿的工夫，这孩子就吞下去了四五块点心，过后朱毛毛再给他，他却说什么也不肯吃了。

“孩子，你不要怕，我们是好人，不会伤害你的，你跟着我们躲一躲，我们帮你找家……”

朱毛毛不会日本话，又怕那孩子听不懂自己说的，于是一边用手比画，一边耐心地说给他听。

不知道这孩子听懂了没有，但是至少对她没有先前那么怕了。

傍晚，佟永顺准备带着朱毛毛还有这救的孩子出城，让车夫做好了准备，为了怕这孩子被日本人认出来，于是给他围了头巾，脸上又抹了一些锅底灰，这样保险一些。

那孩子上了车，缩在朱毛毛的怀里，一动不动，也许他心里是知道了，不管怎么样，这两个人不会伤害他。

过桥的时候，已经是傍晚，桥上的那群日本鬼子已经饿得饥肠辘辘了，准备去吃晚饭，所以盘查得并不仔细，他们顺利地通过了。

也许是这一天下来，又是受惊，又是奔跑，孩子躺在朱毛毛的怀里睡着了。

朱毛毛看着他那小模样，心里更是心疼，虽然自己家和日本人有不共戴天之仇，但是这孩子也是命苦的人，想必那阵枪声，杀害的就是他的父母，想到这里朱毛毛搂紧了这孩子。

到佟家的时候，天已经黑了下来，佟莫言早早地站在自己家的大门口听着外面的动静，那马车越来越近，佟莫言就知道是父母快要回来了。

“爹，娘……爹回来啦，娘回来啦……”佟莫言高兴地围着马车转圈。

佟永顺把朱毛毛给莫言带的“宝贝疙瘩”递给他：“你娘给你买的，拿去玩吧！”

“娘买好吃的回来啦……”佟莫言怀里抱着那个牛皮纸袋子就往屋里面跑，压根就没看到在后面的朱毛毛怀里抱着个和他一般大的孩子。

“先把孩子放到偏屋里去吧，你去让人弄点吃的，待会儿把这孩子送过去。”佟永顺说道。

朱毛毛抱着孩子进了偏屋，又吩咐家里干活的抱来几床新的被褥。

佟莫言拿着糖人，来偏房里找朱毛毛，进门就看到躺在炕上的那个孩子。

“娘……他是谁啊……”佟莫言扯着朱毛毛的衣角，看到自己家里来了一个陌生的孩子，反倒是有一些生分了。

“嘘——他刚睡着，这是娘在县城里救的孩子，日本来的。”

“啊？他是日本鬼……”

佟莫言话还没有说完，就被朱毛毛捂住了嘴巴：“可不许乱说，你跟娘来这边，娘有话要跟你说。”

朱毛毛帮那孩子盖好了被子，便匆匆拉着佟莫言从屋里出来。

“娘跟你说，以后可不许说刚才那样的话了，这孩子和你差不多大，看样子好像比你还小一些，虽然是日本来的，但他不是日本鬼子，言儿，你要知道，他爸爸妈妈好像被日本鬼子杀死了，是个苦命的孩子。”朱毛毛耐心地教导着佟莫言。

佟莫言眼巴巴地看着朱毛毛，在他的世界里，好像还不清楚日本人和日本鬼子有什么区别，但是他知道这个小孩子没有爸爸妈妈了，他的爸爸妈妈被日本鬼子杀死了，他很可怜。

“娘刚才跟你说的话你都记住了吗？”

佟莫言点点头。

“记住了就去那边玩儿吧，不要吵到他睡觉了。”

那孩子一睡就是三四个钟头，朱毛毛怕他醒来的时候害怕，于是就在偏房里一直守着。

直到晚上九点多钟，那孩子才醒过来，看着完全不熟悉的环境，他眼睛里面全是恐惧。

“孩子，别怕，是我，这是到家了，我的家。”

朱毛毛尽可能把语速放慢，并且配着手势和他解释，她又指了指桌子上的饭菜，问他饿不饿，想不想吃点东西。

那孩子愣愣地看着周围的环境，看起来有点陌生，但是又有点温馨，有家的样子。

朱毛毛把桌子上的一块馍，掰成两半，拿一半递给他。

他接过朱毛毛递给的馍，害羞地从桌子上拿起一根鸡腿，狼吞虎咽地吃了起来，朱毛毛这才放心了一些。

饭后，她派人把这屋里收拾干净了，安排家里的奶娘去照看佟莫言他们几个，自己打算这一晚上，在这偏房里陪陪这个可怜的孩子。

“孩子，你跟我说说，你叫什么名字？”

不过他好像听不太懂朱毛毛说的话。

“你……叫什么名字……名字？听得明白吗？”

过了好一会儿，那孩子才吞吞吐吐地说了一句：“一郎。”

“你叫一郎，是吗？孩子？你叫一郎？”朱毛毛高兴得不得了，这是今天从自己见到这个孩子到现在他和自己说的第一句话，也许有些中国话他还是听得懂的。

“一郎，这是你的日本名字吧？在我们中国没有这样的名字，不过这是你爹娘给你取的，那就好听。”

朱毛毛用手轻轻地抚摸着孩子的后背，这时他皱着眉头，手按住自己的小腿，脸上表现出非常痛苦的表情。

“孩子？你怎么了？是哪里不舒服吗？”朱毛毛有点惶恐。

那孩子轻轻把自己的裤腿撩起来，一块带血的伤口，暴露在朱毛毛的面前。

那是今天在街上被那些日本兵踹伤的，他当时被踹出去很远，在地上把腿磨破了。

“哎……你这孩子可真是能忍，腿都被磨成这样了，竟然一点都不吱声，忍到现在，等着，我让人去拿些红花油来给你处理处理伤口，这样下去会发脓的……”

油灯下面，朱毛毛耐心地给他涂抹着红花油……

第二天一早，一郎早早地醒了，看着朱毛毛在自己的身边守了一夜，又看着佟家这个陌生的环境，他还没有适应。

“娘……娘……”佟莫言一大早地醒来发现朱毛毛不在自己的身边，穿上衣裳就往这边跑。

佟莫言来到这边的屋里，看着朱毛毛旁边守着昨天的那个孩子，眼神里有一丝丝的怯懦，他拿着手里的糯米糖，怔怔地看着他。

“今天我的言儿怎么醒得这么早，过来，来娘这里。”

一郎也面无表情地看着他，尽管两个孩子的年龄差不多大，但是不是生活在一个国度，语言又互不相通，两个人就这么你看着我，我看着你。

“你们两个小家伙啊，不要在这里傻站着了，一郎啊，言儿个头比你小，应该是比你小一点，但是想来跟你年龄也差不多，你就在这里踏踏实实地待一段日子，到时候再找你的亲人。”

朱毛毛轻声细语地对他说道，一郎虽然听不太懂朱毛毛说的话是什么意思，但是他知道，在这里至少不会有人来伤害自己。

“你们两个小家伙在这里玩会儿吧，我去吩咐他们弄点吃的给你们，言儿在这边要听话。”说罢，朱毛毛便从炕上下来，去了外屋。

佟莫言挨着墙，隔着一郎有一段距离，他慢慢地伸出手，把自己手里的另一块糯米糖，慢慢地递出来，朝着一郎。

一郎看着他递给自己的糯米糖，吞了一下口水，小孩子们总是喜欢这些东西的，他也不例外。

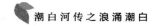

莫言见他想要，也许是两个人刚刚接触，他有些不好意思罢了，于是莫言表示出自己最大的诚意，又把自己伸出来的手往前面拿了拿，一郎缓缓地伸出自己的手，接过佟莫言手里的那块糯米糖。

孩子们之间的友谊就是如此的简单，有的时候一块糯米糖，就结下了深厚的友谊，佟莫言的举动，是从心底对他的接纳。

……

尽管这一郎自从进了佟家以后，为了避嫌，朱毛毛基本上没让他出过门，况且这孩子腿上有伤，也不是好动的孩子，不喜爱出门，所以外面的人几乎没怎么见过他。但是小小的焦庄户，哪家有个风吹草动，恨不得整个村子里的男女老少第二天就知道了。更何况是佟家这样的大户人家，家里来来往往的长工和丫头那么多，难免有往外面说闲话的。村子里面渐渐有了关于一郎的传言，有人说佟家昧着良心救了一个日本人，还有人说佟家的老二投了日本人，在外面生了一个私生子，话传得越来越离谱。

朱毛毛倒是没在乎这些，偶尔也只是训诫一下在自己的身边服侍自己的人，告诫她们不要多嘴，但是却没有想到，村子里的有些人不乐意了，怕佟家的事给焦庄户招来祸端，于是拉帮结伙地去找马保长讨个说法。

“马保长，您是咱们村子里面最有威望的人，您给评评理，这佟家好端端地非要从外面弄一个日本人回来，是不是做了汉奸，咱们焦庄户可容不得这样的人啊！”

“是啊，马保长，这不是丢咱们焦庄户的脸面吗？咱们祖祖辈辈都是老实人，这么多年了村子里面也没出过这样的人啊。”

几个人你一言我一语，让马保长也无话可说了，他知道佟家在这里住的这些年，为村子里帮了不少的忙，但是这件事情着实让他为难。

“马保长，您要是不好出面的话，那就只有我们这群人出马去找佟家的那佟永顺了。”一群人话音刚落，便拿着自己的家伙什气势汹汹地朝着佟家去了。

佟家的家丁隔着很远就看到了一群人，气势汹汹的，拿着铁锹和锄头朝着佟家的大门走过来，急急忙忙地进屋里去给朱毛毛报信。

“少奶奶，少奶奶，大事不好了，外面来了一群人，是柱子带头来的，拿着家伙什找上门来了……”

朱毛毛放下手里的针线活，看了看旁边的两个孩子：“言儿，跟一郎哥哥在屋里玩，不许出去，听到了没有？”

小莫言完全不知道发生了什么，但是他会听朱毛毛的话，朱毛毛不让他出去，在屋里待着，他就会老老实实地在屋里待着。

一大早佟永顺就去了县城看点心铺，佟家只有朱毛毛在。她一个妇道人家，却从来不怕事，她心里也有数，知道这群人为什么会找上自己的家门来。

“赶出去……就得把他赶出去……”

朱毛毛镇定自若地站在堂屋的门口，看着自己家的家丁没能拦住那群人，他们气势汹汹地冲了进来。

“佟家少奶奶，你当家的在吗？我们有事找他！”

朱毛毛把两只胳膊一抱，泰然自若地说道：“我家男人不在，出去做生意了，我是这个家里的少奶奶，他不在，佟家的事找我说就可以了。”

“找你说？你一个妇道人家能做得了老爷们的主？”那柱子歪着头看着她，从头到脚把朱毛毛打量一番。

“是啊，一个妇道人家，说话能算数吗？”旁边的人也都开始跟着起哄。

佟家的家丁试图把他们赶走，但是进到院子里的人加起来有十几个，每个人都带着家伙什来的，朱毛毛也示意家丁们让这些闯进来的人把话说完。

“佟家大大小小的事情都是我在操持的，你们有什么话今天就跟我说就可以了，我能当得了这个家。”朱毛毛不紧不慢地说道。

“既然佟家的少奶奶都这样说了，那我们就直接说了。你们家听说最近救了一个小日本鬼子，要知道我们焦庄户多少年了都没有发生过这样的事情，你们佟家先前为村子里做的事情是有情有义的，想要接纳小日本鬼子，我们可是没法答应的！”

“是，我们没法答应！”一群人在后面随声附和着。

不远处的窗户前面，两双眼睛盯着窗外发生的这一切，孩子们虽然不太明白这其中发生了什么，但是知道这些人来佟家是不怀好意的。

一郎的眼睛直直地看着他们，他虽然听不懂那群人说的话，但是知道他们不是什么好人。

“各位大哥、兄弟们，我想你们是误会了，我们佟家是救了一个日本的孩子，但是他不是你们口中所说的小日本鬼子，这孩子的爹娘也被日本鬼子杀死了，是我在县城里面把他救下来的，我们佟家救他一命，所有的都由我们自己家来承担，没有损伤到你们的一毛一毫。”

“日本的孩子？日本的孩子也是小日本鬼子，我们又没有亲眼看到，怎么才能信你说的？”

朱毛毛淡淡地笑了笑，她知道，和这些人讲道理是讲不通的，他们来自己家，无非是想要闹事罢了。

“那你们说这件事情怎么解决吧？”

“要解决也很容易，要么你现在就把这孩子送走，不能在我们焦庄户继续留下去了，要么……就把那个小日本鬼子交给我们来处理。”

“我想你们是多虑了。既然各位不是来心平气和地和我们佟家谈事情的，那我这个佟家的少奶奶也把话说明白了，这个孩子，我们佟家管定了，是不可能送走的，至于你们说的把这孩子交给你们，更不可能。”

“那就别怪我们不客气了！佟家少奶奶。”

这些人扛起自己的家伙什就要往佟家的堂屋里冲，朱毛毛二话不说，拿起门口剁肉的那把菜刀……

朱毛毛虽然平时里打理着佟家的上上下下，但不管怎么说，她都是个女人，从来没有在人前显现出今天这副样子。

一开始挤在前面的那几个人被这情形吓坏了，谁能想到这个看起来柔柔弱弱的女人，会做出如此激烈的举动呢？

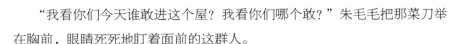

“我看你们今天谁敢进这个屋？我看你们哪个敢？”朱毛毛把那菜刀举在胸前，眼睛死死地盯着面前的这群人。

“都给我往后退！不然我做出什么伤人的事情，可不要怪我没有事先提醒各位！”

趴在窗台上的两个孩子，看着外面发生的这一切，一句话也不敢说，佟莫言没有见过像今天这样的母亲，一郎虽然不说话，但是好像也看懂了什么，他心里清楚，自己碰到的这户人家是好人。

“咱们有话好好说，别这样，别这样，都是一个庄的……”前面带头的柱子看上去有些害怕了。

“今天谁都别想把这个孩子给带走，谁也不能碰他一根手指头！”朱毛毛脸上没有一点恐惧。

这个时候，终于有人开口了：“我看咱们大家伙还是散了吧，别这样了，会出人命的，散了吧散了吧。”

“就是，散了散了……”

没多大工夫，刚刚聚集在佟家大院里的乌泱泱的那些人，就散开了，嘟嘟囔囔地离开了佟家大院。

柱子愣在那，见朱毛毛仍然握着那把菜刀，怒目圆睁地盯着自己，他也害怕了，这女人的性子刚烈，看起来不像是开玩笑的，他怕真出了人命，于是他也扔下手里的家伙什，跟在人群后面讪讪地逃走了。

“少奶奶，少奶奶，您把刀放下吧，他们都走了……”见外面的那些人走远了，家丁凑上来说。

“是啊，少奶奶，您没事吧？”服侍朱毛毛的丫头，过来赶紧扶着她。

朱毛毛这才把手里的菜刀扔在了地上，眼睛直直的，一下子坐在了地上。

她自己都不知道刚刚是哪里来的勇气，竟然敢做出那样的举动面对整个院子里面的人，还好一郎没有被他们带走，她吊着的心终于安放了下来。

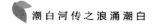

“少奶奶……来……您还是赶紧进屋歇息歇息，他们已经走了，没事了。”

经历过这一番后，那些人再也没有来过佟家闹事，也没有再提赶走一郎的事。慢慢地，一郎也开始和佟家大院里的每一个人都熟络了起来。

这孩子虽然平日里不怎么说话，但是看到家里的家丁干什么活，他也会去帮忙搭把手，很多时候还会和佟莫言两个人在一起嘀嘀咕咕地玩，并且会说了几句中国话。

朱毛毛很是欣慰，她常常想，如果没有救他的话，这个孩子现如今还不知道要面对什么样的事情呢。

另一边，她已经安排人去打听这个孩子的身世了，经常会看到一郎从自己家的后院里，沿着梯子爬上屋顶，朝着远方看，朱毛毛知道他在看什么，是想家了。

“卖报啦……卖报……好消息……胜利的曙光就在眼前了！”

卖报纸的依旧按照每天的惯例，给佟家送来一份新报。

“今天这报纸上写的是什么内容啊？什么是胜利的曙光？”佟家拿报纸的家丁随口问了一句那卖报的。

“当然是日本鬼子快要被咱们打跑了，估计啊，我们的苦日子用不了太长时间就熬到头喽！”

“真的假的？真的快要把日本鬼子赶出去了？”

“这还能唬你？让你们家识字的人瞧一瞧这报纸上面写的就知道了，这报纸可不会唬人的！”

一时间，日本人势力衰退的消息，在整个村子里，在整个东山县城里传开了，从前压抑着的小城突然有了一丝丝生机，至少让每个生活在这里的人看到了希望。

“娘，等胜利了，我们学堂是不是就要开学了？到时候就可以和他们在一起玩了？”

朱毛毛捏了一下佟莫言的小鼻子："你啊，就知道疯，娘送你去学堂，是让你学习知识认字的，将来要跟你二叔一样。"

"二叔……娘，要是战争胜利了，二叔是不是就可以回家一直陪着我们一起玩了？"莫言昂起头，看着朱毛毛问道。

"是啊，小机灵鬼，战争胜利了，你二叔就会回来了。"

佟永义已经离开家半年多的时间了，一眨眼，佟胜利已经咿咿呀呀地会说一些话了，他不会叫大娘，听到佟莫言和破虏两个管朱毛毛喊娘，胜利也跟着叫娘，久而久之，朱毛毛也已经习惯了。

一郎还是经常爬上佟家的屋顶，默默地注视着远方，那是他来的方向，朱毛毛便时常地安慰他："孩子，等战争一结束了，找到你的亲人就把你送回去。"

佟永义所在部队的副团长单德贵跑三河投靠了日本人。由于佟永义在部队里立了不少的战功，再加上他读书认字，擅长带兵打仗，很快就被任命为副团长。

在抗日战争中，中国共产党领导的八路军、新四军立下了汗马功劳，打败日本鬼子也只是时间的事。

佟永义收编了曹俊龙的队伍，按照上级的指令，曹俊龙的队伍，还需要好好地规训，还需要一定时间。

就在此时，组织上给佟永义的部队下达了一个非常重要的任务，接下来要换一个战场打仗了。

"团长，咱们是没有问题，可是这些土匪怎么办？"

"不要这样说，他们虽然以前是土匪的身份，现在进了咱们的团，就是咱们自己的人了……"

佟永义其实心里也是犯嘀咕的，毕竟他们刚刚来部队的时间不长，不能保证他们的心思完全和自己带的兵一样，但是转移阵地，就要把所有的人都带走。

他犹豫了。

为了安抚那群人的心绪，佟永义特地给曹俊龙安排了一个班长的职务，仍然让他带着自己的人。

马上就要打仗了，佟永义安排部队的每个人，给家里写了家书，距离抗战胜利的日子不远了，每个人都信心满满。

佟家。

“少奶奶……二少爷来信了，二少爷来信了……”

朱毛毛抱着胜利，刚刚把它哄睡着，就听到外面有丫头喊。

“小点声，胜利刚睡着！”

“少奶奶，焦庄户好几家都收到信了呢，是不是又要打仗了，他们都说日本鬼子快要被赶出去了，这回二少爷肯定是来报好信的！”

“我看啊，咱们佟家上上下下的，就你这丫头知道得多！”朱毛毛努努嘴，和那丫头说道。

“我来给你念吧，少奶奶，你抱着娃不方便。”杏儿虽是个丫头，但父母在世的时候教过她识字。只是后来父母因病亡故才流落到佟家做丫头。

“哥，嫂：许久没有给你们来信，永义向哥、嫂，还有侄儿、胜利问好，甚是想念你们……”

不一会儿的工夫，丫头就把信念完了，看着朱毛毛脸上有了笑模样，丫头也笑嘻嘻地问：“少奶奶，二少爷是不是快要回来了？”

“老天爷一定会保佑咱们佟家平平安安的，保佑二少爷顺顺利利地回来，阿弥陀佛，阿弥陀佛……”她嘴里念叨着。

她看了看怀里睡着了的小胜利，轻轻地拍打着孩子，让他睡得更踏实一些：“去吧，把这信给掌柜的念念，然后把信收好了，放在以前我放信的位置。”

“好嘞！少奶奶，这就按您的吩咐去做。”

看着怀里睡得香甜的胜利，朱毛毛轻声地对他嘀咕着：“宝儿，你爹马上就回来了，快快长大些吧，难熬的日子，马上就过去喽……”

第十六章

五千貂锦丧胡尘

“打起来了，打起来了——”

“这里是部队，不是你们在这里随便撒野的地方，两个人都给我带下去，按照纪律处理……”

曹俊龙带来的土匪又和部队里面的兵打起来了，自从这群人来到部队里，已经数不清出了多少次这样的事情了。凡是违纪的，通通按照部队的章法处理，没有例外。

这也正是让佟永义对他们不放心的地方，毕竟胡子在山上散漫习惯了，在部队里没有那么快适应部队里面的规章制度，而且他们来部队，不过是为了活命罢了，要说诚心诚意地打日本鬼子，还真没那回事。

“老大，咱们莫非真的就在这八路的部队里窝囊下去了？”原先在曹俊龙旁边的人凑到他的跟前，悄声地问道。

“能有什么办法？现在还不是要听这帮孙子的？”曹俊龙和几个人坐在柴火垛旁边，吐了口唾沫，盯着刚刚打架被带走的兄弟。

“大当家的，咱们二当家的还没来信吗？也不知道在日本人那边当差怎么样，唉……总比咱们过得这日子好吧？在这要吃的没吃的，要喝的没喝的……”

曹俊龙若有所思的样子，手里捻搓着那根瘪了的狗尾巴草："这老二，听说在日本人那边当了个肥差，说是让我考虑跟他们一起干，我想到咱们那些被日本人打死的兄弟，唉……"

想当初曹俊龙抢了日本人的财路，在县城里面遭到了日本人的屠杀，自己的兄弟们也死了不少，而且进八路的队伍，是自己的亲爹曹德祖费了好大的功夫才把他送进来的，现在让他去投靠日本人，他有些拿不定主意了。

"老大，要我说啊，现在这个时候，谁不想活命啊，那报纸上到处都说，日本人快要被赶出中国了，可是谁信啊！连那个八路的头儿单德贵都投降日本了，我觉得这日本打了快十年都没打跑。死了多少八路啊，而且这马上就要打仗了，据说这次动静不小，我家里还有老娘呢，带着兄弟们走吧！大当家的。"

那人在曹俊龙旁边怂恿着，让他确实有点动心了。

"鸽子还有几只？"

"当初下山的时候我留了个心眼，怕日后还能用得上，让山底下那小瞎子养了三只。"

"摸个黑去弄来，给老二送个信……"

"训练了，训练了……操练起来……"

曹俊龙拍了拍身上的土，和周围的几个兄弟又装模作样地进了队伍，但此时此刻，他已经有了别的心思。

佟家大院里，一郎在茶廊里来来回回地走着，他的腿已经完全恢复了，在佟家待的这段日子，和佟莫言已经成了要好的伙伴，而且也学会了一些简单的中国话。

"少奶奶，你看这两个孩子玩得多好啊，要我说啊，这日本人也有好的和坏的，看来一郎这孩子他那死去的爹娘，就是好的日本人。"

朱毛毛看着不远处的两个孩子："是啊，我第一次看见这孩子的时候，就觉得这孩子不会太差，这天底下的人啊，都是一样的，只是那日本鬼子，心是格外歹毒的。”

“娃他娘——你过来！”佟永顺在屋里扯着嗓子喊她。

“娃他娘——”

奶娘轻轻推了推朱毛毛的胳膊：“少奶奶，掌柜的好像是在屋里叫您呢……”

“你看着娃们，我去去就来。”

屋里，佟永顺端着茶碗，看桌子上面那茶壶盖子敞着，朱毛毛就知道，他在这喝了不止一碗水了。

“啥事？”

“你坐下，我有个事要跟你说。”

“啥事吗？一把年纪的人了，搞得这么板板正正的，让我不习惯了。”

“一郎那孩子，他的家人找到了。我在想，这孩子看着平日里也有想家的心思，把他送去见他的家人，你看如何？”

朱毛毛听到佟永顺说这话，心里咯噔一下子。她其实早就知道这一天早晚会到来的，从自己让佟永顺托人寻找这孩子的家人，就知道会有这一天。这一郎在佟家待了有一段时间了，朱毛毛多多少少对他有了感情，一听说要送走，心里有些舍不得了。

“谁家的孩子？他家里还有在中国的家人吗？”

“是东山县城里一个开银行的人家的孩子，这孩子爹娘原先是开银行的，不知道怎么得罪了日本人，爹娘都被杀死了，前一阵子他的家人都藏了起来了，怕被日本鬼子灭门，这段时间才有了点消息，这孩子的姥姥和舅舅都还在。”

朱毛毛心里面忍不住犯嘀咕，怪不得这个孩子看起来像是富贵人家的孩子，虽然当初衣衫不整了，但是他当时来的时候穿的那身行头，都是县城里上好的衣裳料子。

两个人这么多年的夫妻了，佟永顺一眼就看得出来，朱毛毛舍不得这个孩子了："这娃倒是乖巧听话，和言儿也玩得来，要不看看等几天再送他走。"

朱毛毛点点头。

夜深了，部队里的其他人都已经躺下来休息了，操练了一天下来，大家都累得筋疲力尽了，曹俊龙和另外的那个胡子不约而同地出来上茅房。

"怎么样了，大当家的，二当家的有信了吗？"

"正是打仗的紧要关头，日本人那边也正需要底细，我看不如就趁着这次部队转移，到时候立上一功，日本人也不会亏待我们。"

"还是大当家的主意多，我生是莲花山的人，死是莲花山的鬼，当家的去哪里，我就跟着去哪里。"

……

"是什么人在那边？"

曹俊龙和他说话的声音惊动了外面放哨的士兵："是我和班长出来撒尿，值守辛苦了！"

几日后，佟永义接到上面的命令，要带着他的部队撤离，转移去和日本人正面交战。这次战役对于他们来说格外的重要，或许成败就在此一举了。

思考了许久，佟永义还是决定带着全员撤离。按照原先的计划，像曹俊龙带的那个班，佟永义是不打算带着撤离的，但不论怎么说，莲花山上的部队投了八路军的队伍，就没有搞特殊的说法。

只不过因为部队里缺粮食，大家伙已经好几天没有吃一顿饱饭了，除了小块的地瓜，就是稀薄的水状的"粥"，大家伙都是肚皮瘪瘪地上路。

"唉……这在莲花山的时候，兄弟们哪受过这样的苦啊，哪顿饭不都是有酒有肉的，现在倒是好了，别说酒肉了，就连那地瓜都不够吃，还去打仗，怎么能够打得过那日本鬼子啊？不是叫我们白白去送死吗？！"

围在曹俊龙身边的那个胡子故意这样说道，跟着曹俊龙的那些胡子，也在队伍里面怨声载道。

“现在是去打日本鬼子，不是叫你们去享福啊，谁要是在队伍里面再说这样衰减士气的话，就出列受罚！”

“看见没，现在连抱怨都不让抱怨了，唉……我看大家伙还是各回各的家，找自己的老婆孩子热炕头去吧！”

东山县城里，莲花山二当家的收到曹俊龙的信以后就和日本人做好了联系，对曹俊龙那边的情况已经了如指掌。

“你的……好好地带路的干活，但凡是欺骗大日本帝国皇军，统统死啦死啦地……”

“不敢不敢，为大日本帝国皇军效劳，是我们应该做的，不敢撒谎。”莲花山二当家的在旁边人模狗样地点头哈腰，像一条狗一样，在这些日本鬼子面前，他的往日的威风荡然无存。

东山县城里，日本人的卡车一辆接着一辆地开过去，街上看不到几个中国人了。

佟永义的队伍向前走着，丝毫还没有意识到危险正在慢慢地朝着他们逼近。

“团长……团长，不好了，前面好像有日本鬼子！”走在队伍前面的哨兵突然跑过来，急得在地上拖出一道土灰。

佟永义的心里面一紧，这是他压根没有想到的，这次行动按道理来说，是完全保密的，不会这么轻易地走漏了风声，这让他感觉到有点意外。

“停止前进！去探探路，把我们的备用路线拿出来，换一条路继续走！”

不远处的曹俊龙也听到了哨兵的通报，此时此刻的他心里面正在暗中得意，是二当家的带着日本人来了，再用不了多长的时间，他就不用在这里过这样的苦日子了。

几分钟后，哨兵又急急忙忙地跑了回来："团长，好像情况有点糟糕，备用的小路上，也有一些日本鬼子在埋伏，好像这次是冲着我们来的。"

佟永义的下嘴唇动了动，也许这次事情没那么容易，看来只能和日本鬼子死拼了。

"按原路走，和日本鬼子快要迎上的时候，就做好战斗的准备！传我的命令，让大家都提起精神来，准备战斗！"

殊不知，关于佟永义部队的人数、粮草情况以及惯用的战斗队形，对方都已经了如指掌，他在明处，对方在暗处。

走到冯家营大桥的时候，前面的队伍突然漫起一阵火光，"砰"的一声……

"快点卧倒！日本鬼子有埋伏。"

紧接着，佟永义的队伍就进了日本鬼子的埋伏圈。显然日本鬼子的人要比他们的人多，抛开这些不说，对方的装备也要比佟永义的队伍的"土疙瘩"强得多。

"团长，咱们的弹药好像不太够了，要不要请求支援？"

"还有多少？"在一片枪炮声中，佟永义扯着嗓子对自己的兵喊。

"不多了，已经见底了，咱们……咱们要不要先撤啊？团长……这样打下去会撑不住的……"

打了这么多年的仗，佟永义还从来没有吃过这样的亏，眼睁睁看着自己的人上去送死。

"对不住了，佟长官……"

这时候，只见曹俊龙掏出自己的手枪，带着几个从莲花山上面跟来的弟兄，朝着佟永义的部队开了几枪，士兵纷纷倒地。

"他娘的，曹俊龙这个叛徒，曹俊龙带着他的人反叛了……"

尽管几发子弹追了过去，但还是太晚了，在日本鬼子那边的掩护下，曹俊龙已经带着自己的兄弟去了日本人那边。

佟永义一双眼睛冷冷地盯着远处，现在是前后夹击，几乎很难再找到一条出路了。

几分钟后，佟永义的队伍没剩下几个人了，他万万没有想到自己做出了那样的一个错误的决定，就是带上曹俊龙的人一起转移。

“团长……”

佟永义做了一个让所有人都感到意外的举动。他从自己的旁边拿起两架机枪，眼神里面充满了坚定，义无反顾地朝着敌人的方向走进，抱着机枪朝着敌人扫射……

砰……

子弹穿过了他的胸膛，佟永义仍然没有一丝胆怯，继续往前面走着，手里的机枪被他抱得死死的。

“团长……团长……”

“狗日的，我跟你们拼了……”

看见佟永义中弹，他身后的那些士兵们奋不顾身地冲了上去，尽管知道是一死，但大家还是无所畏惧，能杀死一个小日本就算一个。

这场战斗的结果大家可想而知的，日本鬼子的人马不仅多，装备也远远超过佟永义的部队，半个小时过后，战场终于安静了下来，莲花山的二当家的在远处，像一条狗一样在日本人的跟前陪笑。

“太君，对方的人都已经被我们歼灭了，恭喜太君……”

“嗯？佟永义的……他的人在哪里？”

“佟永义……佟永义已经被我们的人……打死的干活……太君，他死啦死啦的……”

一听这话，小日本鬼子立马翻了脸：“八嘎……佟永义要活捉的干活，八嘎……”

于是一个响亮的耳光子打在莲花山二当家的脸上，他吓得赶紧给日本鬼子磕头认罪，在一旁的曹俊龙也不敢说话，这时的他才知道，二当家的虽然是人前风光，可是在日本人的面前毫无尊严。

冯家营村就在这大桥的前面了，有一百多户人家。平日里老百姓上地里干活，或是进城，来来回回的都要走这里，今日却是一个人影都没有，或许是村子里面的人们都听到了这边的枪声，没有一个人敢出来露面。但是怒火中烧的日本鬼子害怕有漏网之鱼，下令将冯家营村屠村，连未出满的孩子都没有放过。

佟永义的尸体，被发现的时候已经是第二天了，另一个团的人从这里过，才给这些兄弟们埋的埋、葬的葬。

“掌柜的。我这眼皮子怎么从今天早晨起来就开始跳个不停啊，心也跟着慌慌，会不会有什么不好的事情发生啊，唉……”

朱毛毛一遍遍地在堂屋里面走来走去。

“掌柜的……少奶奶……”外面的家丁踉踉跄跄，哭着就跑了进来。

“掌柜的……少奶奶……二少爷，二少爷……”

朱毛毛把眼睛瞪得像玻璃珠子一样的大：“说啊！二少爷他怎么了？到底怎么了？你快说啊！”

那家丁一下子坐到了地上，捂着脸哭了起来：“二少爷昨天在冯家营大桥那里，遇难了……”

佟永顺手扶着桌子，试图站起来，但是腿就像是不听使唤了一样，一下子软了下去，跪在了地上。

“娃他爹，当家的，你不能有事，当家的……”朱毛毛过去赶紧扶他起来，这个时候的佟永顺，呼吸已经有些很沉重了。

“赶紧把掌柜的扶进屋里去，叫郎中，快点叫郎中啊……”朱毛毛听到这个消息以后也像是被雷击中了一样，她没有想过自己的眼皮子跳了一上午，竟然会等来这样的噩耗。

门外面，一双炯炯有神的眼睛正盯着屋内发生的这一切，他已经成长到了能够听懂大人们谈话的年纪，莫言坐在院子里的地上，“哇”的一声哭了起来。

原本卧病在床的佟陈氏身体已经无比虚弱，但母子连心，她也有了心灵感应，听见外面一阵哭闹心下已经知道了大概，眼角流下一行清泪，撒手人寰。

一双有神的眼睛望着天空，身下是黄土地，莫言还不明白死亡对他来说究竟意味着什么，但是早就听朱毛毛说过，人死了，就再也不能和世上活着的人见面了，他再也见不到他的二叔了，那个给他做木头枪的二叔。

佟永顺躺在床上，一连好几天没有睁眼，朱毛毛请来了郎中给他看病，郎中却说他只是心气郁结，过一段时间就会好了。

往日生气勃勃的佟家大院，一下子冷清了许多。报纸上登出曹俊龙叛变的消息以后，佟永顺并没有什么过激的反应，仍然是在床上躺着，不吃也不喝。

曹家。

“老爷，这下俊龙和日本人在一起了，最起码也能过过好日子了，这回您该放心了吧。”曹德祖身边的姨太太给他捏着肩膀，不紧不慢地说道。

“孽种啊！孽种！我前脚去给他求情，让佟家说好话收了他和山上的那群混蛋，后脚他就叛变，还把佟家的二少爷给害死了，这以后让我这张老脸往什么地方搁！”曹德祖生气地拍着桌子。

“哎哟老爷，您可别动这么大的气了，那俊龙也是为咱们曹家着想，给自己找一条活路罢了，那佟家的二少爷是自己和日本鬼子作对的，可赖不着咱们吧。”

“你懂什么！这样一来我们就只能去投靠日本鬼子了，以后的日子还能有现在这样清闲吗！”曹德祖一下子生气地把姨太太的手甩开。

“不就是投靠日本人了吗，干吗发这么大的脾气？”姨太太在后面小声地嘟囔着，生气地走进了屋里。

曹德祖虽然也是看重利益的人，但是作为这方圆几里的大户人家，他对佟家还是非常尊重的，爱钱是一回事，为人遵守道义又是另一回事。

当天下午，曹俊龙就跌跌撞撞地回曹家了。

“爹……爹……儿子来给您报喜了！”

曹德祖在堂屋里板着脸，严肃地坐着，脸上没有一点的笑模样。

“爹……儿子回来了，给您带了两只烧鸡一壶酒，这不有阵子没回来看您老人家了……”

曹俊龙的话音未落，曹德祖啪地拍了下桌子：“给我跪下！”

“我跟你说话，你是聋了听不到吗？我让你给我跪下！”

曹老爷子的声音愈发地响亮，屋里的姨太太见情况有些不对劲，于是赶紧出来当和事佬：“老爷，还是别和俊龙生这么大的气了吧，他都好些日子没回来了，好不容易回来一趟，您怎么还对他发这么大的脾气？”

“这里没你说话的份！今天就是谁说话也不好使，他必须跪下！”

曹俊龙长这么大从来没见过他像今天这样发这么大的脾气，但是又不敢不照着他说的去做，于是膝盖一弯，扑通一下跪在了曹德祖的前面。

“爹，我到底犯什么错了？头一天回家就让我跪……”

曹老爷子轻哼了一声：“你自己做了什么混账事自己心里没数吗？！我这个半截子入土的人，当初厚着脸皮子去佟家求人把你送进部队，你倒好，你自己在里面做了些什么混账事！”

曹俊龙胆怯地抬起头，看着曹老爷子：“爹……你是不知道那个地方，简直不是人能待下去的地方，天天啃地瓜，最后这几天连地瓜都没得啃了，晚上是又冷又饿，跟着我从莲花山上下来的那几个兄弟都受不了了，我也是没有办法啊，爹……”

曹老爷子的脸铁青，拍着桌子直叹气。

“混账东西啊混账……你让佟家的二少爷把命都给丢了，你让我这个当爹的怎么再和佟家交代啊，作孽啊……”曹老爷子拿手使劲往自己的脸上打，脚哐哐地跺地。

“爹……是儿子的错，儿子不过是想让咱们曹家过得再好一点，要打要骂都听爹的！”

事已至此，曹德祖能做的也不过是朝着自己的这个废物儿子骂几句撒撒气，接下来没有更好的路可以走了，只能去靠拢日本鬼子，一条道走到黑了。

“起来吧，坐在这儿跟我说说话……”

曹俊龙拍了拍自己身上的土，坐在曹德祖旁边。

“爹，这日本人除了有的时候办事凶残一点，对我还是不错的，你看我这身行头那都是日本人给的，而且在县城里，为了方便做事，日本人还给我安排了一套小宅子，爹你要是在家里住得不舒心了就去我那儿，吃喝啥都有。”

曹德祖把两只手抄起来，给了他一个白眼：“最近报纸上到处都在登这打仗的事，日本人的好日子估计也不多了，但是你选了这条道，就没有回头的余地了，咱们曹家上上下下的命运，就全都押在你的手上了。”

曹老爷子活了大半辈子了，这些事情他早就看得清清楚楚，这也是他当初为什么要费尽千辛万苦把曹俊龙送进八路军部队的原因。

第二天一早，天还没亮，曹德祖爬起来，谁也没打招呼，自己跑到佟家的祖坟上，给佟永义新添的坟上，磕了十个响头，道义这东西，他始终是没忘的。

佟家。

佟永义走的第七天，佟永顺终于下床了，朱毛毛这才放下心。

“当家的，你这些天不吃不喝的，真是把我给吓坏了。永义虽然走了，但他是为革命走的，咱们佟家还得继续过下去啊，我真怕你也垮了，我拉扯着这几个孩子可怎么过啊……”朱毛毛一边说着，眼泪儿禁不住扑簌扑簌地往下流。

“行了，别哭哭啼啼的了，给我去弄点吃的，吃完了一会儿跟我去给老二上上坟，今天是头七。”

“哎……好，我这就去让人给你弄吃的，我这就去。”朱毛毛擦了擦泪珠子，脸上有了一点笑模样，赶紧吩咐人去做吃的。

饭桌上，朱毛毛打量着他的脸色："当家的，我跟你说些事，你可别着急。"

佟永顺盯着碗里的饭菜，噌噌地往嘴里扒饭："啥事？"

"你在屋里憋着的这几天，曹德祖来过了，说是来赔罪的，被我打发走了，第二天又听说那老头子去了咱们佟家的祖坟上，在老二的坟前磕了好些响头……"朱毛毛小心翼翼地和他说这些，她知道佟永顺恨那曹德祖恨到了极点，说出来怕他生气。

没想到佟永顺只是端着饭碗停顿了一下，然后哼了一声，又继续埋下头扒自己碗里的饭。佟永顺怎么可能不心疼，那是自己的亲弟弟啊，只是男儿有泪不轻弹，他眼眶短暂地红了一下，又把那眼泪憋了回去。

饭后，朱毛毛带着厚厚的纸钱，和佟永顺来到自家的祖坟，给佟陈氏和佟永义烧了很多的纸钱，又把旁边的草拔了拔，远远地看着佟永顺对着二人的坟头说了半天的话，两个人才回家。

一回家，朱毛毛就注意到自家的门口停着一辆陌生的马车。他们还没进门就有家丁出来报信："少奶奶，您和掌柜的可算是回来了，那个一郎的舅舅来接他了，好像是要带这孩子回日本了。"

朱毛毛愣了一下，没想到会这么快，刚一进院子，就看到一个西装革履的日本人，正在院子里和一郎说话。

"您好，您就是佟家少奶奶吧？"那个日本人说着不太标准的中国话，礼貌地朝着朱毛毛鞠躬。

佟永顺不愿意掺和这档子事，于是把手背在身后，看了一眼那日本人，然后径直地朝着屋里走去。

"啊……我就是佟家少奶奶……您是一郎的……舅舅？"

"我是一郎的舅舅，我们家里的人都以为他的父母出事以后，他也不在了，没想到被你们救下，给您添麻烦了，谢谢您……"这一郎的舅舅摘下自己的帽子，对着朱毛毛又是一个鞠躬。

"别，别这么客气，一郎这孩子懂事得很，又乖巧，不添麻烦，我们这大院里的人都喜欢他……”朱毛毛说这话的时候，哽咽了一下，伸手去摸一郎的脸。

“只不过啊，这人心都是肉长的，这孩子在我家待了这么长时间，难免就生出感情来了，孩子啊，以后还会回来不？”

一郎大概能够听得出朱毛毛和自己说的什么，眼泪儿也止不住地往下掉，旁边的佟莫言更是躲在门框子旁边抹眼泪儿。

一郎往后面退了几步，扑通一下给朱毛毛跪下了，连着磕了三个响头。

“孩子，快起来，别这样，你以后要是想这里了，就回来，这里虽然没有你日本的家好，但是这里永远都是你的家，快起来，我的好孩子。”

一郎使劲地扑在朱毛毛的怀里，对着她点头。

远走的马车旁边系了铃铛，焦庄户的路难走，马车一走，上面的铃铛就叮当作响，朱毛毛带着佟莫言站在自家的门口，看着一郎的马车越走越远，最后那铃铛声也听不见了。

“娃他爹，你说一郎这孩子突然冷不丁地就走了，家里好像又少了些热闹，这心里面空落落的。”朱毛毛叹着气说道。

佟永顺吧嗒吧嗒地抽着烟袋，一句也不吭声。

“你光知道抽烟，你倒是说句话啊，这孩子好歹的也是在咱们家里住了这么一段日子，临走的时候你送都不送一下。”朱毛毛瞥了他一眼。

“说到底还是日本人，有什么好送的。”佟永顺吸了一口烟袋，眯着眼睛说道。

朱毛毛听他说完这话，气得把头别了过去，拉着屋里的两个孩子气鼓鼓地出去了。

日本人的司令部里，森田还在为他们不小心把佟永义开枪打死的事情生气，毕竟佟永义对他们来说，是非常重要的人物，森田觉得要是活捉佟永义之后说不定可以问出些什么。

“大佐，您点名要的人，给您带来了，就在外面。”翻译官点头哈腰的在他面前说道。

森田转动了一下自己手里的那根雪茄，朝着门口看了看：“让他们进来。”

“是。”

门口的莲花山二当家的，还有曹俊龙，两个人哆哆嗦嗦，诚惶诚恐地推开门。

“太君，小的有些日子没来探望您了，太君可真是精神矍铄啊……”

莲花山的二当家的，像只哈巴狗一样，在森田的面前说话毕恭毕敬的，随后又把他提前准备的鹿茸放到一边：“太君，这是小的给您准备的一点心意，太君您笑纳。”

森田瞥了一眼：“你的……把佟永义……杀死的家伙？”

听到森田这么说，那莲花山的二当家的心里面咯噔一下子，他最怕森田和自己提这档子事。

“太君……太君可不敢这么说啊，那人不是我杀的，是您的手下不小心朝着他开枪的……”

“是啊，太君，我们不敢这么做的……”曹俊龙在旁边点头哈腰，也附和着他的话。

“八嘎……佟永义是什么人，你们难道不清楚吗！他是八路军的团长……是要活捉的！”森田愤怒地把面前的烟灰缸一下子砸出去老远，落在地上碎成一摊。

“大佐您消消气……”旁边的翻译官赶紧对着他们两个使了个眼色，让他们不要再说了。

“大佐，是我该死，小的该死，小的失职……”莲花山二当家的一边说着，一边举起手啪啪地打自己的脸。

日本人翻脸不认人，这是他们早就心知肚明的事情了，这个时候的曹俊龙才意识到，原来二当家的在日本人这边，吃饭也不是多容易的事情，即便能活着，也不过是命如草芥罢了。

“我听说你是莲花山的……大当家的……”森田意味深长地看着曹俊龙。

“是……太君，以前在莲花山待过……”

“你的……父亲曹德祖的干活？”

“是……太君。”

在他们来这里之前，森田早就派人打听好了，关于曹俊龙的底细，森田觉得可以捞一把油水。

“想要加入我们大日本帝国是可以的，但是要为大日本帝国做贡献，现在正是双方交战的时候，也是看你们曹家心诚不诚的时候……”

莲花山的二当家的微微地抬起头，看了森田一眼，他当然知道森田说这话是什么意思了，这下曹家又要出血本了。

“大佐的意思你能明白吧……”旁边的翻译咳嗽了两声，提醒了一下曹俊龙。

“明白明白……我们曹家定当效力……”

从森田的办公室里出来，两个人吓了一身的冷汗，曹俊龙意识到，日本人这边的饭，也是没有那么好吃的。

“老二，你说他那意思，是需要多少？”

二当家的努努嘴，伸出来一个巴掌。

“五十块大洋？”

“想得美，森田早就把你们家的情况调查清楚了，怎么也得五百块大洋吧，日本人可是没有那么好对付的……”

听他说完这话，曹俊龙忍不住打了个趔趄，五百块大洋……

曹家是有些积蓄，这些年来曹德祖也为曹家打下了不少的家业，但是五百块大洋，几乎是要了曹家的命根子了。

“大当家的，我说这话你别不爱听，想要投奔日本人，就是要付出些代价的，更何况这佟永义的死，和你也有关系，要是不把这些日本人逗高兴了，后面的日子恐怕更不好过喽！”

这一路上，曹俊龙都愁眉不展的，接下来和自己那个爱财如命的爹，根本没法交差。

一进曹家的门，姨太太就看到曹俊龙哭丧着脸，一副闷闷不乐的样子。

“这是谁惹着咱们大少爷了，怎么一进家门就闷闷不乐？”

曹俊龙没有理她，站在堂屋外面，愣了一会儿神，还是决定进去和曹德祖说这事。

刚一进屋，就看到曹德祖坐在椅子上面，把手里的茶碗放下，好像是在等着曹俊龙回来一样。

“怎么，从日本人那里回来了？”

“爹……唉……”

“这群畜生说什么了，说说吧，要多少大洋？”

曹俊龙抬起头：“爹，您怎么知道日本人会开口向咱们家要钱？”

“你没让他们把佟永义活捉了，这群畜生们肯定不会善罢甘休，再加上你现在进退两难，他们不想捞点油水才怪。”

姜果然还是老的辣，曹德祖早就预料到日本人会在这里堵他们一截。

“爹……这个数……”

曹德祖皱了下眉头，虽然已经大致猜出来了是这个数额，但还是不死心地问了下曹俊龙。

“到底是多少，说清楚些……”

“五百块大洋……”

旁边的姨太太，听得惊住，拿手帕捂住了嘴巴。

“天啊，怎么会要这么多的钱？这岂不是要让我们家以后喝西北风吗？”

曹德祖心中一震，当了大半辈子守财奴的他，听到这个消息以后也是惊诧。

堂屋里的气氛顿时凝重了起来，曹德祖的脸一下子黑了下来，于是没有人敢再说话。

“爹……”

曹德祖没有吭声，缓缓地从椅子上站起身来，捏着手里的玛瑙串子，背过身去，朝着屋里走去。

“爹——”曹俊龙又喊了一声，但曹德祖始终没有吭声。

过后的这几天，曹家投奔日本人的消息就像是长了腿一样，方圆几里的村子都知道了，怎么议论的都有。

有的人说曹家一家人都跟了日本人了，吃喝不愁，也有的人说曹德祖忘恩负义，把佟家的二少爷害死了，背后戳他的脊梁骨。

没过几天，曹家的院子就搬空了，曹德祖实在是没有办法了，倘若不满足日本人的要求，恐怕全家人的命都难保了。

傍晚的时候，曹德祖带着所剩无几的家当，和自己的姨太太进了城里，到了曹俊龙住的地方。

佟家。

朱毛毛怀里抱着佟胜利，来来回回地晃动着胳膊，胜利在她怀里香甜地睡着了。

“娃他爹，你听到外面传的没有，那曹德祖一家人进了城里，去给那日本人当差了。”

佟永顺轻哼了一声：“估计是家里的老本要被日本人掏空了吧。”

“你说抛开咱们家这档子事不说，那曹德祖恐怕也要后悔死了，好不容易把儿子送进了共产党那，没想到却是个吃里爬外的东西，那曹德祖守财如命，现在好了，他儿子把他家给败完了，祖宅都卖了，全家老小一起去投靠日本人，那日本人的饭有那么好吃？呸！还不是狗汉奸。”

提起曹家，朱毛毛就恨得牙根痒痒，先不说他们家和自己家有血仇，单单看他们去给日本鬼子做汉奸这回事，就足以让人唾骂了。

曹家在这方圆几里可以说是把脸面都丢尽了，曹德祖这个把脸面看得无比重要的人，一下子没有了精气神。

县城曹俊龙的宅子里。

“爹，您别不高兴了，您看这院子虽然是比咱们先前住的曹宅小了点，但是也挺宽敞的，不是吗？日本人已经对咱们够仁慈了，爹。”曹俊龙在一边陪笑脸，宽慰曹德祖。

日本人赏给曹俊龙的这座宅子，从前也是从县城的富户手里抢来的，院子整整比曹家的老宅子小了一圈，房屋也只有五六间。

曹家现在的势力大不如从前了，所以临变卖曹宅之前，曹德祖已经打发了家里的许多下人，带来的没几个。

“少爷啊，我说少爷，你这个院子还真的是不如咱们家先前住的院子，像我们住倒没什么，只怕是老爷子住不习惯啊……”姨太太嗲声嗲气地说道，故意在旁边给曹德祖煽风点火。

曹俊龙嘴巴闭紧了几下，没话可说了：“爹，您刚来先收拾收拾，也适应适应这儿的环境，太君那边找我还有事，我先去跑一趟。”

曹俊龙见老爷子仍然没吭声，于是讪讪地去了偏房。

“少爷，您在找什么东西吗？”见曹俊龙来了之后对着箱子一顿乱翻，下人便上前去问他。

曹俊龙把门口的布帘子放下来，小声地问道：“老爷把卖宅子的银票放在哪了？拿来给我。”

“少爷，这是老爷特意叮嘱我让我放好的，您要拿，是不是要跟老爷……”

曹俊龙眉头一皱：“怎么，现在你连我的话都不听了？老爷还不是事事按照我的心意吗？赶紧拿来！”

下人左右为难，但是曹俊龙的话也不能不听，于是蹑手蹑脚地去把箱子指给曹俊龙看。曹俊龙迫不及待地撬开箱子，拿了银票，又把箱子恢复原样。嘱咐下人不要多嘴，下人连连称是。

“少爷，就在这了。”

“行了，老爷要是不问这件事你就不用跟他说，要是问的话你如实说就是了，他知道我拿这个去办正事了。”他把那张银票折了折，塞到自己的怀里。

司令部门口，莲花山二当家的已经在这里等了一段时间了。

“我说大当家的，你可算是来了，森田跟你要的东西，你凑够了没有啊？”

曹俊龙笑笑：“凑够了，这张银票不多不少，正好五百块，这回太君应该不会再为难我了吧？”

“果然还是大当家的办事利落，这五百块就是让我抵了老命，我也拿不出来，曹家家大业大，我这个二当家的自愧不如啊。”

通报过后，两个人又和森田见面了，一见面，曹俊龙就冲着森田龇牙咧嘴地一顿奉承。

“太君，您上次提的要求，我做到了，这是五百块的银票，太君可一定要相信我对大日本帝国的忠心啊！”

森田扶了扶自己的眼镜，满意地露出金牙：“吆西，你的，对大日本帝国皇军一片忠心的干活……”

“是是是，太君说得对，我曹俊龙对大日本帝国皇军是一片衷心啊……”

然后森田对着翻译官招了招手，又在他耳朵旁边咕哝了几句日本话。

“太君说，要赏曹俊龙当宪兵队的队长，希望你以后好好表现，为大日本帝国皇军效忠。”

曹俊龙听到翻译官说这话之后，高兴地呲着两个大牙赶紧给森田鞠躬：“谢谢太君赏识，谢谢太君赏识啊，我以后一定会好好表现的。”

“没什么事了，你们两个可以走了，太君想清静清静了。”

“好，那小的就不打扰太君清静了……”

出了司令部的门，莲花山二当家的拍了拍曹俊龙的肩膀：“大当家的，你可真有两下子，才不过见了这森田两面，立马就赏了你一个宪兵队的队长，这可是一个肥差啊。”

曹俊龙从兜里掏出一包烟，分给二当家的一支，“走？乐和乐和去？”

莲花山二当家的笑了笑：“确实好些日子没有碰过娘们了，都快忘了是啥味儿的了……”

“走，去醉春楼找姑娘，庆祝庆祝我当上这宪兵队的队长。”

东山县城里许许多多的店铺，因为日本人的缘故都关门了，只有这醉春楼没日没夜地开着，先前这里的姑娘们服侍的还都是东山县城里的贵公子，自打鬼子进来，几乎都是被日本兵隔三岔五地白嫖了。

这里的老鸨早就想关门了，但是日本人下了通知，不允许他们关门，有些日本兵被伺候乐呵了，偶尔会赏几个铜板，但大多数都是不给钱的。

“哎哟，曹家少爷，二当家的，你们可是好些日子没来了，咱们这醉春楼的姑娘，盼你们盼得，可不知道淌了多少眼泪呢……”

“我看就你这张嘴能说会道，把你们这最好的姑娘给我叫来，好好伺候伺候我，伺候舒服了赏钱少不了你们的……”

“秀儿，快来，你的钱主子来了……”

曹俊龙被封了宪兵队的队长以后，在这醉春楼待了两天，除了喝酒就是听这个叫秀儿的姑娘唱曲儿。

这天，佟永顺来县城里打理点心铺，路过醉春楼的门口，车夫突然在巷子口停下了。

“掌柜的，您掀开帘子看一看，那穿着汉奸衣服的，是不是曹家少爷？”

佟永顺把布帘子掀开一个角，看见外面那个摇摇晃晃的男人，手里面提着一个酒壶，旁边还搂着一个穿着旗袍的姑娘，正是曹俊龙。

“现在怎么这副德性了？他爹要是知道了，恐怕这老脸又没地儿放了吧？”

“掌柜的，听说这曹家少爷，把曹家卖宅子的银票给了那森田，整整五百块大洋，这两天城里面的人到处都在传这件事，森田一高兴，赏了他一个宪兵队的队长。”

佟永顺轻哼了一声：“走吧，这没什么好看的，不关我们的事。”

曹俊龙酒气熏天地回了家，怀里还搂着那个姑娘，是他执意扔给醉春楼的老鸨两块大洋，非要把这姑娘带回家来的。

“老爷，少爷回来了……”

“孽种，回来就回来吧，拿钱从森田那里换回条狗命就不错了，有什么大惊小怪的？”

“嗯……老爷，少爷看样子是喝了不少酒，还从外面带了个女人回来……”

曹德祖抬起了头，家丁的话音刚落，曹俊龙这就推门进来了。

“嘿嘿，爹，给你说个高兴的事，森田大佐，给我封了宪兵队的队长，莲花山二当家的在日本人跟前……跟前干了这么长时间都没混上，儿子混上了……”

曹俊龙喝得晕晕乎乎的，眼睛几乎都睁不开了。

“你这是把谁带回家来了？”曹德祖声音低沉地问他。

曹俊龙搂着秀儿的脖子：“爹，你说她啊，这是我花两个大洋从醉春楼带回来的姑娘，会喝酒，还会唱曲儿，俊吧？”

曹德祖一听他说这话，一股子火一下子蹿上来了，用手掌使劲地拍了下桌子，茶碗里的水都震出来了。

“我看你是喝得找不着北了，给我滚出去！”曹德祖站了起来，上去就给曹俊龙抡了两个大嘴巴子。

“老爷……快别生这么大的气了，少爷是喝醉了，快快快，把少爷扶到偏房里去……”姨太太见这形势不对劲，赶紧上来劝。

那个叫“秀儿”的姑娘吓得也赶紧陪着曹俊龙去了偏房。

“老爷，怎么还动这么大的气呢？因为卖宅子这事前几天就气得不轻，可不敢再折腾自己的身子了……”姨太太赶紧又是倒水，又是给他顺气。

“逆子啊，逆子！曹家怎么会出了这样的败类，真是给老祖宗丢脸啊！”曹德祖气愤地拍着桌子。

那姨太太赶紧朝着旁边服侍的下人使了个眼色，把他们从旁边支开，让他们赶紧过去伺候曹俊龙。

“给日本人去干活也就罢了，咱们家现在为了这个不孝子连宅子都抵出去了，好不容易混上了个宪兵队的队长，他又去什么醉春楼弄了个这样不干不净的娘们回来，这不是给曹家丢人吗？！这县城里面门当户对的姑娘多的是，他非要领个这样的回来！这么多年了，曹家哪出过这样的事情啊！”

曹德祖一边说着一边喘着粗气，姨太太赶紧过来轻抚他的后背，给他顺气。

“少爷还年轻不懂事，到时候多在他后面嘱咐几句就好了，年轻难免做出这样冲动的事情，老爷您要是为这事气坏了身子可是不值当的了……”

偏房里，曹俊龙已经醉得不省人事，躺在床上睡着了，从醉春楼带回来的秀儿姑娘，坐在椅子上，嗑着桌上的瓜子，仔细地打量着这屋里的上上下下。

服侍的丫头从外面端来一盆热水放在曹俊龙的床前，准备拿热毛巾给他擦拭额头。秀儿看了看那丫头，一副居高自傲的神态，问道：“这宅子可是日本人赏给你们家少爷的？”

那丫头专心致志地帮曹俊龙擦拭着额头，并没有回答秀儿问的话。

“我跟你说话呢，你这丫头没长耳朵吗？”

“这宅子是谁的，那是我们曹家的事，没必要跟你一个外人说吧。”

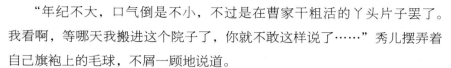

“年纪不大，口气倒是不小，不过是在曹家干粗活的丫头片子罢了。我看啊，等哪天我搬进这个院子了，你就不敢这样说了……”秀儿摆弄着自己旗袍上的毛球，不屑一顾地说道。

那丫头轻哼了一声，便端着水盆出去了。

佟家，朱毛毛像往常一样，站在自家院子的门口眺望着远处，看自家的马车回来了没有。

“少奶奶，现在外面凉了，披件褂子吧。”家里的丫头给她拿了件深蓝色的褂子披上。

“怎么还没有回来，平日里这个点该回来了啊，现在外面打仗兵荒马乱的，真是让人着急。”朱毛毛一边说着，一边不停地往远处看着。

“少奶奶，您别着急，说不定今天铺子里的事情多，掌柜的多在那待了一会儿，兴许一会儿就回来了。”

佟莫言也从屋里跑了出来：“娘……娘……”

“你怎么出来了，不是让你在桌子前等着吗？等你爹回来了就开饭。”

佟莫言钻进朱毛毛的怀里，搂着她的腰开始撒娇：“娘……爹怎么今天还没有回来啊，我肚子都已经开始叫了。”

“桂花，进房里给莫言拿件褂子来，外面太冷了，这孩子在屋里待不住。”朱毛毛吩咐道。

正说着话呢，就听到不远处响起了马车哐当哐当的声音，打眼儿一看，佟家的马车回来了，眼瞅着的工夫就进了院子。

佟永顺从马车上面跳下来，把自己手里提着的油纸包着的一包东西，递到佟莫言的手里：“拿进去，跟弟弟们分一分，糖饼。”

佟莫言抱着糖饼一溜烟跑进了屋。

朱毛毛拍打着他身后的土灰：“怎么今天回来那么晚？天都黑了。”

“车子走到郭镇的时候，听到那边有枪声，好像是打起来了，绕了远路，要不然早就回来歇着了。”佟永顺叹了口气。

"回来了就好，回来了就好，赶紧去吃饭吧，三个孩子都等大半天了。"

饭桌上，莫言和自己的两个弟弟分享着佟永顺从县城里给他们带回来的糖饼，时不时地吧唧着嘴。

"娃他娘，你猜我今天在路上看见谁了？"

"还能看见谁，现在外面兵荒马乱的，有几个人还会去城里，我早就劝你不要去点心铺了，这路上又是打仗又是放枪的，你出门之后我这心里慌慌。"

"不说那个，我今天在醉春楼门口碰见曹俊龙那王八犊子了……"

"啥？那狗汉奸不是成了日本人了吗？你怎么会在那里看见他？"

"兴许是从日本人那里捞了些好处，不知道天高地厚了吧，现在这形势，用不了多长时间，日本人就被赶出去了，我看他的好日子也快要到头了。"

"哼，狗汉奸是不会有好下场的。"

一个月后。

曹家。

"老爷，求求老爷了，快去请郎中来看看吧，少爷先是好几天不吃不喝，今天早上额头又开始滚烫滚烫的，下身……下身是红了一大片啊，浑身都是红点子……"常年服侍曹俊龙的丫头，在旁边哭哭啼啼地跪在堂屋里，求老爷去请郎中。

"我没有他这样的儿子，我们曹家就没有这样的后人，他爱病不病，让他死了算了！谁都不要管他！"

几天的时间过去了，曹德祖的气还是没有消。

"老爷，您还是消消气吧，咱们气话归气话，少爷的病该治还得治啊，这样下去迟早会出问题的，还是让下人去把郎中叫来给他瞧瞧吧，不然日本人那边也没法交代啊！"姨太太很会看事，在旁边赶紧劝说道。

曹德祖虽然嘴上那么说，但心里也怕儿子真的出事，深深地叹了一口气，朝着下人挥了挥手。

“快去，快去，老爷答应了，赶紧去把郎中请来给少爷看看！”

那丫头哭哭啼啼的，跌跌撞撞地赶紧爬起来去请郎中。

郎中在曹俊龙的屋里待了好长时间，摇了摇头，从屋里面出来。

“曹老爷，可否借一步说话？”

“许郎中，辛苦你了，大老远跑一趟，这点钱，你先收着，我家的不孝子得的是什么病？”

许郎中摇摇头：“我的医术实在是有限，不瞒你说，您家的贵公子是染上了烈性病了啊……如果我没有判断错误的话，应该是和他屋里的那个姑娘有关，但是也有麻疹，数病齐发呀。”

曹德祖听到许郎中说这话，手里撑着的拐棍儿就开始不停地哆嗦。

“许郎中，你你你……说的可是真的……”

“唉，哪敢有假啊，曹老爷……我开的那些药方子也只能是暂时缓和一下，恕我医术拙劣，已经太迟了……”

听到许郎中说这话，曹德祖感觉像是五雷轰顶一样，他万万没有想到自己的儿子会因为带回来家的那个女人，染上了这样的病，甚至会搭上了自己的性命。

那许郎中和曹德祖说话的时候，姨太太就在后面不远处偷听着，这结果让她张大了嘴巴。

跟曹德祖这么多年了，他的脾气姨太太都是了解的，不用等他开口，他就赶紧推搡了一下旁边的家丁：“去，去把家里那个不干不净的女人给我赶出去！别让她再进我们曹家的门了，赶得越远越好！”

曹德祖整个人像丢了魂儿一样转过身来，步子踉踉跄跄地朝着屋里走去，姨太太看见这情形，赶紧上去扶他。就在这时，院子的偏房里传出那女人的哭喊声。

“凭什么要我走，是你们家少爷带我回来的，要是他现在醒着一定不会赶我走的，你们放开我……”

第三天的早晨，曹家的丫头准备去给曹俊龙洗脸的时候，发现整个人已经冰凉了，曹俊龙断气了。

没想到这一天会来得这么快，曹德祖听到这消息后就像是散了架一样。

曹家凭借着曹俊龙生前在日本宪兵队里混的那点名头，大办特办了这场白事，但是为了遮掩丑相，曹家对外声称曹俊龙是心气郁结，发高烧而死。

一时间，曹家少爷病死的事在十里八村传开了，尽管曹德祖对外声称儿子是高烧而死，但禁不住闲话往外传。

“娃他爹，你听到村头人们最近在传什么了吧？”朱毛毛抱着孩子，和佟永顺搭话。

“曹家少爷的死因呗，整个村子都闹得沸沸扬扬的，还有谁不知道啊。”佟永顺不以为然地说道。

“你说会不会是因为上次你提到在醉春楼看到他……”

“这种事情说不好，醉春楼是什么地方，现在是属于日本人的，街上哪个人不知道，日本兵是出了名的脏。”

曹俊龙的事情，就像是一阵风，只在这方圆几里，传了几天的时间。事情一过，就没有人再讨论了，人们好像很快忘了这个人。

但是曹家不一样，对曹德祖来说，儿子的去世，意味着曹家已经断了后代，往后不会有什么指望了。

“老爷，吃点东西吧，这样下去不是个头啊……”姨太太端着一碗鸡蛋羹，坐在曹德祖的床前。

曹家刚刚经历了卖老宅，又失掉了儿子，曹德祖撑着一把老骨头把儿子的丧事办完，一病不起。

只有他的姨太太，每天在他的床前哭哭啼啼，大概是哭自己的命不好吧，恐怕接下来的日子，会一天比一天难过了。

第三天，送进曹德祖房里的饭，又被完完整整地端了出来。

“怎么，老爷还是没吃吗？”

服侍的丫头摇了摇头。

“唉……都已经三天没吃东西了，再好的身子骨也受不了啊！”

“太太……老爷没动饭，但是下床了……”

姨太太皱了下眉头，赶紧掀开屋门口的帘子，二话不说就往屋里跑。

“老爷……老爷……您可算是下床了……这些天您不知道我的日子是怎么过来的……”那姨太太便开始哭哭啼啼。

曹德祖背对着她，手里拿着自己的烟袋，吐了一口烟雾。

“叫人给我备辆马车，我要去司令部。”

姨太太愣了下：“什么……老爷……那司令部可是……”

曹德祖的话禁不住让人担心，自从曹家接二连三地发生这些事情以来，几乎每件事都与日本人脱不了干系，他突然下床要去司令部，姨太太的心跟着慌起来。

“老爷……老爷……您可千万不能干冲动的事啊，日本人杀人不眨眼，咱们现在没有办法啊……”

曹德祖没有吭声，叼着烟袋，闷着头出去了。

任凭姨太太怎么劝，他都没有说话，只叫了马车夫送自己去了司令部，其他的什么人、什么家伙什儿也没带。

大约过了四个小时，曹德祖坐着马车回来了，手里仍然拿着那根烟袋，一下车，姨太太就围在他的周围，仔细打量了一圈，见他毫发无损才算是放心。

“去给我准备些吃的东西吧，明天我去给儿子报仇。”

姨太太没明白他的话，一边应着，一边往门外面走。

“柱子，来，我问问你，今天老爷去司令部干什么了？”她把家里的马车夫喊过来，小声地问他。

“今天老爷自己进了司令部，出来了之后没什么变化，但是回来的路上老爷问我什么郭镇和杨镇，然后老爷让我把马车停路边，自己走着又去见了什么人，后来我就不知道了。”

车夫的话让姨太太听得一脸蒙，搞不清楚曹德祖到底想要干什么。

八路军的驻扎点。

吕团长和上面来的特派员，正在规划作战地图。

“吕团长，今天来找我们的那个人，到底是什么来头，他说的那些话可信吗？”

“那个人是我们这儿以前有名的富户，儿子先是在莲花山上当土匪，后来被我们的队伍收编了，再后来出卖了咱们的同志，跟了日本人，不久就被日本人害死了。”

“唉……这次的行动可是关键啊，咱们要不要听他的话？不会暗中给我们使什么绊子吧！”

对于特派员的疑虑，吕团长心中也隐隐地闪现过，但是这次八陆军已经做好了充分的准备，即使没有曹德祖来通风报信，他们也有胜算，打赢这场仗。

“放心吧，特派员，我有数。”

第三天，八路军的队伍早早地就在郭镇的一条河沟子里做好了埋伏，日本人扫荡的范围在潮白河的西面，要想到达那边的话，必须从郭镇的这座大桥上经过，所以在这里是打伏击最好的地方。

曹德祖是从小在这块土地上长大的，所以对这里的地理环境非常熟悉，前几日去了司令部和森田毛遂自荐，说自己可以给他们带路。

姜还是老的辣，曹德祖在日本人面前没有一丝丝的恐惧和尴尬，让他们没有一点察觉。

“吆西，接下来到哪里的干活……”

“太君，前面是郭镇，可是一块肥水宝地。”

“吆西，一会儿到了前面，让队伍停下来进村休息的干活……”

殊不知，这个时候八路军的队伍已经在拿枪瞄准他们了，那些愚蠢的日本人还丝毫没有发觉。

按照曹德祖事先和八路沟通好的地方，就在郭镇前面的那座大桥上，曹德祖小心翼翼地把这些日本人引上来，突然往前跑了几下，大喊道：八路军同志，鬼子我给你们引来了，快点开枪！

日本人一乱，举着手里的枪到处乱放，就像热锅上的蚂蚁。混乱中，曹德祖被日本人开枪打死了。

就像曹德祖事先预想的一样，这次日本大部队全部被八路歼灭了，而他也早就做好了自己会死的准备，所以在离开家之前，已经把县城里那套院子的房契交给了姨太太，家里上上下下都打点周全了。

做了一辈子坏事的曹德祖，这辈子做的两件正确的事：第一件是让八路军的队伍收编他的儿子，第二件就是临死前做的这件事。

接下来在短暂的几天里，八路军集中火力向日本人开战，报纸上传来捷报，在共产党和国民党的全力合作下，在全国人民的奋力抵抗下，一九四五年，人们终于迎来了抗战胜利的好消息。

“八路好，八路棒，打得鬼子直喊娘……”佟家的院子里，莫言和胜利几个小孩，在院子里跑来跑去，嘴里面还喊着顺口溜。

“少奶奶，你看这时间过得可真是快呀，一眨眼的工夫，胜利就已经长得这么高了，要是他娘在的话……”奶娘刚刚把话说到一半，却突然意识到自己说的这话可能会让朱毛毛不高兴，于是赶紧捂住了嘴。

“你说这话倒是提醒我了，眼看着日本人马上就要被赶走了，找个天气好的日子，我想带着胜利去给他爹娘上上坟。”朱毛毛一点生气的样子也没有，反而把这件事情看得很开明。

尽管胜利从开始会说话的那天起，就已经跟着莫言和破虏他们管朱毛毛喊娘了，但是朱毛毛知道，无论如何自己都不是他的亲娘，仗打赢了一定要带他去给佟永义和江婉秋上上坟。

“胜利啊，过来过来，我有话要跟你说。”朱毛毛对着佟胜利招了招手。

“娘，你喊我有什么事吗？”佟胜利呼哧呼哧地喘着气，额头上沁出一串密密的汗珠子。

“瞧跑得这一脑门子汗，娘问你，你知道为什么当初你亲爹、亲娘给你取名字叫胜利吗？”

佟胜利摇摇头。

“傻孩子，你要知道，别人问起你爹娘来，他们是打日本鬼子才死的，是咱们老百姓的大英雄，给你取名字呢，也是盼着早一天仗能打赢。”

“要说这曹家……也是遭了报应了，现在一个人也没有剩，一家人都去见了阎王爷了。”

旁边的妇女听了以后，瞪大了眼睛。

“真的假的？以前那个曹家，不是很牛气的，他们家的姨太太，平日里都不出来见人的，细皮嫩肉的，听说洗脸洗脚都要让人伺候着嘞！”

另一个妇女努了努嘴巴，恨不得翻个白眼把眼珠子都翻出来。

“是啊，还不都怪他那个儿子不争气，放着好好的兵不当，非要去给日本鬼子做汉奸，下场能好吗？”

这是风和日丽的一天，几个妇女端着簸箕在村口唠嗑，家长里短，十里八村，她们恨不得统统都要数落一遍。

朱毛毛从佟家出来，她带着莫言，想要去村口货郎那里换一些针线，好给三个娃做身新衣裳。

“佟家嫂子，有些日子没见了，快来坐坐呗。”

“言儿，快拿着这几个草辫子去找货郎，把针线换了，娘在这里说会儿话，换好了回来找我。”

朱毛毛笑着走过来，随手拉了个板凳，和村口的这几个女人坐下来。

“隔着老远就听着你们在这里说得有趣，是什么好事？自从跟日本人打仗就没出来了，我也来凑个热闹听听。”

“唉，佟家嫂子，你是不知道啊，那曹家，之前三番五次地招惹你们家，现在那可是遭了报应喽，曹家现在一个人也没有剩。听人说啊，他们家少爷出事以后，老爷子也死在战场上了，他们家的那姨太太就疯了，那么大的一个曹家就完蛋了，你说这不是报应吗？”

朱毛毛一下子没有缓过神来，听得一愣一愣的。

“娘……娘……针线换来了。”佟莫言咧着小嘴笑着，飞快地跑到朱毛毛的身边。

“他婶子们，不跟你说了，言儿把针线换回来了，回头我得抓点紧给娃们做身衣裳，你们在这儿唠着，我和言儿先走了。”

“哎……不再坐会儿了？”

“不坐了不坐了，他婶子们，你们好生唠着。”

朱毛毛牵着佟莫言的手，就往佟家的宅子里走去。

她心里面还在回想着刚刚她们说的话，无论如何也没有想到，昔日的曹家，竟然落到如此境地。

回到佟家，朱毛毛让莫言和弟弟们去玩了，自己恍恍惚惚地回到屋里。

“娃他爹，你听说曹家的事情了吗？”

原本坐在桌子前面、不紧不慢抽着烟袋、翻看着账本的佟永顺，听到这话，立马抬起头来问：“曹家又怎么了？”

“曹德祖死在战场上了，听说是被日本人打死的，然后曹家就剩下了那个姨太太，也疯了……”

佟永顺不以为然，并不是因为他恨透了曹家，在这个年代，每个人都想踏踏实实吃一口饭，都想活下去，佟永顺深谙这个道理。

“当家的，你咋不说句话啊，我听了这事以后，心里都七上八下的，你说这曹家是缺德，可是这么大的家业，说散就散了……唉……”

佟永顺听出来了她的担心，只说了一句："做光明磊落的事，没啥好怕的。"

没几天，全国上上下下都在庆祝抗日战争胜利，报纸上刊登的也都是共产党和国民党共同的捷讯。

佟莫言的学堂在停课将近一年之后，也开始上课了。

"姥爷……姥爷……这个字念什么？"佟莫言放学回来，趴在桌子上，指着书本上的汉字，问朱洪烈。

"咳咳……"

"这个字啊，念'忠'。"

日本人投降两个多月后，就快要入冬了，一天比一天冷了起来，朱洪烈的咳嗽也更厉害了。

"爹，这烟袋，咱们能不抽就不抽了吧，现在咳嗽得这么厉害，我让大夫来给您瞧瞧，再重新给您开个方子。"朱毛毛在一旁心疼地说道。

"看什么看，又不是三五天的事了，都这么多年的病了，治不好喽！倒不如把钱省下来，给咱们言儿买些糖块。"

这几个孩子里面，数着佟莫言最爱和朱洪烈黏着，也最让他喜欢。

听到外面有马车的动静，朱毛毛知道是佟永顺回来了，于是推开门出去迎着。

"娃他爹，今天咋回来这么早，店里人不多吗？"朱毛毛一边说着，一边接过佟永顺手里的包袱。

"怎么会人不多？今天店里的人挤得满满当当，囤了一个星期的货，都卖空了，现在城里可是好太多了，人们都出来了，这才像个东山县城的样子嘛！"佟永顺脸上露出藏不住的喜悦。

"快进去歇会儿吧，爹在屋里呢。"

一进门，佟永顺就注意到了自己的老岳父，拿着烟袋，在看莫言写作业。

“爹……我回来了。”

“听着今天店里生意不错？”

“这不是把日本鬼子赶出中国了吗？现在县城里的老百姓也都出来了，街上这才有点县城的样子，货很快就卖完了。”

“永顺啊，现在外面的形势看起来不错，但是啊，我觉得好景不会太长……”朱洪烈吐着烟，眯着眼睛说道。

“爹，您说这话是什么意思？我没听懂。”

“现在日本鬼子是被咱们打出去了，接下来就是国民党和共产党的事喽！”

佟永顺不太明白老丈人的意思，笑笑说：“爹，您不还是国民党的党籍嘛，您说，这共产党，本来是和国民党一起打日本鬼子的，现在日本鬼子都被我们赶出去了，这共产党还真的能和国民党打起来吗？”

朱洪烈摇摇头：“这共产党啊，和国民党两家的事情，是早晚的事。”

晚上，佟永顺躺在炕上，看着窗户外面的月光，翻来覆去睡不着。

“娃他爹，你咋了，孩子们都睡着了，你咋还不睡呢？”

“别管了，娘们家家的，睡吧。”

“娘们家家的咋了，你不在家，出了事还不是要顶起来，说说呗，到底啥事？”朱毛毛好奇地问。

“今天你爹说的那话，总让人觉得奇怪，你爹说，共产党和国民党的事情，是迟早的事。”

“爹是国民党党籍，好多事爹都明白着呢，你可别不信。”朱毛毛小声地说道。

“那你说，要是国民党和共产党打起来了，爹会站在哪边？”

“当然是哪边向着老百姓，爹就站在哪边。”朱毛毛说话的语气中，带着一丝丝的骄傲。

在她眼里，自己的爹虽然已经上了年纪，身体也越来越不好，但是不论发生了什么事，朱毛毛还是愿意听自己爹的意见。

佟永顺没有再说话，但是他总觉得今天自己老丈人说话有些怪怪的，和往常不太一样，究竟哪里不一样，他也说不清楚。

第二天一早，佟永顺就被旁边的朱毛毛给晃醒了。

“娃他爹，刚刚家丁在窗户旁边喊，外面马保长敲门呢。”

佟永顺睡得迷迷糊糊的，有点不耐烦地说道：“什么马保长，一大早的让不让人睡个好觉了。”

“娃他爹，我看你是睡迷糊了，还不赶紧起来去看看，这马保长一大早地叫门，肯定是有什么重要的事情。”

佟永顺不情愿地迷迷糊糊地被叫起床，裹着一件棉大衣出去了。

一开门，便看到马保长带着的两个人，手里还拿着什么纸笔。

“马保长，怎么这么早，有什么事吗？”

“佟家掌柜的，现在抗日战争胜利了，现在咱们大部分的江山是国民党的，我们接到上面的通知，让我们统计一下家家户户的信息，佟掌柜的家里人多，那就还请佟掌柜的配合一下吧。”

第十七章

故人生死各千秋

佟永顺规规矩矩地把家里的人口都写了上去，送走了马保长。

回屋的路上，佟永顺察觉到冥冥之中的一丝异样，至于问题出在哪里，他也摸不着头脑。

“娃他爹，马保长一大早地来我们家做什么？”朱毛毛见佟永顺走进来，于是问道。

“没做什么，让统计一下家里的情况，我看只有咱爹是国民党党籍，人家让填什么我就填什么了。”

朱毛毛小心翼翼地问：“该不会要出什么乱子吧？”

“这能出什么乱子，现在大半个天下都是国民党的，况且爹又是国民党党籍，说不定到时候还会给家里分红呢。”

朱毛毛努努嘴：“我看你是净想美事儿，国民党真就能像你说的这么好？”

两个人的说话声稍微大了些，莫言揉了揉蒙眬的睡眼，醒了。

“爹，你今天还去县城里吗？”

“咋？又想叨念个什么事？”佟永顺看了看他。

“娘那天说，只要我帮忙照看着弟弟，你就从县城里给我们带糖人。”

佟莫言躺在被窝里，露着洁白的小牙笑着说道。

“你娘啊，到处给你允诺，她是动动嘴皮子就做了好人了，一点也不出力。”

朱毛毛冲着佟永顺翻了个白眼儿：“娃又不是跟你要金山银山，想吃个糖人，你就从县城里买几个回来不就行了。”

天气冷了，树枝子上面光秃秃的，再加上冷风一吹，就连那家雀，也不愿意飞到上面去。

这天，佟永顺像往常一样让车夫带着自己押着货去县城。抗日胜利了，这几天县城里的人多了起来，生意难得这么好，他更要准备多上几样新的点心。

“掌柜的，我估摸着今天又像昨天一样，真是好长时间没看到街上的人一个挤着一个的了，接下来应该都是好日子了吧！”车夫一边赶着马车，一边和佟永顺搭话。

“反正日本人是不会再回来喽，只要没有日本人再糟践咱们中国，剩下的就都是太平日子喽。”佟永顺坐在里面，情不自禁地哼起了小曲。

来到店铺里，佟永顺安排店伙计把往日的老点心都换掉，估摸着摊位上面的这些点心，一天的时间就能全部卖完。

东山县城真的是和往日不一样了，到处都是走亲戚串门的，大人、小孩把那条街堵得满满的，这座小县城终于恢复了生机。

就在佟永顺刚刚转身进了后院，打算休息一下的时候，突然听到店伙计在那边喊自己。

“掌柜的……掌柜的，不好了！”

是一群穿着官服的士兵，站在了佟永顺家的点心铺前面。

“各位官爷，有什么事情好好说，我们做的这是小本生意，一不偷二不抢……”店伙计紧紧地护住点心铺前面的摊位。

佟永顺走了过来，对他们笑脸相迎：“各位官爷，我们是哪里做得不周到？妨碍到各位官爷的差事了？”

“我们接到上面的命令，说你们家的点心铺违规，被查封了，从今天开始，不许再开张了！”

佟永顺愣了一下：“官爷，我们办了证件的，而且我们家的点心铺，也不是开了一天两天了，不信你们看。”

说着，佟永顺就从柜台下面拿出一沓证件给他们看。

“我们不看你这些本本，上面说你们不合格就是不合格，铺子给我关了，人给我带走！”

“官爷，先等等，我们到底犯了哪一条科令啊？”

瞅着自己的点心铺摊子就这样被他们砸了，佟永顺着急了。

“犯了什么罪？这！这是什么你自己清楚吧？”

那人从佟永顺的摊位上随手拿起一包点心，是他还没有来得及换下去的货，也是前一阵子日本人还在的时候他们家卖的日本点心。

“上面有命令，凡是涉及和日本人有关的店铺，都是逆产统统都要没收，你这儿也不是第一家了，前面早就有几家铺子关门了，走吧。”

眼瞅着佟永顺被他们带走了，店伙计恨得是咬牙切齿，只好忍着把铺面关了，那点心，佟永顺刚刚吩咐过他该换下去了，可是还没来得及换，就出了这档子事。

朱毛毛正在佟家院子里给孩子们做衣裳，和几个丫头有说有笑的，这时候佟永顺的跟班气喘吁吁地从外面跑了回来。

朱毛毛一见生子回来了，有点诧异：“你咋回来了？这个时候不是应该跟掌柜的在点心铺吗？”

生子呼哧呼哧地喘着气，他从县城里跑回来，中间几乎没有停歇，只为了回来赶紧给朱毛毛报信。

“杏儿，去给他倒碗水来，怎么好端端地累成这个样子。”

“少……少奶奶……来不及了，掌柜的出事了……”

朱毛毛眼睛一下子瞪大了："掌柜的出什么事了？快说！"

"点……点心铺被官兵给封了，掌柜的……掌柜的被他们带走了……"

朱毛毛打了个趔趄，差点一下子坐到地上，被旁边的丫头一下子扶住了。

"杏儿……快去，快去把我爹叫来。"

"生子，你说说，那官兵为啥好端端的，封了咱们家的铺子？封铺子就封铺子，为啥还把掌柜的给带走了？"

"掌柜的临被带走的时候，那官兵说，是因为咱们家的铺子，之前卖过日本点心，现在政府到处都在查……"

朱毛毛叹了口气："就因为这个？"

话音未落，朱洪烈就来了。

"爹……杏儿跟你说了吧，这可怎么办是好啊，永顺就这么冷不丁地被抓走了，咱们得想想办法赶紧把他救出来啊，爹！"

朱毛毛急得眼泪都流出来了，在她眼里，佟永顺就是佟家的天，要是他不在了，接下来的日子真的不知道该怎么过了。

"行了行了，先别哭了，想想办法把永顺弄出来。"朱洪烈叼起来了烟袋，皱着眉头。

朱洪烈早年就入了国民党的党籍，县委政府的人多多少少认识一些，总是方便说话的。

"生子，你现在就去赶上马车，买几瓶好酒来，把县委那班子人马，打听清楚了，早点回来。"

"爹……能有门路吗？"朱毛毛擦了擦眼泪儿。

"只能硬着头皮试试看了，去给生子拿点盘缠啊，别愣着了。"

"哎哎，我这就去拿。"

县城里，和佟永顺一样，因为涉及日货的事情，被关进大牢里的不在少数。

现如今是国民党当局，原来的县委班子也换了人马，因为王修祜之前给日本人做过事的缘故，县长的位置也被撤了去，念在他当政的时候，为东山的老百姓做了不少的好事，还给他留了个一官半职。

眼下，朱洪烈打谱，也只能从王修祜这里入手了，虽然他现在的官职远不如从前，但是之前和朱洪烈两个人有交情，想必送送礼，有门路能把佟永顺救出来。

当天下午，生子就急急忙忙地回来了，打探到王修祜确实还在县委班子里，又买了一些好酒回来。

“爹，这样能行吗？要不要我再喊几个伙计，陪您一起去？”

“这是去救人的，不是去讲排场的，我看就这样吧，人多了太招摇，到时候更不好办事了。”

“我都听您的，爹，您可要小心，早点回来。”

朱毛毛把手揣进袖子里，站在佟家外面的长坡上，看着家里的马车载着朱洪烈，还有那些送人的酒坛子，离自己的视线越来越远。

朱洪烈这一走，朱毛毛感觉佟家的院子里更加冷清了。

原本以为有门路的，朱洪烈好不容易到了县城里，到县政府那儿一打听，王修祜拿了大量的钱财打点，没被认定为汉奸。虽然还保留着一官半职，但是县党支部早已经没有他办公的地方了。朱洪烈也意识到，王修祜这次也许很难能帮得上自己的忙了。

费了好大的工夫，朱洪烈终于找到了王修祜的宅子。

王家的宅子，即使是白天，大门紧闭，门外也没看到什么人走动。

“生子，去敲门。”

咚咚咚……

敲了好半天的门，才有人来开门。

“你们是什么人？”那管家从头到脚把门前的这两个人打量了个遍。

“哦，是这样的，我是王先生的旧相识，上门来拜访王先生，有个比较着急的事情要找他。”朱洪烈礼貌地说道。

“那你们在这边等一下吧，先生现在不方便随随便便见人，我先要去给王先生通报一声。”

过了好一会儿，朱洪烈才被请进王宅，这王修祐在县城的宅子虽然不大，但是一看也是被精心打理过的，花草都修剪得整整齐齐，朱洪烈跟随着管家的脚步，穿过长廊，来到了王家的茶室。

原本是在屋里坐着的王修祐，一看是朱洪烈来了，赶紧站起身来，虽然他当初是和朱洪烈一起加入的国民党，但是从年龄上来说，朱洪烈要比他年长，所以这点礼貌他还是懂的。

“朱先生怎么大老远地来了，有失远迎。”

“王县长多礼了，要不是一开始你当上县长的时候为了避嫌，我早就来找你叙叙旧了，所以一直也没有机会。”

朱洪烈使了个眼色，让生子把带来的酒，赶紧放在了一边。

“朱先生此话差矣，我现在早已经不是县长了，要真的还能坐上县长的位置，现在哪有时间在家里面喝茶啊，哈哈哈……”

王修祐也是精明的人，他知道今天朱洪烈上门来找自己，一定是有什么事想要让自己帮忙。

“朱先生，您今天特意到我家里来，是有什么事情吧？”

“都是老相识了，我就不跟你兜圈子了，这不是我那女婿，在县城里开了个点心铺，稳稳当当开了好多年了，今天一早说封就被官兵给封了，说是卖日本人的点心，这不，人也给带走了，唉……”

“就是县城里那个饽饽佟？”

“是啊，王先生也知道？唉……就想做个小本生意，讨口饭吃，谁能想到会因为这理由被封了啊！”

“先前我太太特别爱吃你们佟氏点心铺的糕点，能在这个年代做个生意真是不容易呀！”

“王先生，念在我们旧相识的份上，你看看有什么门路，好歹把我的女婿给救出来，不然那可真是要了我那闺女的命了，这个家估计就散了。”

王修祜不紧不慢地倒了一杯茶水给他："朱先生，要知道今时不同往日了，不瞒你说，现在国民党清算越来越严，我能在这宅子里喘口气已经非常不错了，这次恐怕是帮不上你的忙了。"

朱洪烈听出来了他的意思，这趟进城他才知道，王修祜早已经不在当时的位置上了。

"不过……朱先生，这次看情况，你女婿能够救得出来，但是那店面指定是保不住了，我可以给你个门路，能把你的女婿救出来。这样吧，你去县政府，找孙委员，跟他说是从我这儿来的，他会帮你的忙的。"

……

从下午一直折腾到天黑，朱洪烈按照王修祜说的，去县政府找了孙委员，交了押金，写了保证书，才算是把自己的女婿给救出来了，但是点心铺，却永远地被查封了。

到家的时候，天已经完全黑了下来，朱毛毛牵着莫言，站在家门口的长坡上，远远地望着，终于把他们给等回来了。

"爹……爹……你可算是回来了，我和娘都在这里等了你们好半天了。"莫言兴奋地朝着佟永顺扑上去。

佟永顺耷拉着脸，连看都没看佟莫言一眼，他一句话也不说，谁也没有理，就径直地进了屋。

朱毛毛却一眼能够看得出来是怎么回事，两口子过了这么多年的日子了，朱毛毛最明白他，便没有管他。

"爹，这一路上累了吧，我都已经把饭做好了，咱们几个先吃饭吧，别管他，这人脾气就这样。"

朱洪烈凑到闺女耳朵旁边："一路了，一句话也没有说，人是给你救出来了，点心铺被关了，以后开不了了。"

这些事情朱毛毛也早就想到了："没事，爹，人能够救出来，我就已经很知足了，点心铺子啥的关就关了吧，不用管他，咱们先吃咱们的。"

朱毛毛也派人去喊佟永顺吃饭了，可始终也不见什么动静，直到晚上睡觉前，朱毛毛进屋，看到佟永顺还背对着她躺在那里。

“行了，我知道你没有睡着，别生气了，人能够活着出来就已经很不错了，你都不知道我在家里念了多少遍菩萨了，咱爹又是费了多大的劲儿才把你救出来的。”

过了一会儿，佟永顺才吐出一句话：“这回点心铺子是真没了，以后不用进城了。”

这佟家的点心铺，已经开了十多年了，从朱毛毛刚嫁进来的时候就有了这家铺子，佟家的点心铺里，有从外面批来的点心，也有佟家自己做的，当初做点心这门手艺，还是佟陈氏手把手教给儿子的。

要说佟永顺和这点心铺子的情分真是深，佟家大大小小的支出几乎都来自这里，要是没有这家铺面，佟家也不会有现在的好日子。

“我知道你心里难受，现在这个世道就是这样的，咱们得往好处看，最起码现在日本鬼子被赶走了，是不是？咱们不用再提心吊胆地过日子了。查封了就查封了吧，只要咱们一家人好好在一块，日子往后不论有多么苦，咱们都能继续过下去。”

别看佟永顺是个大老爷们，让朱毛毛这三言两语的一劝，也终于转过身来下炕了。

“言儿，别愣着了，去给你爹把厨房里的饭菜端来，你爹饿了。”朱毛毛脸上也终于有了笑模样，对莫言使了个眼色。

莫言赶紧去给他爹端饭菜。

佟永顺回来了，这一家人虽然说是团聚了，但是点心铺一被封，佟家的经济来源确实就被切断了，接下来佟家唯一有盼头的，就是那几块地了。

“娃他娘，这样吧，接下来咱们家那些用不到的长工和丫头，还有奶娘，工钱该结的都给他们结了吧，以后这日子就得紧巴着过了。”

朱毛毛点点头：“这些你都不用操心了，家里上上下下我都会打点好的，以后日子紧，那咱就紧巴着过，谁家过日子都是这样过来的。”

“卖报，卖报……大新闻，原县长被杀，家宅被拍卖……”

一大早，村口的送报员就大声喊着，家庭条件好一点的，花几个铜板买一张报纸，家庭条件不好、买不起报纸的，就在村口打听打听，从别人的口中知道几条消息。

送报纸的来到佟家，恰好看到朱洪烈正在院子里。

“朱大爷您起得早，这是您家的报，外面出大新闻了，王县长遭祸端了。呦！您瞧我这张嘴，已经不是县长了……”

朱洪烈愣了一下，随后反应过来他说的这话是什么意思，才知道是王修祜出事了。

报纸上明晃晃的大字写着：“全面清算卖国汉奸，王修祜等人已被处决。”

“这……这上面写的……可是真的？”朱洪烈一时不敢相信自己的眼睛。

“这还能闹着玩吗？这可是报纸，报纸上的事情怎么可能有假？”那送报的后生笑着说道。

“而且啊，这王修祜，昨天一大早就被处决了，还有之前给日本人做事的一些头目，也被枪毙了！”

朱洪烈感觉到自己的心头一震，前几日还和自己说话的王修祜，好歹也当过县长，竟然说处决立马就被处决了，这国民党心狠手辣的程度，让他也感到始料未及。

正端着簸箕出来准备晒棒子的朱毛毛，看见朱洪烈愣在那里不动，于是上前问道：“爹，这是咋了？出啥事了？”

朱洪烈愣在那里好半天，过了半天才说话。

“王修祜被国民党处决了……”

朱洪烈叠了叠报纸，眉毛往上挑了挑，然后又深深地叹了一口气，朝着自己那屋里走去。

“王修祜……王……修祐……”朱毛毛自己嘀咕着，就是前一段时间帮着救佟永顺的那个王修祜，之前也常常听朱洪烈提起。

“当家的，刚刚爹在外面愣了大半天的神，我过去问他是咋回事，爹说王修祜被处决了……”

本来在屋里跟几个孩子玩闹正起劲的佟永顺，听到朱毛毛说这话，也突然怔住了，打发几个孩子去了外面屋子里玩。

“唉……实在是冤屈啊，你说这王修祜，当初也为咱们东山老百姓做了不少的好事，不管怎么说，也是国民党的人，听说他也拿了大价钱打点，他们怎么一点情面都不留呢！”

接下来的几天里，报纸上反复刊登的都是国民党在全面清算的事情，为国民党效忠了一辈子的朱洪烈，这个时候莫名地感觉到有些失望。

这一年的冬天似乎格外的冷。

佟家囤了那么多的粮食，当初被日本鬼子搜刮去了那么多，后来为了支持抗日，又给共产党捐了那么多，其实剩下的也没多少了。

再加上自从点心铺被封了以后，佟家就没有了其他经济来源，日子明显比以前过得要紧巴得多。

“娘，我想吃红烧肉。”破虏坐在小板凳上，嘟着嘴巴和朱毛毛撒娇。

“乖孩子，听话，娘给你做的这菜煎饼不是也很香吗？看你哥，吃得多快！”朱毛毛耐心地哄着破虏。

当着佟永顺的面，破虏不敢哭出声来，但是脸上的表情又极其的委屈，于是眼泪啪嗒啪嗒地掉下来，朱毛毛也没有好办法，看着孩子委屈的那样子，她当娘的又开始心疼了。

“红烧肉，哪来的红烧肉，都是惯出来的毛病，家家户户都吃这个，哪里来的红烧肉！”佟永顺拍了下桌子，声调也一下子跟着严厉了起来。

本来只是掉眼泪的佟破虏，看见他爹这般严厉，吓得哇地哭出声来。

“行了，娃就是想吃点肉了，好多天没看见油水了，不能怪娃。”朱毛毛一把把佟破虏抱起来，轻轻拍打着他的后背，抱到屋里去哄，莫言坐在桌子旁边，默默啃着菜煎饼，不敢多说话。

佟永顺虽然训斥破虏，但是佟家现在的境遇确实让他头疼，往上数几代人，佟家从来没有像现在一样，落魄到这种地步，吃饭竟然也成了一种负担。

家里的丫头、奶娘，朱毛毛能打发的已经全部打发走了，唯一留下了家里无依无靠的丫头继续伺候。

这天，村口来了换米面的，这换米面的，也好长时间没来了。家家户户的太太丫头，有拿着铜板出来换的，也有拿着现成的玉米、麦子出来换的。

朱毛毛一只胳膊提着篮子，一只手牵着莫言出来换面。好不容易村口来次换面的，娘们家家的都挤在那里凑热闹，有的是换面的，有的就是为了出来凑热闹的。

“佟家嫂子，你也来换面了啊。”

朱毛毛笑笑，让莫言叫婶娘。

终于轮上她了，朱毛毛从袖口里掏出几个铜板：“给我换两斤黄面、两斤黑面就行了。”

佟家吃紧，往后的日子就得紧巴着过，朱毛毛打理着佟家上上下下的开销，最清楚家里的情况，于是换了些黄面和黑面。

“佟家嫂子，不来点儿白面吗？”那换面的后生问她。

“不了，家里还有些白面，没吃完呢，我要这些黄面和黑面就可以了。”朱毛毛尴尬地笑了笑。

周围的那些娘们却把他们的对话听得清清楚楚，这东家长西家短的事情，她们最喜欢捕风捉影了。

巷子口，几个娘们聚在一起，叽叽喳喳地说着什么，眼神时不时朝着朱毛毛这边瞥一眼，直到朱毛毛牵着莫言稍微走远了，她们才大声一些。

“你看这佟家，现在越发地不如从前了，自从他们家的点心铺子被封了以后，听说干活的使唤丫头都撵走了呢。”

“唉，今时不同往日喽，佟家的婆娘，现在连白面都舍不得换了，以前那日子过得多气派呀，不知道让多少人眼红呢！”

“风水轮流转，谁都有落魄的时候，唉……这老天爷还真就是公平着呢。”

朱毛毛虽然慢慢地走远了，但是那群婆娘说的话，她依稀能够听得到一些，即使听不到，她也能够猜得出来八九不离十。这群人会在巷子口嚼什么舌根子，还好她能够看得开，朱毛毛只是想关起门来，过好自己的日子，所以别人说什么，她自然也不会去反驳。

还没能走到自己家门口呢，朱毛毛就看见杏儿站在佟家的门口急得团团转，好像是在等自己。

“少奶奶，少奶奶，您可算是回来了，掌柜的……掌柜的他爬到屋顶上面去泥墙，不小心从梯子上摔下来了！”

朱毛毛一听，把手里的黄面和黑面，往杏儿怀里一塞，急匆匆地往屋里跑。

屋里，佟永顺正躺在炕上，脸上密密的全是汗珠子，小腿上血糊糊的一片，旁边的丫头端着一盆热水，蘸着毛巾给他仔细地擦拭周围。

“当家的，你这是……唉……怎么摔成这样啊！”朱毛毛的声音已经颤抖了，急得团团转。

“赶紧去，赶紧去请大夫来，掌柜的摔成这样还愣着干什么，还不赶紧去请大夫！”

旁边的丫头看了看朱毛毛，又看了看佟永顺，没有一个人动。

“怎么？我说话现在不好使了，还愣着干什么，赶紧去请大夫啊！”

这个时候，杏儿才吞吞吐吐地说：“少奶奶……不是我们这些做下人的不去请大夫，是……佟掌柜的不让我们……”

“掌柜的不让你们干什么？说啊！”她的音调着急地往上提了些。

佟永顺这才粗粗地哼了一声：“我不让她们去请大夫，我这腿不碍事，躺两天就好了，没伤着骨头、没断筋的，去请什么大夫，家里还要供孩子们吃穿呢！”

朱毛毛一听到他说这话，眼泪唰地就流了下来。

“当家的，你说的这是什么话啊，咱们家的条件再不如从前，你的腿摔成了这个样子，也不能不请大夫啊……杏儿，听我的，赶紧去！”

佟永顺知道朱毛毛的性子倔，就没有再说什么，把头扭到了一边，靠着门框的佟莫言，看到自己的爹摔成这个样子，吓得躲在那里远远地望着，一句话也不敢说。

没过多一会儿，大夫就请来了，还好佟永顺的腿伤得并不是很严重，只是外面的那层皮都蹭破了，大夫给涂了些云南白药，上了纱布。

为了不让佟永顺有什么心理负担，朱毛毛特意让杏儿在屋里照顾佟永顺，自己把看病的大夫送了出去。

“大夫，这是我们的一点心意，我家掌柜的，摔得不严重吧？”朱毛毛小心谨慎地问。

“没有大碍，没有伤到骨头，在家多休息几天，等皮外伤愈合了，就好了。”

朱毛毛把手里的几个铜板塞给大夫，佟家虽然现在的日子上上下下都紧巴，但是这该花的钱还是得花，该看的病还是得看。

几天的时间里，报纸上到处都在报道国民党清算的事情，即使日本鬼子被赶出中国了，老百姓们的日子过得还是人心惶惶的。

这天，朱毛毛在院子里晒棉花，三个孩子身体长得越来越快了，棉袄的袖子都开始短了一截，朱毛毛打算把家里这些棉花好好地晒一晒，到时候给三个孩子的衣服加加长。

莫言带着破虏和胜利在自家的门口玩，突然，莫言飞快地从门口跑了回来。

“娘……娘……那边来了一群人！”

朱毛毛停下手里的活："啥人？来啥人了？"

莫言皱着眉头："不认识，好像是冲着咱们家来的。"

朱毛毛预感到，要有不好的事情发生了，放下手中的簸箕："言儿，带着弟弟去屋里玩，娘过去看看。"

佟永顺的腿还没有好利索，朱毛毛打算自己先看看究竟，她是佟家的少奶奶，虽然是女人，但是也能当得起这个家。

一群人直接进了佟家的院子，那群人里，有些穿官服的，朱毛毛看了看，居然是当初的土匪马连长，马连长跟着曹俊龙当了汉奸，居然此时又穿上了国民党的官服。

"马连长，您这么兴师动众地来我们佟家，是有什么事吗？还让您亲自跑一趟，有什么事的话我让永顺去找您一趟就是了。"朱毛毛客客气气地和他说话。

"佟家少奶奶，连长是哪一年的事了，咱们两家几十年恩恩怨怨，我也不想为难您，不是我要来你们佟家，是国民党军上面有命令，要求全面清算和日本人有关系的户家，你们家早先给日本人供过军粮，对不对？"

朱毛毛听他说这话，心里咯噔一下子，但是又赶紧说道："马连长，各位官爷，我们家早先条件是好一些，当初日本人挨家挨户搜刮的时候，哪家都多多少少地拿出来了些粮食，我们家家业大一点，那些畜生自然就拿的多一点了。"

"上面才不会管你是因为什么愿意给日本人拿军粮，给日本人供军粮就是卖国、叛徒。按照现在的律令，家里剩下的粮食，都要全部上交给国民党，作为惩戒。"

朱毛毛一听那中间的一个国民党头目说这话，急得不知道该说什么才好，正当国民党兵朝着自己家的粮仓去的时候，朱洪烈出来了。

"别动！我看谁敢动！"朱洪烈从旁边拿起一根铁锹，挡在了粮仓前面。

"别挡着我们执行公务，这是上面的命令，给日本人提供军粮的大户名单上就有你们佟家，我们也是按照命令办事，老人家，别给自己找不痛快了。”

朱洪烈挡在粮仓门口，没有要给他们让开的意思。

那军官使了个眼色，随后，那些穿着国民党军服的士兵们，不管不顾地上前去，把朱洪烈推开，朝着佟家的粮仓一拥而上。

“别搬了，别搬了……我们要饿死了啊！”朱毛毛想要去阻拦，但是那些人丝毫不听她的哭喊，把佟家所剩无几的几袋粮食往外搬。

朱洪烈和他们撕扯、争执，却被其中的士兵一个推倒在地。

朱毛毛顾不得那么多，看到朱洪烈被推倒了，赶紧冲上前去扶他，“爹……爹……你没事吧……”

“没有天理没有王法了啊……你们这样做，和那土匪直接抢东西还有什么区别！老天爷你睁开眼看看吧！”朱毛毛哭喊着，眼睁睁看着自己家的粮食被搬走了。

这时，佟永顺听到了外面的动静，扶着炕边，一点一点地挪了出来，站在屋门口的时候，那些人都走了，就剩下朱毛毛和朱洪烈俩人站在那里。

“爹……”佟莫言弱弱地喊了一声。

朱毛毛回头看到他站在那里，赶紧擦了擦眼泪：“当家的，你怎么……怎么出来了……”

“畜生……一群畜生……”

刚刚发生的一切，佟永顺大概已经知道究竟是怎么一回事了。

“言儿，小心点，扶着你爹回屋里去，我扶你姥爷。”

朱洪烈摆摆手：“我身子骨还没到那么差劲的时候，自己能进屋，去扶永顺回屋吧。”

固执了一辈子的朱洪烈，向来都是说一不二的，作为国民党前辈，他也向来被大家敬重，没想到今天会发生这样的事，这让他颜面大失。

朱毛毛是懂自己的爹的，便没再多说什么，转身扶佟永顺进屋了。

晚饭，佟永顺没吃多少，早早躺下了，一直到把莫言他们哄睡下，朱毛毛才来这屋里。

她知道今天这事一闹腾，佟永顺肯定睡不着。

“当家的，你没睡着吧，别闹心了，这事我也不痛快，可是粮食都已经被他们搬走了，胳膊拧不过大腿，咱们能有什么办法呢。”

佟永顺过了好半天，才把头转过来。

“家里还有多少粮食，够吃多久？”

“我早在地窖里面藏了两袋，还有之前换的黄面没有吃完，就这些了，估计可以吃半个月。”

佟永顺沉默了，作为佟家的一家之主，上上下下、老老小小都在等着自己去养活，现如今家里本来就不富裕了，粮食又都被国民党弄了去，实在是折磨他的心。

“实在不行就大人的嘴紧一紧，还有三个孩子呢，让他们吃饱，咱们能将就的，就将就些。”

夜深了，朱毛毛怎么也睡不着，往日那个吃穿用度都不曾发愁过的佟家，现如今已经大不如从前了，这些天佟永顺虽然不怎么说话，但是朱毛毛能够感觉的出来，他是有顾虑的。

第二天，村子里的消息传得飞快，朱毛毛这才知道，原来被强行搬走粮食的人家，不止他们佟家，村子里还有几个大户，也被国民党以对日本人提供军粮为由，遭到了清算。

莫言从学堂回来，一进门就嘟着个嘴，脸也拉得长长的，胜利喊他哥，他也不搭理。

朱毛毛看出来了这孩子有些不对劲，便问他：“言儿，怎么，在学堂里被老师批评了吗？”

佟莫言自己坐在桌子旁边，闷着头还是不说话。

“哥……你咋了……”破虏也凑过来，轻轻地晃动着他的胳膊。

佟莫言却一点反应也没有，看样子是碰到什么不高兴的事了。

“言儿，是有人欺负你了吗？跟娘说说，到底是怎么回事？谁惹你生气了？”朱毛毛凑到他跟前，耐心地问他。

朱毛毛这么一问不打紧，莫言像是受了天大的委屈一样，“哇”的一声哭了出来。

朱毛毛一把把他搂在自己的怀里，轻轻地拍打着他的后背：“乖言儿，不哭不哭了，娘在这呢，有什么委屈和娘说……”

佟莫言抽抽搭搭地哭着：“学堂里，学堂里他们都说我们家是和日本鬼子一伙的，是汉奸，还说……国民党来找我们家算……算账了……”

说完，佟莫言便一头扎进朱毛毛的怀里，呜呜地哭起来，当娘的听到自己的儿子说这样的话，心像是被扎了一样，朱毛毛倒不怕国民党打着什么名义“清算”自己家，她怕的是儿子在学堂里被别人说三道四。

“言儿不哭，不哭了，听娘的话，咱们不哭了。”

朱毛毛给莫言擦着眼泪儿，莫言在她的安抚下，也渐渐地安静下来，小孩子的情绪，总是来得快，去得也快。

“听娘的话，他们说你是因为嫉妒你，而且你看爹娘是什么样的人，再想想你二叔、二婶，和你的同学说的那些根本就不一样啊，不是吗？”

莫言点点头：“娘，二叔和二婶都是为了打日本鬼子死的，二叔和二婶都是英雄，才不是他们口中说的那样的。”

“好了，娘的乖孩子，你能知道这些就很好了，看看你弟弟们在干什么，娘要给你们烧火做饭了。”

佟永顺虽然自始至终都没有说话，但是他在房间里，刚刚儿子的话他都听到了，当爹的怎么会不心疼呢？

“少奶奶，掌柜的……不好了……出大事了……”佟家的丫头急急忙忙地从院子外面冲了进来。

“什么事这么风风火火的，杏儿越来越没有个丫头样子了。”

“少奶奶，真的出大事了，您赶快出去看看吧，老爷子被人带走了！”

朱毛毛听到自家的丫头说这话，不由自主地打了个冷战：“在哪……

快……快……”

朱毛毛扔下手里的厨具，踉踉跄跄地跟着自己家的丫头就往外面跑，在离自己家不远的巷子口，黑压压地围了一群人，朱毛毛使出全身的力气挤了进去。

“这佟家不是向来规规矩矩的吗，怎么会出这种事情啊？”

“人心隔肚皮，现在上面打压得厉害，可惜这老爷子没有赶上好时候……唉……”

周围的人议论纷纷，说什么的都有，朱毛毛好不容易从人群中挤上前去，看到自己的爹身上被绳子捆绑着，面前还站了马保长和一群人。

“爹……爹……这到底是怎么回事啊！”

“回家去，这些事情你不用管，赶紧回家去，躲得越远越好。”朱洪烈冷着脸对自己的闺女说道。

朱毛毛急得眼泪一下子流了出来。

“马连长，马队长，马老爷，我爹他犯什么错了，为什么要抓他……”

“你爹和王修祐那些人勾结，上面要抓他，我们也只能配合上面的工作，大家伙都让一让吧，不要在这里围观了，我们要把人带走了。”

朱毛毛这才一下子明白了过来，前一阵子，为了救佟永顺，自己的爹实在没有别的好办法，才去找王修祐帮忙，并且和王修祐说是叙了叙旧，没想到却因为这件事受到了牵连。

“爹……你去了和他们解释清楚啊，爹……”朱毛毛着急得不行。

朱洪烈挥了挥手，什么话也没说，手和胳膊紧紧地被绳子捆绑着，跟着那群人离开了。

围观的人议论纷纷，说什么的都有，不大一会儿也就散开了。朱毛毛瘫坐在地上，这段时间佟家接二连三发生这样的事情，已经把她压得快要喘不上气来了。

“少奶奶，起来吧，地上凉……”杏儿去搀扶朱毛毛，想让她站起来。

“别管我了，赶紧回去跟掌柜的说，让他想想办法，赶紧把我爹救出来，国民党那群人在狱里肯定会为难我爹的。”

杏儿没有办法，只好回去找佟永顺去想办法了。

夜幕降临，朱毛毛回到佟家以后，就那样呆呆地坐在那里，也不说话，也不下厨去给孩子们做饭，中间杏儿怕她渴，出来给她倒了几次水，她也一点都没有动，茶碗里面的水早就凉的。

“娘……我饿。”胜利来到朱毛毛的腿边，把自己的小脸蛋贴在朱毛毛的大腿上，轻轻地晃动着她。

随后，破虏也从里屋里跑了出来：“娘……我也饿。”

“去，让杏儿给你们做点吃的，娘累了，顾不上你们了。”朱毛毛从椅子上站起身来，有气无力地进了里屋。

佟永顺叼着烟袋，在外面已经待了很久了，一袋接着一袋烟，佟家近来这一系列的变故让他有些承受不了，接下来要救出自己的老丈人，恐怕也不是一件容易的事。

“爹……娘咋了……也不给我们做饭了……”破虏嘟着小嘴，在佟永顺面前说道。

“爹……姥爷还会回来吗……他被坏人带走了吗？”胜利眨巴着眼睛，疑惑地问他。

“言儿，让杏儿去给你们做些吃食吧，吃完了带着你弟弟们早点睡觉，你娘今天累了，明天还要去学堂，快，听话。”

莫言已经到了能够听懂这些话的年纪，作为家里最大的孩子，也是佟家最大的小少爷，他知道要学会为这个家里分忧解难了，爹不让自己多过问的话，他一句也不会多嘴问。

狱中。

朱洪烈身上仍然被五花大绑地绑着，从自己被关进来以后，那些人没有给过他一口水，没有给过他一口饭，还好老爷子想当年学过护体的本事，饿一顿两顿，对他来说也不是什么要命的大事。

自己因为和王修祜勾结这样的罪名被关进来，他早就料到了这群人不会对自己心慈手软，进来的时候身上什么都没有带，只随身带了一支烟斗。

“你！出来吧，审讯了。”狱中的看门兵，不耐烦地朝着朱洪烈吼了两嗓子，然后进去把他拉出来。

从昏暗的牢房到刺眼的审讯室，朱洪烈眯了一下眼睛，强烈的光让他感觉到有些不适应。

“坐吧，我们有话要问你。”

朱洪烈瞥了那人一眼，居然是夏松生，心中一阵惊愕，虽然都是汉奸。王修祜至少没怎么祸害百姓，可这个夏松生是个彻头彻尾的大汉奸。

“你和王修祜是什么关系？”

朱洪烈没有应声，然后不屑地哼了一声。

“老老实实地回答我们的问题，不睁大你的眼睛看看现在是在什么地方，是在国民党的地盘上，不是你可以为非作歹的地方。”

在日本人的地盘上，夏县长可是为非作歹呢。

“老家伙，现在还敢嘴硬了，说话最好给我放规矩点，否则到时候有你好看的，可别怪我没有事先提醒你。”

旁边的烙铁已经被烧得通红了，朱洪烈已经是过了大半辈子的人了，到了他这个岁数，没有什么好怕的，那些对他来说也不过是雕虫小技。

朱洪烈本来就是一个性格刚烈的人，对这样的场面丝毫没有畏惧：“我和王先生，是旧相识了，想当年也是一起入的国民党的党籍，王先生的死，一定是有冤情的。”

“大胆！王修祜是罪人，和日本鬼子相勾结的，他都已经被我们处决了，你却还在这里为他辩护，给我用刑！对着他狠狠地用刑！”

夏松生早已经忘了朱洪烈的身份，是国民党党籍比他们还要大很多的老前辈，他们在朱洪烈的身上用刑，即使肉皮被烫开，朱洪烈都没有说一句服软的话。

佟家，朱毛毛和佟永顺两个人万分焦急，几乎翻遍了家底，把值钱的东西都给当了，无论如何也要救出朱洪烈。

“当家的，现在银子已经凑得差不多了吧，我看现在的日子，比之前日本鬼子在这儿的时候还要难，国民党是让老百姓来享福的，可是你看看咱们佟家，经历的这算什么事！”

佟永顺终于也开始向自己的老丈人一样，每天手里离不开烟袋了。

“爹……娘……姥爷什么时候才能救出来啊，现在都没有人给我检查作业了。”破虏抱着朱毛毛的大腿。

“乖孩子，姥爷很快就能被救出来了，再等等，再等等。”朱毛毛把他搂在怀里。

佟家为了救出朱洪烈，能够想的法子都想过了，现在看来，最值得一试的办法就是给东山县国民党最大的头目张大佐送礼。

“当家的，你这趟去，一定要万分小心，不要和人家起了冲突，咱们家可就指望你了，要是到时候你也出什么意外，我和孩子们都没法活了。”

“娘们儿家家的，就爱说这些不吉利的话，行了别送了，赶紧回去吧，等着我把爹接回来。”

这些天里，朱毛毛不知道流了多少眼泪，佟家的事情已经把她折磨得不成样子了。

狱中，佟永顺找通了关系，买通了看守狱门的兵，好不容易进到了狱中，见到了朱洪烈。

“爹，爹……我来看您了！”佟永顺带着出门前朱毛毛给准备的饭菜，他看到了蜷缩在狱中的老丈人。

朱洪烈慢慢地睁开眼睛，看到了来探望自己的女婿。

“你怎么来了，我不是不让你们管这些吗？”朱洪烈的语气中带着一丝谴责的意味。

“爹，我们怎么可能不管您啊，毛毛在家急得每天吃不下睡不好的，我们实在是担心您，他们没有对您怎样吧？”

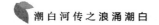

朱洪烈摆了摆手，不想再多说。

“爹，把这饭吃了吧，这是毛毛在家给您做好让我带来的，这狱中的日子没那么好过，我多少也知道一点。”

佟永顺把饭给朱洪烈从铁栅栏里递过去，在自己的老丈人伸出手接的那一瞬间，他注意到朱洪烈的胳膊上，被烫的一块腐烂的皮，暴露在空气中，那血红的、模糊的肉，清晰可见，佟永顺意识到那些人已经对他用刑了。

他皱了下眉头，看着自己的老丈人在面前狼吞虎咽地吃着，心里一阵阵揪心的疼痛。

也许是出于男人之间的尊重，佟永顺并没有过问，他默默地看着自己的老丈人把饭吃完：“爹，你放心，我已经想到好办法了，很快就能救您出去，咱们这个家离不开您，您等着我。”

外面的兵已经开始催促了，佟永顺不能在这里继续逗留了。

从狱中出来，他更加坚定了去找张大佐的决心，不论如何都要试一试，先把自己的老丈人救出来，这才是当下最主要的事情。

费了九牛二虎之力，佟永顺终于见到了东山的国民党领导，张大佐。

……

“听说你是来给你老丈人朱洪烈求情的？”

“张先生，我们就是普普通通的农民，之前在县城里开个点心铺子，靠这点营生过日子，我老丈人也是规规矩矩的人，之前的确是和王修祜一块入的党，但是这些年也的确是没有什么联系了啊！”

佟永顺趁机，赶紧从自己的口袋里，把事先准备好的大洋拿了出来，“先生，这是我们佟家的一点心意，您还是通融通融，放了我老丈人吧。”

张大佐是东山县城的领导，他不是油盐不进的人，而且自从他当政的这段时间开始，也多多少少捞到了一些油水。

对于朱洪烈被抓，张大佐其实是不知道的，是夏松生那些人做的，所以这个事情对他来说，并没有多难办。

“你先别着急，我手下这些人呢，办事毛毛糙糙，不懂规矩，我听说你们佟家之前为了打日本鬼子，还牺牲了两位烈士，这是让我非常尊敬的。”

佟永顺拿来的大洋是足够的，至少张大佐愿意帮他这个忙。

不一会儿的时间，张大佐打了个电话，朱洪烈就被从监狱里放了出来。

……

“爹，总算是没有白忙活，这下我们可以回家了。”佟永顺扶着朱洪烈上了马车，这一路上，朱洪烈几乎没怎么说话，半眯着眼睛，身上的衣服也早已经破烂不堪。

“花了多少大洋？”他低声问道。

“没……没花多少，爹，只要您能够平安地出来，咱们一家人团聚了，就好了，其他的都不重要。”

朱洪烈是个性格刚烈的人，佟家上上下下都清楚得很，所以佟永顺不想把这些告诉他。

朱毛毛虽然就在家里等着马车回来，但自从佟永顺走了以后，她这心里就像是悬挂着的油瓶子，七上八下的，始终不得安宁。

“少奶奶……少奶奶……掌柜的马车回来了……”杏儿站在佟家的门口喊。

朱毛毛放下手里的活，立马跑到门口，看到佟永顺的马车离着家门口越来越近，越来越近。

佟家的马车进了院子，佟永顺先从马车上跳了下来：“爹回来了，快扶一下！”

正当朱毛毛准备伸手去扶朱洪烈的时候，却被他一把推开了，老爷子虽然在监狱里面受了不少的苦，但是那脾气好像比之前更刚硬了。

“爹这是怎么了？”朱毛毛小声地问道。

“在监狱里受了苦，怕别人觉得他身体不行了，一路上也没怎么和我说话，等会给他做点吃的送过去吧，你说话比我说话好一点。”佟永顺说道。

当闺女的看到自己的爹在监狱里面待了短短的几天，却被折磨成了这个样子，她揪心地疼。

过了一会儿，朱毛毛端了粥饭，送到朱洪烈的屋里。

“爹，换身衣服吧，你的换洗衣服，我都给你放在这了，还有粥饭，都是平日里你爱吃的，吃点东西吧，爹。”朱毛毛耐心地说道。

朱洪烈躺在炕上，从监狱回来以后，衣服也没有换，就那样背对着，躺在炕上，谁也不搭理。

“爹，就当我这个当闺女的求求您了，吃点东西吧，再好的身子骨，也抵不住这么折腾的，您的几个小外孙子都还在等着您去教识字呢。”

“饭放在这里吧，待会我会吃的，去吧，家里上上下下都得你打点，去吧，去吧，我老了。”

朱毛毛从小就没有了娘，一直跟着朱洪烈长大，不论爷俩经历什么样子的事情，朱毛毛从来没有见过他像现在一样，没有了精气神，整个人都大不如从前了。朱洪烈是一直相信三民主义，相信国民党的，此时此刻，他的信仰已经彻底崩塌了。

“言儿，你怎么没去学堂？”朱洪烈看到佟莫言在自家的院子里干活。

“我娘说，最近这些天不让我去学堂了，地里的活干不完，弟弟们还小，只能我去帮忙。”

莫言倒是非常懂事，向来朱毛毛说的话，他都会去听，而且作为家里的长子，他也到了帮家里分担的年纪。

“别干了，跟姥爷来。”朱洪烈让佟莫言放下手里的活，牵着他去找朱毛毛。

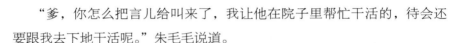

“爹，你怎么把言儿给叫来了，我让他在院子里帮忙干活的，待会还要跟我去下地干活呢。”朱毛毛说道。

“我正要问你这事呢，孩子上学上得好好的，你怎么不让他去了，言儿现在才多大，就要他跟着你们下地去干活。”

朱毛毛一时不知道该怎么回答才好，佟家现在的情况早已经不是从前的样子了，想要供三个孩子同时上学堂，几乎是不可能的事情，必须要有一个出来帮家里分担，莫言恰好是家里最大的孩子。

“爹，您饿了吧，想吃点什么，我让杏儿去给您做，您身子骨刚刚好些了，还是不要总是出来活动了，家里的这些事情，有我和永顺打点就行了。”朱毛毛故意把话岔开。

“我这个当爹的老了，有些事操不了心了，但是我这把老骨头还没死，所以这个家还有我说话的份儿，这几块大洋拿着，送言儿去上学。”

朱毛毛听到这里，眼泪不争气地又流了下来，她知道这是爹的养老钱。

“爹，现在家里的日子是不好过，但是就算家里再难，我和永顺努努力，慢慢地我们就能扛过去的，无论如何我们也不能拿您这养老的钱。”

“本来呢，我是不打算让你们把我从监狱里救出来的，老了，不中用了，还给家里添麻烦，难得你们有这份孝心，我这个当爹的也应该满足了……咳咳……”

朱洪烈自从被从监狱里救出来之后，这咳嗽的毛病就没有停过，而且愈发地厉害了，每天晚上朱毛毛隔着几堵墙都能够听到老父亲整日整夜地咳嗽。

“爹，这烟斗咱们还是不抽了吧，等咳嗽好些了我让你女婿给你寻摸些好点的烟叶子。”朱毛毛轻轻地拍着自己老父亲的后背。

“唉……这烟斗啊，在你娘还活着的时候，我就一直随身带着，抽了大半辈子了，身边的物件儿是换了又换，唯独这烟斗，都已经被磨得锃亮了，到老了却添了这咳嗽的毛病，唉……闺女不让抽了，好，这次就听闺女的，不抽了……"

朱洪烈把手里的烟斗递给朱毛毛。

"爹，这物件我先替你保存着，等你什么时候不咳嗽了，我再交给你。"

朱毛毛接过老父亲手中的烟斗，正准备转身离开，却又被朱洪烈叫住。

"听爹的，把这钱拿上，言儿是我从小看他长大的，虽然说现在能担家里的一些事了，但这娃还是读书识字的年纪，拿去给他交学堂的费用。"

朱毛毛知道自己是没办法拒绝老父亲的，接过了朱洪烈手里的红布包。

"言儿，别干了，娘有话要跟你说，来屋里。"

佟莫言放下手中的铁锹，跟着朱毛毛进了屋里。

"娘……爹说今天地里的活还没有干完，早就在地头上等着我了，我一会儿还要去地里和爹干活呢。"

"今天你不用上地和你爹干活了，你姥爷给你交了学费，还是乖乖地回学堂里面，跟先生念书识字，听到没有？"

佟莫言愣愣的："娘，您不是早就叮嘱过我了吗？什么时候都不能拿姥爷的钱，已经长大了，能为家里分忧解难了，弟弟们还要读书识字呢，就让我和爹下地去干活吧。"

朱毛毛听到自己儿子能够在自己面前说出这样一番话，很是感动。

"我的儿子没有白养，言儿真是长大了，你能说这话，娘已经很知足了，我的乖儿，听娘的话，去学堂里面跟着先生读书识字吧，不去的话，到时候你姥爷该不高兴了。"

佟莫言点点头，接过朱毛毛给的钱，飞快地跑到屋里面，拿起自己上学的书兜子："娘，我一定好好跟着先生读书识字，您放心吧。"

日子虽然过得艰苦，佟家上上下下的吃穿用度也大不如从前，但是自从家里发生这一系列的事情以来，大人和娃们好像都拧成了一股绳，娃们没有抱怨那黄面的馍难吃，没有抱怨已经好长时间没有换一件新衣裳了，这让朱毛毛很是欣慰。

晚上，佟永顺扛着铁锨从地里干活回来，家里的饭已经做熟了。

“杏儿，掌柜的回来了，该去喊老爷子来吃饭了。”

杏儿放下手中给娃们洗的衣裳，答应着朱毛毛，朝朱洪烈那屋走去。

没过一会儿，杏儿那边大声喊，“少奶奶，少奶奶……掌柜的，不好了……老爷子……老爷子……”

朱毛毛听到杏儿慌里慌张的声音，就感觉到大事不妙，扔下手中的筷子赶紧往朱洪烈那边跑。

赶过去一看，朱洪烈正躺在炕上，大口大口地喘着粗气，眼睛瞪得老大。

“爹……爹……您哪里不舒服……爹……”朱毛毛趴在朱洪烈的耳边，大声地喊着。

佟永顺眉头紧锁，基本上能够看得出来，这次老爷子恐怕是凶多吉少了。

“爹……您别吓唬我们了，您哪里不舒服，杏儿……杏儿！快去找郎中来！”

杏儿跌跌撞撞地赶紧往外跑。

“闺……女……闺女……，爹快不……行了……别费功夫了，爹有话……有话跟你说。”朱洪烈紧紧抓住自己闺女的手。

“爹……您说，我听着……”朱毛毛感觉自己的心都要碎了。朱洪烈在她这个当闺女的面前，体体面面一辈子，朱毛毛从来也没有见过他像现在这样。

“爹……没有儿，只有……只有你这么一个闺女……是爹连累了你……和永顺。”朱洪烈吊着一口气，断断续续地说着。

佟永顺和朱毛毛两个人一起跪在炕边上，握着朱洪烈的手。

“爹……您别这么说，我佟永顺能娶上毛毛当我家的媳妇，能把您接过来，是我佟家的福气，爹，我不孝，没能让你和毛毛过上太平日子……”佟永顺跪在那里，一只手朝自己的脸上打过去。

“别……别打了……让……让娃们再给我……磕个头……”

“杏儿，快去把娃们都叫来，来给姥爷磕头，快去！”

佟嘉禾去世的时候，只有莫言见过，也就莫言经历生离死别这回事儿，三个孩子齐刷刷地跪在朱洪烈的炕前面，都大声地哭姥爷。

佟家的人全了，朱洪烈便没有再说什么，紧握着闺女的手也就松了下来，撒手人寰了。

杏儿请的郎中刚刚到，一进佟家的院子，听到大家已经哭了，便知道老爷子走了，来不及了。

佟家虽然条件大不如从前了，但是朱洪烈的葬礼，办得也还算是体面，老爷子体体面面了一辈子，朱毛毛不想让他走的时候留遗憾。

在朱洪烈的棺材里，朱毛毛含泪把他平时那只不离手的烟斗，放在了他旁边。

“爹，这烟斗陪了您一辈子，到了那边别不习惯了，我把它给您带上了，过些日子再让您女婿给您烧些好烟叶，您别委屈了自己……”朱毛毛几乎哽咽着说。

葬礼办完后的第二天，朱毛毛看上去整个人都憔悴了，脸色蜡黄蜡黄的，她在这个世界上，除了儿子以外的唯一一个亲人也离开她了，以后自己就是没爹没娘的孩子了。

“少奶奶，您吃点东西吧，这样下去身体会垮掉的，老爷子在天上看见了也会心疼的。”杏儿把热好的饭菜又端了进来。

“我没事，只是现在一点胃口也没有，过些日子就好了，你打发孩子们吃了饭睡觉去吧。”

杏儿叹着气，只好又把饭菜端了出去。

“杏儿姐，我娘她还没吃饭吗？”莫言盯着她手里原封不动被端出来的饭菜问道。

杏儿摇摇头。

“给我吧，我有办法让我娘吃饭。”佟莫言接过她手里的盘子。

“娘，我有话要跟你说。”佟莫言把盘子放在旁边。

“你咋还不去睡觉，明天起晚了，上学堂又要被先生训了。”朱毛毛擦了擦眼角的泪珠子，不愿意让娃看到自己这样。

“娘，我想跟你商量个事儿，从明天开始我就不去学堂了，先生说我会的已经够多了，我也不是文盲了，你就让我和爹下地干活吧，我已经长大了，可以为家里分担了，这样咱家就能过得松快一点儿了。”

朱毛毛看着自己的儿子，伸出手，轻轻地抚摸他的脸。

“言儿，娘让你去念书，是希望你以后做个文化人，像你二叔、二婶当年一样，你明白吗？”

“娘，我不是还有两个弟弟吗？让他们两个人好好念书，我现在也能靠识字去干点别的事了，您就答应我吧。”佟莫言恳求道。

朱毛毛没有直接答应他：“你先回去吧，这事我得和你爹商量商量。”

第十八章

喜见东方瑞气升

“当家的，有个事我得跟你商量商量。”这些天了，朱毛毛才终于开口和佟永顺主动说话。

“啥事？”

朱毛毛思量了一下：“刚刚言儿来屋里找我说，他不想去学堂上学了，想要跟你一起去干活，你觉得咋样？”

佟永顺吧嗒吧嗒地抽着烟袋，眯着眼睛，他早就知道莫言有这个主意了，但是一直觉得是孩子一时的想法，便没放在心上。现在朱毛毛来找自己说这事，看来是该好好想一下了。

“言儿这孩子，还是很懂事的，从小也不生什么事，也懂得为家里分担，我看既然孩子已经决定了，不如就让他试试，要是干活不适应了，也赶紧给他娶个媳妇儿，现在世道乱，很多的闺女连聘礼都不要，趁现在赶紧给莫言找个媳妇儿吧。”

朱毛毛这当娘的虽然愿意让佟莫言去学堂上学，但是现在家里的条件，再加上娃自己又拿定了主意，现在佟永顺也这样说，是该考虑考虑了。

第二天，天还没有亮，朱毛毛就听到杏儿在外面咣当咣当地敲门喊自己。

“少奶奶……少奶奶……掌柜的……”

朱毛毛推了推旁边的佟永顺：“当家的，你听外面，是不是杏儿在叫门，快醒醒……”

她赶紧地披上衣服，去给杏儿开门。

“咋了杏儿，一大早的……”

“少奶奶，我看还是把掌柜的也叫起来吧，我一早去河边洗衣裳，就看到外面好像马保长又带着什么人，从古家搬粮食了，下面会不会再来咱们家啊！”

朱毛毛心里面咯噔一下子，古家也是这村里的大户人家，前些日子就是因为之前他们家也被迫给日本鬼子供过军粮，家里面受到了国民党的惩罚，这次马保长和那些人恐怕又是因为这件事来的。

“我去把掌柜的喊起来，这样，杏儿，你去把孩子们叫起来，幸好家里没有什么粮食了，把门插好了，咱们从后院走。”

朱毛毛回屋里把事情一字一句地和佟永顺讲清楚了，还好这两口子早有准备，家里还剩下不多的黄面和黑面，即使他们来了，也是一场空了，两口子把剩下不多的粮食都换成了大洋，衣裳和被褥也早早地放在马车里面备着了。

天还是黑的，孩子们迷迷糊糊地起来了，还不知道发生了什么事情。

“娘……这么早，咱们这是要去哪儿啊？”莫言揉了揉蒙眬的睡眼，问道。

“别问了言儿，赶紧带着你弟弟们上车，上了车以后别说话，咱们从后门走。”

莫言很懂事，朱毛毛安排他干什么，他就很听话地去干什么，一家人坐在马车里，总算是趁着天黑离开了焦庄户。

孩子们眯着眼睛，不知道自己的爹娘要带自己去哪里，朱毛毛怕他们着凉，于是给孩子们身上披了几件衣裳。

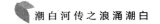

她轻轻地把马车旁边的布帘子打开，车已经走到潮白河边上了。清晨的潮白河上，笼罩了一层薄薄的雾气，朱毛毛掐指一算，离着目的地还要再走四个小时。

自打朱洪烈去世以后，佟永顺就知道，焦庄户，他们以后是很难平平安安地在这里待下去了，唯一的好办法就是把这宅子卖了，带着一家人离开，走得越远越好。

莫言问了句："爹，咱们这是要去哪儿啊？弟弟们不用上学堂了吗？"

"去你娘的老家，咱们去山上，那里也有学堂，也有先生教书认字。"

朱毛毛看着几个孩子的小脸红扑扑的，再看看莫言脸上懵懂的表情，她笑了笑。

"那……爹，咱们原来的房子不住了吗？"莫言又问道。

"前一阵子已经卖给焦庄户你许大伯了，咱们去山上修一修你娘的老房子，一样的气派。"佟永顺说这话的时候，脸上也露出一丝久违的笑容，好像未来的一切，都充满着希望。

破虏和胜利两个人也醒了，纷纷都靠在朱毛毛的怀里，让她搂着。

"娘……山上有什么？好玩吗？"胜利眨了眨眼睛，看着朱毛毛，问道。

"好玩儿，山上啊，有松鼠、山猫，还有山鸡、大鸟……"

破虏和胜利，是在平原上长大的孩子，和他们的哥哥佟莫言不一样，莫言小的时候跟着朱毛毛回去过几次，对山上多多少少有些印象。

佟家的马车沿着潮白河走了好久，在马车上，几个孩子时不时听到河上有悠长的号子声，就把头探出去，往外面看。

那是潮白河上的渡河公喊出来的号子，佟永顺看着这几个孩子的举动出了神，他想起了自己小的时候，跟着佟陈氏去隔壁的县里赶庙会，每次路过这长长的潮白河的时候，也能听到外面的喊号子声，那时候的自己还小，就像这几个孩子一样。

山上的房子，朱毛毛从这搬走了以后，就很少回来打理了，每次都是自己的爹有时会回来收拾收拾屋子，多亏了爹从前的打理，这院子还不算太破旧，虽然这里的摆设、桌椅板凳不如佟家大院里面的工整漂亮，但是院子却算得上宽敞。

几个孩子这里看看，那里转转，对这里的一切都充满着好奇。

“当家的，不得不说，这房子真的是多亏了爹了，当初时不时地回来打理收拾，是给咱们留了条后路啊。”朱毛毛感到格外的欣慰。

从佟家离开，朱毛毛给杏儿结算了工钱，再加上焦庄户有给杏儿说亲的，这也是难得的好事，朱毛毛愿意成全那个勤快的丫头。

杏儿没有爹娘，死了心地要跟着佟家，不管佟家混到什么地步，只要给她一口饭就好，朱毛毛便没有舍得打发这丫头走，让她留在自己身边，帮忙照顾这几个孩子。

这山上住的人家不是很多，但是这些年以来，不论是外面打仗还是怎样，这里始终是个隐蔽的地方，大家都在这里平平安安地生活着，而且在这里常年住着的人家，生活水平已经比得上佟家当年的光景了。

朱毛毛和佟永顺拿出卖老宅子的一部分钱，简单地修葺了一下住处，把漏的屋顶重新补了补，然后又给两个小儿子安排了新的学堂，家里的日子虽然清贫，但是他们并没有荒废了两个孩子的学习。

在山上住着不同以前，没有地可以种，佟莫言便跟着自己的爹，白日里去给山里的富户人家干活卖苦力，晚上回来再帮朱毛毛编一些草辫子卖钱。

日子虽然过得清苦，但也不用再提心吊胆了。

潮白河边上，太阳就要落下山去，佟永顺扛着铁锹，坐在土堆旁边，望着河面发呆。

佟莫言从后面拍了拍他：“爹，你在这儿看啥呢？那河面上，除了每天划来划去的船，有什么新鲜的？”

佟永顺笑了笑：“你看到那河上每天划船的老头没？”

佟莫言点点头，耐心地听佟永顺说。

“在我很小的时候，你奶奶还活着的时候，那张家公就已经在划船了，每天来来回回地渡这些想要过河的人，张家公划了一辈子喽……”

“爹，那他不会累吗？每天都要来来回回地划船？”莫言问道。

“这潮白河上，每天都有新鲜的、解闷儿的事，张家公怎么会累呢？”佟永顺拍了拍身上的土，带着莫言往家的方向走。

潮白河的河面上，被夕阳照得泛着金光，时不时传来张家公的号子声……